Né en 1962, **Kevin J. Anderson** est un auteur américain parmi les plus prolifiques et les plus acclamés de sa génération. Plus de trente titres de sa plume ont figuré sur les listes de best-sellers. En France, on le connaît surtout pour ses collaborations avec Brian Herbert autour du cycle de *Dune* et pour ses romans explorant l'univers de *Star Wars*. Mais ce bourreau de travail a également écrit des *space opera* ambitieux situés dans des univers qu'il a lui-même créés. *La Saga des Sept Soleils* en est un parfait exemple.

Du même auteur,
aux éditions Bragelonne,
en grand format :

La Saga des Sept Soleils :
1. *L'Empire caché*
2. *Une forêt d'étoiles*
3. *Tempêtes sur l'Horizon*
4. *Soleils éclatés*
5. *Ombres et Flammes*
6. *Un essaim d'acier*
7. *Mondes en cendres*

Chez Milady, en poche :

La Saga des Sept Soleils :
1. *L'Empire caché*

Chez Milady Graphics :

Frankenstein (avec Dean Koontz) :
1. *Le Fils prodigue* – version comics

Chez d'autres éditeurs :

Avant Dune (avec Brian Herbert) :
1. *La Maison des Atréides*
2. *La Maison Harkonnen*
3. *La Maison Corrino*

Dune, la Genèse
(avec Brian Herbert) :
1. *La Guerre des machines*
2. *Le Jihad Butlérien*
3. *La Bataille de Corrin*

Après Dune (avec Brian Herbert) :
1. *Les Chasseurs de Dune*
2. *Le Triomphe de Dune*

Légendes de Dune
(avec Brian Herbert) :
1. *Paul le Prophète*
2. *Le Souffle de Dune*

Dune (autres titres,
avec Frank et Brian Herbert) :
La Route de Dune

Star Wars : L'Académie Jedi :
1. *La Quête des Jedi*
2. *Sombre disciple*
3. *Les Champions de la Force*

Star Wars :
Les Jeunes chevaliers Jedi
(avec Rebecca Moesta) :
14 volumes

Star Wars (autres titres) :
Le Sabre noir

Frankenstein (avec Dean Koontz) :
1. *Le Fils prodigue* – version roman

www.milady.fr

Kevin J. Anderson

L'Empire caché

La Saga des Sept Soleils – 1

Traduit de l'anglais (États-Unis) par Laurent Genefort

Bragelonne SF

Milady est un label des éditions Bragelonne

Cet ouvrage a été originellement publié en France par Bragelonne SF

Titre original : *Hidden Empire*

Suivi d'un extrait de : *A Forest of Stars*

ISBN : 978-2-8112-0830-1

Bragelonne – Milady
60-62, rue d'Hauteville – 75010 Paris

E-mail : info@milady.fr
Site Internet : www.milady.fr

Remerciements

Tout au long de la création, de l'écriture et de l'édition de ce cycle, de nombreuses personnes m'ont offert leurs conseils et leur enthousiasme. J'aimerais remercier en particulier Betsy Mitchell et Jaime Levine, de *Warner Aspect* ; John Jarrold, de *Simon & Schuster GB* ; Matt Bialer, Robert Gottlieb, Maya Perez et Cheryl Capitani, de *Trident Media Group* ; Larry Shapiro, de *Creative Artists Agency* ; Jeff Mariotte de *Wildstorm / DC Comics* ; et les artistes Stephen Youll et Igor Kordey.

Chez *WordFire*, Catherine Sidor s'est impliquée, comme à son habitude, à 150 % dans la retranscription de mes enregistrements (et par son soutien continu), ainsi que dans la relecture et les commentaires du texte ; Diane Jones m'a apporté une aide précieuse grâce à ses questions perspicaces, ses suggestions et ses séances de réflexion. Gregory Benford m'a aidé à concevoir la technologie du Flambeau klikiss. Brian Herbert m'a soutenu dans ce projet d'écriture dès le début. Et ma femme, Rebecca Moesta, m'a prodigué toute l'aide, les idées et l'amour qu'un être humain est capable de donner.

Pour Igor Kordey,

Artiste inventif, travailleur acharné et talentueux à l'extrême,
Igor m'a aidé à visualiser et à concevoir
la plupart des éléments clés de l'univers,
dès que le projet de *La Saga des Sept Soleils* a débuté.
Ses questions et ses idées ont permis de conférer
au cycle une ampleur bien plus importante
que celle que j'aurais pu lui donner en travaillant seul.

1

Margaret Colicos

Bien à l'abri en orbite haute autour de la géante gazeuse, Margaret regardait les ouragans et les nuages de la taille d'un continent, loin en dessous de la baie d'observation. Elle se demanda combien de temps il faudrait à la planète tout entière pour s'embraser, une fois l'expérience engagée.

Oncier était un globe pastel d'hydrogène et de gaz mélangés, cinq fois plus massif que Jupiter. Des lunes entouraient la géante gazeuse comme une portée de chiots se pressant contre leur mère. Les quatre plus intéressantes d'entre elles étaient des blocs de glace et de roc nommés Jack, Ben, George et Christopher, en hommage aux quatre Grands rois de la Ligue Hanséatique terrienne. Si l'expérience d'aujourd'hui réussissait, on pourrait envisager de terraformer ces lunes en colonies habitables.

Si, au contraire, le Flambeau klikiss échouait, la carrière de Margaret Colicos, aussi respectée soit-elle, ne ferait pas long feu non plus. Mais elle survivrait. En tant que xéno-archéologues, elle et son mari Louis s'étaient habitués à travailler dans un paisible anonymat.

En vue de l'expérience, la plate-forme technique d'observation grouillait de scientifiques, d'ingénieurs et d'observateurs politiques. Bien que Margaret ne soit pas indispensable au bon déroulement de l'expérience, sa présence était néanmoins requise. C'était une célébrité ; elle devait faire bonne figure. Après tout, c'était elle qui avait découvert l'engin extraterrestre au milieu des ruines.

Remettant en place une mèche de cheveux poivre et sel derrière son oreille, elle jeta un coup d'œil de l'autre côté du pont et aperçut Louis, qui souriait comme un gamin. Ils étaient mariés depuis des décennies et n'avaient jamais travaillé l'un sans l'autre. Il y avait longtemps qu'elle ne l'avait pas vu revêtu d'une tenue de cérémonie aussi élégante. Margaret percevait à quel point il savourait sa propre excitation, et elle s'en réjouissait pour lui.

Elle préférait observer les gens plutôt que de discuter avec eux. Une fois, Louis avait dit en plaisantant que si sa femme était fascinée par l'archéologie sur des planètes étrangères, c'était parce qu'elle ne risquait pas de converser avec l'un de ses sujets d'étude.

Margaret et Louis Colicos avaient de la terre plein les ongles et des découvertes révolutionnaires à leur actif. Ils avaient déjà passé au crible de nombreux mondes abandonnés par l'espèce insectoïde klikiss, à la recherche de preuves expliquant ce qui était arrivé à leur civilisation disparue. L'empire extraterrestre n'avait laissé que des villes fantômes, et parfois de grands robots semblables à des coléoptères, qui ne possédaient aucune mémoire concernant leurs créateurs. Dans les sinistres ruines de la planète Corribus, l'équipe des Colicos avait découvert, puis déchiffré, une remarquable technologie d'ignition planétaire qu'ils avaient baptisé le « Flambeau klikiss ».

À présent, l'air filtré de la plate-forme vibrait d'excitation. Les fonctionnaires invités se bousculaient autour des baies d'observation, bavardant les uns avec les autres. Jusqu'à présent, les hommes n'avaient jamais tenté de créer leur propre soleil. Les enjeux politiques, sociaux et commerciaux d'une telle expérience étaient considérables.

Basil Wenceslas, le Président de la Ligue Hanséatique, remarqua que Margaret se tenait à l'écart. Lorsqu'un serveur comper[1] de

1. Robot de compagnie. Voir le lexique en fin d'ouvrage.

petite taille passa près de lui avec un plateau chargé de coupes remplies d'un champagne hors de prix, il saisit deux verres en polymère extrudé et alla à sa rencontre, rayonnant de fierté :

— Moins d'une heure avant le lancement.

Elle accepta poliment le verre et but pour lui faire plaisir. L'air recyclé de la plate-forme d'observation altérait l'odorat et le goût, si bien qu'un champagne meilleur marché aurait probablement eu la même saveur.

— Je serai contente quand tout cela sera fini, monsieur le Président. Je préfère de beaucoup passer mon temps à explorer des mondes vierges, à l'écoute du soupir de civilisations éteintes. Ici, il y a trop de gens à mon gré.

De l'autre côté du pont, Margaret remarqua un prêtre Vert assis seul, silencieux. L'homme à la peau émeraude était là pour assurer une communication télépathique instantanée en cas d'urgence. Hors de la plate-forme d'observation flottaient sept impressionnants vaisseaux de guerre de la Marine Solaire ildirane. L'espèce humanoïde bienveillante avait aidé l'humanité à essaimer dans les étoiles. Leurs vaisseaux magnifiquement ornés s'étaient positionnés afin de pouvoir profiter de la spectaculaire expérience.

— Je comprends parfaitement, dit le Président. Moi aussi, j'essaie de m'exposer le moins possible au feu des projecteurs.

Wenceslas était un homme distingué, l'une de ces personnes dont le charme et le raffinement augmentent au fil des ans, comme s'il avait compris qu'être affable dépassait la simple condition physique. Il sirotait son champagne si délicatement qu'il semblait à peine y mouiller les lèvres.

— L'attente est toujours ce qu'il y a de plus dur, n'est-ce pas ? Vous n'êtes pas habituée à travailler dans des délais aussi tendus.

Margaret lui répondit par un rire poli.

— L'archéologie n'est pas censée s'accomplir dans la précipitation – contrairement aux affaires.

Elle espérait rapidement pouvoir se remettre au travail.

Le Président heurta son verre de champagne contre celui de Margaret ; le tintement évoqua un baiser de cristal.

— Vous et votre mari représentez un placement fort avantageux pour la Ligue Hanséatique.

Les xéno-archéologues avaient longtemps été sponsorisés par la Hanse, mais la technique de l'ignition planétaire qu'elle et Louis avaient découverte allait rapporter bien davantage que toutes les dépenses consacrées à l'archéologie.

En travaillant au cœur des immensités glacées de Corribus, en examinant les idéogrammes peints sur les murs des ruines klikiss, Margaret était parvenue à relever les coordonnées précises d'étoiles à neutrons et de pulsars disséminés autour du Bras spiral, puis à les comparer avec les cartes de la Hanse.

Cette simple corrélation avait déclenché une avalanche de découvertes capitales : en comparant les coordonnées d'étoiles à neutrons des dessins klikiss avec la dérive stellaire répertoriée, elle avait été capable d'estimer l'âge de ces cartes. Ainsi, elle avait déterminé que les Klikiss avaient disparu dix mille ans auparavant. Utilisant les coordonnées et les diagrammes comme une clé, ainsi que tous les indices récupérés dans de nombreuses fouilles, Louis, grâce à ses aptitudes techniques, avait décrypté les notations mathématiques klikiss. Cela lui avait également permis de comprendre le fonctionnement de base du Flambeau.

Les yeux gris du Président se durcirent, de nouveau sérieux.

— Je vous fais une promesse, Margaret : si le Flambeau klikiss fonctionne comme prévu, vous n'aurez qu'à choisir n'importe quelle planète que vous souhaitez explorer. Je veillerai personnellement à ce que vous obteniez les fonds nécessaires.

Margaret fit tinter son verre contre le sien pour lui rendre son toast.

— Je saurai profiter de cette offre, monsieur le Président. En fait, Louis et moi avons déjà choisi un site potentiel.

Il s'agissait de Rheindic Co : un monde mort, préservé jusqu'à présent. Un territoire vierge, rempli de mystères, avec des ruines non répertoriées… Mais, avant, ils devaient sacrifier aux mondanités et supporter les accolades, une fois qu'ils auraient enflammé la planète gazeuse qui s'étendait sous leurs pieds.

Margaret vint prendre place au côté de Louis. Elle passa son bras sous le sien alors qu'il entamait une conversation avec le prêtre Vert, qui attendait patiemment à côté du pot contenant un surgeon de son arbremonde. Elle avait hâte que l'expérience se termine. Pour elle, une cité antique était bien plus excitante que l'embrasement d'une planète entière.

2

Basil Wenceslas

Basil Wenceslas naviguait habilement dans les cercles mondains. Il souriait quand il était censé sourire, plaisantait au moment opportun, et classait chaque information dans son esprit. À l'observateur étranger, il ne révélait jamais qu'une petite fraction de ses pensées intimes, dissimulant de la sorte la complexité de ses plans. La sécurité de la Ligue Hanséatique terrienne dépendait de ces capacités.

Il était bien conservé pour son âge, difficile à déterminer même en y regardant de plus près ; il profitait de traitements de rajeunissement coûteux, telle la chélation cellulaire, qui le maintenaient en bonne santé. Fringant et distingué, il portait des costumes impeccables valant plus que ce que certaines familles pouvaient gagner en un an. Mais Basil n'était pas vaniteux. Bien que tout le monde ici sache qu'il dirigeait l'opération, il affichait une attitude discrète.

Quand une présentatrice au teint cuivré lui demanda, d'un ton débordant d'enthousiasme, une interview concernant le Flambeau klikiss, il l'adressa, elle et son équipe de tournage, au responsable scientifique du projet. Puis il se fondit dans la foule, l'air à la fois observateur, réfléchi et attentif.

Il contempla la gigantesque couverture de nuages ocre qui faisait ressembler Oncier à une pâtisserie dégoulinante. Ce système ne possédait pas de planète habitable, et la composition gazeuse d'Oncier n'était pas adaptée à la collecte d'ekti, l'allotrope d'hydrogène exotique utilisé par les propulseurs interstellaires ildirans. Cette géante gazeuse excentrée constituait donc un excellent sujet d'expérience pour le Flambeau klikiss, qui n'avait pas encore fait ses preuves.

Le responsable scientifique Gerald Serizawa parlait avec clarté et passion de l'expérience à venir, et l'équipe de tournage le pressait de questions. À côté de lui, des techniciens étaient postés devant des rangées de consoles. Basil parcourut des yeux les panneaux de contrôle, évaluant les résultats en son for intérieur. Il n'y avait aucun retard.

Le docteur Serizawa était complètement glabre, soit par choix esthétique, soit par prédisposition génétique, ou suite à une maladie exotique, Basil l'ignorait. Mince et énergique, Serizawa parlait avec les mains autant qu'avec la voix. À intervalles réguliers, il réprimait ses gestes amples en joignant les paumes.

— Les géantes gazeuses, telles que Jupiter dans notre propre système solaire, sont à la limite d'une contraction gravitationnelle qui peut les conduire à un effondrement stellaire. Tout corps planétaire pesant de treize à cent fois la masse de Jupiter brûle le deutérium de son noyau et commence à briller.

Serizawa pointa un doigt insistant vers la présentatrice qui avait accosté Basil un peu plus tôt.

— Grâce à la technologie qui a été redécouverte, il est possible d'accroître la taille d'une géante gazeuse comme Oncier au-dessus de sa masse critique, de sorte que son noyau déclenche la fusion nucléaire et transforme cette immense masse de combustible en soleil flambant neuf…

La jeune femme l'interrompit :

— Auriez-vous l'amabilité de dire à nos téléspectateurs d'où provient l'accroissement de masse ?

Serizawa sourit, ravi de pouvoir développer son explication. Basil plissa les lèvres en une mimique d'amusement. Il remerciait sa chance que le docteur chauve soit un orateur zélé.

— Voyez-vous, le Flambeau klikiss permet d'ouvrir les deux extrémités d'un trou de ver, en un tunnel de *dix kilomètres de large*, où l'on veut.

Il était clair que ses interlocuteurs ne connaissaient presque rien en matière de physique des trous noirs et des problèmes liés à la création de vastes brèches dans l'espace-temps.

— On ouvrira une extrémité près d'une étoile à neutrons superdense, puis on dirigera l'autre bout vers le noyau d'Oncier. En un clin d'œil, l'étoile à neutrons sera transportée au cœur de la planète. Avec un tel apport de masse, la géante gazeuse s'effondrera, s'embrasera et commencera à briller. La chaleur et la lumière ainsi dégagées rendront habitables ses plus grosses lunes.

L'un des hommes de l'équipe de tournage pointa une caméra en direction des points blancs luisant autour du globe de gaz pastel, tandis que Serizawa continuait :

— Hélas, le nouveau soleil brûlera seulement pendant une centaine de milliers d'années. Mais cela nous offre bien assez de temps pour transformer les quatre lunes en colonies hanséatiques productives. Pratiquement une éternité, en ce qui nous concerne.

Basil opina discrètement pour lui-même. Typiquement une réflexion à court terme, mais pragmatique. À présent que la Terre faisait partie d'un vaste réseau galactique, les visionnaires allaient devoir opérer sur une échelle temporelle complètement différente. L'Histoire humaine ne représentait qu'un petit bout de la trame universelle.

— Par conséquent, le Flambeau klikiss offre à la Hanse de nouvelles opportunités de créer des habitats en nombre, qui régleront les besoins suscités par l'augmentation de la population humaine.

Basil se demanda combien de gens goberaient son discours. Ce n'était qu'une partie de l'explication, bien sûr. Il jeta un coup d'œil vers les gigantesques et tapageurs vaisseaux de guerre ildirans qui les surveillaient, et se remémora les véritables raisons de cet événement surdimensionné.

Le Flambeau klikiss devait être testé, mais pas au nom de la nécessité absolue d'espace vital – il existait bien plus de colonies que les humains ne pourraient jamais habiter. Non, il s'agissait d'un acte d'orgueil politique. La Hanse avait besoin de prouver que les humains étaient capables de maîtriser une technologie supérieure et de créer un monde : une œuvre grandiose.

Cent quatre-vingt-trois ans plus tôt, l'Empire ildiran avait secouru les premiers vaisseaux-générations terriens lors de leur futile voyage à travers l'espace. Les Ildirans avaient offert aux humains la propulsion interstellaire rapide et admis la Terre dans la tentaculaire communauté galactique. Les humains considéraient l'Empire ildiran comme un allié bienveillant, mais Basil étudiait les extraterrestres depuis longtemps.

L'ancienne civilisation stagnait, figée dans l'Histoire par des rites d'un autre âge, qui empêchaient tout esprit d'innovation. Les humains avaient progressé à partir de leur technologie de propulsion interstellaire. Les entrepreneurs et les colons avides – y compris la racaille spatiale des Vagabonds – avaient rapidement occupé les anciennes niches commerciales et sociales des Ildirans, à tel point que les humains s'étaient fait accepter au sein de la communauté galactique en quelques générations à peine.

La Hanse évoluait par bonds, tandis que ses pesants bienfaiteurs déclinaient peu à peu. Basil était persuadé que, bientôt, les humains surpasseraient l'empire défaillant. Après la démonstration du Flambeau klikiss, les Ildirans seraient impressionnés par les talents des Terriens au point de ne plus jamais les mettre à l'épreuve. Jusque-là, l'empire extraterrestre n'avait montré aucun signe d'agressivité, toutefois Basil ne pouvait entièrement croire aux motivations altruistes d'une autre espèce, si sociable soit-elle. Mieux valait rappeler de façon frappante les capacités techniques des humains, et mieux encore le faire avec adresse.

Alors que le compte à rebours de l'expérience s'égrenait vers zéro, Basil prit un autre verre de champagne.

3

Adar Kori'nh

Depuis le centre de commandement de son croiseur lourd principal, Adar Kori'nh contemplait les effets de la sottise humaine.

Bien que le résultat de cette expérience ridicule puisse influencer significativement les futures relations entre l'Empire ildiran et la Ligue Hanséatique terrienne, l'amiral en chef de la Marine Solaire n'avait amené qu'une septe, un groupe de sept vaisseaux de guerre. Le Mage Imperator lui avait ordonné de ne pas manifester trop d'intérêt pour l'événement. Les coups d'éclat de ces parvenus ne devaient en aucun cas avoir l'air d'impressionner l'Empire.

Pourtant, Kori'nh avait mis un point d'honneur à remettre en état ses vaisseaux de guerre, peignant des décorations sigillées sur leur coque et ajoutant des éclairages éblouissants en guise de sceau. Ses vaisseaux ressemblaient à des créatures des abysses se préparant pour une parade d'accouplement flamboyante. La Marine Solaire concevait l'apparat et les revues militaires bien mieux que les humains.

Le Président de la Hanse avait convié Kori'nh à bord de la plate-forme d'observation d'où il pourrait admirer l'ignition artificielle de la géante gazeuse. Au lieu de cela, l'adar avait choisi de rester à l'écart, à l'intérieur du centre de commandement. Pour le moment. Une fois l'expérience commencée, il ferait une apparition sur la plate-forme avec un retard politiquement acceptable.

Kori'nh était un hybride de noble et de soldat kith au crâne étroit, comme tous les officiers importants de la Marine Solaire. Son visage était glabre et doté de traits humanoïdes, car les kiths supérieurs ressemblaient à l'espèce unique des humains. En dépit de leurs similitudes physiques, les Ildirans étaient fondamentalement différents des Terriens, particulièrement par l'esprit et le cœur.

La peau de Kori'nh avait une teinte grise, son crâne était lisse à l'exception d'un opulent toupet replié derrière sa couronne, symbole de son rang. L'uniforme une pièce de l'adar était constitué d'une longue tunique d'écailles bleues et grises en dégradé, serrée à la taille. Afin de souligner le manque d'importance de cette mission, il avait refusé d'épingler ses nombreuses décorations militaires, mais les humains ne remarqueraient jamais cette subtilité quand il les rencontrerait face à face. Il observait toute cette agitation scientifique avec un mélange d'amusement et de vague inquiétude.

Bien qu'au cours des deux derniers siècles, les Ildirans aient aidé l'espèce débutante à de nombreuses reprises, ils la jugeaient toujours imprudente et mal élevée. Les humains n'étaient que des enfants adoptifs. Peut-être avaient-ils besoin d'un chef divin et tout-puissant tel que le Mage Imperator. L'âge d'or de l'Empire ildiran avait duré des millénaires. L'espèce humaine aurait beaucoup à apprendre de son aînée si elle daignait écouter, plutôt que de persister à commettre ses propres erreurs.

Kori'nh ne parvenait pas à comprendre pourquoi cette race aussi effrontée et ambitieuse avait tellement hâte de créer plus de mondes à terraformer et à coloniser. Pourquoi chercher tant d'ennuis à engendrer un soleil à partir d'une planète gazeuse ? Pourquoi rendre habitables quelques lunes escarpées, alors qu'il y avait tant de mondes loin d'être suffisamment peuplés, selon les normes de n'importe quelle civilisation ? Les humains semblaient vouloir se répandre partout.

L'adar soupira tandis qu'il regardait par l'écran principal de son vaisseau de commandement. Des planètes et des soleils jetables… Voilà bien les Terriens.

Mais il n'aurait pas manqué cet événement pour tous les éloges du Mage Imperator. Dans les temps anciens, la Marine Solaire avait combattu les terribles et mystérieux Rei Shana, et la force militaire avait été obligée de se battre contre des Ildirans dévoyés au cours d'une guerre civile déchirante, deux mille ans plus tôt. Mais, depuis ce temps, la flotte était principalement utilisée pour la parade, diverses opérations de sauvetage et des missions civiles.

Sans ennemis ni conflit interplanétaire au sein de l'Empire ildiran, Kori'nh avait passé sa carrière dans la Marine Solaire à organiser des convois cérémoniels. Il avait peu d'expérience dans le domaine tactique, hormis ce qu'il en avait lu dans *La Saga*. Mais ce n'était pas la même chose.

Le Mage Imperator l'avait envoyé sur Oncier en tant que représentant officiel de l'Empire. Il avait obéi aux ordres de son dieu et chef. Grâce au lien télépathique évanescent qu'il maintenait avec tous ses sujets, le Mage Imperator verrait par les yeux de Kori'nh.

Quoi qu'il puisse en penser, l'intrépide tentative humaine allait enrichir d'un épisode intéressant l'épopée historique ildirane, *La Saga des Sept Soleils*. Cette journée, et peut-être même le nom de Kori'nh, appartiendrait à l'histoire et à la légende. Aucun Ildiran ne pouvait briguer mieux.

4

Le Vieux roi Frederick

Sur Terre, installé au cœur du luxueux Palais des Murmures, le Vieux roi Frederick connaissait sa place. Basil Wenceslas lui avait communiqué ses ordres, et le monarque de la Hanse agissait exactement comme on le lui avait prescrit.

Autour de lui, les fonctionnaires de la cour s'occupaient à rédiger des documents, consigner des décrets, distribuer des ordonnances et des dons royaux. Le Palais des Murmures devait être vu comme un ballet ininterrompu d'affaires importantes, conduit de manière professionnelle et ordonnée.

Portant de lourds vêtements de cérémonie ainsi qu'une couronne légère ornée de prismes holographiques, Frederick attendait des nouvelles d'Oncier dans la salle du Trône. Il s'était baigné et parfumé ; les nombreuses bagues à ses doigts étincelaient. On avait massé sa peau avec des huiles et des lotions. Aucune mèche ne dépassait de sa coiffure impeccable.

Bien qu'il ait été choisi à l'origine pour son apparence, son charisme et ses capacités d'élocution en public, Frederick connaissait mieux les fondements de la monarchie que l'étudiant en instruction civique le plus attentif. Toute politique en temps réel s'exerçant sur un territoire galactique aussi vaste était au mieux fragile, c'est pourquoi la Hanse dépendait d'une effigie pour prononcer les décrets et promulguer les lois. La population avait besoin d'une personne en chair et en os à qui être fidèle, car nul ne lutterait jusqu'à la mort ou ne jurerait loyauté sur son sang pour un vague idéal. Jadis, on avait créé une cour royale et un monarque de belle allure afin de conférer au gouvernement commercial un visage et un cœur.

À l'instar de ses cinq prédécesseurs, le roi Frederick n'existait que pour être regardé et révéré. Sa cour regorgeait de vêtements somptueux, de pierres polies, de riches étoffes, de tapisseries, d'œuvres d'art, de bijoux et de sculptures. Il distribuait des médailles, organisait des fêtes, et entretenait le bonheur du peuple grâce à un partage généreux des richesses de la Hanse. Frederick avait tout ce qu'il voulait et ce dont il avait besoin – à l'exception de l'indépendance et de la liberté.

Basil lui avait dit un jour :

« Les hommes ont tendance à renoncer à leur pouvoir de décision en faveur de personnages charismatiques. De cette façon, ils forcent ces derniers à prendre toutes les responsabilités, et peuvent faire endosser leurs problèmes à la hiérarchie. (Il s'était tourné vers le roi, si alourdi par ses parures qu'il marchait avec peine.) Si l'on suit ce raisonnement jusqu'à sa conclusion logique, toute société tend vers la monarchie, à condition de lui donner le choix et assez de temps. »

Après quarante-six ans sur le trône, Frederick pouvait à peine se souvenir de sa jeunesse ou de son nom d'origine. Il avait assisté à de grands changements dans la Ligue Hanséatique au cours de son règne, mais peu d'entre eux avaient été de son fait. À présent, le fardeau des ans lui pesait.

Le roi pouvait entendre le jaillissement des fontaines, le bourdonnement des dirigeables, le brouhaha de la foule houleuse sur la place royale en contrebas, attendant qu'il s'adresse à elle depuis son balcon favori. Le Pèrarque de l'Unisson psalmodiait déjà la liturgie habituelle. Malgré l'attention avec laquelle la foule suivait les prières, des sujets exaltés se pressaient en avant, dans l'espoir d'entrevoir leur formidable monarque. Frederick voulait rester le plus longtemps possible à l'intérieur.

Après sa construction, dans les premiers temps de l'expansion terrienne, un respect mêlé de crainte avait laissé sans voix les visiteurs de la gigantesque résidence officielle – d'où son nom : le Palais des Murmures. Les coupoles et les dômes toujours illuminés étaient faits de panneaux de verre entrecroisés au moyen de traverses plaquées de titane. L'emplacement, situé sur la côte ouest de l'Amérique du Nord, dans ce qui avait été autrefois la Californie du sud, avait été choisi pour son climat ensoleillé. Le Palais était plus grand que n'importe quel autre édifice sur Terre, assez vaste pour engouffrer dix Versailles. Plus tard, après que la Hanse eut découvert les architectures à couper le souffle de l'Empire ildiran, le Palais des Murmures avait été étendu, comme il se devait.

À ce moment cependant, la beauté qui entourait Frederick ne pouvait contenter son esprit, alors qu'il attendait avec impatience de recevoir des nouvelles de Basil, sur la lointaine Oncier.

— Les événements capitaux ne se déroulent pas en un instant, dit-il comme pour se convaincre lui-même. Aujourd'hui, nous comptons infléchir le cours de l'Histoire.

Un chambellan de la cour fit retentir un gong ildiran fabriqué à partir d'un alliage cristallin. Aussitôt, en réaction au son, le roi se fendit d'un sourire empressé mais paternel, une expression chaleureuse qui suscitait la confiance.

L'écho du gong allait s'affaiblissant lorsque le roi descendit à grands pas la promenade royale vers son spacieux balcon de figuration. Inopinément, il regarda dans un miroir en cristal pur inséré dans une niche. Il examina ses traits, les traces de lassitude dans ses yeux, quelques rides que lui seul pouvait voir. Combien de temps encore Basil allait-il le laisser jouer ce rôle, avant qu'il franchisse la limite qui sépare « paternel » de « gâteux » ? Peut-être la Hanse le laisserait-elle bientôt se retirer.

Les grandes portes solaires s'ouvrirent, et, redressant les épaules, le roi marqua un temps d'arrêt pour prendre une longue inspiration.

L'ambassadrice Otema, la vénérable prêtresse Verte de Theroc, la planète forestière, se tenait à côté du surgeon d'arbremonde qui lui arrivait aux épaules, planté dans un pot décoré. Par l'intermédiaire de la forêt planétaire consciente, Otema pouvait établir un lien instantané avec la lointaine plate-forme.

Le roi claqua brusquement dans ses mains.

— C'est l'heure. Nous devons transmettre le message que le roi Frederick, lui-même, donne la permission de commencer cette extraordinaire expérience. Dites-leur de procéder, avec ma bénédiction.

Otema s'inclina cérémonieusement. L'ambassadrice à l'allure sévère avait tellement de tatouages nobiliaires sur son visage qu'elle-même ressemblait à une plante noueuse, et sa peau verte paraissait comme érodée par les intempéries. Basil Wenceslas et elle s'étaient affrontés bien des fois, mais le roi Frederick s'était toujours tenu à l'écart de leurs disputes.

Otema enroula ses doigts calleux autour du tronc de l'arbremonde à l'écorce squameuse, et ferma les yeux afin d'envoyer ses pensées via le *télien* végétal vers son destinataire sur Oncier.

5

Beneto Theron

Au large d'Oncier, le silence tomba sur les observateurs et les invités, tandis que Beneto lâchait le petit arbremonde. Il caressa le surgeon, puisant et dispensant à la fois du réconfort.

— Le roi Frederick vous envoie sa bénédiction, annonça-t-il à la foule. Nous pouvons procéder.

Une pluie d'applaudissements crépita. Les groupes de journalistes abaissèrent leurs caméras vers la géante gazeuse, comme si l'ordre même du roi avait le pouvoir de déclencher l'événement.

Le docteur Serizawa se hâta vers le technicien. À son signal, les ancres furent larguées depuis leur orbite. De brillantes lumières impactèrent la masse planétaire, perçant de profonds tunnels jusqu'à l'endroit où elles serviraient de balise au trou de ver, loin en dessous. Les sondes, fabriquées à partir des plans klikiss, disparurent dans les amoncellements de nuages sans même soulever une ride.

Beneto regardait, notant chaque détail à transmettre par la prière à la forêt-monde ; celle-ci était curieuse et enthousiaste. Bien qu'il soit le cadet de la famille régnante theronienne, sa présence n'avait pas d'autre but que de communiquer des nouvelles de l'expérience via les arbremondes, bien plus rapidement que n'importe quel type de communications électromagnétiques ; ces dernières prendraient des mois – voire des années – pour parvenir jusqu'au premier avant-poste de la Hanse, même à la vitesse de la lumière.

En utilisant les arbres interconnectés, tout prêtre Vert pouvait communiquer avec n'importe quel homologue, où qu'il se trouve. Chaque arbre constituait un avatar de la forêt-monde dans son ensemble, une image quantique identique aux autres. Ce qu'un surgeon savait, tous les autres le savaient, et les prêtres Verts pouvaient puiser dans ce réservoir d'informations à leur guise. Ils pouvaient aussi l'utiliser pour envoyer des messages.

Tandis que les spectateurs regardaient les ancres du trou de ver disparaître dans les nuages d'Oncier, Beneto toucha de nouveau le surgeon. Il laissa son esprit s'infiltrer dans le tronc jusqu'à ce que ses pensées atteignent d'autres parties de la forêt-monde. Lorsqu'il fixa de nouveau son attention sur la plate-forme, il leva les yeux vers le Président Wenceslas qui le regardait avec impatience.

Le visage de Beneto demeura calme et digne. Ses traits tatoués, d'une grande noblesse, étaient beaux. Ses yeux conservaient un reliquat de paupières bridées, qui leur donnait la forme d'amandes arrondies.

— Père Idriss et Mère Alexa adressent les prières de tout le peuple theronien pour le succès de cette expérience.

— J'apprécie toujours les paroles d'amitié de vos parents, dit Basil, même si je préférerais que Theroc participe davantage aux relations commerciales avec la Hanse.

Beneto garda une voix neutre.

— Les projets et les vœux de la forêt-monde ne correspondent pas toujours à ceux de la Hanse, Président. Toutefois, vous feriez mieux de discuter de ces choses avec mon frère aîné Reynald, ou ma sœur Sarein. Ils ont tous les deux plus d'inclination pour le commerce que moi. (Il toucha le sommet feuillu du surgeon, comme pour insister sur son statut de prêtre.) En tant que second fils, ma destinée a toujours été de servir la forêt-monde.

— Et vous faites un travail admirable. Je ne pensais pas vous mettre mal à l'aise.

— Grâce au soutien et à la bienveillance des arbremondes, je suis rarement mal à l'aise.

Le jeune homme n'aurait pu imaginer d'autre vocation. En vertu de sa haute naissance, la mission de Beneto consistait à participer aux événements officiels tels que celui-ci. Cependant, il ne voulait pas accomplir son devoir de prêtre uniquement pour les apparences. S'il avait eu le choix, il aurait préféré aider la forêt-monde à s'étendre dans le Bras spiral, afin que les surgeons puissent croître sur d'autres planètes.

Les prêtres Verts étaient peu nombreux, et leurs dons télépathiques étaient si demandés que des prêtres missionnaires résidaient dans de luxueuses demeures, subventionnés par la Hanse ou les gouvernements coloniaux, et généreusement payés pour transmettre et recevoir des messages instantanés. D'autres prêtres, en revanche, vivaient de façon plus austère, à planter et cultiver des surgeons. C'est ce que Beneto aurait préféré faire.

La Hanse souhaitait désespérément engager autant de prêtres Verts que Theroc pouvait en fournir, mais les marchands et les hommes politiques se trouvaient toujours frustrés. Malgré l'insistance des émissaires de la Hanse pour que les prêtres servent la cause de l'humanité, Père Idriss et Mère Alexa ne voyaient aucun intérêt à étendre leur pouvoir. Au contraire, ils laissaient aux prêtres le choix de leur poste.

Les prêtres sélectionnaient avec soin des spécimens vigoureux de la forêt consciente de Theroc, puis répartissaient les surgeons sur les mondes coloniaux épars, ou les transportaient à bord de vaisseaux marchands. Plus que de lumière et d'engrais, la forêt-monde avait faim d'informations, de données à classer dans son réseau semi-conscient. La mission des prêtres Verts était d'étendre la forêt-monde aussi loin et largement que possible – et non de servir la nébuleuse marchande terrienne.

Depuis des générations, les chercheurs de la Hanse tentaient de percer le principe d'échanges instantanés par les arbres interconnectés. En vain. Seuls les arbremondes pouvaient fournir le lien télépathique, et seuls les prêtres Verts pouvaient communiquer à travers le réseau forestier. Ce problème insurmontable portait les scientifiques au comble de la frustration. Malgré toute la technologie et les effectifs que la Hanse avait dépensés pour l'expérience du Flambeau klikiss, rien ne pouvait démarrer sans ce simple prêtre mystique et son arbre…

À bord de la plate-forme technique d'observation, le Président Wenceslas frappa dans ses mains manucurées.

— Très bien, Beneto, contactez votre homologue près de l'étoile à neutrons. Dites-leur d'ouvrir le trou de ver.

Beneto toucha l'arbre de nouveau.

6

Arcas

Au milieu du Bras spiral, un autre prêtre Vert attendait avec six techniciens de la Hanse dans un petit vaisseau éclaireur, à une position stable au-delà de l'attraction gravitationnelle de l'étoile à neutrons.

L'étoile superdense vestigielle était tout ce qui restait d'une géante rouge effondrée, dont la vitesse et la masse s'étaient épuisées avant qu'elle puisse se muer en trou noir. La puissante gravité de l'étoile à neutrons courbait l'espace. Elle tournait sur elle-même comme un gyrophare, des jets de particules à haute énergie jaillissant des pôles comme l'eau d'un tuyau d'incendie. Une boule minuscule, de moins de dix kilomètres de diamètre, mais détentrice d'une gigantesque énergie.

Entassés dans le vaisseau, les six techniciens transpiraient, nerveux. La torpille avait été déployée hors du vaisseau au bout d'un filin, attendant son lancement dans la gueule gravitationnelle de l'étoile effondrée. Les techniciens contemplaient Arcas, comme si le prêtre Vert pouvait soulager leur peur ou leur offrir une sorte de sursis.

— Combien de temps, encore ? demanda l'un d'eux, sur un ton presque implorant.

Le surgeon à son côté n'avait pas encore parlé. Arcas soupira :

— Je vous le dirai dès que je l'entendrai.

Il retournerait avant peu sur Theroc, où les prêtres lui attribueraient une autre fonction au service de la forêt-monde. C'était du pareil au même pour Arcas, bien qu'il ait choisi cette mission – lointaine, et impliquant relativement peu de personnes. En tant que prêtre Vert, il ne savait rien faire d'autre. C'était un solitaire, mais aussi un prêtre Vert, relié à la forêt, bien que cela n'ait jamais été son choix initial. Si seulement il avait pu échanger sa place avec quelqu'un éprouvant davantage de dévouement pour cette tâche…

Il empoigna l'écorce rugueuse du surgeon, mais ne perçut aucun message télien. Rien. Il fallait attendre.

— Pas encore.

À bord des vaisseaux éclaireurs glaciaux, l'espace était trop confiné, les parois trop dénudées. L'air en conserve avait le goût des filtres de recyclage ; il lui manquait la riche saveur humide qu'il avait l'habitude de respirer dans les forêts denses. Même sur Theroc, Arcas n'avait jusqu'à présent jamais ressenti la passion qu'éprouvaient la plupart des prêtres Verts. Il aurait sans doute choisi une tout autre vie, mais, désormais, sa peau arborait la teinte verte de la symbiose, une algue sous-cutanée qui lui permettait de synthétiser la lumière du jour. Le traitement était irréversible, de sorte qu'il resterait toujours lié à la forêt-monde, même si devenir prêtre Vert ne reflétait pas sa volonté réelle.

Arcas était devenu acolyte afin d'honorer une promesse faite à son père sur son lit de mort, et non par intérêt. Les prêtres Verts étaient si demandés que même un sujet médiocre comme Arcas pouvait choisir entre d'innombrables offres d'emploi. Sur Theroc, les Anciens aidaient à prendre de telles décisions, et Père Idriss et Mère Alexa dialoguaient avec la Hanse. Mais chaque prêtre Vert – y compris Arcas – pouvait accéder à l'esprit global de la forêt et effectuer ses propres choix, parmi la multitude de places somptueuses, de postes diplomatiques et de liaisons… Arcas, lui, avait préféré s'éloigner de toute cette agitation. Il avait choisi d'être ici, sur cette station isolée.

— Qu'est-ce qu'on attend ? demanda un autre technicien, encore plus angoissé. Pourquoi ça prend si longtemps ?

Après avoir communié par télien, Arcas se concentra de nouveau sur les techniciens rongés par l'impatience.

— Ils disent qu'ils sont prêts, sur Oncier. Vous pouvez lancer la sonde.

Utilisant des machines incompréhensibles pour le prêtre Vert, les techniciens hanséatiques se précipitèrent pour libérer le filin et activer le mécanisme d'ouverture de trou de ver. La sonde se sépara du vaisseau éclaireur et accéléra vers l'étoile à neutrons, gagnant de la vitesse tandis qu'elle mordait le puits spatio-temporel.

Les techniciens applaudirent lorsque le point d'ancrage fut établi près de la balise de l'étoile à neutrons. Ils se dépêchèrent de relever les résultats, car ils ne savaient pas combien de temps la torpille resterait en place, en raison des furieuses secousses gravitationnelles qu'elle subissait.

Arcas observait, stockant les images afin de les transmettre aux arbremondes et à tous les prêtres Verts. Les arbres étaient plus intéressés que lui-même.

— Activation ! dit le technicien en chef.

La torpille utilisait l'ancienne technologie klikiss pour déformer, rider, puis forer un trou béant dans l'étoffe de l'espace. La gueule du tunnel était assez large pour engloutir l'étoile superdense.

Arcas marmonnait, décrivant au surgeon chaque étape du processus – jusqu'à ce que même lui restât sans voix, lorsque le nouveau trou de ver avala littéralement l'étoile à neutrons flamboyante, tel un caillou jeté dans un égout.

Son énergie épuisée, le générateur de la torpille rendit l'âme ; le trou de ver se referma en claquant, scellant l'espace-temps sans laisser de cicatrice dans le vide où s'était tenu l'objet céleste exotique.

— Là. C'est fait.

Arcas regarda les techniciens, qui commençaient à pousser des vivats frénétiques.

Les restes vaporeux du nuage d'accrétion gazeuse dérivaient en fines écharpes, libérées des chaînes de la gravité.

Telle une bombe d'une ampleur inimaginable, l'étoile à neutrons fonça vers Oncier.

7

Margaret Colicos

Louis se fraya adroitement un chemin parmi les observateurs de sorte que Margaret et lui soient aux premières loges de l'implosion planétaire. Basil Wenceslas se tenait à leurs côtés.

— Nous saurons très vite ce qu'il en est, dit-il. Le prêtre Vert dit que le trou de ver est ouvert de l'autre côté. L'étoile à neutrons est en route.

Le docteur Serizawa, dont le crâne lisse luisait de transpiration, se tourna vers les journalistes et les cameramen depuis la baie d'observation.

— L'extrémité de réception du trou de ver est ancrée dans le cœur de la géante gazeuse. Quand l'étoile superdense frappera Oncier, ce sera l'explosion d'énergie la plus titanesque que l'humanité aura jamais provoquée.

Puis il ajouta rapidement, en gesticulant :

— Mais n'ayez crainte, il faudra des heures à l'onde de choc pour traverser les couches d'atmosphère. Nous sommes suffisamment éloignés d'Oncier pour ne souffrir d'aucun effet.

L'incroyable masse de l'étoile à neutrons atteignit le cœur de la géante gazeuse comme un boulet de canon, ajoutant assez de masse et d'énergie pour l'ignition. Serizawa vit les relevés et poussa une acclamation. La sonde en contrebas transmettait la pression, la température et les relevés photoniques. Ceux-ci s'affichaient sur les écrans en courbes tourmentées. Les techniciens agitaient triomphalement les mains. Bien que la surface extérieure d'Oncier demeure aussi calme et tranquille qu'avant, des changements titanesques convulsaient les couches atmosphériques les plus profondes. Basil Wenceslas applaudit, suivi des dignitaires.

— L'étoile à neutrons est beaucoup plus petite, mais largement plus dense, comme un diamant incrusté dans une barbe à papa. La substance d'Oncier poursuit sa chute vers le centre. (Serizawa regarda les relevés, puis sa montre.) Dans une heure au plus, elle atteindra la densité nécessaire à la fusion de l'hydrogène – la convection d'énergie utilisée par n'importe quelle étoile.

Margaret loucha vers le quasi-soleil, dont les couleurs semblaient peintes à la main. Toutefois Oncier était si gigantesque qu'elle ne pouvait encore observer aucun changement immédiat, bien que l'étoile à neutrons se soit déjà écrasée contre son noyau. On avait disséminé des indicateurs et des détecteurs dans les nuages, à des altitudes diverses, dans le but d'enregistrer l'onde de choc du rayonnement émis.

Margaret s'inclina pour embrasser la joue burinée de Louis.

— On a réussi, l'ancien.

Les archéologues avaient accompli leur travail au tout début du processus ; à présent, ils pouvaient se détendre et contempler l'aboutissement de leurs efforts. Le chaos cosmique s'opérait en cet instant même dans les profondeurs.

Juste derrière elle, un journaliste demanda :

— Alors, docteur, il suffit simplement d'accroître le poids pour déclencher l'embrasement de la planète ?

— En fait, répliqua Serizawa, il s'agit de masse et non de poids. Mais peu importe. Voyez-vous, le transfert soudain de l'étoile à neutrons vers l'intérieur de la planète lui confère une énergie négative immédiate – une énergie potentielle, en fait. Pour se conformer aux lois de conservation, un influx considérable d'énergie cinétique est obligatoire. Cela apparaît sous forme de chaleur, dans la thermodynamique des trous de ver. *Cela* déclenchera les réactions qui transformeront la géante gazeuse en étoile en combustion.

Cela se produit en un clin d'œil. (Ses yeux cillèrent.) C'est-à-dire en quelques jours, toutes proportions gardées.

Généralement, le transfert calorique était incroyablement lent au sein d'une étoile. Un photon mettait un millier d'années à rayonner, en zigzaguant comme un ivrogne, du noyau jusqu'à la surface ; il heurtait les molécules de gaz sur sa trajectoire, était absorbé puis réémis pour entrer en collision avec un autre atome.

— Oh, vous n'avez qu'à regarder, dit Serizawa, et vous verrez ce que je veux dire.

La fascination des médias déclina en quelques heures. Les transformations étaient lentes, malgré le fait que la gigantesque sphère soit effectivement en train d'imploser. Des détecteurs en atmosphère profonde montraient le feu nucléaire se répandant vers l'extérieur tel un raz-de-marée. Quand la vague atteindrait la surface, Oncier commencerait à briller comme une ampoule.

Les premières lueurs et étincelles apparurent à travers les trouées des formations de tempêtes. Des décolorations pastel tourbillonnaient alentour, découvrant des perturbations titanesques loin en dessous. Les documents klikiss traduits par Margaret avaient conduit à cet événement spectaculaire, mais elle ne savait pas si elle devait être fière, ou au contraire horrifiée, par ce qu'elle voyait.

La septe ildirane salua le succès du Flambeau klikiss. Habillé en uniforme de circonstance, Adar Kori'nh arriva sur la plate-forme d'observation afin d'assister à l'effondrement stellaire progressif. Margaret fit la connaissance de l'adar avec curiosité et une certaine appréhension, n'ayant jamais parlé à un Ildiran auparavant.

— Votre maîtrise de l'anglais est parfaite, Adar, dit-elle. J'aurais aimé posséder une telle compétence dans les langues.

— Un idiome commun relie tous les Ildirans, mais ceux d'entre nous susceptibles de rencontrer des humains ont appris votre langage universel de commerce. Le Mage Imperator nous l'a demandé.

Profitant de son interlocuteur, Louis parla très longuement avec Kori'nh, décrivant leur travail sur les planètes klikiss.

— L'Empire ildiran existe depuis bien plus longtemps que l'homme n'explore l'espace, Adar. Pourquoi donc votre peuple n'a-t-il pas envoyé des prospecteurs ou des archéologues, afin d'acquérir des connaissances sur le peuple disparu ? N'êtes-vous pas curieux ?

Kori'nh le regarda comme si la question était d'une étrangeté déconcertante.

— Les Ildirans n'envoient pas d'explorateurs solitaires. Quand nous dépêchons un groupe de colons, ou *scission*, il doit être assez important pour perpétuer notre société. La solitude est un trait humain que nous trouvons difficile à comprendre. Je ne choisirais jamais de me trouver si loin des autres membres de mon espèce.

Louis sourit à l'intention de Margaret.

— Ma femme aime tellement la solitude qu'elle préfère souvent être dans une section de fouille différente de la mienne.

Celle-ci, embarrassée, lui fit un léger signe de tête.

— Je crois, Louis, que les Ildirans partagent un lien télépathique discret qui les relie tous entre eux. Pas comme l'esprit d'une ruche, mais plutôt comme un soutien collectif. N'est-ce pas exact, général ?

— Nous l'appelons le thisme, dit Kori'nh. Il émane de notre Mage Imperator. Celui-ci est le nœud qui attache les fils de notre race. Si un individu s'égare trop loin des autres, ce lien pourrait se rompre. Peut-être les humains considèrent-ils que voyager seul est un avantage. À l'inverse, je plains votre espèce de vivre sans le filet de sécurité du thisme.

Kori'nh s'inclina, une expression indéchiffrable sur le visage.

Une rumeur où perçait l'étonnement les attira vers la baie. Un panache brillant monta en bouillonnant d'Oncier comme un geyser de gaz surchauffés. L'événement était insolite. Cependant, lorsqu'il s'évanouit, l'intérêt des spectateurs fit de même. En moins d'une heure, Margaret fut la seule à regarder encore à travers la large baie. Elle trouvait la fureur effervescente d'Oncier envoûtante.

Cette dernière rayonnait à présent, propageant des photons autour du monde en implosion.

Son regard se porta sur le croissant brillant de la planète : une courbe floue sur la toile de fond de l'espace, à l'opposé de la plateforme et des vaisseaux de guerre ildirans. Soudain, plusieurs objets sphériques incroyablement rapides jaillirent comme des balles de fusil. Ils émergèrent des profondeurs nuageuses d'Oncier pour monter en flèche dans l'espace. En quelques secondes, les points rétrécirent et furent avalés par la distance.

Margaret hoqueta, mais aucun de ses voisins n'avait vu l'apparition. Cela ne pouvait être un phénomène naturel… mais sinon, quoi d'autre ?

Elle se retourna, déconcertée. Louis était toujours en grande conversation avec Kori'nh et Basil Wenceslas. Il discutait des détails de leur prochaine expédition sur Rheindic Co, des nombreux mystères klikiss, des étranges robots qui fonctionnaient toujours mais déclaraient ne posséder aucune information sur leurs créateurs. Le docteur Serizawa, secondé par ses techniciens, visionnait en boucle les images de la planète en feu. À en juger par leur expression, eux aussi avaient vu l'apparition.

Elle se dirigea vers eux.

— Qu'est-ce que c'était, docteur Serizawa ? Vous avez vu…

L'homme la regarda avec un sourire distrait.

— Cela requiert une analyse détaillée, mais ne vous inquiétez pas. On ne comprend pas encore tous les effets secondaires et tertiaires du Flambeau klikiss. Rappelez-vous que dans la pression extrême des noyaux de géante gazeuse, des gaz ordinaires peuvent se comprimer jusqu'à former des métaux, comme par exemple le carbone compressé en diamant.

Il se retourna pour observer les écrans, sur lesquels les caméras de la plate-forme rediffusaient des images floues. Malheureusement, les étranges objets avaient émergé du côté opposé de l'ardente Oncier.

— Je ne serais pas surpris qu'il s'agisse de nodules métalliques issus du noyau profond, des débris exotiques éjectés, dans le tumulte qui a suivi l'embrasement stellaire. Si j'étais vous, madame Colicos, je ne me ferais pas trop de souci. Les résultats de votre Flambeau klikiss ont satisfait, sinon dépassé, toutes les attentes.

Margaret fronça les sourcils.

— Pour moi, cela ressemblait à des vaisseaux ; des constructions artificielles.

Cette fois, l'expression de Serizawa devint quelque peu condescendante.

— Ce serait hautement improbable. Après tout, quelle forme de vie pourrait survivre dans les abysses à haute pression d'une géante gazeuse ?

8

Raymond Aguerra

Dans le Quartier du Palais, la foule s'amassait joyeusement. Des marchands de souvenirs criaient leurs boniments, des cuisiniers vendaient des friandises hors de prix. Une profusion de bouquets de fleurs saturait l'air de parfums entêtants, malgré la présence d'escadrons de jardiniers et d'employés de la voirie chargés d'ôter les fleurs avant qu'elles se fanent.

Raymond Aguerra se glissa adroitement à travers une forêt inextricable d'épaules et de bras. Il ne craignait pas les pickpockets, car il savait les repérer, les dépister et leur échapper avant de se faire attraper. En outre, ses poches étaient vides. Le jeune homme voulait juste profiter du spectacle et guetter sa chance, surtout dans une fête tapageuse comme celle-ci. Un garçon ambitieux et facile à vivre pouvait se faire une situation, si l'occasion se présentait.

Âgé de quatorze ans, Raymond était intelligent et si beau que c'en était embarrassant. Il avait des cheveux bruns, une silhouette élancée, et un sourire éclatant. Il avait peu d'amis, à l'exception de ceux qu'il trouvait par lui-même, et encore moins de privilèges. Une vie difficile l'avait rendu aussi musclé qu'un lévrier, ce qui surprenait souvent ceux qui le défiaient, même s'il préférait embobiner les gens plutôt que de se quereller.

Il louvoyait si habilement que les spectateurs du premier rang ne remarquèrent pas ce nouvel arrivant aux yeux écarquillés. Chaque jour étant une bataille pour subvenir à ses besoins ainsi qu'à ceux de sa mère et de ses frères, Raymond ne portait guère d'intérêt à la politique. Mais il aimait regarder les rues en fête. Dans le ciel, des dirigeables, des planeurs et des ballons transportaient ceux qui pouvaient s'offrir une vue aérienne sur le parc du Palais. Des gongs retentirent, encore plus assourdissants que les acclamations des spectateurs.

Il remarqua un brusque afflux d'uniformes de la cour – gardes royaux et ministres –, qui prenaient place sur le majestueux balcon du Palais des Murmures comme sur la scène d'un théâtre. Tandis que le diacre de l'Unisson récitait sa prière, des hérauts déployèrent l'éclatante bannière de la Ligue Hanséatique terrienne, représentant la Terre au centre de trois cercles concentriques.

Un vieil homme monta pesamment sur le balcon, comme s'il étudiait avec soin chacun de ses pas. À l'exception de ses habits de cérémonie exubérants, le roi n'avait pas l'air plus imposant que les fonctionnaires de la cour. Quand il leva les mains, les manches bouffantes de son luxueux vêtement retombèrent sur ses épaules. La lumière du jour faisait étinceler ses bagues ainsi que les joyaux de sa couronne.

— En ce jour, je vais vous parler d'une grande victoire de l'ingéniosité et de l'énergie humaines. (Amplifiées par des haut-parleurs, ces paroles retentirent à travers l'esplanade. Le roi Frederick possédait une voix riche de baryton, profonde et vibrante, comme celle d'une divinité.) Dans le système d'Oncier, nous venons d'engendrer une nouvelle étoile, qui offrira sa chaleur et sa lumière propices à la vie à quatre mondes vierges, au profit de la colonisation humaine.

Après avoir écouté dans un silence respectueux, les gens applaudirent derechef. Raymond sourit de leur surprise feinte ; tout le monde connaissait déjà l'objet de ce rassemblement.

— Le temps est venu d'allumer quatre nouvelles torches dans le Quartier du Palais !

Comme les échos de sa voix s'évanouissaient, le roi fit un geste ample, sa main à peine visible même pour la vue perçante de Raymond.

Sur la plupart des points élevés, des colonnes et des dômes, des flammes éternelles s'élevaient déjà en crépitant, à la manière des myriades de lampadaires du parc. Chaque torche symbolisait une colonie terrienne ayant signé la charte de la Hanse et juré fidélité au vieux roi.

—Je vous offre ces quatre nouvelles lunes, qui ont été nommées en hommage à mes illustres prédécesseurs, les quatre Grands rois de la Ligue Hanséatique terrienne : Ben ! (Dans un grondement, un pilier de feu éclatant surgit d'une tour élancée, le long du pont de promenade qui enjambait le Canal royal.) George ! Christopher ! Et Jack !

À chaque nom prononcé, une nouvelle torche s'épanouissait au sommet d'une tour dépourvue de lumière du grand pont.

La glace n'avait pas encore fondu sur les quatre lunes, et les premières équipes de terraformation n'atterriraient pas avant que les bouleversements tectoniques se soient apaisés. Néanmoins, Raymond se délectait, tout comme les autres spectateurs, à regarder le roi, qui présentait un quatuor de nouveaux mondes. Quel magnifique spectacle !

Des groupes de musiciens commencèrent à jouer, et des rubans de papier métallisé scintillèrent, dispersés comme des aigrettes de pissenlit par des zeppelins dérivants. Le roi Frederick annonça une journée de festivités effrénées. La population approuvait n'importe quel motif dès qu'il s'agissait de s'amuser. Peut-être était-ce pour cette raison qu'elle aimait tant son roi.

Frederick se pressa de retourner dans le confort douillet du Palais des Murmures. Raymond remarqua son air quelque peu préoccupé. Le roi semblait seul, peut-être même malheureux, comme s'il était las de vivre, exposé au regard de tant de gens depuis sa naissance. Raymond éprouva de la sympathie envers le monarque, lui qui, au contraire, passait chaque jour de sa vie complètement invisible au reste du monde.

Il flâna entre les éventaires et les vendeurs de souvenirs. Sur les façades du Palais des Murmures, de larges frises figuraient des événements historiques : le lancement des onze gigantesques vaisseaux-générations ; le premier contact avec les Ildirans, qui avaient offert le moteur interstellaire et leur civilisation galactique. Les frises holographiques se modifiaient à heure fixe, dramatisant les scènes à la manière des glockenspiels. Autour des fontaines des parcs, les statues s'animaient : des anges de pierre battaient des ailes, des généraux célèbres chevauchaient leurs montures qui se cabraient sur un signal.

Un flot de piétons s'écoulait le long du pont pour s'engager dans le parc du Palais. Raymond les dévisagea tous, les yeux étincelants. Il perçut la menace une demi-seconde trop tard.

Quelqu'un le saisit par la nuque, le serrant avec des doigts pareils à des tenailles.

— Alors, il est là pour voler ceux qui ont les yeux ailleurs, mais il s'enfuit dès qu'on lui propose un boulot plus subtil !

Raymond se tortilla suffisamment pour distinguer son interlocuteur : un garçon plus âgé, affublé du nom infortuné de Malph, le regardait d'un air mauvais, tandis que Burl, son acolyte plus costaud, resserrait davantage sa prise sur la nuque de Raymond. Ce dernier se libéra d'une torsion, mais ne se mit pas à courir. Pas encore.

— Désolé, mais je n'ai pas inscrit le vol sur ma liste de choses à faire.

— Voler est indigne de sa sensibilité délicate ! lança Burl avec un grognement.

— Nan, c'est trop facile, rétorqua Raymond. Travailler dur pour vivre – *voilà* un vrai défi. Vous devriez essayer un jour.

Autour d'eux, les spectateurs dansaient avec insouciance. Certains s'embrassaient, un grand nombre faisaient la queue devant les stands de nourriture. Malph parla à voix basse, mais il aurait pu crier sans que personne ne fasse attention à eux :

— Raymond, Raymond, pourquoi est-ce que tu ne deviens pas prêtre, si tu te poses autant de problèmes moraux ? Et pourquoi est-ce que tu n'as pas simplement dit non, au lieu de nous tourner autour ?

— Par la *pluie cramoisie,* j'ai dit non, Malph. Seize fois, si ma mémoire est bonne. Mais tu n'écoutais pas. Entrer par effraction dans un commerce et vider la planque où le type cache son argent n'est pas mon idée d'un métier. On le fait une fois, puis ça devient plus facile la fois suivante.

— Je suis tout à fait pour que ce soit plus facile, dit Burl avec un rire acerbe. On a surtout dû courir pour échapper aux policiers, après que tu as déclenché l'alarme.

— Et si vous deux aviez été aussi bons que vous le prétendiez, les policiers ne se seraient jamais approchés. (Raymond agita l'index dans leur direction.) Tu vois, Malph, je comptais sur ton adresse, et tu me dis maintenant que c'était une exagération. (Il inspira profondément, tous ses muscles tendus, prêt à fuir ou à combattre.) Je ne pense pas que vous me croirez si je vous disais que c'était un accident ?

Burl serra les poings et parut augmenter de taille.

— Quand on aura rentré à coups de poings tes conneries dans ta gorge, tu pourras toujours raconter à ta maman que ça aussi, c'était un accident.

— Laisse ma mère en dehors de ça.

Rita Aguerra était capable de lui faire plus mal que n'importe quel hématome, rien qu'en le serrant dans ses bras avec des larmes dans les yeux.

Comme un requin flairant le sang dans l'eau, Malph tournait autour de Raymond, prêt à le saisir s'il se mettait à courir. Il n'anticipa pas la réaction de Raymond. Ce dernier se lança contre Burl en une avalanche de coups de poings et de coudes. Il se battit sans finesse, mais en utilisant chaque angle de son corps, des extrémités de ses bottes jusqu'au sommet du crâne, si bien qu'il eut tôt fait d'étendre un Burl incrédule sur les dalles. Un tournoiement suivi d'un coup de pied cueillit Malph à l'estomac alors que la brute le chargeait.

C'était assez pour les tenir à distance sans les blesser. Assez pour s'échapper.

Raymond se fondit dans la foule avant que Malph et Burl aient pu recouvrer leurs esprits. Il avait dit ce qu'il avait à dire. Soit ils le laissaient en paix, soit ils revenaient avec du renfort la prochaine fois. Hélas, ils choisiraient sans doute la seconde solution.

Gloussant pour lui-même, il fonça sur le pont et franchit le Canal royal. Il épousseta ses vêtements de grosse toile, soulagé de constater qu'il ne leur avait causé aucune déchirure. Ses phalanges étaient écorchées et ses cheveux ébouriffés, mais au moins il était sorti de la mêlée sans œil au beurre noir ni autre blessure. C'était suffisant pour convaincre sa mère que rien de sérieux ne lui était arrivé. Il n'avait pas envie d'ajouter un tracas supplémentaire à ceux qu'elle devait déjà supporter.

Grâce à son adresse et sa rapidité, Raymond aurait pu facilement subtiliser quelques bourses, vider quelques poches dans la foule grouillante, mais il avait choisi de ne pas le faire. Sa famille était peut-être pauvre, mais pas désespérée. Et si jamais il était arrêté pour vol, il craindrait plus la déception de sa mère que les charges contre lui.

Raymond était l'aîné de quatre garçons et l'homme de la maison, depuis que son père avait quitté la ville en s'engageant à bord d'un vaisseau colonial lorsque Raymond avait huit ans. Esteban Aguerra avait signé les papiers d'incorporation et un règlement de divorce unilatéral en même temps, afin que sa femme reçoive celui-ci seulement après le départ du vaisseau. Le père de Raymond était parti pour la colonie de Ramah, non parce que ce monde était particulièrement attirant, mais parce que c'était le premier site disponible. Bon débarras, pensait Raymond.

Il était temps de rentrer à la maison pour aider sa mère à préparer le repas et mettre les enfants au lit. Revenant par le Quartier du Palais, il s'arrêta et regarda les bouquets de fleurs exubérants exposés partout. Même si la foule en avait fait basculer certains, les autres resteraient glorieusement en place un jour ou deux, jusqu'à ce que les pétales commencent à se flétrir. Ensuite, ils seraient tous jetés.

En dépit de ses scrupules, l'amour de Raymond pour sa mère l'emporta sur la honte de prendre l'un des magnifiques bouquets sous son bras. Il se hâta de rentrer avec les fleurs multicolores, rayonnant de fierté à l'idée de la joie qu'elle allait éprouver.

Le jeune homme n'avait pas remarqué les espions de la Hanse engagés par Basil Wenceslas. Ils avaient observé Raymond Aguerra toute la journée.

Les hommes de l'ombre sélectionnèrent de nombreuses images de surveillance du garçon et les classèrent dans leur fichier déjà bien rempli.

9

Estarra

Bien qu'elle soit une fille des souverains de Theroc et qu'elle n'ait que douze ans, Estarra ne savait pas ce qu'elle désirait faire de sa vie.

Ses trois frères et sœurs avaient su depuis l'enfance qu'on attendait d'eux qu'ils apprennent l'exercice du pouvoir, entrent dans la prêtrise ou soient formés comme ambassadeurs commerciaux. Un quatrième enfant, cependant, n'avait pas de rôle préétabli. Ainsi, Estarra faisait à peu près ce qu'elle voulait.

Pleine d'énergie, elle courait pieds nus dans la forêt, voltigeant dans les sous-bois sous la canopée toujours bruissante des arbremondes. La voûte de feuilles en forme de palmes entrelacées bloquait moins la lumière du soleil qu'elle ne la filtrait, tachetant le tapis forestier de jaune et de vert. Les feuilles et les herbes caressaient sa peau dorée, la chatouillant sans l'égratigner. Ses grands yeux étaient toujours avides de nouvelles découvertes et de trouvailles insolites.

Estarra avait déjà exploré tous les sentiers voisins, émerveillée par le monde qui l'entourait. Ses actions imprudentes faisaient parfois sourciller sa sœur aînée Sarein. Celle-ci était tombée amoureuse de l'univers du commerce, des affaires et de la politique. Estarra ne voulait toutefois pas grandir aussi vite que sa sœur.

Reynald, l'aîné de ses frères, avait déjà vingt-cinq ans et était en bonne voie de devenir le prochain Père de Theroc. Généreux et patient, Reynald étudiait la politique et les règles du pouvoir ; selon la tradition, il avait toujours su qu'il deviendrait le prochain porte-parole du monde forestier. En prévision de son accession imminente à cette fonction, Reynald était parti récemment pour un voyage sur des mondes lointains et exotiques, afin de rencontrer les grands dirigeants planétaires, humains comme ildirans, avant que ses devoirs le contraignent à rester sur Theroc.

Les parents d'Estarra n'étaient jamais allés à Mijistra, la fabuleuse capitale des Ildirans, sous les sept soleils. Pourtant leur fille Sarein – de quatre ans plus jeune que Reynald – avait passé plusieurs années sur Terre, pour s'y éduquer et forger des alliances avec la Hanse.

Beneto, le frère d'Estarra, avait depuis toujours été destiné à « endosser la robe verte » et devenir un prêtre de la forêt-monde. Elle attendait avec impatience son retour d'Oncier, où il avait assisté à la création du nouveau soleil.

Père Idriss et Mère Alexa l'avaient gâtée, sans doute trop. Ils la laissaient découvrir ses propres centres d'intérêt et s'attirer toutes sortes d'ennuis. Sa petite sœur Celli, le bébé de la famille, préférait perdre son temps en compagnie de ses jacasseurs d'amis. Estarra était bien plus indépendante.

Elle se baissa pour éviter des fougères à l'odeur sucrée, et sentit le picotement d'un parfum âcre sur sa peau bronzée. Elle avait rassemblé sa chevelure en un amas de tresses entortillées. Ce style négligé avait sa préférence, car il ne laissait presque pas de mèches en liberté susceptibles de se prendre dans les branchages.

Estarra avança en trottant, mémorisant le chemin du retour vers la cité où elle vivait, un immense récif de fongus. Elle se trouvait sous les arbremondes hauts comme des gratte-ciel, à l'écorce écailleuse et palpitant d'énergie. Ils s'étiraient vers le ciel telles les plantes de quelque jardin géant. Des surgeons naissants émergeaient de fissures de l'armure d'écorce, comme des mèches rebelles.

Les racines, les troncs et l'*esprit* rudimentaire des arbremondes étaient tous connectés. Les frondaisons ébouriffées atteignaient des centaines de mètres de haut, pour retomber comme des parasols ; chaque arbre touchait le suivant, faisant du ciel une tapisserie de feuillage. Les feuilles ondulaient tels des cils les unes contre les autres. S'ajoutant aux bourdonnements des insectes et aux cris des animaux sauvages, un bruit de fond emplissait la forêt entière, un bruissement aussi apaisant qu'une berceuse.

Les arbremondes s'étaient répandus sur toute la masse continentale de Theroc, et à présent d'ambitieux prêtres Verts transportaient des surgeons sur d'autres planètes afin que la conscience de la forêt puisse grandir et apprendre. Ils priaient pour elle, cet « esprit de la terre » au sens littéral, et l'aidaient à devenir plus forte.

Jadis – il y avait cent quatre-vingt-trois ans exactement –, une patrouille de la Marine Solaire ildirane avait découvert le *Caillié,* un vaisseau-génération terrien qui se traînait dans l'espace, et l'avait mené jusqu'à cette planète vierge. Les onze vaisseaux-générations portaient tous le nom d'explorateurs célèbres. Le *Caillié* avait reçu le sien d'un explorateur français de l'Afrique noire, René Caillié. Celui-ci s'était déguisé en indigène pour pénétrer au cœur du mystérieux continent. Il avait été le premier homme blanc à visiter la légendaire cité de Tombouctou.

Le *Burton,* le *Peary,* le *Marco Polo,* le *Balboa,* le *Kanaka*... Pour Estarra, les noms des vaisseaux-générations avaient une consonance exotique, mais même les contes de la Terre des temps barbares ne pouvaient égaler les merveilles que les colons avaient trouvées lorsqu'ils s'étaient établis sur les mondes du Bras spiral. Le *Clark*, le *Vichy*, l'*Amundsen*, l'*Abel-Wexler*, le *Stroganov.* Tous étaient arrivés à destination avec l'aide des Ildirans, à l'exception du *Burton,* définitivement perdu entre les étoiles.

Les passagers du *Caillié* secouru par les Ildirans s'étaient réjouis de voir l'énorme potentiel que représentaient les paysages verdoyants de Theroc. Ce monde sauvage, leur nouveau foyer, était plus accueillant que tout ce qu'ils avaient pu imaginer au cours de leur interminable quête d'un système solaire habitable, eux qui avaient vécu des siècles confinés dans un immense vaisseau stérile.

Durant tout ce temps perdu, les colons puis leurs descendants n'avaient rien eu d'autre à faire que de regarder des images de forêts et de montagnes. Et Theroc concrétisait leurs plus ferventes prières. Les colons avaient immédiatement soupçonné quelque chose d'anormal au sujet de ces arbres.

Le *Caillié* transportait tout le nécessaire pour s'installer sur le monde le plus hostile, mais Theroc s'était révélée tout à fait coopérative. Après avoir été déposés par les Ildirans, les colons avaient immédiatement monté un camp provisoire au moyen de structures préfabriquées, tandis que des biologistes, des chimistes et des minéralogistes s'activaient pour évaluer ce que ce monde remarquable avait à offrir.

Par bonheur, la biochimie de l'écosystème theronien était en général compatible avec la génétique humaine. Les colons pouvaient donc manger une grande variété de nourriture indigène, sans avoir à engager d'énormes travaux de nettoyage et de fertilisation des sols. Les colons du *Caillié* avaient trouvé des moyens d'œuvrer en accord avec la forêt, délaissant leurs structures en métal et en polymères au profit des demeures naturelles qu'ils avaient découvertes.

Des décennies plus tard, alors que les Ildirans avaient développé des relations diplomatiques avec la Terre, les colons theroniens avaient constitué leur propre culture et s'étaient solidement établis. Bien que les représentants de la Hanse soient finalement parvenus à leur faire rejoindre la vaste nébuleuse humaine, les Theroniens se trouvaient parfaitement heureux de rester non-alignés. Quand leurs ancêtres étaient partis à bord du vaisseau-génération, ils n'avaient jamais escompté revenir, ou rêvé de reprendre contact avec la Terre. Ils avaient été une graine jetée au vent, avec l'espoir de prendre racine quelque part. À présent, ils n'avaient pas l'intention d'être déracinés…

Marquant une pause dans ses explorations, Estarra dévora des poignées de baies de fende, puis essuya le jus poissant sa bouche et ses mains. Elle leva les yeux avec vivacité vers l'arbremonde le plus proche, et aperçut les prises et les repères d'une piste d'escalade utilisée par les groupes de lecture d'acolytes. L'écorce offrait suffisamment de prises en saillie pour permettre à Estarra de l'utiliser comme une échelle, pourvu qu'elle ne regarde pas en bas et qu'elle ne pense pas trop fort à ce qu'elle faisait. Tout là-haut, les prêtres Verts parcouraient des voies tracées dans les cimes, sur un entrelacs de branches résistantes.

Estarra portait peu de vêtements, grâce à la chaleur de la forêt ; les cals de ses pieds la dispensaient de chaussures. Elle escalada une prise à la fois, montant, montant toujours. Épuisée mais euphorique, elle parvint à percer les feuillages broussailleux. Puis elle contempla, clignant des yeux, la lumière crue, le ciel bleu, les arbres à perte de vue.

Même de son poste élevé, la jeune fille n'aurait pu dire où un arbre finissait et où un autre commençait. Elle entendait des voix et des chants autour d'elle, des chansons plaintives et des lectures hésitantes, en un mélange de sons profonds et haut perchés.

En équilibre sur la frondaison, Estarra contemplait l'assemblée de prêtres : des acolytes sains et hâlés qui n'avaient pas encore endossé la robe verte, et des prêtres à la peau émeraude plus âgés, ayant déjà formé une symbiose avec la forêt-monde. Les acolytes étaient assis sur des plates-formes ou juchés sur des rameaux, lisant à voix haute sur des rouleaux ou des pads électroniques. Certains jouaient de la musique. D'autres se contentaient de débiter de flots de données, récitant fastidieusement des listes de chiffres sans signification. Ce tohu-bohu, causé par les prêtres, était une manière de célébrer l'esprit plein de vivacité de la forêt. Leurs centaines de voix parlaient aux arbremondes interconnectés, lesquels écoutaient et apprenaient.

Les prêtres Verts s'attiraient ainsi les faveurs de la forêt-monde. Il y avait tant à voir et à ressentir ! Estarra espérait pouvoir comprendre tout ce que savait la forêt-monde. Les prêtres chantaient des poèmes ou lisaient des histoires, ou bien même discutaient de sujets philosophiques, transmettant des informations sous toutes les formes. Les arbremondes assimilaient chaque bribe de donnée, et le réseau vivant en réclamait toujours davantage.

10

Jora'h le Premier Attitré

Ildira se dorait à la lumière variable de sept soleils, en lisière du scintillant Amas de l'Horizon. La planète mère de l'Empire tournait autour d'une étoile orange et chaude de type K1. Celle-ci se situait à proximité d'une étoile binaire – le système de Qronha – composée d'une géante rouge et de son compagnon jaune plus petit. Plus éloigné, mais étincelant néanmoins dans le ciel ildiran, se trouvait le surprenant système ternaire de Durris : une étoile blanche et une étoile jaune étroitement liées à une naine rouge orbitant dans leur centre gravitationnel. Enfin, tout aussi éloignée, Daym, une supergéante bleue, brillait intensément, tel un diamant.

La nuit ne tombait jamais sur Ildira.

Mijistra, capitale et joyau du vieil Empire, étincelait sous le ciel métallique. Ses flèches, ainsi que ses dômes en cristal et en verre coloré, formaient une architecture irrégulière façonnée à partir de polymères transparents.

Jora'h, fils aîné et héritier du Mage Imperator, prit une profonde inspiration. L'air était parfumé par une brume issue des hautes chutes d'eau tombant du Palais des Prismes. Ainsi que l'exigeait son devoir, il attendait de rencontrer le représentant humain de Theroc. Le jeune homme, Reynald, était son homologue, mais à un niveau bien inférieur. Le prince allait devenir le Père souverain d'une planète reculée, tandis que le Premier Attitré contrôlerait un jour le vaste Empire ildiran.

Jora'h leva les mains pour saluer l'homme souriant.

— Prince Reynald, je vous souhaite du fond du cœur la bienvenue à Mijistra.

Le prince large d'épaules gravit les larges marches de l'estrade de réception, encadré par des gardes kiths solidement charpentés. Une escorte humaine réduite au minimum accompagnait Reynald, incluant l'un de ses prêtres Verts personnels.

Le Theronien avait des cheveux noirs, séparés en tresses qui se rejoignaient sur la nuque. Les bras nus, il portait une tunique rembourrée sous-tendue par une intéressante armature de perles qui luisaient dans la lumière des soleils multiples. Dans son visage carré, ses yeux noirs largement écartés surplombaient des joues plates. Il portait des lentilles filtrantes destinées à bloquer l'ensoleillement excessif d'Ildira ; le comité de réception avait également fourni aux visiteurs des crèmes et des lotions solaires.

— Premier Attitré, j'attendais depuis de nombreuses années de voir Ildira.

Reynald tendit le bras avec assurance pour serrer la main de Jora'h, comme s'ils étaient égaux. Ses manières franches et chaleureuses faisaient fondre les murs de glace du protocole.

Jora'h se fendit d'un sourire. Il avait apprécié le jeune homme presque instantanément.

— Nos deux cultures ont beaucoup à apprendre l'une de l'autre.

Reynald regarda les rideaux d'eau chatoyants qui jaillissaient de bassins tumultueux situés au bord du canal. Ceux-ci semblaient grimper le long de degrés invisibles, dans des dômes et des tubes. Il rit avec un ravissement enfantin.

— Vous m'avez déjà impressionné, Premier Attitré. J'espère vous faire découvrir quelques singularités végétales étonnantes, si vous venez en visite sur Theroc.

Le Palais des Prismes se dressait au sommet d'une colline ovale, qui élevait la résidence du Mage Imperator au-dessus des parapets brillants, des dômes abritant des musées, et des serres de Mijistra. Sept fleuves – domptés jadis par les ingénieurs ildirans – s'écoulaient en lignes parfaitement droites vers le nœud de l'Empire. Des champs de lévitation magnétique et des plates-formes gravitationnelles régulaient le courant tout du long, l'aidant à remonter les pentes malgré la gravité.

Reynald suivit Jora'h dans la galerie d'entrée où des éclairages augmentaient la lumière afin de bannir toute ombre.

— Voici l'une des dernières étapes de mon périple. Je m'efforce de comprendre les autres cultures, les autres mondes, afin de servir mon peuple. Tout comme le tsar Pierre le Grand, l'un des anciens dirigeants d'un vaste pays connu sous le nom de Russie. Pierre a voyagé afin d'apprendre à connaître d'autres cultures ; il est revenu enrichi du meilleur de ce qu'elles avaient à offrir. J'ai l'intention de faire de même.

L'exubérance humaine était contagieuse.

— Un but admirable, Reynald. Peut-être devrais-je moi-même quitter Mijistra plus souvent.

Il n'était pas nécessaire pour un Premier Attitré de voir d'autres parties de l'Empire ildiran, mais, en réalité, cela pourrait s'avérer fascinant. Son propre fils et héritier, Thor'h, avait passé des années sur Hyrillka, le monde de plaisance ildiran.

— Je me suis déjà rendu sur Terre où j'ai fait la connaissance du Vieux roi Frederick, poursuivit Reynald avec un sourire confus, mais il n'a su que faire de moi. J'ai également rencontré le Président Wenceslas, qui s'est montré très affable – principalement parce qu'il veut que je lui fournisse davantage de prêtres Verts quand je deviendrai Père de Theroc.

— Et maintenant vous voilà, dit Jora'h, en faisant le signe d'avancer. Nous remplirons vos yeux de merveilles jusqu'à l'éblouissement !

Avec un rire, il mena Reynald et son entourage vers l'aile chatoyante du Palais des Prismes.

En tant que Premier Attitré, Jora'h était doté d'un charisme et d'un magnétisme animal qui le rendaient extrêmement séduisant. Ses yeux présentaient une teinte topaze, étincelant de lueurs et de reflets qui conféraient à ses iris l'aspect troublant d'étoiles de saphir. Une longue chevelure, signe de virilité chez les Ildirans, ceignait sa tête d'une crinière qui semblait constituée de milliers de rangées de maïs doré : des tresses pareilles à de délicats torons, vivantes et animées de légers mouvements. Elles frémissaient d'une singulière énergie.

Marchands, dignitaires en visite, étudiants humains, et même touristes nantis, venaient visiter les légendaires sept soleils d'Ildira. Depuis que l'Empire avait fourni à la Hanse la propulsion interstellaire, beaucoup d'humains révéraient les Ildirans à l'image de parrains bienfaiteurs, de figures paternelles. Tout en intégrant l'espèce humaine au récit galactique de *La Saga des Sept Soleils,* beaucoup d'Ildirans avaient de la peine à comprendre l'impulsivité et l'énergie humaines.

Mais Jora'h trouvait cet humain assez aimable. Reynald et lui marchaient côte à côte dans le couloir de promenade fait de plafonds cintrés et de mosaïques de vitraux. Renvoyées par les filtres colorés du verre, des couleurs riches et chatoyantes les enveloppaient, intensément brillantes.

Reynald aperçut un robot klikiss noir – le premier que le jeune homme eût jamais vu – descendant un corridor sur des jambes flexibles. Il évoquait un scarabée machinique massif. Aucun Ildiran ne fit attention à lui.

À la cour, les femmes de la noblesse kith aussi bien que les courtisanes, les artistes et les chanteurs, portaient des toges ondoyantes et diaphanes ; des écharpes ceintes en diagonale couvraient leurs épaules et leur poitrine. Sortant d'épaulières rembourrées, des manches à rayures enveloppaient les mains des courtisanes.

Alors qu'ils pénétraient dans une vaste serre servant de salle de banquet, Reynald sourit :

— Serai-je autorisé à rencontrer le Mage Imperator ?

Les torons d'or de la chevelure de Jora'h ondoyèrent comme saisis d'une vie propre. Il soupira d'un air contrit.

— Le Mage Imperator de l'Empire ildiran ne peut pas rencontrer les représentants de chaque colonie humaine. Il y en a tant ! Il est réticent à l'idée de conférer à Theroc un statut spécial par rapport aux autres colonies de la Ligue Hanséatique terrienne.

Reynald répondit avec raideur :

— Premier Attitré, Theroc la souveraine est une planète indépendante, non une partie de la Hanse. (Puis il sourit.) D'un autre côté, je pense que j'apprécierai davantage votre compagnie que celle de votre père, de toute façon.

Les yeux de saphir de Jora'h scintillèrent.

— Et le meilleur est à venir. J'ai envoyé chercher les plus doués de nos historiens actuels.

Ils avaient atteint l'un des nombreux dômes en forme de gemme du Palais. Jora'h indiqua une longue table où étaient disposés une multitude de plats exotiques. Serveurs et courtisanes affluèrent autour d'eux dès qu'ils prirent place.

Les courtisanes avaient une peau lisse et glabre ; leur visage et leur long cou délicat étaient peints de ravissants motifs – courbes tourbillonnantes qui montaient à l'assaut de leur visage, comme des vagues ou des langues de feu. À chaque pas, l'étoffe de leurs vêtements changeait de couleur comme de vivants arcs-en-ciel.

Les femmes lui souriaient poliment, mais c'était pour Jora'h qu'elles rayonnaient de séduction. Le Premier Attitré captait toute leur attention, comme s'il évoluait au milieu d'un nuage de phéromones.

— Vous n'êtes pas encore marié, prince Reynald ? Le mariage est une coutume humaine répandue, je crois, particulièrement dans les familles royales ?

— Il l'est, mais je n'ai pas encore choisi la femme qui deviendra Mère de Theroc à mes côtés. Il y a des considérations politiques aussi bien que… romantiques. Au cours de ce périple, j'ai reçu plusieurs propositions de mariage de la part de certains dirigeants de colonies hanséatiques. Toutes étaient respectables, mais je préfère examiner le maximum de possibilités, avant de prendre une décision aussi importante.

— Je trouve incompréhensible de passer autant de temps à sélectionner une compagne. (Jora'h choisit un plateau de fruits en gelée, goûta, puis l'offrit à Reynald, qui se servit avec plaisir. Il leva les yeux sur les courtisanes autour d'eux.) Il est de mon devoir d'avoir autant de partenaires que possible et d'engendrer de nombreux enfants qui perpétueront la lignée du Mage Imperator. Des commissions et des assistants m'aident à choisir parmi des milliers de candidates, et vérifient leur fécondité quand je m'accouple avec elles.

— Ça a l'air épuisant, dit Reynald. Et fort peu érotique.

Jora'h choisit une coupe de fruits en tranches dans du sirop fumant, un de ses desserts favoris.

— Un Premier Attitré doit accomplir ses obligations. Le peuple ildiran considère que se reproduire avec moi est un grand honneur, et il y a plus de volontaires que je ne pourrai jamais satisfaire en toute une vie. Mais tout changera pour moi quand je succéderai à mon père et deviendrai Mage Imperator.

— Cela doit être excitant, fit Reynald.

Jora'h adopta une expression songeuse.

— Je devrai alors subir le rituel de castration. (Reynald parut choqué, comme le Premier Attitré l'avait prévu.) C'est seulement ainsi que je pourrai devenir le foyer du thisme, et voir par les yeux de ma race. J'abandonnerai mon humanité pour devenir un demi-dieu, voyant tout, sachant tout. Un marché honnête, je pense.

Reynald tamponna ses lèvres avec une serviette.

— Je… euh… pense que je peux supporter mes problèmes concernant le choix d'une épouse. Je n'envie pas les vôtres.

Des serviteurs débarrassèrent la multitude de plats demeurés intacts quand on fut certain que les deux hommes étaient rassasiés.

Jora'h frappa dans ses mains.

— Il est l'heure d'entendre nos remémorants.

Un petit Ildiran entra dans la pièce. Dans ses vêtements amples, il faisait plus vieux que son âge. Il n'arborait aucun joyau, aucune décoration faciale, ni bijoux aux doigts ou aux poignets. Son visage glabre paraissait plus exotique que la plupart des autres kiths, avec des oreilles charnues qui s'épanouissaient en corolle autour de son front et de ses joues.

— Le remémorant Vao'sh est historien à la cour ildirane, dit Jora'h. Il m'a diverti de nombreuses fois.

Vao'sh s'inclina. Reynald ébaucha un signe de bienvenue, ne sachant s'il fallait accueillir un remémorant par une franche poignée de main, ou par une acclamation.

Jora'h continua :

— Nos remémorants excellent dans la récitation d'extraits de *La Saga des Sept Soleils*.

— Oui, j'ai entendu parler des légendes de votre race, déclara Reynald.

Vao'sh ouvrit les bras, faisant onduler ses manches.

— Il s'agit de bien davantage qu'un simple assemblage d'histoires et d'écritures. *La Saga* est l'épopée grandiose du peuple ildiran. Elle est le cadre dans lequel nous trouvons notre place dans l'univers. L'histoire ildirane n'est pas juste une suite d'événements, mais un récit authentique. Tous, nous faisons partie de son intrigue complexe. (D'un bras tendu, il balaya l'air en direction de Reynald.) Même un prince humain tel que vous y figure. Toute personne a un rôle à jouer, comme personnage secondaire ou comme grand héros. Chacun de nous espère avoir une vie suffisamment intéressante pour être remémorée dans *La Saga* en perpétuelle élaboration.

Jora'h se carra dans son fauteuil.

— Amusez-nous, Vao'sh. Quelle histoire allez-vous nous narrer aujourd'hui ?

— La légende de la découverte des humains me semble appropriée, répondit Vao'sh en ouvrant des yeux expressifs.

Il commença à parler d'une voix captivante, sur un rythme plus proche de la poésie que du chant.

Vao'sh résuma les événements bien connus de la façon dont la civilisation terrienne en pleine déchéance avait envoyé onze énormes vaisseaux-générations dans un voyage aveugle vers des étoiles voisines, chaque vaisseau rempli de pionniers. Reynald fut subjugué par le ton de l'historien, et les variations de couleur de ses oreilles qui rougissaient trahissaient toute une gamme d'émotions.

— Quel glorieux désespoir ! Quel espoir, quel optimisme – ou quelle sottise. Pourtant, la Marine Solaire ildirane vous trouva.

Vao'sh croisa les bras. Quand il eut achevé le récit du sauvetage des humains, Reynald applaudit bruyamment, et Jora'h, prenant plaisir à cette étrange coutume, battit lui aussi des mains. Bientôt toutes les courtisanes et les fonctionnaires claquèrent leurs mains à l'unisson dans la salle de banquet, avec un bruit assourdissant. Le visage de Vao'sh se colora, comme s'il ignorait comment réagir.

— Je vous avais dit que c'était un Maître remémorant, dit le Premier Attitré.

Reynald lui retourna un sourire narquois.

— Quelle ironie que les remémorants ildirans soient meilleurs que les historiens humains pour raconter notre histoire.

11

Adar Kori'nh

Bien qu'il commande tous les vaisseaux de la Marine Solaire ildirane, Adar Kori'nh sentait la crainte glacer sa poitrine chaque fois qu'il se trouvait en présence du Mage Imperator Cyroc'h. Le souverain déifié voyait tout, savait tout, était en contact avec chaque Ildiran grâce aux vrilles télépathiques du thisme.

Néanmoins, il désirait voir Adar Kori'nh.

La septe officielle de vaisseaux de guerre était revenue d'Oncier après avoir observé le stupéfiant Flambeau klikiss. L'adar avait déjà transmis des images et des comptes-rendus, mais à présent le Mage Imperator voulait l'entendre de vive voix. Kori'nh ne pouvait refuser un tel ordre.

Bron'n, l'imposant garde du corps personnel du Mage Imperator, était sur ses talons. Il faisait partie du kith des guerriers, aussi sa physionomie était-elle plus bestiale que celle des autres Ildirans : ses mains arboraient des griffes, sa bouche montrait des dents longues et aiguisées, et ses grands yeux pouvaient détecter n'importe quel mouvement menaçant son chef révéré. Adar Kori'nh, bien entendu, ne représentait aucune menace, mais il était impossible au garde du corps en chef de baisser sa garde.

L'antichambre privée du Mage Imperator était dissimulée derrière des murs opaques à l'arrière de la hautesphère. Celle-ci formait le noyau de l'ensemble de dômes, de flèches et de bulbes du Palais des Prismes. Kori'nh entra dans la lumière chatoyante des illuminateurs où le Mage Imperator l'attendait, immense, étendu sur son chrysalit. Bron'n scella les portes. En dépit de son haut rang, l'adar avait rarement parlé seul avec le Mage Imperator, sans un auditoire de conseillers, serviteurs, gardes du corps et nobles.

Le Mage Imperator Cyroc'h évoquait une reine des abeilles de sexe masculin. Il pouvait à lui seul diriger et percevoir toute une civilisation depuis le Palais des Prismes. Il était le point focal et le récipiendaire du thisme, qui faisait de lui le cœur et l'âme de tous les Ildirans. Mais souvent, comme maintenant, il avait besoin de détails plus précis et d'analyses faites par des témoins oculaires.

Kori'nh frappa des mains au niveau de son cœur, en signe de prière et de supplique.

— Votre convocation m'honore, Seigneur.

Le Mage Imperator avait déjà chassé les minuscules kiths assisteurs qui le choyaient, huilant sa peau et massant ses pieds. Ses yeux étaient durs et impénétrables, sa voix aiguisée comme un rasoir.

— Et ton service honore tous les Ildirans, Adar. Nous devons discuter.

Niché dans sa couche, drapé d'amples vêtements, le dirigeant avait un corps mou et massif. Sa peau charnue pendait en plis blêmes ; le manque d'exercice avait atrophié ses membres. Depuis sa castration rituelle, de nombreuses décennies auparavant, le Mage Imperator Cyroc'h présentait un physique très différent de son si beau fils aîné, le Premier Attitré Jora'h. Par tradition, ses pieds ne touchaient jamais le sol.

Avant de renoncer aux appels de la chair, Cyroc'h avait engendré de nombreux enfants. En tant que figure paternelle de l'espèce ildirane, il avait conservé une crinière extraordinairement longue, symbole de virilité. Celle-ci partait de sa tête pour recouvrir ses épaules et sa poitrine, tendue comme une épaisse corde de chanvre qui se contractait sous l'effet de faibles impulsions nerveuses.

Un Mage Imperator pouvait vivre deux siècles après être devenu le centre du thisme et le dépositaire du savoir ildiran. Cyroc'h ne daignait plus marcher depuis des décennies, la race ildirane suppléant ses mains et ses jambes. Il considérait sa fonction au-dessus de ces basses préoccupations matérielles.

Étendu sur l'énorme nacelle, il dirigea son attention sur l'adar. Kori'nh rajusta son uniforme, heureux d'avoir pris le temps d'y suspendre toutes ses décorations, bien qu'elles n'aient aucune chance d'impressionner le chef suprême.

— Raconte-moi ce que tu as vu sur Oncier. Je sais déjà que les Terriens ont enflammé la planète, mais j'ai besoin d'une évaluation objective. Dans quelle mesure le Flambeau klikiss menace-t-il l'Empire ildiran ? Penses-tu que la Ligne Hanséatique a l'intention de l'utiliser comme arme contre nous ?

Un frisson traversa Kori'nh.

— Une guerre contre l'Empire ildiran ? Je ne crois pas que les humains soient aussi fous, Seigneur. Il suffit de considérer l'envergure et la force de notre Marine Solaire.

Les yeux du Mage Imperator brillèrent.

— Néanmoins, nous devons tenir compte de leurs ambitions. Raconte-moi, au sujet d'Oncier.

L'adar s'exprima sans détour, se limitant aux faits hormis quelques opinions ou interprétations. Il avait été élevé dans le but de devenir officier militaire. Mais il n'était pas un remémorant, de sorte que ses histoires se contentaient de retracer les événements ; elles n'étaient pas là pour forger des légendes destinées à amuser les grands hommes.

Le Mage Imperator écoutait, paresseusement allongé. Son visage intelligent était terreux, ses joues rebondies, son menton à peine plus gros qu'un bouton submergé par la chair. Son visage serein le faisait comparer par certains humains à celui de Bouddha. Il exprimait une paix, une confiance et une générosité intemporelles, mais l'adar percevait, dissimulée sous la surface, cette dureté indispensable à l'exercice du pouvoir.

— Ainsi, l'événement s'est déroulé exactement comme les humains l'avaient prévu ?

Kori'nh hésita, puis :

— À l'exception d'un mystère. Je dois vous montrer les images que nous avons prises, Seigneur. (Il extirpa une carte d'enregistrement de la ceinture de son uniforme et l'inséra dans un visionneur portable qu'il tint à deux mains.) Malgré leur manque apparent d'intérêt, nos vaisseaux de guerre ont enregistré chaque instant de l'effondrement planétaire. Quand Oncier s'est engloutie dans le brasier stellaire, nous avons vu *ceci*.

Émergeant des profondeurs nuageuses pour se précipiter hors du soleil nouveau-né, d'étranges objets sphériques miroitaient comme si leur surface était en diamant. Les globes transparents s'échappèrent des nuages enflammés, se déplaçant plus vite que n'aurait pu les propulser un moteur interstellaire ildiran.

Le Mage Imperator eut un mouvement de recul. Son visage exprima la stupéfaction, et même une pointe de peur.

— Montre-le-moi encore.

Ses yeux noirs étaient attentifs, avides.

— Ces objets provenaient de *l'intérieur* de la planète gazeuse, Seigneur. Ils ne correspondent à aucun phénomène que j'aie pu rencontrer au cours de ma vie ; mais ce ne sont certainement pas des vaisseaux spatiaux, de quelque sorte que ce soit. J'ai lu des passages de *La Saga des Sept Soleils* et étudié des documents en rapport avec ce type d'événement. Mais je n'ai rien appris. Savez-vous ce que cela signifie, Seigneur ?

— Je n'en ai pas la moindre idée.

Le Mage Imperator paraissait sur le point d'exploser de colère, mais il se contrôla.

Kori'nh avait lu sur son visage le choc d'une compréhension soudaine, et il se demanda pourquoi le chef suprême dissimulerait une information de ce genre. Mais il savait également qu'un Mage Imperator ne mentait jamais à ses sujets, et il rejeta ses doutes, les mettant sur le compte d'une mauvaise interprétation.

Il s'inclina.

— Mon rapport est terminé, Seigneur. Dois-je communiquer les images de ces étranges objets à mes officiers, afin que nous les étudiions davantage ?

La voix du Mage Imperator ne souffrit aucune discussion :

— Non, ce n'est pas nécessaire. Inutile de réagir de manière exagérée à ce qui ne constitue qu'un mystère mineur. (Le monarque caressa sa longue crinière qui remuait en travers de son ventre. Il se souleva de façon à regarder directement le visage de Kori'nh, comme s'il avait soudain pris une décision. Sa voix baissa, devenant moins formelle tandis qu'il changeait de sujet.) Pour l'instant, j'ai une autre mission importante à te confier – une mission qui ne peut attendre.

Kori'nh frappa de nouveau ses mains devant sa poitrine.

— Comme vous l'ordonnez, Seigneur.

— La Marine Solaire et toi devez secourir notre scission sur Crenna. Ramène-les sur Ildira.

De surprise, Kori'nh se redressa.

— Que s'est-il passé ? (Il ne pouvait empêcher l'espoir de transparaître dans sa voix.) Est-ce une opération militaire ?

Il avait lu de nombreuses histoires de *La Saga* et désirait jouer un rôle, aussi mineur soit-il, dans un conflit épique.

— Crenna était à peine assez grande pour être une véritable scission ; aujourd'hui les colons souffrent d'une terrible épidémie qui les a déjà décimés, tuant beaucoup d'entre eux, y compris l'Attitré de Crenna. Par le thisme, j'ai senti leur souffrance – la maladie aveugle d'abord ses victimes, puis les tue.

Une sensation de froid envahit Adar Kori'nh.

— *Kllar bekh* ! Voilà qui est terrible, Seigneur.

La crinière eut un autre soubresaut.

— Depuis que les effectifs de la colonie sont tombés en dessous du seuil limite pour que le thisme puisse fonctionner, j'ai décidé d'abandonner la planète. Plutôt que de transférer plus de colons dans un lieu aussi dangereux que celui-là, nous évacuerons la population.

— Ce sera fait, Seigneur, dit Kori'nh. Avec célérité et efficacité. J'espère que nous pourrons agir assez vite pour éviter que d'autres vies ne soient perdues. Devons-nous récupérer le matériel et les constructions ?

— Non, ils sont contaminés par la maladie. Et puis, la Ligue Hanséatique terrienne a négocié très durement, et elle nous a… acheté Crenna ainsi que toutes ses ressources. Leurs examens préliminaires ont établi qu'ils ne sont pas sensibles à cette maladie. Ils emménageront dans les installations vides dès que les nôtres seront partis.

Cette nouvelle atterra Kori'nh, d'autant plus que l'extravagante expérience sur Oncier à laquelle il avait assisté allait fournir à l'humanité quatre nouvelles lunes à coloniser.

— De combien de nouvelles planètes les humains ont-ils encore besoin ? Ils se sont répandus comme un virus sur tant de mondes.

— Tout cela fait partie de mon plan, Adar. Mieux vaut leur abandonner nos restes que de les laisser devenir trop ambitieux par eux-mêmes.

Adar Kori'nh opina.

— C'est ce que je conseille depuis des décennies, Seigneur. Nous ne devons jamais baisser notre garde. Je suggère de les tenir soigneusement à l'œil.

— C'est ce que je fais toujours, fit le Mage Imperator. C'est ce que je fais toujours.

12

Rlinda Kett

Marchande prospère possédant cinq vaisseaux, Rlinda Kett n'avait pas pour habitude de se morfondre en silence, en attendant passivement que les événements surviennent. Surtout au cours d'une embuscade. Elle se tenait à côté du général Kurt Lanyan sur la passerelle du vaisseau de guerre de classe Mastodonte, le bâtiment le plus lourdement armé des Forces Terriennes de Défense.

Alors qu'ils rôdaient dans l'espace vide et silencieux, Lanyan avait ordonné d'éteindre tous les feux du vaisseau des FTD et de brouiller sa signature électromagnétique. Les plaques de camouflage noires de la coque le rendaient invisible, le réduisant à une simple anomalie gravitationnelle flottant parmi les rochers en périphérie du système d'Yreka.

Ils attendaient, leur piège déjà tendu.

— Depuis combien de temps sommes-nous en position ? demanda Rlinda à voix basse.

— Inutile de murmurer, madame, répondit le général.

Son menton et ses joues étaient si propres et lisses que sa peau luisait. Quand il se concentrait, ses yeux rapprochés, bleu acier, semblaient absorber la lumière pour la réfléchir amplifiée. Il indiqua l'écran de poursuite sur lequel clignotait le spot du cargo de Rlinda, le *Curiosité Avide*, qui continuait sa route vers les planètes habitées d'Yreka.

— Vous feriez mieux d'agir au bon moment, Général. (À présent qu'elle avait cessé de murmurer, sa voix tonitruait, intimidante.) Il s'agit là de mon vaisseau personnel, et c'est mon ex-mari favori qui le pilote.

— Votre favori, madame ? Combien en avez-vous ?

— Des vaisseaux, ou des maris ?

— Des maris, grogna le général, agacé par ses sous-entendus. Je sais déjà combien de vaisseaux vous dirigez.

— Cinq ex-maris, et BeBob est le meilleur de la portée, le seul qui travaille encore pour moi.

Elle s'entendait encore très bien avec le Capitaine Branson « BeBob » Roberts, tant sur un plan personnel que sexuel. En outre, c'était un sacré bon capitaine.

Des corsaires de l'espace dirigés par le hors-la-loi Rand Sorengaard avaient récemment capturé l'un des navires marchands de Rlinda sur la route d'Yreka, tuant l'équipage et s'emparant du fret. Colonisée par l'un des vaisseaux-générations originels, l'*Abel-Wexler,* Yreka côtoyait le territoire revendiqué par l'Empire ildiran, tout en se situant loin du centre de la Ligue Hanséatique terrienne. Il en résultait qu'aucune des deux races ne lui fournissait beaucoup de surveillance et de protection. Mais, lorsque les corsaires de Sorengaard avaient commencé à aborder les cargos, les Forces Terriennes de Défense avaient juré d'écraser ce ferment d'anarchie qui les narguait. Quand bien même cela impliquait d'utiliser le vaisseau de Rlinda et son ex-mari favori comme appât.

Rlinda était une Noire au corps généreux, dotée d'un solide appétit et d'un rire exubérant. Elle ne cherchait jamais à détromper les gens sur leurs idées préconçues, qui les amenaient bien souvent à la sous-estimer ; en effet, elle n'était pas aussi douce et potelée qu'elle le paraissait. En femme d'affaires avisée, Rlinda savait analyser les marchés pour repérer les niches propices à son commerce. Les autres négociants perdaient leur temps à la recherche de gros coups et de monopoles sur les marchandises extraterrestres rares. Rlinda, quant à elle, préférait s'enrichir petit à petit. Un grand nombre de marchands ne parvenaient pas à rembourser leur vaisseau, alors que Rlinda en possédait déjà cinq – quatre, maintenant que ces foutus pirates de Sorengaard avaient capturé le *Grandes Espérances*.

La route d'Yreka était l'un des itinéraires les plus lucratifs pour sa compagnie, car les colons isolés avaient besoin de nombreux équipements de base, que Rlinda leur fournissait à bas prix. À présent, avec Sorengaard qui s'attaquait sans relâche aux vaisseaux sans défense, peu de marchands s'aventuraient encore dans la région. Rlinda aurait pu escroquer les colons dans le besoin en augmentant ses prix. Au lieu de quoi, elle avait préféré prendre le risque de permettre au général Lanyan d'utiliser le *Curiosité Avide*.

Elle appréciait les bénéfices, sans doute, mais aussi que les affaires se passent bien. Et plus que tout, elle avait l'intention que la justice soit faite au sujet de son capitaine disparu, Gabriel Mesta, et de son équipage.

Assis aux commandes du Mastodonte, le général Lanyan n'était pas motivé par d'aussi nobles idéaux ni par des questions morales. Il voulait juste se défouler un peu, et donner une leçon à ces pirates.

Dirigées par la Hanse, les FTD servaient de force de police et de sécurité, aussi bien que d'armée interstellaire. Contrairement à la Marine Solaire ildirane, dont les immenses navires ornementés étaient surtout destinés au spectacle, paradant ou effectuant des missions humanitaires, les FTD de Lanyan avaient des objectifs plus pragmatiques. Elles savaient qu'il y aurait toujours pléthore de troubles dans la Hanse. Les humains n'avaient jamais cessé de se battre les uns contre les autres, au nom de principes religieux ou politiques ; quand ces justifications faisaient défaut, ils s'emparaient des possessions et des ressources d'autrui.

Mettre un terme aux agissements d'un rebelle comme Sorengaard, qui lui-même entretenait des relations étroites avec les Vagabonds, cette bande de nomades clandestins – *voilà* une mission parfaite pour les FTD. On disait aussi que les pirates de Sorengaard étaient des Vagabonds exilés ; tout cela s'ajoutait aux récriminations qui circulaient déjà dans la Hanse à l'encontre des nomades turbulents. Leurs clans approvisionnaient la plupart des propulseurs interstellaires en carburant, n'obéissaient à aucune autre loi que la leur. Ils évitaient en général de participer à la politique ou de se mêler aux activités de leurs semblables.

— Détection de signatures énergétiques, Général, dit un lieutenant depuis sa station tactique. Une douzaine d'entre eux. De petits vaisseaux, apparemment... mais ils semblent transporter des armes lourdes.

— Aux postes de combat, ordonna Lanyan. Continuez en silence jusqu'à ce que je donne l'ordre.

Les soldats se dispersèrent et les pilotes foncèrent vers les ponts de lancement pour embarquer dans leurs intercepteurs Rémoras. Rlinda serra les poings et inspira profondément en songeant à BeBob. Son capitaine devait être en train de descendre vers Yreka, espérant forcer les corsaires à se montrer, de façon à ce que les FTD puissent enfin mettre un terme à leurs ravages. Rlinda mourait d'envie d'ouvrir un canal et de lancer un avertissement, mais cela aurait gâché l'embuscade. Elle pria pour que BeBob s'en sorte indemne.

Elle regarda, tandis que les corsaires sans méfiance allumaient leurs moteurs et fondaient sur leur proie. Souriant, Lanyan ouvrit un interphone pour transmettre ses ordres aux soldats. Le général semblait sacrément sûr de lui.

Après que les corsaires se furent approchés du *Curiosité Avide*, BeBob fit de son mieux pour louvoyer en direction du réseau de stations de défense d'Yreka. Mais le cargo manquait de reprise, surchargé de matériel afin de compenser ce qui n'avait pu être livré lors du dernier voyage.

Rlinda savait que son capitaine paniqué devait jurer et transpirer. Branson Roberts ne jouait pas seulement l'appât, il essayait réellement de fuir, mais n'avait aucune chance contre les corsaires. Son cœur fut envahi d'un brusque élan pour lui.

— Vous n'avez pas intérêt à rater votre coup, Général, ou j'aurai votre peau.

— J'apprécie une telle marque de confiance, madame, dit-il, avant de crier dans l'interphone : Tous les Rémoras, décollez ! Croiseurs Mantas, en avant. Sus à l'ennemi !

Alors que les corsaires encerclaient le vaisseau marchand, la flotte des FTD fondit sur eux. L'escadron d'intercepteurs Rémoras attaqua, visant les moteurs non protégés de leurs adversaires. Les corsaires pouvaient affronter les faibles capacités de défense des vaisseaux marchands, mais ils n'étaient pas de taille à résister à une puissance militaire terrienne déterminée à en découdre.

L'un des petits vaisseaux corsaires se détacha du groupe pour tenter de fuir, accélérant si fort que ses tuyères chauffées à blanc commencèrent à se vaporiser en plasma, obligeant le pilote à s'éloigner en une trajectoire erratique. Deux Rémoras détruisirent le fuyard en quelques coups de jazer, avant qu'il ait pu se mettre hors de portée des radars.

Lanyan cria par le communicateur extérieur :

— Il me les faut vivants. Ne les grillez que si vous n'avez pas le choix.

Un concert de confirmations retentit dans les haut-parleurs, puis les Mantas entrèrent en lice. Rapides, les croiseurs mi-lourds ouvrirent le feu au moyen d'impulsions jazer concentrées, et l'enfer se déchaîna.

Lassée de se tenir à l'écart, Rlinda courut jusqu'à la console de communication, écartant de son chemin Lanyan d'un coup d'épaule. Elle régla la fréquence sur le canal privé du *Curiosité Avide.*

— BeBob, sors tes fesses de là ! Si je ne te vois pas t'extraire de la zone de tir dans cinq secondes, j'arrive et je le fais moi-même.

— Pas besoin de me le dire deux fois, répondit BeBob.

Sa voix sonnait étonnamment ferme, mais Rlinda savait que ce n'était qu'un masque de bravoure. Branson Roberts pouvait garder la tête froide en situation de crise, mais ce n'était pas un apprenti héros à tête de bois.

Le *Curiosité Avide* modifia sa trajectoire pour se caler sur l'axe de profondeur en contrebas de l'écliptique d'Yreka, à distance du champ de bataille. Sa coque ne présentait aucune égratignure, par coup direct ou par ricochet. Rlinda poussa un soupir de soulagement… tout en se disant que c'était seulement dû à sa volonté si le *Curiosité* était en état de voyager vers Theroc.

Les Mantas désemparèrent les vaisseaux pirates, puis les Rémoras les rassemblèrent. Un pilote des FTD s'écorcha la main quand un panneau de contrôle explosa en raison d'un dysfonctionnement qui avait échappé à la dernière inspection. Ce fut l'unique blessé que Lanyan eut à déplorer.

Le ramassis de vaisseaux corsaires était prisonnier du filet de bâtiments des FTD qui les encerclaient. Ces vaisseaux avaient l'air anciens et rapiécés : des assemblages bizarres, fabriqués à partir d'éléments dépareillés et de plans hétérogènes. Le combat avait balafré leur carlingue et endommagé leurs moteurs.

— Je veux que tous les prisonniers soient transférés sur mon Mastodonte, dit Lanyan. Dépouillez-les de leurs armes, passez-leur des colliers neuraux aux poignets et amenez-les dans l'aire de chargement.

Puis, les soldats des FTD s'engagèrent dans la phase la plus dangereuse de l'opération qui consistait à aborder les neuf vaisseaux et faire des prisonniers. Pendant qu'ils évacuaient les équipages pirates, laissant les carcasses sous la garde de troupes désignées, l'un des capitaines corsaires mit le moteur en surcharge, dans le but de faire exploser son vaisseau et vaporiser ceux des FTD à portée. Mais le système d'autodestruction rafistolé ne réussit qu'à faire fondre le cœur du réacteur, calcinant la coque et le projetant à l'extérieur dans un jet de flammes. Ce percement inattendu fit tourbillonner le vaisseau comme un manège emballé, jusqu'à ce qu'il soit emporté à la dérive, dans un état si pitoyable qu'il ne méritait même pas d'être récupéré.

Rlinda accompagna le général Lanyan à l'aire de chargement du Mastodonte, où trente et un prisonniers avaient été amenés. Les hommes se tenaient impuissants, les mains attachées et les vêtements en loques. Leurs yeux flamboyaient de colère. Ils étaient dépourvus de bon sens mais emplis de morgue.

— Lequel d'entre vous est Rand Sorengaard ? (Lanyan les balaya de son regard bleu acier, mâchonnant sa lèvre afin de contenir son indignation.) Et n'essayez pas de me jouer un tour stupide. Vous subirez tous le même châtiment de toute façon.

Les pirates échangèrent des regards emprunts de fierté, les mâchoires serrées. Plusieurs d'entre eux firent mine de s'avancer bravement, en une vaine tentative. Mais un homme de haute taille aux joues creuses fit un pas en avant. Il regarda les autres avec le regard assuré et confiant d'un chef.

— Restez en arrière, vous autres. Je ferai face à mes crimes. (Il se tourna vers Lanyan.) Je suis Rand Sorengaard. Je ne vous reconnais pas l'autorité de m'arrêter.

— Oh. Essaieriez-vous de froisser mon amour-propre ? Peut-être feriez-vous mieux de vous excuser auprès de cette dame. (Le général posa une main sur les épaules de Rlinda.) Vous avez volé l'un de ses cargos et massacré l'équipage. Vous avez demandé à ces gens s'ils reconnaissaient *votre* autorité ?

— Nous avons pris ce dont nous avions besoin, dit Sorengaard. Vous nous appelez des pirates, mais cette Grosse Dinde de la Hanse a imposé des tarifs et des restrictions commerciales sur tout ce que les Vagabonds importent et exportent. C'est un véritable vol, que vous couvrez sous des arguties politiciennes.

Les lèvres de Lanyan se serrèrent en un pli sinistre. Ici, aux frontières de la Hanse, le général avait carte blanche en matière de sécurité ainsi que des sanctions à appliquer.

— Alors, mettons un terme à ces arguties. Certains de vos corsaires ont jugé bon de se suicider au cours de leur capture. Je n'en discuterai pas. À présent, je vais prononcer ma sentence pour le reste d'entre vous. Premièrement, vous avez été pris sur le fait pour acte de piraterie. De plus, un témoignage montre clairement votre culpabilité dans le meurtre du capitaine et de l'équipage du

Grandes Espérances, et probablement votre responsabilité dans l'attaque d'autres vaisseaux.

Il fit un geste en direction des écoutilles d'accès au sas, à l'extrémité de l'aire de chargement. Ces chambres étaient utilisées par les troupes pour sortir du vaisseau et s'entraîner au combat à zéro G après avoir passé une combinaison.

— Votre châtiment sera une mort sûre et rapide, aussi indolore qu'il m'est possible d'offrir.

Bien qu'elle ait le cœur lourd, Rlinda ne fut pas surprise du jugement. Les corsaires ne le contestèrent même pas, se contentant de regards haineux à l'encontre du général Lanyan.

— Puisque vous avez commis l'erreur de suivre Rand Sorengaard, c'est lui-même qui appliquera la sentence. Vous irez dans le sas de décompression chacun à votre tour. Sorengaard, vous les éjecterez dans l'espace.

Le chef pirate gonfla ses joues creuses.

— Je ne le ferai *pas.* Torturez-moi autant que vous voulez, je refuse d'être votre pion.

L'un des corsaires s'écria :

— Fais-le, Rand. Je préfère que ce soit toi qui pousses le bouton que ces salopards de Terreux.

Ses compagnons approuvèrent d'un murmure. Trois d'entre eux crachèrent sur le pont, essayant d'atteindre Lanyan, mais manquèrent leur but d'au moins trente centimètres.

L'un d'eux sortit du groupe et s'avança vers les écoutilles.

— Ne les laisse pas savourer leur succès, Rand. C'est la dernière liberté qu'ils nous laissent.

Le chef scruta le visage de ses compagnons captifs, et parut y voir ce qu'il attendait. Puis, il se retourna vers le général.

— Ce n'est en aucun cas une victoire pour vous.

Le premier homme arrivait à l'écoutille, mais Rlinda ne put établir s'il était le plus brave d'entre eux, ou s'il avait senti qu'il serait pire de regarder les autres mourir avant lui. Un soldat en uniforme ouvrit l'écoutille du sas, et lui fit signe d'entrer à la manière d'un *maître d'hôtel*[*].

—On pourrait en mettre deux ou trois à la fois, fit remarquer un lieutenant.

—Non, répondirent Lanyan et Rand Sorengaard à l'unisson.

—Balancé dans l'espace, murmura le condamné, mais sa voix ne tremblait pas de peur. Je suppose que pour un Vagabond, c'est le chemin le plus court pour rentrer chez soi.

—Trouve ton Guide Lumineux, dit Sorengaard.

Le soldat verrouilla l'écoutille et Rlinda se détourna, ne voulant pas regarder à travers le hublot. Bien qu'elle ait détesté ce que les pirates avaient fait à son vaisseau et à son équipage innocent, elle se sentait incapable de regarder l'air se vider. La décompression explosive ferait éclater les tissus mous de la victime, avant que ses poumons et son sang se mettent à bouillir et geler en même temps.

Rand Sorengaard marmotta tout bas une prière ou un adieu, puis écrasa le bouton d'éjection sans hésiter. Le premier des corsaires était mort.

Glacée et horrifiée par cette justice expéditive, Rlinda s'adressa discrètement à Lanyan qui demeurait au garde-à-vous, comme s'il ne voulait pas être dérangé.

—Vous avez fait valoir votre point de vue, Général. Ce n'est pas suffisant ?

—Non, madame. Le châtiment est juste, et vous le savez. (Il regarda le deuxième pirate pénétrer dans le sas, et l'écoutille se refermer dans son dos.) L'espace est vaste, et l'anarchie peut devenir ingérable si on ne la réprime pas. Ma mission consiste à réagir avec assez de violence pour que l'effet soit dissuasif.

Il jeta un œil sur les habits colorés et exotiques des corsaires, puis fixa les écrans d'observation. Les vaisseaux pirates flottaient tous ensemble dans l'espace, dépareillés et bizarrement modifiés. Ils avaient été fabriqués en fonction des normes incompréhensibles

* En français dans le texte.

des Vagabonds. Lanyan serra les dents, comme pour retenir les insultes qui lui venaient aux lèvres.

— Damnés Cafards !

Lorsque les corsaires eurent tous été exécutés de la même façon, le général Lanyan éjecta lui-même Rand Sorengaard par le sas. Puis il se tourna vers les pilotes de Rémoras qui se tenaient sur les aires de lancement du Mastodonte :

— Encore une mission à accomplir, les gars. Explorez les environs et ramassez les corps gelés. Rapportez-les pour que nous puissions les incinérer comme il faut. (Il toisa Rlinda Kett.) Nous sommes à proximité d'un couloir de navigation. Il faut éviter tout risque de collision accidentelle.

13

Jess Tamblyn

La station d'écopage des Vagabonds laissait un large sillage à mesure qu'elle écrémait les nuages jaunâtres de Golgen. Le complexe d'extraction – un essaim de réacteurs, de cheminées de condensation, de réservoirs de stockage et de quartiers d'habitation amovibles – était semblable aux centaines d'autres dirigées par les Vagabonds nomades au-dessus des géantes gazeuses, à travers tout le Bras spiral.

Les clans indépendants opéraient aux confins de la Ligue Hanséatique. Les familles commandaient leurs propres stations d'écopage ou des unités d'exploitation sur des planètes rocailleuses dont personne ne voulait.

Les stations d'écopage prélevaient de vastes quantités d'hydrogène des planètes gazeuses, ces immenses réservoirs de ressources disponibles. Les millions de tonnes de gaz alimentaient les réacteurs à ekti, qui utilisaient un ancien procédé ildiran. Les réacteurs convertissaient, grâce à des catalyseurs et des champs magnétiques toroïdaux, l'hydrogène extra-pur en un allotrope exotique d'hydrogène, l'*ekti*.

Le propulseur interstellaire ildiran, unique moyen connu de voyager plus vite que la lumière, dépendait de l'ekti comme source d'énergie. D'immenses volumes d'hydrogène étaient nécessaires pour créer une toute petite quantité de cette substance rare. Leur acharnement au travail et leurs liens familiaux étroits faisaient des

Vagabonds les plus aptes à fournir l'ekti de la façon la plus fiable et la moins chère du marché. Les clans dispersés étaient parvenus à occuper cette niche commerciale.

Avec plus de succès, en fait, que n'importe qui à travers la Hanse.

Dès que l'escorteur de Jess Tamblyn eut apponté la station du Ciel Bleu, les écoutilles se débloquèrent, les sas furent connectés et les crampons enclenchés. L'escorteur n'était guère plus qu'une armature de propulseurs en forme d'araignée et un habitacle de commande ; une fois qu'il avait agrippé les réservoirs d'ekti condensé, Jess n'avait plus qu'à les convoyer de la station d'écopage jusqu'aux centres de distribution. Il faisait toujours de son mieux, même pour un travail aussi banal que celui-là, allant au-delà de ce qu'on attendait de lui, montrant l'exemple.

Lorsque tous les voyants furent passés au vert, il demanda la permission de monter à bord de la mine de son frère. Les ouvriers taquinèrent Jess jusqu'à ce qu'il ait entré un code afin de forcer les commandes d'accès. Il rabattit sa capuche, tapota ses multiples poches, puis secoua ses cheveux bruns hirsutes.

— Bon, puisque tu m'as reconnu, où est le tapis rouge ?

L'un des techniciens de production, un homme bourru entre deux âges appartenant à la famille Burr, lâcha un juron bon enfant :

— *Merdre*, je vois que tu as été promu comme conducteur de cargaisons. Est-ce que ça signifie que tu as eu une engueulade avec ton père ?

Un sourire canaille éclaira brièvement le visage de Jess. Avec ses yeux bleus, il présentait un physique avenant ; sa personnalité affirmée lui donnait l'air tout à la fois énergique et décontracté.

— Je ne pouvais pas laisser à mon frère l'exclusivité des différends familiaux. En outre, quelqu'un de compétent doit s'occuper de la cargaison jusqu'aux vaisseaux de distribution. Peut-on rêver meilleur pilote ?

Le technicien eut un geste dédaigneux de la main.

— Tu convoies juste de l'ekti jusqu'à la Grosse Dinde. Ils ne feraient pas la différence entre un bon pilote et un fermier aveugle.

La référence méprisante à la Hanse provenait de la forme des premiers vaisseaux marchands terriens – supposés ressembler à des aigles, mais évoquant plutôt des oies grasses. Le nom du Président de la Hanse qui avait tenté de faire signer la Charte de la Ligue par les colons nomades, Bertram Dindwell, avait parachevé cette trouvaille linguistique. Les Vagabonds considéraient le terme comme convenablement insultant.

Jess haussa les épaules.

— Peu importe. J'aime trouver des excuses pour voir mon frère, m'assurer qu'il ne fait pas trop d'erreurs.

Il cachait qu'il avait sauté sur l'occasion afin d'échapper à la surveillance de son père. Le vieux Bram Tamblyn faisait assumer à Jess de lourdes responsabilités depuis que son frère aîné n'était plus le bienvenu en tant que membre du clan. Le jeune homme supportait ces exigences comme un poids et ne mettait jamais en avant ses propres désirs, même si le vieux Bram ne le remarquait que rarement.

Tandis que l'installation lourde draguait les nuages de Golgen, les ouvriers surveillaient le réacteur d'ekti, contrôlaient les tuyaux de distribution, ainsi que les machines qui nécessitaient une maintenance continue. Jess se rendit à l'aire de chargement, dans le vacarme réconfortant de chuintements et de ronflements qui composait la musique industrielle commune à toutes les stations d'écopage. Il adorait se trouver là. Ciel Bleu semblait toujours plus propre et brillante que n'importe quelle autre station d'écopage. Ross, le frère de Jess, était extrêmement fier de ce qu'il avait accompli ici.

Jess descendit le corridor en traînant les pieds. Il n'avait besoin d'aucune aide pour trouver le bureau du capitaine. Même à leur poste de travail, les Vagabonds portaient des tenues exotiques de couleurs vives, composées de foulards, de manches bouffantes, de capuchons et de chapeaux. Chaque tunique, veste ou pantalon était agrémenté d'un fatras de poches et d'étuis, d'attaches, de chaînes et de crochets au bout desquels brinquebalaient une multitude de gadgets, d'instruments de mesure ou d'armes de poing. Les clips gardaient les outils en place et à portée de main, y compris dans les environnements à gravité réduite où les Vagabonds passaient le plus clair de leur temps.

— Combien de temps tu restes, Jess ? interrogea un directeur d'équipe, qui sortait de son bureau.

— Moins d'une journée. Il y a un ravitaillement à faire et un quota à remplir. Les obligations, tu sais.

Le directeur acquiesça.

— On va s'occuper de ton escorteur, l'attacher au réservoir d'ekti.

— Ross est encore dehors sur le pont, à faire du tourisme ?

— Non. Je pense que le chef est dans la sphère de navigation.

— Sur quoi craint-il de tomber, au milieu de ce ciel dégagé ?

Secouant la tête, Jess grimpa l'échelle de l'entrepont et rejoignit la sphère de navigation. Bien que Ross ait définitivement tourné le dos à l'industrie familiale de puisage sur Plumas, Jess se sentait toujours le bienvenu ici, dans l'usine de son frère.

Les mains sur les hanches, il fixa la nuque de Ross. Absorbé par les instruments de contrôle, son frère scrutait les nuages de la planète au ciel démesuré. Des courants de convection vaporeux s'élevaient puis s'effondraient le long de la course errante de la station d'écopage. Un astérisque avait été peint au-dessus du panneau de navigation. Il s'agissait du Guide Lumineux ; les Vagabonds croyaient qu'il dirigeait leur destinée.

— Tu as peur de t'écraser dans une méchante concentration d'azote ? Ou bien tu aimes juste rester assis dans le fauteuil du capitaine, et conduire cette grosse carcasse au milieu de nulle part ?

Ross pivota, et son visage s'éclaira d'un sourire.

— Jess ! Je ne t'attendais pas.

— J'ai décidé de te faire économiser le salaire d'un conducteur de cargo. (Il s'avança pour étreindre Ross.) Et t'aider à régler ta grosse dette – l'une de mes responsabilités, en tant que petit frère.

Ross lui désigna les panneaux de détection.

— Pour ton information, piloter une station d'écopage est tout un art, et nécessite du talent. Il faut toujours ajuster la trajectoire, soulever ou abaisser l'engin. Un bon capitaine doit surveiller la densité des gaz.

La station d'écopage traînait une véritable toile d'araignée de sondes. Des filins longs de plusieurs kilomètres dérivaient dans les nuages, récoltant des données et aidant Ross à choisir son itinéraire. La riche atmosphère de Golgen contenait le mélange idéal d'éléments et de catalyseurs pour les réacteurs ildirans de production d'ekti. De surcroît, la géante gazeuse était proche des couloirs interstellaires de navigation commerciale, ce qui facilitait le transport du carburant. Après des années de dur labeur, l'affaire de Ross approchait du seuil de rentabilité, en dépit du pessimisme continuel de leur père.

— Je suppose que tu as apporté les derniers potins ?

Puis il ajouta ironiquement :

— Et, bien sûr, les excuses sincères de papa, qui me supplie de rentrer à la maison ?

Jess s'esclaffa.

— Si c'était vrai, j'aurais amené avec moi toute une flotte de cérémonie, comme le Bras spiral n'en a jamais vu.

Ross lui renvoya un rire aigre-doux.

— L'un de nous a dévié du cap du Guide Lumineux. Montons sur le pont. Je veux aller dehors, profiter de l'air frais.

Ils grimpèrent par les écoutilles, prirent un ascenseur, et franchirent enfin une série de portes à vent pour arriver sur un large pont d'observation. Celui-ci pouvait être entouré d'un champ de confinement atmosphérique, mais, pour l'instant, il était ouvert sur le ciel lui-même. Fréquemment, Ross descendait la station du Ciel Bleu jusqu'à un niveau d'équilibre où les nuages étaient assez denses pour que l'air soit respirable et l'atmosphère de Golgen suffisamment réchauffée par les sources thermales internes.

Jess avala une goulée d'air étranger.

— Ce n'est pas quelque chose que je ferais tous les jours.

— Moi si, dit Ross.

La station du Ciel Bleu, comme toutes les usines fabriquées par les Vagabonds, était composée de trois segments principaux : les réservoirs d'adduction / ravitaillement, les réacteurs et les cheminées d'évacuation, et enfin les sphères de stockage d'ekti. Pendant que la station d'écopage labourait l'atmosphère, des becs aspiraient les gaz bruts et les transportaient jusqu'aux machines de traitement. Après leur passage dans les réacteurs catalytiques, l'allotrope d'hydrogène était siphonné, pendant qu'on évacuait les rebuts gazeux par les cheminées brûlantes.

L'ekti était la seule variété allotropique d'hydrogène connue, bien que d'autres éléments aient des structures moléculaires variables. Le carbone se présentait sous la forme de graphite poudreux, de diamant cristallin, ou de sphères de polymères exotiques telles que les fullerènes. Il y avait longtemps, les Ildirans avaient découvert comment reconfigurer l'hydrogène en un carburant permettant à leurs moteurs interstellaires de fonctionner.

Avant que les ambitieux Vagabonds investissent le secteur de l'extraction d'ekti, les anciens modèles de chalutiers ildirans avaient été bien plus massifs ; ils abritaient des scissions de soixante à quatre-vingt-dix familles au minimum, et requéraient une gigantesque infrastructure. Pour cette raison, la récolte d'ekti avait coûté beaucoup d'argent aux Ildirans grégaires.

Au contraire, les Vagabonds pouvaient faire fonctionner les stations d'écopage avec des équipes réduites, ce qui leur permettait de vendre le carburant interstellaire à un prix plus bas. Les Ildirans avaient volontiers abandonné leur monopole sur la production d'ekti, heureux de quitter les « îles désertes de l'espace » et de laisser les humains s'en charger eux-mêmes.

Pour le reste de la Hanse, les Vagabonds ne valaient guère mieux que des bohémiens pouilleux, mal organisés et peu recommandables. Personne ne soupçonnait à quel point les clans étaient devenus riches, car ils cachaient cette information aux étrangers.

Un battement d'ailes blanches passa devant le visage de Jess, le faisant sursauter. Il leva les yeux vers une douzaine de colombes volant autour du pont, tournoyant dans le ciel puis revenant vers leurs perchoirs et leurs distributeurs de nourriture.

— J'avais oublié ces fichus oiseaux.

— C'est l'endroit idéal, pour eux. Regarde comme ils peuvent voler loin.

— Oui, mais où se posent-ils ?

Les nuages s'étendaient sur plus d'un millier de kilomètres sous leurs pieds, mais ni Ross ni Jess ne ressentaient de vertige. Ross tapota l'un des perchoirs du bout des doigts.

— Ici. Ils n'ont nulle part où aller, alors ils reviennent toujours. C'est la plus efficace des cages.

Refermant son blouson isolé contre le froid, Ross contempla l'infinité tel un seigneur féodal surveillant son domaine. Jess remonta sa capuche pour se protéger de la brise. Derrière eux, un panache d'échappement jaillit vers le haut, enflant comme un champignon pour se disperser rapidement dans les bancs de nuages de Golgen. Les deux frères se tenaient côte à côte, dans un silence complice.

Jess sentit qu'il devait profiter de ce blanc dans la conversation pour offrir ses cadeaux. Il ouvrit un étui sur sa cuisse droite et en retira un disque d'or épais, gravé de symboles qui correspondaient à ceux du clan Tamblyn brodés sur les vêtements de Jess et de Ross.

— Tasia l'a fait pour toi.

Ross le saisit, regardant avec émerveillement le magnifique outil que sa jeune sœur avait créé.

— Ses talents d'ingénieur ne cesseront jamais de m'impressionner… mais j'aurais besoin de savoir ce que *c'est* avant de pouvoir l'utiliser.

Jess pointa un doigt sur le cadran et les chiffres.

— C'est un compas. Il s'adapte au champ magnétique de n'importe quelle planète, de sorte que tu puisses toujours trouver ton chemin. Tu vois, voilà ton Guide Lumineux.

— Ma petite sœur suggérerait-elle que je suis perdu ?

— C'est seulement sa manière de montrer que tu lui manques, Ross. C'est une dure à cuire, mais tu n'as jamais parlé assez longtemps avec elle pour l'admettre.

Le sourire de Ross s'élargit.

— Oui, elle me manque aussi.

Jess fouilla dans une seconde poche et en tira un petit livre relié, à pages jaunes ; certaines d'entre elles étaient vides, d'autres couvertes d'une écriture décolorée.

— Un carnet de bord à l'ancienne, utilisé par les marins pour garder une trace de leurs voyages. C'est de papa.

Ross glissa le compas dans l'une de ses poches, et tint l'ouvrage relié en cuir rouge, avec un mélange de respect et de scepticisme.

— C'est de *papa* ? (Il tourna les pages, regardant les mots écrits à la main, puis regarda Jess les yeux dans les yeux.) Je ne sais pas pourquoi, mais je ne le crois pas. Il ne m'aurait jamais donné ça. En fait, tous les cadeaux que tu m'apportes depuis plusieurs années, ne sont que des trésors de famille que tu as sortis en fraude de Plumas, pas vrai ?

Jess ne put conserver une expression innocente.

— Aurais-tu pu l'avoir par un autre moyen ?

Ross feignait de ne pas prêter attention au carnet de bord, mais Jess put voir que le cadeau avait une grande signification pour lui, même s'il venait davantage de son frère que de son père.

Tous deux connaissaient très bien Bram Tamblyn. C'était un chef de famille sévère et inflexible, qui, toute sa vie, avait exigé que l'on obéisse à ses volontés. Cela fonctionnait assez bien avec les employés, pour les opérations de puisage sous les couches de glace de Plumas. Cependant, le fils aîné de Bram Tamblyn s'était révélé aussi têtu que son père. Pendant des années, ils s'étaient fréquemment disputés, jusqu'à ce qu'enfin, à l'âge de vingt-deux ans, Ross en ait eu assez.

Le vieux Bram avait menacé de renier son fils s'il ne se pliait pas à ses vœux, mais le jeune homme avait surpris son père en le prenant au mot. Les esprits s'étaient échauffés. Offensé, Bram s'était juré d'exclure Ross de leur clan. Alors, Ross avait proposé de le sauver de l'embarras. Il avait réclamé sa part de l'héritage familial, et avait fait le serment qu'il réussirait par lui-même.

Jess avait été présent, avec Tasia. Ils étaient intervenus pour essayer de rétablir la paix entre les deux, mais le vieil homme n'avait écouté ni l'un ni l'autre. Bram l'avait regardé d'un œil calculateur – la fortune de son clan augmentait d'année en année, et si Ross prenait son héritage maintenant et abandonnait ses prétentions aux revenus futurs, il ferait sûrement figure de perdant. Bram avait donc fait le compte de sa part et la lui avait versée, en disant à Ross de ne jamais lui redemander un centime.

Ross s'y était tenu. Il avait investi son héritage avec sagesse, prenant en charge la station du Ciel Bleu, qu'il dirigeait avec une telle grâce et un tel talent qu'à son vingt-huitième anniversaire, il avait presque fini de rembourser ses dettes. Le vieux Bram feignait la colère et le chagrin, mais il était secrètement fier de son fils.

Lorsque Jess venait en visite sur la station de récolte d'ekti, il n'y avait jamais aucune animosité entre les deux frères. D'autre part, grâce à l'obstination de Ross, Jess deviendrait un jour le chef du clan Tamblyn et hériterait des lucratifs gisements aqueux de Plumas, devenant un homme puissant de par son droit de naissance. Il n'en avait pas spécialement envie, mais il ne décevrait personne.

Devant la station du Ciel Bleu, un cumulonimbus grisâtre remonta de couches plus basses. Ross alla jusqu'à un panneau de commandes et dévia les gaz d'échappement, les utilisant comme propulseurs de contrôle d'altitude. L'énorme chalutier des nuages vira vers le nord afin de contourner le maelström de nuages en furie.

— Cet ouragan pourrait avaler une planète entière, dit Ross.

Les colombes domestiques stressées voletaient derrière la station d'écopage, afin de ne pas s'écarter de leur unique perchoir.

— Tant qu'il n'avale pas cette station d'écopage, fit Jess. Il y a un danger ?

— Pas si je tiens la barre. Quand les vents forcissent, je peux toujours changer d'altitude. (Il attendit, puis tourna des yeux chargés d'espoir vers son frère cadet.) Alors… Tu as apporté quelque chose de la part de Cesca ?

Jess s'attendait à ce que l'entretien prenne cette fâcheuse tournure. Il s'efforça d'adopter un ton léger.

— Son amour ne te suffit donc pas ?

— Si, je suppose que si.

Jess désirait changer de sujet, incapable de chasser l'image de la belle Francesca Peroni, à laquelle Ross s'était fiancée voici des années.

— Jhy Okiah vient juste de remplir le formulaire qui désigne officiellement Cesca comme son successeur, en tant qu'Oratrice des Vagabonds.

Ross paraissait fier, mais sa voix demeura sérieuse.

— Voilà qui ne me surprend pas. C'est une femme bourrée de talent.

— En effet.

Jess ferma la bouche afin d'éviter d'en dire trop. Ce n'était pas son rôle. Malheureusement, lui-même avait été amoureux de Cesca pendant plus d'un an, et il savait que ce sentiment était partagé. Ses fiançailles avec Ross avaient eu lieu longtemps avant que Jess et elle se rencontrent. L'honneur et la politique des Vagabonds ne permettraient jamais de rompre cette obligation, non plus que le sens du devoir de Jess envers son frère.

En outre, Ross avait travaillé très dur pour remplir les conditions de mariage sur lesquelles Cesca et lui s'étaient mis d'accord. Jess, tout comme Cesca, ne ferait rien qui risquerait de blesser ou d'embarrasser son frère. Tous deux étaient loyaux à Ross, et les contraintes sociales complexes de la culture des Vagabonds liaient chacun d'entre eux. Jess s'était résigné à un amour sans issue. Il ne flancherait pas et vivrait sans Cesca, même si elle resterait toujours présente dans son cœur.

Ross ignorait tout de l'attirance qu'éprouvait son frère pour sa fiancée, et Jess avait promis de ne jamais le laisser découvrir ses sentiments. Le prix pour chacun d'eux serait trop élevé.

Après avoir partagé un repas et disputé quelques manches de course aux étoiles avec trois ouvriers de l'équipe, Jess dormit dans un lit réservé aux amis. Il quitta la station du Ciel Bleu tôt le lendemain matin, alors que le soleil de Golgen rampait sur l'horizon fuligineux.

Faisant ses adieux à Ross, Jess embarqua la précieuse cargaison de carburant et pilota l'escorteur hors du système de Golgen, en direction d'une station de transport de Vagabonds. Là, elle serait transbordée sur des vaisseaux de distribution de la Grosse Dinde.

Jess transportait également des cadeaux et des lettres de Ross car, après avoir livré la marchandise, il comptait continuer sa route jusqu'au complexe central de Rendez-Vous. C'est le cœur peiné mais le visage impassible qu'il remettrait sans faute les présents romantiques de son frère à Cesca Peroni.

14

Cesca Peroni

Le yacht des Vagabonds maintenait sa position dans l'espace, au point de rendez-vous. Il n'arborait aucune marque indiquant qu'il transportait un personnage important, l'Oratrice de tous les clans de Vagabonds, ainsi que sa protégée. Préférant dissimuler le plus possible aux yeux de la Ligue leurs manœuvres politiques, les Vagabonds avaient rarement recours aux emblèmes ou aux signes extérieurs de pouvoir.

Cesca Peroni occupait le siège de copilote, scannant le vide de l'espace, gardant un œil sur les détecteurs. Les étoiles lointaines luisaient tout autour, leur éclat en partie atténué par les minces volutes de gaz d'une nébuleuse.

— Encore aucun signe d'un autre vaisseau.

Cesca avait la peau mate, de grands yeux, et un sens de l'humour qui ne le cédait qu'à son sens du devoir. Elle conservait toujours les yeux et l'esprit ouverts. À ses côtés se trouvait Jhy Okiah. La vieille femme desséchée regardait par la baie, comme si chaque étoile méritait d'être contemplée.

— Patience, patience.

L'Oratrice possédait d'immenses ressources de calme intérieur et une véritable intelligence qu'elle n'exhibait jamais au cours des discussions.

Un voyant clignota sur le panneau de contrôle de Cesca.

— Ah, le voilà qui arrive.

Jhy Okiah pinça les lèvres tandis qu'elle examinait le champ d'étoiles, afin de repérer le minuscule point qui annonçait l'arrivée du vaisseau diplomatique. Celui-ci transportait Reynald, l'héritier theronien. Des mois durant, le fils de Mère Alexa et de Père Idriss avait usé de tous les moyens d'action : nombreux intermédiaires et diffusion de messages répétés, dans le seul but d'organiser cette rencontre avec les représentants des Vagabonds. Sa persévérance avait été admirable.

— Il vient enfin chercher ce qu'il a demandé, dit Jhy Okiah d'une voix rêche. Je ne peux m'empêcher de pouffer à l'idée de la stupéfaction qu'éprouverait le Président Wenceslas s'il savait que Reynald a eu tant de problèmes, rien que pour voir une poignée de Vagabonds.

Cesca regarda l'Oratrice.

— Peut-être ce jeune homme nous comprend-il mieux que n'importe quel gouvernement humain.

Les deux femmes connaissaient le périple de Reynald, et elles respectaient son intérêt pour toutes les sociétés importantes du Bras spiral, y compris les bohémiens de l'espace souvent décriés. Jhy Okiah fronça les sourcils.

— Ou peut-être n'avons-nous pas protégé nos secrets aussi bien que nous le croyions.

Bien que leur société nomade possède de nombreux vaisseaux et de grandes richesses, les clans gardaient leurs opérations totalement confidentielles et évitaient d'attirer l'attention.

Les membres de la vieille Oratrice étaient fins et aussi fragiles que du bambou sec, ce qui l'obligeait à séjourner la plupart du temps dans l'agglomérat d'astéroïdes de Rendez-Vous. Elle avait été mariée quatre fois et avait survécu à tous ses époux. Elle avait donné plusieurs enfants à chacun d'eux, de sorte qu'elle totalisait quatorze enfants, cinquante-trois petits-enfants et un nombre toujours croissant d'arrière-petits-enfants.

Jhy Okiah ne se donna plus la peine de suivre la trajectoire du vaisseau de transport diplomatique. Enfin, celui-ci se rangea le long du yacht, utilisant ses propulseurs avec adresse afin d'aligner les deux bâtiments. Dès que les sas furent connectés, Reynald rejoignit la zone de réception du yacht.

Les cheveux noirs du prince theronien étaient noués ensemble en une multitude de tresses. Des tatouages ressortaient de son col, couvrant sa nuque. Son visage avenant se fendit d'un sourire poli, puis il s'inclina devant les deux femmes. Son regard s'illumina à la vue de Cesca, d'une admiration non dissimulée. Celle-ci répondit à cet examen en rougissant.

D'un geste, Jhy Okiah invita le prince à la suivre dans une petite salle qui contenait peu de chose, hormis un buffet froid et une table pour quelques personnes.

— Excusez-moi de ne pouvoir vous accueillir avec plus de faste, dit-elle. Venant de Theroc, vous devez être habitué à la magnificence.

Reynald écarta les bras en regardant Jhy Okiah.

— Parfois, je préfère un cadre plus intime. (Il adressa à Cesca un sourire appuyé.) En outre, je ne souhaite m'entretenir qu'avec vous deux, non avec un auditoire complet.

Après avoir bu quelques gorgées de thé-poivre et échangé quelques cadeaux symboliques, Jhy Okiah s'assit et le considéra.

— Vous avez aiguisé notre curiosité, jeune homme. Dites-moi, qu'ont fait les Vagabonds pour susciter l'intérêt d'un prince de Theroc ?

Reynald se pencha par-dessus la table en joignant les mains. Il émanait de lui une fougue que Cesca jugea sincère.

— Il m'est apparu que les Vagabonds et les Theroniens avaient beaucoup en commun. Nous avons tous les deux échappé au filet de la Ligue. De toutes les colonies, seule Theroc demeure indépendante. Toutes les autres ont signé la Charte de la Hanse. Les Vagabonds vivent également leur propre vie et se gouvernent en dehors des limitations terriennes.

Cesca répondit :

— Cela est dû au fait que nous fournissons tous les deux des services vitaux – vous avec vos prêtres Verts, nous avec notre ekti.

Reynald leva l'index.

— Néanmoins, le danger existe toujours. Je ne suis pas venu avec l'intention de prôner un changement radical : si l'on provoque la colère de la Hanse, inutile de dire quelles mesures désespérées elle prendra. Mais nous pourrions forger quelques alliances mineures entre nos peuples, des concessions réciproques afin de renforcer nos bases respectives.

Cesca observa Jhy Okiah, mais l'attention de la vieille femme était concentrée sur Reynald.

— Je ne discuterai pas des avantages qu'il y aurait à obtenir plus de garanties contre les caprices des Terriens. Vous avez manifestement beaucoup réfléchi à cela, jeune homme.

— En tant qu'héritier du trône, j'ai eu de nombreuses années pour penser à mes actions futures. Aujourd'hui, j'examine certaines de mes idées.

— Et en quoi consistent-elles ? demanda Cesca.

Reynald aborda sans détour leurs inquiétudes communes.

— Laissez-moi commencer selon votre point de vue. Les stations d'écopage des Vagabonds produisent la quasi-totalité de l'ekti utilisé dans le Bras spiral. Les escorteurs livrent l'ekti des stations d'écopage jusqu'aux stations de transport, où il est distribué uniquement à la Ligue Hanséatique terrienne. Theroc et les autres colonies humaines n'ont pas d'autre possibilité de s'approvisionner en ekti, à cause du « bienveillant monopole » de la Hanse. Au nom de quoi a-t-elle une telle mainmise sur la distribution d'ekti ?

— Vous suggérez que la Hanse s'est engagée dans des pratiques commerciales abusives ?

Reynald prit une gorgée de thé épicé.

— Ce n'est pas un secret qu'elle a récemment imposé de sévères hausses de tarifs et a changé sa politique, au détriment des Vagabonds. N'est-ce pas pour cette raison que Rand Sorengaard a commencé à attaquer les vaisseaux marchands de la Hanse ?

Cesca fronça les sourcils.

— Ceci est un problème interne, qui ne concerne que les Vagabonds. Nous comptons de nombreux clans, avec des gens très déterminés. Parfois, certains d'entre eux ont du mal à contenir leur impétuosité. Malheureusement, même une Oratrice ne peut les contrôler tous.

— Et comment modifieriez-vous ces pratiques commerciales, jeune homme ? demanda Jhy Okiah, revenant aux affaires.

— Eh bien, Theroc ne dispose pas d'une importante flotte spatiale. La plupart d'entre nous préfèrent rester sur la forêt-monde sans jamais s'aventurer ailleurs dans le Bras spiral. Cependant, comme tout monde civilisé, nous sommes intéressés par le voyage interstellaire, et nos prêtres Verts apportent des surgeons sur d'autres planètes afin d'étendre le plus largement possible la forêt. C'est pourquoi nous avons besoin d'ekti. Actuellement, nous dépendons de la Hanse pour cette ressource vitale. (Il sourit de nouveau.) J'aimerais envisager la possibilité que les Vagabonds et les Theroniens puissent convenir d'un accord pour un approvisionnement plus direct.

Cesca eut un sourire malicieux.

— Oh, la Grosse Dinde n'apprécierait pas ça du tout.

— Non, pas du tout. (Jhy Okiah regarda sa disciple et acquiesça.) Mais je ne crois pas qu'aucune restriction légale l'interdise.

La suggestion de Reynald surprenait Cesca, car peu d'étrangers prenaient les Vagabonds au sérieux, ne voyant en eux qu'une bande de racailles juste bonne à fournir un produit utile. La Hanse ne s'était jamais préoccupée de dénombrer les stations d'écopage des Vagabonds, ou de savoir quelles planètes ils exploitaient. Le Bras spiral avait tant de systèmes inhabités, de géantes gazeuses... Qui était en mesure de tous les surveiller ? Comment un vaisseau espion de la Hanse pouvait-il repérer une usine, aussi gigantesque soit-elle, sur la toile de fond d'une planète plus vaste que Jupiter ?

Avec une innocence feinte, Reynald posa des questions inquisitrices sur leurs bases et leurs équipements. Mais Jhy Okiah les éluda avec habileté, ne livrant au jeune homme aucune information utile.

—Je dois discuter de cela avec les clans, Reynald. Cependant, je me réjouis de l'ouverture des relations entre les Theroniens et les Vagabonds. Qu'offrez-vous, de votre côté ?

Reynald continua de sourire.

—Peut-être les Theroniens pourraient-ils fournir les services de quelques prêtres Verts ? Tous vos clans sont éloignés les uns des autres. Je suis sûr que vous pourriez utiliser avec profit la communication instantanée.

—Il est vrai que nous formons un peuple dispersé, et que les nouvelles voyagent lentement, dit la vieille femme. Mais nous avons appris à vivre avec nos propres moyens. Nous suivons le Guide Lumineux.

Les yeux de Reynald brillaient. Il s'appuya sur la petite table de la coquerie, prêt à révéler un secret.

—Néanmoins, vous devez parfois désirer être tenu informés plus rapidement des événements importants. Par exemple, nos prêtres Verts viennent juste de transmettre un rapport du général Lanyan, indiquant que Rand Sorengaard a été récemment appréhendé et exécuté près d'Yreka. Les FTD lui ont tendu une embuscade et l'ont capturé, lui et son équipage. Ils ont tous été éjectés dans le vide.

Cesca et Jhy Okiah échangèrent un regard. Cesca cracha un juron.

—Foutus Terreux. C'est une mauvaise nouvelle, en effet.

Reynald parut surpris.

—Approuviez-vous réellement les activités de Sorengaard ? Il semblait être plus un rebelle qu'un pirate…

—Nous comprenons ses motivations, jeune homme, car les Vagabonds ont été traités injustement par la Hanse. La violence, toutefois, ne fait qu'engendrer plus de violence, au lieu d'une solution acceptable par tous. En tant que porte-parole des Vagabonds, je ne puis admettre ses méthodes. (La vieille femme revint au sujet principal.) Néanmoins, prince Reynald, j'ai le regret de décliner votre offre, si généreuse soit-elle.

Cesca considéra le jeune homme musclé et avenant.

— Je suis d'accord. Autoriser des prêtres Verts à vivre parmi les Vagabonds est tout simplement impossible.

L'idée qu'un étranger puisse voir leurs installations les mieux cachées lui fit un frisson dans le dos. Grâce au télien, de telles informations seraient disponibles à tous les prêtres Verts, partout. Les Vagabonds n'accepteraient jamais de se découvrir autant.

Reynald prit ce refus avec une bonne grâce teintée d'ironie.

— Basil Wenceslas se démène dans l'espoir d'obtenir davantage de prêtres, mais nous l'avons repoussé. Votre réaction est assez différente de celle de la Ligue Hanséatique terrienne.

— La société des Vagabonds est très différente des autres.

Reynald glissa un coup d'œil en direction de la ravissante Cesca, flirtant avec ostentation.

— Dans ce cas, nous pourrions envisager une autre forme d'alliance. Un mariage, peut-être...

Cesca leva la main. Elle regarda d'abord ses doigts délicats, avant de croiser les yeux du jeune homme.

— Une telle union serait effectivement une alliance politique de valeur. Mais je dois vous informer que je suis déjà fiancée au dirigeant d'une station d'écopage importante et lucrative.

Et je suis amoureuse de son frère.

Reynald détourna le regard avec une expression embarrassée qui le fit soudain paraître plus jeune.

— Cet homme a beaucoup de chance.

Cesca éprouva de la peine pour lui, et même une légère attirance, mais son mariage imminent avec Ross Tamblyn était sacré, en dépit de ses sentiments secrets pour Jess. Ajouter Reynald à l'équation rendrait intolérable une situation déjà compliquée.

Bien que rien n'ait abouti, Reynald semblait néanmoins globalement satisfait de la discussion. Il s'inclina de nouveau.

— Avant de m'en retourner sur Theroc après ce long périple, permettez-moi de vous lancer une invitation du fond du cœur, à vous ou à n'importe lequel de vos représentants, pour visiter notre forêt-monde. Tôt ou tard, vous serez fatiguées du vide de l'espace.

— L'espace n'est jamais vide, si l'on sait ce qu'on y cherche. (Cesca étreignit chaleureusement ses mains.) Néanmoins, j'attends avec impatience de pouvoir un jour la contempler.

15

Nira Khali

Perchée tout en haut du monde, Nira Khali crispa les orteils sur la feuille où elle se tenait en équilibre. Même au beau milieu du ciel, elle était sereine et confiante. Elle n'avait pas encore endossé la robe verte, n'avait pas senti la chanson des arbremondes pulser dans ses veines ni vu sa peau se teinter de vert. Néanmoins, elle avait foi en la forêt-monde, de toute son âme.

Sa peau était brun mat, mais, bientôt, le pigment photosynthétique qui la recouvrirait indiquerait à tous son acceptation par les arbres. Acolyte depuis le début de sa jeune existence, elle comprenait le sens de la forêt, communiait avec l'énigmatique esprit en réseau, même si les arbres ne pouvaient l'entendre directement. Pas encore.

Depuis le jour de sa désignation, Nira lisait à voix haute, avec une intonation aisée et expressive. Elle était fascinée par la littérature ancienne que les colons du *Caillié* avaient apportée avec eux. Elle sentait que les arbres appréciaient les récits du roi Arthur et des chevaliers de la Table ronde. Elle avait lu plusieurs versions de *Le Morte d'Arthur* de Sir Thomas Malory, aussi bien que la myriade de réécritures ultérieures par Howard Pyle, John Steinbeck et leurs successeurs. Les légendes souffraient de nombreuses incohérences, mais Nira ne pensait pas que cela déconcertait les arbres. En fait, l'esprit forestier jouissait des contradictions et des divergences ; il occupait une partie de sa conscience sommeillante à méditer sur leurs implications.

Nira servait la forêt-monde en lisant pour les arbres, mais l'occasion d'apprendre pour elle-même la remplissait également de joie. Depuis son enfance, elle consignait les contrées du Bras spiral où les missionnaires Verts avaient essaimé avec des surgeons, afin de répandre la forêt.

On apprenait aux jeunes acolytes à entretenir la forêt. Ils nourrissaient les minuscules surgeons en pot avant leur départ de la planète, et s'occupaient des immenses sentinelles végétales, détachant les vieilles feuilles et nettoyant les troncs de leurs parasites. Nira préférait lire à haute voix, et elle pensait que les arbres aimaient tout autant cela. Lorsqu'elle parlait aux arbres, même lors de tâches subalternes, Nira gardait toujours l'esprit ouvert et l'oreille aux aguets, dans l'attente d'une réponse. Un jour, quand elle serait devenue une prêtresse Verte, elle entendrait la voix.

Pieds et poitrine nus, les acolytes ne portaient qu'un pagne, afin d'exposer le plus de peau possible aux arbres. L'épiderme humain était un organe sensible, une interface qui les reliait aux arbremondes. Chaque fois que Nira grimpait dans la canopée pour effectuer son labeur quotidien, elle caressait les feuilles et pressait sa poitrine contre le tronc. Elle s'était tondue au ras du crâne, comme la plupart des acolytes, ne laissant subsister qu'un duvet sur le pourtour de sa tête. Toute sa chevelure tomberait dès qu'elle endosserait la robe verte.

Depuis l'enfance, elle avait admis que son destin consistait à devenir un élément de l'écosystème de la forêt-monde, qui croissait d'année en année. Avant l'arrivée du *Caillié,* jadis, la forêt-monde n'était qu'un groupe d'arbres semi-intelligents confinés sur une seule planète. Elle se languissait dans l'isolement depuis des milliers d'années, parce qu'elle n'avait aucun moyen de progresser intellectuellement, d'expérimenter de nouvelles choses.

Cependant, quand les colons étaient arrivés, une fille nommée Thara Wen avait appris à communier avec la forêt, et enseigné son savoir à ses compagnons les plus sensibles. Ces premiers « prêtres » avaient découvert comment puiser dans cette vaste mémoire capable de stocker et de restituer des sommes colossales d'informations. Les arbremondes étaient une base de données vivante, seulement entravée par un manque d'expériences et de connaissances du monde extérieur. Thara Wen et ses disciples avaient pris soin de ce problème.

Alors que la forêt-monde commençait à apprendre de ses compagnons humains, la relation s'était muée en une symbiose bénéfique. Les prêtres Verts expliquaient les mathématiques et les sciences, l'histoire et le folklore. Son appétit ainsi aiguisé, la forêt-monde avait voulu assimiler tout le savoir humain, des faits les plus quelconques aux plus grandes légendes. L'ordinateur végétal pouvait mémoriser et traiter un millier d'informations éparses, pour produire des prévisions brillantes et justes, qui sonnaient comme des prophéties issues d'un esprit de la terre bienveillant.

Autour de Nira, des acolytes lisaient des données d'un ton monotone, récitant des relevés météorologiques de planètes dont elle n'avait jamais entendu parler. Bien installée sur son lit de branches, Nira se plongeait avec délice dans la chronique épique de Malory. Des prêtres jouaient d'instruments de musique ou passaient des enregistrements de symphonies de compositeurs humains ; pour la forêt-monde, la musique était un langage, tout comme les mots.

Seule sous le ciel, Nira lisait pendant des heures, totalement immobile, absorbée par son récit et ses auditeurs. Les arbres pouvaient recevoir des informations par d'autres moyens, grâce au lien télépathique direct avec les prêtres Verts ordonnés. Mais Nira n'avait pas cette possibilité. En outre, elle préférait lire à haute voix – les histoires devaient être racontées de cette manière, et la forêt semblait accepter cela. D'une manière ou d'une autre, même sans symbiose, ces plantes miraculeuses pressentaient que Nira rejoindrait bientôt leur réseau omniscient. Très bientôt, espérait-elle.

Alors que l'après-midi finissait, la voix de Nira devint rauque, et elle se rendit compte qu'elle n'avait pas bu depuis des heures.

Elle regarda en l'air pour voir les prêtres plus âgés descendre de leurs plates-formes. Ils avaient achevé leur journée. Nira prit une gorgée à sa gourde, avalant le clee stimulant – une eau pure mélangée à des graines d'arbremondes. Elle se sentait en forme, impatiente de lire une nouvelle centaine de pages, mais il était temps pour elle d'aller remplir ses autres devoirs.

Tandis qu'elle descendait vers le point de jonction des plus grandes feuilles, elle rencontra un grand prêtre entre deux âges du nom de Yarrod. C'était le frère cadet de Mère Alexa. Les nombreux tatouages ornant son visage vert signalaient les différentes matières qu'il avait étudiées et les capacités qu'il avait acquises au nom de la forêt-monde. Bien que les prêtres Verts disposent d'une hiérarchie souple, Yarrod occupait un rang supérieur. Néanmoins, son statut n'était pas lié à sa parenté avec la dirigeante.

— Nira Khali, dit-il, je suis venu t'escorter. Notre conseil s'est réuni, et les arbres ont approuvé.

Le cœur de Nira fit un bond.

— Approuvé ? Approuvé quoi ?

Différentes éventualités se présentèrent à son esprit, mais elle ne put décider laquelle elle espérait le plus obtenir.

Assurant ses pieds dans les branches, il décrocha une fiole accrochée à sa taille.

— Les prêtres t'adressent toutes nos félicitations. (Souriant, il déboucha le flacon et laissa un liquide noir couler sur le bout de son doigt.) Tu as achevé la formation nécessaire pour recevoir ta deuxième marque de Lectrice.

Il tendit son doigt, et Nira sentit son pouls s'accélérer, ravie d'avoir atteint ce nouveau grade si rapidement. Elle arborait déjà une marque d'acolyte sur le front. Deux arcs de cercle aux coins de la bouche et des yeux indiquaient qu'elle avait étudié les matières nécessaires pour devenir Lectrice de premier grade.

Le doigt de Yarrod s'immobilisa, puis il éclata de rire.

— Nira, je ne pourrai pas tracer de marques autour de tes lèvres si tu souris autant.

Elle s'efforça de maîtriser son expression afin de la rendre impassible. Avec adresse, Yarrod étala le jus noir en une courbe parfaite de chaque côté de la bouche, d'un rayon plus large que les premières marques. Le jus la piquait à mesure qu'il imbibait sa peau et altérait la biochimie de ses tissus à l'endroit où il laisserait une marque permanente. Cela la brûlerait pendant une journée avant qu'elle soit autorisée à se laver, mais la marque signalerait à tous qu'elle avait atteint un niveau supérieur.

— Merci, Yarrod. Je suis heureuse de servir la forêt-monde autant que je le peux. Une telle reconnaissance m'encourage à travailler plus dur encore pour atteindre le prochain niveau.

Yarrod continua de sourire, et le cœur de Nira recommença à battre la chamade.

— Je n'ai pas fini, Nira. Ce n'était qu'une introduction. Les prêtres ont discuté au sujet des acolytes. Ils ont étudié leur dévouement et leur conduite. (Il la regarda, les yeux brillants. Nira retint son souffle, mais il pouvait lire ses pensées directement en elle.) Nous avons décidé que tu avais mérité mieux qu'un nouveau tatouage d'apprentissage. Ton service d'acolyte a été exemplaire. Il ne pourrait que s'améliorer si tu étais une prêtresse Verte à part entière.

Nira sentit les arbres chanter autour d'elle – riant ou la félicitant, elle n'aurait su le dire. Mais bientôt elle le pourrait. Elle agrippa son pad de lecture, si fort qu'elle eut peur qu'il ne glisse de ses doigts moites et dégringole tout en bas. Elle se concentra afin que cela n'arrive pas.

Nira releva le menton et refoula les larmes dans ses yeux. Elle regarda Yarrod avec fierté. Elle regrettait seulement de ne pouvoir achever de lire la légende du roi Arthur et de ses chevaliers. Ce serait probablement à un autre acolyte de le faire.

16

Rlinda Kett

Rlinda Kett était ravie d'être de retour à bord du *Curiosité Avide*. Son vaisseau marchand avait été complètement réparé, nettoyé, et même modernisé après avoir servi d'appât contre les corsaires de Rand Sorengaard. À présent que le vaisseau approchait de Theroc, elle se relaxait dans le fauteuil du capitaine, qu'on avait élargi spécialement pour elle.

Elle venait à l'invitation de Sarein Theron en personne, la troisième enfant de Père Idriss et Mère Alexa. Pour Rlinda, Sarein était surtout celle qui possédait le plus le sens des affaires de cette famille. C'était une jolie jeune fille débrouillarde de vingt et un ans. Elle avait déjà des contacts avec la Hanse, et étendait son réseau d'influences.

Rlinda ne pouvait s'empêcher d'éprouver un grand respect envers Sarein. Assurément, il n'aurait pas été sage de refuser son offre de venir sur Theroc afin de discuter « des intérêts de nos peuples aussi bien que des vôtres ». Depuis l'époque où elle avait fait ses études sur Terre, Sarein n'avait plus l'état d'esprit provincial de ses parents et de ses frères et sœurs.

Les Theroniens avaient des pratiques commerciales rétrogrades. Ils tenaient la bride haute aux prêtres Verts et se montraient peu enclins à développer une clientèle pour leurs innombrables produits forestiers. En tant que négociante, Rlinda avait souvent considéré

Theroc avec intérêt, tout en estimant sa barrière culturelle trop forte pour établir de véritables relations commerciales.

Avec sa proposition, Sarein semblait sur le point de changer tout cela.

La colonie theronienne était autosuffisante et indépendante de la Ligue Hanséatique. Les FTD et la Hanse ne la harcelaient jamais à ce sujet, préservant les habitants de la forêt parce qu'ils étaient les seuls à pouvoir fournir des prêtres Verts, même si ceux-ci étaient déterminés à ne pas se laisser exploiter.

Les motivations de Rlinda Kett n'incluaient pas l'exploitation d'autrui, mais au contraire le bénéfice mutuel. Elle avait toujours négocié équitablement avec ses clients et ses fournisseurs. C'était ainsi qu'elle concevait le commerce interstellaire. Néanmoins, elle gardait toujours un œil ouvert aux nouvelles opportunités. Elle écouterait avec attention l'offre de Sarein.

En dépit de ses cinq mariages, Rlinda n'avait pas d'enfant. À la place, elle commandait cinq vaisseaux marchands, dont le *Curiosité Avide*, qu'elle considérait comme son bébé. Rlinda était bien plus que la propriétaire d'une compagnie de transport ; elle était aussi l'un des meilleurs capitaines.

Chaque capitaine de sa compagnie assurait lui-même la sécurité de son cargo, prenant les risques et récoltant les dividendes. Elle n'avait pas encore décidé si elle trouverait un remplaçant au capitaine du *Grandes Espérances*, Gabriel Mesta. Bien que devant s'acquitter d'une franchise ainsi que de droits importants, les capitaines gardaient soixante-quinze pour cent de leurs profits. Si l'un d'eux encaissait trois pertes d'affilée, la compagnie de transport le renvoyait et proposait le poste à un nouveau. Rlinda n'avait été contrainte à cette extrémité qu'une seule fois, et l'homme n'avait même pas été son mari…

Fendant l'atmosphère épaisse de Theroc, Rlinda survola la forêt dense, suivant les balises de signalisation en direction d'une clairière. Elle fit atterrir son vaisseau d'une main de maître au milieu des arbres géants.

Elle sortit, un sourire ravi éclairant son large visage noir. Autour d'elle, aussi loin que portait le regard, les arbremondes s'étendaient tel un océan de feuillages. Après toutes ces journées enfermée, elle savoura l'air moite et parfumé. Elle prit une autre inspiration pour purger ses poumons de l'air confiné du vaisseau spatial.

Rlinda s'arracha de sa rêverie pour se retourner, et regarda avec surprise la jeune fille svelte qui attendait. Les yeux de Sarein étaient grands et sombres, sa peau d'un brun profond. Elle avait les lèvres minces, les seins menus, et des cheveux noirs coupés court, dans un style commode et simple. Ses vêtements se composaient d'un curieux mélange de tissus en fibres naturelles de Theroc teints de façon artisanale, rehaussés de polymères industriels et de bijoux étincelants provenant de la Terre.

— Rlinda Kett, merci de votre venue. Votre voyage a été long, mais je vous promets que cela en vaudra la peine.

— Pas de problème, répondit Rlinda en tapotant la coque de son vaisseau. Je suis heureuse d'avoir l'opportunité de voir Theroc de mes yeux. J'ai entendu tant de choses intrigantes à propos de cet endroit.

Sarein eut un bref froncement de sourcils, qu'elle balaya aussitôt par un sourire de bienvenue.

— Intrigant, vraiment ? Peut-être ai-je manqué quelque chose.

Sarein guida son invitée vers le récif de fongus qui servait de cité à des centaines de familles. L'habitation communautaire, massive et blanchâtre, était une excroissance fossilisée, à la jonction de plusieurs grands arbremondes. Le récif géant avait été édifié à partir de milliers de générations de champignons durcis, poussant les uns contre les autres. L'imposant fongus proliférait en répandant des couches de spores à son sommet, qui durcissaient au fur et à mesure de sa croissance, à la manière d'un récif de corail.

— On dirait de la crème fouettée, dit Rlinda.

L'image fit sourire Sarein.

— J'adorais la crème fouettée lorsque j'étais sur Terre. Mais le récif est solide et rempli d'alvéoles – suffisamment pour y loger une cité entière.

Sarein l'escorta à travers l'incroyable monument organique.

— Les premiers colons du *Caillié* ont très vite abandonné leurs abris préfabriqués pour emménager dans ces récifs de fongus. (Elle donna un coup sec sur le mur spongieux mais robuste.) La population augmentant, on les a décorés et aménagés pour former la ville en y insérant la plomberie, l'éclairage, les systèmes de refroidissement, les gaines électriques et les points de communication.

Les yeux de Rlinda brillèrent.

— Ce n'est pas vraiment primitif, tout cela. Néanmoins, il y aurait sans aucun doute quelques petits aménagements supplémentaires à apporter.

Sarein lança un coup d'œil à la négociante et approuva d'un sourire.

— Dites-moi, demanda Rlinda, comment se fait-il que je sois la seule à avoir attiré votre attention ? Des centaines de marchands de la Hanse adoreraient vous faire leur baratin.

— J'ai songé à *vous,* Rlinda Kett, parce que vous avez demandé des licences pour commercialiser des étoffes et des aliments issus de la forêt. Tous ceux qui rôdent autour de Theroc ne sont intéressés que par les prêtres Verts. Vous avez l'air différente. (Elle baissa la voix.) Quelques cargos, à titre d'essai, suffiraient sans doute à convaincre mes parents. Vous pourriez être notre premier intermédiaire.

Rlinda avait du mal à croire en sa bonne fortune.

— Si tel est mon devoir, je m'y soumettrai volontiers.

Sarein eut un regard rêveur.

— Le Président Wenceslas est prêt à soutenir tout projet visant à intégrer plus largement mon monde au commerce galactique. Il me l'a dit lui-même.

Elles entrèrent dans une vaste salle. Celle-ci offrait une vue époustouflante sur les arbres étagés de la forêt. Sarein fit signe à Rlinda de s'asseoir à une longue table, taillée dans un bois dur comme du métal. Une centaine de mets délicats et colorés la garnissaient. Rlinda piocha goulûment dans les plateaux et les coupes, les carafes de jus et de boissons fermentées, les breuvages fumants et les glaces zébrées de sucres colorés et de graines comestibles luisantes.

— Avant que nous discutions comme il faut du marché potentiel des produits theroniens, j'ai tenu à ce que vous en goûtiez le meilleur. J'espère que cela ne vous ennuie pas.

— Pas du tout ! Un négociant doit garantir personnellement la qualité et l'intérêt de tous les produits alimentaires. (Rlinda tapota son ventre généreux et ses larges cuisses.) Comme vous pouvez le constater, j'aime beaucoup mon travail.

Sarein fit glisser les plats dans sa direction, indiquant le nom et la composition de chaque mets. Elle les désigna l'un après l'autre :

— Pelurbes, fendes, paletiers… mmh… pépines – vous devez être affamée ou très patiente, pour supporter tout cela. (Elle repoussa le plateau de côté avant de laisser Rlinda goûter l'un d'eux.) Voilà un gelot, sucré et gélatineux, mais très salissant. Des pendilles. Des cabocs – très croustillants, mais vous risquez de vous endormir si vous en mangez trop. Ces choses blanches sont des pairepoires, parce qu'elles poussent en couple sur les branches. Nous avons également huit sortes du meilleur nectar, et des urnes de pollen utilisé comme épices, pâtes, et même comme bonbons.

La marchande bien en chair essayait vaillamment de goûter chaque variété de noix que Sarein lui présentait, jatte après jatte :

— Graines de perrin, noix salées, craquets. L'intérieur de ces tartinoix, ici, est très crémeux. Les colons du *Caillié* ont donné des noms à toutes ces espèces au cours des premières années, lorsqu'ils ont échantillonné la nourriture de Theroc. Plus tard, ils ont réussi à les classer selon une taxinomie détaillée… mais qui en a besoin, au fond ?

Theroc ne possédant pas de mammifères, les gens mangeaient des filets de chenilles et des steaks d'insectes légèrement dorés et recouverts d'une sauce acidulée composée de fruits fermentés. La perspective de manger des insectes fit hésiter Rlinda, puis elle haussa les épaules et dévora son repas. L'un des mets les plus délicats, évoquant du veau savoureux, était une escalope de larve de lucane géant en chrysalide.

— Je suis heureuse que vous ayez fait toutes ces… expérimentations pour moi.

Rlinda se lécha les babines et ferma les yeux afin de savourer le goût pendant qu'elle mastiquait.

Elle extirpa un pad électronique et entreprit d'énumérer ses choix favoris, donnant le détail des fruits, des noix et des breuvages épicés en fonction de son estimation des marchés potentiels. Les tissus et les aliments, les champignons, les huiles parfumées et les parfums botaniques trouveraient des clients. En son for intérieur, parce qu'elle était elle-même très gourmande, Rlinda imaginait les différentes façons dont ces saveurs exotiques pourraient se combiner avec des ingrédients provenant de planètes éloignées, sur sa ligne commerciale.

Finalement, elle se cala dans son fauteuil, extrêmement satisfaite. L'effet soporifique de la nourriture était contrebalancé par les stimulants qu'elle avait ingérés. Étourdie par les possibilités commerciales, elle poussa un long soupir et tendit une main épaisse pour tapoter le poignet de Sarein.

— J'ai hâte de faire la connaissance de Père Idriss et de Mère Alexa, afin de discuter affaires. Je pense que Theroc a beaucoup à offrir aux clients de la Hanse.

Satisfaite et elle-même très ambitieuse, Sarein hocha la tête.

— Le Président Wenceslas et moi nous entendons très bien. Je suis certaine que je peux faire les arrangements nécessaires, qui seront profitables à chacune de nous. Laissez-moi juste m'occuper de tout.

17

Basil Wenceslas

Lorsque le Président Wenceslas rencontrait les représentants d'une douzaine de colonies de la Ligue Hanséatique terrienne, il évitait les salles de réception officielles. Il recevait les représentants aussi souvent que possible dans sa suite privée, qui occupait le dernier étage du siège de la Hanse ; c'est là qu'il pouvait le mieux diriger les affaires.

Le siège, une pyramide trapézoïdale, abritait les milliers de bureaux du personnel, composé de délégués de haut rang, de bureaucrates et d'employés. La disposition en oblique des vitres polies faisait ressembler le building commercial à un édifice maya. L'architecture avait été choisie pour symboliser la permanence ; elle faisait appel aux souvenirs lointains des puissants empires issus du passé de la Terre.

Fonctionnel plutôt qu'opulent, le siège était installé derrière le magnifique Palais des Murmures, dont il était séparé par un arboretum luxuriant. Face aux grands arbres, aux labyrinthes topiaires et aux ravissants jardins aux statues, le spectateur ordinaire faisait peu de cas de l'austère bâtiment administratif, situé dans le fond. Le Palais dominait l'horizon, pourtant le siège de la Hanse exerçait le pouvoir réel.

Basil examina l'agenda, éludant les bavardages futiles précédant la réunion. Tandis que les douze ambassadeurs planétaires prenaient place sur des banquettes confortables ou à des tables de cristal sur lesquelles ils pourraient prendre des notes, des assistants silencieux passaient parmi eux avec des breuvages et de légers amuse-gueules. Ils ne proposaient rien de trop extravagant aux participants – en tout cas aucune substance altérant le jugement. Basil exigeait que tous les ambassadeurs gardent l'esprit clair lorsque des décisions devaient être prises.

L'un de ses prédécesseurs, Miguel Byron, s'était inspiré de l'hédonisme de la Rome antique, ici, dans les niveaux administratifs. Le Président Byron sélectionnait pour serviteurs de séduisants jeunes gens habillés de toges échancrées qu'il chargeait de présenter ses respects aux ambassadeurs. Les « réunions du personnel » de Byron, qui avaient souvent lieu dans des bains chauds, étaient devenues légendaires.

Basil, au contraire, goûtait peu les divertissements quand il y avait du travail à accomplir. Et il y en avait toujours. Sur leurs mondes respectifs, les ambassadeurs étaient suffisamment puissants pour disposer de tout le sexe, les drogues et les festins qu'ils désiraient. Mais pas durant l'une des réunions de Basil.

Il avait néanmoins fait des concessions au confort, en menant les discussions dans un cadre détendu. Il détestait les plannings rigides, les groupes protocolaires guindés ; cela lui rappelait trop ces cours dirigés par un professeur dénué d'imagination. De tels dispositifs ne favorisaient pas l'innovation, et encourageaient plutôt le conservatisme. Basil souhaitait au contraire tirer le meilleur de chaque contribution.

Il s'adossa au balcon, le regard dirigé sur la salle de réunion ; sa silhouette se découpait dans la lumière éclatante de l'après-midi. Constatant que chacun était installé, il déclara :

— Avant d'en venir à nos affaires si ennuyeuses, laissez-moi d'abord féliciter tous ceux qui ont participé à l'expérience du Flambeau klikiss. Le nouveau soleil d'Oncier semble être un succès retentissant. Le docteur Serizawa est resté là-bas avec son équipe d'observation, et le premier groupe de terraformateurs arrivera d'ici quelques semaines pour évaluer l'état géologique des quatre lunes.

L'amiral Lev Stromo, qui servait en tant qu'officier de liaison politique des FTD, sourit avec fierté, comme s'il était personnellement responsable de ce succès.

— Nous avons désormais la capacité de créer des soleils partout où nous le voudrons.

— Combien de fois le ferons-nous, monsieur le Président ? demanda d'une voix languide l'ambassadeur de Relleker.

Cette agréable planète semblait promise à devenir un monde balnéaire, en raison de son climat favorable et de ses étés chauds. L'homme exhibait fièrement une chevelure noire, bouclée et huilée.

— Cela dépendra de nous, répondit Basil. Le plus important est de savoir que nous *pouvons* le faire. Il paraît même que nous avons impressionné le Mage Imperator.

— Qui peut dire quand les Ildirans sont impressionnés ? fit remarquer l'ambassadeur de Dremen. Nous en savons encore si peu à leur sujet. Et s'ils prenaient cette démonstration comme une menace ?

C'était un homme à la peau laiteuse, que son monde sombre et nuageux n'avait pas habitué à la lumière solaire de la Terre.

— Nous n'avons manifesté aucune intention agressive, répondit Basil. Mais il n'en demeure pas moins vrai que le Flambeau klikiss est l'équivalent d'un panneau « Attention, chien méchant » sur la porte de notre jardin. Laissons-les tirer leurs propres conclusions.

L'amiral Stromo passa à un autre sujet.

— Nous avons reçu un rapport de campagne de mon supérieur, le général Lanyan, nous informant que le criminel Rand Sorengaard a été neutralisé à proximité du système d'Yreka. Lui et ses corsaires Vagabonds ont été capturés et exécutés.

La représentante rousse d'Yreka qui siégeait à côté de Stromo poussa un soupir de soulagement :

— Dorénavant, les relations commerciales peuvent redevenir normales. J'informerai le Gouverneur général de cesser le rationnement et de faire appliquer le contrôle des prix afin d'éviter le chaos économique.

— Il y a du mauvais dans chaque bonne nouvelle, dit Basil. (Il aimait ménager un certain équilibre lors des réunions, afin qu'elles ne dégénèrent ni en une litanie de plaintes, ni en un chœur d'autocongratulations.) En dépit de tous mes efforts, je ne suis parvenu à rien avec les dirigeants de Theroc. Ils se montrent d'une distance exaspérante et se moquent totalement du commerce et de la gouvernance interstellaires. Nous devons nous accommoder du nombre de prêtres Verts qu'ils veulent bien nous envoyer.

Les dirigeants de Theroc n'avaient aucune idée de la taille réelle de la galaxie. Une transmission électromagnétique ordinaire – des ondes radio voyageant à la vitesse de la lumière – mettait des décennies, parfois un siècle, pour se rendre d'un lieu à l'autre. Cela représentait un obstacle insurmontable pour mener des opérations militaires d'envergure, assurer les défenses planétaires, ou même se lancer dans le commerce régulier.

Grâce au propulseur interstellaire ildiran, les vaisseaux pouvaient voyager plusieurs fois à la vitesse de la lumière. Nombre d'entre eux servaient de courriers, livrant des nouvelles et d'importants communiqués diplomatiques, mais même avec les vaisseaux les plus rapides, il leur fallait des jours ou des semaines pour arriver à destination.

Le télien des prêtres Verts était, quant à lui, *instantané*, quelle que soit la distance, tant qu'un arbremonde et un prêtre se trouvaient dans chaque station. Ce moyen de communication n'était pas un luxe ni une simple *commodité,* mais une absolue nécessité pour la Hanse, conditionnant sa croissance et son épanouissement.

Malheureusement, les prêtres Verts étaient des gens, non des machines, et l'utilisation du télien requérait leur coopération. La Hanse ne pouvait leur forcer la main. Les Theroniens ne se comportaient assurément pas en volontaires complaisants.

— Ne prenons pas le risque de les retourner contre nous en les pressant trop ouvertement, monsieur le Président, dit la représentante d'Yreka, encore mal à l'aise à cause des récents problèmes que sa planète avait dû affronter avec les pirates.

— Si seulement nous pouvions forcer Theroc à signer la Charte de la Hanse, dit le pâle émissaire dremenien.

— C'est impossible, à moins de déclarer la guerre, répondit Basil.

— Que nous gagnerions, fit remarquer l'amiral Stromo.

— Comme toujours, j'apprécie vos suggestions, Amiral. Mais les actions zélées sont souvent malavisées. Et l'histoire ne me verra pas comme le Président dont les décisions irréfléchies nous auront précipités dans une récession galactique.

Stromo insista :

— Il y a déjà eu des mondes très riches, des dictatures ou des fanatiques religieux, qui ont essayé de se détourner de la Hanse.

Il lança un rapide coup d'œil au représentant de Ramah. Ce dernier le considéra froidement.

— Celui qui respecte la foi et la tradition n'est pas forcément un « fanatique », Amiral. Nous trouvons seulement que le Pèrarque terrien et les compromis officiels de l'Unisson manquent de ferveur. Nous préférons retourner aux enseignements fondamentaux du Coran.

— Je suis sûr que l'Amiral n'avait en rien l'intention de dénigrer Ramah, dit Basil. Il y a eu des cas bien plus extrêmes.

Stromo fixa son regard sur le Président.

— Oui. Une simple application de sanctions consistant à interrompre tout commerce avec ces colonies les forcerait à revenir en rampant, ou à périr.

— Attention à ne pas dépasser la mesure, dit l'émissaire de Ramah. (Un tatouage au henné figurait une étoile au coin de son œil gauche.) Les signataires de la Charte conservent le droit de déterminer leur propre gouvernement, religion et culture. Nous pouvons maintenir notre langue locale, plutôt qu'utiliser le Commercial Standard. Je voterai contre toute tentative d'utiliser une tactique brutale, au prétexte qu'une planète recèle en abondance une ressource dont la Hanse a besoin. N'importe lequel d'entre nous pourrait se retrouver dans cette situation.

Basil fronça les sourcils d'un air condescendant.

— Souvent, les règles changent lorsqu'une des parties possède des richesses que l'autre ne possède pas. Regardez votre histoire.

Bien que la propulsion interstellaire ildirane permette de voyager rapidement, une gouvernance étroite sur une trame aussi vaste était impossible. Les Ildirans y parvenaient uniquement parce que le Mage Imperator et ses Attitrés planétaires pouvaient penser d'un seul esprit, grâce au lien télépathique du thisme. Les colonies humaines, elles, étaient trop disparates pour qu'un dirigeant terrien puisse prendre sans se tromper des décisions à un niveau local, sur quelque monde lointain. Les colons rustiques n'étaient guère disposés à écouter les ordres venus d'une Terre éloignée, édictés par un homme qui n'avait jamais visité leur colonie. De plus, le marché interplanétaire des biens et des services constituait une économie en plein essor, qui fournissait une toile de fond à des règles communes. La Ligue Hanséatique terrienne avait été créée sur le modèle de la confédération des cités commerciales et des guildes qui avait fonctionné avec tant de succès dans l'Europe médiévale.

L'émissaire de Ramah posa son menton entre ses mains. Puis il admit, à contrecœur :

— Si mon peuple peut se plier à certaines nécessités, les Theroniens le peuvent sans doute aussi.

L'ambassadrice d'Yreka dit, songeuse :

— Les Theroniens sont une source d'irritation constante, mais ils sont si... attachants qu'il est difficile d'être en colère contre eux.

— Je crois que la solution est à portée de main, fit Basil d'un ton confiant. Otema, la vieille ambassadrice de Theroc, vient juste de repartir chez elle, et j'ai pris des dispositions pour qu'on lui demande de prendre sa retraite. Le successeur de la Dame de fer semble bien mieux disposé à notre égard, et déterminé à changer les choses dans le bon sens.

Le sarcastique émissaire de Relleker sirota son jus de fruit, fronçant les sourcils comme s'il s'était attendu à du vin.

— Oh, très bien. Que voilà une belle et grande famille !

Basil saisit une cafetière en argent sur un plateau chauffant et se versa lui-même une tasse de café à la cardamome. Il se retourna pour contempler le Palais des Murmures par-delà l'arboretum.

— La Hanse survivra et prospérera, ainsi qu'elle l'a toujours fait.

Tenant sa tasse avec délicatesse, Basil marcha parmi les fauteuils, méditant ses prochaines paroles. Son auditoire en savait assez pour ne pas s'engager dans de vains bavardages, et attendait qu'il passe au sujet suivant. Contrairement aux potentats plus brutaux de l'Histoire, il ne voulait pas susciter la peur, mais le *respect* chez ses subordonnés.

— Le Bras spiral est ouvert au commerce, et la Hanse a généré d'énormes revenus. Nous avons tiré de grandes richesses de l'Empire ildiran, bâti de solides infrastructures, implanté des industries nouvelles et efficaces sur des colonies en plein essor. (Il désigna le Palais des Murmures, visible derrière la baie murale.) Chacun de nous ici sait que l'espèce humaine vit son âge d'or. Mais seules des décisions avisées prises par un chef puissant peuvent garantir la poursuite de notre expansion économique.

Basil parvint enfin au point principal de la réunion.

— Hélas, mes amis, notre instrument le plus efficace – le Vieux roi Frederick – aura bientôt fait son temps. Vous l'avez tous vu discourir. Il montre son âge, il est las, et bien que le peuple semble l'aimer, il n'inspire plus autant de ferveur qu'avant.

Le Président les observa l'un après l'autre, soutenant leur regard. Les ambassadeurs appréhendaient la suite.

— Le roi Frederick n'est plus le fier héros dont la Hanse a besoin comme figure emblématique. Sa cote de popularité est en baisse, et, en toute sincérité, son statut lui est monté à la tête.

L'amiral Stromo regarda Basil avec horreur, comme s'il avait parlé de trahison.

— Que faites-vous de la charge royale ? Nous ne pouvons nous permettre une transition aussi brutale. Pensez au bouleversement social.

— Je préfère penser que cela donnera une nouvelle impulsion au peuple. Le vieux Frederick est notre porte-parole, rien de plus. Il ne remplit que peu de fonctions importantes.

Il ajouta ostensiblement :

— En fait, Amiral, le roi n'est guère plus qu'un drapeau vivant que l'on salue.

La représentante d'Yreka paraissait nerveuse. Une perle de transpiration apparut à la lisière de sa chevelure rousse.

— Je redoutais que ce jour arrive.

Basil entra dans un cabinet près du petit bar, et en rapporta une pile de pads de visionnage ; chacun était entouré d'une languette de sécurité rouge. Un système de reconnaissance d'empreintes permettait de ne délivrer les informations qu'à la personne pour laquelle les images étaient encodées.

— La Hanse a besoin d'un chef jeune et fringant pour remplacer le vieux roi. Quelqu'un capable de rassembler le peuple autour de lui. (Basil baissa la voix.) Or, nous savons tous qu'aucun des enfants du roi actuel ne fera l'affaire.

À l'instar des anciens monarques du Maroc ou des empereurs de Chine, on dissimulait avec soin la vie personnelle de Frederick et de sa famille derrière les murs de son extraordinaire Palais. En vérité, le roi n'avait pas d'héritier légitime. Mais la Hanse pouvait réécrire l'histoire autant de fois qu'elle le souhaitait.

— Cela s'est produit cinq fois par le passé, mais non au cours des dernières décennies. Ceci est sans doute notre tâche la plus importante.

Il distribua les pads, et chaque ambassadeur apposa son pouce sur le système biométrique afin de les activer. Une séquence d'images apparut, montrant de jeunes hommes pris sur le vif. Manifestement, les sujets ne savaient pas qu'ils étaient sous surveillance.

— Voici les dossiers complets de nos candidats. Ils contiennent des séquences filmées, des photographies et des rapports compilés sur des années de chaque jeune homme que nous avons espionné. Nos agents guettent en permanence les recrues potentielles au métier de prince. Voici les candidats que Pellidor a sélectionnés, les jeunes gens les plus aptes à aider la Hanse dans sa destinée.

Basil les entraîna jusqu'à une grande table en cristal. Ils posèrent leurs pads de visionnage dessus, afin de pouvoir comparer leurs notes. Pendant des heures, ils étudièrent les fiches et les photos, donnèrent leurs impressions et débattirent des choix possibles. Cela prit moins de temps que Basil l'avait craint, et dans la splendeur cuivrée du coucher de soleil, il donna lui-même le vote décisif.

Il toucha du doigt l'image d'un jeune homme aux cheveux noirs. Il paraissait intelligent, d'un caractère doux et agréable et sa voix était charismatique – et, Basil l'espérait, on pourrait rendre sa personnalité malléable.

— Celui-là a toutes les qualités requises, dit-il. Étant donné ses origines et son milieu social, il ne manquera à personne. Et le plus important : il présente une vague ressemblance avec le roi Frederick.

18

Raymond Aguerra

Dans un petit appartement au dix-huitième étage d'un complexe d'habitations, loin des salles de réunion privées du siège de la Hanse, Raymond Aguerra préparait le dîner.

S'efforçant à l'optimisme, il examina les provisions dans les placards et l'unité réfrigérante en se grattant la tête. Il lui faudrait se creuser la cervelle pour faire ressembler ces ingrédients à un repas nourrissant, pour lui-même et sa famille.

Les étagères étaient remplies d'un fatras de petites boîtes, de gadgets électroniques d'occasion, de crochets à casseroles faits à la main, et de reproductions. L'appartement exigu n'aurait pu être mieux organisé qu'il l'était. Les deux plus jeunes frères de Raymond, Carlos et Michael, respectivement âgés de neuf et six ans, se poursuivaient en se prenant pour des monstres. Ils s'affalèrent en riant, luttant sur le sol de la cuisine.

Par jeu, Raymond les poussa du pied hors de son chemin.

— Si vous me faites renverser la nourriture, vous mangerez par terre.

Carlos gloussa en essayant d'éviter le léger coup de pied qui heurta son postérieur décharné.

Rita, leur mère, se reposait dans la pièce principale. Sans plaisir, elle regardait d'un œil distrait un programme de divertissement. Des années de pratique lui permettaient d'ignorer les bagarres enfantines. À côté d'elle, son fils de dix ans, Rory, se plaignait d'avoir ses devoirs à faire alors que ses frères étaient autorisés à jouer.

Raymond se sentit coupable d'exiler les garçons chahuteurs dans l'autre pièce, où ils risquaient d'ennuyer leur mère. Rita Aguerra avait déjà travaillé toute la journée, et devrait bientôt se lever pour se rendre à son second travail. Elle s'effondrait dans son confortable fauteuil plus qu'elle ne s'y asseyait. Raymond ne doutait pas qu'elle s'endormirait avant qu'il ait achevé de cuisiner le dîner, à moins qu'elle ait bu trop de café âcre avant de rentrer.

Au-dessus de la porte d'entrée pendaient un crucifix et de vieilles feuilles séchées du dimanche des Rameaux de l'année précédente. Rita assistait consciencieusement à la messe chaque semaine ; à l'occasion, elle regardait à la télé l'office de l'Église de l'Unisson, même s'il lui paraissait terne, dénué de passion. Le Pèrarque, avec sa barbe et sa robe de déguisement, était censé incarner le porte-parole impartial de toutes les religions, ainsi que les représentants des principales croyances du monde l'avaient décidé d'un commun accord. Mais, pour Rita, la vieille Église catholique faisait preuve de bien plus de ferveur religieuse.

Chaque fois qu'il regardait sa mère, le cœur de Raymond se fendait. Les longs cheveux noirs de Rita Aguerra étaient à présent striés de gris. Plus jeune, elle avait passé des heures à les brosser afin de faire briller ses mèches noires. Aujourd'hui, elle se contentait de les ramener en queue-de-cheval ou de les entortiller en chignon. Jadis, elle avait été une beauté – Raymond se souvenait encore de la forme délicate de son visage –, mais elle n'avait plus le temps de soigner son apparence, ou l'espoir de rencontrer de nouveau l'amour. Un labeur pénible et de trop lourdes responsabilités avaient fait d'elle une matrone trapue et musculeuse.

Le jour, Rita travaillait comme employée dans une entreprise d'exportation de marchandises, et la nuit comme serveuse. La consommation régulière de café et de cigarettes lui communiquait une énergie illusoire qui lui permettait d'affronter chaque journée, ainsi qu'une nervosité qui la maintenait éveillée durant les quelques heures nocturnes où elle aurait dû se reposer.

À chaque retour à la maison, cependant, Rita se débrouillait toujours pour dévorer de baisers chacun de ses quatre fils, les étouffant avec son parfum de rose. Cette femme courageuse maintenait sa famille soudée grâce au plus subtil des liens ; à présent, Raymond était en âge de la soulager un peu de son fardeau. Ce qu'il faisait sans rechigner.

Un mois plus tôt, tous deux s'étaient assis, seuls, à la table branlante. La nuit était tombée. Rory, Carlos et Michael avaient été fourrés au lit et bordés ; ils avaient chahuté pendant une demi-heure avant de s'endormir enfin. Tout en regardant Raymond, Rita avait allumé une autre cigarette, chose qu'elle faisait rarement quand les enfants étaient éveillés. Ce détail avait permis à Raymond de prendre conscience qu'elle le considérait désormais comme un adulte, l'homme de la maison, puisque Esteban Aguerra était parti.

Elle lui avait parlé de son père, donnant des détails sur ce qu'il n'avait jamais osé demander.

« Je n'étais peut-être pas facile à vivre, surtout pour un homme insouciant comme ton père. Mais j'ai toujours assumé mes responsabilités et fait du mieux que j'ai pu. Vous, mes garçons, êtes mes seuls trésors, et votre père était sans doute un diamant brut… mais alors très brut. La nuit où il est parti, nous avons eu une dispute. L'une des pires. Je ne m'en rappelle même plus la raison… Je lui avais acheté une nouvelle paire de chaussures, ou quelque chose de ce genre. »

Elle tenait sa cigarette d'une main ; l'autre était serrée en un poing.

« Je lui ai flanqué un, peut-être deux, coquards avant qu'il parte. Il s'était engagé sur le vaisseau vers Ramah.

— Tu t'es demandée s'il regrettait de nous avoir quittés, maman ? »

Rita avait haussé les épaules.

« Il a regretté de laisser ses fils, peut-être, parce que c'était un homme très fier. Mais je doute qu'il ait pensé de nouveau à moi. »

Depuis leur discussion de cette nuit-là, Raymond s'était toujours posé cette question…

À présent, il versait dans un plat une préparation à base de macaronis, de soupe en cubes, et de morceaux de salami haché qui ne semblaient pas avoir dépassé la limite de conservation dans l'unité frigorifique. Il renifla, grimaça, puis ajouta du fromage râpé et annonça que le dîner était prêt.

Venez manger. Si ça refroidit, je vous les resservirai demain en restes.

— Je croyais que c'étaient déjà des restes, ce soir, dit Carlos.

— Je peux toujours vous envoyer au lit sans dîner.

Les garçons s'amassèrent tout autour pour saisir les assiettes de ragoût. Rita prit une petite portion, réprima un gloussement devant cette audace culinaire, et s'installa pour manger. Elle affirma que c'était l'un des meilleurs repas qu'elle avait jamais faits.

Plus tard, après que Rita se fut traînée jusqu'à son fauteuil pour se reposer, voire dormir avec un peu de chance, Raymond coucha ses petits frères. Il s'assura qu'ils avaient pris un bain et s'étaient brossé les dents, ignorant leurs jérémiades et leurs débordements ; il y était habitué depuis longtemps. Le temps qu'il retourne dans la pièce principale, sa mère avait glissé dans un léger sommeil.

Souriant, il arrangea le bouquet de fleurs qu'il avait dérobé lors de la fête du roi Frederick en l'honneur du nouveau soleil d'Oncier, et rapporté ici. Il avait récupéré un emballage vide et l'avait transformé en vase de fortune. Rita soutenait que les fleurs étaient une perte d'argent, mais son expression ravie avait convaincu Raymond qu'il lui faudrait désormais trouver un moyen d'obtenir un bouquet au moins une fois par semaine, quel qu'en soit le prix.

Il pensa à réveiller sa mère afin qu'elle s'allonge, mais décida de la laisser dormir là où elle était. Il ne voulait pas lui gâcher un moment de repos. Dans le silence retrouvé de l'appartement, Raymond se changea rapidement, sachant qu'il ne lui restait que quelques heures avant de devoir revenir aider sa mère à partir au travail et préparer ses frères pour l'école.

Il allait courir les rues, en quête d'un atelier ouvert la nuit, ou peut-être une boutique d'artisanat. D'ordinaire, il ne rencontrait guère de difficultés à trouver quelques heures de travail – accomplissant de menus travaux ou des besognes que personne ne voulait faire – en échange de quelques pièces et parfois de nourriture fraîche. Seules ses errances nocturnes leur permettaient de disposer d'un peu d'argent pour des vêtements et d'éventuels cadeaux.

Pendant que sa mère dormait, Raymond se glissa hors de l'appartement, en prenant soin de verrouiller derrière lui. Il avait mal à la tête et la fatigue gonflait ses yeux, mais il ferait un somme plus tard. Ils s'en sortiraient, pourvu qu'il continue à travailler. Il prit l'ascenseur jusqu'au rez-de-chaussée, dix-huit étages plus bas, et s'enfonça dans la ville.

Il ne devait plus jamais revoir sa famille.

19

Jess Tamblyn

Un jet lumineux s'éleva de l'océan bouillonnant de l'étoile incandescente, magnifique… et mortelle.

— Plus près, lança avec enthousiasme l'ingénieur à Jess Tamblyn, incapable de détourner les yeux du spectacle. On peut s'approcher beaucoup plus près.

Bien qu'il soit couvert de sueur, Jess fit confiance à l'intuition de son compagnon.

— Si c'est ce qu'on doit faire…

Il envoya une brève prière silencieuse au Guide Lumineux, puis fit ce que l'homme demandait.

Kotto Okiah n'avait qu'une conception théorique des dangers réels, mais savait évaluer les risques et les tolérances mieux que n'importe quel Vagabond. Il avait déjà créé quatre colonies dans des environnements extrêmes. Si le plus jeune fils de l'Oratrice n'avait pas su ce qu'il faisait, des dizaines de milliers de Vagabonds auraient déjà péri.

Tandis que le vaisseau cuirassé s'approchait avec précaution de la tempête solaire, Kotto partageait son attention entre la fenêtre à verre filtrant et les scanners à spectre étroit. Avec sa brosse de cheveux bruns et ses yeux semblables à des boutons gris-bleu, l'ingénieur avait l'air d'un enfant couvert de cadeaux extraordinaires.

— Là ! On peut voir la planète… Ce n'est pas aussi mauvais que je l'avais craint.

Jess contempla Isperos, l'éclat rocheux qui orbitait près de la tumultueuse étoile, au point d'être noyé dans les couches les plus denses de sa couronne.

— *Pas mauvais ?* Kotto, ce truc ressemble à un charbon ardent dans un haut-fourneau.

Distrait par sa lecture des relevés, l'ingénieur dit :

— À certains égards, c'est un avantage.

Un avantage. Personne n'avait jamais pu accuser Kotto d'être pessimiste.

Après avoir quitté Ross à la station d'écopage de Golgen, Jess avait dirigé son convoyeur plein d'ekti jusqu'à un centre de distribution de la Hanse. Puis il avait poursuivi sa route jusqu'à l'agglomérat d'astéroïdes de Rendez-Vous. Il lui restait des tâches à accomplir concernant l'entreprise familiale de puisage, ses obligations claniques, les relations de travail et les réunions avec d'autres chefs de clans... ainsi que les cadeaux de son frère, qu'il devait remettre à Cesca Peroni.

Cependant, Cesca n'était pas revenue de sa mission avec l'Oratrice Okiah. Alors qu'il aurait pu facilement demander à quelqu'un de délivrer les présents de Ross à sa fiancée, Jess désirait profiter de ce prétexte pour passer un moment seul avec elle, bien que sa décision fasse fi de toute logique. Au fond, il savait bien qu'il n'aurait pas dû s'engager dans cette voie, même s'il se refusait à l'admettre.

Jess s'était attardé plusieurs jours sur Rendez-Vous, afin d'attendre Cesca. Mais lorsqu'il était devenu évident qu'il essayait de gagner du temps, il avait craint que ses sentiments ne soient percés à jour et n'avait eu d'autre choix que de fixer la date de son retour sur Plumas. Aussi, quand Kotto Okiah avait demandé un volontaire pour le piloter jusqu'à Isperos en mission de surveillance, il avait sauté sur l'occasion... même si peu de Vagabonds manifestaient un quelconque intérêt pour se porter volontaires.

À présent, le vaisseau de reconnaissance évoluait autour de la planète ardente. Il dut combattre la gravité massive du soleil avant, enfin, de se réfugier dans le cône d'ombre de la face cachée d'Isperos. Jess abaissa son regard vers la surface recuite et vitreuse ; des fissures causées par la chaleur étaient visibles. Des mers de lave s'étaient répandues à travers les continents, aplanissant les cicatrices des cratères d'impacts, puis durcissant en une peau rocheuse durant les mois de ténèbres glacées.

— Kotto, tu es fou de vouloir monter une colonie de Vagabonds ici.

Le jeune ingénieur contempla avec envie ce monde ravagé de cloques.

— Observe tous ces métaux, au lieu de râler. On ne trouve pas n'importe où des ressources de cette qualité ! Les impuretés, plus légères, se sont toutes évaporées. Le bombardement du vent solaire a créé une quantité de nouveaux isotopes qu'il ne reste plus qu'à recueillir. (Il se tapota le menton.) Si on utilise des fibres calorifugées, des confinements à double coque et des structures de soutien en nid d'abeille, on pourrait facilement assurer l'intégrité de la colonie…

Sa voix s'estompa, comme il considérait toutes les possibilités.

Très tôt, le plus jeune fils de Jhy Okiah avait fait preuve d'une compréhension originale en matière de construction en basse gravité. Kotto aimait repousser les limites lorsqu'il s'agissait de solutions à apporter aux problèmes de survie. Il avait passé plus de dix ans à travailler dans les chantiers navals clandestins de Del Kellum, à l'intérieur de l'anneau d'Osquivel, et avait développé à deux reprises des réacteurs à ekti pour les stations d'écopage. Malgré ses succès, et quelques échecs, Kotto n'était ni arrogant ni rebelle. Il n'était rempli que d'une insatiable curiosité.

Enfant, Kotto avait constitué un défi pour UR, le comper de modèle Chaperon qui avait élevé de nombreux enfants Vagabonds sur Rendez-Vous. Il avait causé beaucoup d'ennuis au robot maternel, non à cause d'une mauvaise conduite, mais parce qu'il posait continuellement des questions, et qu'il cognait, secouait et démontait les objets – qu'il n'arrivait que rarement à remonter.

Adulte, cependant, Kotto avait prouvé sans cesse son génie, au bénéfice de nombreux clans.

Jess fit descendre le vaisseau vers le sol maintes fois fondu et redurci. La confiance absolue qui se lisait sur le visage de l'ingénieur l'amenait à croire que ce lieu avait du potentiel. Après tout, les Vagabonds avaient réalisé de nombreuses fois l'impossible.

« Les Vagabonds sont intimement convaincus de pouvoir réaliser n'importe quoi, à condition d'avoir le temps et les moyens, avait naguère déclaré Cesca.

— Un peuple non conventionnel n'a pas besoin d'une prudence conventionnelle », avait répondu Jess.

Cesca et lui étaient seuls dans le bureau aux murs de pierre de la jeune femme, dans l'agglomérat de Rendez-Vous. Il s'agissait d'une réunion innocente, concernant le ravitaillement en eau et en oxygène que le clan Tamblyn devait livrer de Plumas. Ils avaient gardé leurs distances, mais leurs yeux demeuraient rivés l'un à l'autre. C'était comme s'ils avaient été séparés par une barrière élastique, qui les aurait tenus tous deux à l'écart, et les aurait retenus en même temps.

« Tout de même, avait dit Jess, le temps ne peut résoudre tous les problèmes. »

Il avait fait un demi-pas en avant, dissimulant son mouvement d'un geste de la main, comme pour accentuer ses paroles. Puis il s'était immobilisé, se souvenant brutalement des exigences qui pesaient sur lui.

Cesca avait saisi son sous-entendu. Des années plus tôt, elle s'était fiancée à Ross Tamblyn : un engagement qu'ils avaient promis de tenir. Ross avait travaillé avec diligence dans le but de remplir les conditions sur lesquelles Cesca et lui s'étaient mis d'accord. Cette union entre deux clans puissants avait été bien accueillie, même si Ross passait pour la brebis galeuse de la famille. Beaucoup de Vagabonds avaient approuvé le mariage avec enthousiasme.

La station du Ciel Bleu constituerait une base solide pour l'expansion de la famille, même sans le soutien du vieux Bram Tamblyn.

Mais cela avait eu lieu avant qu'elle rencontre Jess. Le coup de foudre qui les avait frappés avait balayé les considérations économiques et politiques. Ils ne pouvaient l'expliquer à personne, encore moins à eux-mêmes.

« Si nous suivons le Guide Lumineux, certaines choses ne devraient jamais arriver, avait dit Cesca.

— Et pourtant… (Jess avait hardiment fait le dernier pas vers elle, refusant de penser à ce qu'il était en train de faire.)… Elles arrivent. »

Il l'avait embrassée, la prenant par surprise. Ce geste l'avait remplie de joie… tout en les terrifiant tous les deux. L'espace d'un instant, Cesca avait répondu à son baiser, se cramponnant à lui comme s'ils chancelaient au bord d'un précipice. Puis, à l'unisson, ils s'étaient séparés et avaient reculé avec embarras.

« Jess, nous n'aurions pas dû… »

Jess avait vivement rougi, puis trébuché en arrière en rassemblant ses notes et ses enregistrements.

« Je suis désolé. (Il avait secoué la tête, honteux et déconcerté par sa propre réaction. Il avait l'impression d'avoir trahi son frère – l'image de Ross, spectateur innocent de leur attirance mutuelle, passa devant ses yeux.) Qu'est-ce que j'ai fait ? »

Bien que profondément perturbée, Cesca n'avait ressenti aucune colère contre lui.

« Jess, il ne faut plus y songer. Cela n'est jamais arrivé. »

Il avait acquiescé de bon cœur.

« Nous allons oublier cela. Voilà ce que nous devons faire. »

Mais leurs souvenirs n'avaient fait que les consumer tous les deux davantage, mois après mois. Comment était-il possible d'oublier ?

Comme le vaisseau de Jess parcourait l'ombre planétaire jusqu'à la lumière mordante du soleil, le déferlement soudain de lumière et de chaleur fit tanguer le vaisseau.

— Il nous faudra établir une trajectoire d'approche de sécurité, dit Kotto comme s'il s'agissait d'un simple détail, en remarquant les difficultés de pilotage de Jess à travers la tempête solaire. On devrait pouvoir tirer avantage de l'ombre planétaire pour amener la plupart des transporteurs d'équipement lourd.

Jess augmenta le filtre des hublots.

— Ton plus gros problème sera le transport des métaux récoltés hors de la planète. On devra les convoyer loin d'ici avant de pouvoir vendre ce que l'on n'utilisera pas nous-mêmes.

— Oh, bien sûr, dit Kotto. La Grosse Dinde ne s'approcherait même pas à portée de radar de cette planète. Sa peau délicate pourrait se flétrir.

La Hanse n'aurait pas daigné regarder deux fois un monde brûlant comme Isperos, mais ce genre d'endroit convenait tout à fait aux Vagabonds. Ils s'étaient déjà établis sur de nombreux habitats remarquables tels que Rendez-Vous.

Leur civilisation trouvait sa source dans le vaisseau-génération *Kanaka*, baptisé d'après le nom de l'explorateur génial de Vallis Marineris, sur Mars. C'était alors une époque difficile pour la Terre. Passagers et équipage avaient fui à bord du *Kanaka*, le onzième et dernier vaisseau à partir. Les financements dévolus aux projets de conquête spatiale avaient alors quasiment disparu, et l'équipement ainsi que les provisions étaient rares. Pour toutes ces raisons, ce groupe se considérait comme plus coriace que les autres : de véritables survivalistes.

Les passagers du *Kanaka* avaient compensé la pénurie de matières premières par une capacité à construire des environnements habitables dans les lieux les plus rudes, grâce à leurs ingénieurs de génie, excentriques et novateurs. Avant de quitter la Terre, ils avaient vécu dans les déserts arctiques et installé des mines sur les lunes de Jupiter. Pour eux, si la méthode classique ne fonctionnait pas, une autre solution existait ; il s'agissait juste de la découvrir, voire de l'inventer.

Au cours des décennies de voyage, durant lesquelles le *Kanaka* avait cherché une planète à coloniser, les passagers avaient édifié une société capable de s'autoréguler. Mais, ayant épuisé toutes leurs ressources, ils avaient dû s'arrêter au cœur d'un nuage d'astéroïdes éparpillés autour de Meyer, une naine rouge, afin de récupérer de la glace, des minéraux et des métaux – des réserves en quantité suffisante pour continuer pendant quelques décennies encore.

Là, quelques-uns de ces colons originaux avaient effectué des calculs, dessiné des ébauches, et s'étaient convaincus qu'ils pouvaient utiliser l'équipement de construction et d'extraction à grande échelle présent sur le *Kanaka* pour fabriquer une station artificielle parmi les rocs et y vivre, sous la lueur cramoisie de la minuscule étoile. La ceinture de Meyer recelait suffisamment de matières premières pour offrir au petit groupe d'assez bonnes chances de réussite. Et la diminution de la population à bord du vaisseau-génération aiderait tous les autres passagers.

Le *Kanaka* était resté dix ans près de la naine rouge, le temps de s'assurer que les intrépides volontaires de Meyer soient parvenus à cultiver de la nourriture dans des salles souterraines creusées dans les astéroïdes, et à tirer suffisamment d'énergie de la faible luminosité du soleil. Pour n'importe quel colon, cela aurait semblé sans espoir – une colonie sans expérience, sur une île déserte dans l'espace, condamnée à péricliter et à périr. Mais ce lieu, qu'ils avaient nommé « Rendez-Vous », ils l'avaient choisi ; les familles de volontaires avaient parié sur cette chance ténue.

La colonie avait survécu et prospéré, formant finalement la base de la culture des Vagabonds. Jess s'imaginait-il vraiment que ce peuple résistant ne pourrait vaincre un monde infernal comme Isperos, surtout lorsque Kotto menait la danse ?

Emprisonnées dans une boucle électromagnétique, des particules solaires jaillissaient vers le haut telle une locomotive incandescente, vomissant des radiations dures plus insidieuses et destructives que la chaleur elle-même. Des taches solaires cancéreuses évoquaient des oasis d'obscurité à la surface de l'étoile, mais ces points qui servaient d'ancrage aux éruptions violentes étaient aussi dangereux que la chromosphère plus chaude.

Jess se battait contre le vaisseau, en évitant de songer aux dommages que la coque risquait de subir.

— Kotto…

— J'ai les données dont j'ai besoin. (L'ingénieur paraissait content de lui-même.) Nous devrions revenir sur Rendez-Vous, afin que je puisse rassembler mes analyses.

Jess jeta un coup d'œil aux relevés de pression, sur le point d'atteindre la surcharge.

— Oui, ce serait une bonne idée.

S'éloignant en flèche du soleil ardent et de sa planète torride, Jess songea de nouveau à Cesca, espérant qu'elle serait de retour sur l'agglomérat d'astéroïdes. Alors même qu'ils fuyaient les tempêtes solaires pour s'enfoncer dans l'espace glacé, Jess sentit qu'il transpirait plus que jamais.

20

Cesca Peroni

Avec sa prudence coutumière, Cesca Peroni pilotait le yacht spatial vers Rendez-Vous, en suivant un itinéraire sans risque, à travers plusieurs systèmes solaires. Elle doutait fort que Reynald, le futur héritier de Theroc, la suive, ou que des vaisseaux de la Dinde aient placé des balises espionnes sur son chemin. Mais les Vagabonds avaient pour habitude de brouiller leurs pistes.

Pendant un siècle et demi, ils avaient conservé leurs cachettes hors de la vue indiscrète de leurs congénères. La puissance effective de la Ligue Hanséatique terrienne était un sujet de préoccupation majeure pour tous les clans. Dernièrement, les machinations du Président Wenceslas destinées à renforcer le contrôle sur l'ekti avaient contraint les Vagabonds à faire preuve d'une vigilance accrue.

— Comment les clans vont-ils réagir aux idées de Reynald ? demanda-t-elle, détournant son regard du tableau de bord pour regarder le visage maigre de son mentor.

— Il y a longtemps, les Ildirans se sont fait un plaisir de nous laisser nous servir de leurs stations d'écopage, nous, les Vagabonds. Mais nous avons toujours été trop repliés sur nous-mêmes pour faire confiance à quiconque. (La vieille femme fixa le champ étoilé qui se modifiait avec lenteur et subtilité tandis que le yacht couvrait de vastes distances.) D'un autre côté, cela ne fait jamais de mal d'envisager de possibles alliés.

Cesca approuva.

— Reynald a bien défendu sa cause.

Jhy Okiah haussa les sourcils.

— Celle du mariage ?

Malgré le ton taquin de la veille femme, Cesca rougit.

— Celle des affaires, bien sûr. Les Theroniens ont conservé leur indépendance et tenu leurs prêtres Verts hors du contrôle de la Dinde.

— Nous avons beaucoup en commun. (Jhy Okiah pinça ses lèvres ridées, et sa voix devint plus sérieuse.) Malheureusement, nous n'avons tout simplement pas besoin de ce que les Theroniens ont à offrir.

Cesca se souvint des nombreuses querelles et des désaccords que Jhy Okiah avait résolus au cours de son mandat d'Oratrice. Peu de temps auparavant, Rand Sorengaard avait exhorté les clans à se venger des nouveaux tarifs de la Hanse :

« Qu'est-ce qui nous empêche de prendre ce qui nous revient ? La Dinde ne respecte pas plus les lois que nous ! »

Mais Rand n'avait recueilli que peu de soutien, à l'exception d'une poignée de brutes indisciplinées, plus intéressées par l'aventure que par la justice.

Sorengaard était un cousin au second degré du clan Peroni. Cesca n'aimait guère évoquer ce lien de parenté, car le pirate était un sujet embarrassant. Jhy Okiah avait souvent dit que ce n'était qu'une question de temps avant que les FTD s'occupent de lui. Et, s'il fallait croire la nouvelle annoncée par Reynald, elle avait eu raison.

— Bien que Rand ait été traduit en justice, les sanctions de la Dinde ne s'arrêteront pas là. Tous les Vagabonds devront payer bien plus que les tarifs qui nous sont imposés.

— Alors, nous nous débrouillerons pour améliorer notre situation, et devenir plus forts qu'avant, si les circonstances l'exigent, répondit Cesca avec une fierté sincère.

Après les mesures extrêmes, les économies drastiques et les nombreux risques qu'ils avaient eu à prendre, les Vagabonds étaient devenus pratiquement autosuffisants, hormis certaines fournitures vitales venues de l'extérieur – fournitures que la Hanse grevait à présent de lourdes taxes : aliments spécifiques, médicaments, instruments et équipements spéciaux, sans compter les objets de luxe et de commodité.

Jhy Okiah voyait venir le temps des vaches maigres comme un signal pour les Vagabonds de trouver de nouveaux moyens d'augmenter leur autonomie. Lors des assemblées claniques, sa voix était sèche et râpeuse, mais il en émanait toujours une puissance émotionnelle qu'elle avait développée durant de longues années.

« Si la Hanse peut nous atteindre en bloquant le ravitaillement de matériaux, c'est qu'elle a trop de pouvoir sur nous… et que nous sommes trop dépendants d'elle. Soit il faut nous défaire de cette dépendance, soit il faut trouver une nouvelle source de ravitaillement. Nous sommes les Vagabonds. N'avons-nous pas la capacité de découvrir des alternatives ? Nous pouvons construire notre propre équipement, fabriquer nos propres réseaux électriques, apprendre à agir sans les commodités et le confort. Rendons-leur la monnaie de leur pièce en prouvant que nous n'avons pas besoin d'acheter quoi que ce soit à leurs marchands. Nous n'alimenterons plus ce flot de revenus, et la Grosse Dinde s'affaiblira. »

Par ces mots, elle avait tenté de juguler la vague de dissidence suscitée par le départ fulminant de Rand Sorengaard. Une rébellion ouverte contre la Ligue Hanséatique susciterait de sévères représailles. L'Oratrice considérait les raids de Sorengaard comme des crimes. Pire, elle craignait que ses activités n'attirent trop l'attention sur les Vagabonds. Ceux-ci étaient habitués à vivre dans des environnements rudes, mais pas dans la peau de renégats traqués.

Assise dans le yacht spatial à côté de Cesca, Jhy Okiah dit :

— Il ne faut surtout pas laisser la Dinde fureter à la recherche de fugitifs, ou ils pourraient bien découvrir certains de nos chantiers navals, colonies et installations que nos clans préfèrent garder cachés.

Plus de deux siècles auparavant, après avoir laissé derrière eux la toute jeune colonie de la ceinture de Meyer, le vaisseau-génération

Kanaka avait poursuivi sa route en quête d'un foyer, passant à travers des nébuleuses et collectant leurs gaz qui servaient de carburant ou à d'autres emplois, une fois filtrés. Les explorateurs n'étaient pas seulement des récupérateurs doués, ils savaient aussi inventer.

Au lieu de rester un simple moyen de transport comme les autres grands vaisseaux, le *Kanaka* avait vagabondé, s'arrêtant en de nombreux lieux, s'écartant loin de sa trajectoire d'origine. C'est pourquoi il avait été le dernier des vaisseaux-générations à être retrouvé par les équipes de recherche ildiranes, cent quatre-vingts ans plus tôt.

Les bienveillants Ildirans l'avaient mené jusqu'à une planète hospitalière nommée Iawa, un monde mûr pour la colonisation et inutile à l'Empire ildiran. S'installer sur une planète de type terrestre avait constitué un sacré changement pour les colons du *Kanaka*. Le ciel immense et les continents étendus d'Iawa semblaient un véritable paradis, offrant aux colons toute la terre qu'ils pouvaient imaginer après avoir vécu durant des générations dans les quartiers exigus du vieux vaisseau.

Au début, apprivoiser une planète si bien disposée avait paru évident. Mais certains colons avaient manifesté leur crainte que tous leurs talents pour l'innovation et la survie se perdent en quelques années. Iawa représentait un changement si radical que des récalcitrants avaient regretté l'époque où ils vagabondaient parmi les astres, en état d'autosuffisance.

Moins de cinq ans plus tard, juste comme l'agriculture commençait à décoller, que des cités avaient été construites et des cultures plantées sur des terres dégagées, la planète s'était retournée contre eux. En une seule saison, un terrible mildiou indigène avait attaqué tous les organismes végétaux, anéantissant les graines, les légumes et les arbres qu'ils avaient plantés. Le Fléau iawanien se nourrissait de n'importe quelle matière végétale issue de la Terre, appréciant toutes les espèces transplantées. Les colons isolés s'étaient soudain retrouvés avec de maigres provisions de nourriture, et peu d'espoir que la situation s'améliore, car ce mildiou était endémique à la biosphère indigène.

La famine menaçait, mais les hommes s'étaient souvenus des mesures d'austérité en vigueur à bord du vaisseau-génération surpeuplé, et avaient mis suffisamment de provisions de côté pour survivre. Finalement, les colons iawaniens étaient retournés sur le *Kanaka* à l'abandon, l'immense vaisseau qu'ils avaient laissé, vide, en orbite. Ils avaient déménagé afin de revenir à un mode de vie plus favorable, qui consistait à errer parmi les étoiles à la recherche d'opportunités et de nouveaux habitats. « Nous ne sommes pas un peuple planétaire », disait la rengaine.

Adoptant le fier nom de Vagabonds, ils avaient négocié avec leurs bienfaiteurs ildirans afin d'obtenir la propulsion interstellaire ; en échange, quelques-uns avaient accepté de faire fonctionner des sites de traitement d'ekti, sur la géante gazeuse Daym. Les Ildirans, qui détestaient l'industrie d'écopage, avaient été heureux de trouver des travailleurs pleins de bonne volonté. Les Vagabonds s'étaient mis à la tâche avec zèle, et s'étaient bientôt fait une place tout en étendant leur savoir-faire.

Personne – ni la Ligue Hanséatique, ni les Theroniens, ni l'Empire ildiran – n'avait réalisé à quel point les Vagabonds avaient profité de leurs innovations. En tant que prochaine Oratrice, Cesca Peroni s'était promis de poursuivre cette stratégie…

Au terme de son long voyage, le yacht frôla l'orbe grenat de Meyer. Vue de loin, la naine rouge n'avait aucune particularité digne d'être signalée sur les cartes spatiales. Mais, tandis que Jhy Okiah et elle approchaient de la colonie excentrée de Rendez-Vous, Cesca attendait avec une grande impatience de regagner son foyer.

21

Estarra

Même la nuit, les forêts theroniennes demeuraient mystérieuses et accueillantes. Sans la moindre crainte, Estarra se glissa vers la fenêtre arrondie et plongea son regard au-delà du récif de fongus de la cité, entrevoyant le clignotement intermittent des étoiles à travers la canopée.

L'aube réchauffait déjà le sommet des arbres, répandant largement ses couleurs vives sur la forêt entrelacée. Il y a assez de lumière pour partir en exploration, se dit-elle. Des prises calcifiées lui permirent de descendre plusieurs niveaux pour atteindre les échelles et les élévateurs à poulie. Sur le sol meuble de la forêt, des scarabées gros comme des hamsters fouillaient avec frénésie sous les feuilles sèches. Estarra renifla la brume persistante et froide issue du compost, et l'odeur douce du pourrissement fécond. Elle courut à toutes jambes dans l'obscurité.

Ses parents ne remarqueraient pas son départ. Mère Alexa et Père Idriss avaient nommé leurs trois autres enfants à des positions importantes, de sorte qu'ils avaient gâté Estarra, comme s'ils avaient été à bout d'énergie pour lui enseigner les choses à la dure.

« Ne t'inquiète pas pour ça, mon enfant, répétait souvent sa mère. »

Estarra aurait pu se complaire dans une existence confortable. Au lieu de cela, elle s'était promis de se dépasser. Lorsqu'elle avait tenté de discuter de son avenir avec son père, il avait seulement souri à travers sa barbe noire :

« Fais ce que tu veux, ma chérie. »

Il lui avait promis tout son soutien, mais ne lui avait offert ni suggestions, ni conseils pratiques.

Seul son frère Beneto prenait le temps de parler avec elle. Elle enviait au prêtre Vert sa passion de servir la forêt-monde, mais ne souhaitait pas suivre sa voie. Prier les arbres ne lui convenait pas.

Des lumières brûlaient dans des habitations voisines, des récifs de fongus plus petits qui s'étaient développés sur des arbres isolés. Des prêtres Verts – des couples mariés, pour la plupart, s'aventurant à sortir tôt le matin – grimpaient le long des arbres afin de saluer l'aurore. Durant toute la période de jour, ils feraient la lecture à l'esprit sommeillant de la forêt-monde. Aujourd'hui, cependant, les prêtres semblaient silencieux et troublés par quelque chose qu'ils avaient perçu des arbres. Peut-être Beneto lui en parlerait-il, plus tard…

Avec sa curiosité coutumière, Estarra vagabonda pendant plus d'une heure. Enfin, tandis qu'un flot de lumière se déversait sur la forêt et que la brume du sol s'élevait telles des mains en prière, elle tomba sur un hallier de hauts arbres. Pendue au tronc le plus proche telle une motte bulbeuse de papier mâché, une masse difforme palpitait sous l'effet de la multitude de créatures en plein réveil, qui s'agitaient à l'intérieur.

Les vermitières étaient des structures modelées à partir de matières végétales mastiquées, de boue, de résine et de fils de toile extrudée. Ces immenses colonies étaient à la fois des nids et des cocons, de centaines de mètres de diamètre. Au centre, une reine aux allures d'asticot donnait naissance à des larves, qui devenaient de grands vers arrimés au cœur de la colonie. Les vers déployaient à l'extérieur leurs pédoncules segmentés, terminés par une tête en forme de pétale géant, entourant une bouche vorace.

Normalement, les vers s'étiraient depuis leur nid pour capturer toutes les proies passant à portée. Une fois qu'ils avaient digéré les insectes et autres animaux, les nutriments étaient transportés jusqu'à la reine, au centre du nid. La nuit, les vers refermaient ensemble les pétales de leurs têtes, comme une fleur redevenant bourgeon.

Quand cette phase de développement était achevée, les larves se retiraient dans le nid, scellaient les ouvertures, et transformaient la vermitière en forteresse blindée. Son travail effectué, la reine mourait, et les vers dormants digéraient son corps pendant leur gestation. Il était extrêmement rare de découvrir une vermitière en chrysalide, et encore moins une qui soit prête à éclore.

Estarra devait alerter Beneto. Elle se dépêcha de revenir, sachant que son frère plantait de nouveaux surgeons dans l'une des clairières tachetées de lumière. Elle le trouva en train de travailler à l'ombre, entouré de pots dans lesquels il tassait de l'humus.

Beneto regarda sa sœur avec un sourire qui lui réchauffa le cœur, comme chaque fois. Les marques de ses réalisations, les tatouages et les motifs de l'ordre des prêtres Verts, conféraient à ses traits l'apparence d'un totem. Elle trouvait son frère très beau et supposait qu'il choisirait bientôt une compagne – probablement parmi les prêtresses Vertes, bien que ce ne soit pas exigé pour se marier.

Beneto s'agenouilla, absorbé par les soins de ses jeunes surgeons. Il caressa avec douceur les feuilles délicates, comme pour s'excuser de les avoir séparées de leur arbre.

— Ces quatre-là sont prévus pour Dremen, où le temps est froid, humide et sans beaucoup de soleil, dit-il à Estarra. Bien qu'aucun prêtre Vert n'ait été assigné sur cette planète, nous planterons tout de même un bosquet, pour l'accès par télien.

Beneto désigna d'autres robustes surgeons.

— Ces deux-là seront empotés et embarqués sur des vaisseaux marchands, jusqu'à ce qu'ils puissent croître suffisamment pour être replantés. À ce moment-là, nous demanderons aux arbres où ils désirent aller.

Beneto remarqua alors qu'Estarra avait le souffle coupé par l'excitation.

— D'accord. Qu'est-ce que tu m'as apporté aujourd'hui, petite sœur ? Un nouvel insecte ? Une baie que personne n'a jamais goûtée ? Ou une fleur dont le parfum me fera éternuer ?

— Quelque chose qui est trop gros à porter, Beneto. (Reprenant sa respiration, elle lui parla de la vermitière dormante.) Elle semble assez grosse pour loger au moins une douzaine de familles ! Cela fait plus d'un an que nous avons besoin de nouveaux quartiers !

— En effet, dit Beneto. Une découverte remarquable, et un très bon présage. Je suis sûr que Mère et Père te feront un joli compliment.

Estarra se renfrogna, et sa réaction prévisible le fit rire.

— C'est une trouvaille de grande valeur, Estarra. Pour quand prévois-tu son éclosion ?

— Deux semaines, je pense. Trois au plus. À peu près au moment où Reynald reviendra de son périple, sans doute.

Il mit une main chaleureuse sur son épaule.

— Tu adores explorer et découvrir les secrets de la forêt, n'est-ce pas ? Assure-toi de marquer son emplacement, et garde un œil sur son évolution. Dans les jours à venir, la forêt-monde pourrait nous confier des tâches importantes. Mais je te promets d'être là, afin que nous regardions ensemble la vermitière éclore.

22

Margaret Colicos

Rheindic Co évoquait pour Margaret un livre ancien empli de secrets, un livre attendant d'être ouvert. Le désert était âpre, riche de couleurs pastel – bruns et ocres, bronze et rouille. Il y avait tant à voir et à découvrir, mais aussi tant à faire pour monter le camp avant de pouvoir commencer !

Margaret considéra les mystérieuses terres à l'abandon. Son mari et elle avaient choisi un site près de la ville fantôme klikiss la plus accessible, même si les canyons fissurés et le flanc étroit des falaises pouvaient accueillir d'innombrables installations.

À côté d'elle, Louis essuya le dos de sa main sur son front, dispersant quelques gouttes de sueur. Il se pencha afin de déposer un baiser affectueux sur sa joue.

— Nous avons connu des planètes bien plus hostiles, très chère.

Le Président Wenceslas avait offert aux Colicos d'étudier le monde qu'ils désiraient, et ils avaient choisi cette planète abandonnée. Des promontoires rocheux s'étendaient, tels d'énigmatiques monuments, sous un ciel orange foncé. Des saillies de lave brisaient la monotonie de lacs asséchés, qui miroitaient comme des mirages inversés. Des arroyos fissuraient un paysage où seule la mémoire d'une eau vive perdurait.

— C'est là, mon vieux bonhomme, dit Margaret d'une voix sourde. Je peux le sentir. Je sais que nous trouverons quelque chose. Même les robots klikiss semblent le penser.

Un sourire de gamin fendit son visage ridé par le temps.

— Je ne suis pas du genre à discuter. Pendant toutes ces années, tu as répété « Je te l'avais bien dit » suffisamment de fois pour que je fasse confiance à ton instinct. (Il regarda sa femme d'un air appréciateur.) On ne saura rien tant qu'on ne se sera pas sali les mains, très chère.

Un fracas métallique brisa le silence, comme le prêtre Vert Arcas manœuvrait un bloc hydraulique. La pointe blindée du foret pneumatique mordit le sol, à la recherche d'un canal d'eau souterrain. Puis il orienta les panneaux solaires afin de fournir en électricité les éclairages, les cuisinières, les systèmes de communication, aussi bien que les laboratoires d'analyse modulaires et les ordinateurs.

DD, le serviteur comper récemment acquis, l'assistait avec compétence. Le prêtre Vert semblait déconcerté de se trouver auprès du petit androïde de modèle Amical. Margaret pensait que, malgré ses réticences, il n'était pas contrarié par son compagnon au torse bombé ; il préférait simplement être seul.

L'équipe des Colicos travaillait sans fantaisie. Margaret et Louis dressèrent le plan du camp de base, puis érigèrent les hangars à toiture d'aluminium et les structures pliables à parois de polymères. Margaret effectua avec joie la litanie de ces tâches ennuyeuses. Elle était heureuse d'être de retour sur une fouille.

Après le succès du Flambeau klikiss, Louis et elle avaient dû assister à de multiples cérémonies publiques, et servir de conférenciers à un grand nombre de réunions. Détestant les feux de la rampe, elle avait employé toute son influence sur la Hanse pour se rendre sur Rheindic Co aussi rapidement que possible. Sur un ton ironique, elle avait grommelé :

« Peut-être qu'en réalité, les Klikiss n'ont disparu que pour se cacher de paparazzi extraterrestres obstinés… »

En tant qu'employés de la Hanse sous contrat, Margaret et Louis abandonnaient les droits commerciaux de toute découverte utile, en contrepartie de bonus substantiels. Margaret ne se préoccupait guère des rentrées d'argent, car elle adorait ce qu'elle faisait, et Louis était heureux aussi longtemps qu'il avait la liberté de publier tous les articles érudits qu'il voulait.

Louis et elle étaient mariés depuis trente-sept ans, et ce chantier de fouilles klikiss serait leur quatrième. Ils avaient étudié des mystères archéologiques sur Terre et sur Mars, mais l'ancienne espèce insectoïde les fascinait par-dessus tout. Qu'était-il arrivé à cette civilisation ? Pourquoi, et où, les Klikiss étaient-ils partis ? Et pour quelle raison avaient-ils laissé derrière eux leurs robots conscients, de plus de trois mètres de haut, ressemblant à des insectes massifs, blindés et dressés à la verticale ?

Bien que les Ildirans aient fréquemment découvert des traces de cette civilisation perdue, ils avaient délaissé les sites abandonnés.

« Pourquoi devrions-nous fouiller dans l'histoire d'une race disparue ? avait demandé à Margaret Adar Kori'nh, à bord de la plate-forme d'observation sur Oncier. Nous avons *La Saga*, qui raconte toute l'Histoire à connaître. »

D'ailleurs, le poème épique mentionnait les Klikiss de nombreuses fois, mais seulement en passant, sans donner aucun détail concernant la culture de la civilisation disparue. Anton, le fils de Margaret, étudiait d'anciens documents dans une université terrienne. Il lui avait confié que les Ildirans n'avaient peut-être pas rencontré de Klikiss vivants, mais seulement leurs vestiges. Margaret mettait leur manque d'intérêt pour le sujet sur le compte d'une incuriosité confinant à l'étroitesse d'esprit.

Au cours des premières années de la coopération entre Terriens et Ildirans, les « prospecteurs coloniaux » humains avaient exploré les mondes habitables non revendiqués, listés dans les documents de la Marine Solaire. Une équipe, constituée d'une femme nommée Madeleine Robinson et de ses deux fils, s'était rendue sur Llaro. Ils avaient été stupéfaits d'y découvrir des cités en ruine et de nombreux robots klikiss en sommeil, qu'ils avaient réveillés par accident. Depuis lors, des douzaines de sites klikiss avaient été passés en revue, et beaucoup d'autres machines insectoïdes noires avaient été exhumées. Les Ildirans, toutefois, connaissaient leur existence depuis des siècles.

Aujourd'hui, trois robots klikiss antiques, qui, à la surprise générale, avaient demandé à se joindre à l'expédition de Rheindic Co, usaient de leur puissante force mécanique pour ériger une tour météorologique dans le périmètre du camp. Ayant achevé leur tâche, les trois grosses machines se déplacèrent jusqu'à des piquets plantés dans le sol. Leurs jambes flexibles, évoquant des doigts, leur conféraient une démarche étrange. Là, ils entreprirent d'édifier les murs d'un grand hangar de stockage.

Margaret regarda le diagramme du site griffonné à la hâte, et se précipita vers le robot le plus proche.

— Pas là. Vous êtes à cinq mètres de l'emplacement.

— Sa place est ici, rétorqua le robot d'une voix grêle et bourdonnante.

— Lequel êtes-vous ? Sirix ? Ou Dekyk ?

Pour elle, les trois étaient identiques.

— Je suis Ilkot. Là, c'est Dekyk. (Le robot à l'allure de scarabée fit un signe au moyen de deux bras de travail segmentés qui saillaient de son torse ellipsoïdal.) Sirix nous a donné l'ordre de placer la structure ici.

Fronçant les sourcils, Margaret convint que le choix de cet emplacement ne faisait pas de réelle différence, même si elle ne comprenait pas l'entêtement occasionnel des robots klikiss. C'était un nouvel exemple des différences constatées entre ces machines et les « Compagnons Électro-Robotiques » comme DD, qui suivait les ordres en serviteur fidèle.

Louis et elle avaient été très excités lorsque trois des machines conscientes klikiss s'étaient portées volontaires pour les rejoindre sur Rheindic Co. Les robots désarmés, qui se montraient parfois réfractaires aux ordres des humains ou à leurs plans, offraient cependant, de temps en temps, leur coopération aux projets de construction ou d'exploration qui les intéressaient. Ces trois-là désiraient participer à l'étude de leur civilisation disparue, manifestant de la sorte une curiosité égale aux humains, s'agissant de résoudre le mystère de leurs créateurs disparus.

Par la même occasion, ils cherchaient à apprendre pourquoi ils ne se souvenaient de rien.

Il ne subsistait que quelques milliers de machines, dispersées et éteintes durant les derniers jours de la civilisation disparue, et tirées désormais de leur sommeil. Hélas, chacun de leurs noyaux mémoriels avait été nettoyé de toutes les données qui auraient pu fournir des indices sur le destin des extraterrestres.

À son côté, Louis émit un bruit approbateur, tandis que les robots assemblaient le hangar en un temps record. Avec leurs capteurs optiques rougeoyants disposés un peu partout sur les plaques géométriques de leur crâne, et les nombreux membres segmentés poussant sur leur coque en fibre de carbone, les robots klikiss étaient des travailleurs tout à fait compétents – à la fois puissants et capables de manipulations délicates.

Sous leur tronc se trouvait un abdomen sphérique évoquant un *trackball*, d'où partaient huit jambes flexibles, quatre de chaque côté, comme un mille-pattes. Cette étrange méthode de locomotion leur permettait de traverser n'importe quel type de terrain.

Sirix, le chef déclaré du groupe, s'avança.

— Les tâches qu'on nous a assignées sont terminées, Margaret Colicos. Votre campement est prêt.

Sirix rétracta ses six membres manipulateurs principaux à l'intérieur de son tronc, et obtura les ouvertures avec des plaques protectrices.

Arcas laissa échapper un cri de joie, tandis qu'un geyser d'eau fraîche jaillissait dans les airs, au-dessus de l'appareil de forage. L'averse éclaboussa la peau de métal argenté de DD.

Le prêtre s'approcha de Margaret, sa peau verte et glabre scintillant sous les gouttelettes d'eau.

— L'analyse chimique montre qu'il s'agit d'eau potable, dit-il en se léchant les lèvres. Et elle est délicieuse.

Margaret fut heureuse de voir cet homme, d'habitude calme, en proie à l'excitation. Jusqu'à présent, Arcas n'avait pas fait preuve d'enthousiasme à devoir côtoyer les deux archéologues, mais il s'était porté volontaire pour cette tâche.

— Maintenant que j'ai de l'eau, continua Arcas, je peux planter mes vingt surgeons. Cela suffira pour créer un bosquet respectable, ici, sur ce monde désertique.

— Allez les mettre en terre, dit Louis.

Un jour, ils auraient besoin du télien pour envoyer des rapports réguliers à la Hanse.

— DD, veux-tu l'aider, s'il te plaît ? demanda Margaret.

Elle avait espéré que DD serait capable d'interagir avec les robots klikiss, mais jusqu'à présent le petit comper semblait intimidé par les antiques machines géantes. Margaret décida de ne pas brusquer les choses.

Le comper se précipita comme un enfant enthousiaste :

— Je n'ai jamais planté de surgeon, mais je serais heureux de vous assister. Arcas et moi sommes sûrs de devenir de grands amis.

Le prêtre Vert sembla quelque peu dubitatif à cette idée, mais il accepta l'offre de bonne grâce.

— Il s'agit d'un modèle Amical, dit Louis. Ne laissez pas son enthousiasme vous ennuyer. C'est juste sa manière d'être.

Tandis qu'Arcas et DD creusaient des trous pour les surgeons derrière la tente du prêtre, les trois robots klikiss se tenaient immobiles, telles des statues mécaniques, fixant le ciel orangé que le crépuscule décolorait.

Dans les canyons et le dégradé des montagnes, les ombres de la nuit tombaient comme des lames de guillotine, tandis que le soleil passait derrière l'horizon. Les études de surveillance initiales avaient montré que la température pouvait chuter de quarante degrés en moins d'une heure, mais l'équipe archéologique avait apporté des batteries, des vêtements chauds, des refuges chauffés, et des couvertures exothermiques. Les archéologues seraient à l'aise dans le camp, mais ils auraient du mal à dormir la première nuit, pour une tout autre raison.

Tous deux étaient impatients, face à la grande aventure qui les attendait. Pourquoi les Klikiss avaient-ils abandonné ce monde et tant d'autres ? Une migration de masse ? Une guerre ? Une terrible épidémie ?

Demain, Margaret et Louis auraient du travail.

23

Adar Kori'nh

Vu de l'espace, le monde ildiran de Crenna était magnifique, une étendue verte pointillée de lacs, de mers intérieures et de terres fertiles. Mais Adar Kori'nh savait que la colonie était infectée par une terrible maladie qui aveuglait d'abord ses victimes, puis les tuait. La colonie tout entière devait être abandonnée, et peut-être même incinérée, avant que la peste puisse se répandre ailleurs.

Que les humains assument les conséquences, s'ils désiraient tant ce lieu maudit.

La magnifique cohorte de la Marine Solaire – sept maniples au complet, soit trois cent quarante-trois vaisseaux – approchait en grande pompe. Les vaisseaux aux couleurs vives ressemblaient à des poissons-lunes. Ils croisaient en formation parfaite, répétée au cours de nombreuses parades militaires.

Pour des raisons politiques et hiérarchiques propres à la Marine Solaire, Adar Kori'nh était installé dans le centre de commandement du premier croiseur lourd. Il prenait peu de décisions, laissant à Tal Aro'nh, le chef de cohorte, le choix de manœuvrer ses vaisseaux comme bon lui semblait. Cette mission exigeait peu de risques et d'inventivité, et ce tal empesé suivait le protocole à la lettre. Kori'nh n'accompagnait cette mission d'évacuation que parce que le Mage Imperator lui en avait intimé l'ordre.

Au cours du voyage vers Crenna, les meilleurs tacticiens et spécialistes des mouvements de troupes de la Marine Solaire avaient élaboré la procédure d'évacuation. Une fois que Tal Aro'nh se fut assuré lui-même que chaque disposition avait été spécifiée et consignée, Kori'nh se détendit. Son consciencieux sous-commandant suivrait le plan sans dévier. Aro'nh était un parfait exemple de la Marine Solaire ildirane, arborant honorablement les couleurs de son rang, sans jamais s'imaginer que sa place dans l'univers puisse subir la moindre variation.

Les sept maniples se positionnèrent sur diverses orbites autour de Crenna, en prévision du lancement de l'opération de sauvetage. Des cotres devaient explorer le paysage, déterminer l'étendue de la terrible épidémie, et estimer le nombre d'habitants qui nécessitaient d'être évacués sur les croiseurs lourds. Adar Kori'nh fronça les sourcils avec impatience tandis qu'il observait les activités en cours en attendant les rapports.

L'officier des transmissions continuait d'envoyer des messages à la ville coloniale de Crenna. Contrarié, il regarda Kori'nh. Ce dernier fit un signe en direction de Tal Aro'nh, indiquant qu'il revenait au sous-commandant de recevoir le rapport en premier.

— Malgré de constantes tentatives, Tal, nous sommes dans l'incapacité de joindre l'Attitré de Crenna.

Le Mage Imperator avait déjà senti la mort de son fils.

— L'Attitré de Crenna a succombé à la peste, dit Kori'nh. Nous devrons diriger cette opération selon notre propre plan.

— Nous avons un plan en effet, dit Tal Aro'nh, comme pour se rassurer lui-même.

Les premiers cotres, des appareils aux lignes épurées, descendaient vers l'unique cité de Crenna, où la scission avait été établie. Grégaires, les Ildirans préféraient vivre dans des quartiers rapprochés, peu désireux de s'éparpiller dans les immensités. Des groupes de colons travaillaient dans les champs, cultivant de quoi nourrir leur colonie. Chaque soir, tous regagnaient la cité, où ils pouvaient se réconforter dans le thisme commun. À présent, tant d'habitants de Crenna avaient péri que le thisme s'était atténué, la densité de population étant trop insuffisante pour maintenir un véritable lien. Les survivants paraissaient démunis, isolés… et surtout terrifiés.

Kori'nh sentit sa gorge se serrer, éprouvant à contrecoup ce sentiment de peur diffus qui émanait des survivants de la colonie.

— Nous devons nous hâter, Tal Aro'nh, dit-il depuis le centre de commandement. Ces gens-là sont encore en vie… et tout à fait isolés.

Les cotres de surveillance revinrent, transmettant les images afin que les escorteurs et les gros transporteurs de troupes sachent où atterrir. Les vaisseaux de transport de personnel avaient été vidés et modifiés afin de s'adapter aux conditions de quarantaine et aux procédures de stérilisation.

Kori'nh étudia les images de la ville coloniale : beaucoup d'édifices avaient déjà été abandonnés ou incendiés. Les survivants épargnés par le fléau se blottissaient dans des bâtiments qu'ils avaient condamnés – des conditions idéales pour répandre la contagion. La maladie étant évolutive, les victimes perdaient d'abord l'usage de la vue. Elles mouraient donc dans d'affreuses ténèbres – ce qui apparaissait comme une abomination pour les kiths d'une espèce qui avait évolué à la lumière perpétuelle de sept soleils. Même les vigoureux soldats semblaient mal à l'aise à la perspective d'affronter la maladie. La mort était une chose, mais l'obscurité, l'*aveuglement*, étaient bien plus effrayants.

— Ne perdez pas de temps à sauver le matériel, suggéra Kori'nh au tal. Nous devons abandonner Crenna et tirer un trait dessus. Le Mage Imperator considère d'ores et déjà la colonie comme perdue. Évacuez-la aussitôt que possible, avant que la maladie fasse davantage de victimes.

Interprétant la suggestion de l'adar comme un ordre direct, Tal Aro'nh relaya ces paroles dans la cohorte.

Depuis son confortable centre de commandement, Adar Kori'nh songea à la façon dont cet événement pourrait être mis en scène dans les versions ultérieures de *La Saga des Sept Soleils*. Comment son propre rôle serait-il écrit ? Il ne voulait pas demeurer à l'abri ici, à observer les événements de loin. Brusquement, il se leva de son siège.

— Tal Aro'nh, j'accompagnerai personnellement l'un des groupes à la surface.

Inquiet, le vieux sous-commandant se tourna vers lui.

— Cela… ne fait pas partie du plan, Adar – et ce n'est pas non plus très avisé. Les soldats sont déjà en danger.

Kori'nh avança à grandes enjambées vers l'écoutille.

— Si nous n'avons pas pris suffisamment de précautions, nous ne devrions pas envoyer nos soldats là-bas. Et si la situation est assez sûre pour nos soldats, je considère qu'elle l'est assez pour moi. Je verrai Crenna par moi-même, car le Mage Imperator voudra un rapport de première main.

Et seule sa participation active permettrait que l'on se souvienne de lui autrement que comme un homme s'étant contenté de surveiller, bien à l'abri, tandis que des soldats anonymes accomplissaient le travail dangereux.

Kori'nh trouva un siège dans le trente-sixième transporteur de troupes. Les simples soldats furent impressionnés que le prestigieux adar se joigne à eux. Certains se montrèrent intimidés de le voir ainsi sortir de son rôle habituel.

Les sauveteurs ildirans enfilèrent des tenues anti-contamination, des membranes résistantes qui couvraient leur corps musculeux afin de se protéger contre les micro-organismes de la maladie. Adar Kori'nh s'équipa seul, tirant la membrane de la tenue légère sur sa peau. La pellicule en polymères chuinta tandis qu'il l'ajustait. Puis, il inspira l'air stérilisé par le filtre perméable. Il plia les bras et se tint près de l'écoutille, prêt à sortir avec ses soldats dans la ville meurtrie.

Des survivants à l'air égaré regardèrent avec stupéfaction et soulagement les douzaines de vaisseaux de sauvetage atterrir sur la place principale de Crenna. Pour Kori'nh, leur souffrance, leur terreur, étaient presque palpables. Depuis que leur Attitré avait succombé, ils avaient perdu tout lien télépathique direct avec le

Mage Imperator. La colonie de Crenna était semblable à un membre amputé, se convulsant et saignant à mort.

À présent, les colons en détresse s'avançaient en hésitant. Les soldats ressentaient la douleur et la peur qui exsudaient d'eux. Certains membres du personnel d'évacuation restaient abasourdis, tandis que d'autres redoublaient d'efforts pour embarquer les pauvres rescapés.

Jusque-là, les colons de Crenna avaient entassé leurs morts sur de gigantesques bûchers en pleine rue et les avaient incinérés, comme s'ils avaient l'espoir que les flammes guident leurs âmes des ténèbres de la mort jusqu'à la lumière. Kori'nh pouvait voir les tas charbonneux de cendres et d'ossements. On avait utilisé des bâtiments coloniaux d'abord comme hôpitaux, puis comme mouroirs, avant de les brûler jusqu'aux fondations avec tous les corps à l'intérieur.

— Laissez tout ! cria-t-il à travers sa membrane protectrice. Aucun objet, aucun souvenir ne vaut le risque de rapporter cette infection sur Ildira. N'emportez rien avec vous, et estimez-vous heureux d'être en vie.

Personnellement, il aurait volontiers vaporisé jusqu'au dernier vestige de la ville coloniale. Le Mage Imperator avait déjà négocié avec la Ligue Hanséatique terrienne la cession de la planète, et Kori'nh ne voulait rien laisser aux parasites. La physiologie humaine étant différente de la biochimie ildirane, le germe était incapable de les infecter comme il avait terrassé les Ildirans – ou du moins les humains l'espéraient-ils. Leurs chercheurs en médecine et leurs scientifiques attendaient de pouvoir commencer leurs investigations, pressés d'investir une planète déjà domptée. L'opportunisme éhonté des Terriens face à cette tragédie mettait l'adar mal à l'aise.

Kori'nh passa le reste de la journée sur Crenna, tandis que des milliers de colons s'amassaient à bord des transporteurs de troupes et étaient répartis sur des croiseurs hospitaliers. Les réfugiés resteraient en isolement derrière des champs de décontamination. Bien que séparés par des cloisons et des barrières stériles, les survivants pourraient ressentir la présence réconfortante d'autres Ildirans. L'épaisseur des murs ne pouvait bloquer le thisme.

Installé à bord du dernier transport de troupes que le pilote ramenait en orbite, Kori'nh contempla la colonie déserte. Lui et ses troupes avaient mené une action louable et efficace, et il serait beaucoup célébré pour cette réalisation.

Pendant que les croiseurs lourds se rassemblaient en orbite, Kori'nh aperçut d'autres vaisseaux qui approchaient déjà de Crenna, des vaisseaux de recherche terriens transportant des explorateurs avides, prêts à s'emparer de la colonie abandonnée à l'instant même où elle serait disponible.

Il s'assombrit, comme toujours incapable de comprendre pourquoi les humains étaient si pressés, pourquoi ils avaient besoin d'acquérir tant de territoires et de richesses pour le seul plaisir de les posséder.

Marmonnant une fade bénédiction, l'adar les laissa prendre possession de ce lieu de mort, de solitude et de souffrance.

24

Basil Wenceslas

Dans la main bardée de bagues du Vieux roi Frederick, la médaille de la Louange Glorieuse étincelait telle une étoile sur le point de se muer en nova.

Comme à son habitude, Basil Wenceslas observait la cérémonie depuis les coulisses. Il arpentait le bureau de sa suite privée, et étudiait les images transmises en gros plans, qui passaient du roi à la foule grouillant dans la cour d'exposition. Ici, dans cette paisible solitude, Basil pouvait réfléchir à loisir. Il avait fourni aux assistants de Frederick suffisamment d'instructions détaillées pour que les événements se déroulent sans anicroche.

Sous les lumières de la cour d'exposition, Kurt Lanyan, le général des Forces Terriennes de Défense, se tenait à l'endroit exact qu'on lui avait indiqué, au bord du long tapis rouge. Habillé en grand uniforme, il avait belle allure tout en paraissant mal à l'aise. Contrairement à Basil, le commandant des FTD n'avait d'autre choix, à des moments tels que celui-ci, que de s'exposer aux feux de la rampe.

Dès que la dernière salve d'applaudissements se fut éteinte, Frederick brandit la médaille de la Louange Glorieuse, tel l'ancien roi Arthur sur le point d'adouber un fidèle chevalier. Les caméras saisissaient chaque instant sous tous les angles. Des films seraient envoyés à chaque colonie de la Hanse par vaisseaux interstellaires rapides, afin de mettre en valeur la pompe et le cérémonial qui étaient le lot quotidien du Palais des Murmures.

Les vêtements enveloppaient le vieux roi dans un cocon coloré. Mais ses amples manches s'affaissèrent, dévoilant ses bras levés pareils à des brindilles. Frederick avait les traits tirés. Sur les écrans, Basil put voir que les assistants lui avaient appliqué trop de maquillage, lui donnant un aspect poudreux, presque irréel. Il fronça les sourcils, espérant que personne ne l'ait remarqué.

Lanyan se tenait au garde-à-vous, la tête courbée, avec toute la vénération et la solennité que requérait l'occasion.

Frederick tonna :

— Général Kurt Lanson, je vous ai mandé ici afin que vous receviez cette distinction.

Basil grimaça devant l'erreur de dénomination grossière. *Lanson ?* Le roi ne pouvait-il au moins mémoriser correctement le nom de son propre général ?

Un murmure parcourut la foule, telle une brise ridant la surface de l'eau. Basil serra les dents, en souhaitant que cette bévue n'attire pas trop l'attention. Le peuple aimait le roi, mais Basil détestait que l'homme manifeste des signes aussi évidents de son âge. Son lapsus, bien que sympathique, suggérait un pas de plus vers la sénilité. Personne, dans les mondes colonisés de la Hanse, ne devait soupçonner que le roi n'était peut-être pas compétent pour gouverner.

Frederick ne remarqua même pas sa bévue.

— Vous avez mis fin aux ravages des ignobles pirates de l'espace dirigés par le Vagabond Rand Sorengaard. Vous avez réussi là où beaucoup ont échoué.

Basil avait placé de nombreux agents parmi la foule. À son signal, des acclamations éclatèrent en un mugissement assourdissant. Celles-ci interrompirent le roi au milieu de sa phrase, ce qui parut le désorienter.

Victorieux, le général Lanyan était revenu sur Terre avec les vaisseaux corsaires endommagés, saisis après la capture des pirates de Sorengaard. Bien que les engins aient l'air encrassés et délabrés, les ingénieurs de la Hanse y avaient découvert de surprenantes modifications. L'efficacité de leurs moteurs interstellaires avait été améliorée au point qu'aucun vaisseau de la Hanse ne pouvait prétendre rivaliser avec eux. Que fabriquaient donc en secret les Vagabonds, là-bas ?

Basil avait discrètement donné des instructions pour que ces découvertes soient analysées, reproduites, et incorporées aux vaisseaux des FTD. Une fois la flotte militaire modernisée, on pourrait vendre la nouvelle technologie aux vaisseaux marchands au prix fort. Basil n'aurait qu'à affirmer que les ingénieurs de la Hanse avaient développé eux-mêmes ces innovations.

Le roi Frederick débitait son discours, en lisant les mots écrits à l'avance, projetés sur sa rétine :

— Les Forces Terriennes de Défense sont mandatées pour réprimer le mépris des lois dans le Bras spiral. Sans l'obéissance aux lois, il n'y a aucune civilisation, mais seulement l'anarchie. Et sous mon règne, il n'y aura pas d'anarchie !

Redoublement d'acclamations. Soulagé, Basil se laissa tomber dans un fauteuil confortable. La prestation du roi s'améliorait.

Sur les écrans qui l'entouraient, Basil regarda Frederick saisir la lourde médaille par son ruban coloré, et la passer autour du cou du général Lanyan. Le commandant des FTD avait déjà reçu de nombreuses distinctions, et chacune d'elles avait rehaussé son statut de héros aux yeux du public. Des cérémonies comme celle-ci contribuaient à augmenter le prestige de l'armée tout entière.

Basil Wenceslas ne s'adonnait à presque aucun plaisir hédoniste, bien qu'il les ait tous essayés quand il était plus jeune. Longtemps auparavant, il avait délaissé l'alcool, la drogue et le tabac, car ses *réalisations personnelles* lui procuraient une euphorie bien plus intense. Enfant unique et bourreau de travail, il avait appris à la fois des succès et des échecs de ses parents.

Son père et sa mère étaient des cadres exécutifs importants au sein d'une grande société commerciale, chargée de fournir des articles de première nécessité aux planètes colonisées. Son père s'était efforcé d'amasser beaucoup d'argent afin de pouvoir s'offrir des villas, des vacances dans des stations thermales, des objets de luxe pour lui-même, sa femme et ses amis. La mère de Basil, en revanche, était une personne plus sérieuse. Elle ne profitait jamais de ses richesses ni de son pouvoir ; au contraire, elle semblait craindre de perdre son statut à chaque instant. Elle ne s'autorisait jamais aucune détente, alors que le père de Basil gaspillait l'essentiel de ce qu'il avait gagné.

En les observant tous les deux, Basil avait associé le meilleur de leurs traits de caractère. En tant que Président de la Hanse, il possédait une immense confiance en lui et savait la manière d'accomplir de grandes choses. Mais il ne dilapidait pas sa fortune en châteaux et en bijoux ; il consacrait son énergie à autre chose.

À présent, Basil faisait les cent pas dans son appartement situé en haut de la pyramide de la Hanse. Il contemplait la lumière du jour, qui se reflétait sur les dômes coiffés de torches et les coupoles du Palais des Murmures, à travers les murs vitrés. Sur les écrans, le roi Frederick étreignit les épaules du général Lanyan et le fit pivoter afin de le présenter aux spectateurs en liesse. Les applaudissements empêchèrent la plupart d'entre eux d'entendre les paroles du roi, mais Basil repéra encore la même erreur.

— Voici le général Kurt Lanson ! Le plus éminent de mes généraux, et quelqu'un que je considère comme un ami personnel.

Les gens l'acclamèrent, mais Basil bouillait de colère et d'embarras. Le général inclina la tête et fit comme s'il ne s'était aperçu de rien, admettant de bonne grâce l'erreur du vieux roi.

— Ça suffit comme ça, grommela Basil. Les choses doivent changer.

Il envoya un signal pour appeler son « activateur », Franz Pellidor, et ses agents triés sur le volet.

Quand ces derniers furent parvenus à l'étage supérieur du siège, Pellidor bomba le torse en se postant face à son équipe, puis fixa le Président en attendant les directives.

Basil passa un doigt manucuré sur sa lèvre inférieure, cherchant la meilleure manière de formuler ses idées. Enfin, il énonça des ordres clairs afin que les agents puissent commencer leur tâche :

— Vous aurez carte blanche. Nous devons emmener le prince nouvellement choisi à l'entraînement dès maintenant. J'espère que nous n'avons pas attendu trop longtemps.

— Nous comprenons, monsieur, dit Pellidor.

L'activateur n'avait ni bronché, ni rougi. Basil n'en attendait pas moins de lui.

Il songea au précédent candidat héritier, le prince Adam. Ce dernier s'était révélé trop indiscipliné et irrespectueux du fragile château de cartes politiques construit par la Hanse. Basil avait été contraint d'éliminer le jeune Adam avant que le public ait vent de son existence.

Tandis que les agents se retournaient pour partir, Basil baissa la voix, parlant surtout pour lui-même :

— Prions pour que ce nouveau candidat se montre plus accommodant, sans quoi nous aurons de gros problèmes.

25

Raymond Aguerra

Raymond retournait au complexe d'habitations d'un pas enjoué, heureux de tout ce qu'il avait accompli au cours des heures tranquilles de la nuit.

Dans l'aube naissante, alors que la ville s'éveillait, l'air était humide mais frais. Raymond était fatigué d'avoir transporté des caisses sur le quai de chargement d'un centre de distribution ; ses vêtements moites de sueur sentaient la fumée huileuse du moteur de monte-charge mal réglé, qui avait rempli le hangar de fumées nocives. Mais il avait récolté pas mal d'argent et avait acheté avec ses bakchichs des paquets de nourriture, une nouvelle chemise, et même un puzzle électronique pour son petit frère Michael.

À présent, Raymond avait hâte de retourner à son appartement et de se laver. D'ordinaire, il ne rentrait pas si tard à la maison. Il espérait avoir une heure pour faire un somme, ou pouvoir au moins déjeuner avant d'aller à l'école. Sa mère devait déjà être levée, et il aimait être là pour l'aider à s'occuper des garçons, mais il avait gagné suffisamment cette nuit pour compenser ce petit retard. Content, il serra sa sacoche contre lui.

Il tomba sur une scène de désolation.

Alors qu'il tournait au coin de son quartier, il fut saisi par le spectacle de chaos – des flammes, des voitures de secours – qui s'offrait à sa vue. Sa curiosité se mua en angoisse tandis qu'il commençait à courir au bas de la rue. Des flammes ondulaient dans le ciel. Une colonne de fumée noire s'élevait à la manière d'un membre rongé.

À chaque rue qu'il franchissait pour se rapprocher, la certitude du désastre creusait davantage son estomac. Il heurta à coups d'épaule les spectateurs qui se bousculaient.

— Laissez-moi passer !

Il balança sa sacoche afin d'écarter les gens de son passage, laissant choir la nourriture, la chemise et le puzzle sans y prendre garde.

Sa rue était un enfer. Des engins de secours d'urgence fonçaient dans le ciel : des hélicoptères de sauvetage décrivaient des cercles sans pouvoir s'approcher du feu déchaîné, et encore moins opérer une récupération. Raymond atteignit enfin les premières lignes, et leva les yeux vers la fumée toxique et le ciel crépitant. De derrière une barricade érigée à la hâte, il aperçut l'immeuble abritant son appartement, transformé en brasier.

Les spectateurs, pressés les uns contre les autres dans l'air brûlant, regardaient, tout près de ce déchaînement, avec un mélange de fascination et d'horreur. Raymond sanglotait en silence, le visage rouge, des larmes ravinant la poussière sur ses joues. Il essaya de passer sous la barricade, mais se heurta aux uniformes rembourrés des policiers chargés de contenir la foule.

— Reste en arrière, lui jeta un homme bourru. On ne peut pas s'approcher.

— C'est mon foyer, ma famille !

— C'est ta fin, si tu t'approches. Reste en arrière !

Le sol sous la structure était devenu un cratère fumant. Le reste de l'immeuble s'était effondré de l'intérieur, comme si un volcan était entré en éruption sous les rues de la ville. Des décombres jonchaient le pâté de maison, éparpillés çà et là. Des traînées de suie provenant de l'explosion maculaient les murs des immeubles voisins.

Un grand gaillard en costume regarda Raymond. C'était le genre de personne que le jeune homme se serait attendu à voir derrière une table de salle de réunion, à siroter du café et à remplir des livres d'écritures. L'homme d'affaires expliqua, avec une joie apparente :

— Les propriétaires de l'immeuble stockaient illégalement du carburant interstellaire dans des réservoirs situés au sous-sol. Une bonne planque, juste sous un complexe d'habitations d'apparence anodine.

Il secoua la tête, comme stupéfié par tant de bêtise.

Raymond, les yeux rivés sur les vapeurs cuisantes et la chaleur violente, avait de la peine à trouver ses mots.

— Du carburant pour vaisseau spatial… sous mon immeuble ?

— Il a dû être siphonné, traité, puis vendu au marché noir. Mais les réservoirs étaient mal isolés, sans système de protection. Tout a été fait en dépit du bon sens. Quelle bande d'idiots ! La catastrophe était inévitable – et n'a pas été évitée.

Cela semblait improbable, ridicule même. Raymond savait qu'avant l'aube, la plupart des familles étaient chez elles, encore endormies. Il ne pouvait y croire. Ses genoux flageolèrent, mais comme il vacillait, la pression de la foule le maintint debout. Bizarrement, il aperçut un immense robot klikiss noir. L'un de ceux, peu nombreux, qui avaient choisi de venir sur Terre. Comme fasciné, il contemplait le feu de ses capteurs optiques rouges.

Des hommes en tenue ignifugée émergèrent de la porte principale éclatée du complexe. Deux d'entre eux portaient des corps, peut-être encore en vie. Seulement deux corps… sur tous les gens de l'immeuble. Raymond n'osait espérer que l'un d'eux puisse être sa mère ou l'un de ses frères.

L'un des hommes parla par le transmetteur de sa tenue, de sorte que sa voix, bien que filtrée, était audible.

— On ne peut pas monter au-dessus du dix-septième étage. Les murs sont effondrés, et les portes se sont bloquées en fondant.

— Qu'est-ce que tu veux dire, en fondant ? demanda le commandant des opérations de sauvetage.

— Les portes ont été soudées, ou barricadées de l'intérieur, je ne sais pas. On n'a pas eu le temps de rester dans les parages pour faire une analyse complète. Est-ce que les bombardiers d'eau arrivent ?

Le chef des secours dirigea l'équipe vers une plate-forme. Haut dans le ciel, cinq hélicoptères cargos descendaient vers l'incendie tourbillonnant. Ils volaient tels des bourdons, lourdement chargés de produits chimiques. Le chef des secours mugit par des haut-parleurs à la foule :

— Que tout le monde recule ! Restez éloignés de la zone d'activité du produit anti-feu.

Avant que la masse des curieux ait pu changer de place, les hélicoptères ouvrirent leur soute et vomirent sur le foyer infernal de grandes quantités d'une mousse verdâtre. Durant sa chute, celle-ci rencontra des courants thermiques ascendants et des vents violents piégés entre les grands buildings, qui en dispersèrent des gouttelettes sur un large périmètre. Les spectateurs éclaboussés reculèrent pour fuir cette pagaille, mais il y avait tant de monde que le mouvement ne provoqua guère plus qu'une ondulation dans la foule.

Malgré la mousse anti-feu, l'immeuble continuait à brûler, chauffé à blanc. Les flammes qui l'enveloppaient étaient si intenses que les escadrons de pompiers ne parvenaient pas à combattre la catastrophe depuis le sol. Trois autres hélicoptères de lutte contre le feu bombardèrent l'immeuble de mousse extinctrice. Raymond prit conscience que leur but ne consistait plus à sauver les gens qui restaient à l'intérieur, mais seulement à empêcher le feu de gagner les autres buildings.

Désespéré de ne pouvoir rien faire, il poussa une nouvelle fois la barricade.

— Je dois entrer là-dedans. Mes frères, ma mère…

Il entreprit d'avancer en pataugeant dans la mousse verdâtre, et finit par glisser.

Mais les officiers de maintien de l'ordre l'arrêtèrent une nouvelle fois.

— Tu ne feras rien de bon, gamin. Là-dedans, il ne reste rien d'autre que des cendres et des appareils dentaires fondus.

Avant que Raymond ait pu protester, la foule le bouscula de nouveau. L'un des hélicos rata sa cible et laissa tomber la moitié de son chargement sur les policiers et les premiers rangs. La foule recula en jurant. Raymond se retrouva absorbé par cette masse amibienne en mouvement.

Un homme lui saisit un bras par-derrière pour l'arracher de là. Raymond tenta de lutter, puis sentit son autre bras agrippé d'une poigne de fer, malgré la mousse qui le rendait glissant. Sa voix se perdit dans le brouhaha de la foule.

Trois hommes grands, sans signe distinctif, l'entraînèrent à travers la foule en direction d'une petite rue transversale, où les spectateurs étaient moins nombreux. Raymond ne connaissait pas ses ravisseurs. Leur visage était dénué d'expression, mais leur mâchoire contractée trahissait une détermination à toute épreuve.

— Laissez-moi partir !

Il se débattit à coups de pieds. Il réussit à atteindre un tibia du bout du pied, mais l'homme ne broncha même pas, comme si son pantalon gris dissimulait une armure.

Raymond aperçut un véhicule compact qui stationnait au pied d'un immeuble, moteur en marche. La peur se referma sur son cœur. Après avoir vu sa maison en flammes, et sachant que sa famille entière avait péri dans l'explosion de l'immeuble, c'était plus qu'il ne pouvait en supporter.

Il se débattit plus violemment, et parvint à libérer un bras enduit de mousse glissante. Il balança son poing, percutant les côtes de l'un de ses agresseurs, mais il meurtrit davantage ses propres articulations que son kidnappeur. La porte du véhicule s'ouvrit, comme une gueule noire attendant de le gober.

— Qui êtes-vous ? Laissez-moi tranquille !

Il cria à tue-tête :

— Au secours !

Mais il savait que cela ne servirait à rien. La catastrophe et les opérations d'urgence étaient bien trop bruyantes.

Un homme blond aux yeux bleu glacé s'extirpa du véhicule. Il tenait à la main un pulseur d'énergie à large gueule. Il dit, sur le ton de la conversation :

— Cet étourdisseur ne laisse aucune marque, jeune homme. J'ai l'autorisation de l'utiliser si besoin est.

Raymond rua plus vigoureusement. À la fin, le ravisseur blond dut mettre sa menace à exécution.

Assommé, Raymond Aguerra fut chargé dans le véhicule. La porte se referma en coulissant, et les hommes le firent disparaître.

26

Cesca Peroni

Peu importait le nombre de leurs attaquants, ni les épreuves auxquelles ils devaient faire face : les Vagabonds restaient forts, et ripostaient toujours. Leur culture constituait une pépinière d'idées, s'enrichissant des obstacles qu'ils devaient affronter. Certains projets étaient irréalisables ou excentriques à l'extrême ; mais d'autres s'avéraient assez innovants pour permettre à des clans farouchement indépendants de prospérer en des endroits que la plupart des êtres humains auraient jugés invivables.

Les Vagabonds s'étaient développés à partir du minuscule avant-poste laissé par le *Kanaka,* dans la ceinture d'astéroïdes autour de l'étoile naine. Rendez-Vous était un étonnant mélange d'habitats spatiaux et d'astéroïdes creux abritant des logements – un archipel de rocs éparpillés autour d'un soleil rouge sang.

Les astéroïdes étaient les déchets de la proto-étoile effondrée ; leur masse avait été insuffisante pour former une planète. On avait conçu Rendez-Vous pour pouvoir amarrer des vaisseaux spatiaux de toute taille, avec des dépôts d'ekti camouflés.

Les Vagabonds étaient à l'aise en gravité réduite. Ils n'hésitaient pas à enfiler une combinaison pour aller sauter d'un bloc rocheux à l'autre au moyen de propulseurs dorsaux. On avait relié certains astéroïdes du centre de l'amas grâce à des filins flexibles qui s'étendaient et se rétractaient comme des câbles de vélo. Des pellicules réactives absorbaient la faible lueur de l'étoile, et des collecteurs de vent solaire fournissaient assez d'électricité pour alimenter la colonie.

Cesca Peroni avait vécu ici une grande partie de sa vie. Elle ne considérait pas Rendez-Vous comme un lieu étrange.

Jhy Okiah et elle s'assirent dans le bureau de l'Oratrice, creusé dans le plus grand astéroïde de Rendez-Vous. Le travail principal de l'Oratrice consistait à apaiser les disputes claniques, estimer les profits, et étudier la répartition des ressources entre les colonies dispersées. Elle écoutait également les propositions et évaluait les nouvelles entreprises ambitieuses.

Les réunions avec les ingénieurs et les spéculateurs des clans constituaient la partie la plus agréable des fonctions de Cesca. On encourageait les Vagabonds à développer de nouveaux concepts et à envisager toutes les techniques d'exploitation des ressources imaginables, même les plus improbables. Des inventeurs amélioraient l'équipement standard et les vaisseaux en activité de façon incroyable. Ils devançaient de loin tout ce que la Hanse avait réalisé... et réaliserait jamais.

Eldon Clarin, un ingénieur aux cheveux bouclés, s'assit dans un siège basse gravité, réprimant son enthousiasme tandis que Jhy Okiah et Cesca examinaient ses plans parfaitement dessinés. Ceux-ci représentaient deux nouveaux modèles de vaisseaux spatiaux. Clarin et son équipe de spécialistes avaient admirablement travaillé, et il attendait de la vieille Oratrice qu'elle fasse des suggestions, ou bien qu'elle donne son accord pour poursuivre l'application de ses nouveaux concepts.

Jhy Okiah leva les yeux vers Cesca, attendant l'opinion de sa protégée. La jeune femme se mordit la lèvre inférieure, concentrant son esprit au maximum.

— Pour parler clairement, vos modifications permettent d'augmenter le rendement du moteur, de réduire la consommation d'ekti...

Eldon Clarin l'interrompit :

— Oui, oui, et sans perdre de précision dans la navigation. C'était un problème, avant.

Il se rassit et regarda les deux femmes, espérant leur approbation. Il se gratta la tête, autour de laquelle ses cheveux ondulés formaient une couronne.

Parce que la société des Vagabonds s'était érigée sur des familles étroitement liées, les femmes de tête avaient souvent dominé la politique. Dans l'histoire humaine, la politique s'était fondée sur la guerre et la force, toutes deux portées par des flots de testostérone. Les Vagabonds, cependant, trouvaient que les politiciennes résolvaient bien mieux les disputes par la voie pacifique. Les femmes savaient discuter des problèmes, aller aux racines d'un différend pour en dénicher la cause réelle – différend qui résultait souvent d'une offense insignifiante. Les dirigeantes savaient distribuer les faveurs aux uns et aux autres avec finesse, ce qui permettait à la société de fonctionner sans heurt.

Longtemps auparavant, Jhy Okiah avait été choisie en raison du mélange de lignées qu'elle incarnait. Capable de prendre des décisions sans favoritisme, elle représentait le compromis de douzaines de clans. Cesca, en revanche, avait été sélectionnée pour succéder à l'Oratrice parce qu'elle était issue d'une famille particulièrement puissante. Elle était la fille unique d'un négociant et distributeur, Denn Peroni, qui avait accompli de grandes choses au profit des Vagabonds.

Voyant un sourire à demi ébauché sur les lèvres de Jhy Okiah, Cesca se rendit compte que la vieille femme avait déjà pris sa décision au sujet de la proposition de Clarin, et qu'elle faisait simplement durer le suspense. L'Oratrice recommandait toujours de ne pas se forger d'opinion hâtive, car les parties risquaient de croire qu'on n'avait pas accordé suffisamment d'attention à leur cas, même quand la réponse était sans ambiguïté.

Ainsi Cesca attendit, tandis que Jhy Okiah prétendait réexaminer les plans. Enfin, elle demanda à Cesca son opinion. Celle-ci dissimula son propre sourire, sachant quelle réponse elle devait donner :

— Je pense que la proposition de l'ingénieur Clarin enrichirait notre potentiel. En fait, je préconiserais que ses modifications soient mises en œuvre sur tous les nouveaux vaisseaux construits dans les chantiers navals d'Osquivel.

— D'accord. Une fois que l'on connaît une manière d'agir plus efficace, il n'y a aucune raison de continuer à utiliser l'ancienne méthode.

Jhy Okiah mit en garde Clarin, ravi, et son équipe d'ingénieurs souriants et excités qui attendaient derrière lui :

— Rappelez-vous qu'aucun représentant de la Hansc ne doit jamais soupçonner l'existence de telles modifications. Nous devons maintenir notre avantage.

L'ingénieur hocha la tête si fort que Cesca crut que son menton allait faire un trou dans sa poitrine. Avant qu'il ait pu remballer ses plans et se précipiter dehors, l'Oratrice leva l'un de ses doigts osseux.

— Attendez un instant. Serait-il possible d'adapter vos modifications d'adduction et vos tubulures de conversion d'énergie aux stations d'écopage ?

— Les stations d'écopage ?

L'ingénieur se gratta la tête, comme s'il n'avait jamais envisagé cette possibilité. L'Oratrice désigna les plans.

— Une station d'écopage ne voyage ni aussi loin ni aussi rapidement que nos vaisseaux. Toutefois, vos idées pourraient être utilement transférables à ce type d'engin.

Eldon Clarin jeta un coup d'œil aux membres de son équipe. Tous acquiescèrent rapidement, même si Cesca songea qu'ils auraient donné leur à accord à n'importe quoi, pourvu qu'ils reçoivent l'agrément de l'Oratrice.

— Bien. Dans ces conditions, je veux que les modifications soient installées sur la nouvelle station d'écopage qui sera bientôt mise en service sur Erphano. L'usine en est aux dernières phases de sa construction, par conséquent vous devriez vous dépêcher.

Les ingénieurs de Clarin parurent inquiets, puis ils prirent une grande inspiration, acceptant le défi. L'Oratrice regarda Cesca.

— Mon petit-fils Berndt va diriger cette station d'écopage. Pourquoi ne pas le laisser commencer avec une usine efficace ?

Cesca sourit, voyant enfin le plan de la vieille femme dans son entier.

— Aucune raison de perdre du temps. Pour être sûr que les modifications se passent bien, peut-être l'ingénieur Clarin pourrait-il servir pendant un mois ou deux sur la station d'Erphano, le temps de l'essai ?

— Cesca, tu ne manques jamais de démontrer ma sagesse de t'avoir choisie comme successeur.

— Nous ferons comme vous l'avez dit, Oratrice Okiah. Merci pour votre agrément !

Clarin sortit d'un air affairé du bureau, ses mouvements accentués par la faible gravité.

Le suivant à entrer fut Kotto Okiah, le plus jeune fils de l'Oratrice et de son quatrième et dernier mari. Elle se leva de son fauteuil suspendu, et l'embrassa sur ses deux joues mal rasées. Elle regarda sans surprise les plans et les notes en désordre qu'il avait apportés avec lui.

Certains Vagabonds choisissaient d'utiliser des systèmes de conception par ordinateur et des écrans plats pour montrer leur travail, mais Kotto Okiah préférait travailler à la main, calculant avec ses propres facultés mentales, et gribouillant sur de précieux morceaux de papier, qu'il recyclait toujours si ses idées se révélaient stériles. Beaucoup de ses concepts se terminaient en queue de poisson, mais l'imagination débordante du jeune homme avait abouti à de nombreuses découvertes capitales.

Kotto s'inclina devant Cesca, mais toute son attention, comme toujours, était tournée vers sa mère. Jhy Okiah insistait sur le fait qu'elle n'accordait jamais à sa famille de traitement de faveur, mais tous les Vagabonds avaient des liens et des obligations claniques.

Kotto était assez minutieux pour faire vérifier deux fois son travail par d'autres ingénieurs, afin de garantir un niveau de sécurité adapté. Néanmoins, même lorsque des accidents survenaient, Kotto l'optimiste ne paraissait jamais déconcerté, seulement pensif.

« Les évolutions innovatrices ne sont pas toujours parfaites, disait-il. Il faut s'attendre à ce que quelques-unes échouent.

— Fais en sorte qu'il y en ait le moins possible, s'il te plaît », avait répondu sa mère.

À présent, le jeune homme étalait les documents de sa démonstration : des cartes stellaires, des photographies de surveillance, et les plans rapidement esquissés d'une étrange installation sur un monde brûlant et désolé.

— Je ne sais pas si tu aimeras cette idée, Mère. Elle est très dangereuse, mais pourrait se révéler hautement lucrative.

— Je t'écoute. Tu devras me convaincre, comme d'habitude.

Cesca se pencha en avant afin de participer à la discussion, tandis que Kotto commençait à parler avec exubérance :

— J'ai étudié le monde brûlant d'Isperos, très semblable à la planète Mercure du système solaire de la Terre. Le défi est grand, mais les ressources sont remarquables. Regardez tous ces métaux, et les fines couches d'isotopes rares facilement disponibles à la surface ! Je pense que cela en vaudrait la peine.

De ses doigts adroits, il désigna plusieurs croquis. Il décrivit en détail comment Jess Tamblyn l'avait piloté en mission de reconnaissance au-dessus de la planète.

— Cela ressemble bien à Jess, dit Cesca avec un sourire. Est-il… est-il toujours ici ?

Cette question inattendue embarrassa Kotto.

— Non… non, il est parti il y a trois jours. Il devait retourner sur Plumas. Mais je pense qu'il sera de retour dans quelques jours. J'ai proposé de prendre son paquet, mais il a dit qu'il le rapporterait lui-même.

Il se tapota distraitement le menton, et reporta son attention sur les plans de la colonie autonome d'Isperos.

— Ces nouvelles techniques pourraient ouvrir à la colonisation beaucoup de mondes terrestres auparavant inhabitables. Les éléments lourds et les minerais purs seraient fort utiles à notre industrie.

Si on lui consacre une attention et une assiduité adéquates, Isperos pourrait être une mine d'or pour nous… d'or et d'autres métaux.

— Et le plus beau, c'est qu'aucun humain n'a jamais voulu de ces mondes, fit remarquer Jhy Okiah, les yeux brillants. (Elle observa la perplexité qui se lisait sur le visage à la peau olive de Cesca.) Peut-être ne suis-je pas objective, quand cela concerne mon plus jeune fils. Quelle est ton opinion sur ce projet, Cesca ?

La jeune fille étudia le visage enfantin de Kotto.

— On doit reconnaître les risques, mais aussi les bénéfices. Isperos représente-t-elle donc un plus grand défi que les autres mondes où nous nous sommes installés ? (Elle haussa les épaules.) Aussi longtemps qu'une poignée de colons et d'ingénieurs aura le courage de faire les premiers pas, il sera du devoir des Vagabonds de les assister.

Jhy Okiah leva les yeux vers le plafond rocheux de la salle de l'astéroïde, comme si elle se représentait le complexe de Rendez-Vous, tout autour d'eux.

— Par le Guide Lumineux, si nous, les Vagabonds, n'essayions jamais de réaliser l'impossible, nous n'aurions jamais rien accompli !

27

Berndt Okiah

Seul un œil exercé pouvait discerner la beauté de la station d'écopage en construction dans les installations bricolées, au milieu des lunes brisées d'Erphano.

Berndt Okiah, un grand gaillard, se tenait à l'intérieur du dôme transparent installé sur la lune pustuleuse. À cause de la faible gravité de la station industrielle et de l'énorme géante gazeuse brun-olive qui remplissait le ciel, Berndt subissait un curieux changement de perspective : l'immense planète paraissait *en dessous* de lui, alors qu'il avait l'impression de plonger la tête la première dans les nuages.

Des équipes de bâtisseurs étaient tombées sur les décombres de ce système. Ils avaient analysé leur composition géologique, puis apporté des usines mobiles afin de commencer le travail. Des hauts fourneaux automatisés et des broyeurs de minerais avaient dévoré des petites lunes tout entières, traitant les rochers pour en extraire les éléments nécessaires, puis extrudant des moulages et des pièces détachées. Plus tard, une armée d'ouvriers avait monté ce gigantesque puzzle industriel à partir des éléments ainsi façonnés.

Parfois, dans les chantiers situés à l'intérieur des frontières de la Hanse, certains des robots klikiss qui fonctionnaient encore se portaient volontaires pour monter une construction spatiale dangereuse. Ils travaillaient dur, ne posaient aucune question et ne se faisaient pas payer, mais ils opéraient à leur propre rythme.

La plupart des Vagabonds, cependant, ne faisaient pas confiance aux machines antiques et préféraient exécuter le travail par eux-mêmes.

Cela avait été le projet favori de Berndt Okiah : une station d'écopage dont il serait le propriétaire et qu'il administrerait. Il avait été présent dès le début, plus d'un an auparavant. Il avait vécu dans des salles souterraines austères, creusées dans de petites lunes et tapissées de murs en polymères. Les chantiers avaient poussé comme une forêt, au fur et à mesure que les ressources étaient digérées. De grandes poutrelles, des mâts de soutien, et des filins d'attache constituaient le squelette de la station d'écopage d'Erphano, tandis que les Vagabonds y ajoutaient la chair métallique.

Bien que Berndt ait confiance en ses ouvriers, il se montrait souvent importun et agaçant, à surveiller leurs moindres mouvements lorsqu'ils assemblaient les réacteurs d'ekti. L'ingénieur préféré de sa grand-mère, Eldon Clarin, était arrivé récemment avec de nouveaux plans et des suggestions hardies pour améliorer les systèmes. D'abord, Berndt avait été contrarié par ce soudain changement de plan, jusqu'à ce qu'il réalise que ces modifications ne réclameraient pas plus d'une semaine, et, en cas de succès, qu'elles accroîtraient la production de la station, donc sa rentabilité.

Berndt avait promis aux clans des Vagabonds qu'il ferait de cette opération un succès. Sa grand-mère lui avait offert une chance exceptionnelle – bien qu'on lui ait affirmé qu'il ne la méritait pas –, et il ne la gâcherait pas. Il avait beaucoup de choses à prouver, tant à lui-même qu'à ses compagnons.

Comme il prenait place dans la bulle d'observation pour regarder les derniers préparatifs, l'ingénieur Clarin entra par le tube d'accès.

— J'ai vérifié tous les systèmes, chef. La station d'écopage est presque parée au lancement.

Le colosse hocha la tête, grattant son menton carré.

— On opère toujours à quatre-vingt-dix-sept pour cent des normes prévues ?

L'ingénieur parut surpris.

— Comment le savez-vous ?

— Parce que je les ai vérifiées il y a une heure. C'est mon devoir de comprendre ce qui se passe à bord de ma nouvelle station. Une fois que l'usine sera entrée dans les bancs nuageux d'Erphano, nous aurons tout le temps de faire notre essai. Vous resterez ici pour vérifier tous les systèmes… s'il vous plaît ?

La taille et la réputation de tyran de Berndt impressionnaient indéniablement Eldon Clarin. À l'inverse, l'aisance de ce dernier vis-à-vis des mathématiques et des sciences, ainsi que sa fine intelligence, intimidaient Berndt.

Clarin fronça les sourcils, étonné par le comportement du colosse.

— L'Oratrice Okiah a demandé que je reste au moins deux mois.

Berndt dirigea son regard sur l'énorme planète en dessous afin d'éviter de regarder l'homme tandis qu'il parlait. Une pointe de nervosité perça sous sa voix bourrue :

— Ingénieur Clarin, j'aurais un service à vous demander. Pendant que vous êtes ici, pourriez-vous… me donner des cours ?

Pendant des années, il avait crié et tempêté pour imposer sa volonté. Il semblait très étrange qu'aujourd'hui il fasse une telle requête. Même l'ingénieur parut surpris.

— Qu'aimeriez-vous savoir ?

— Je veux une formation plus solide dans le fonctionnement de la station d'écopage, du traitement de l'ekti et de la technologie des propulseurs ildirans. C'est mon travail, à présent.

L'ingénieur regarda ses mains.

— Cela semble plutôt… inhabituel. Berndt Okiah n'est pas connu pour ses recherches savantes.

Berndt rougit.

— Cela appartient au passé. Je suis le patron d'une nouvelle station d'écopage. Je dois élargir mes horizons.

Dehors, des ouvriers en combinaison évoluaient au ralenti au-dessus de la coque de l'usine suspendue dans le vide. Berndt parcourut des yeux les gigantesques cuves d'hydrogène brut et les réacteurs aux formes géométriques, qui traitaient puis avalaient l'allotrope ekti. La vaste station d'écopage possédait également un pont supérieur d'habitation et de maintenance ; celui-ci abritait les quartiers d'équipage, les salles de loisir, et les centres de commandes.

Une fois que l'on avait construit les stations d'écopage sur place autour des géantes gazeuses, on les manœuvrait jusqu'aux nuages au moyen de moteurs embarqués. Les stations elles-mêmes ne quittaient jamais leur berceau planétaire, et dépendaient donc des convoyeurs pour emporter les réservoirs d'ekti.

Le système de propulsion ildiran se basait sur le mouvement physique direct ; il n'avait pas recours à des anomalies exotiques telles que les trous de ver ou les sauts dimensionnels. Mais le moteur interstellaire produisait des effets spatio-temporels qui, d'après ce qu'en comprenait Berndt Okiah, ralentissaient le temps relatif du vaisseau. D'une certaine manière, le moteur interstellaire maintenait une « mémoire du continuum » qui permettait aux vaisseaux de revenir dans l'espace réel très près du cadre de référence temporel. Le résultat était que l'on pouvait voyager sur de grandes distances en un court laps de temps. Ce mécanisme pouvait paraître simple à un ignorant, bien qu'il soit en réalité très complexe. Au cours des deux mois qu'ils devraient passer ensemble, Clarin comptait expliquer à Berndt les systèmes ildiran jusqu'aux plus petits détails.

Longtemps auparavant, lorsque les Ildirans leur en avaient offert l'opportunité, les Vagabonds avaient sauté sur l'occasion d'exploiter les stations de traitement d'ekti. Les clans ambitieux avaient obtenu des prêts auprès de l'Empire ildiran afin de louer leurs premières stations d'écopage. Malgré une première catastrophe sur Daym, les Vagabonds avaient fait de ces usines des entreprises rentables. Ils avaient continué à s'étendre tandis que leurs bénéfices dus à l'ekti augmentaient.

Berndt conduisit Eldon Clarin par un tube vers le vestiaire de sortie.

—Il est temps pour nous de lancer cette nouvelle station d'écopage. Je veux que vous veniez avec moi.

Clarin parut surpris.

—Moi ? Mais vous êtes le patron…

—Ça fera bien sur votre CV, quand vous serez de retour sur Rendez-Vous.

Une heure plus tard, les deux hommes se tenaient sur une plate-forme de lancement, en surplomb des sites d'excavation épuisés. Une multitude de caillasses et de débris d'exploitation, dépouillés de leurs métaux utiles, s'éparpillaient au-dessus de leurs têtes. Le risque que cela entraînait pour la navigation ferait office d'écran de fumée en dissimulant les activités sur Erphano, par la même occasion.

Les équipes de travail attendaient dans des modules extra-véhiculaires, tandis que d'autres flottaient à l'extérieur, leurs têtes pointées vers la planète brun-olive. Des filins d'amarrage empêchaient la gigantesque station d'écopage de dériver.

Berndt activa la radio de sa combinaison.

—Allumez les moteurs d'appoint.

À bord de la station, des capitaines actionnèrent les commandes du pont supérieur. Berndt distinguait leurs silhouettes minuscules derrière le pont rutilant. Des ouvriers en combinaison se tenaient sur la plate-forme d'observation, au-dessus du premier réacteur. Les tuyères s'illuminèrent tandis que les réacteurs de poussée chauffaient, et que les moteurs exhalaient un gaz d'échappement brûlant. Tel un béhémoth insatiable, la station nouveau-née tira sur ses attaches.

Berndt ressentit un frisson de fierté, en fixant du regard la magnifique structure qui allait être sous son commandement. Il n'avait jamais assisté au lancement d'une station d'écopage, bien qu'il en ait dirigé une pendant plusieurs années. Son premier commandement s'était exercé sur la vieille usine de Glyx, qui fonctionnait avec une équipe de vétérans. Cela avait tenu davantage du rôle de baby-sitter et de gérant que de celui de patron. La station d'Erphano représentait pour lui à la fois une promotion importante et un moment historique.

Certains clans murmuraient que Berndt Okiah avait déjà eu toutes les chances qu'un homme pouvait mériter. Il les avait gaspillées dans sa jeunesse, à cause de son caractère dominateur et suffisant. Il comprenait à présent sa sottise. Il était impatient d'amener sa femme Marta et Junna, sa fille de douze ans, pour travailler ici avec lui.

Bien qu'il ait autrefois nourri le rêve grandiose de devenir le prochain Orateur, Berndt prenait aujourd'hui conscience qu'il aurait été incapable de gérer son peuple et l'étendue de ses ressources. Plus jeune, il était monté sur ses ergots pour exiger de jouer un rôle majeur au gouvernement, même s'il ne s'était jamais montré digne d'exercer ce genre de responsabilités. La révélation qu'un statut aussi considérable ne serait jamais à sa portée avait provoqué un changement en lui.

Au début, il s'était montré jaloux de la relation de Cesca Peroni avec Jhy Okiah, toutefois, à présent, il reconnaissait qu'elle ferait une Oratrice plus douée qu'il ne le serait jamais. Il regrettait sa présomption, ses projets mal élaborés. Mais, après des années de service exemplaire sur la station de Glyx, et aujourd'hui avec ce nouveau vaisseau sous son commandement, il deviendrait le meilleur chef qu'aient connu les usines de traitement d'ekti.

Accompagné de l'ingénieur qui tenait les rampes d'appui, Berndt libéra la plate-forme mobile et activa les moteurs d'appoint. Ceux-ci les soulevèrent vers l'imposante station d'écopage. Berndt tenait avec délicatesse un récipient précieux rempli de vin mousseux, un emblème traditionnel dont l'utilisation perdurait chez les Vagabonds lors du baptême d'un nouveau vaisseau.

La plate-forme mobile les hissa au-delà des cellules de stockage arrondies et de la gueule béante du toboggan d'adduction de gaz. Clarin contemplait le spectacle à travers la vitre de son casque, stupéfait par l'immensité du vaisseau tout proche. Une fois que la station d'Erphano serait larguée dans les nuages, rares seraient ceux qui reverraient sa quille.

Berndt plana à côté de la façade du réservoir d'ekti et, souriant, empoigna le col de la bouteille de pseudo-champagne. Il savait que lorsque la bouteille dépourvue de poids heurterait le mur métallique, il subirait un recul dans la direction opposée, de sorte qu'il agrippa la rampe d'appui.

Il avait réfléchi avec attention à ses paroles.

— C'est avec une grande fierté que je lance cette station d'écopage. Non pour me tresser des lauriers, mais pour rendre hommage au talent des constructeurs qui ont bâti cette merveille. Je veux aussi faire honneur à mon équipe dévouée, qui mènera les opérations et participera au gain. Avant tout cependant, j'inaugure cette station d'écopage avec fierté sachant qu'elle symbolise aux yeux des Vagabonds notre capacité à prospérer là où personne n'ose s'aventurer. Puisse le Guide Lumineux nous conduire vers notre destinée.

Il lança la bouteille. Comme elle heurtait la coque, le verre se brisa, et le pseudo-champagne explosa dans le vide de l'espace. De minces fragments de verre s'éparpillèrent, ainsi que des nuages du liquide pétillant qui bouillit, moussa, gela… puis se volatilisa telle la queue d'une comète.

Des applaudissements et des acclamations résonnèrent dans les systèmes de communication. Berndt Okiah fit monter la plate-forme mobile vers le pont de commandement. Lui et l'ingénieur traversèrent différents sas et s'extirpèrent de leur combinaison, alors que l'équipage se pressait sur le pont pour les féliciter.

— Désengagez les amarres, dit Berndt, prononçant son premier ordre à bord de son usine. (La station d'écopage vacilla, comme les câbles métalliques se détachaient de leurs points d'ancrage.) Augmentez la poussée des moteurs.

La station d'écopage sortit en douceur du tas de pierrailles, se déplaçant vers les nuages d'Erphano. Berndt lorgna en arrière, vers le chantier de construction mutilé. Puis il se retourna en direction de l'œil de la géante gazeuse. Les nuages riches en ressources lui faisaient signe, et il décida qu'il ne regarderait plus jamais en arrière. Seulement devant.

28

Rlinda Kett

Rlinda Kett se réveilla, satisfaite de sa nuit de sommeil sous les arbremondes bruissants. Après avoir englouti un somptueux petit déjeuner constitué de fruits et de noix arrosés de clee – une boisson forte aphrodisiaque, faite de cosses à graines d'arbremonde –, elle se sentit d'attaque pour affronter n'importe quel problème.

— Si je reste plus longtemps sur Theroc, je vais prendre une douzaine de kilos, dit-elle à Sarein. Cela mettra en danger ma santé et diminuera la charge utile du *Curiosité Avide*.

Sarein avait ajouté des peignes dans ses cheveux, et portait une robe traditionnelle theronienne ceinte d'une parure de cour, de jolis foulards et des châles fabriqués en fibres de cocons d'éphémère. Rlinda voulut utiliser sa propre garde-robe – afin de mettre en valeur sa beauté vis-à-vis des nouveaux clients, mais aussi par simple plaisir de se pomponner devant un miroir. Bien qu'il ne soit pas dans ses intentions de séduire un mari, elle ne voyait pas de mal à être coquette.

— Mes parents aimeraient s'entretenir avec vous, dit Sarein avec un sourire confiant. Nous devons faire bonne impression.

Rlinda recula, examinant avec convoitise les différents plats qu'elle n'avait pas encore eu le temps de goûter.

— Laissez-moi faire, Sarein. Je peux présenter de bons arguments.

Père Idriss et Mère Alexa siégeaient dans la plus grande salle du récif de fongus urbain. Les spacieuses ouvertures donnant sur l'extérieur étaient obturées par des ailes prismatiques de lucanes géants, qui servaient de vitraux. Les deux chefs étaient assis côte à côte. Avec leurs cheveux noirs et leur teint de bronze, ils étaient d'une beauté sculpturale.

Rlinda s'avança d'une démarche étonnamment raffinée pour une femme de son rang. Elle s'inclina très bas, avec toute la grâce dont elle était capable.

— Père Idriss et Mère Alexa, je suis plus que ravie d'avoir l'occasion de vous parler.

Sur son grand fauteuil, Idriss se pencha en avant. Il avait une barbe noire taillée au carré. La coiffe de plumes et de carapaces de coléoptères qu'il portait lui conférait une présence imposante.

— Notre fille Sarein dit du bien de vous. Je pense qu'elle vous considère comme une amie. Comment ne pourrions-nous pas faire votre connaissance, quand notre fille aînée nous le demande ?

À son côté, Mère Alexa portait une robe éblouissante, garnie d'un impressionnant ornement fixé aux épaules, qui se déployait à la manière d'un paon faisant la roue. Une partie du costume de la reine provenait d'ailes de lucanes géants assemblées, dont les couleurs s'accordaient avec les vêtements qu'elle portait. Ses cheveux de jais lustré lui tombaient à la taille.

Rlinda se redressa. Sarein se tenait à l'écart, attentive, mais la négociante resta concentrée sur les deux souverains.

— J'espère que Sarein n'a pas exagéré mon importance. Je ne suis pas une personne particulièrement éminente au sein de la Ligue Hanséatique, aussi est-ce un grand honneur pour moi. Les forêts de Theroc semblent riches de perspectives. Sarein m'a présenté de nombreux produits de votre contrée, et je crois qu'il y a d'innombrables possibilités commerciales que nous pourrions étudier. Franchement, je suis surprise que des armées de marchands n'aient pas déjà tenté de forger des alliances avec vous.

— Peu de gens voient plus loin que nos prêtres Verts, dit Alexa. C'est tout ce que la Hanse semble vouloir.

Idriss ajouta :

— Et nous ne sommes guère enclins à nous compliquer la vie. Si nous parlons au nom des prêtres Verts, ceux-ci prennent leurs décisions en accord avec la forêt-monde. En vérité, nous intervenons peu dans leurs choix. Ici, les Theroniens disposent de tout ce dont ils ont besoin. Nous sommes satisfaits de ne pas nous impliquer dans les causes majeures des conflits humains.

Sarein toucha la large épaule de Rlinda en un geste amical.

— Certains affirment même que la présence bienveillante de la forêt-monde tempère le penchant naturel des humains pour la violence et les conflits.

— Alors, j'approuve vos efforts pour répandre les surgeons sur d'autres planètes. (Rlinda eut un sourire ironique.) Je pourrais nommer beaucoup d'endroits qui y gagneraient.

— Nos prêtres font tout ce qu'ils peuvent.

Mère Alexa approuva son mari d'un signe de tête. Idriss et Alexa s'occupaient de litiges locaux, de litiges occasionnels entre personnes, de problèmes conjugaux ou de procès civils, mais leur fonction la plus importante était celle d'interface avec l'extérieur. Les Mères et les Pères de Theroc avaient toujours pris des décisions sereines, fondées non sur la cupidité et la richesse, mais sur la conviction sincère qu'ils agissaient pour le bien de leur culture.

Rlinda jeta un coup d'œil d'encouragement à Sarein.

— Eh bien, votre fille m'a tourné la tête avec tout ce que j'ai vu et goûté ici. Je pourrais nommer des centaines de marchés potentiels pour vos fruits exotiques, vos baies, vos noix, et vos tissus étonnants.

Son estomac gronda, comme pour souligner son opinion. Sarein s'avança avec fébrilité. La passion faisait briller ses yeux.

— Père, pensez à toutes les portes que cela nous ouvrirait. Mère ? Nous pourrions devenir une force commerciale puissante sans perdre notre indépendance.

— Nous en avons déjà discuté auparavant, Sarein, dit Idriss.

Constatant l'expression renfermée des souverains, Rlinda éprouva une sensation de malaise. Elle commençait à soupçonner qu'elle avait été le jouet de Sarein et qu'elle n'avait été amenée ici que dans le but d'alimenter un conflit ancien opposant des parents autoritaires à leur fille ambitieuse.

— Rlinda est prête à embarquer des échantillons de nos produits afin de tester leur viabilité commerciale, mais elle prend un risque en investissant ses fonds propres.

Le visage de Sarein se durcit. Soudain, elle stupéfia Rlinda en ajoutant un nouvel argument :

— Pour cette raison, elle a demandé en garantie plusieurs prêtres Verts – cinq seraient un chiffre équitable, je pense. N'est-ce pas ?

Elle regarda Rlinda, qui essaya de dissimuler sa surprise. Elles n'en avaient jamais discuté, et il semblait que Sarein avait eu cette intention dès le début. À présent, Rlinda redoutait que les négociations déjà délicates ne tombent à l'eau.

— Elle pourrait également transporter des surgeons, et contribuerait ainsi à répandre la forêt-monde, poursuivit Sarein sur sa lancée. Vous voyez ? Tout le monde serait gagnant.

Bien qu'irrité par l'attitude de sa fille, Père Idriss parut troublé par cet argument.

— Nous ne disons aux prêtres Verts ni où ils doivent aller, ni quand. La forêt-monde œuvre en dehors de notre gouvernement, Sarein. Les prêtres s'en remettent aux vœux des arbres, et Mère Alexa et moi devons nous en remettre aux prêtres.

— Ce n'était seulement qu'une suggestion, monsieur, dit rapidement Rlinda. Theroc a tant de choses à offrir. Ne restons pas focalisés sur un point d'achoppement…

Sarein coupa, ouvertement provocante :

— Ce point d'achoppement n'aurait pas lieu d'être, si seulement vous ouvriez les yeux.

Rlinda souhaitait demander une suspension d'audience, avant que la dispute mette fin aux négociations pour de bon. Mère Alexa répliqua :

— Nous tenons des registres minutieux, et surveillons la distribution des surgeons. Indépendamment de votre intérêt pour nos fruits et nos baies, Rlinda Kett, nous comprenons que nos capacités de contact par télien constituent la richesse la plus intéressante de Theroc.

Idriss poursuivit :

— Il ne serait pas avisé de créer un précédent, en vous autorisant à emmener nos prêtres avec nos produits forestiers.

Énervée, Rlinda regarda Sarein, regrettant que la jeune fille soit intervenue.

— S'il vous plaît, ne nous précipitons pas. Veuillez accepter mes sincères excuses si un commentaire mal formulé a pu vous donner une mauvaise opinion de moi. Pourrions-nous rediscuter de cette affaire demain ? Je vous donnerai des exemples précis d'objets que j'aimerais transporter sur mon vaisseau marchand.

Elle recula, tentant de se retirer avant que Père Idriss la rejette définitivement. Alexa répondit avec un sourire charmant, bien qu'emprunt de condescendance :

— Nous vous écouterons, car c'est le fondement de la communication. Mais nous ne nous laisserons pas influencer. Les prêtres Verts nous sont précieux.

— Je suis tout à fait d'accord sur ce point, ainsi que vous le verrez, dit Rlinda avec une dernière courbette. (Elle aurait souhaité que Sarein n'ait jamais fait cette suggestion qui ne lui avait jamais traversé l'esprit.) J'attendrai avec impatience une autre discussion, plus tard.

Elle sortit de la salle d'audience en compagnie d'une Sarein renfrognée. Elle devait repenser son approche et préparer un argumentaire différent. La prochaine fois, peut-être, sans « l'aide » de Sarein.

29

Arcas

Les déserts de Rheindic Co offraient au regard d'Arcas des paysages radicalement différents de ceux qu'il avait contemplés sur Theroc. Normalement, un prêtre Vert devait trouver une telle désolation dérangeante, mais Arcas percevait l'appel du désert. Il ne s'était pas attendu à se sentir aussi vivant. La tessiture de la lumière et des ombres, la sécheresse de l'air… et le *silence*. Cela éveillait en lui un ravissement inattendu. Il tirait plaisir de la chaude lumière sur les rochers, des strates alternées de minerai de fer rouge, d'oxyde de cuivre vert et de calcaire blanc. Il appréciait enfin sa tâche.

Tandis que Margaret et Louis Colicos commençaient leur travail dans la cité klikiss principale, DD le comper tenait le camp avec un soin méticuleux.

Lorsqu'il eut achevé l'entretien matinal des surgeons, Arcas eut grande envie d'aller explorer les endroits qui l'intéressaient. Il se rendit à la grande tente où logeaient les deux xéno-archéologues. Le vieil homme était déjà parti avec les trois robots klikiss dans les ruines escarpées, et Margaret rassemblait ses notes pour la matinée. Elle leva les yeux avec impatience.

— Oui, Arcas ? Avez-vous l'intention d'aller avec nous dans les ruines aujourd'hui, ou restez-vous au camp avec vos surgeons ?

— En fait, ni l'un ni l'autre, répondit-il, embarrassé. J'aimerais explorer les ravins des environs. La géologie m'intéresse beaucoup.

Arcas n'avait pas besoin de sa permission, car les prêtres Verts n'obéissaient à aucun commandement hormis celui de la forêt-monde. En fait, Margaret ne savait jamais quoi faire de lui.

— Prenez tout l'équipement nécessaire. Vous avez besoin de DD ?

Cette suggestion le fit tressaillir.

— Non… je préférerais être seul.

Margaret avait hâte d'aller retrouver son mari sur les fouilles.

— Voyez si vous pouvez prendre des mesures et enregistrer des données. Nous sommes en mission scientifique, et les analyses géologiques peuvent être utiles.

— Je ferai ce que je peux.

Arcas avait juste espéré se promener, admirer le paysage et se repaître d'informations qu'il répéterait ensuite aux surgeons afin de les propager dans la forêt-monde. Les arbres doués de sensations n'étaient pas habitués aux déserts, et Arcas sentirait enfin qu'il jouait un rôle utile en tant que prêtre Vert. Néanmoins, il alla dans le hangar à fournitures afin de rassembler des caméras et des instruments de mesure qu'il fourra dans un sac.

Accompagnée par DD, Margaret prit l'un des véhicules à autonomie réduite, et fonça vers la ville de la falaise. Dans le camp vide, Arcas jeta un coup d'œil sur les vingt surgeons fluets, plantés en rang derrière sa tente. Ils se dressaient à présent tête haute, ondulant comme s'ils se prélassaient au soleil.

— Alors, vous aussi vous aimez le désert ? dit-il.

S'il touchait les surgeons, ils lui répondraient.

Sans destination précise en tête, Arcas avala une goulée d'air, goûtant l'air sec et poussiéreux. Puis il avança péniblement sur le sol crevassé, et pénétra dans une gorge qui avait jadis été tranchée par les eaux. La lumière solaire non filtrée cuisait sa peau verte.

Arcas n'avait jamais réellement désiré être un prêtre Vert. Mais une fois qu'une personne était liée à la forêt-monde, sa symbiose ne pouvait être annulée. Il pouvait quitter les arbres, ne plus jamais se connecter au télien, mais sa peau resterait toujours verte et il ferait toujours partie du réseau.

La mère d'Arcas était morte quand il était enfant, de sorte qu'il avait entretenu des relations étroites avec son père. Bioth, un homme d'un certain âge, avait rêvé de devenir un prêtre Vert, mais on l'en avait dissuadé. Il s'asseyait avec Arcas sous la canopée ; le regard levé vers les feuillages bruissants, il lui parlait de ses songes, et de son souhait ardent que son fils serve la forêt-monde.

Cette perspective n'avait jamais enthousiasmé Arcas.

« Père, nous servons tous la forêt-monde, peu importe la façon. »

L'histoire et la géologie intéressaient davantage le garçon, mais Bioth avait suivi son idée sans jamais remarquer les réticences de son fils.

Quand Arcas avait eu quinze ans, Bioth était tombé d'un grand arbre, tandis qu'il récoltait des jus d'épiphyte. Il avait atterri dans un enchevêtrement de plantes grimpantes qui avaient agi comme un filet. Hélas, en interrompant sa chute, le filet lui avait rompu le cou. Le jeune Arcas s'était précipité au côté de son père, tandis que les ouvriers le déposaient au sol. D'une voix étranglée, Bioth avait supplié son fils de le rendre fier en devenant prêtre Vert. Entouré par tant de monde, Arcas n'avait pu refuser la dernière volonté de son père. Une fois que cette tragique histoire s'était répandue parmi les Theroniens, Arcas avait facilement été admis au sein de la prêtrise.

Ainsi, il avait rempli son devoir sans passion ni inspiration particulières. Il n'avait jamais brigué d'affectation de prestige ou de complaisance dans la résidence gouvernementale d'une colonie opulente, par crainte d'être sans cesse harcelé. Il avait trouvé plus supportable de lire pour les arbres des traités historiques et des textes de géologie. Mais ici, sur Rheindic Co, la sérénité du désert l'avait appelé.

À présent qu'il était sorti du camp, le regard tourné vers les montagnes érodées, Arcas suivait une ligne de rochers au-dessus d'un estuaire d'alluvions qui se rétrécissait pour former un canyon. Tandis que les parois rocailleuses s'élevaient au-dessus de lui, il apercevait les stries noueuses de différentes couches géologiques, qui lui rappelaient les anneaux de croissance d'une souche.

Arcas traversa le lit du fleuve friable en faisant crisser les graviers sous ses pieds. Le bruit résonna sinistrement sur les parois encaissées. Il regarda alentour, à l'affût de n'importe quelle trouvaille susceptible d'aider le travail des Colicos. Lorsqu'il s'était joint à cette mission, il avait proposé davantage que ses seuls services de prêtre Vert. Ses rudiments de connaissance en archéologie et en géologie pouvaient faire de lui un assistant passable.

Tandis qu'il s'engageait plus profondément dans le canyon, il réalisa qu'il n'avait jamais été aussi éloigné de toute sa vie du contact réconfortant des arbres, et de la foule de ses congénères. La lumière du soleil rougeoyant se projetait dans le canyon. Arcas leva les yeux vers une strate lisse et blanche, où des blocs de couleur crème s'étaient détachés d'une tranche karstique. Avec admiration, il aperçut des formes moulées dans le calcaire, des restes fossilisés de créatures extraterrestres qui avaient vécu d'innombrables millénaires auparavant : une fronde recourbée de ce qui ressemblait à une fougère, une créature marine osseuse dotée de larges mâchoires et d'ailerons effilés.

Il extirpa son marteau de géologue et préleva les fossiles les plus remarquables, les fourrant dans un sac autour de sa taille. Puis il photographia des spécimens trop grands pour être extraits. Ces bêtes avaient vécu des millions d'années avant que les Klikiss posent le pied sur Rheindic Co. Ainsi que Margaret Colicos le lui avait rappelé, il s'agissait d'une expédition scientifique, et Arcas pouvait faire ses propres découvertes.

Il retourna vers le campement, franchissant les amas de rochers éparpillés tels des marbres géants. Même si le canyon n'avait pas fourni de repères aussi précis, il n'aurait eu qu'à ouvrir son esprit et laisser les surgeons le rappeler au camp. Avec des arbremondes dans les environs, un prêtre Vert ne pouvait jamais se perdre.

Arcas baissa les yeux vers la pente douce de l'estuaire alluvial. Loin vers le sud, il aperçut une traînée de salissure ténébreuse dans le ciel, où les satellites de surveillance avaient révélé l'existence de volcans crachant des cendres et des fumées. Chaque jour, il aimait plus que tout contempler les couchers de soleil aux teintes ardentes d'aquarelle.

Il adorait ce monde désert, tout en éprouvant un certain remords, car ce sentiment ressemblait à un rejet des arbremondes. Mais il s'amenda en se hâtant de retrouver son petit bosquet, s'agenouillant au côté des surgeons, et touchant leur tronc. Il ferma les yeux, décrivit toutes les belles choses qu'il avait vues et mémorisées.

Les arbres répondirent par une joie muette.

30

Sarein

Comme la forêt humide plongeait dans la tranquillité de la nuit tombante, Sarein s'assura que sa petite sœur Celli allait se coucher. Idriss et Alexa n'étaient pas des parents stricts ; Sarein, en revanche, insistait pour qu'elle suive les horaires. À force de cajoleries, la fillette essayait toujours de grappiller une heure ou plus de récréation, mais Sarein tenait à ce qu'elle respecte les règles.

— Attache ton lucane géant apprivoisé, dit-elle. Et va te laver.

— Il a besoin que je m'occupe de lui, répondit Celli avec une moue.

La créature colorée entrechoqua ses ailes vert émeraude à l'intérieur de la pièce, puis fit claquer son bec long et mince, comme si elle cherchait des pétales de fleur à dévorer.

— Il peut prendre soin de lui-même. C'est un animal sauvage, tu sais.

Sarein restait dans l'embrasure de la porte basse. Elle ne tolérait aucune discussion, sachant que, quelques minutes plus tard, sa sœur obéirait en soupirant.

— C'est mon chouchou.

Celli l'avait capturé juste comme il émergeait, humide et faible, de sa chrysalide. Elle le gardait attaché grâce une chaîne fine par l'une de ses huit pattes segmentées, de sorte qu'il pouvait battre des ailes et planer au-dessus de son épaule à la manière d'un cerf-volant vivant. Sarein avait toujours trouvé que les lucanes géants avaient autant de cervelle qu'un cerf-volant.

— Oui, et il veut que tu ailles au lit autant que moi. Maintenant, ne rends pas les choses aussi pénibles qu'hier.

La fillette obéit en grommelant. La nuit, le lucane géant se glisserait par la fenêtre et volerait aussi loin que sa laisse le lui permettrait. Au matin, Celli n'aurait plus qu'à le tirer à l'intérieur. Heureusement, les lucanes géants avaient une espérance de vie relativement courte ; ainsi, l'addiction de sa sœur vis-à-vis de cette bestiole idiote ne durerait pas plus d'un mois ou deux.

Toute la journée, la petite fille se révélait une véritable boule d'énergie, courant et bondissant en tous sens, bavardant avec ses amis, jouant à des jeux nombreux et variés. Elle faisait davantage preuve d'impulsivité que de bon sens. À dix ans, Celli avait déjà eu sa part de fractures, causées par des chutes et autres ennuis. Son corps de garçon manqué était un catalogue toujours remis à jour de cicatrices et de genoux écorchés, d'égratignures et d'ecchymoses.

Sarein manquait souvent de patience avec elle. Mais elle se disait alors que Celli finirait par mûrir. Un jour. De deux ans plus âgée, Estarra semblait en revanche bien partie pour prendre des décisions raisonnables. Sarein avait l'espoir qu'elle et ses frères et sœurs changeraient Theroc en une génération, et sortiraient son peuple arriéré de sa naïveté préhistorique pour le faire entrer dans la communauté florissante du Bras spiral.

Après une étreinte et un baiser rapides, Sarein referma la porte et traversa les corridors luminescents. Reynald devait revenir bientôt de son périple, et Sarein espérait qu'il s'était fait remarquer par des personnages importants. Elle avait hâte d'écouter son frère lui dépeindre la cour ildirane et se demandait ce qu'il avait accompli sur Terre en rencontrant Basil.

Mère Alexa et Père Idriss s'étaient rendus dans les niveaux les plus élevés de la cité, où ils devaient assister à un spectacle de danseurs-des-arbres acrobatiques. Sarein avait été invitée à admirer leurs culbutes et leurs bonds adroits parmi les souples feuillages entrelacés, mais cela ne l'intéressait pas. On avait obligé Estarra à assister au festival ; elle parviendrait sûrement à s'esquiver pour aller escalader les strates déchiquetées du récif de fongus. La méfiance de sa famille fit soupirer Sarein. Ils disposaient de tant de ressources et de perspectives d'avenir – pourtant, cela leur semblait égal. Ils se contentaient de vivre au jour le jour, sans se préoccuper du reste de la civilisation humaine, satisfaits de ce qu'ils possédaient.

Elle pénétra dans ses quartiers, augmenta l'éclairage, et s'assit à son bureau en polymères importé de la Terre. Dans sa garde-robe, elle conservait beaucoup de robes et de foulards traditionnels theroniens, ornés d'éclats d'ailes de lucanes géants et de carapaces d'insectes polis, mais Sarein préférait les vêtements confortables qu'elle avait rapportés de son année d'études sur Terre. Ces fioritures theroniennes lui paraissaient trop provinciales à son goût.

Les documents qui se trouvaient devant elle étaient une proposition révisée de Rlinda Kett concernant le commerce des produits de Theroc. Sarein se renfrogna en se rappelant l'entêtement de ses parents face à cette opportunité. La négociante avait présenté d'excellents arguments, et Sarein avait continué à harceler Idriss et Alexa dans leurs appartements privés. Mais elle n'avait pu les convaincre tous deux que Theroc devait rejoindre la Hanse, sans compter les portes que ce choix leur ouvrirait.

Idriss avait regardé sa fille par-dessus sa barbe, comme si c'était encore une enfant.

« Abandonner notre indépendance n'est pas une décision que l'on doit prendre à la légère. Que gagnerons-nous, comparé à ce que nous avons à perdre ? »

Sarein avait l'impression de parler à un extraterrestre.

Non, pensa-t-elle, *même les Ildirans seraient plus sensés sur ce sujet.*

Elle tapota son stylet sur le pad, méditant sur l'avenir de son monde, consternée au regard de la difficulté de cette tâche simple *a priori*. Elle aurait sans doute besoin d'aide.

Sarein songea avec mélancolie au fringant Basil Wenceslas, et à tout ce qu'elle avait appris sous la délicieuse gouverne du Président.

Basil était bien plus âgé qu'elle, mais incroyablement cultivé et généreux. Il était sain, doté d'un magnétisme animal qui le rendait plus captivant encore à ses yeux que le pouvoir qu'il exerçait au sein de la Ligue Hanséatique terrienne.

Sur Terre, on avait offert à Sarein les meilleurs repas et les vins les plus fins. Basil l'avait courtisée, sachant que cette jeune fille pouvait s'avérer une clé ouvrant sur Theroc. Sarein n'avait pas été dupe et s'était volontairement laissée charmer. Elle avait autant à gagner que le Président.

Elle avait donc permis à Basil de la séduire, et ils étaient devenus amants plusieurs mois durant, avant que son agenda l'oblige à regagner sa planète. Basil s'était montré un partenaire attentionné, patient mais énergique, si bien que Sarein avait fini par s'intéresser réellement à lui, une fois passée son attirance vis-à-vis de ses connaissances et de son pouvoir. Elle aimait son allant, mais savait à quel point il était surtout avide de ce que Sarein représentait. Pour lui, elle était une force potentielle permettant d'obtenir davantage de prêtres Verts…

Fatiguée par son travail, Sarein diminua l'éclairage, se déshabilla, et se glissa nue entre les draps finement tissés de son lit. Elle se sentait étourdie et agitée. Son esprit jonglait avec les perspectives, le langage des négociations, les chiffres. Comme elle sombrait dans le sommeil, elle sourit en se berçant des souvenirs de sa journée, mélangés à des fantasmes de Basil.

Sarein commençait à se demander *qui,* en réalité, avait séduit qui.

31

L'ambassadrice Otema

Dès que la vieille femme fut en route vers Theroc, la lassitude de tant d'années de service disparut de ses épaules tels des lucanes géants prenant leur envol. En prêtresse Verte fidèle, Otema se délectait à l'idée de revenir parmi les arbremondes.

Sur Terre, elle avait habité un appartement luxueux dans le quartier diplomatique du Palais des Murmures, où les jardins royaux abritaient de nombreux arbremondes. Néanmoins, elle se languissait de toucher le sol de Theroc de ses pieds nus, d'escalader les larges troncs et de caresser le duvet des feuillages entrelacés.

Âgée de cent trente-sept ans, Otema était la doyenne des prêtres Verts. Après tant d'années de symbiose, son épiderme avait pris une teinte d'un vert très foncé. Otema était restée en bonne santé grâce au lien qu'elle entretenait avec la forêt, mais aussi grâce à son dévouement à son devoir. À présent, elle était heureuse de revenir se reposer, étudier et prier.

La forêt-monde semblait troublée, comme si elle méditait un secret enfoui, ou qu'elle prenait peu à peu conscience d'un problème caché. Aucun des prêtres Verts ne comprenait complètement ce qui se passait, mais ils faisaient confiance au jugement des arbres, et demeuraient vigilants.

En tant qu'ambassadrice theronienne sur Terre, Otema avait œuvré pour le bien des arbres. Elle avait tenu tête à la Hanse et ses ambitions. Sévère et inflexible, la vieille femme avait mérité son surnom de « Dame de fer » en résistant aux méthodes de persuasion du Président Wenceslas, et en éludant les requêtes insistantes de la Ligue Hanséatique pour obtenir plus de prêtres Verts. Otema ignorait qui serait choisi pour lui succéder, mais elle ne l'enviait pas, en raison de la tâche qui l'attendait.

À son débarquement de la navette dans la clairière d'atterrissage, Otema se déplaça avec précaution. Non à cause de sa fragilité, mais parce que chacun de ses mouvements était minutieux. Elle se dressa sous le soleil de Theroc, les yeux levés vers la mer boursouflée des cimes des arbres. Elle étendit largement ses bras verts, ferma les yeux, et huma la chanson des arbremondes.

La prêtresse ne perçut qu'une vague de bienvenue. Une vibration de bonheur émana de l'esprit assoupi de la forêt-monde – par-delà la peur qui l'imprégnait également. Elle entendit les salutations des confrères qui demeuraient ici, ainsi que l'écho plus lointain de prêtres dispersés à travers le Bras spiral avec leurs surgeons.

— Oh, merci, dit Otema à haute voix, sachant que les arbres l'entendraient, en même temps que tous les prêtres.

Elle se sentit revitalisée, rajeunie d'une douzaine d'années.

De nombreux prêtres, loin d'avoir atteint son âge, s'étaient tant lassés de la vie qu'ils avaient décidé de rejoindre la forêt – non en mourant au sens usuel du terme, mais en se laissant absorber par la base de données des arbres, de sorte que leurs cellules étaient incorporées dans le réseau biologique en perpétuelle croissance. Mais Otema ne croyait pas que son travail soit déjà achevé.

Yarrod, un éminent prêtre Vert, la rencontra à la descente de la navette.

— Nous sommes enchantés de vous voir de retour parmi nous, Otema. Père Idriss et Mère Alexa ont également demandé à vous voir, dès que vous vous sentirez revigorée.

— Il me suffit juste d'être revenue parmi les arbremondes pour me sentir revigorée, Yarrod. Il n'y a aucune raison d'attendre.

Elle fit demi-tour pour montrer le chemin, et le prêtre se hâta à sa suite.

Dans la salle du trône, Idriss et Alexa prirent place dans leur fauteuil chamarré. Ils avaient revêtu des vêtements rituels et une grande coiffe. À la vue d'Otema, le visage d'Idriss se fendit d'un large sourire, et Alexa se leva en lui parlant avec douceur :

— Ambassadrice, nous sommes si heureux que vous soyez revenue de votre longue et difficile mission. Vos nombreuses années sur Terre vous ont épuisée. Vous devez être heureuse de communier de nouveau avec les arbres, sur le sol de votre patrie.

Otema rajusta ses vêtements d'ambassadrice, sur lesquels étaient peints les symboles de la jungle et des motifs représentant la pensée des arbremondes. Elle s'inclina, les hanches encore souples malgré son âge canonique.

— Si la forêt me demandait de poursuivre ma mission en qualité d'ambassadrice, j'accepterais avec joie de me rendre utile.

Père Idriss leva une main large et hâlée.

— N'ayez aucune inquiétude à ce sujet, Otema. Votre mission est entre les meilleures mains qui soient, et nos relations avec la Terre se développeront sur la base de ce que vous avez accompli.

Sarein émergea d'une alcôve latérale. Elle portait un châle traditionnel en fibre de cocon, passé par-dessus l'une de ces élégantes tenues indigo à la mode sur Terre. Otema vit la fierté et l'ambition briller dans ses yeux, et sentit une inquiétude picoter sa peau.

Mère Alexa dit :

— Après maintes discussions, nous avons décidé de nommer notre fille Sarein au poste de nouvelle ambassadrice sur la Terre. Elle a étudié la Hanse ; elle connaît de nombreuses personnalités de cette planète, à commencer par le Président Wenceslas. Personne n'est plus qualifié qu'elle pour ce travail.

Otema ne laissa pas transparaître sa déception. Elle observa Sarein en plissant les yeux. Celle-ci semblait très satisfaite de sa nomination.

— Votre fille est une jeune femme intelligente et capable, mais ce n'est pas une prêtresse Verte. N'est-ce pas un critère nécessaire pour servir la forêt-monde et parler au nom de Theroc ?

Idriss eut un geste de dédain.

— Pas forcément. Ne parlons-*nous* pas au nom de Theroc ? Du reste, elle sera en contact avec des prêtres Verts dans le Palais des Murmures, pour le cas où elle aurait besoin de nous consulter par télien.

— Ce n'est pas tout à fait le problème, dit Otema. C'est une question de… faculté à comprendre les nuances.

Sarein s'avança, conservant un visage calme en dépit d'un mécontentement visible.

— Au contraire, madame l'ambassadrice. En tant que fille de Père Idriss et de Mère Alexa, mon point de vue me permet une compréhension exceptionnelle du monde-forêt et du chemin que suivent les Theroniens. Cependant, contrairement aux prêtres Verts, je maîtrise la connaissance des nouvelles pratiques commerciales, qui ne cessent d'évoluer dans la Ligue Hanséatique terrienne. (Ses sourcils se levèrent, lui composant une expression distante.) Mais de telles questions ne peuvent être qu'absconses pour une personne plongée, comme vous, dans une vision unilatérale du commerce interstellaire.

Surprise, Otema se redressa, réalisant l'échec de sa tentative de discussion. Troublée par l'avidité et l'énergie qui transparaissaient si ouvertement chez Sarein – mais, qui pour une raison ou une autre, échappaient à ses parents trop indulgents –, elle acquiesça d'une courbette.

— Je ferai mon devoir.

Cérémonieusement, elle dégrafa sa cape d'ambassadrice puis la retira, la tendant à la manière d'un matador.

— Sarein, je vous remets l'emblème de votre nouvelle charge. Prenez ce vêtement et servez bien la forêt-monde.

Avec une pointe de gêne, Sarein accepta la cape. Cependant, elle la mit sur son bras, au lieu de la passer autour de ses épaules.

Maintenant qu'Otema s'était en partie dévêtue, sa peau apparaissait d'un vert si sombre qu'il semblait presque noir. Elle s'excusa afin de quitter la salle du trône, esquissa une dernière courbette en direction des deux souverains, puis marcha vers la sortie.

— Si vous avez besoin de moi pour une nouvelle consultation, je serai en train de communier avec la forêt-monde.

32

Nira

Nerveuse mais enthousiaste, Nira Khali s'enfonçait profondément dans la forêt. Seule. Rien de ce qu'elle avait vécu ne pouvait être comparé à l'excitation qu'elle ressentait. Ici, elle survivrait par la grâce et la protection des arbremondes.

En tant qu'acolyte, elle avait passé sa vie à attendre cet instant. Elle avait consacré chaque heure de sa journée à prier et à étudier comment servir la forêt sensible, comment faire partie intégrante de l'écosystème global de Theroc.

La jeune femme partit en courant, les pieds nus et les yeux brillants. Un Yarrod tout sourire et des prêtres Verts remplis de fierté l'observaient. Vêtue d'un simple pagne, Nira ne s'accorda qu'un bref instant pour faire un signe d'adieu de la main, avant de se ruer à travers les feuilles basses et de disparaître dans l'épaisse forêt-monde, loin des installations humaines.

Une vague nervosité serra sa gorge en songeant à quel point sa vie allait bientôt changer. Puis elle prit une grande goulée d'air lourd d'épices exhalées par le feuillage, écouta le bruissement des feuilles sèches sous ses pieds, et puisa de l'énergie dans la proximité rassurante des fabuleux arbremondes.

Ici, elle était à sa place.

Après cette journée, Nira ne serait plus jamais seule, en tant qu'individu totalement séparé des autres. Bientôt, si la forêt l'acceptait, elle deviendrait une partie de quelque chose de bien supérieur. Le bonheur et l'attente allégeaient ses pas.

— J'arrive.

Sa voix était tranquille, mais elle était entendue par des millions d'arbres sensibles d'un bout à l'autre de Theroc, ainsi que par des bosquets annexes, sur d'autres planètes.

Yarrod ne lui avait pas indiqué de lieu précis où se rendre, mais Nira s'écarta instinctivement des chemins fréquentés par les humains. Autour d'elle et dans les hauteurs, les larges feuilles palmées se frôlaient, produisant un son semblable à des murmures d'encouragement. Elle suivit son instinct, et la forêt la guida.

Elle descendit des collines en pente douce, pour s'engager dans des plaines humides où des herbes folles poussaient au confluent de petits ruisseaux. Elle pataugea à travers le marais, les hautes herbes coupantes effleurant ses mollets. La boue se ramollit. Nira n'était jamais venue ici, mais une partie d'elle-même reconnaissait l'endroit.

Des cours d'eau se jetaient en tourbillonnant dans les marécages stagnants. Leur eau claire se chargeait de minuscules plantes flottantes, créant une boue de dépôts végétaux. Nira regarda alentour, observant les mouchetures du soleil sur les marécages. Une personne aurait pu facilement se perdre, marcher dans une zone de sables mouvants actifs.

Nira ne se laissa pas aller à l'incertitude. Elle marcha sans ralentir, laissant la forêt la guider. Elle savait où trouver les pierres d'appui et les morceaux de bois flotté, même ceux qui se cachaient sous la surface. Elle n'avait jamais entendu la forêt-monde aussi clairement dans son esprit.

Autour d'elle, elle aperçut des mouvements menaçants, des reptiles féroces qui rôdaient dans les eaux bourbeuses. Aujourd'hui, Nira acceptait sans peur ces prédateurs furtifs, à longs crocs. Musclés et rapides, ils glissaient à travers les broussailles denses, observant chacun de ses pas, attendant qu'elle trébuche. Mais Nira sautait sur les pierres recouvertes de mousse glissante sans jamais perdre l'équilibre. Elle bondit par-dessus un tronc vaseux et courut jusqu'à l'autre extrémité du marais, laissant les prédateurs la regarder de leurs yeux jaunes fendus. La jeune fille poursuivit sa course.

Chaque fois qu'elle hésitait quant à la direction à prendre, elle n'avait qu'à enrouler ses bras autour du tronc de l'arbremonde le plus proche, et presser sa poitrine dénudée contre l'écorce écailleuse. Lorsque sa peau touchait l'arbre, les pensées qui la guidaient s'avivaient en elle, et elle se remettait à courir, pleine d'énergie. Elle ne tenait aucun compte des heures qui passaient ni de l'étendue sauvage et murmurante.

Enfin, la forêt s'assombrit, s'épaississant d'ombres vertes pareilles à du verre fumé. L'obscurité était réconfortante, comme une matrice. Nira écarta des branches, de grandes tiges d'herbes, avançant pas à pas dans l'entrelacs végétal… jusqu'à ce que la forêt l'ait entièrement engloutie.

Nira ne pouvait plus bouger, les épaules appuyées contre de solides branches qui l'enserraient, de plus en plus près. Des plantes grimpantes s'enroulaient, insistantes, autour de ses jambes. Des feuilles balayaient son visage, son nez, ses lèvres. La jeune fille ferma les yeux et laissa la forêt la toucher.

Elle éprouva comme une sensation de chute, bien que son corps demeurât enchâssé. Elle pouvait à peine remuer les doigts, comme la forêt l'étreignait, l'enlaçait… l'absorbait.

Là, au cœur de la forêt-monde, Nira passa des heures innombrables plongée dans une expérience mystique. Elle regarda depuis un million d'yeux à facettes tous les points de vue de la forêt-monde. Des informations et des sensations rugirent autour d'elle comme un torrent bondissant.

Elle entrevit d'autres planètes comme au travers de fenêtres distordues, des bosquets d'arbremondes plantés et nourris par des missionnaires Verts. Elle n'avait jamais rien imaginé de si vaste, de si complexe – et cependant, même avec l'assistance et les encouragements des arbremondes, elle n'apercevait qu'une infime partie des possibilités de la forêt.

C'était à couper le souffle.

Alors, le cœur de la forêt-monde lui parla plus clairement, plus formidablement. Elle sentit la frayeur lointaine, imprécise, face à un ennemi ancestral.

Le feu.

La destruction.

La mort des mondes.

Des bosquets de surgeons se fanaient, des civilisations entières mouraient, et seul un infime vestige d'une forêt-monde d'envergure galactique avait survécu ici, sur Theroc.

Nira ne pouvait pas crier. Elle ne pouvait décider si ces terribles images et ces peurs appartenaient à l'Histoire passée ou à venir. Puis elle vit des vaisseaux sphériques géants, pareils à des globes de glace hérissés de pointes, un empire caché engagé dans une guerre titanesque. *Ils arrivaient.*

Bouleversée par cette vision, mais grisée par sa nouvelle relation avec les arbremondes, Nira émergea enfin de l'emprise possessive de la forêt sensible. Son cœur battait la chamade, et la prophétie pesait lourd sur son cœur et son esprit. Ce n'était pas du tout ce qu'elle avait attendu.

Nira revint dans un état d'hébétude, marchant à travers le marais sans même un regard vers le sol. Les reptiles carnassiers s'écartaient de son chemin comme s'ils sentaient qu'elle bénéficiait de la protection de la forêt. Comme la lumière du jour éclaboussait ses bras et ses cuisses, Nira constata sans surprise que sa chair avait tourné au vert pâle. À présent, son épiderme était imprégné d'une algue symbiotique : un teint verdoyant qui augmenterait sa force corporelle grâce à la photosynthèse. À mesure qu'elle vieillirait, le vert s'assombrirait.

Nira toucha ses cheveux tondus, et le duvet tomba comme des grains de pollen. Même ses cils et ses sourcils se clairsemèrent.

À présent, elle pouvait entendre les arbres dans son esprit, comme des compagnons toujours présents. Cette base de données organique, cet esprit semi-conscient qui l'environnait, serait toujours là pour elle. Elle n'aurait plus jamais à vivre dans le silence total et la solitude. Le savoir possédait le goût merveilleux de pensées et de souvenirs illimités… mais avec, quelque part, la terreur d'un désastre imminent. Comment devait-elle s'accommoder de tout cela ?

Une expression déterminée sur le visage, Nira revint à pas rapides à la colonie, où elle pourrait enfin se joindre aux prêtres Verts, en tant que membre à part entière de leur ordre. Et les avertir du danger que la forêt-monde lui avait révélé.

Lorsque Nira, d'une voix essoufflée, décrivit à Yarrod sa terrifiante vision, les prêtres Verts se contentèrent de hocher la tête. Leur visage ne montrait qu'une sombre appréhension.

— Nous savons déjà tout cela, dit Yarrod.

33

Le général Kurt Lanyan

En vertu de son statut de commandant des Forces Terriennes de Défense, le général Kurt Lanyan pouvait utiliser à son gré le simulateur tactique. La chambre étanche était bardée d'ordinateurs, de projecteurs holographiques, de systèmes d'interaction et de cartes de navigation ; c'était la salle la plus sophistiquée et la plus coûteuse de la base martienne des FTD pour le Premier quadrant.

Grâce à ces ressources et aux informations recueillies et compilées sur plus de deux siècles de relations avec l'Empire ildiran, Lanyan pourrait obtenir des réponses… ou du moins tester des hypothèses raisonnables. De nombreuses questions concernant la culture, les habitudes, les façons de réagir, et autres secrets de la civilisation extraterrestre demeuraient sans réponse. Le général Lanyan voulait être prêt à toute éventualité.

Aux premiers temps de l'expansion terrienne dans le système solaire, avant que les humains aient accès à la propulsion interstellaire ildirane, les FTD avaient pris possession exclusive de Mars. La planète rouge sans vie était devenue un camp d'entraînement et un quartier général militaire, utilisés comme avant-poste et zone relais. Le paysage martien escarpé fournissait tout ce qu'il fallait en matière de parcours du combattant et en plans de survie. L'atmosphère ténue permettait aux Rémoras de simuler des manœuvres aériennes, couplées à des combats spatiaux dans le vide au-dessus. Lanyan adorait cet endroit.

Après avoir donné des ordres pour ne pas être dérangé, le général s'était cloîtré dans la chambre de simulation de guerre. Il avait activé les systèmes virtuels complexes qu'il avait développés pendant des années, jouant avec les possibilités, modifiant les résultats à chaque bribe de donnée sur les extraterrestres qu'il se procurait. Lanyan aurait souhaité que Basil Wenceslas envoie davantage d'espions, mais il se débrouillerait avec les informations disponibles. Il y en avait suffisamment pour expérimenter de nombreux scénarios.

Lanyan se tenait à présent au centre de la chambre. Il s'adressa aux panneaux de contrôle à reconnaissance vocale. Les murs incurvés et le sol s'estompèrent, jusqu'à devenir d'un noir piqueté d'étoiles. Il avait l'impression de flotter au milieu d'un planétarium sphérique en trois dimensions ; cela lui rappela l'époque où il n'était qu'un soldat spatial qui s'entraînait au combat à zéro G, flottant tout seul dans le vide, et prêt à tirer sur des cibles projetées par des drones.

Il mit ses mains sur ses hanches et se retourna.

— Visualisation de la Marine Solaire ildirane. Une maniple entière. Allons-y pour un combat énergique !

Des images apparurent. Des formes vagues, qui se précisèrent jusqu'à représenter fidèlement quarante-neuf croiseurs lourds et cotres ildirans. Lanyan se déplaça autour des images, comme un requin maraudant dans un banc de poissons. Les croiseurs étaient de grands disques flanqués d'ailerons inclinés servant d'évacuateur de chaleur, qui les faisaient ressembler à des prédateurs des grands fonds. En se basant sur ses connaissances sur les Ildirans, Lanyan soupçonnait que ces extensions tape-à-l'œil et ces formes étranges n'existaient que dans un but rituel ou décoratif. Des plumes de paon, sans aucun but militaire.

L'espèce des Ildirans stagnait. Ils n'avaient pas amélioré leur technologie depuis des siècles – ils n'en avaient pas eu besoin, car leur empire vivait dans une paix abêtissante. Le thisme reliait tous les membres de la communauté et, par son contrôle subliminal, étouffait leur individualité. Personne ne se rebellait jamais contre le Mage Imperator. Aucune scission ne s'opposait jamais à une autre.

Lanyan ne parvenait pas à saisir comment les Ildirans justifiaient la dépense de tant de fonds et de ressources pour maintenir leur gigantesque Marine Solaire, s'ils n'avaient pas d'ennemi à combattre. Cela n'avait aucun sens d'un point de vue militaire… à moins que le Mage Imperator ait d'autres plans. Le général Lanyan ne lui faisait pas confiance.

Il avait même envisagé de recruter comme soldats quelques-uns des énormes et mystérieux robots klikiss. Les antiques machines travaillaient sur des sites de construction dangereux. Elles semblaient désireuses de participer aux activités de la Hanse, mais seulement si cela servait leurs buts connus d'elles seules. Pour le moment, Lanyan avait ajourné cette idée ; il n'aimait pas devoir compter sur une « arme » fondamentalement incompréhensible. Il préférait se reposer sur son propre équipement militaire.

À présent, il évoluait autour des visualisations holographiques dans la salle de projection, dans le but de préparer le combat virtuel. Il tendit la main, et toucha la coque d'un cotre ildiran.

— Agrandissement.

L'image grossit devant les yeux du général afin qu'il puisse en étudier les détails. Les FTD avaient été incapables de déterminer les plans intérieurs des cuirassés ildirans, mais cette simulation provenait d'images de reconnaissance réelles, faites lors des spectaculaires démonstrations de la flotte de la Marine Solaire. Pour autant qu'il sache, les manœuvres de parade ildiranes n'avaient pas d'autre but que de mettre en valeur leur savoir-faire militaire. Un art de la mise en scène gratuit.

Il recula, constatant que les vaisseaux étrangers se groupaient en multiples de sept et se déplaçaient ensemble ; leur précision les faisait paraître à la fois redoutables et vulnérables dans leur prévisibilité.

— Maintenant, affichage d'un nombre équivalent de vaisseaux des FTD, ordonna-t-il. Des vaisseaux de combat Mastodontes, des croiseurs Mantas, des plates-formes d'armement Lance-Foudre et des intercepteurs rapides Rémoras.

L'air scintilla, et la salle de simulation fut subitement encombrée d'images de vaisseaux terriens à la silhouette familière. Lanyan s'était entraîné sur tous ces vaisseaux pendant qu'il gravissait les échelons de l'armée. Il connaissait pour chacun d'eux leurs capacités de combat précises, le type de personnel affecté à l'armement, et le nombre de troupes embarquées. L'ordinateur avait rassemblé un magnifique bataillon terrien, un adversaire à la hauteur de la Marine Solaire ildirane. Juste pour le plaisir…

Lanyan se sentait comme un enfant muni d'une pléthore de petits soldats brûlant de se battre. Grâce aux informations stockées dans les systèmes des FTD, il pouvait mettre en scène des simulacres de combats opposant ses meilleurs vaisseaux aux défenses ildiranes.

L'empire extraterrestre supposé bienveillant n'avait jamais entrepris de manœuvres provocatrices à l'encontre de la Terre, ni menacé les FTD ou les colonies de la Hanse. Néanmoins, Lanyan demeurait vigilant. Peut-être n'affronterait-il jamais les Ildirans dans un conflit militaire, mais en organisant des simulations comme celle-ci, il pourrait vérifier d'éventuelles erreurs et élaborer des plans d'urgence.

Comme il tâchait de se concentrer, il sentit une vibration dérangeante à travers le sol de la base martienne. Dehors, des troupes en uniformes de sortie se hâtaient vers les canyons rougeâtres, afin d'effectuer des manœuvres d'infanterie. Des vaisseaux aériens hybrides croisaient dans la mince atmosphère, visant des cibles peintes et lâchant de fausses munitions.

Malgré deux siècles de relations pacifiques avec l'Empire ildiran, le général Lanyan exigeait que ses troupes demeurent parfaitement au point. Ses prédécesseurs étaient devenus quelque peu négligents. Lui, en revanche, était un commandant des plus rigoureux. Aujourd'hui, il étudiait en personne des simulations basées sur les meilleures estimations de la puissance de feu ildirane. Pour la première fois de l'Histoire, les Forces Terriennes de Défense disposaient d'une force égale à la Marine Solaire ildirane, peut-être même supérieure à ce que le Mage Imperator soupçonnait.

— Scénario de bataille interplanétaire. Lancer la topographie spatio-temporelle de… (Il s'interrompit pour réfléchir.) Utiliser le système d'Yreka, dans le quadrant 7, dit-il, car il avait mené une opération là-bas.

La colonie des confins de la Hanse se situait près des frontières de l'espace colonisé par l'Empire ildiran. Il s'agissait donc d'une pomme de discorde plausible. Qui sait quelle altercation pouvait un jour éclater entre deux espèces différentes ?

Lanyan désigna des endroits vides dans l'espace.

— Placer les planètes ici, ici… et ici.

Les mondes du système d'Yreka se matérialisèrent, et un soleil éclatant remplit le centre de la chambre. Les vaisseaux spatiaux des FTD voltigèrent en formations aléatoires.

— Déplacer les vaisseaux de la Marine Solaire dans la configuration de maniple prévue.

Les vaisseaux ildirans se replièrent en septes compactes, des groupes de sept vaisseaux qui s'unirent en vastes amas de quarante-neuf vaisseaux.

— Maintenant, déployer les effectifs des FTD selon la configuration de combat delta.

Lanyan recula jusqu'au mur, tandis que les hologrammes se mettaient en position, prêts à recevoir l'ordre de bataille. Il essaya d'imaginer quel genre de provocation mènerait les deux flottes spatiales à une telle impasse. Il effectuait toujours ses simulations en privé, gardant ses intentions secrètes. Ce qu'il faisait en ce moment pouvait mettre sa carrière en péril, car les Ildirans étaient censés être des alliés et des bienfaiteurs de l'humanité. On ne s'entraînait pas à la guerre contre un ami… mais seul un fou ne se préparerait pas au pire.

La race humaine était peu versée dans la guerre interplanétaire à grande échelle, au vu de la lenteur induite par les grandes distances. Tout au long de sa carrière, le général avait perçu un signal d'alerte intérieur. Ce signal le poussait à maintenir son armée prête pour n'importe quelle crise... même s'il désespérait de pouvoir convaincre à temps les instances politiques et bureaucratiques.

De nombreux officiers des FTD au plus haut niveau de commandement s'étaient disputés quant à l'objectif de l'armée sur les mondes de la Hanse. Ils se querellaient même sur les noms à donner aux grades. Lanyan avait été inondé de leur part de notes de service assommantes pour que leur titre de commandant en chef porte le nom d'« Amiral » ou de « Général » – une ridicule perte de temps. Lanyan avait éconduit chacun des rédacteurs, avant de retenir leur solde et de réduire leur grade d'un rang. Si nécessaire, il les renverrait à l'école militaire en tant que cadets, afin de leur rafraîchir la mémoire sur le véritable but des Forces Terriennes de Défense. Il employait pour lui-même le titre de général, et utilisait celui d'amiral pour ses sous-commandants – qui avaient chacun la charge d'un quadrant distinct.

Au cours de son ministère, Lanyan avait accru les capacités des FTD. Il était toujours resté conscient de la dispersion de sa flotte. Il passait ses soirées dans ses quartiers personnels à suivre la répartition de sa puissance de feu. Les FTD avaient réprimé des rébellions épisodiques, et semé la terreur chez des pirates comme Rand Sorengaard. Mais il savait qu'il devait rester sans cesse en alerte.

Il examina le combat spatial figé, scrutant les nombreux vaisseaux prêts à fondre les uns sur les autres comme deux meutes de loups.

— Que les armées engagent le combat. Aucun des camps n'a de handicap.

Lanyan se tint contre le mur, et regarda les étincelles voler.

Les croiseurs lourds ildirans ouvrirent le feu, décimant les troupes des FTD. Les Rémoras terriens se dispersèrent et fondirent de tous côtés en une attaque chaotique de jazers. La Marine Solaire infligeait de nombreuses pertes en conservant sa formation en phalanges, à la manière des soldats romains. Mais les FTD ripostaient en usant de stratégies individuelles et imprévisibles.

À chaque vaisseau détruit, des débris dérivaient dans l'espace, augmentant les risques de navigation que le simulateur ajoutait aux combats. Les planètes d'Yreka compliquaient encore l'issue de la bataille qui faisait rage, à cause de leur puits de gravité.

— Multiplier par trois la vitesse de simulation.

Le conflit tourna au ballet frénétique de frelons – les vaisseaux bourdonnaient et se détruisaient mutuellement. L'action devint trop rapide à suivre dans le détail, mais Lanyan saisit le mouvement global.

Enfin, tous les tirs cessèrent : le champ de bataille spatial n'était plus qu'un cimetière de vaisseaux endommagés et de coques fumantes, qui dérivaient comme des météorites créées par l'homme. Le général scanna les débris, réfléchissant aux épisodes du conflit qu'il faudrait repasser et analyser.

Avec regret, il constata que les armées des deux camps s'étaient intégralement détruites, entraînant un massacre total des troupes ildiranes et terriennes.

— Au moins, nous n'avons pas perdu, dit-il tout haut, en arrêtant la simulation.

Il était de son devoir d'examiner toutes les possibilités, même s'il ne devait jamais y avoir recours. Peu importait ce que les diplomates et les hommes politiques pouvaient dire, Lanyan était convaincu que l'Empire ildiran deviendrait un jour le plus grand adversaire de l'humanité.

Après tout, aucun explorateur humain n'avait jamais eu à affronter d'autre menace.

34

Ross Tamblyn

Ross Tamblyn trouvait la station du Ciel Bleu trop tranquille pour dormir, alors qu'elle écumait les nuages de la face nocturne de Golgen. Il arpentait les ponts, surveillant tous les systèmes d'un œil paternel. Il y avait investi toute sa vie, sa réputation, et l'héritage qu'il avait reçu de son père avant que ce dernier le renie.

Avant de sortir dans le vent cinglant, Ross s'habilla de vêtements chauds. Il enroula une écharpe aux couleurs du clan autour de son cou, et passa un blouson à poches multiples. Une fois qu'il eut tiré sa capuche sur ses cheveux bruns mal coupés et ajusté ses gants isolants, il s'avança au-dehors afin d'inspirer l'air frais, un millier de kilomètres au-dessus de la surface invisible de la géante gazeuse.

Il franchit de nouveau la porte coupe-vent de son observatoire personnel. Il aimait passer un peu de temps à contempler l'océan laiteux de cumulonimbus et de voiles de cirrus, et sentir le vent âpre sur son visage.

La plupart des colombes blanches s'étaient installées sur leur perchoir pour la nuit. Elles émettaient des roucoulements évoquant des bulles d'air sous l'eau. Quelques oiseaux familiers volaient, ailes étendues, en longues trajectoires régulières, comme ils chevauchaient les vents d'altitude. L'instinct les poussait à chercher des insectes, mais ils ne trouveraient sur ce monde sans vie rien d'autre que ce que Ross Tamblyn leur apportait.

La nuit fraîche était souillée de vapeurs sulfureuses, de produits chimiques et de gaz vomis par les formations atmosphériques internes. Ross agrippa le garde-fou de ses gants, sentit le vent agiter ses cheveux et faire claquer sa capuche. L'air en dessous bâillait sur des couches nuageuses ne figurant sur aucune carte. En plongeant vers le centre, l'air s'épaississait et se réchauffait jusqu'au noyau métallique superdense, où rien ne pouvait survivre.

Comme il scrutait les bancs de nuages argentés, Ross remarqua des orages électriques dissimulés sous les strates multicolores. La perturbation était très éloignée des sondes atmosphériques qui se balançaient tels des tentacules sous le ventre de la station d'écopage. Il ne pouvait entendre le tonnerre dans la vastitude du ciel de Golgen, seulement les roucoulements des colombes.

Pendant qu'il regardait, les orages électriques semblèrent remonter : la turbulence approchait du niveau atmosphérique habitable. Les oiseaux blancs remuèrent sur leur perchoir, comme s'ils percevaient une menace. C'était une nuit agitée.

Mais Ross n'aurait voulu pour rien au monde se trouver ailleurs. La station du Ciel Bleu constituait son foyer et son rêve.

À vingt-sept ans, peu de temps après s'être engagé dans cette entreprise, Ross manifestait un caractère hardi et impertinent – et pourquoi pas, puisqu'il tentait de réaliser quelque chose d'impossible ? Avec un sourire, il se souvint du jour où il avait abordé Cesca Peroni, une femme qu'il admirait depuis longtemps mais qu'il ne connaissait pas très bien. Il l'avait rencontrée dans un tunnel désert de l'amas d'astéroïdes de Rendez-Vous. Désireux de saisir sa chance et prêt à accepter l'échec, il avait marché droit sur elle et l'avait demandée en mariage.

Sourcils levés, Cesca avait jaugé le jeune homme large d'épaules, fils exclu d'un clan puissant déterminé à réussir par lui-même. Quand elle avait souri à Ross, son cœur avait fondu et il avait su qu'il avait fait le bon choix.

Ross l'avait impressionnée, mais elle hésitait. Formée par l'Oratrice Jhy Okiah, la jeune femme avait suffisamment de bon sens politique pour savoir que Ross pouvait représenter des « ennuis ». Elle avait effleuré sa lèvre inférieure du bout du doigt.

« J'admets que la station du Ciel Bleu est une opportunité commerciale qui a des chances de réussir. Mais si tu échoues et que je suis déjà fiancée avec toi, j'aurai gaspillé ma seule chance de nouer une alliance favorable par le mariage. »

Ross n'aurait su dire si elle le taquinait.

« Je comprends ta prudence à mon égard, Cesca, avait-il répondu. J'ai déjà été banni par mon père, mais je jure que je ferai mon chemin tout seul. Je peux rembourser l'usine de Golgen. Mon rêve est de devenir indépendant et puissant, et je sais exactement comment faire. »

Elle avait haussé les épaules.

« Que dirait ma famille ? Les Peroni sont eux-mêmes un clan puissant. Et comme je suis sa seule fille, mon père nourrit de grandes espérances à mon sujet. »

Ross avait claqué des mains.

« Et il fait bien. Manifestement, on te forme pour devenir la prochaine Oratrice. N'est-ce pas déjà suffisant pour satisfaire sa fierté ? »

Il était heureux de pouvoir s'exprimer avec franchise, mais il n'avait pu déterminer si elle jouait avec lui, ou si elle réfléchissait sérieusement à sa proposition. Tous deux éprouvaient de l'affection l'un pour l'autre, mais leur décision se baserait sur une analyse raisonnable des conséquences, plutôt que sur une impulsion romantique et frivole. Un authentique mariage de Vagabonds.

Cesca avait croisé ses bras gracieux sur sa poitrine, et essayé de se composer un masque de froideur sur ce qui semblait être un sourire amusé :

« Je peux te proposer ceci, Ross Tamblyn. J'accepterai de t'épouser si tu es capable de rembourser la station du Ciel Bleu et d'être bénéficiaire. »

Il avait éclaté de rire.

« Facile à faire… bien que cela prenne sans doute quelques années. Es-tu disposée à attendre ? Donne-moi quatre ans.

— Je ne suis pas pressée. Va pour quatre ans. Je pense pouvoir rester célibataire dans l'intervalle. »

Ainsi, depuis les trois dernières années, Ross avait entretenu sa station du Ciel Bleu, sans jamais en partir, sans jamais perdre espoir, sans chercher à se réconcilier avec son vieux père. Il avait travaillé avec zèle dans les nuages de Golgen, qui s'avéraient une source particulièrement abondante en carburant de moteur interstellaire.

Aujourd'hui, à trente ans, il était en bonne voie de rembourser la gigantesque installation industrielle. Il s'agissait pour lui d'une question d'honneur, et cela lui permettrait de faire ses preuves vis-à-vis de son père. Cette année, il atteindrait enfin son but. La date du mariage était déjà fixée.

L'immense station d'écopage frissonna dans la bourrasque de vent froid. Les colombes blanches battirent des ailes sur leur perchoir, et quatre d'entre elles prirent leur envol. Par-dessus la rambarde du pont, Ross regarda la grappe de boules de feu des orages pareille à une mer électrique en ébullition, qui continuait d'approcher.

L'intercom fit sursauter Ross, comme le capitaine de garde venait de le localiser.

— Turbulence majeure en dessous, chef. C'est important, différent de tout ce qu'on a rencontré jusqu'à présent.

Le capitaine avait passé sa vie entière sur les stations d'écopage des Vagabonds ; Ross pensait qu'il avait déjà vu tous les phénomènes atmosphériques possibles et imaginables. Il haussa la voix tandis que le vent grossissait, sifflant autour de sa capuche.

— Tu crois que l'on devrait bouger la station ?

Le capitaine répondit sur-le-champ :

— La perturbation se déplace trop vite, Ross. Même si on essayait, on ne pourrait pas manœuvrer autour d'elle.

Alors, les épais nuages éclatèrent comme une bulle, et Ross plissa les yeux pour voir. Et pour croire. Une silhouette de cristal émergeait, terrifiante, des profondeurs silencieuses, un globe de diamant chatoyant qui s'élevait… qui devenait plus grand.

— *Merdre !* Est-ce que tu vois…

Le combiné crachota un bruit blanc, comme si la transmission intercom avait été coupée.

Ross comprit enfin avec stupéfaction ce qu'il voyait. *Un vaisseau.*

Le navire étranger était une sphère gigantesque flanquée de saillies triangulaires, qui évoquait des pyramides fondues l'une dans l'autre, à moitié prises dans une bulle de verre. Des éclairs bleus crépitaient à chaque extrémité des pyramides ; ils formaient une toile d'araignée électrique, des arcs sautant d'une pointe à une autre. Une sorte d'arme, une structure étrange venue des couches les plus profondes du monde gazeux. Ross était incapable d'imaginer quelle sorte d'esprit avait pu construire cela – ni dans quel but.

Lâchant la rambarde, il tituba en arrière.

— Remonte-nous ! hurla-t-il, ignorant cependant si le capitaine de garde pouvait l'entendre. Il me faut encore un kilomètre – foutre, plutôt dix !

Le vaisseau étranger continuait d'émerger, silencieux et menaçant. En comparaison, la station d'écopage avait l'air d'un moucheron.

Ross eut la soudaine vision d'un monstre marin remontant pour dévorer un voilier, sur la vieille Terre. Son esprit ne parvenait même pas à appréhender la courbure de la coque de diamant qui reflétait les éclairs griffus.

— Par le Guide !

Il avait entendu d'anciennes légendes de Vagabonds, au sujet de mystérieuses manifestations apparues sur des planètes gazeuses ; d'un survivant de l'ancien désastre de Daym, devenu fou – mais personne n'avait jamais sérieusement envisagé que des habitants du noyau puissent exister pour de bon.

Toutes les colombes s'étaient dispersées, s'éloignant à tire d'ailes de la station d'écopage. La sphère cristalline s'élevait dans les airs, grossissant de plus en plus.

— Qu'est-ce que vous êtes ? Que voulez-vous ?

Ses mots ne pourraient jamais franchir la tempête et le vent, pas plus qu'ils ne seraient compris par les êtres supposés habiter l'étrange vaisseau. Il cria aussi fort qu'il le pouvait :

— Nous ne vous voulons aucun mal !

Alors qu'il surgissait au-dessus de la station d'écopage, l'énorme engin envoya des pulsations à basse fréquence dans les airs, tels les signaux sourds que les baleines émettent dans les profondeurs océaniques de la Terre. Les vibrations ébranlèrent Ross, martelant sa peau et faisant vibrer son crâne.

Le capitaine de garde avait déjà déclenché les alarmes, obligeant les ouvriers à sortir de leurs cabines de repos. Mais la station d'écopage ne disposait d'aucune arme, d'aucune défense. Les éclairs d'énergie sinueux atteignirent une intensité aveuglante, fusant entre les arêtes acérées, puis bondirent. Ross hurla, couvrant ses yeux.

Les lances électriques déchirèrent le complexe d'usines, tranchant net les réacteurs d'ekti, hachant les réservoirs de stockage, faisant exploser les becs d'échappement. Une nouvelle explosion secoua les ponts.

La station du Ciel Bleu fit une embardée, s'inclina… puis commença à sombrer.

À découvert sur le pont, Ross parvenait à peine à s'accrocher. Les colombes s'éloignèrent dans le ciel en poussant des cris aigus. Lorsque la station aurait disparu, elles ne trouveraient aucun endroit où atterrir. Elles voleraient, sans nourriture ni repos, jusqu'à mourir d'épuisement.

Un second tir des pointes du globe extraterrestre brisa la colonne vertébrale du Ciel Bleu. Ses éléments se défirent, et des débris enflammés chutèrent tels des météores dans le ciel sans fond.

Ross perçut les cris de son équipage, et son cœur faillit éclater d'impuissance. Il ne pouvait même pas répondre à l'étrange message de l'extraterrestre inconnu. Une autre déflagration le projeta de la plate-forme d'observation dans les airs, avec le reste des débris.

Au-dessus, le vaisseau destructeur contemplait son œuvre, sans envoyer d'autre signal.

Ross dégringola, les bras déployés, ses vêtements claquant autour de lui. Il regarda avec une incrédulité horrifiée la ruine totale de tout ce à quoi il tenait… jusqu'à ce que les épais nuages l'engloutissent.

Il lui restait encore plus de mille cinq cents kilomètres à parcourir en chute libre.

35

Estarra

Au plus profond de la paisible forêt-monde, le temps était venu pour la vermitière d'éclore. Exubérante, Estarra entraîna son frère Beneto à travers la forêt. Ils se hâtèrent dans l'aube qui se levait en direction du taillis compact, loin du récif de fongus.

Sous les feuillages entrelacés de la canopée, la jungle s'éveillait autour d'eux. Beneto gardait les bras déployés pour effleurer du bout des doigts les troncs cuirassés, de sorte qu'il maintenait le lien qui l'unissait à l'ensemble de la forêt.

— C'est juste au-dessus de nous, dit-elle. Tu n'as jamais vu une vermitière aussi grande !

Beneto lui sourit. Ses yeux étaient mi-clos, mais il marchait sans un seul faux pas, sans s'écorcher aux broussailles.

— Tu as tout à fait raison, sœurette – les arbres m'ont révélé qu'elle va éclore dans moins d'une heure.

Elle partit en avant. Benito la suivit sans paraître allonger le pas ni verser une goutte de sueur.

Du meilleur point de vue qu'elle ait pu trouver, Estarra leva les yeux afin de contempler la construction parcheminée. Beneto s'appuya contre un arbremonde de façon à voir de ses propres yeux aussi bien que par tous les sens de la forêt. De petits insectes évoquant des papillons tournoyèrent dans les airs. Estarra les balaya en agitant les mains, mais aucun d'eux n'ennuya Beneto.

Suspendue au tronc de l'arbremonde, la vermitière grisâtre pulsait tel le cœur mis à nu d'un monstrueux organisme. La période de maturation était achevée, et les nymphes prêtes à entrer dans la phase suivante de leur existence.

Estarra perçut un bruit sec de mastication et sut que les vers géants se contorsionnaient dans le dédale du nid, à la recherche d'une sortie après avoir digéré le corps de leur reine désormais inutile.

— Beneto, puisque les vers sont des parasites nuisibles, est-ce que les arbres les haïssent ?

Avec un sourire calme, son frère reposa la feuille qu'il tenait contre le tronc squameux. Il posa la question à l'esprit complexe de la forêt, bien qu'il connaisse déjà la réponse.

— Les arbres disent que non, petite sœur. Les essaims de vers font partie de l'ordre naturel des choses. Ces parasites ne sont pas plus malveillants que la plupart des êtres vivants. Et ils sont utiles, à leur manière.

— Tu veux dire, en laissant leur abri vide pour que nous puissions y vivre ?

Les parois fripées se bosselèrent de l'intérieur, indiquant que les ombres tubulaires des vers se préparaient à s'échapper.

— Plus que ça, répondit Beneto. Tu vas voir dans un instant. (Il laissa courir son doigt sur l'écorce, conservant le télien.) Ah, maintenant. C'est l'heure !

Une paroi de la vermitière se fendit, et une bouche couronnée de dents explora l'extérieur. D'autres têtes se dégagèrent, se tordant comme un nid de serpents dérangé. L'essaim de vers sortit en masse, leurs corps segmentés protégés par d'épaisses plaques mauves. Sautant telles des anguilles hors de l'eau, ils plongèrent tête la première vers le sol, fouissant le terreau comme des charognards de la chair avariée.

Cette frénésie stupéfia Estarra. Beneto la retint en arrière d'une main.

— Pas trop près. À ce stade, ils sont voraces, et considèrent tout ce qui se trouve sur leur chemin comme de la nourriture.

Estarra n'avait pas besoin d'un second avertissement, mais l'infestation l'émerveilla.

— Alors, qu'est-ce qui arrive aux vers une fois sous terre ?

Beneto sourit.

— Les arbres les surveillent, comme ils surveillent tout. C'est une partie du cycle. À présent, ils vont creuser profondément, en aérant la terre. Ils formeront des colonies souterraines, jusqu'à ce que les vers adultes émergent de nouveau, rampent le long des arbres et construisent de nouvelles vermitières.

Bientôt, tous les vers auraient disparu, laissant la vermitière abandonnée en haut de l'arbre, telle une ruine délabrée. Les parois parcheminées avaient été éventrées, mais les galeries internes demeuraient intactes.

— C'est maintenant qu'il va falloir travailler dur, dit Estarra, sans paraître déçue pour autant.

Les salles devraient être nettoyées, des murs porteurs consolidés, de nouvelles fenêtres découpées, et des portes installées dans des endroits plus pratiques. Mais la vermitière offrait une charpente toute prête pour un nouveau village theronien, dans lequel la colonie surpeuplée du récif de fongus pourrait s'étendre. On célébrerait Estarra pour avoir trouvé cet ensemble d'habitations. Cela constituait une prouesse.

Beneto reçut un message de l'arbre le plus proche, et sourit à sa petite sœur.

— On doit se dépêcher de revenir, pour voir Mère et Père. Il faudra être là-bas quand la navette atterrira.

— Quelle navette ? interrogea Estarra.

Beneto sourit de plus belle.

— Reynald vient juste d'arriver.

Accompagnée par les membres de sa famille, Estarra se pressa d'aller accueillir son frère aîné, dès qu'il fut descendu de son vaisseau, dans la clairière. Au cours des mois qu'avait duré son périple,

Reynald avait changé. Ses yeux étaient remplis de merveilles, et reflétaient une plus grande sagesse. Il avait visité de nombreux lieux exotiques, avait assisté à des événements extraordinaires et appris beaucoup sur de multiples sujets. La foule de gens venus l'embrasser le submergea.

Sarein avait plein de questions à lui poser, mais la petite Celli s'imposa en jacassant sans interruption, comme si son frère était concerné par chacune des choses qu'elle avait faites pendant son absence. Reynald lui promit une longue discussion plus tard. Il accepta de bonne grâce le harcèlement dont il était l'objet, souriant et commentant des points précis, tandis que son attention était dirigée sur Père Idriss et Mère Alexa. Leur visage était rempli d'amour – et de soulagement.

— Te sens-tu prêt à devenir un chef, mon fils ? demanda Idriss, souriant à travers sa barbe noire.

Le jeune homme eut un sourire modeste :

— Il m'est arrivé beaucoup d'aventures, c'est vrai, mais j'ai l'impression d'en savoir moins que jamais.

Alexa l'embrassa sur la joue.

— Alors, mon cher Reynald, tu es effectivement prêt à devenir chef.

Cette nuit-là, Père Idriss les convia à un banquet familial, insistant sur le fait que Reynald aurait l'occasion plus tard de parler aux délégués. Alexa, Idriss et tous leurs enfants désiraient d'abord l'entendre raconter ses histoires. Cela diminua le retentissement de l'annonce d'Estarra au sujet de la vermitière. Beneto l'apaisa, sachant qu'ils pourraient faire une déclaration plus tard.

Des steaks de larves, du pain au levain beurré de tartinoix, puis un délicat dessert aux fendes confites – les baies préférées de Reynald – se succédèrent. Ce dernier raconta son voyage, et tous écoutèrent. Sarein fit de son mieux pour garder Celli silencieuse et attentive, bien que la fillette ait posé bien trop de questions.

Les yeux de Reynald brillaient tandis qu'il leur relatait les nouvelles.

— Le plus beau, c'est que je me suis très bien entendu avec Jora'h, le Premier Attitré ildiran. (Il se retourna en souriant vers son frère Beneto.) Il m'a demandé si nous pouvions envoyer deux prêtres Verts à Mijistra. Oh, c'est un lieu merveilleux !

— Et que feront ces prêtres Verts là-bas ? s'enquit Beneto, intrigué.

Reynald sourit, devinant quel bruit cette nouvelle allait faire chez les prêtres Verts.

— Ils auront accès à *La Saga des Sept Soleils.* L'épopée ildirane au complet, non les versions fragmentaires éditées que les étudiants terriens sont autorisés à lire. Hormis leur vénération pour le Mage Imperator, cette minutieuse histoire orale semble être ce qui se rapproche le plus d'une religion chez les Ildirans. Ils croient qu'ils font tous partie d'un projet grandiose, un récit cosmique qui se déroule jusqu'à sa fin, comme une intrigue concoctée par un public omniscient. (Il se pencha vers son frère.) Jora'h vous laissera étudier leur poème d'un milliard de lignes, c'est-à-dire toute l'histoire et les légendes de l'Empire ildiran. Il est dit qu'aucun humain ne peut lire le texte dans son entier, même s'il consacre sa vie à son étude.

Beneto semblait ébloui. Il savait combien la forêt-monde apprécierait cet apport de connaissances. La perspective d'une merveilleuse histoire lui fit espérer qu'il pourrait atténuer le récent malaise des arbres.

— Ce sera l'occasion d'une grande réjouissance pour la forêt-monde. Ce n'est pas tous les jours que les arbres ont accès à une source d'informations aussi riche.

À travers les salles du récif de fongus, Estarra scruta la verdure ombragée de la jungle, comme si elle s'attendait à voir les arbremondes danser de joie. Cependant, même en l'absence d'un tel miracle, l'enchantement qui se lisait sur le visage de Beneto était une récompense suffisante.

— Comment étaient les Vagabonds ? interrogea Sarein avec aigreur. Ils ont probablement tenté de t'impliquer dans un quelconque mariage.

Reynald sourit à sa sœur.

— Ne sous-estime pas les Vagabonds, Sarein. En fait, cela pourrait avoir été notre plus grave erreur. Ils semblent prêts à tisser davantage de liens avec nous. Une de leurs dirigeantes, Cesca Peroni, est tout à fait captivante.

— Ils veulent nos prêtres Verts, je parie, dit Sarein.

— En fait, ils ont refusé mon offre. (La surprise de sa sœur l'amusa.) Les Vagabonds préfèrent garder leurs secrets et ne veulent réellement aucun prêtre Vert chez eux.

— Voilà qui change de ce que nous avons l'habitude d'entendre, dit Idriss à voix basse.

— J'ai suggéré que l'on pourrait organiser des livraisons d'ekti directement sur Theroc, sans passer par les intermédiaires agréés de la Hanse. Pensez au coût que l'on épargnerait.

— Et toi, pense à quel point la Hanse serait mécontente, rétorqua Sarein, alarmée. Voulons-nous nous attirer autant de problèmes, étant donné nos faibles besoins en ekti, de toute façon ?

— Néanmoins, intervint Mère Alexa, piochant une rondelle de pairepoire sur un plateau, chaque mesure favorisant notre indépendance nous profitera, à long terme.

36

Raymond Aguerra

Lorsque les effets écœurants de l'étourdisseur s'estompèrent, la douleur martelant le crâne de Raymond masqua le fait qu'il se trouvait étendu sur un lit chaud et confortable. Il reprit peu à peu conscience, avec la sensation de flotter. Son corps, entouré de draps lisses, reposait sur un confortable matelas bourré de gélatine. Il remua les doigts, serra les cuisses.

Raymond ouvrit les yeux, et le flot de lumière vrilla son crâne de clous de souffrance. Il poussa un gémissement du plus profond de sa gorge, mais tout ce en qui sortit fut un faible son. La dernière chose qu'il se rappelait était cet homme blond qui le menaçait de son étourdisseur, pendant que ses acolytes le jetaient dans un véhicule anonyme. *Pour l'enlever !*

Raymond s'assit et s'efforça d'endiguer un haut-le-cœur. Quelqu'un l'avait amené ici. S'agissait-il d'une bande de pervers qui enlevait des jeunes hommes au hasard – ou en avaient-ils après *lui* en particulier ? Pourquoi quelqu'un s'intéresserait-il à un pauvre garçon sans avenir et à une famille qui peinait à joindre les deux bouts ?

Sa famille ! À présent, il se souvenait des décombres en flammes de son immeuble, des barricades et des escadrons de sécurité, des sapeurs-pompiers et de leurs hélicoptères larguant de la mousse extinctrice sur les ruines fumantes.

Il n'y a plus rien à l'intérieur, sauf des cendres et des appareils dentaires.

Lorsque le martèlement sur ses terminaisons nerveuses se fut quelque peu apaisé, Raymond ouvrit de nouveau les yeux et regarda autour de lui. Il reposait dans une petite chambre sans fenêtre. De superbes tapisseries pendaient des murs. Dans les coins de la pièce se trouvaient des vases délicats sur des piédestaux. Un bassin où s'écoulait un filet d'eau égrenait une douce musique.

Il avait besoin de savoir ce qu'il était advenu de sa mère et de ses frères !

Il sentit des parfums légers, et remarqua plusieurs grosses chandelles – de *vraies* chandelles – placées dans des renfoncements. Le lit menaçait de l'engloutir, aussi Raymond entreprit-il de s'en extraire. La lumière mate semblait provenir de partout, comme si elle émanait de la texture même des murs. Raymond ne parvenait pas à comprendre où il se trouvait.

Une porte donnant sur un corridor s'ouvrit. Dans l'embrasure se tenait un homme mince et affable, aux cheveux d'acier rutilant. Ses yeux gris mobiles et sa peau lisse défiaient n'importe quelle estimation de son âge. Un Précepteur l'accompagnait, un comper ancien modèle reconnaissable à sa cuirasse terne.

L'homme étudia Raymond avec un sourire calculateur, mais le comper s'exprima en premier :

— Mon estimation de la durée de la décharge étourdissante était correcte à dix minutes près, Président Wenceslas.

— Excellent, OX, compte tenu qu'il t'a fallu deviner beaucoup de paramètres déterminants.

Reconnaissant le nom de l'homme, Raymond serra les lèvres pour s'empêcher de se répandre en réclamations indignées. De telles protestations le feraient paraître stupide et sans défense, et ces gens lui raconteraient ce qu'ils voudraient, quand ils le voudraient, de toute façon. Il patienta avec méfiance et croisa le regard attentif du Président.

Celui-ci adressa à Raymond un sourire pincé.

— Très bien, Peter. Tu fais déjà preuve de retenue, même sans entraînement. (Il se tourna vers le comper.) OX, tu vas avoir un excellent élève.

Raymond avait la tête qui continuait de battre.

— Qui est Peter ? Mon nom est Raymond Aguerra. J'habite…

Wenceslas leva une main parfaitement manucurée.

— *Peter* est le nom que nous t'avons choisi. Il est préférable que tu en prennes l'habitude dès maintenant.

Le vieux Précepteur s'avança à pas lourds mais précis.

— Je sais, Peter, que les séquelles d'un tir d'étourdisseur sont physiquement désagréables. J'ai là une seringue contenant un analgésique, ou, si tu préfères, un sirop doux contenant le même produit. Je ne veux pas que ton malaise te distraie des affaires importantes que le Président Wenceslas souhaite discuter avec toi.

Raymond recula à l'idée que ces gens lui administrent une drogue. Il ignorait toujours la raison pour laquelle on l'avait amené ici, et pourquoi il les intéressait. Mais il refoula une fois encore ses protestations, considérant sa situation dans son ensemble. Pendant qu'il gisait sans défense dans cette chambre, assommé, ils auraient pu l'empoisonner ou le droguer à n'importe quel moment. Pourquoi attendre son réveil si c'était pour lui administrer de nouvelles drogues ?

À quoi servirait-il de vouloir rester dans cet état misérable ? Après un silence prudent, il demanda :

— Quel produit agit le plus vite ? Je dois me débarrasser de cette migraine.

OX vint au bord du lit.

— L'injection devrait agir presque immédiatement. Je vais faire en sorte qu'elle soit aussi indolore que possible.

Le petit comper tendit la main. Avant que Raymond ait eu le temps d'abaisser le regard, une minuscule aiguille surgit de l'extrémité d'un doigt pour s'enfoncer dans son bras. Le garçon fut plus surpris que blessé. Il frotta son bras mais ne sentit aucune brûlure résiduelle. Ainsi que le comper l'avait promis, la douleur reflua quelques secondes plus tard.

— Mon nom est Raymond, répéta-t-il en prenant une longue inspiration. Pourquoi m'avez-vous amené ici ? Que voulez-vous ?

Wenceslas vint s'asseoir à l'extrémité du lit, croisant les mains sur ses genoux en une posture empreinte d'un curieux paternalisme.

— Nous voulons que tu atteignes ton plein potentiel, jeune homme. Nous te réservons un avenir formidable, avec des privilèges dont tu n'as jamais rêvé. Cela assurera également l'avenir de la Ligue Hanséatique.

Raymond se détourna, heureux de sentir les douleurs et les spasmes musculaires s'atténuer.

— Je n'ai aucune idée de ce dont vous parlez. Avez-vous des nouvelles de ma mère et de mes frères ? J'ai vu l'incendie…

— Il n'y a aucun survivant, jeune homme. Le complexe d'habitations a été totalement détruit.

OX déclara :

— Permets-moi de t'offrir mes sincères condoléances, jeune Peter.

— Mon nom est Raymond !

— Ton nom est Peter, fit Basil. À présent, écoute mes explications, s'il te plaît. La première chose que tu dois accepter est que tu n'es plus celui que tu as été.

OX marcha jusqu'à un bureau dans un coin de la pièce, et revint avec un miroir orné d'un cadre doré. D'une main ferme, il tint la surface réfléchissante en face de Raymond, afin que celui-ci puisse scruter sa nouvelle apparence. Ce fut un choc. Il était à présent complètement *blond* : d'un jaune paille de la pointe de ses cheveux jusqu'aux racines. Ses sourcils aussi avaient une teinte différente, au-dessus d'yeux d'un bleu tirant sur le vert, au lieu du brun foncé qu'ils avaient à sa naissance. Raymond n'aperçut aucun signe de verres de contact ou d'implants. On les avait *modifiés*, et il aurait parié que ses cheveux comme ses yeux n'avaient pas été teints, mais altérés génétiquement.

Il était à court de mots.

— La ressemblance avec le roi Frederick est assez remarquable, tu ne trouves pas ? demanda Wenceslas.

En fait, Raymond n'avait jamais vu les traits du visage du roi autrement que sur les portraits stylisés ornant des posters, des affiches, et quelques anciens billets de banque. OX retira le miroir et retourna s'affairer près du bureau. Raymond parcourut la pièce des yeux pour éviter de croiser le regard du Président ou du comper. Il remarqua deux silhouettes dont les ombres se découpaient derrière la porte. Des gardes, probablement. Sa chambre comprenait un fauteuil rembourré, un plateau chargé de tartelettes d'aspect succulent, et une carafe de jus de fruits. Son estomac gargouilla.

Wenceslas fit un signe à OX. Le Précepteur apporta les rafraîchissements.

— Tu as été amené dans une chambre secrète sous le Palais des Murmures, dit le Président. Bientôt, tu auras accès à tout ce qu'il t'est possible de désirer. OX t'aidera à apprendre l'Histoire, la philosophie, la politique, ainsi que les subtilités du protocole et tes responsabilités.

Raymond sirota un jus de fruit acidulé, puis goba une gaufrette imbibée de miel, sans doute la meilleure pâtisserie qu'il ait jamais mangée.

— Quelles responsabilités ?

— Prince Peter, vous êtes le fils et l'héritier du roi Frederick. Évidemment, le public remarquera votre air de famille. Lorsque vous serez prêt, nous vous mettrons sous les feux de l'actualité. La populace vous acceptera.

Raymond faillit renverser le restant de jus de fruit sur le couvre-lit.

— Prince ? Par la pluie cramoisie, je ne suis pas prince ! Je n'ai même jamais rencontré le roi Frederick ! Je...

Wenceslas sourit bizarrement, comme s'il se rendait compte qu'il venait de passer au vouvoiement.

— Ici, nous fabriquons notre propre vérité, jeune Peter. Ne vous inquiétez pas.

— Mais qu'est-ce qui est arrivé à la vraie famille royale ? Je n'avais jamais entendu parler d'un prince Peter jusqu'à présent.

Le Président croisa les mains, ses doigts s'emboîtant parfaitement.

— Parce qu'il n'existait pas avant cette minute. Nous avons toujours maintenu la famille royale à l'écart du public, afin de nous laisser libres d'agir comme bon nous semble, pour le bien de la Hanse. Nous avons une grande capacité d'adaptation. (Il se versa lui-même un verre de jus de fruit.) L'épouse du roi Frederick est morte il y a vingt ans. Au cours des ans, il a eu de nombreuses concubines et quelques bâtards, mais aucun d'entre eux ne possédait les aptitudes dont nous avons besoin. Et certainement, aucune des véritables qualités qu'un gouvernant se doit d'avoir.

Raymond regarda le Président, son incrédulité augmentant à mesure qu'il prenait conscience de ce dont il était question.

— Vous voulez que *moi,* je remplace le roi ?

— Après avoir été convenablement formé, précisa OX.

— Nous vous avons sélectionné parmi des centaines de candidats, Peter. La Hanse est convaincue que vous êtes quelqu'un que le public pourra acclamer et aimer.

— Mais ce n'est... ce n'est pas bien ! insista Raymond.

Wenceslas le regarda calmement.

— C'est exactement ainsi que le roi Frederick est monté sur le trône il y a de nombreuses années, et le roi Bartholomé avant lui, et le roi Jack avant lui.

Raymond chancela, mais le Président continua :

— Nous vous avons observé pendant des années, et choisi parmi de nombreux concurrents. Pour être franc, jeune homme, nous croyons que vous êtes notre meilleur espoir. (Son expression s'attrista.) Malheureusement, le terrible incendie qui a détruit votre foyer nous a forcés à agir. Nous aurions préféré une présentation plus agréable et régulière.

Raymond avait du mal à accepter un changement aussi radical de sa conception du monde.

— Mais… que va-t-il arriver au roi Frederick ?

— Après une passation de pouvoir rondement menée, on altérera ses traits et on l'enverra sur Relleker où il passera une confortable retraite. Le roi Frederick a fort bien accompli son devoir pendant près de la moitié d'un siècle, mais son esprit n'est plus aussi vif que jadis. Pour être franc, je crains qu'il n'ait plus le cœur à sa fonction. Nous avons besoin de quelqu'un de dynamique, capable de fédérer les énergies de toute la Hanse.

Raymond fixa le masque de métal du comper.

— Je ne peux pas y croire. Quelqu'un l'apprendra. Vous serez démasqué.

Basil Wenceslas sourit.

— Qui pourrait jamais le savoir ? Pardonnez-moi, jeune homme, mais Raymond Aguerra était un rien du tout. Avec vos traits modifiés, qui pourrait même songer à établir un lien ? Après le terrible incendie de votre appartement, tous croiront que vous avez péri, exactement comme les autres infortunées victimes.

Raymond cligna des yeux afin de refouler ses larmes. Il frissonna, tandis que la douleur dans son cœur commençait à se muer en hébétude. Sa mère aurait dit que cette soudaine opportunité (et, oui, il cherchait toujours des opportunités) était sa récompense face à tant de tristesse. Elle lui aurait probablement lu une brochure de l'Unisson remplie de ce genre de platitudes. Il aurait donné n'importe quoi pour faire revenir sa famille, mais il ne pouvait rejeter cette chance. Jamais, dans toute sa vie, une occasion aussi extraordinaire ne s'était présentée à lui.

Le Président découvrit des dents éblouissantes en un sourire charmeur.

— Considérez cela comme un moyen de tirer quelque chose de bon de cette tragédie. Nous avons réécrit le passé ; nous avons besoin de vous, jeune Peter, pour nous aider à écrire le futur.

37

Jess Tamblyn

En revenant sur les terres de son clan, sous l'enveloppe de glace de Plumas, Jess Tamblyn retrouva son père, plus rude et grincheux que jamais. Cela lui donna plus de raisons que jamais de trouver une excuse, n'importe laquelle, pour repartir sur Rendez-Vous aussi vite que possible. Il n'avait pas encore pu voir Cesca.

Les yeux noirs et avides de Bram Tamblyn brillaient, tandis que Jess parlait des activités de Ross sur Golgen. Après un moment, le vieux chef de clan leva sa main calleuse.

— Assez. On ne va pas perdre de temps à bavarder au sujet de quelqu'un qui ne fait plus partie de notre famille.

Ce manège durait depuis des années, et Jess doutait que cela change un jour.

Vivre près de son père était étouffant. En moins d'une semaine, Jess s'était inventé des devoirs urgents qui réclamaient son retour sur Rendez-Vous. Sa petite sœur Tasia le supplia de l'accompagner, et Jess la prit en pitié.

— Tout ira bien, papa, dit-il. Qui sait, cette fois-ci on pourrait peut-être localiser le *Burton*.

Bram renifla.

— Notre clan gagne suffisamment d'argent grâce à l'eau congelée. Il n'est pas nécessaire que tu te dérobes à tes devoirs pour poursuivre un mythe.

— Je ne me déroberais jamais à mes devoirs, papa – tu le sais bien. Mais le *Burton* existe. Il est toujours là, quelque part.

Le vaste et lent vaisseau était le seul des onze vaisseaux-générations à ne jamais avoir été retrouvé.

— Même si tu le récupérais, ce ne serait plus aujourd'hui qu'une vieille épave sans valeur.

— Il vaut au moins une place dans l'Histoire, papa, dit Tasia, amusée.

Bram dissimula son sourire indulgent sous une expression revêche. Jess se hâta vers son vaisseau personnel en entraînant sa petite sœur. EA, le comper personnel de Tasia, leur emboîta le pas, mais la jeune fille le renvoya, en énumérant plusieurs tâches urgentes qu'il avait à faire.

Le temps qu'ils atteignent la surface crevassée de la lune, Jess et Tasia riaient déjà ensemble. Leur vaisseau s'éloigna des stations de pompage. Celles-ci transperçaient la calotte glaciaire de plusieurs kilomètres d'épaisseur, jusqu'à une profondeur suffisante pour que la pression hydrostatique comprime l'eau à l'état liquide et alimente la surface.

Assise derrière Jess, Tasia était impatiente de prendre les commandes du vaisseau spatial.

— Je peux piloter, dis ?

Il jaugea sa sœur du regard. À seize ans à peine, elle était pleine d'assurance, et se trouvait bien partout sauf sur Plumas. Elle possédait un petit bout de nez retroussé, des yeux bleus, et des cheveux bruns irréguliers qu'elle coupait elle-même dès qu'ils la gênaient en devenant trop longs. Sa vivacité d'esprit faisait d'elle une compagne de voyage charmante, doublée d'une adversaire redoutable si quiconque tentait de s'opposer à sa volonté.

— Le vaisseau supportera d'être maltraité de la sorte ? demanda-t-il.

— Moi, j'appelle ça de l'exercice.

— Plus tard. Pour le moment, tout ce qui m'intéresse, c'est sortir d'ici. Je te laisserai nous amarrer sur Rendez-Vous.

Tandis que Plumas diminuait derrière eux et que Jess fixait l'itinéraire, Tasia consulta son journal de bord.

— On va vraiment chercher le *Burton* ? Tu as déniché de nouveaux indices ?

— Non. C'était juste un prétexte pour que tu m'accompagnes, avant que papa ait trouvé un moyen de t'occuper ailleurs. (Il scruta le flot d'étoiles mouvantes.) Je ne pense pas que l'on découvre un jour le *Burton*, étant donné le temps, la distance et les dangers de l'espace. La perte d'un seul vaisseau-génération sur onze me paraît un pourcentage raisonnable, considérant leurs moyens techniques archaïques.

Tasia lui sourit bizarrement.

— Il y a probablement plus de chances de retrouver le *Burton* que de rétablir la paix entre papa et Ross.

Jess soupira.

— Néanmoins, il est de notre devoir de tout faire pour attendrir l'ancien. Ross va se marier avec Cesca dans environ un an. Nous pouvons nous servir de ce prétexte pour resserrer les liens de notre famille.

Habituée aux températures glaciaires, Tasia ajusta la climatisation du vaisseau parce qu'elle avait trop chaud.

— Papa changera d'avis, Jess. C'est un homme d'affaires trop avisé pour demeurer à couteaux tirés avec le mari de la nouvelle Oratrice.

— Tu as peut-être raison.

Jess lui laissa prendre les commandes pour aller préparer du thé-poivre, espérant éviter une discussion plus approfondie sur ce sujet. Chaque fois qu'il pensait au mariage à venir, il avait le cœur lourd, et craignait que son visage ne trahisse son amour pour Cesca Peroni.

Tasia était toujours ravie de voir les astéroïdes scintillants et les structures artificielles de Rendez-Vous, de même que Jess était heureux de lire la joie sur le visage de sa sœur.

Les représentants des clans arrivèrent pour les saluer, dans un ballet de capes épaisses et de pourpoints brodés de sceaux familiaux ainsi que de jolis motifs. Tenant déjà compte de ses propres perspectives de mariage, Tasia flirtait avec les jeunes hommes, bien qu'elle soit sans aucun doute plus difficile encore que son père en la matière.

Rendez-Vous était un lieu qui permettait aux Vagabonds de parler en toute liberté, de conclure des affaires, de laisser des messages aux clans disséminés, de dialoguer avec les cousins et les membres les plus éloignés de la famille. Les groupes claniques étant réduits, l'échange d'hommes et de femmes à marier se révélait vital pour conserver la force de leur culture et de leur sang.

Tasia s'éclipsa pour aller parler avec des amis de son âge. Adaptée à la faible gravité des astéroïdes, elle fila à travers le complexe de tunnels, en direction des serres sous dôme. Elle ne s'était pas donné la peine de récupérer sa combinaison spatiale dans le vaisseau de Jess : si elle voulait s'aventurer au-dehors, il lui suffirait d'en emprunter une. Elle pourrait toujours se débrouiller avec ce qu'il y avait.

Avec un mélange d'appréhension et d'impatience, Jess traversa un connectube transparent menant à l'astéroïde central. Là, il pourrait enfin rendre hommage à Cesca au nom de Ross.

La vénérable Jhy Okiah lui serra la main d'une poigne vigoureuse, puis jeta un coup d'œil désinvolte à sa protégée qui ne pouvait détacher son regard de lui. Embarrassée, l'Oratrice prétexta des affaires urgentes :

— Si vous voulez bien m'excuser, tous les deux, j'ai rendez-vous avec la mère de Rand Sorengaard. Son clan souhaite me faire des excuses officielles pour les actions de son fils.

Jess et Cesca se regardèrent en silence. Jess avait de la peine à dissimuler un sourire d'admiration pour elle. La peau olive et les cheveux noirs de Cesca l'attiraient comme un aimant. Sa bouche généreuse lui sourit.

— C'est bon de te revoir, Jess, dit-elle sur un ton un peu trop formel.

Jess se força à répondre en s'inclinant avec raideur, rejetant sa cape sur le côté.

— La dernière fois que je suis allé sur Golgen, mon frère m'a chargé de te transmettre ses salutations. Il a bon espoir que la station du Ciel Bleu devienne enfin rentable cette année.

Il ouvrit une ample poche sur sa veste brodée, et en extirpa un chapelet de billes métalliques noires : un collier de perleciels couleur ébène, que le jeune homme exposa à la lumière artificielle. Les yeux noirs de Cesca lui parurent plus beaux que le sombre éclat des pierres précieuses.

— Je ne pense pas avoir jamais vu de perleciels avant, fit Cesca. Et je n'en possède assurément aucune. Je ne sais que dire, hormis te prier de lui transmettre mes amitiés.

Les minuscules nodules sphériques se formaient dans les chambres des réacteurs d'ekti, à partir d'impuretés de l'atmosphère, concentrées au cours du traitement. Les perleciels se collaient aux parois des réacteurs et étaient récupérées lors des corvées de nettoyage. Ross les avait mises de côté pendant des années, une ou deux à la fois. Il offrait à sa fiancée une chaîne de vingt-cinq perleciels, d'une valeur fabuleuse.

Jess les fit tomber sur la paume douce de sa main, laissant ses doigts caresser les siens afin de pouvoir sentir son contact un bref instant. Un afflux de transpiration picota sa peau. Cette rencontre était un doux tourment.

Jess chercha quelque chose à dire afin de rompre le silence pesant, mais il n'osait prononcer à haute voix les mots qu'il mourait d'envie de dire. Cesca recula à une distance un peu trop grande ; ses lèvres s'écartèrent, comme pour murmurer quelque chose.

Venant des tunnels à basse gravité dans lesquels il se propulsait avec ses bottes et se tirait à l'aide de ses doigts puissants, un grand gaillard fit irruption dans les quartiers de l'Oratrice.

— Je dois voir Jhy Okiah sur-le-champ. (Il regarda autour de lui, surprenant les deux jeunes amoureux sans y attacher d'importance. Il reconnut soudain Jess.) Merdre ! Cela concerne le clan Tamblyn. Oh, j'ai de très mauvaises nouvelles. Où se trouve l'Oratrice ?

Jess reconnut Del Kellum, un chef de clan et administrateur d'un chantier spationaval caché dans l'anneau d'Osquivel. Parfois, Kellum pilotait des cargos, une belle occasion pour lui de se promener entre les colonies et les installations des Vagabonds. C'était un homme entre deux âges, robuste et sociable. Mais en cet instant, il semblait saisi d'effroi.

— Qu'y a-t-il ? l'interrogea Jess. Tu n'es pas censé avoir fait le dernier voyage depuis le Ciel Bleu ?

Cesca s'avança.

— Je suis la représentante de l'Oratrice. Tu peux me confier la nouvelle. Que s'est-il passé ?

— La station du Ciel Bleu a disparu ! s'exclama Kellum. Détruite ! J'étais parti pour Golgen lorsqu'on a reçu un appel au secours. Ils disaient qu'ils subissaient l'attaque d'une espèce de vaisseau spatial bizarre, qui remontait des profondeurs des nuages. Ils n'avaient jamais rien vu de semblable. (Il avala une goulée d'air pour reprendre son souffle.) Quand je suis arrivé là-bas, je n'ai trouvé que quelques débris flottants projetés en orbite haute, et un léger reliquat de polluants et de fumée dans les couches nuageuses que Ross voulait exploiter.

Malgré la faible gravité de Rendez-Vous, Jess s'effondra en arrière, incapable de conserver l'équilibre. Il tendit le bras, et Cesca le retint instinctivement.

— Et les capsules de sauvetage ? s'enquit Jess. Le pont d'envol ? Ross aurait dû pouvoir évacuer son personnel.

— Rien, répondit Kellum. Tout a disparu. Quelqu'un ou quelque chose a frappé sans avertissement et n'a pas laissé âme qui vive sur la station du Ciel Bleu.

38

Vao'sh le remémorant

La Saga de l'Empire ildiran continuait de se développer avec héroïsme, passion et poésie. En tant que remémorant de grade supérieur à la cour du Mage Imperator Cyroc'h, Vao'sh préservait les légendes et l'histoire de son peuple pour la prochaine génération d'auditeurs fascinés.

Il restait à l'écoute de tout drame survenu dans le Bras spiral. Bien que les temps de paix soient plus agréables à vivre, ils produisaient de médiocres récits. Jusqu'à présent, la scission de Crenna n'avait pas trouvé place au sein de *La Saga des Sept Soleils* sinon dans une note en bas de page, dans un but documentaire plutôt que dramatique. Il s'agissait seulement d'une jeune colonie, un lieu anodin dans lequel aucun grand héros n'avait vu le jour.

Suite à la peste aveuglante, la tragédie de Crenna pourrait cependant comprendre un certain nombre de strophes sombres. Le travail d'un remémorant consistait à s'assurer que cela ne serait jamais perdu.

Après avoir subi une longue quarantaine à bord des croiseurs lourds de l'adar Kori'nh, les survivants évacués avaient été accueillis à Mijistra, choqués et soulagés en même temps. Ils paraissaient en mauvais état, mais sous la lumière perpétuelle des sept soleils d'Ildira, ils percevaient par le biais du thisme la présence apaisante du divin Mage Imperator. Ici, ils pourraient se remettre… mais ils n'oublieraient jamais.

Vao'sh avait besoin d'entendre le récit authentique de ce qui s'était passé, avant de le synthétiser. *La Saga* devait être aussi fidèle que passionnante.

Portant un soin méticuleux à sa toilette, Vao'sh oignit ses oreilles, de chaque côté de son visage bosselé. Ses couleurs luiraient de façon marquante quand il raconterait l'histoire à ses auditeurs ravis, dès qu'il se la serait appropriée et l'aurait apprise en détail.

Dans le but de protéger sa voix, Vao'sh but sa mixture quotidienne de sirops tièdes. Puis modula des notes inarticulées, afin que sa voix diaphane conserve une portée convenable. Ensuite, il se rendit à sa première entrevue avec Dio'sh, le seul remémorant ayant survécu à Crenna.

Vao'sh rencontra le jeune kith dans une véranda ensoleillée du Palais des Murmures. Dio'sh avait fermé les yeux et posé les mains sur la table brillante devant laquelle il était assis, comme si le soleil radieux pouvait le nettoyer de la souillure des cauchemars. Dio'sh conservait un souvenir précis et horrible de tout ce qu'il avait vécu.

Voyant arriver celui qu'il attendait, Dio'sh tourna ses yeux expressifs vers le maître historien. Trahissant son soulagement, les oreilles charnues du jeune remémorant se colorèrent de reconnaissance et de respect.

— Je suis honoré que vous soyez venu me parler, Remémorant Vao'sh. Je suis impatient de partager avec vous ce que je sais, même si je suis effrayé d'avoir à le revivre.

— Les remémorants n'inventent pas d'histoires, lui rappela Vao'sh. Nous ne faisons que les raconter. Et nous devons les narrer avec précision et compétence.

Dio'sh inclina la tête.

— Je ferai de mon mieux, Remémorant.

Vao'sh attendit, observant son camarade invoquer une multitude de souvenirs terrifiants. Sa peau commença à blêmir, comme s'il affrontait une peur insurmontable. Il tressaillit.

— Crenna, l'encouragea Vao'sh. Tu y étais. Tu as été le témoin de la catastrophe, du cours irrésistible des événements, du courage.

(Il s'avança jusqu'à toucher la main tremblante de l'historien.) Si tu ne transmets pas ce que tu as vu et entendu, toute cette tragédie aura eu lieu en vain. On doit se souvenir des victimes et des héros. Tu es un remémorant, Dio'sh.

Le jeune homme inspira longuement et ouvrit les yeux. Il paraissait encore hagard, mais plus déterminé à présent.

— Les scissions ildiranes avaient déjà subi des maladies, commença-t-il. On se souvient de la perte d'enfants et de familles entières ayant succombé à des fièvres, des toxines, ou à des affections génétiques. Mais ça...

Il leva vivement les yeux, les oreilles écarlates.

— Quelle sorte de fléau peut d'abord nous ôter la *vue*, nous volant le réconfort de notre lumière bien-aimée – puis nous faire mourir seuls en quarantaine, isolés de nos congénères, par crainte de répandre cette terrible maladie ?

Dio'sh tendit son poing crispé devant lui. Vao'sh pouvait sentir l'horreur émerger des tréfonds de son être. Élevé sous une lumière perpétuelle, toujours entouré par la foule rassurante, le peuple ildiran souffrait de deux phobies primales : la peur des ténèbres, et la solitude.

Dio'sh poursuivit, environné de ses souvenirs.

— Crenna possède une grande lune, de sorte que même au cours des heures nocturnes, suffisamment de lumière brille sur le paysage. Nous éclairions chaque foyer, chaque rue. Ainsi, la ville centrale était pleine de lumière. Nous arrivions à repousser les ombres – mais à quoi bon tous les feux de l'Empire, une fois que la maladie vous a volé la vue ? Aveuglé par la peste, le Premier Attitré s'est tenu sur la place et a dirigé son regard droit sur le soleil, mais il n'a vu qu'obscurité.

Des motifs mauves et verts se succédèrent sur ses oreilles, révélant le désarroi et l'horreur qu'il éprouvait. Vao'sh frissonna, mais ne fit aucun commentaire, mémorisant chaque mot. Il pourrait décrire le fils du Mage Imperator, l'Attitré de Crenna, fixant, aveugle, le soleil flamboyant. Cela ferait une bonne scène. Celle-ci serait racontée, révisée, jusqu'à ce que les mots définitifs soient trouvés et incorporés à *La Saga des Sept Soleils*.

— Nous ignorons comment la maladie est apparue. Sur Crenna, nos savants étaient principalement des ingénieurs agronomes, non des chercheurs en bactériologie. À peine quelques jours après les premiers cas répertoriés, une douzaine de personnes sont tombées malades – puis ce fut le tour de tous ceux qui les avaient soignées. Nous n'avons jamais connu une épidémie aussi virulente, contagieuse et mortelle.

» Via le thisme, chaque citoyen pouvait ressentir la terreur croissante des victimes, à mesure que les dommages rétiniens s'étendaient et que les premiers malades devenaient aveugles. Nous savions que nous devions mettre les colons en quarantaine – mais comment pouvions-nous regarder un enfant malade, *un enfant aveugle*, et lui dire que nous devions le laisser seul, privé de soutien et de réconfort ? Cela nous semblait pire que la maladie elle-même. Après la perte de la vision, les dégâts nerveux s'étendaient au reste du corps, jusqu'à ce que les poumons ne puissent plus fonctionner, et que le cœur cesse de battre.

Dio'sh prit une inspiration frémissante.

— L'Attitré de Crenna mourut, interrompant le lien direct que nous avions avec le Mage Imperator. Alors, même le maigre réconfort du thisme s'affaiblit. Comment supporter cela ? La panique augmentait à chaque décès. Notre nombre chutant, le thisme se délitait chaque jour davantage. Bientôt, nous serions bien au-dessous du seuil critique d'existence pour constituer une scission.

» Les mieux portants d'entre nous nous s'enfermèrent dans le peu d'habitations qui restaient. Mais, là encore, nous commîmes des erreurs ; la peste s'introduisit à l'intérieur. On incinéra les victimes, dans l'espoir que le feu ramènerait symboliquement la lumière parmi nous.

Il regarda Vao'sh dans les yeux, comme pour supplier le maître historien de réécrire la légende.

— Nous ne savions pas quoi faire ! Nous étions paralysés, et l'épidémie continuait de se répandre.

Vao'sh toucha le poignet de son compagnon.

— Cela suffit pour l'instant, Dio'sh.

Sa gorge se serra, tandis que les pensées tournoyaient sous son crâne. Il savait que la peste de Crenna et l'abandon d'une colonie entière allaient devenir un épisode essentiel de *La Saga*, et cependant il hésitait à inclure trop de détails atroces, redoutant qu'ils ne suscitent la panique.

— Peut-être devrais-tu m'accompagner quelque temps, suggéra-t-il. Nous raconterons une histoire joyeuse, la légende de Bobri's et de la Boule d'argent. Les enfants l'adorent, et j'adore amuser les enfants. D'ailleurs, cela te fera du bien.

Dio'sh parut hésitant, intimidé.

— Je préfère rester tranquille. Être proche des gens, mais sans dialoguer avec eux. Je ne serais pas un bon amuseur, aujourd'hui. Peut-être serai-je plus utile en tant qu'étudiant.

Vao'sh se rembrunit, et sa désapprobation imprima des couleurs sévères sur ses replis charnus.

— Contrairement à nous, les autres kiths ne peuvent se souvenir de chaque détail. *La Saga* est couchée par écrit, mais, en tant que remémorants, Dio'sh, notre véritable but est de tisser des contes et de les enseigner. De faire vivre les légendes et l'histoire. Ne l'oublie pas. Tous les Ildirans peuvent écouter les chansons et imaginer les légendes, mais c'est à *nous* qu'il incombe de les composer. Voilà notre raison d'être.

Les épaules de Dio'sh se voûtèrent.

— Oui, voilà notre raison d'être, bien que parfois ce soit difficile.

39

Davlin Lotze

Les Ildirans avaient tourné les talons et s'étaient enfuis de Crenna. La Hanse avait payé un prix substantiel au Mage Imperator en échange de la disponibilité du lieu, ainsi que du droit incontesté de s'installer là, à l'intérieur des frontières de l'Empire ildiran. La Ligue Hanséatique considérait cette planète déjà dominée comme une prise marquante ; quant au Mage Imperator, il regardait l'importance de la rémunération comme un profit inespéré.

Manifestement, aucune des deux espèces ne comprenait l'autre.

Aussitôt que les chercheurs en médecine et les microbiologistes terriens eurent analysé la peste aveuglante ildirane et déclaré que les humains étaient immunisés, les vaisseaux de transport atterrirent sur la planète.

Des colons postulaient depuis longtemps, prêts à partir dès qu'une nouvelle planète serait disponible.

La politique officielle de la Hanse encourageait l'expansion par l'installation de nouveaux groupes sur une grande diversité de mondes, ou par l'accroissement de colonies déjà existantes. Pour la première fois dans la civilisation humaine, les gens avaient toute latitude pour s'étendre, ainsi que toutes les ressources imaginables. Et, étant humains, ils feraient de leur mieux pour se servir de tout ce qui était utilisable. Jusqu'au moindre bout de ferraille.

Les premiers vaisseaux de transport dégorgèrent des colons aux yeux écarquillés. Davlin Lotze fit un examen discret mais minutieux de tout ce qui l'entourait. Il se joignit au premier groupe qui se précipitait dans la ville fantôme de Crenna, s'activant comme les autres, en dépit de la mission spéciale qu'il devait accomplir seul.

Les croiseurs lourds ildirans, remplis à craquer de survivants affolés, avaient quitté en hâte le système de Crenna. Quand on est effrayé et dépassé par les événements, on commet des erreurs ; on peut laisser des choses importantes dans son sillage. Le Président Basil Wenceslas comptait là-dessus et sur la sagacité de son agent Davlin Lotze pour en faire profiter la Hanse.

Une deuxième équipe d'experts en médecine s'était déjà rendue dans la ville évacuée afin d'analyser l'eau de source, d'examiner les micro-organismes indigènes, et de s'assurer qu'aucune autre infection ne menaçait les nouveaux colons. Des études laissaient entendre que les humains et des kiths ildirans pouvaient s'hybrider, au mépris des lois génétiques communément admises. Que le germe de la peste aveuglante s'avère incapable de franchir la barrière des espèces constituait une ironie du sort.

Bien que les superstitions qui circulaient sur le germe aient suscité un certain malaise, les colons ne couraient aucun risque. Davlin Lotze n'en doutait pas un seul instant, mais il préférait ne pas rassurer ses compagnons, et observer plutôt leurs réactions. Un cas intéressant, pour un exosociologue comme lui. Il était en possession d'un grand nombre d'informations qu'il garderait pour lui, jusqu'à ce qu'il ait fait son rapport au Président Wenceslas.

Le Président l'avait affecté sur Crenna, en lui fournissant de faux papiers qui l'identifiaient comme un simple colon. D'après les documents que ses compagnons pouvaient consulter, Davlin possédait des compétences en agriculture à petite échelle, ainsi qu'une palette de talents utiles tels que la menuiserie, la plomberie, et la mécanique. Les colons, soudés par l'ambition de se construire une nouvelle patrie, l'avaient volontiers accepté dans leur groupe.

À bord du vaisseau de transport, Davlin s'était fait de nombreuses relations. Mais, de son côté, il ne permettrait jamais à quiconque de s'approcher assez pour l'appeler son ami. Il ignorait combien de temps durerait sa mission sur Crenna. Il supposait qu'il resterait ici jusqu'à ce qu'il ait découvert des informations utilisables sur les Ildirans.

Davlin Lotze était l'un des « observateurs » du Président triés sur le volet, et ce travail le satisfaisait pleinement. Il savait qu'il était un espion, bien qu'il préférât ne jamais utiliser le terme. Son expérience d'exosociologue n'était inscrite ni sur son passeport ni sur son CV, mais il avait un don pour étudier les cultures étrangères, pénétrer leurs mystères, et saisir la signification des subtilités exotiques.

L'évacuation précipitée de cette colonie donnait une chance au Président Wenceslas d'apprendre des éléments que le Mage Imperator préférerait tenir secrets. Davlin devait envoyer des synthèses à la Terre, en profitant des fréquents voyages d'approvisionnement nécessaires à la colonie durant l'année de transition.

Une flottille de vaisseaux lourdement chargés atterrit enfin sur les terres arables, fertiles mais laissées en friche, à l'extérieur de la capitale ildirane. Les transports civils arrivèrent les premiers. Ils dégorgèrent une foule de pionniers exaspérés d'avoir subi la position assise durant toute la traversée. Puis les vaisseaux se succédèrent, bourrés d'équipement, de provisions et de logements préfabriqués. Il s'agissait de la livraison habituelle propre aux nouvelles colonies, même si les habitants précédents avaient déjà accompli un grand nombre de travaux préparatoires.

Durant leur voyage vers Crenna, les colons avaient étudié les cartes et analysé les images satellites. Au cours de réunions générales, ils avaient tracé des frontières et réparti les terres arables en lots pour chaque famille. Cependant, dès que les vaisseaux eurent atterri, ils se ruèrent à l'extérieur pour aller voir la ville que les Ildirans leur avaient abandonnée. De nombreux colons maugréèrent en constatant à quel point celle-ci avait été dévastée lors des tentatives désespérées des Ildirans pour stopper l'extension du fléau. Les nouveaux colons avaient espéré pouvoir utiliser davantage d'infrastructures.

Comme les activités avançaient, frénétiques, Davlin se rendit à l'entrepôt de transport et se mit au volant d'un véhicule de manutention lourde. Il savait manier l'énorme engin, conçu pour porter des caisses et du matériel vers les endroits où ils seraient distribués aux colons.

Il aperçut trois hommes qu'il avait rencontrés à bord du vaisseau. La figure rouge, ils se querellaient en criant et en se pointant du doigt. Une organisation hiérarchique devait se mettre en place sur Crenna, au même titre qu'une infrastructure routière ou qu'un système de distribution d'eau et de nourriture. Bien que ce ne soit pas stipulé dans ses documents officiels, Davlin se trouvait être le mieux formé de tous les colons, et il aurait pu devenir un dirigeant de premier plan. Mais sa mission impliquait de rester dans l'ombre afin d'apprendre tout ce qu'il pouvait.

Davlin était un homme aux mains larges et aux épaules étroites – mais pas assez musclé pour être intimidant. Sa peau était d'un brun très foncé, presque ébène, et glabre. Il avait des pommettes hautes, des yeux rapprochés, et les cheveux taillés très court. Deux balafres parallèles sur sa joue gauche donnaient l'impression qu'il arborait des scarifications tribales ; en réalité, il avait été salement coupé par l'éclatement d'une bouteille, chez un ami qui brassait de la bière.

Utilisant le véhicule de manutention avec adresse et discrétion, il convoya des caisses au milieu d'une installation ildirane. Les colons couraient en tous sens, comme des enfants explorant une maison de vacances inconnue. Ils contemplaient l'architecture insolite et farfouillaient dans tout ce que les Ildirans avaient abandonné, à la recherche d'un trésor caché. Davlin devait surveiller ce remue-ménage avec attention, et confisquer tout objet technologique susceptible de se révéler instructif.

Après avoir achevé le déchargement du cargo, il alla garer le véhicule sur la place de la ville, puis tâcha de se mêler aux explorateurs. Armé d'une caméra dissimulée, il se déplaçait d'immeuble en immeuble, examinant ce qui subsistait, photographiant les constructions sous tous les angles. Les visiteurs de l'Empire ildiran avaient déjà observé l'essentiel des édifices extraterrestres, mais Davlin était plus intéressé par les détails.

Il pénétra dans les habitations communes qui n'avaient pas été calcinées jusqu'aux fondations. Il ouvrit des casiers de stockage, afin d'observer ce que les extraterrestres estimaient indispensable à leur vie quotidienne.

Apparemment dénués de malveillance, les Ildirans ne semblaient pas dissimuler d'information à la Ligue Hanséatique. Ils se présentaient comme alliés et amis. Mais Davlin soupçonnait quelque chose – comme Basil Wenceslas. Leur volonté de transparence constituait peut-être une couverture destinée à cacher des informations qu'ils ne souhaitaient pas que la race humaine découvre.

Le Président Wenceslas lui avait dit, lors de la réunion concernant sa mission d'infiltration : « Connais ton ennemi. » Ici, sur Crenna, Davlin Lotze avait bien l'intention de profiter de la tragédie ildirane. Si ce lieu abandonné recelait des secrets, ce serait lui qui les découvrirait.

40

Margaret Colicos

Sur Rheindic Co, le cycle diurne durait vingt-huit heures. Mais, même avec quatre heures supplémentaires, Margaret et Louis Colicos n'avaient jamais la sensation de disposer de suffisamment de temps pour explorer les ruines klikiss.

Les deux xéno-archéologues grimpèrent dans un quartier d'habitations abandonnées, le long d'un canyon très encaissé à proximité de leur campement. Des structures convexes et des façades aux formes libres s'adossaient sous le surplomb d'une falaise. Derrière les habitations vides, des tunnels s'enfonçaient profondément dans la montagne.

Soit le canyon s'était approfondi au cours du millénaire ayant suivi la disparition des Klikiss, soit les rampes ou les marches creusées dans la falaise s'étaient érodées. DD et les trois robots noirs klikiss avaient aidé à dresser des échelles et des escaliers démontables, en profitant des saillies et des renfoncements de l'escarpement, afin que l'équipe puisse accéder plus facilement à la cité perdue. Ils venaient travailler chaque jour, dans les lueurs de l'aube colorées par le désert.

Margaret et Louis n'avaient découvert aucun puits d'ascenseur, poulie, échelle ou un quelconque moyen de transport plus élaboré permettant l'accès depuis le sol. Louis avait la certitude que l'emplacement stratégique de ces habitations était en rapport avec un agencement défensif.

— Ou peut-être que les Klikiss étaient incroyablement grands, suggéra-t-il en guise de plaisanterie. On ne sait toujours pas à quoi ils ressemblaient.

Les grands robots noirs qui se tenaient dans leur sillage, au pied du canyon aride, ne purent offrir aucune suggestion.

— Nous ne nous rappelons de rien, dit Sirix.

Louis grimaça en réponse, comme si le robot extraterrestre pouvait interpréter les expressions humaines.

— Alors, nous ferons de notre mieux pour trouver. Pour vous, et pour nous.

Arcas ne participait pas aux corvées quotidiennes autant qu'ils l'avaient espéré. Il passait le plus clair de son temps à explorer seul le paysage. Margaret ne pouvait compter sur lui que pour les communications, en dépit de sa formation de géologue. Les robots klikiss offraient une aide plus directe à leur projet.

Le travail le plus accaparant, même après un mois d'étude, consistait toujours à explorer, et à planifier les tâches. La ville extraterrestre en ruine était si vaste que la simple organisation des recherches s'avérait une entreprise décourageante. Louis déambulait dans les tunnels et les bâtisses de guingois, filmant les murs et les structures, les tuyauteries, et les mécanismes corrodés, silencieux depuis longtemps, que les Klikiss avaient laissés derrière eux.

Au début de ses études, Margaret avait visité les ruines des Anasazis à Mesa Verde, dans le sud-ouest de l'Amérique du Nord, sur Terre. Il s'agissait d'une fabuleuse métropole en briques de tourbe, qui avait survécu de nombreux siècles. La cité klikiss isolée de Rheindic Co lui rappelait les habitations troglodytes des Amérindiens. Avec son architecture fondée sur une esthétique différente, elle demeurait irrémédiablement étrangère : les murs semblaient dressés de guingois, les portes trapézoïdales n'étaient pas toujours au niveau du sol.

Margaret raclait un mur, ayant trouvé un coin miraculeusement épargné par les nombreuses marques et idéogrammes dont les Klikiss couvraient la plupart des surfaces. Elle se demanda si l'espèce insectoïde fuyait l'utilisation du papier ou d'autres méthodes de conservation textuelle, et préférait relater son Histoire et ses sciences sur les murs de ses cités.

Margaret avait déjà entrepris l'analyse chimique d'échantillons de constructions klikiss récoltés sur Corribus, Llaro et Pym, les autres mondes qu'ils avaient étudiés. Elle savait déjà que les résultats seraient les mêmes ici : les extraterrestres avaient créé un amalgame de boue, de cellulose et de silicate, combiné à un jus résineux – de la salive ? – qui liait le tout en une substance plus dure et résistante que l'acier ou le béton. Ce mélange s'avérait poreux et suffisamment stable dans le temps pour conserver les pictogrammes, les lettres et les équations mathématiques.

Au camp, Margaret disposerait de toute la nuit pour méditer sur les documents déjà synthétisés. Mais se trouver ici, encerclée par les ombres, et peut-être les fantômes, de l'espèce depuis longtemps disparue, à humer l'air sec et poussiéreux – c'était une expérience totalement différente.

Un an auparavant, dans les ruines dévastées de Corribus, Margaret avait scruté ce genre de symboles des jours durant, sans résultat. Alors qu'elle passait la nuit dans une salle vide, à regarder le clair de lune briller sur les inscriptions gribouillées, elle avait fait une découverte capitale, en reconnaissant des coordonnées de carte stellaire corrélées à des étoiles à neutrons rares. La masse d'informations qui en avait résulté avait abouti au Flambeau klikiss. À présent, elle avait besoin de nouvelles idées pour avancer dans le flot de traductions qui s'annonçait.

Elle et Louis avaient commencé à travailler en Égypte, utilisant des appareils de cartographie soniques sophistiqués, mis au point par les Ildirans. Appliquant la technologie extraterrestre à la localisation des reliques profondément enfouies dans le Sahara, les Colicos avaient trouvé une cité égyptienne entière engloutie sous les dunes. Cette incroyable découverte avait assis leur réputation d'archéologues.

À la requête des Forces Terriennes de Défense, Margaret et Louis avaient passé six mois sur Mars, loin de la base militaire. Travailler dans un environnement mortel s'était avéré fort différent du sable et de la chaleur insupportable du Sahara. Engoncés dans leur combinaison, ils avaient analysé les légendaires pyramides géométriques découvertes dans Labyrinthus Noctis, afin de déterminer l'origine de ces fascinantes formations. Après une étude intensive, les Colicos avaient émis une conclusion impopulaire, mais abondamment étayée. D'après eux, les célèbres pyramides n'étaient pas les vestiges d'une civilisation extraterrestre, mais des constructions *naturelles*, des excroissances provoquées par la structure inhabituelle de minéraux exposés à certaines conditions météorologiques et à la gravité réduite, sur des milliers d'années.

Les deux xéno-archéologues avaient peu de désirs extravagants, mais des passions et des objectifs communs. Ils se satisfaisaient tous deux de leur vie rude, chacun remplissant son rôle dans le couple. Ils finissaient souvent les phrases l'un de l'autre. Ils s'asseyaient ensemble, perdus dans leurs pensées, accomplissant leur travail chacun dans leur coin, en n'échangeant que de brefs commentaires. Si quelqu'un les interrogeait à ce sujet, ils assureraient avoir des conversations longues et passionnantes…

De retour d'une de ses explorations, Louis s'approcha de Margaret, occupée à regarder les inscriptions sur mur. Il portait une caméra dans une main, une torche dans l'autre.

— J'ai achevé de cartographier une autre section complète, très chère.

Elle ne leva pas les yeux.

— N'oublie pas de faire un…

— Je sais, dit-il en faisant apparaître un digidisque de sauvegarde.

— Tu sais où le mettre.

Louis le rangea dans l'un des réduits klikiss. Il négligeait souvent les précautions élémentaires, mais Margaret avait appris la leçon. Au cours de fouilles précédentes, il leur était arrivé à de nombreuses reprises de perdre des données, à cause d'orages électriques, de tempêtes de sable ou de crues subites.

Tous les deux retournèrent au travail dans un silence indifférent, mais qui résultait d'une longue et intime camaraderie. Margaret et Louis avaient fondé leur relation sur les mêmes goûts intellectuels, à force de passer du temps ensemble loin de toute civilisation. Ils avaient enfin cédé au bon sens et s'étaient mariés en se passant de la frivolité puérile d'une romance, comme s'il s'agissait d'un contrat d'affaires.

Louis la laissa pour aller continuer ses investigations dans l'une des salles abritant la plupart des machines klikiss. Il soutenait que certains des appareils extraterrestres mis en réserve disposaient encore de sources d'énergie : régulateurs d'air, pompes, systèmes hydrauliques. La ville, pensait-il, était encore vivante mais endormie. Il était certain de pouvoir la réveiller, avec l'intuition et la persévérance adéquates.

Margaret se souvint d'une chose à faire. Avant qu'il soit arrivé hors de portée de voix, elle lança :

— Cette nuit, Louis – rappelle-toi l'anniversaire d'Anton.

— Oui, très chère. On demandera à Arcas d'envoyer un message. Sinon, il croira qu'on l'a oublié.

Margaret savait toutefois que leur fils unique était absorbé par ses études à l'université. Il traduisait des manuscrits anciens, et réinterprétait les mythes et légendes terriens. Anton Colicos s'était imposé comme un lettré aussi obsessionnel que ses parents. Il avait offert à sa mère une petite boîte à musique antique, que celle-ci transportait sur elle lors de chacune de ses fouilles. Le jeune homme connaissait la fierté de ses parents à son égard, bien qu'ils s'avèrent souvent trop occupés pour le lui rappeler.

De la salle où il s'était rendu, Margaret pouvait entendre Louis frapper et bricoler l'appareillage klikiss. Laissant vagabonder ses pensées, elle parcourut les couloirs vides, traversant des salles encombrées de piles de données, de littérature et d'activités scientifiques à traduire. Peut-être n'était-ce rien d'autre que des graffitis obscènes pour insectes…

Les Klikiss racontaient-ils des histoires à haute voix comme les humains et les Ildirans, ou constituaient-ils une espèce purement rationnelle ? Et pourquoi s'étaient-ils éteints ? Ces questions tictaquaient en elle comme autant de bombes à retardement, lui donnant l'impression que si elle n'y répondait pas bientôt, il serait peut-être trop tard.

Après une autre journée de recherches fructueuse mais anodine, Margaret fut interrompue par le bruit des pas amortis de DD, leur loyal comper.

— Ohé ! Ohé ! Margaret, Louis ? Vous m'avez demandé de venir vous chercher à la tombée de la nuit. Je vous ai déjà préparé un bon dîner. Je suis sûr que vous allez adorer ma nouvelle recette. N'est-ce pas le bon moment pour terminer vos occupations de la journée ?

Frottant sa nuque ankylosée, Margaret se tourna pour regarder le comper.

— Ce n'est jamais le bon moment pour arrêter, DD, mais on ne terminera pas aujourd'hui. Va avertir Louis. Il a probablement la tête fourrée dans un générateur extraterrestre.

Elle indiqua un corridor, et le comper Amical se hâta au-dehors, criant le nom de Louis.

Ensemble, les trois compagnons redescendirent le long des échelons de métal. DD ouvrait la marche, portant une torche et se déplaçant à reculons pour éclairer leur chemin. Le comper ne ratait pas une marche, mais il les avertissait fréquemment des bosses en travers du passage et des arêtes dures le long des échafaudages.

— Attention… attention…

Bientôt, il leur rappellerait certainement qu'il comportait un module de premiers secours dont ils pouvaient charger les données dans sa mémoire limitée, s'ils avaient besoin de ses services en tant que chirurgien urgentiste.

Quand Margaret atteignit le pied de la falaise, après la longue descente, ses jambes l'élancèrent. Louis mit un bras autour de son épaule.

— Veux-tu que je t'aide, très chère ?

— Tu es aussi fragile que moi, l'ancien, répondit-elle. Mais je suis sûre que le repas gastronomique que DD nous a préparé va me remettre sur pied.

— J'espère que ce n'est pas encore son « tartare de tambouille ».

— Je lui indiquerai tes goûts culinaires, Louis.

Tandis qu'ils descendaient le canyon rocheux décapé par des crues oubliées depuis longtemps, Margaret se retourna pour regarder les hautes falaises, la cité perchée tout en haut, hors d'atteinte.

— Je me demande si les Klikiss ont jamais eu d'arthrite, dit-elle à haute voix. Si c'était le cas, comment donc revenaient-ils chez eux ? Je ne voudrais certainement pas grimper des marches comme ça tous les jours.

— En particulier s'ils avaient des jambes multiples, ce qui semble probable, releva Louis. Peut-être qu'une fois remontés, ils se contentaient de rester à l'intérieur.

Margaret leva les yeux vers les ombres du canyon qui devenaient plus épaisses, considérant l'emplacement peu pratique de la ville.

— Cela semble représentatif de leur architecture, pourtant. Tu te rappelles des hautes tourelles de Llaro ?

Les constructions, sur cette planète sèche et herbeuse, évoquaient de grandes termitières : des piliers extrudés à partir du même composite de boue et de silice, troués de tunnels interconnectés qui ne ressemblaient pas à des voies principales. Certains tunnels menaient au niveau du sol, mais ceux-ci ne paraissaient pas plus larges que les passages plus élevés, suggérant ainsi qu'il n'y avait pas de trafic plus intense en bas qu'en haut. Les fenêtres des tours étaient larges, dangereusement ouvertes sur le précipice.

Soudain, Margaret se mit à rire.

Louis la regarda. DD, suivant sa programmation d'Amical, comprit qu'il était poli de rire avec ses maîtres humains : il simula un gloussement, bien qu'il n'ait aucune idée de la plaisanterie en question.

— C'est tellement simple, l'ancien ! dit Margaret. Et évident. Pourquoi ne l'a-t-on pas vu avant ?

Louis sourit à sa femme. Quand elle déclarait avoir fait une découverte importante, elle avait presque toujours raison.

— Bien, très chère, vas-tu me le dire, ou me laisser mourir d'incertitude… ou de vieillesse ?

Margaret fit un geste ample vers le front de la falaise et indiqua le roc à pic, la montée inaccessible, le large surplomb ouvert sur le vide. Elle lui fit un grand sourire, sachant que cette découverte leur ferait réévaluer leur compréhension fondamentale de la biologie extraterrestre.

— Ils pouvaient voler, bien sûr. Les Klikiss *volaient !*

41

Sarein

Avant de partir pour la Terre, Sarein projetait de devenir la meilleure ambassadrice de Theroc. Elle se plierait à toutes les obligations politiques et se transformerait en hôtesse accomplie. Elle exécuterait sa tâche pour le bien du monde forestier, aussi bien que pour la Hanse. Basil Wenceslas lui avait montré combien les deux peuples partageaient les mêmes besoins, les mêmes aspirations.

Oui, Sarein pensait différemment de la vieille Otema. Conservatrice, la prêtresse Verte desséchée avait empêché son peuple de se développer au sein de la société de la Hanse. Néanmoins, elle était son prédécesseur, et de surcroît fort vénérée sur Theroc. Si Sarein parvenait à rentrer dans ses bonnes grâces, cela servirait ses desseins.

La jeune fille faisait infuser une théière de clee fort. Sa chambre personnelle se situait très haut dans le récif de fongus ; la chair du champignon y était fraîche, et les murs demeuraient souples. Elle aimait cette pièce, car on y recevait plus de lumière que dans les niveaux inférieurs du récif encroûté. Sur une table basse, Sarein disposa une tasse du breuvage stimulant pour elle-même, et une autre pour Otema.

Dans l'attente de sa visiteuse, elle vérifia son apparence et travailla son sourire. Elle ajusta la robe d'ambassadrice qu'Otema lui avait remise, puis astiqua les bracelets que Basil lui avait offerts, à la fois en gage d'estime envers le peuple theronien, et comme cadeau d'adieu en ce qui concernait leur liaison.

À l'heure dite, Otema entra, marchant à pas silencieux. Sarein se leva pour l'accueillir. Cette femme était si âgée ! Sa peau était d'un vert profond, semblable à la nuit au fond de la forêt ; il émanait d'elle une dureté sèche comme le bois. Elle était revêtue d'un costume de prêtre Vert le plus dépouillé qui soit, sans ornements.

Lorsqu'elle aperçut la robe ambassadoriale que portait Sarein, Otema parut troublée. Les symboles de son statut et les marques de ses actions passées striaient son visage flétri, telles des balises pointillant les sillons de ses rides. Sarein se demanda si l'ex-ambassadrice avait déjà oublié les civilités et la culture qu'elle avait acquises sur Terre. Elle fit semblant de ne pas remarquer l'humeur pensive de celle qu'elle remplaçait désormais.

Elle servit du clee à la vieille femme, qui accepta la tasse offerte.

— Vous êtes partie tant d'années, Otema, que nous n'avons jamais appris à bien nous connaître. Avant que je m'en aille accomplir mes devoirs sur Terre, j'ai pensé que nous devions avoir une petite conversation. (Elle ne pensait pas une seule de ses paroles, mais était néanmoins obligée de les prononcer.) Avec toute votre expérience, vous devez avoir de nombreux conseils à me prodiguer pour traiter avec la Hanse ?

Otema répondit posément et avec raideur.

— Je partagerai mes réflexions avec vous, bien que je ne sois pas convaincue que vous désiriez m'écouter.

Buvant sa boisson brûlante, Sarein s'évertua à ne pas froncer les sourcils en signe de mépris.

— Vous devez être heureuse d'avoir regagné la forêt-monde, Otema ? Vous l'avez mérité, après toutes vos années de service.

— La forêt-monde est toujours un baume au fardeau des êtres humains, quels que soient les problèmes qui se trament, invisibles à nos yeux mais que les arbres perçoivent. Non, je ne suis pas déçue d'être revenue sur Theroc. Je suis déçue par *vous,* Ambassadrice Sarein, et je redoute les dommages que vous allez causer.

Elle avait usé du titre comme d'une insulte. Elle s'assit enfin en affichant la plus grande aversion. Sarein haussa légèrement les épaules, traitant la chose comme une plaisanterie.

— Vous devriez m'accorder une chance de faire mes preuves, Otema. J'ai étudié sur Terre, et je connais bien la culture et les pratiques de ses habitants. En fait, je comprends la politique et le commerce de la Hanse probablement aussi bien que vous.

Si ce n'est mieux, poursuivit-elle en son for intérieur.

Otema se renfrogna.

— Vous êtes une jeune fille intelligente, Sarein, et je ne douterai jamais de votre aptitude à comprendre. (Elle s'interrompit pour avaler une longue gorgée de son breuvage, les yeux clos, s'imprégnant de l'énergie des graines d'arbremonde. La couleur de sa peau sembla devenir plus intense.) Toutefois, j'espère que votre compréhension s'étend jusqu'à la situation délicate de Theroc. Il est facile de mépriser ou de négliger le lieu où l'on a passé sa vie. Une enfant impatiente pourrait considérer nos façons de vivre inintéressantes ou stupides. Mais ne laissez pas les charmes de ces richesses tapageuses vous distraire de ce qui importe réellement. De telles fleurs sont éclatantes et colorées, mais ne fleurissent que brièvement. Les racines, en revanche, pénètrent profondément et assurent une longue stabilité.

Malgré son envie de répondre brutalement, Sarein se contint. Au contraire, elle acquiesça avec componction.

— C'est un point très important, Otema. Je vous remercie de votre perspicacité.

Basil avait évoqué la frustration que ressentirait Otema. Sans émotion ni rancœur, la vieille ambassadrice avait écarté toutes les tentatives de la Hanse destinées à obtenir un tant soit peu de contrôle sur les prêtres Verts. Basil avait su qu'il ne fallait pas la contrarier, car la Dame de fer demeurait inébranlable.

Avec Sarein, cependant, beaucoup de choses allaient changer.

Dans la jungle alentour, deux oiseaux en parade amoureuse volaient en criant, froissant les feuillages et perturbant une nuée d'insectes aux carapaces pareilles à des joyaux. Otema sembla distraite, comme si elle se souciait de problèmes plus importants que ceux causés par une jeune ambassadrice ambitieuse.

— Les arbres savent beaucoup de choses – dont certaines qu'ils ne partagent pas, même avec nous.

Sarein s'arma de courage et tenta une approche différente.

— N'étant pas une prêtresse Verte, je me rends compte que ma compréhension de la forêt-monde n'est pas aussi avancée que la vôtre. Cependant, je m'efforcerai de faire de mon mieux, et je ne manquerai jamais de m'adresser aux membres de la prêtrise, pour leurs conseils et leur talent de communication. La forêt-monde saura tout ce que je sais.

— Je doute, jeune femme, que vous laissiez aucun prêtre Vert assister à vos… *consultations privées*, dirons-nous, avec le Président Wenceslas. (Cette insinuation surprit Sarein à tel point qu'elle eut peine à dissimuler sa réaction.) Vous croyez que vos relations intimes avec le Président vous octroient un quelconque pouvoir sur lui ? Je vous avertis qu'on ne manipule pas Basil Wenceslas aussi aisément. Ses actions sont bien plus complexes que ce qu'une simple fille comme vous peut comprendre.

Sarein s'assombrit.

— À présent que votre cape ambassadoriale vous a été enlevée, Otema, vous oubliez le tact et la diplomatie.

Laissant sa tasse à moitié pleine, la vieille femme se tint debout et s'inclina.

— Je n'ai pas oublié la vérité, Sarein. Un lien avec les arbremondes n'est pas nécessaire pour voir ce qui est évident. Je crois avoir donné davantage de conseils que vous ne vouliez en entendre, aussi vais-je prendre congé. (Elle regagna la porte arrondie perçant la pièce aux murs tendres.) Jouez à vos petits jeux, Sarein, mais n'oubliez jamais qui vous êtes et où vous êtes née. Les arbres ont perçu un futur terriblement périlleux, bien qu'ils ne disent rien, pas même aux prêtres, de ce qui se prépare. Un jour viendra où vous serez heureuse d'avoir des alliés sur Theroc.

42

Le docteur Gerald Serizawa

Oncier resplendissait, soleil naissant s'engouffrant dans le feu nucléaire de son nouveau noyau. Bien que beaucoup plus petite que l'étoile primaire du système, la géante gazeuse brûlante faisait fondre le cœur des lunes gelées.

Les reportages sur le succès du Flambeau klikiss se répandaient à travers les colonies hanséatiques et l'Empire ildiran, transportés par vaisseaux rapides le long des voies commerciales. Les interviews de Serizawa avaient éveillé la curiosité du public sur une centaine de mondes. Il avait eu son quart d'heure de gloire – et c'était bien suffisant. À présent, le véritable travail commençait.

Bien que l'étoile nouveau-née soit petite et relativement froide, Serizawa ne pouvait observer directement le plasma bouillonnant sans filtre aux fenêtres. Sur les consoles, les écrans affichaient des cartes magnétiques recomposées à partir des gammes spécifiques du spectre. C'était à la fois une curiosité et une merveille.

Il avait étudié les images, éphémères mais curieuses, prises peu après l'ignition de la planète gazeuse – des éjectas cristallins formant des globes parfaits et scintillants, qui avaient semblé fuir les flammes du nouveau soleil. Margaret Colicos avait vu la même chose. Serizawa avait fourni une explication d'ordre naturel parce que, face aux caméras braquées sur lui, il n'avait voulu alarmer personne, ni donner l'impression que *lui* ne savait pas ce qui se passait. Néanmoins, en dépit d'analyses réitérées, ce phénomène inhabituel défiait l'entendement.

Il remerciait le ciel que l'incident ne se soit pas reproduit.

Passant la main sur son crâne parfaitement lisse, Serizawa frissonna. À bord de la plate-forme d'observation aux murs métalliques, il avait constamment froid. Il avait beau contempler le rayonnement ardent de la minuscule étoile, aucune chaleur ne pénétrait sa peau pâle. Malgré tous les réglages de climatisation qu'il pouvait faire, il avait toujours la chair de poule lorsqu'il se promenait dans la station.

Le gradient de densité étant très élevé, la combustion nucléaire d'Oncier n'avait lieu que sur une mince couche ; cela s'avérait néanmoins suffisant pour enflammer l'hydrogène combustible. Le petit soleil était un ouragan qui s'apaisait peu à peu, mais rien de notable n'avait changé en plusieurs semaines.

Les quatre lunes avaient cependant subi de profondes modifications.

D'ici une semaine arriveraient les premiers vaisseaux de la Hanse et leur contingent de techniciens planétaires, d'experts en terraformation et de géologues. Dotés de refuges spéciaux et d'un équipement imposant, ils seraient largués sur les lunes en cours de réchauffement, et entameraient les programmes de transformation en mondes habitables. Beaucoup d'émotions en perspective, et pour longtemps.

Les lèvres fines de Serizawa s'incurvèrent.

— Hum, d'après vous, quel nom les colons se donneront-ils ?

Il posait souvent des questions ineptes lorsqu'il débutait une discussion avec ses techniciens. La plus grande lune, Jack, orbitait très près de la planète enflammée, et serait probablement le premier monde apte à être colonisé.

— Vous pensez qu'ils se nommeront eux-mêmes les Jackiens ? Ou les Jackides ?

L'un des techniciens entra dans le jeu.

— Les Jackettes, ça sonne mieux.

Serizawa lorgna les écrans affichant la surface agitée des autres lunes, George, Ben et Christopher. Des poches vomissaient une atmosphère de glace vaporisée, à la manière bruyante et désordonnée des queues de comète. Les vapeurs initiales se disperseraient dans l'espace, trop légères pour être retenues par la gravité des lunes. Un jour, dès que les lacs gelés se seraient sublimés et que les glaciers se seraient désagrégés en eau liquide ou en dioxyde de carbone, il y aurait suffisamment d'air pour constituer une couche durable autour des lunes. Un jour.

On avait baptisé ces lunes en l'honneur des quatre premiers Grands rois de la Ligue Hanséatique terrienne. Grâce à cela, Serizawa avait acquis un certain sens de l'Histoire. Les humains considéraient quelques siècles comme un très long laps de temps, tandis que pour les Ildirans, et en particulier le Mage Imperator, cela ne constituait guère plus qu'un instant. Au cours de la majeure partie de son Histoire, l'humanité n'avait jamais réussi à prendre part à des projets à long terme, négligeant de voir au-delà de la durée d'une vie humaine.

Serizawa se rendit à la salle de climatisation et augmenta la température de la station. La chaleur allait bientôt irradier des ponts, et les réchauffer tous. Frottant vigoureusement ses bras, il retourna aux écrans de surveillance.

Il alterna entre des gros plans de Ben et de Christopher, qui orbitaient côte à côte, et des images de George et Jack, de l'autre côté d'Oncier. Il afficha en accéléré les images de paysages troués de cratères, comme ils s'aplanissaient et se fissuraient sous l'effet du dégel rapide. La configuration de chaque lune changeant quotidiennement, il était encore trop tôt pour déterminer les caractéristiques permanentes du terrain.

— Un grand soulèvement tectonique se produit sur Christopher, annonça l'un des techniciens, transférant sur l'écran principal l'image de la lune noyée sous la brume. Des nuages de gaz soudainement libérés jaillissaient en grondant, tels des geysers.

— Regardez, une crevasse s'ouvre. C'est une énorme plaque de glace qui bouge.

Serizawa se hâta de venir voir, se frottant encore les bras afin de se réchauffer.

— La roche est si instable que l'arrivée des escouades de terraformation est peut-être prématurée. On ne voudrait pas qu'une équipe d'exploration traverse un séisme comme celui-là.

— Les terraformateurs apportent des machines pour travailler à grande échelle, docteur Serizawa. On les dirait conçues pour résister à la fin du monde…

— Ou à son début.

Les dix techniciens et astrophysiciens se rassemblèrent autour des écrans à haute résolution, les yeux rivés sur la manifestation tectonique.

Serizawa leva les yeux juste à temps pour voir une grappe de globes scintillants foncer à travers le système pour converger vers le nouveau soleil, depuis un point situé au-dessus du plan orbital.

— Regardez ça !

Les objets étaient identiques à ceux qu'il avait aperçus lors de l'expérience du Flambeau klikiss, des apparitions qu'il avait classées comme des anomalies sans importance. Il songea alors que la première impression de Margaret Colicos se révélait peut-être exacte…

Des vaisseaux. Soudain, Serizawa éprouva un froid plus intense que ce qu'il avait jamais ressenti dans la station.

La flotte de sphères hérissées à coque de diamant approchait à une vitesse vertigineuse, telles des phalènes attirées par la flamme nouvelle d'Oncier. Quatorze globes de la taille d'astéroïdes s'élançaient vers l'ancienne géante gazeuse et ses lunes en cours de dégel. Ils évoquaient des planètes transparentes, parfaitement rondes, cloutées d'excroissances pointues ; une brume sombre troublait l'intérieur, laissant deviner une machinerie complexe. Tels des insectes affamés, ils entourèrent Ben, la plus petite des lunes.

Tout l'équipage se rua sur les fenêtres d'observation. La lumière éblouissante d'Oncier se reflétait à la surface des boules de cristal. Des pyramides triangulaires, évoquant des montagnes taillées au cordeau, crevaient la surface des bulles ; leurs sommets pointus crépitaient d'éclairs bleutés.

— Est-ce qu'on enregistre tout ceci ? demanda Serizawa. C'est extraordinaire ! Qu'est-ce que c'est ?

— Ils semblent s'intéresser à Ben. Ils doivent scanner…

Les vaisseaux extraterrestres ouvrirent le feu sur la lune.

Des éclairs bleutés provenant des pyramides des quatorze vaisseaux convergèrent pour ne former qu'un seul rayon, qui frappa violemment la surface déjà instable de Ben. La chaleur rougeoya, les blocs continentaux vibrèrent tandis que les ondes sonores diffusaient une puissante énergie à travers le corps rocheux.

Serizawa cria dans le système de communication, comme si les extraterrestres pouvaient entendre ses clameurs, ou même lui répondre :

— Que faites-vous ? S'il vous plaît, arrêtez ! Ceci est un territoire humain. Ceci…

Il regarda ses compagnons, mais aucun d'entre eux ne fit de suggestion.

Le tir se poursuivit. Des gaz jaillirent de la lune, la masse rocheuse se rompit, et une fournaise orangée bouillonna du noyau dénudé. Ben commença à vibrer, se déchirant sous les effets de l'attaque.

Il fallut vingt minutes aux silencieux extraterrestres pour détruire la lune, la réduisant en charbons rougeoyants qui se dispersèrent dans l'espace.

Les techniciens et les astrophysiciens avaient les yeux hagards.

— Mon Dieu ! Pourquoi ?

Les globes cristallins s'éloignèrent en douceur des débris de Ben, et se dirigèrent droit sur George. Le visage de Serizawa luisait de transpiration. Sa peau paraissait aussi froide que de la glace, mais il brûlait de colère.

Les quatorze sphères de diamant survolèrent la deuxième lune. L'analysaient-ils ? Repéraient-ils les failles continentales, les fractures dans la structure du noyau ? Puis, les éclairs frappèrent de nouveau.

La colère de Serizawa se mua en terreur.

— Transmettez ces images ! Envoyez un appel au secours, un signal de détresse général, dans toutes les directions.

Il maudit le fait de ne pas disposer à son bord de prêtre Vert capable de fournir une communication instantanée par télien.

— Docteur Serizawa, il s'écoulera des semaines avant que quelqu'un reçoive ces transmissions.

Serizawa le savait fort bien. Il étendit ses mains, en proie à la panique et à l'impuissance. Un homme frappé d'un infarctus foudroyant n'écrit pas de lettre pour demander une ambulance – mais c'était tout ce qu'il pouvait faire à présent.

— Quelqu'un doit savoir.

Sans discuter davantage, le technicien envoya l'appel de détresse.

— Une fichue bouteille à la mer, grommela-t-il.

La transmission diffusa dans toutes les directions, dans l'espoir de trouver quelqu'un qui écouterait.

Les membres de l'équipe utilisèrent tous les moyens de la station d'observation pour enregistrer et étudier les explosions lunaires, afin de filmer la destruction totale des satellites rocheux.

— Ils auraient pu devenir de merveilleux mondes terraformés, murmura Serizawa.

Les hommes ne disposaient d'aucun moyen de défense à bord de la station. Ils pouvaient seulement collecter des données… et espérer que les sphères destructrices ne les aient pas remarqués.

Après avoir oblitéré la lune George, les orbes de guerre sinistres et silencieux naviguèrent vers Christopher.

Puis Jack, enfin. Les quatre lunes furent toutes pulvérisées.

Serizawa pleurait. Il se tenait devant la baie d'observation, fixant les sphères parfaites, et la destruction de tout ce qu'il avait créé sur Oncier.

— Pourquoi faites-vous cela ? Que vous avons-nous fait ?

Les extraterrestres n'avaient transmis aucun message, aucun ultimatum, aucun avertissement ni explication. Stationnant en orbite loin d'Oncier, Serizawa et son équipe ne pouvaient s'enfuir, ni même se déplacer. Mais le pire était de ne pas comprendre.

Les quatorze monstrueux vaisseaux quittèrent les satellites détruits et s'immobilisèrent au-dessus du bûcher funéraire de ce qui avait été la géante gazeuse d'Oncier. Puis, tel un essaim de guêpes furieuses, les orbes vinrent entourer la plate-forme d'observation.

Les techniciens s'éloignèrent des fenêtres en se bousculant, comme si la fragile plate-forme était capable de les protéger. Serizawa ne se donna pas la peine de bouger. Au dernier moment, il ferma les yeux.

Les terrifiants éclairs bleutés crépitèrent de nouveau.

Alors qu'il avait fallu de longues minutes aux globes de cristal pour supprimer les quatre lunes rocheuses, l'anéantissement total de la station spatiale ne prit que quelques secondes.

43

Le roi Frederick

Derrière les portes closes du Palais des Murmures planait une atmosphère de stupeur et d'effroi.

Les ingénieurs de terraformation avaient fait demi-tour en direction de la Terre à poussée interstellaire maximum, brûlant d'énormes quantités d'ekti afin de transmettre la terrible nouvelle. L'équipage, arrivé à l'heure dans le système d'Oncier, avait trouvé les lunes pulvérisées, et la plate-forme d'observation annihilée. Aucun membre de l'équipe de recherches du docteur Serizawa n'avait survécu. Quelqu'un, ou quelque chose, avait tout détruit.

Les citoyens s'étaient alors tournés vers leur roi, puissant et courageux, en quête de réponses, de réconfort… mais le vieillard ne pouvait rien faire.

Lorsque les terraformateurs étaient revenus d'Oncier, paniqués, ils avaient diffusé la nouvelle par une myriade de canaux, piaillant comme des volailles affolées retournant au poulailler. La Hanse ne pouvait plus désormais ni contrôler l'information ni la manipuler.

Dans le vestibule de la salle du Trône, Basil Wenceslas fulminait, et sa colère non déguisée effrayait le roi.

— Bon sang ! J'aurais préféré garder cette affaire secrète quelque temps. Nous n'avons pas encore pu établir ce qui s'est passé. Nous ne possédons aucune réponse à nos questions. Tout a été détruit – mais pourquoi ? Était-ce une attaque de l'extérieur, ou une sorte… d'accident cosmique, un choc en retour du Flambeau klikiss ?

— On peut parier sur une attaque, lança le général Lanyan, qui se tenait au garde-à-vous tandis que Basil arpentait le sol.

On l'avait rappelé de la base martienne des FTD dans le but de discuter de la crise.

Frederick brossa une peluche sur sa tenue et jeta un regard circulaire, à la recherche d'une coupe de vin doux. Il avait proposé à Basil une boisson forte. Mais le Président avait secoué la tête, refusant de laisser quoi que ce soit troubler le cours de ses pensées. À la différence du roi Frederick, qui désirait par tous les moyens engourdir la terreur qu'il ressentait.

— Basil, je peux annoncer que nous avons lancé une enquête, mais que nous n'avons pas encore de résultat. Cela tranquilliserait peut-être les gens ?

La main de Basil gifla une colonne corinthienne cannelée et il répondit d'un ton sarcastique :

— Bonne idée. Racontons à chaque citoyen de la Hanse que nous sommes impuissants et ignorants.

— C'est le cas, nous ne savons *pas* ce qui s'est passé.

— Eux non plus, répliqua Basil. On ne doit laisser personne se rendre compte que le roi est dans l'obscurité.

Sans répondre, Frederick avala une gorgée de vin doux. Il regarda le militaire en uniforme – *Lanyan,* pas Lanson, se morigéna-t-il – et tenta de se convaincre que les Forces Terriennes de Défense trouveraient une parade à ce désastre. Le général désirait se venger et écraser les mystérieux agresseurs, de façon à restaurer la paix au sein des colonies humaines.

— J'enfonce peut-être une porte ouverte, Président Wenceslas, dit Lanyan, mais il pourrait bien s'agir des Ildirans. Leur Marine Solaire a observé notre expérience sur Oncier. Peut-être se sont-ils sentis menacés de découvrir que nous possédions une technologie aussi puissante. De qui d'autre pourrait-il s'agir ?

— L'univers est vaste, général, et rempli de choses que nous ne comprenons pas, fit remarquer le roi. Nous n'avons exploré qu'une infime portion d'un bras spiral de notre galaxie…

— Frederick, interrompit Basil d'un ton exaspéré, même les Ildirans n'ont jamais rencontré d'autre espèce au cours de toute leur histoire. Je ne veux pas brouiller les pistes en inventant des croque-mitaines. La menace d'une guerre contre les Ildirans est suffisamment effrayante. D'un autre côté, Général, je ne peux croire que la Marine Solaire dispose d'un armement approchant la puissance nécessaire pour une telle destruction.

Lanyan marcha jusqu'aux fenêtres triangulaires ouvrant sur le jardin des Statues de la Lune. Les arbustes taillés et les sculptures ornementées s'étendaient sur des centaines d'hectares dans les parcs du Palais des Murmures.

— Exact. Il s'agit sûrement de quelque chose de nouveau. Or, les Ildirans stagnent depuis des siècles. Et il ne peut pas non plus s'agir de pirates de l'acabit d'un Rand Sorengaard. Les Vagabonds veulent peut-être se venger de nous, mais ils ne disposent sûrement pas de la technologie suffisante pour détruire des lunes tout entières.

Après la réprimande de Basil, Frederick garda ses réflexions pour lui-même. Le rapide réchauffement ayant causé une instabilité géologique, les lunes s'étaient peut-être disloquées toutes seules. Si l'on prenait en compte tous les facteurs : les forces de marée, la dilatation tectonique due à la chaleur, la volatilisation de gaz explosifs… Non, il était absurde d'imaginer que Jack, George, Ben et Christopher se soient toutes autodétruites en même temps. Et que leurs débris flottants aient, par coïncidence, annihilé la plate-forme d'observation.

— Nous devons découvrir l'origine de la catastrophe, ordonna Basil. Ainsi que son instigateur. Nous n'avons pas entendu parler d'autres attaques, j'espère ?

Le général secoua la tête.

— Il faut dire que, sans réseau télien, les nouvelles mettent des mois à se répandre à travers les colonies de la Hanse, et ça prend plus longtemps encore si l'on veut obtenir des rapports vérifiables de l'intérieur de l'Empire ildiran.

Cette évocation assombrit le visage de Basil.

— Si nous possédions davantage de prêtres Verts répartis sur des postes de contrôle réguliers autour du Bras spiral, nous n'aurions pas ces problèmes de communication.

Le roi jugea qu'il était temps de tenir son rôle.

— Par mon sceptre et mon épée, Basil, inutile de compliquer l'affaire avec ces vieux sujets épineux. Le peuple réclame des explications. Comment vais-je répondre ? Je fais grand cas de vos avis.

Basil fronça les sourcils.

— Vous exécuterez mes ordres.

Le roi s'efforça de ne pas paraître blessé par la rebuffade.

— Alors, donnez-moi des ordres, Basil. Dites-moi quoi faire.

De nuit, le Palais des Murmures, vu depuis les zeppelins d'observation, évoquait un défilé aux chandelles. Des torches brûlaient perpétuellement en haut de chaque flèche et coupole, de chaque lampadaire et pile de pont. Chacun exhibait une chandelle ou une lampe, de la foule sur la place ou le pont du Canal royal, jusqu'à ceux qui disposaient d'invitations spéciales pour attendre dans le parc privé du Palais.

Accompagné par une procession de conseillers ainsi que par un des prêtres Verts en fonction sur Terre, et suivi de nombreux émissaires en uniforme venus d'importantes colonies hanséatiques, le Vieux roi Frederick marchait en direction du pont. La foule levait haut les chandelles et les globes lumineux au passage du suzerain, au fur et à mesure que les gardes royaux ouvraient la voie.

Au sein de la cohue, un robot klikiss observait simplement le spectacle, creusant un vide autour de lui. Cela mit Frederick mal à l'aise, et il fronça les sourcils.

Les conseillers du roi avaient paré l'habit de ce dernier de noir mat et de violet, les couleurs du deuil. Il marchait d'un pas solennel, comme s'il portait un poids immense sur les épaules. La musique processionnelle était lente et grave, à l'instar d'un requiem. Le Pèrarque de l'Unisson avait déjà dirigé la prière, offrant des mots de consolation. La principale fonction du Pèrarque consistait à maintenir les gens en paix – une tâche guère différente de celle du roi.

Une rumeur parcourut la foule silencieuse lorsque Frederick atteignit enfin le bord du pont suspendu enjambant le Canal royal. Là, quatre réverbères se dressaient en sentinelle, leur flamme crachant et brûlant vers le ciel.

Basil surveillait la cérémonie depuis un balcon élevé, à l'intérieur du dôme principal du Palais des Murmures. Il avait donné des instructions précises quant au déroulement des événements. La synchronisation était primordiale.

Frederick avait récemment commis des erreurs, il le savait. Mais, cette fois, il était décidé à utiliser toute son éloquence, sans négliger l'émotion. Il désirait exprimer tout le chagrin dont il était capable. Des larmes sincères perlèrent au coin de ses yeux, et l'une d'elles traça un sillon sur sa joue. Les caméras capteraient cela en gros plan.

Sa voix tonna, chaude et paternelle :

— Voici de nombreuses années que la Ligue Hanséatique terrienne aide l'humanité à s'étendre dans le Bras spiral. Nous nous sommes installés sur une multitude de mondes, apportant notre civilisation à la communauté galactique. Mais, si grands que soient nos talents et nos exploits, nous avons hélas failli. (Il s'interrompit, comme pour reprendre des forces.) Il y a peu, j'ai annoncé la création d'un soleil, grâce à l'ingéniosité et à l'énergie humaines. Ses lunes devaient être aménagées en colonies, ajouta-t-il en baissant la tête.

» Aujourd'hui, je me sens aussi triste qu'un père qui a perdu ses enfants. Par une attaque surprise, un agresseur non identifié a étouffé l'espoir que nous avions mis en ces mondes, nommés en l'honneur de mes prédécesseurs. Nous devons comprendre pourquoi cela s'est produit. Et nous devons nous venger. (Il leva la tête pour observer les flammes qui crépitaient sur les piles du pont.) Mais d'abord, recueillons-nous.

Il s'approcha de l'un des quatre piliers qui figuraient les quatre lunes détruites. Il atteignit le premier des majestueux pylônes.

— Ces feux étaient supposés être éternels, brûlant en l'honneur des mondes colonisés par les hommes. Aujourd'hui, hélas, quatre d'entre eux doivent être éteints.

Il toucha la base en métal du pilier le plus proche. À l'intérieur du palais, les techniciens sous les ordres de Basil cessèrent d'alimenter la flamme, éteignant symboliquement le feu rayonnant.

Lorsque les quatre piles du pont furent toutes plongées dans le noir, le roi recula et tendit ses bras vers la foule.

— C'est la première fois dans toute l'Histoire qu'un roi est contraint à ce geste.

L'accablement saisit la foule. La consternation et l'inquiétude ne tarderaient pas à se répandre à l'intérieur des mondes de la Hanse. Frederick conclut :

— Prions pour que ce soit la dernière fois.

44

Estarra

Les équipes de travail theroniennes convertissaient la vermitière vide en complexe d'habitations, tandis qu'Estarra passait son temps en compagnie de Beneto et de ses surgeons. Elle se tenait agenouillée à ses côtés tandis qu'il la guidait de ses doigts assurés, lui indiquant où ameublir la terre, dans quelles proportions arroser.

Faisant bruire le sous-bois à son passage, Celli surgit dans la clairière, secouée de sanglots silencieux, les joues sillonnées de larmes.

— Beneto, quelque chose est arrivé à mon lucane géant. S'il te plaît, regarde ! Toi, tu sauras ce qui ne va pas.

Elle portait dans ses bras son lucane apprivoisé de la taille d'un chien. Les ailes de ce dernier pendaient comme des voiles affaissées. Sarein aurait volontiers grondé Celli au sujet de son engouement enfantin pour un insecte sans cervelle, mais Beneto adressa à la fillette un regard de profonde sympathie.

— Viens avec moi. Ton lucane géant aime les prairies en plein air, là où son instinct le pousse à aller.

Il caressa la tête vernissée et allongée du lucane. Les huit pattes segmentées se contractèrent et se détendirent, comme si l'insecte rêvait qu'il escaladait une fleur géante.

Beneto conduisit ses sœurs à travers de hautes herbes folles et des prés bruissants, autour de troncs massifs d'arbremondes, jusqu'à une prairie débordant de lis ; les fleurs avaient l'envergure de cuves de suc. Des lucanes géants volaient dans la prairie. Ce nouvel environnement parut ranimer l'animal de Celli. Ses ailes se mirent à vibrer.

Beneto désigna des ailes de lucanes géants, dispersées comme des vitraux à travers toute la prairie.

— Regarde le sol, Celli.

La décomposition faisait rapidement disparaître les dépouilles des insectes morts, mais les ailes translucides, plus résistantes, demeuraient, vestiges de leur existence brève mais pleine de couleurs éblouissantes.

— Nous avons tous notre vie, sœurette. Ce qui compte n'est pas sa durée, mais ce qu'on en *fait*. J'œuvre pour la forêt-monde. Un jour, Reynald sera Père de Theroc. Sarein va devenir ambassadrice sur Terre. Estarra et toi devez décider de ce que vous accomplirez. (Il tendit le bras pour caresser le corps lustré du lucane géant.) Ta bestiole a sa propre vie, elle aussi. Que penses-tu qu'elle veuille accomplir ?

Le lucane géant battit de nouveau des ailes, tirant sur sa laisse pour rejoindre ses congénères dans la prairie fleurie.

— Il me tient compagnie, répondit Celli.

— Est-ce ce qu'il devait accomplir ?

— C'est mon chouchou. Je l'aime. (Puis, alors que Beneto regardait l'activité des autres lucanes, elle parut saisir ce qu'il avait suggéré.) Oh. Peut-être qu'il n'est pas malade, mais juste seul.

— Celli, dit Estarra, donne-lui quelques jours pour voler dans la prairie et se nourrir des fleurs. Il connaît le chemin de ta chambre, s'il veut toujours te rendre visite.

À contrecœur, la fillette desserra les attaches de la laisse. Le lucane s'envola, battant des ailes avec grâce. Il parut immédiatement revigoré, tourbillonnant dans les courants ascendants. Puis il vola jusqu'aux fleurs de couleurs vives, palpant les autres insectes, communiquant au moyen de phéromones ou d'infrasons. Durant un long moment, ils le regardèrent danser dans les airs, puis ils retournèrent ensemble au récif de fongus, marchant tout près les uns des autres. Celli, éplorée, continuait de regarder par-dessus son épaule en direction de la prairie…

Cette nuit-là, après que la fillette se fut endormie sur sa couche, le lucane géant revint tranquillement dans la chambre ouverte sur la jungle. Il atterrit sur la silhouette endormie, étendant ses ailes comme un couvre-lit. Celli remua et marmonna, mais ne se réveilla pas lorsque le magnifique insecte battit des ailes une dernière fois, puis mourut sur la couverture.

Ses longues tresses nouées afin de ne pas la gêner, Estarra rejoignit l'équipe d'aménagement dans la vermitière vide, et se mit à nettoyer les déchets que les invertébrés géants avaient laissés dans leur nid. Frottant avec vigueur, elle polissait les parois et marquait les endroits où incruster des meubles ainsi que les ouvertures à découper. Des ouvriers consolidaient des voûtes, condamnaient des galeries sans issue dans l'intention de les utiliser comme salles de stockage, et abattaient de minces parois en les déchirant, dans le but d'étendre les quartiers d'habitation. Il leur avait fallu un certain temps pour dresser une carte des passages sinueux, mais le complexe d'habitations commençait à prendre forme.

Les vers ne suivaient pas de plans tracés à la convenance des êtres humains ; les Theroniens devraient donc s'accommoder de la structure et des couloirs d'origine. Certaines galeries s'avéraient assez grandes pour qu'un homme puisse y marcher debout, mais d'autres nécessitaient de ramper de pièce en pièce. Les gens apprendraient à se repérer dans ce labyrinthe, élargiraient certains des tunnels ; bientôt cet endroit deviendrait un grand ensemble plein d'animation. De nombreuses familles s'étaient déjà adressées à Père Idriss et Mère Alexa afin d'obtenir des appartements.

Au-dehors, deux jeunes casse-cou se donnaient la chasse. Ils volaient sur des planeurs bricolés à partir d'ailes de lucanes géants et de divers rebuts encore fonctionnels provenant du *Caillié*. Estarra mourait d'envie d'aller jouer dehors avec eux, mais elle avait des responsabilités, à présent. Cette vermitière était sa découverte, elle désirait y imprimer sa marque. Au début, les architectes avaient regardé Estarra avec condescendance, s'attendant à ce qu'elle s'en aille. Mais elle s'était révélée aussi appliquée et dévouée que le reste de l'équipe.

Travaillant sur l'enceinte de la vermitière, Estarra utilisait un outil de coupe à chaud pour trancher dans le matériau cartonneux. Elle fit une percée sur l'extérieur, afin de créer une fenêtre dans le fronton. Celle-ci serait décorative et colorée, grâce aux ailes de lucane… Une belle façon de commémorer l'animal favori de Celli.

Après avoir découpé l'ouverture, Estarra souleva l'une des ailes de l'insecte mort, qui évoquait un pan de vitrail. Des ailes de lucane avaient été fixées aux vasistas et aux puits de lumière, afin de baigner les salles de reflets multicolores. Une fois qu'Estarra aurait appliqué les quatre ailes contre l'ouverture, la pièce ressemblerait à une ancienne cathédrale.

Utilisant un récipient rempli de ciment de sève, Estarra enduisit les coins de la fenêtre. La substance adhésive sécherait jusqu'à devenir aussi dure que du fer, maintenant en place les ailes multicolores. Puis elle recula pour admirer son œuvre. C'était une splendide adjonction au nouveau complexe d'habitations que tout le monde pourrait contempler. Estarra songea que sa petite sœur apprécierait.

45

Nira

D'importantes obligations incombaient à Nira, mais elle aimait toujours pratiquer ses anciennes activités. Au moins une fois par semaine, la nouvelle prêtresse Verte échangeait ses tâches afin de pouvoir grimper dans les cimes et faire la lecture à la forêt-monde. Elle songeait qu'il n'y avait rien de plus noble que de raconter des histoires.

En équilibre sur un rameau épais, elle lisait d'une voix altérée par l'émotion la légende de Sire Gauvain et du Chevalier vert. Elle-même ignorait comment l'aventure finissait. Elle la découvrait au fur et à mesure, et savait que la forêt était aussi enthousiaste qu'elle. À travers sa peau nue, la jeune fille sentait les arbres réagir comme un auditoire.

À l'achèvement de son récit, Nira caressa l'écorce squameuse. Mettant en pratique ses nouvelles aptitudes, elle se raccorda à l'arbre, tissant un fil de télien à travers la forêt tout entière. Elle pouvait accéder à n'importe quelle partie de la base de données en perpétuelle croissance. Les arbres constituaient davantage qu'une simple encyclopédie : Nira pouvait les consulter, disposer de l'intégralité des informations collectées et synthétisées. Les arbremondes préservaient néanmoins certains secrets, y compris vis-à-vis de prêtres Verts importants comme Yarrod.

Pour le plaisir, Nira sonda la forêt-monde et capta un flot d'histoires. Bientôt, son esprit se trouva saturé de légendes. Il lui faudrait de nombreuses nuits agitées de rêves colorés pour assimiler tout le savoir qu'elle avait déjà emmagasiné. Avec un soupir de gratitude, elle rompit le télien.

Nira perçut une vibration dans les frondaisons, signalant l'approche d'un prêtre. Elle n'eut pas besoin de regarder : les arbremondes identifièrent le visiteur comme Otema, l'ambassadrice qui avait servi de nombreuses années sur Terre. Surprise et intimidée, Nira se retourna. Ce n'était sans doute pas elle que cherchait la vieille prêtresse sévère et cultivée.

En dépit de son grand âge, Otema grimpait avec la grâce et la vélocité d'un lézard arboricole. Elle rejoignit Nira sur le large rameau palmé, et scruta la forêt.

— Je me rappelle à quel point j'étais excitée lorsque j'ai endossé la robe verte, à la perspective de tout ce que j'avais à apprendre.

Elle braqua son attention sur Nira ; son regard sombre semblait lointain… nostalgique, lorsqu'elle précisa :

— Après plus d'un siècle, l'enchantement et la splendeur de la forêt-monde ne faiblissent jamais. Les arbres m'ensorcellent autant aujourd'hui que quand j'avais ton âge.

Nira ne sut que répondre.

— Je… je vous remercie de votre avis, Ambassadrice Otema.

— Appelle-moi juste Otema, mon enfant. Les prêtres Verts n'ont que faire de ces titres.

Rassemblant son courage, Nira se lança :

— Oui… Otema. Je suis surprise de vous voir ici. Est-ce que vous cherchez quelqu'un ?

Les deux femmes, debout sur une étroite branche des cimes, composaient un étrange tableau.

— Oui, et je l'ai trouvé. Yarrod m'a confié que tu serais là-haut, bien que ce ne soit pas ton jour de lecture aux arbres.

Nira étreignit son pad, sur la défensive.

— Chacun de nous se rend utile en fonction de ses aptitudes et de ses inclinations. Je suis une lectrice accomplie, et j'aime venir ici, ajouta-t-elle en effleurant les lignes sombres autour de sa bouche.

— Les histoires t'amusent, alors ? Les aventures, les légendes et les mythes ?

Nira tenta de percevoir de la réprobation dans le ton de la vieille femme, mais n'en trouva aucune. Elle hocha simplement la tête.

— Intéressant, dit Otema. J'ai observé ta famille, et je me demande d'où te vient cet intérêt pour les légendes. Ta mère te racontait des histoires, quand tu étais petite ?

— Pas du tout. En fait, c'est l'une des raisons qui m'ont rendue heureuse d'être reliée à la forêt-monde : cela m'a ouvert un nouvel univers, que je n'aurais jamais pu trouver à la maison.

Aînée de huit enfants, Nira était issue d'une famille relativement modeste, habitant dans l'une des plus anciennes vermitières résidentielles. Le logement, à l'origine assez confortable pour ses parents, s'était transformé en camp surpeuplé à mesure que la famille s'était agrandie. Lorsque Nira avait choisi la voie de la prêtrise en devenant acolyte, sa famille s'était attristée de la voir partir, mais l'espace vital ainsi gagné avait été le bienvenu.

Nira avait toujours été une intellectuelle passionnée de livres, alors que ses parents et sa fratrie se contentaient de travailler dans les jardins ou les vergers. Ses parents passaient leur temps libre en jeux et en divertissements, participant aux festivals et à des discussions entre amis. Nira, en revanche, préférait la lecture.

— Je cherche quelqu'un qui aime les histoires, dit Otema. Cette personne me serait d'une grande utilité pour ma prochaine mission.

Le cœur de Nira bondit. Ce que l'ambassadrice avait en tête l'intriguait. Elle se remémora les nombreuses fois où, profitant de quelques instants de solitude, elle lisait pour elle-même, accroupie contre un mur incurvé de la vermitière. La jeune fille aimait sa famille, mais ils ne la comprenaient pas. Elle se faisait parfois l'impression d'être un coucou éclos dans le mauvais nid.

Un millier de questions se bousculèrent sous son crâne, mais elle demeura silencieuse, patientant poliment, les yeux brillant de curiosité.

— Reynald est revenu de son périple, poursuivit Otema. Il a vu de nombreux mondes, parlé à de grands dirigeants ; il s'est imprégné de cultures étranges.

— J'ai écouté avec ferveur tous ses comptes-rendus, fit Nira.

Otema désirait-elle qu'elle fasse office d'historienne et archive les aventures de Reynald, afin que celles-ci soient stockées dans la base de données de la forêt-monde ?

— Reynald a parlé avec Jora'h, le Premier Attitré ildiran. Il lui a demandé une faveur remarquable. As-tu entendu parler de *La Saga des Sept Soleils* ?

— Bien sûr, répondit Nira. C'est censé être la plus longue épopée jamais conçue. Il faudrait plusieurs années rien que pour la lire.

— Des années et des années ne suffiraient pas à en intégrer même une petite fraction, rétorqua Otema. Reynald a reçu une autorisation pour que deux prêtres Verts aillent étudier *La Saga*. Nous pouvons la lire, la consigner, et raconter les histoires aux surgeons que nous aurons apportés. *La Saga* est bien trop vaste pour que quiconque soit capable de l'assimiler, même en toute une vie.

Nira souffla, puis masqua sa bouche. Sa gorge était devenue sèche.

— Depuis que mes obligations sur Terre se sont achevées, Père Idriss et Mère Alexa ont cherché une tâche afin de m'occuper. J'ai été éloignée de la forêt-monde pendant trop longtemps, et je n'ai pas l'intention de m'asseoir et d'arroser des surgeons.

Nira fit un bond en avant.

— Vous allez voyager jusqu'à Ildira ?

Le visage d'Otema s'épanouit.

— Pas seule, mon enfant. C'est une tâche considérable, et Reynald a obtenu la permission d'envoyer *deux* prêtres Verts. Nira, j'aimerais te demander de devenir mon assistante, mon accompagnatrice et mon apprentie. Nous voyagerons ensemble vers Ildira, sous la lumière des sept soleils.

Bien qu'ils aient mis du temps à réaliser la nouvelle, la famille de Nira avait peine à croire à la chance de leur fille. Les parents, Garris et Meena Khali, ne songeaient guère aux autres mondes ; l'épaisse forêt de Theroc s'étendait déjà au-delà de leur imagination. Quant à Nira, elle concevait difficilement sa traversée du Bras spiral jusqu'à la capitale d'un immense empire extraterrestre. Elle resterait absente de Theroc de longues années, loin des forêts, loin des prêtres Verts et de sa famille. Mais elle s'était exercée au télien : aussi longtemps qu'elle toucherait un surgeon, elle resterait en contact avec la totalité de la forêt-monde. Elle n'avait aucune raison d'être inquiète – seulement excitée.

Nira déjeuna avec sa famille dans leur logement exigu. Garris voulut appeler tous les voisins de la vermitière surpeuplée, afin qu'ils puissent faire leurs adieux à Nira. Ce serait une grande fête, une bonne occasion de bavarder. Nira, terrifiée à l'idée d'affronter une telle assemblée, argua qu'il lui restait beaucoup trop de choses à faire avant son départ. Le vaisseau marchand arrivait dans moins de vingt-quatre heures pour les emmener sur Ildira.

Un large sourire aux lèvres, la jeune fille regarda le visage fatigué de sa mère, puis l'expression radieuse de son père.

— Néanmoins, j'ai demandé un service. Avant de partir, j'ai une surprise pour vous.

Avoir été choisie comme accompagnatrice d'Otema lui avait conféré une importance suffisante pour qu'elle ose adresser une requête à Père Idriss et Mère Alexa. La vieille ambassadrice avait donné son aval. Ce matin-là, Nira avait reçu une réponse affirmative.

— Père, je me suis arrangée pour que notre famille obtienne l'un des premiers logements de la nouvelle vermitière découverte par Estarra. (Elle sourit en voyant que ses parents avaient le souffle coupé par l'incrédulité.) Vous pourrez choisir les plus grandes pièces, aussitôt que vous serez prêts à déménager.

Abasourdi par leur bonne fortune, Garris s'avança pour serrer maladroitement sa fille dans ses bras. Quant à sa mère, elle ne pouvait en croire ses oreilles.

— Merci, merci !

Embarrassée par leur gratitude, Nira sentit sa peau verte piquer un fard.

— Je suis heureuse d'avoir pu être une dernière fois utile à ma famille, dit-elle, avant d'embarquer pour ma grande aventure.

46

Jess Tamblyn

Les Vagabonds s'étaient réunis sur Plumas, le foyer ancestral du clan Tamblyn, afin d'y dresser un mémorial.

Bram Tamblyn avait les traits pâles et tirés. C'était avec des gestes de robot qu'il remplissait son devoir d'accueillir les porte-parole des principales familles. Le visage impassible du vieillard était traversé de soudaines vagues de désarroi, au fur et à mesure que les invités lui présentaient leurs condoléances.

Son dernier fils, Jess, se tenait à ses côtés, hébété mais tâchant de se montrer fort pour deux. Il portait une parka chaude, dont la capuche doublée de fourrure couronnait son visage. Chacune de ses expirations faisait naître de la buée, mais ce n'était pas le froid qui l'engourdissait. Il se devait d'être ici, de commémorer le souvenir de son frère. Quatre de ses oncles, les frères de Bram, étaient également venus en tant que représentants du clan Tamblyn ; Jess savait qu'à partir de maintenant, ils allaient prendre une part plus active dans l'entreprise de puisage de la famille.

Tandis qu'il parlait aux chefs de clans et acceptait leurs paroles de réconfort sincères, Jess lut dans leurs yeux davantage que le chagrin partagé. Il reconnut une crainte profondément ancrée. Personne ne savait ce qui avait provoqué la catastrophe de Golgen, pas plus que l'on ne pouvait deviner l'origine de l'attaque de la station du Ciel Bleu… ni même s'il était possible qu'une telle attaque se reproduise.

En raison de son âge, l'Oratrice Jhy Okiah n'était pas venue sur Plumas assister aux funérailles. Une vie entière passée en gravité réduite avait fragilisé son corps et ses os. Elle avait envoyé à sa place sa protégée, Cesca Peroni. Jess la salua au pied de l'ascenseur traversant la chape de glace. Son cœur égaré se brisa à sa vue, car il connaissait la raison de sa présence.

Sur Rendez-Vous, tous deux avaient éprouvé le même effarement lorsqu'ils avaient entendu la nouvelle de Del Kellum. Aujourd'hui, Cesca était sur Plumas, habillée des vêtements de deuil rituels des veuves de Vagabonds. Bien qu'elle n'ait été que fiancée à Ross, son choix vestimentaire ne paraissait pas déplacé : un bleu et un violet foncés, brodés sur un vert émeraude. On avait assagi les habituelles couleurs vives. Sa longue robe chaude et ses bottes en fourrure arboraient les motifs géométriques brodés de la Chaîne des Vagabonds, symbole du lien existant entre les clans, et signalant que leur culture était marquée par une unité fondamentale, primant sur l'individu.

La petite sœur de Jess, Tasia, se tenait près de la plate-forme de glace. Elle observait l'arrivée de chaque groupe de visiteurs à travers les puits perçant le plafond. À côté d'elle, son comper EA énonçait chaque nom. D'ordinaire, Tasia adorait la compagnie, bavardait avec les invités, et faisait étalage d'objets insolites dénichés sur les étendues de glace. Aujourd'hui, soutenue par ses oncles, elle paraissait maussade et déboussolée, en colère contre un ennemi invisible. Lorsqu'elle vit le manteau de deuil de Cesca, la jeune fille, d'ordinaire pleine de vitalité, s'effondra. Elle s'enfuit en direction des refuges bombés, protégés du froid et du bruit extérieur. Ainsi isolée, elle pourrait donner libre cours à son chagrin.

Plumas possédait une carapace de glace de plusieurs kilomètres d'épaisseur, flottant sur une mer profonde qui recouvrait un petit noyau rocheux. Il arrivait à cette banquise de se rompre telle une peau gercée, creusant des failles à la surface, par où l'eau suintait, avant de retourner à l'état de glace.

Loin sous cette peau protectrice, réchauffée par la pression due au poids de la glace, par les forces de marée et l'irradiation du cœur rocheux, Plumas conservait un océan liquide. D'ambitieux Vagabonds avaient foré des puits à travers la surface afin de capter l'eau nécessaire à leurs besoins. Les aïeux du clan Tamblyn avaient lancé l'exploitation de puisage sur Plumas. Ils vendaient le précieux liquide, mais aussi ses composants : l'oxygène, ainsi que le combustible indispensable au système interne des fusées. La famille Tamblyn était également à l'origine d'une ville bâtie sous la croûte gelée de la lune.

Les Vagabonds avaient transporté leurs refuges préfabriqués dans les bulles d'air situées sous la voûte de glace, puis les avaient érigés sur des saillies en surplomb des eaux souterraines. L'océan de Plumas avait engendré du plancton, des lichens, et même des nématodes des abysses, véritables fossiles vivants. Lorsque les Vagabonds apportèrent leurs soleils artificiels, l'environnement explosa de vie. La lumière phosphorescente cascadait à travers le plafond gelé telle une aurore piégée dans le ciel, et peinte en nature morte.

Plumas était l'une des plus extraordinaires colonies de Vagabonds, preuve vivante que ce peuple nomade plein de ressources pouvait s'installer dans des conditions bien plus extrêmes qu'aucun colon de la Hanse n'oserait l'envisager. La famille de Jess avait découvert cet endroit, et en avait fait sa base fortifiée.

Bram Tamblyn paraissait à peine capable de se tenir debout. Ce vieillard si coriace, véritable bête de somme que jamais rien ne ralentissait, paraissait à présent sur le point de s'effondrer.

— Pourquoi ne vas-tu pas te reposer, papa ? Parle avec tes frères. Je m'occupe des préparatifs finaux. Il n'est pas prévu de commencer la cérémonie avant quatre heures.

Bram ne répondit pas. La compassion de son fils semblait le contrarier. Sa femme avait péri des années auparavant dans un accident en surface. Elle était tombée dans un trou d'eau glacée, où elle resterait préservée à jamais, loin des regards. Les yeux du vieillard étaient rouges ; les rides de sa peau crevassée par le froid creusaient son visage.

Jess se sentit seul, debout sur la jetée de glace, à regarder les eaux grises de la mer souterraine. Si seulement il pouvait n'être qu'une statue… Il leva les yeux vers la voûte du ciel. Le plafond se parait de bleu et de blanc, illuminé par les soleils artificiels incrustés dans la glace : des globes d'éclairage qui diffusaient chaleur et lumière en contrebas, partout dans l'alvéole cristalline.

Frissonnant, Jess alla voir s'il pouvait réconforter sa petite sœur avant le début des funérailles. Il avait de nombreux devoirs à accomplir avant la fin de la journée.

Les chefs de clans en visite et les membres de la famille Tamblyn se réunirent sur la saillie de glace. Le silence assourdissait Plumas. Une brume légère se sublimait de la banquise pour glisser au-dessus des eaux aux reflets de mercure, telle l'haleine d'un dragon endormi.

Le vieux Bram évoquait un épouvantail, attifé de multiples épaisseurs de maillots et de vestons, ainsi que d'un manteau déguenillé qui couvrait ses épaules. Il était debout sur un appontement de glace, plusieurs mètres au-dessus des eaux calmes. Jess et Tasia se tenaient près de lui, Cesca demeurait en retrait.

Un radeau en forme de coffre, fait d'onéreuse cellulose compressée, flottait. Les planches avaient été achetées à des Vagabonds commerçants, descendues sur la planète puis assemblées une à une. L'essentiel du coût avait été pris en charge par l'Oratrice Okiah et son clan, bien que Bram ait insisté pour la rembourser. À l'intérieur du container flottant reposait une effigie de Ross Tamblyn, enveloppée dans les quelques vieux vêtements qu'il avait laissés, lorsque son père et lui s'étaient séparés.

Jess s'était proposé pour prononcer l'éloge funèbre, mais Bram n'avait pas voulu en entendre parler. Après avoir invoqué la sagesse du Guide Lumineux, le vieillard parla d'une voix fluette qui se répercutait au-dessus des eaux :

— Voici tout ce qui reste de mon fils. Aucun débris de la station du Ciel Bleu n'a été retrouvé après sa destruction. Néanmoins, il nous reste le souvenir de Ross, nos moments d'affection, le temps que nous avons passé ensemble… (Les tendons saillaient comme des cordes sur son cou. Sa voix faiblit, puis se fêla.) Et la culpabilité, pour toutes les choses que nous n'avons pas faites, et que nous ne pourrons plus jamais faire.

» Puisque nous ne possédons rien d'autre de mon fils Ross, nous nous en contenterons, ajouta Bram en levant les yeux vers le couvercle obturant le ciel. Voici notre monument à sa mémoire.

Les Vagabonds répétèrent :

— Voici notre monument à sa mémoire.

Jess et Tasia s'avancèrent, et pressèrent chacun le bouton d'allumage d'une torche. Ils levèrent les flammes, qui brillaient comme des chandelles, au-dessus de l'océan immobile et froid. Bram Tamblyn fouilla dans l'une de ses nombreuses poches et en ressortit lui aussi une torche. Les trois flammes resplendirent.

La voix de Bram se mit à chevroter.

— Ross était mon fils aîné. Il a brûlé de mille feux ardents… Oui, Ross était ardent. Mais sa lumière et sa vie ont été soufflées trop tôt.

Tous trois jetèrent de concert leur torche sur le radeau. Celui-ci avait été rembourré de feuilles de varech des glaces imprégnées de gel combustible. Le varech s'enflamma violemment, crépitant dans une fumée noire autour de l'effigie de Ross. Bram dénoua la corde de la cheville d'amarrage ancrée dans la plaque de glace, puis, au moyen d'une perche, poussa le radeau funéraire vers le large. Comme les flammes s'élevaient plus haut, le radeau dériva dans le courant, pour être peu à peu emporté sur la mer sombre et plate.

Jess partageait son attention entre le brasier funéraire et son père. Il aurait souhaité pouvoir l'aider davantage. En dépit de leur querelle, le vieillard avait été fier de son fils aîné, impressionné par tout ce que Ross avait accompli.

Le feu s'accrut comme le radeau s'éloignait sur la mer glacée. Le ciel bas réfléchissait les flammes orange sur la glace. Attirés par la lumière, de grands nématodes primitifs montèrent des fonds abyssaux, pour sortir leur tête lisse et aveugle dans la poche d'air. Les nématodes étaient des bêtes écarlates au corps épais, dotées de gueules circulaires garnies de minuscules dents semblables à des diamants, qu'ils utilisaient probablement pour percer des trous dans les parois de glace.

Les Vagabonds qui regardaient eurent le souffle coupé, devant le spectacle de ces créatures rares. Cesca se rapprocha de Jess. Il sentait sa présence, mais ne pouvait détacher son regard des formes ondulantes qui se dessinaient autour du radeau embrasé.

Le feu déclinait à présent, à mesure que le radeau s'éparpillait en morceaux de bois carbonisé. Les nématodes l'entourèrent, produisant un chœur d'étranges mugissements, sinistres mais magnifiques, qui roulèrent jusqu'à la voûte gelée du plafond.

Le chagrin mystérieux exprimé dans le chant des nématodes fut plus que Jess ne pouvait supporter. Il sentit Cesca lui saisir le bras en signe d'amour. Lorsqu'il se tourna pour regarder son père, il fut saisi en voyant des larmes couler sur son visage sillonné de rides.

47

Le général Kurt Lanyan

Les ruines du système d'Oncier ne recelaient, à part quelques débris, ni survivant, ni cadavre – et encore moins d'indices sur ce qui était arrivé à l'équipe de recherches du docteur Serizawa. Les quatre lunes avaient été réduites en miettes instantanément gelées, en voie de former un anneau autour de la nouvelle planète-étoile brûlante.

Mais le général Lanyan n'avait pas mené jusque-là sa flèche de reconnaissance rapide pour s'apitoyer. Il n'avait aucune idée de la nature de l'ennemi. La force qui avait attaqué, de quelque nature qu'elle soit, était assez puissante pour désintégrer des *lunes* entières. Le Président Wenceslas l'avait envoyé ici trouver des réponses, afin d'apprendre comment les Forces Terriennes de Défense pourraient se protéger, elles et les colonies.

Tandis que la flèche de reconnaissance croisait autour de la géante gazeuse enflammée, l'équipage de surveillance filmait les scories. Le personnel du vaisseau était composé des meilleurs techniciens et experts en communication. Une analyse fine des débris en orbite serait nécessaire, rien que pour déterminer ceux qui provenaient des lunes, et ceux de la plate-forme d'observation.

— Ces scientifiques étaient seuls ici, grommela Lanyan. Ils n'ont même pas pu appeler à l'aide. Si seulement ces satanés Theroniens nous prêtaient davantage de prêtres Verts, nous aurions affecté l'un d'eux ici pour le télien. Le docteur Serizawa aurait pu envoyer un message dès la première alerte. Au moins, nous saurions ce qui s'est passé.

Lanyan n'arrivait pas à comprendre la raison pour laquelle le Président n'avait pas simplement fait lancer par le roi un ultimatum aux Theroniens et enrôlé autant de prêtres Verts qu'ils en avaient besoin. Comment les habitants d'une forêt primitive pouvaient-ils lutter contre une action concertée des FTD, si la Hanse décidait de faire étalage de sa force ?

Un géologue leva les yeux de sa console.

— Les premières scanographies nous ont livré quelques informations, monsieur. Tous les débris montrent le même degré de refroidissement. Par conséquent, la destruction est survenue sur une très courte période – en fait, inconcevablement courte. D'après moi, les quatre lunes et notre station ont été détruites à quelques heures d'intervalle.

Le général éprouva un sentiment d'angoisse.

— Des heures ! Qu'est-ce qui pourrait détruire quatre lunes entières en seulement quelques heures ?

Contre quoi nous dressons-nous ?

Le pilote leva les yeux vers Lanyan.

— Les secours n'auraient eu aucune chance d'arriver à temps, Général, même si le docteur Serizawa avait eu accès au télien. À la vitesse maximale des propulseurs interstellaires, il leur aurait fallu près d'une semaine, depuis le déploiement des FTD les plus proches. Il n'y avait tout simplement aucune chance de les secourir.

— Et nous aurions perdu un prêtre Vert, admit Lanyan.

Mais quand même, bon sang, on aurait pu savoir ce qui s'est passé !

Il détestait avoir les mains liées, d'une part par l'arrogance de ces types qui baratinaient les arbres, et d'autre part par la vitesse de la lumière.

Cependant, l'extrême lenteur et la prévisibilité des transmissions EM standard lui offraient une chance. L'émission d'urgence de Serizawa avait dû être diffusée dans toutes les directions, mais elle n'avait pu aller bien loin – une distance très précise, en réalité. Lanyan pouvait voyager jusque-là pour intercepter l'onde.

La flèche de reconnaissance accéléra autour d'Oncier, prenant une série d'images au passage. Puis le vaisseau bondit encore avant de s'éloigner de l'étoile nouveau-née.

Le général plissa ses yeux d'un bleu de glace.

— J'ai besoin d'une analyse rapide, lieutenant. On a déterminé l'heure précise de l'attaque. Maintenant, calculez la distance exacte qu'un signal omnidirectionnel parcourt pendant cette durée. Je veux capter ce front d'onde avant qu'il se détériore trop.

À sa console, le lieutenant traita les chiffres dans les ordinateurs rapides, jusqu'à obtenir la réponse. Le général ordonna au navigateur pilote de suivre le nouveau cap.

— Engagez la propulsion interstellaire.

Bien qu'aucune accélération spectaculaire ne se fasse ressentir, la flèche bondit en avant, disparaissant du continuum espace-temps afin de rattraper les ondes électromagnétiques datant de plusieurs semaines.

La propulsion interstellaire ildirane leur permettait de voyager à une vitesse supérieure à celle de la lumière. Le général Lanyan disposait donc d'une occasion unique de court-circuiter la réalité et de surprendre une transmission que le docteur Serizawa avait pu envoyer au cours de la mystérieuse attaque.

Se basant sur les rapports de l'équipe de surveillance de terraformation, aussi bien que sur les relevés que les experts venaient de synthétiser, ils avaient déterminé avec une précision correcte la date et l'heure de la catastrophe. Doté de ces coordonnées temporelles, le vaisseau de reconnaissance de Lanyan pouvait précéder le signal, et intercepter le message évanescent.

Sur Terre, utilisant le roi Frederick comme porte-parole diplomatique, le Président Wenceslas avait présenté une requête officielle aux Ildirans, de la part d'un grand souverain à autre. Avec des mots fleuris, il avait demandé de l'aide, ou à défaut des informations au sujet de cette mystérieuse menace. Usant de tout le cérémonial diplomatique, l'adar de la Marine Solaire avait porté le message à son Mage Imperator, à Mijistra. Mais, bien que l'empereur ildiran ait manifesté surprise et consternation en apprenant la terrible attaque, il affirmait ne rien savoir en la matière.

Le général Lanyan doutait que la pompeuse Marine Solaire ildirane maîtrise assez de puissance pour détruire des mondes, mais il ne croyait pas non plus en l'ignorance totale du Mage Imperator. Pas une seconde.

— Nous arrivons, monsieur, annonça le navigateur pilote.

— Bien. Coupez la propulsion interstellaire, et demi-tour. On va attendre ici.

Le champ d'étoiles revint à la normale, et Lanyan fixa le désert vide de l'espace, loin de tout système solaire. S'ils n'avaient tenu compte que du temps de transmission ordinaire depuis Oncier, dix ans auraient été nécessaires pour détecter la dernière transmission de Serizawa.

— Nous saurons bientôt, dit-il, surtout pour lui-même.

— À supposer que le docteur Serizawa ait réellement envoyé un message, Général, fit remarquer le lieutenant-chef.

Lanyan répondit :

— Il a dû envoyer un signal. À moins que la station n'ait été vaporisée en premier.

La flèche de reconnaissance flottait, immobile dans l'espace, tandis que la galaxie tournait autour d'eux. Loin de là, les légères volutes d'une nébuleuse remplissaient le ciel.

Un quart d'heure plus tard, la mâchoire douloureuse à force de serrer les dents, Lanyan s'impatienta.

— En avant doucement, à un demi *c*. Procédons au mieux pour rattraper ce signal.

La flèche démarra, ses récepteurs à large fréquence ouverts, avides de capter l'impulsion électromagnétique qui avait été envoyée des semaines auparavant.

Gagné par l'inquiétude, Lanyan demanda à son lieutenant :

— Quelle est la marge d'erreur dans nos calculs ?

—Certainement inférieure à un jour, monsieur. Les relevés étaient assez…

Soudain, une décharge de parasites envahit leurs écrans. Le général se leva et regarda l'affichage principal. La transmission s'affina en une image nette du docteur Serizawa.

« … attaqués. Un vaisseau sphérique non identifié, d'une configuration insolite. Mon Dieu, ils ont déjà détruit l'une des lunes ! »

Serizawa se tourna.

« Vous vous rendez compte de cette puissance de feu ? »

Il ordonna à l'assistant des communications d'un ton brusque : *« Montrez les images de nos caméras extérieures. Il faut leur envoyer des données* utiles. *Ils n'ont pas besoin de voir mon visage. »*

La scène se modifia, et Lanyan regarda avec une curiosité glacée les orbes de guerre à coque de diamant, tandis que leurs éclairs bleutés fracassaient la deuxième lune d'Oncier.

Affaiblies par leur long voyage à travers l'espace, les images imprécises continuaient de parvenir aux récepteurs, pareilles aux légères ondulations d'une mare tranquille clapotant contre la coque d'un bateau. Lanyan et son équipage regardaient, le sang figé par l'horreur, les scientifiques qui envoyaient des messages désespérés, implorant pitié, tentant de comprendre. L'attaque extraterrestre continuait. Rien d'étonnant à ce que tout ait été détruit.

Non, se rendit compte le général, les Ildirans n'y étaient en effet pour rien. C'était quelque chose de nouveau. De pire. Ces monstrueux vaisseaux étrangers ne ressemblaient à rien de ce qu'il avait jamais vu, même dans ses pires cauchemars.

Une fois toutes les lunes d'Oncier anéanties, les vaisseaux cristallins convergèrent vers la plate-forme d'observation désarmée. Les traits électriques décrivirent de nouveau des arcs, engloutissant la station dans une unique lueur éclatante. Le signal fut enfin coupé.

À cet instant, Lanyan en avait vu plus qu'il ne l'aurait jamais souhaité.

48

Cesca Peroni

Cesca ne se trouvant pas sur Rendez-Vous comme attendu, le message urgent et le paquet de dépêches mirent une semaine à parvenir à la protégée de l'Oratrice. Le courrier avait déjà remis son rapport inquiétant à Jhy Okiah. Celle-ci avait envoyé le jeune homme et son vaisseau surchargé afin de trouver Cesca sous les glaces de Plumas.

Le courrier emprunta l'ascenseur des voyageurs pour descendre par un canal de pompage dans la glace. Il émergea dans une caverne glaciale, et cria à la ronde :

— Cesca Peroni ! Elle est encore ici ? J'ai un message urgent de Jhy Okiah.

Bien qu'elle soit restée la plupart du temps à l'intérieur près des radiateurs, Cesca n'avait pu fermer l'œil après les funérailles de Ross. Elle s'était habillée et faisait les cent pas sur le plateau de glace, contemplant les couleurs miroitantes enchâssées dans la voûte solide du ciel.

Elle affermit sa voix ; le jeune homme n'étant manifestement pas venu pour badiner :

— Je suis Cesca. Qu'y a-t-il ?

Jess et Bram Tamblyn firent irruption pour voir le visiteur. Flanquée d'EA, son comper argenté, Tasia apparut un instant plus tard, comme si cette visite impromptue l'intriguait malgré elle.

Le courrier avait des cheveux blonds et des yeux marron. Sa mâchoire carrée et son nez étaitent typiques du clan Burr, mais les motifs brodés de sa veste calorifuge indiquaient qu'il revendiquait également des liens de sang avec les Maylor et les Petrov.

— Une station scientifique de la Dinde a été détruite sur une géante gazeuse, avec ses quatre lunes ! s'exclama-t-il.

Il fouilla dans sa poche gauche, mais, ne trouvant rien, chercha dans les trois poches cousues sur le côté droit de son blouson. Enfin, il extirpa une visionneuse.

— Par le Guide Lumineux, une autre géante gazeuse ? fit Jess. L'une des nôtres ? Une station d'écopage s'y trouvait-elle ?

— Non. C'était Oncier, le monde qu'ils venaient d'enflammer pour fabriquer un soleil.

— Eux et leurs stupides expériences bellicistes, grommela Bram Tamblyn. Qu'est-ce que ça a à voir avec nous ? C'est leur test qui s'est retourné contre eux ?

Le Burr alluma sa visionneuse, et l'holo projeta une image aplatie de la transmission du docteur Serizawa interceptée par les FTD.

— Non, monsieur. Ils ont été attaqués, comme sur Golgen. L'un de nos marchands a déniché ceci parmi les communiqués d'urgence.

Cesca regarda avec horreur le démantèlement des lunes par les vaisseaux sphériques extraterrestres, puis l'anéantissement de la station de recherches scientifiques.

— Jhy Okiah croit que la même chose est arrivée à Ross et à la station du Ciel Bleu ?

— Telle est sa supposition, répondit le jeune homme.

— Ce n'est pas une supposition, fit Bram d'un ton sec. C'est évident !

Il oscilla, se cramponnant au bras de Jess. Son fils le soutint, mais ne fit aucun commentaire sur l'état précaire du vieillard.

Le courrier ajouta :

— Tout le monde est affolé. Ils ne savent pas ce que sont ces choses, ni comment réagir. Souvenez-vous, personne sur Terre n'a encore entendu parler de la destruction sur Golgen.

—Alors, peut-être devrait-on le leur dire, fit Cesca.

—L'Oratrice pensait que vous suggéreriez cela. Elle est disposée à informer le Président Wenceslas.

Tasia lança, consternée :

—Merdre, bien sûr qu'on devrait les informer ! C'est une menace qui nous concerne tous.

—Oui, mais les Vagabonds aiment garder leurs secrets, releva Cesca.

La jeune fille rétorqua :

—Nos secrets me rendent malade ! Quel bien cela fait-il de taire cette information ? Si ces… *choses* extraterrestres assaillent d'autres stations d'écopage, on sera forcés d'appeler les Terreux. On ne possède pas d'armée.

—Oh, ça me fait penser, reprit le courrier. Le roi Frederick en personne a demandé à son peuple d'accomplir son devoir patriotique, et de rester soudé. Il compte augmenter les défenses pour que l'humanité entière puisse lutter contre ces étranges adversaires. (Il tripota la visionneuse afin de retrouver un autre fichier.) J'ai enregistré le message exact du roi… Là, je peux le passer.

Bram Tamblyn intervint :

—Ça ne m'étonne pas que la Grosse Dinde utilise cette attaque imprévue comme excuse pour renforcer les FTD. Damnés Terreux !

—Comme excuse ? s'emporta Tasia. Comment peux-tu dire ça, papa ? Ces vaisseaux ont tué Ross. Qui sait où ils frapperont la prochaine fois ?

Bram suffoqua, et son visage blêmit. Jess le soutint.

—Tasia, laisse tomber, dit-il. Viens, papa. Laisse-nous te porter à l'intérieur. Tu as besoin de repos.

Cesca se hâta de saisir l'autre bras de Bram Tamblyn. Le comper de Tasia proposa son assistance :

—Dois-je faire un diagnostic ? Administrer des médicaments ?

—Fiche-lui la paix, EA, fit Tasia. Il fait son cirque habituel.

Malgré son manque d'expérience médicale, Cesca sut que le vieillard ne feignait pas la douleur. Ils l'emmenèrent dans son refuge et le mirent au lit. Jess s'assit à son chevet.

Cesca trouva des sachets du thé-poivre favori de Bram et lui en fit infuser une tasse, bien que celui-ci éprouvât les plus grandes difficultés à en avaler une gorgée. Cependant, il lui sourit en signe de gratitude.

Il dormit une heure environ. Cesca demeura auprès de Jess, et tous deux discutèrent à voix basse. Malgré l'envie qui la tenaillait, elle n'osait demander à Jess s'ils pouvaient enfin accepter l'amour qu'ils éprouvaient l'un pour l'autre. Cela prendrait du temps, elle le savait.

Vu les circonstances, Jhy Okiah allait la rappeler sur Rendez-Vous aussitôt que possible, mais elle regrettait de laisser Jess seul avec ses soudaines responsabilités. Ses quatre oncles avaient déjà repris le travail de pompage et d'acheminement de l'eau, ainsi que la conversion électrochimique en carburants conventionnels de haute énergie. L'industrie de puisage de Plumas appartenait à la famille Tamblyn depuis des générations. Il était de leur devoir de la maintenir en état de marche, et ce en dépit des malheurs familiaux. De nombreux clans de Vagabonds en dépendaient.

Cesca pressa le bras de Jess.

— Tu y arriveras. Les équipes sont parfaitement entraînées et le matériel fonctionne comme il faut. Tes oncles savent ce qu'ils font. Tu es fort et intelligent, et tu es un type bien.

Au lieu de la regarder, Jess observa le visage tiré de son père plongé dans le sommeil.

— Ross lui aussi était un type bien. Ça ne lui a pas servi à grand-chose contre les agresseurs extraterrestres… ni avec mon père.

EA sur ses talons, Tasia entra en enfonçant le panneau d'isolation et en martelant le sol de ses bottes, produisant un vacarme apparemment calculé pour troubler le repos du vieillard. Le froid avait rosi son visage, comme si elle avait arpenté le plateau de glace, en ruminant des idées dans sa tête. La détermination altérait ses traits. Cesca ne connaissait pas la petite sœur de Jess autant qu'elle l'aurait voulu, mais elle voyait bien que cette dernière n'était pas venue dans l'intention d'apporter du réconfort à son père.

Manifestement, Jess perçut l'humeur de sa sœur, car il essaya aussitôt de détourner sa fureur :

— Le courrier est déjà parti ? Tu peux l'escorter à son vaisseau, s'il a besoin de compagnie.

— Il est parti. Mais avant, il m'a montré le message de recrutement du roi Frederick.

Un grand froid étreignit le cœur de Cesca, comme si elle anticipait ce que la jeune fille s'apprêtait à dire. Se démenant pour se redresser, Bram tendit la main vers la tasse de thé-poivre refroidi, lui jeta un œil dégoûté, puis se tourna pour regarder Tasia.

— À quoi penses-tu, jeune demoiselle ?

Elle croisa les bras sur sa poitrine.

— Je pense à mon devoir, papa. Tu n'as jamais cessé de nous répéter que nous devions penser aux clans avant nous-mêmes. Et si je proposais mes services aux Forces Terriennes de Défense ?

— Tu ne le feras pas, s'emporta le vieillard.

Cesca se rendit compte très vite que la discussion allait dégénérer. EA s'avança jusqu'au lit pour remettre les couvertures en ordre, mais Bram lui flanqua une tape pour faire cesser ses soins.

Tasia inspira longuement.

— Quelqu'un doit combattre les assassins de mon frère.

Cesca savait qu'elle était effrontée et fougueuse, mais aussi pleine de talent. Jess dit doucement :

— Calme-toi, Tasia. Ton devoir est vis-à-vis la famille, et on a besoin de toi ici.

— Non. Pendant des années, je n'ai rien accompli de conséquent dans l'industrie de l'eau. Mes oncles traitent toutes les affaires dont tu ne t'occupes pas toi-même.

Elle poursuivit d'un ton plus raisonnable :

— Merdre, papa, tu sais à quel point je suis polyvalente. Je suis un pilote d'élite, je peux voler sur plein de modèles de vaisseaux et les réparer. Les Terreux me prendraient dans la seconde, peut-être même que j'aurais droit à un avancement rapide.

— Et ils ne te lâcheraient pas avant un million d'années, rétorqua Bram d'une voix râpeuse. Maintenant, arrête tes bêtises !

Cesca se rappelait de quelques disputes avec son propre père, lorsqu'il l'avait laissée sur Rendez-Vous. C'est pourquoi elle savait que le vieux Bram s'y prenait mal avec sa fille. Dans sa jeunesse, Cesca avait été contrainte de voyager pendant des années à bord des vaisseaux marchands du clan Peroni, avant que son père l'installe enfin sur Rendez-Vous afin qu'elle soit formée par Jhy Okiah. Au début, Cesca avait protesté, mais elle avait rapidement réalisé que son père avait raison.

Tasia, elle, ne s'en rendrait pas compte de sitôt... Toutefois, Cesca n'était pas certaine que l'opinion de Bram était juste. Les Vagabonds avaient toujours considéré les compétences variées comme des denrées précieuses. Tasia était brillante, et avait bien étudié. Ses nombreux talents feraient d'elle un parti très recherché, un enrichissement conséquent pour n'importe quel clan. Mais ces qualités la rendaient encore plus précieuse pour les Forces Terriennes de Défense.

— Tu ne dois aucunement fidélité à la Terre, Tasia, fit remarquer Cesca. De plus, tu sais que les Terreux n'aiment pas les Vagabonds. N'oublie pas que l'une de leurs patrouilles a capturé et tué Rand Sorengaard.

— Rand Sorengaard était un pirate, rétorqua Tasia. Je me fiche qu'il ait été ton cousin. Il massacrait des gens et volait des vaisseaux. Ne le présente pas comme une sorte de héros des Vagabonds.

Lorsque Jess s'exprima, Cesca perçut la colère dans sa voix.

— Tasia, regarde papa. Son état de santé ne lui permet plus de s'occuper des opérations de puisage.

— Je vais très bien, riposta le vieillard d'une voix cassante.

— Non ! lancèrent Jess et Cesca, en un chœur comique.

— Tu es ma petite sœur, fit le jeune homme. J'ai déjà perdu Ross, et je ne veux pas te perdre, toi aussi.

— Est-ce que c'est préférable de perdre la guerre ? Ces vaisseaux de cristal ont abattu la station d'écopage de Ross et une station de recherches de la Dinde, sans mise en garde ni clémence. Ils se fichent de nos chamailleries.

La voix d'EA s'éleva :

— Quelqu'un désire-t-il une boisson chaude ? Je peux la préparer rapidement.

Les autres ignorèrent le petit comper.

— Je te l'interdis, déclara Bram. Cette conversation est terminée.

— Merdre, où ai-je déjà entendu ces mots ? lança Tasia, sarcastique. Est-ce que tu n'as pas dit exactement la même chose à Ross ?

EA suivit de son mieux Tasia, alors qu'elle sortait comme un ouragan de la chambre du vieillard. Pour Bram, ce fut comme si sa fille venait de lui asséner un coup mortel, en lui rappelant la pire erreur qu'il ait jamais commise. Il laissa échapper un cri étouffé et s'effondra sur son lit, les bras recroquevillés. Mais Tasia était déjà partie.

49

Tasia Tamblyn

Vexée et l'esprit en ébullition, Tasia déambulait sur le plateau de glace. Elle martelait le sol avec tant de rage que ses bottes laissaient des empreintes sur le sol gelé. Le regard fixé sur l'horizon de la mer souterraine, elle se souvenait de son grand frère Ross.

Il avait eu le courage de se dresser contre l'entêtement abusif de leur père. Il s'était montré courageux et déterminé, et avait fait ses preuves avec l'indéniable succès de la station du Ciel Bleu. Il se serait marié avec Cesca Peroni. Tasia ressentait une incroyable fierté en regard de tout ce qu'il avait accompli, et ce malgré l'absence de soutien de son père.

Mais des extraterrestres hostiles avaient tout gâché. Ils avaient naufragé sa merveilleuse station d'écopage, et pris sa vie.

Aujourd'hui, Tasia avait l'opportunité d'agir pour le venger. En théorie, cela aurait dû être du ressort de son père – ou encore mieux, de celui de Jess –, mais tous deux se montraient davantage concernés par les affaires familiales. Peut-être avec raison. Mais ses oncles assureraient la permanence de l'activité, la livraison du ravitaillement, et la commercialisation des produits.

Tasia ne faisait aucun reproche à son père ni à Jess, mais elle devait prendre ses propres décisions. Elle avait l'absolue certitude d'avoir raison ; son père et son frère finiraient par s'en apercevoir. Le Guide Lumineux montrait sa voie à chaque Vagabond, et Tasia discernait la sienne avec clarté. Si un seul membre du clan Tamblyn devait s'engager contre l'ennemi extraterrestre, peut-être fallait-il que ce soit elle.

Elle inspira longuement, puis expulsa un nuage de vapeur. Ses joues semblaient se craqueler de froid, mais elle refusait de rabattre sa capuche sur sa tête. Les eaux océanes étaient d'huile. Tasia ne décela nulle trace des nématodes chantants qui étaient apparus durant les funérailles, ni aucun débris carbonisé du bûcher flottant.

Elle lança dans l'eau un morceau de glace aussi loin qu'elle le put. Quand ils étaient plus jeunes, ses frères et elle avaient pratiqué ce jeu tous ensemble de nombreuses fois. Ross pouvait faire rebondir un fragment de glace aplati six fois.

Son éclat frappa la surface avec un *plonk* caverneux, puis remonta à la surface en dansant, entouré de vaguelettes concentriques.

— Parfois, murmura-t-elle, on doit produire ses propres vagues.

L'air était si froid qu'il l'irritait jusqu'aux sinus. Il lui avait été difficile de prendre sa décision. Mais, longtemps auparavant, Ross avait fait le choix qui lui paraissait nécessaire. À présent, c'était à son tour.

Il était inutile d'y penser davantage. Tasia se mit rapidement en mouvement, non parce qu'elle craignait de changer d'avis, mais parce qu'elle ne revenait jamais sur ses décisions. La retarder ne servait à rien.

Son petit abri isotherme était frais et sombre. EA rangeait les affaires de Tasia, nettoyant chaque recoin pour la quatrième fois. Lorsque la jeune femme n'était pas là pour lui tenir compagnie, le comper recourait à sa programmation limitée, qui l'occupait à des tâches ménagères.

Tasia ne s'embarrassait jamais à cacher son humeur au petit comper dépourvu de conscience.

— Augmente la température, EA, merdre !

— Je suis désolé, Tasia. Je vais la mettre à ton niveau préféré.

— Pas la peine, j'ai froid de toute façon.

La jeune fille retira ses gants et son manteau, puis s'assit sur le coin d'une chaise. Elle allait devoir prendre ses dispositions, faire ses bagages en vitesse et s'éclipser. Elle se pencha en avant, avec une attitude de conspiratrice.

— EA, toi et moi avons quelque chose à faire. Je vais avoir besoin de ton assistance.

— Donne-moi juste tes instructions, je serai heureux de t'aider de quelque manière que ce soit.

Tasia se réjouissait que les compers n'aient été dotés que d'une programmation morale minimale, afin de ne pas les embrouiller avec des problèmes éthiques.

— Tu es mon compagnon depuis longtemps, EA, mais aujourd'hui, j'ai quelque chose de difficile à te demander.

La silhouette de métal élancée cessa son ménage, et vint se placer en face de la jeune fille immobile.

— Toi et moi, nous devons nous échapper d'ici, dit-elle.

EA marqua un temps d'hésitation si court que Tasia l'avait peut-être imaginé.

— Tout ce que tu désires. Nous allons bien nous amuser, tous les deux.

— Nous faisons cela pour venger mon frère Ross.

— Ross a été mon premier maître. Un gentil jeune homme.

— Il est mort, fit Tasia. Tué par des extraterrestres.

— Comme c'est triste. Y a-t-il quelque chose que je puisse faire ?

Le robot avait été acheté pour être offert à Ross lorsqu'il était enfant. À l'époque, leur mère était encore de ce monde. Mesurant à peine plus d'un mètre, EA était un modèle Confident, un gentil camarade pour les enfants. Avec l'âge, Ross s'était détaché de ce compagnon loyal ; aussi l'avait-on donné à Jess, puis enfin à Tasia.

Elle éprouva un regain de tristesse et de sentiment de perte, quand elle se souvint qu'EA avait été promis au premier membre du clan Tamblyn qui aurait un enfant. Jusqu'à présent, tout le monde s'était attendu à ce que Ross, de par ses fiançailles avec Cesca, soit le premier à agrandir la lignée. Aujourd'hui, cela avait changé à tout jamais.

— Tu peux m'aider à m'échapper, et tu viendras avec moi lorsque nous rejoindrons les Forces Terriennes de Défense.

— D'accord, Tasia, dit EA. Dis-moi seulement ce que tu veux que je fasse.

Les soleils artificiels enchâssés dans la voûte gelée étaient réglés sur des chronomètres qui abaissaient leur luminosité à intervalle régulier, créant de fausses périodes nocturnes. Ainsi la colonie sous la banquise vivait-elle dans l'illusion d'un cycle circadien. Lorsque Tasia sortit au milieu de la nuit, elle aperçut des ondulations d'algues phosphorescentes, luisant dans les épaisseurs du ciel cristallisé ; elles ne brillaient pas tout à fait comme des étoiles, mais suffisamment pour éclairer le chemin jusqu'aux ascenseurs menant à la surface.

Jess et Cesca se trouvaient encore au chevet de son père, mais Tasia, fermement résolue, préféra les éviter. Peu de temps auparavant, Jess était passé jeter un œil sur elle, et avait été satisfait de la trouver en train de se reposer dans son abri. Tasia aurait voulu se confier à lui, mais elle connaissait son frère. Jess agissait toujours selon ce qu'il croyait être le mieux pour autrui. S'il soupçonnait ce qu'elle comptait faire, il la retiendrait pour son bien, au besoin en l'attachant sur une chaise. Tasia ne pouvait pas se le permettre. Elle l'aimait néanmoins, et savait qu'il comprendrait… un jour.

Comme elle et son comper pénétraient dans l'ascenseur, elle murmura des adieux aux habitants endormis dans leurs abris. Puis elle referma la porte, et ils filèrent jusqu'au puits foré dans le sous-sol. D'énormes tuyaux traversaient la croûte de glace vers les failles de la surface. La mère de Tasia se trouvait quelque part, perdue au sein de l'épaisse carapace gelée…

Les Tamblyn avaient gagné beaucoup d'argent en pompant l'eau subglaciaire jusqu'à des points de surface où des cargos remplissaient leur soute avant de se rendre aux centres de distribution. Le spatioport était un terrain d'atterrissage et un chantier de maintenance, relié aux stations de puisage.

Sans vaisseau à quai, les activités ayant été interrompues pour toute la période de deuil, les puits avaient été bouchés. Ils étaient couronnés de gel qui s'infiltrait par de légères craquelures dans les joints. Les derricks arachnéens s'élevaient à grande hauteur, nécessitant peu de soutien en raison de la faible gravité de la lune de glace.

Au sommet de la banquise, sous un ciel noir et froid piqueté d'étoiles, Tasia et EA cheminaient dans les tunnels flexibles, fixés sur le sol gelé. Trois vaisseaux spatiaux appartenant au clan Tamblyn étaient amarrés à des baraquements d'accès. Bien entretenus, ils étaient prêts à partir. Tasia savait tous les faire voler. Ses frères lui avaient enseigné une multitude d'astuces de pilotage, et elle s'était entraînée pendant un nombre incalculable d'heures. Il n'y avait pas grand-chose d'autre à faire de toute façon, sur une lune de glace ennuyeuse.

Puisque les vaisseaux appartenaient à sa famille, ce n'était pas vraiment du vol. Dès qu'elle aurait rejoint les Terreux, peut-être trouverait-elle un moyen de renvoyer le vaisseau sur Plumas. Nul doute que son père en ferait des gorges chaudes pendant des années.

Ils se hâtèrent à travers la galerie de connexions en direction de l'appareil le plus proche. Tasia fut tentée de prendre le vaisseau préféré de Jess, plus rapide et élégant. Mais comme elle ne souhaitait pas qu'il lui en veuille davantage, elle choisit l'un des deux autres.

Devant l'écoutille, la jeune fille extirpa un module de données de l'une des poches de son pantalon ample.

— EA, télécharge ceci. Ce sont des instructions de navigation et tout ce qu'il faut savoir sur les vaisseaux spatiaux. Je pourrais avoir besoin de ton aide pour effectuer des tâches de copilote, si je suis fatiguée.

Le voyage vers la Terre prendrait du temps, et elle avait peu dormi au cours des derniers jours.

— Je n'ai jamais piloté de vaisseau, Tasia. Mon noyau mémoriel ne possède sans doute pas assez d'espace pour contenir autant d'informations.

— Alors, efface certaines de tes activités de garderie – mais pas tous tes souvenirs. Je veux que tu conserves chaque instant que tu as passé avec Ross. Tu pourras me raconter ces histoires au cours du vol.

EA inséra le module de données, et accéda au système de mise à jour.

— Bien sûr, Tasia. Je suis prêt si tu as besoin de moi. Cela me paraît très simple à présent.

La jeune fille secoua la tête.

— Apprendre à voler m'a pris des années, et toi, tu peux y parvenir en quelques secondes…

— Cela peut être effacé aussi vite, Tasia.

Tandis qu'elle se sanglait dans son siège de pilotage, elle grogna :

— Ouais, j'imagine quel inconvénient ce serait.

Elle alluma les radiateurs. Personne n'avait utilisé ce vaisseau depuis un mois ; l'air ambiant était sec et sentait le renfermé. Tasia activa les circuits électriques et les systèmes de survie, puis augmenta un peu la température.

Elle entra les coordonnées du système solaire de la Terre, et détermina l'itinéraire. Puis elle se libéra de la passerelle d'amarrage, et, avec une légère poussée de ses réacteurs d'altitude, le vaisseau quitta la surface gelée. En dessous, Plumas ressemblait à une boule blanche lézardée de crevasses, ses puits colmatés évoquant des boutons métalliques scellant l'eau liquide en dessous.

— Très bien, suivons le Guide Lumineux.

Le voile brouillant sa vision pouvait aussi bien provenir de la buée sur les fenêtres du cockpit que des larmes qui recouvraient ses yeux. Tasia n'aurait su le dire. Elle enclencha le propulseur interstellaire et bondit loin de Plumas, vers son nouvel avenir.

50

Margaret Colicos

Pendant des semaines, l'équipe des Colicos avait mis au jour une interminable succession de découvertes extraordinaires, de reliques étonnantes et stimulantes… mais peu de réponses à leurs questions. Néanmoins, il était temps d'envoyer un compte-rendu à la Terre. Assise dans l'abri étouffant de sa tente, Margaret acheva de consigner ses dernières notes, et s'adressa un sourire ironique.

Les recherches ici différaient de l'excavation des ruines romaines ou des cités méditerranéennes englouties sur Terre, car elles ne se limitaient pas à l'ajout de quelques informations à une somme de connaissances étendue. Les principes de base de la civilisation klikiss demeuraient des énigmes complètes. Chaque fois que Margaret ou Louis faisait une découverte essentielle – celle qui avait conduit au Flambeau klikiss, ou la conjecture selon laquelle les insectoïdes pouvaient voler –, il fallait réexaminer en profondeur toutes les études.

Leur travail sur Rheindic Co se traduisait par une somme considérable de données collectées, mais, excepté le soir, ils consacraient peu de temps à l'analyse. Malheureusement, c'était déjà la fin de la matinée. Margaret rageait de gaspiller tant d'heures à écrire ces comptes-rendus, mais elle connaissait leurs obligations. La Hanse leur offrait des fonds substantiels. En contrepartie, elle exigeait que les Colicos envoient des mises à jour régulières de leurs progrès.

Louis s'en moquait, considérant que ces « devoirs à la maison » ne rimaient à rien. Margaret, en revanche, comprenait qu'un bon archéologue devait contenter ses commanditaires, même si cela faisait perdre des heures de travail productif.

Bien qu'elle ait déjà écouté cet air délicat de nombreuses fois depuis son réveil, Margaret démarra l'antique boîte à musique qu'Anton lui avait offerte. Les lamelles de fer égrenèrent la mélodie obsédante de *Greensleeves*[1]. Elle sourit en songeant à son fils, et se demanda s'il imaginait souvent ses parents sur des planètes éloignées.

Margaret relut son rapport, satisfaite de son style et de la description de tout ce qu'ils avaient découvert. Une fois ces fouilles terminées, elle reviendrait chargée d'images détaillées et d'artefacts. Mais, pour le moment, Arcas allait dicter son rapport à son bosquet d'arbremondes. Par l'intermédiaire du télien, ses mots atteindraient l'un des homologues du prêtre Vert sur Terre, d'où ils seraient transmis au Président Wenceslas – et peut-être ignorés.

En compagnie de DD, Louis se trouvait déjà dans la cité de la falaise, bricolant les vestiges de machines extraterrestres. Il était certain de pouvoir rallumer l'un des générateurs inutilisés depuis des lustres. Inquiète de revenir aux ruines toute seule, Margaret allongea le pas sous la lumière crue du soleil, le regard tourné vers le labyrinthe de canyons se ramifiant sur le contrefort de la montagne voisine. Elle se demanda combien de cités attendaient d'être découvertes, ailleurs. Ils n'avaient fait qu'égratigner la surface.

Elle chercha Arcas, mais l'abri du prêtre était vide. Elle en fut agacée. Derrière sa tente, la vingtaine de plants d'arbremondes avait poussé à hauteur d'épaules ; ils étendaient leur feuillage bronze afin de s'abreuver de lumière. La terre était humide, indiquant qu'Arcas les avait déjà arrosés pour la journée. Mais il n'était en vue

1. Célèbre mélodie anglaise anonyme de la Renaissance, maintes fois reprise – par exemple comme thème de la chanson de Jacques Brel, *Amsterdam*. (*NdT*)

nulle part. Elle devait transmettre son compte-rendu, et ce n'était pas comme s'il était débordé de travail.

Précédemment, Arcas avait prouvé ce dont il était capable en recevant puis en rapportant la nouvelle stupéfiante concernant l'attaque extraterrestre sur Oncier. Le télien ne lui permettait pas de montrer d'images, mais il avait décrit ce que le général Lanyan avait découvert. Abasourdie, Margaret s'était souvenue des sphères cristallines qu'elle avait aperçues, fonçant des tréfonds de la planète en flammes jusque dans l'espace. Le docteur Serizawa les avait classées sans hésiter dans la catégorie « débris exotiques » éjectés de la planète ardente.

L'expérience du Flambeau klikiss avait-elle d'une manière ou d'une autre provoqué cette attaque ? Quelle forme de vie pouvait bien exister dans les entrailles les plus profondes d'une gigantesque planète gazeuse ?

Margaret cria le nom du prêtre Vert, mais n'obtint aucune réponse. Soupirant, elle se remit à la tâche. Ce n'était pas la première fois qu'Arcas était introuvable quand on avait besoin de ses talents. Elle ne lui reprochait pas d'avoir ses propres centres d'intérêt. Il aimait vagabonder dans les canyons, collectant des fossiles et des échantillons géologiques. Néanmoins, sa mission première consistait à servir de lien de communication avec leurs commanditaires.

— Arcas ! appela encore Margaret, élevant le ton afin de pouvoir être entendue à travers le désert.

Serrant le pad de données, elle se demanda si elle devait remettre son rapport à plus tard. Mais elle avait décidé de le retrouver, de toute manière.

Louis et Arcas s'entendaient assez bien. Le soir, ils jouaient souvent aux cartes avec DD, pendant que Margaret étudiait les découvertes de la journée. Sachant qu'Arcas avait accès à toutes les informations stockées dans la vaste forêt-monde, elle ressentait une pointe de ressentiment à son égard, car il ne semblait pas intéressé par apprendre de nouvelles choses. Qu'est-ce qui le motivait ?

Margaret s'éloigna péniblement du camp en direction d'une éminence rocheuse, où Arcas venait souvent admirer les couchers de soleil. Elle escalada la pente, zigzaguant entre les blocs de pierres. Tous les mondes klikiss qu'elle et Louis avaient inspectés étaient secs et ensoleillés, se rappela-t-elle. Les cités désertes de Llaro et Pym avaient été érigées sur d'immenses prairies herbeuses, leurs édifices s'élevant à grande hauteur, tels des termitières, au milieu de nulle part, loin de tout point d'accès à l'eau courante. Au lieu de construire leurs tumulus près des flots, les insectoïdes avaient choisi leurs sites pour une autre raison, basée sur un système de coordonnées géométriques ou sur quelque autre critère.

Corribus, où avaient eu lieu les plus récentes fouilles ayant permis de découvrir le Flambeau klikiss, était également un monde stérile, mais beaucoup plus abîmé. Là-bas, les ruines étaient noircies et vitrifiées, comme si Corribus avait été le siège d'une bataille titanesque des siècles auparavant. Mais les xéno-archéologues n'avaient trouvé aucune explication, aucun indice, sur la cause de ce conflit destructeur.

Margaret atteignit le sommet de l'éminence. Soudain, les immenses silhouettes noires des robots klikiss la firent sursauter. Sirix, Ilkot et Dekyk se tenaient immobiles, contemplant le ciel comme s'ils se prélassaient au soleil. Les trois machines paraissaient presque identiques. Margaret s'arrêta net dès qu'elle les vit.

L'un d'eux – Sirix, pensa-t-elle – activa instantanément ses systèmes, sa carapace ébène ouverte, battant comme les ailes d'un coléoptère. Une grande voile réfléchissante se déploya, s'élevant en un mouvement impressionnant. Les deux autres robots l'imitèrent, fendant leur carapace et étendant de larges voiles, de sorte qu'ils paraissaient trois fois plus grands que leur taille déjà inquiétante. De multiples capteurs optiques rouges étincelaient, comme s'ils allaient entrer en fusion.

Margaret recula, levant les mains.

—Je suis désolée. Je ne savais pas que vous étiez ici.

Les robots klikiss avancèrent de deux pas sur leurs jambes articulées. Puis, Sirix se figea en la reconnaissant. Sa voix synthétique bourdonna et cliqueta :

— Margaret Colicos. Nous ne nous attendions pas à votre arrivée.

Les robots s'apaisèrent, leurs voiles réfléchissantes se repliant à l'intérieur de leur torse. Leurs plaques d'exosquelette arrondies se rabattirent avec des claquements secs.

— Nous n'avions pas l'intention d'activer nos systèmes de réaction automatiques, ajouta-t-il.

— De quoi s'agissait-il ? demanda Margaret, le cœur battant la chamade, la transpiration picotant sa peau. Ces voiles…

Sirix bourdonna rapidement une réponse :

— Seulement des panneaux solaires, destinés à recharger nos batteries. Nous sommes venus ici pour capter de l'énergie et pour contempler le panorama. Ce monde regorge de mystères. Nous avons assimilé de nombreux éléments de notre passé, mais notre mémoire reste vide.

Ayant repris ses esprits, Margaret brandit son pad de données, tâchant de dissimuler sa réaction nerveuse :

— Eh bien, Louis et moi nous efforçons de trouver des réponses pour vous. Mon rapport doit être transmis à la Terre, aussi dois-je trouver Arcas. Parfois, il vient ici.

— Pas aujourd'hui, dit Sirix.

— C'est ce que je constate. Savez-vous où il se trouve ?

— Est-il urgent que vous le trouviez immédiatement ? demanda Sirix.

Margaret se caressa la lèvre.

— Il faut que je transmette ce rapport, et c'est notre prêtre Vert. Nous avons un délai à respecter.

Lui et ses deux compagnons conversèrent rapidement en vrombissant, puis un bras articulé sortit d'un panneau amovible du torse de Sirix.

— Alors, ce doit être urgent. Il est allé par ce canyon. Vous voyez lequel ?

Margaret aperçut une piste nette menant jusqu'à une fissure dans la roche, entourée de parois abruptes.

— Oui, je m'en souviens. Arcas m'a dit qu'il avait découvert quelque chose là-bas, il y a deux jours.

— Vous le trouverez à cet endroit, dit Sirix. Nous allons rester ici… et tâcher de nous souvenir.

Margaret se remit en marche, soulagée de s'éloigner de ces robots déconcertants. Dans son dos, Sirix lui lança une remarque étrange :

— Nous sommes très anciens, Margaret Colicos. C'est pourquoi nous ne sommes pas aussi impatients que les humains. Si un problème se présente, nous pouvons l'étudier et y réfléchir pendant des dizaines d'années. Mais un jour, nous finissons par le résoudre.

Margaret se retourna, tandis qu'elle redescendait la pente.

— Sans doute – mais je ne dispose pas d'autant de temps.

Et elle s'en alla à la recherche du prêtre Vert.

51

Nira

Représentant Theroc et les prêtres Verts, Nira et Otema se préparaient à partir pour le cœur de l'Empire ildiran. Rlinda Kett, une négociante, les transporterait jusqu'à l'éblouissante capitale.

Grâce à l'insistance impitoyable de Sarein, ainsi qu'à l'intercession plus amicale de Reynald, Père Idriss et Mère Alexa avaient finalement autorisé Rlinda Kett à embarquer une petite cargaison de produits theroniens – des baies, des noix, des jus de fruit, des fibres tressées – à condition qu'elle convoie également les deux passagères.

Nira dévorait des yeux le *Curiosité Avide*. Non seulement elle ne s'était jamais éloignée de la planète forestière, mais elle n'avait jamais non plus mis le pied sur un vaisseau spatial. La construction du *Curiosité* avait privilégié les aspects pratique et technique par rapport à l'esthétique, de sorte qu'il était criblé de protubérances bizarres, de panneaux de contrôle et de détecteurs. Dans le vide de l'espace, il n'y avait personne pour admirer un profil élégant ou une coque rutilante, de toute façon.

Otema ne prêta que peu d'attention au vaisseau ou aux ouvriers theroniens qui chargeaient le fret dans la soute. Elle préférait se repaître du paysage verdoyant, comme si c'était la dernière fois qu'elle le contemplait.

Sarein se manifesta avant le départ. Elle arborait la robe d'ambassadrice qu'Otema lui avait donnée. Elle serrait les lèvres en un sourire de pure forme.

— Je suis venue vous souhaiter bon voyage, Otema. Mon frère m'a confié que la ville de cristal de Mijistra était magnifique.

L'expression d'Otema se durcit, mais sa voix demeura neutre.

— Rappelez-vous ce que je vous ai dit, Sarein. Vous êtes une Théronienne. Gardez nos intérêts à l'esprit avant tout. Les arbres nous ont prévenus de rester vigilants, tous.

Un tic d'énervement traversa le visage de Sarein.

— Tel est mon devoir d'ambassadrice, Otema. Je ne l'oublierai pas.

Ignorant Nira, elle se hâta d'aller retrouver Rlinda Kett, là où celle-ci dirigeait les opérations en personne, insistant pour que tout soit convenablement rangé. Le regard de Nira passa d'Otema à la nouvelle ambassadrice, et elle se demanda ce qui s'était passé entre elles.

Lorsque la soute fut verrouillée, Rlinda vint se poster devant le sas d'entrée, les mains sur ses larges hanches. Elle fit signe aux deux prêtresses Vertes :

— Montez à bord. Le *Curiosité* n'a pas besoin qu'on le pousse, vous savez.

Nira voulait se hâter, mais elle ralentit pour adopter le pas posé d'Otema. Lorsque l'écoutille se referma sur elles, la jeune fille éprouva aussitôt une sensation de claustrophobie. Un vent de panique la traversa, comme elle reniflait le métal et les lubrifiants artificiels, le mobilier synthétique et l'air recyclé. Comment pourrait-elle supporter d'être emprisonnée ici, pendant tout le voyage jusqu'aux sept soleils d'Ildira ?

Otema perçut l'anxiété de son assistante, et son expression s'adoucit sur son visage ridé :

— Chaque fois que tu le souhaiteras, tu pourras communier avec les surgeons. Ce sera comme de se trouver dans la forêt-monde.

Elles emportaient des boutures de la forêt qui seraient offertes au Mage Imperator. Un sourire incurva les lèvres noires d'Otema.

— Je le sais, Nira, car j'ai non seulement emprunté des vaisseaux spatiaux à maintes reprises, mais j'ai aussi passé des années sur Terre, loin de la forêt-monde. Avec les surgeons, ce ne sera pas tout à fait pareil, mais suffisant néanmoins pour que l'on conserve la raison.

Rlinda les accompagna jusqu'à leur cabine. Empotés avec soin dans des récipients décorés, les surgeons avaient été fixés sur des étagères et à chaque coin de la cabine.

Rlinda se tenait sur le seuil.

— Arrimez-vous sur vos couchettes durant le décollage. Je ne veux pas être dérangée avant d'avoir activé la propulsion interstellaire.

Les doigts d'Otema effleurèrent un surgeon.

— Nous vous remercions de nous accorder ce voyage. La forêt-monde vous transmet, elle aussi, sa reconnaissance.

Rlinda hocha la tête, peu au fait de leur lien mystique.

— Je suis heureuse de transporter ce premier chargement. Père Idriss et Mère Alexa verront bientôt les avantages du commerce des aliments exotiques et des articles de luxe. Je considère que c'est mon premier pas dans la place !

La négociante referma la porte de leur cabine et regagna le cockpit. Otema s'allongea sur sa couchette, s'enveloppant dans un silence méditatif afin de prier la forêt-monde en paix. Suivant l'exemple de l'ex-ambassadrice, Nira toucha un surgeon et essaya de calmer les battements de son cœur. Elle devait se rappeler tous les détails afin de les relater aux arbres, à la façon d'un journal. Elle avait souvent lu des textes officiels, des histoires et des poèmes. Cette fois, c'est Nira qui fournirait aux arbres un florilège d'impressions à l'état brut, leur permettant de voir cette expédition passionnante à travers ses yeux de novice.

L'intercom diffusa la brève annonce de Rlinda :

« Que tout le monde s'accroche, on décolle. Je vais tâcher de manœuvrer en douceur. »

Les deux jours qui suivirent, Nira et Otema explorèrent le *Curiosité Avide* et tinrent compagnie aux surgeons dans leur cabine. Grâce à l'accès complet, via le télien, au savoir de la forêt-monde, les deux femmes acquirent très vite une bonne compréhension du langage ildiran, à la fois parlé et écrit. Il n'y aurait aucun obstacle à la réussite de leur mission.

Logées dans la même cabine, elles apprirent également à mieux se connaître. Nira observa les courbes autour de la bouche de l'ex-ambassadrice, ainsi que les ovales visibles sur son front, et cernant ses yeux. Souriante, elle dit :

— Je reconnais beaucoup des marques sur votre visage, Otema. J'ai reçu une instruction élémentaire comme lectrice, musicienne, jardinière, gardienne et botaniste. Je reconnais les marques de voyageuse que vous arborez. Mais votre visage... (Elle secoua la tête sous l'effet de l'émerveillement.) Je n'ai jamais vu autant de marques d'accomplissement.

Otema palpa sa peau sombre, comme si elle songeait pour la première fois depuis des années aux tatouages indélébiles. Son doigt toucha un trait anguleux, en travers de sa joue gauche.

— Lorsque j'étais jeune, j'aimais jouer de la musique, car les arbremondes considèrent les symphonies et les mélodies comme une sorte de langage, aussi instructive que les chiffres. Puis j'ai étudié d'autres sujets afin d'élargir mes horizons, et acquérir davantage de marques d'accomplissement.

— Elles sont magnifiques, dit Nira en toute sincérité.

Otema pointa l'index vers les traits plus lisses de la jeune fille.

— Après ce voyage, on te gravera une marque de voyageuse, ainsi qu'un tatouage de lectrice supplémentaire, et encore un autre pour l'apprentissage de l'Histoire. Est-ce ce que tu souhaitais ?

— Je souhaite servir la forêt-monde de la façon dont les arbres le veulent, peu importe le titre. (Elle s'interrompit, réalisant qu'Otema désirait une réponse plus honnête.) Mais si je peux servir la forêt en observant des choses remarquables, j'en serai d'autant plus heureuse.

— Ta famille sera fière de toi, dit Otema.

Nira laissa paraître de l'hésitation.

— Ma famille est déjà fière de moi. J'ai obtenu un logement pour elle dans la nouvelle vermitière, mais elle ne comprend pas la prêtrise. Je suis la seule de ma famille qui montre de l'intérêt pour les arbres.

Otema parut surprise.

— Peut-être ai-je passé trop de temps dans la prêtrise. Je pensais que tous les Theroniens étaient dévoués à la forêt, chacun à sa manière.

Nira détourna les yeux.

— On a attribué à mes ancêtres les métiers d'ingénieurs systèmes, de spécialistes en maintenance et de réparateurs sur le *Caillié*. Les Khali auraient révélé toute leur utilité sur une planète sauvage. (Elle haussa les épaules.) Mais sur Theroc, leurs talents n'ont presque aucune importance. Oh, ils maintiennent les systèmes en état de fonctionner et font leur travail, mais ne l'apprécient pas.

Les surgeons paraissaient écouter leur conversation.

— Leur rôle est encore d'une importance vitale, dit Otema, mais d'une manière différente de celle qu'ils attendaient. Quant à toi… Tu connais ta vocation, Nira.

— Oui, et je ne souhaite rien de plus dans la vie.

Au quatrième jour de voyage, comme le *Curiosité Avide* traversait l'Agglomérat d'Horizon, réduisant la distance qui le séparait d'Ildira, Rlinda Kett invita les deux femmes à dîner.

— Il est temps que vous appreniez quelques rudiments de culture ildirane. Du reste, je suis l'une des rares personnes de la Hanse à savoir cuisiner convenablement des plats ildirans. C'est un défi, savez-vous, en particulier pour obtenir les bons ingrédients.

Nira s'enthousiasma à l'idée de ce repas insolite, même si la photosynthèse de sa peau la mettait à l'abri de la faim. Ne sachant comment s'apprêter, elle s'habilla comme d'habitude, puis suivit

Otema dans la coquerie adjacente aux quartiers du capitaine. Les réceptions et les invitations diplomatiques étaient quelque chose de nouveau pour elle, de sorte qu'elle vit ce repas comme un entraînement pour ce qui l'attendait sur Ildira.

Revêtue d'un tablier criblé de taches et de projections de nourriture, Rlinda leva les yeux de son plat. Des casseroles étincelantes étaient posées sur des plaques chauffantes portatives. Nira pouvait sentir le parfum d'huiles grésillantes et d'épices relevées. Des sauces colorées remplissaient différents bols et bocaux. La grosse négociante s'agitait comme une tornade, cuisinant cinq plats à la fois.

— Je pense toujours à notre cargaison, dit-elle sans cesser ses préparatifs culinaires. Je suis inquiète à l'idée d'expérimenter des recettes originales utilisant des ingrédients theroniens. Vous devez être fatiguées des aliments de votre monde. Néanmoins, j'apprécierai tout conseil que vous pourrez me donner.

Ses sourcils se levèrent en signe d'espoir. D'une voix solennelle, Otema répondit :

— Hélas, les prêtres Verts ne sont guère réputés pour leur gastronomie. La cuisine ne fait pas partie de nos études, lorsque nous servons la forêt-monde.

— C'est bien ce que je craignais.

Rlinda remua le fond d'une saucière, afin de l'empêcher de coller. Sur trois assiettes, elle servit une louche d'une mixture évoquant du pudding. Puis, elle ajouta une espèce de légume vert filandreux trempé dans de la mélasse, et enfin de minuscules côtelettes braisées d'une viande blanchâtre, découpées en triangles équilatéraux.

Elle tendit la première assiette à Otema.

— Vous avez été ambassadrice dans la Hanse pendant des années, madame. Vos pérégrinations vous ont-elles amenée dans les sept soleils ?

— Non, je suis aussi inexpérimentée que Nira en ce qui concerne ce voyage.

Nira prit son assiette avec gratitude, respirant les délicieux arômes. Rlinda plongea un doigt épais dans l'un des récipients, et lécha la sauce.

— Parfait… Eh bien, vous trouverez une meilleure cuisine sur Mijistra, surtout en tant qu'invitées du Mage Imperator. Mais ceci est un authentique festin ildiran.

Elle prit son assiette et s'assit à côté d'elles, à la table encombrée de la coquerie. Nira demanda :

— Combien de fois êtes-vous allée à Mijistra ?

— Quatre, et j'ai adoré chaque fois. J'espère qu'avec cette cargaison de produits theroniens, on m'accueillera encore mieux là-bas. Les Ildirans n'apprécient guère nos visites, voyez-vous, ils sont plutôt… originaux. Comment dire ? Il est difficile de dire s'ils sont heureux de travailler avec nous, ou s'ils se contentent de nous tolérer.

— Chaque culture humaine paraît étrange aux autres, releva Otema. Et les Ildirans ne font même pas partie de notre espèce.

— Laissez-moi vous donner un cours accéléré, dit Rlinda : certaines choses que vous devez connaître au sujet des Ildirans. En premier lieu, il s'agit d'une espèce polymorphe, comme les chiens. Leurs sous-espèces, appelées kiths, possèdent de multiples formes corporelles. Quelques-uns de ces kiths présentent une apparence humaine, mais que cela ne vous trompe pas. En réalité, ils sont très mignons – et j'ai entendu dire qu'ils avaient tout l'équipement nécessaire, si vous voyez ce que je veux dire, bien qu'à ma connaissance, il n'y ait jamais eu de preuve de croisement entre humains et Ildirans.

— Ce serait extrêmement étonnant, d'un point de vue génétique, fit remarquer Otema.

— Exact, mais j'ai vu beaucoup de choses étonnantes. Les différents kiths ont des attributs et des capacités qui les placent dans des castes spécifiques de la société ildirane. Les intellectuels adorent être des intellectuels, les ouvriers adorent être des ouvriers, etc.

— Les kiths peuvent-ils se croiser ? demanda Nira.

Rlinda goûta son triangle de viande. Elle se leva pour prendre une autre cuillerée de sauce, qu'elle répartit dans chaque assiette.

— Oh, certainement. Parfois, ils se marient hors de leur caste par désir ou par amour. Parfois, par volonté consciente d'améliorer certains de leurs attributs. Par exemple, lorsque des nobles et des soldats s'apparient, leur progéniture est destinée à intégrer les rangs des officiers de la Marine Solaire. On dit que les meilleurs artistes sont issus d'un métissage qui concentre une puissance génétique que les castes de sang pur ne possèdent pas.

— Serons-nous amenées à rencontrer beaucoup de kiths ? s'informa Otema. Ou juste les dirigeants ?

— Oh, vous apprendrez à connaître les kiths les plus courants. On peut les identifier par leur nom, également. Chaque kith possède un son spécifique à la fin. Par exemple, le nom de tous les nobles s'achève par un « *h* ». Les bureaucrates se terminent par « *s* ». Les ouvriers ont un « *k* ». Les hybrides combinent ces sons : les militaires provenant des nobles et des soldats ont un « *nh* ». Les remémorants sont issus de kiths de bureaucrates et de nobles ; ils ont donc un « *sh* » à la fin de leur nom. (Elle haussa les épaules.) Tout ceci est approximatif, bien entendu, car leur alphabet est différent du nôtre.

Pour le dessert, Rlinda apporta un cornet d'une substance évoquant du caramel jaune. Elle regarda les deux Theroniennes.

— Je ne connais pas grand-chose des prêtres Verts. Pouvez-vous vous marier ? Vous permet-on d'avoir des compagnons, ou la prêtrise l'interdit-elle ?

Otema sourit.

— On l'autorise, assurément, bien que beaucoup d'entre nous vouent leur vie tout entière aux arbres. Lorsque nous en ressentons l'envie, nous prenons des amants. Cependant, aujourd'hui je suis trop vieille pour ces choses, ajouta-t-elle en se carrant sur son siège.

La négociante prit une bouchée du dessert, et invita les deux femmes à goûter.

— Eh bien, moi-même, j'ai été suffisamment mariée. J'ai survécu à deux de mes maris, et la rupture la plus amère a eu lieu avec mon dernier partenaire. Il m'a quittée pour épouser une superbe jeune femme – qui l'a tué un an plus tard dans une crise passionnelle.

Nira émit un hoquet. Rlinda secoua la tête avec un sourire entendu.

— J'ai toujours dit qu'il était impossible de s'entendre avec cet homme. Sa nouvelle femme a dû finir par le comprendre. Jusqu'à présent, mon meilleur ex-mari a été le deuxième, Branson Roberts. Je l'appelle BeBob, et je suis la seule à le faire. Nous sommes restés bons amis, et il est mon meilleur pilote – nous ne nous entendions simplement pas assez pour rester mariés. (Elle avala son dessert en trois bouchées, et essuya ses lèvres avec une serviette.) J'ai laissé tomber le mariage et décidé de devenir gloutonne. D'oublier le sexe… du moins, en général. Que peut-il y avoir de mieux que de goûter tous les plaisirs culinaires que l'on trouve sur les autres mondes ?

Rlinda jeta un coup d'œil à l'horloge, puis alluma l'écran mural de sa cabine. Un bouquet d'étoiles brillantes s'afficha.

— Ce ne sera plus long. Voilà les sept soleils du système ildiran.

Elle entreprit de nettoyer les ustensiles de cuisine.

52

Dio'sh le remémorant

Les salles d'archives les plus profondes du Palais des Prismes étaient vides et silencieuses. Elles restaient éclairées à toute heure, comme tous les édifices de Mijistra. Chaque carrefour comportait un illuminateur, chaque plafond des panneaux lumineux. Mais, en dépit de ces lumières artificielles simulant le jour, Dio'sh le remémorant percevait la présence oppressante des ombres qui se dissimulaient dans les recoins. Crenna et ses mystères, ses peurs, ses souvenirs tragiques…

Les murs transparents des archives ouvraient sur une myriade de salles qui transformaient les sous-sols du Palais en ruche de verre. Dio'sh aurait préféré demeurer dans les hautes tours et les balcons à ciel ouvert, d'où l'on pouvait entendre les filets d'eau bondir de bassin en bassin. Mais c'était ici, dans ces caves tranquilles, que le remémorant trouverait ce dont il avait besoin : les documents anciens de l'Histoire ildirane.

Ses mains tremblaient toujours, et il avait peu d'appétit depuis son sauvetage de la colonie moribonde de Crenna. Il se sentait encore faible et malade jusqu'au tréfonds de son être. Le remémorant Vao'sh avait tenté de le convaincre que ses symptômes étaient dus à une réaction psychique causée par l'épreuve qu'il avait endurée, et non à l'épidémie elle-même. Dio'sh et les autres réfugiés avaient subi une quarantaine pénible, jusqu'à ce qu'on les ait jugés sains. Néanmoins, la moindre douleur musculaire, migraine ou élancement, le rendait nerveux.

Toutefois, rien ne le détournerait de ce qui obnubilait son esprit. Il avait tant d'informations à trouver, tant de récits à lire, tant d'événements historiques à apprendre... Il devait découvrir la vérité.

Tous les remémorants passaient leur vie à apprendre et à restituer *La Saga des Sept Soleils*. Les membres de ce kith étaient doués d'une mémoire eidétique très organisée, de sorte qu'ils pouvaient retenir et répéter la gigantesque épopée au mot près. Une fois qu'une phrase avait été validée par le canon, elle ne changeait plus jamais.

Aucun historien ne pouvait interpréter l'intégralité du texte, car celui-ci était immense, doté d'une multitude d'intrigues, de légendes et d'aventures. Vao'sh préférait passer ses journées à raconter les légendes les plus célèbres à des auditeurs passionnés, où l'on glorifiait les héros et les talents ildirans. En tant que remémorant à la cour du Mage Imperator, il adorait interpréter des rôles.

Avant l'épidémie, Dio'sh préférait déjà mener une vie plus solitaire. Oh, il avait souvent diverti l'Attitré et les colons de Crenna, mais ceux-ci étaient très occupés et disposaient de peu de loisirs. Ils n'avaient jamais attendu de lui qu'il récite des strophes de *La Saga* toute la journée. Aux temps heureux de Crenna, Dio'sh avait eu beaucoup de temps pour décortiquer d'obscurs passages du poème épique.

À présent qu'il se rétablissait dans le Palais des Prismes, il avait décidé de se consacrer encore davantage à l'étude. Il puisait dans des documents antiques, déchiffrait des comptes-rendus d'époque. Il comptait analyser des fragments apocryphes afin d'exhumer certaines choses que tout remémorant pressentait de façon intuitive. Beaucoup de textes anciens et de souvenirs dignes d'intérêt n'avaient jamais été incorporés à *La Saga* définitive ; ces épisodes avaient été ainsi oubliés, ou presque. Malgré cela, Dio'sh sentait qu'ils pouvaient l'éclairer.

Il avait promis à Vao'sh d'écrire un compte-rendu personnel sur le fléau de Crenna, en commémorant les victimes ayant souffert d'aveuglement et d'isolement avant de périr. Lui avait survécu à l'épidémie ; il l'avait vue terrasser les ouvriers et les chanteurs, les deux kiths les plus sensibles à la maladie.

Il lui faudrait du temps pour prendre du recul, mais il s'était promis de préserver les récits de bravoure et de sacrifice. L'Attitré de Crenna, l'un des fils du Mage Imperator, était lui-même tombé malade, en dépit des avertissements des kiths médecins. Ceux-ci lui avaient conseillé de prendre un vaisseau pour se rendre dans un endroit sûr, mais l'Attitré était resté dans sa ville. Sa mort avait anéanti le point focal du thisme, laissant tous ceux de Crenna frissonner seuls dans le vide.

Dio'sh avait consigné l'histoire des résidents et des héros de Crenna, décrivant leur vie à la manière dont ils l'auraient eux-mêmes souhaité. Il avait retranscrit ces expériences autant qu'il avait pu le supporter. À présent, une autre tâche l'attendait.

Vao'sh avait conseillé à Dio'sh de ne pas perdre trop de temps à lire et à étudier dans les alcôves – en particulier les textes apocryphes, inutiles selon lui.

« Tout remémorant qui se cloître volontairement se remémore en vain. »

Dio'sh avait rassuré son confrère :

« Je reviendrai, Vao'sh. Mais le meilleur moyen pour moi de guérir est de prendre le temps de juger tout ce que j'ai vécu. »

Le jeune remémorant avait découvert des notes dans l'une des encyclopédies de la Terre acquises auprès de marchands humains – une référence à une maladie nommée choléra, qui se transmettait facilement d'humain à humain lorsqu'ils vivaient dans des environnements clos. Il y avait aussi la peste bubonique, la fièvre typhoïde, le sida. Mais la peste aveuglante était bien pire.

Dio'sh s'assit sous la lumière rassurante des illuminateurs muraux, entouré de rouleaux et de feuilles. Les documents antiques, stockés dans des chambres fortes et enveloppés dans des feuilles souples destinées à les conserver, étaient demeurés intacts durant des siècles. Dio'sh se sentait dans la peau d'un explorateur, tandis que ses doigts couraient au-dessus des symboles, prenant soin de ne pas abîmer ces antiquités.

Ici, au cœur des archives, étudier les épidémies était devenu pour lui une obsession. Il avait cherché à découvrir, dans des documents et des fichiers anciens, si des maladies semblables avaient frappé les Ildirans. Des épidémies avaient-elles anéanti des scissions entières, comme sur Crenna ? Il devait l'apprendre. Il ne se souvenait d'aucun événement de cette importance dans *La Saga des Sept Soleils*, mais un remémorant pouvait-il retenir toutes les intrigues secondaires s'étendant sur des millénaires d'Histoire ?

Il connaissait une sombre légende, que beaucoup de remémorants répugnaient à raconter en raison de son caractère tragique. Des milliers d'années auparavant, alors que l'Histoire commençait à être écrite, une fièvrefeu avait sévi à Mijistra. Cette épidémie s'était montrée particulièrement mortelle pour le kith des remémorants. Au final, tous ceux de la capitale ildirane avaient été exterminés.

Suite à tant de décès survenus au tout début de la rédaction de *La Saga des Sept Soleils*, avant que toutes les stances aient été écrites, une partie de l'épopée avait été perdue pour toujours. À cause de la fièvrefeu, les origines demeuraient une tache blanche dans la mémoire ildirane – au grand regret des remémorants. Les Ildirans ne pouvaient plus remonter jusqu'à la naissance de leur civilisation. De nombreux conteurs avaient inventé des aventures afin de combler ce vide. Mais Dio'sh savait que ces légendes n'étaient pas *réelles*.

Passer autant de temps enfoui dans les archives avait permis à Dio'sh de dénicher les documents concernant l'époque approximative de l'épidémie de fièvrefeu. Personne n'avait mis les pieds ici depuis mille ans, et beaucoup de casiers avaient commencé à se désagréger sous leur propre poids, leurs verrous fragilisés par l'âge.

Pendant des heures, Dio'sh collecta des indices sur les lieux d'apparition de la fièvre, afin de savoir comment il était possible qu'une part aussi essentielle de l'Histoire ait été perdue. Sur leur lit de mort, les derniers remémorants avaient-ils tenté de dicter ce qu'ils savaient à d'autres kiths, dans l'espoir que tout ne soit pas perdu ? Pour l'historien qu'il était, cette section manquante de *La Saga* évoquait un enfant mort. Cela le remplissait d'un sentiment de perte immense.

Puis, Dio'sh découvrit une minuscule chambre forte qui avait été verrouillée et obturée. Les scellés s'étaient effrités ; le verrou lui-même s'était tellement dégradé que le contact de ses mains avait suffi à le briser. Gagné par la fébrilité, le jeune remémorant pénétra avec nervosité dans la petite pièce, close et oubliée voici des siècles. Le souffle coupé par sa découverte, il vit qu'elle contenait des textes anciens, des livres cachetés qui paraissaient ne jamais avoir été lus. Un trésor ! Avec empressement, Dio'sh les rapporta jusqu'à sa zone de travail, et accrut l'intensité des illuminateurs. Son cœur battait d'excitation.

Il entreprit de fouiller dans ces mots magiques, et ceux-ci lui firent revivre des légendes qu'il n'avait jamais imaginées auparavant. De l'histoire *réelle,* des événements qu'on croyait perdus. Les comptes-rendus étaient détaillés, les documents semblaient corrects : c'étaient des sources authentiques remontant à l'époque de la fièvrefeu, des articles de journaux et des documents conservés par des témoins oculaires.

Enfin… ce que l'Histoire officielle présentait comme la fièvrefeu.

Dio'sh parcourut les textes antiques avec une stupéfaction et une horreur grandissantes. Des couleurs vives se succédèrent sur les lobes d'expression de ses oreilles. Quelque chose clochait – mais ce n'était pas une mystification. Ces manuscrits et ces testaments devaient refléter la vérité, malgré tout ce qu'on lui avait enseigné.

Le remémorant se renfonça dans son siège, ébahi. Saisi de peur à l'idée que quelqu'un puisse le voir ou découvrir ce qu'il avait trouvé, il scella de nouveau les documents, puis se hâta de les remettre dans la chambre forte oubliée.

La révélation l'épouvantait, et il ne savait comment l'expliquer. Mais il croyait à ce qu'il avait lu.

Ces remémorants importants de jadis n'avaient pas péri de maladie. Il n'y avait jamais eu de fièvrefeu. Les remémorants – les gardiens fidèles de l'histoire ildirane – avaient au contraire été réduits au silence. *Assassinés.*

La partie perdue de *La Saga des Sept Soleils* n'avait pas été une tragédie inéluctable, mais une effroyable dissimulation !

53

Jora'h le Premier Attitré

Dans la chambre de méditation sphérique située à l'intérieur du Palais des Prismes, Jora'h le Premier Attitré examinait avec fierté le registre de tous ses enfants. Ainsi que l'exigeait son devoir, le prince ildiran, beau et viril, prenait de nombreuses maîtresses parmi les différents kiths, engendrant autant de rejetons que possible.

Fils aîné du Mage Imperator, Jora'h avait toujours su que son poste lui reviendrait un jour, après que son père eut passé plus d'un siècle au gouvernement. Il n'enviait pas le jour où il s'assiérait dans le chrysalit : cela sonnerait aussi bien le glas de sa vie de plaisirs que le début de l'exercice du pouvoir. Après la cérémonie rituelle de castration destinée à faire de lui le prochain Mage Imperator, Jora'h contrôlerait le thisme tout entier.

Mais pas tout de suite.

Il aimait se trouver avec les gens de son peuple, quel que soit leur kith : nageurs et squameux, ouvriers, gardes du corps, ou soldats. Tous étaient Ildirans, et chacun connaissait sa place. Son devoir consistait à être aimé par toute la population – littéralement, de par sa fonction – et à adopter la nombreuse progéniture qui découlait de cet amour. Jora'h sourit à la pensée de tous ses fils et filles, des étudiants de la noblesse aux ouvriers hybrides, fruits de ses brèves rencontres avec des amantes qu'il avait sélectionnées parmi un nombre incalculable de prétendantes.

En dépit de leur brièveté, ces ébats signifiaient beaucoup pour lui. Chaque enfant qu'il engendrait avec un membre du kith de la noblesse lui fournissait un descendant, un éventuel Attitré sous sa domination. Jora'h les comblait de cadeaux, même ceux qui provenaient de kiths mélangés. Il leur envoyait des messages, leur écrivait des poèmes. Il ne voulait pas qu'ils oublient qui était leur père.

Leur grand nombre avait néanmoins de quoi décourager, et il avait besoin de temps, seul dans sa chambre de méditation, pour les classer en fonction de leur nom et mémoriser leur date d'anniversaire.

Il n'hésitait pas à puiser dans le trésor impérial pour offrir des cadeaux extravagants à ses enfants. Des Premiers Attitrés avant lui s'étaient montrés moins consciencieux, voletant d'une maîtresse à une autre, et ne parlant jamais deux fois à leurs enfants. Jora'h, quant à lui, s'assurait que chacun savait qu'il gardait un œil sur eux, et qu'il devait être prévenu chaque fois qu'un de ses fils ou fille obtenait une récompense ou un titre.

D'après les rapports officiels du Palais, le père de Jora'h, Cyroc'h, n'avait jamais été très dévoué à sa progéniture. Bien sûr, le Mage Imperator avait prêté attention à son fils aîné, né d'une concubine de la noblesse, donc de sang pur. Le grand dirigeant avait engendré des douzaines de fils avec des nobles. Tous étaient devenus Attitrés sur diverses colonies : Dobro, Hyrillka, Crenna, Comptor, Aituras et beaucoup d'autres. Les fils de second rang demeuraient reliés à leur père par le thisme, et étaient ainsi capables de diriger des scissions, grâce aux réflexions et aux décisions du Mage Imperator.

Jora'h, cependant, avait résidé dans le Palais des Prismes le plus clair de sa vie. Il ne serait pas un chef de substitution comme les autres Attitrés ; il était lié plus étroitement au Mage Imperator qu'aucun d'entre eux.

Son propre fils aîné issu de la noblesse, Thor'h, vivait à l'écart sur Hyrillka, dans le château de l'Attitré. Il profitait de la vie, certain qu'il ne serait pas appelé aux difficiles devoirs du commandement avant des décennies, sans doute même plus d'un siècle. Jora'h deviendrait le prochain dirigeant à la suite du Mage Imperator Cyroc'h. Il faudrait encore plusieurs dizaines d'années avant que Thor'h ait à s'inquiéter de son destin et de ses responsabilités. Jusque-là, personne ne s'en préoccupait. Lorsque le temps viendrait, le savoir génétiquement stocké, accessible par le thisme, lui enseignerait tout ce dont il aurait besoin. Pour le moment, le jeune Thor'h semblait apprécier la compagnie de son oncle indulgent et placide, l'Attitré d'Hyrillka. Jora'h était heureux de le gâter ainsi encore quelques années.

Comme il achevait de compulser les catalogues illustrés, sélectionnant des cadeaux pour chacun de ses enfants, Jora'h songea à ses demi-frères. Il n'avait jamais été proche d'eux. Les Attitrés gouvernaient des planètes entières, mais ils n'étaient pas libres.

Avec nostalgie, il se rappela une légende de *La Saga des Sept Soleils*, à propos d'un Mage Imperator qui avait eu des jumeaux en guise de fils aîné. Cela avait mené à une terrible lutte dynastique, chacun réclamant le titre de Premier Attitré. Les deux jeunes hommes avaient voulu gouverner à la mort du Mage Imperator. Alors, au terme d'une opération très risquée, leurs esprits avaient fusionné via le thisme en une conscience unique, vivant dans deux corps séparés. Les jumeaux étaient devenus un seul chef, avec, croyait-on, deux fois plus de sagesse…

Ses tâches achevées dans la chambre de méditation, Jora'h jeta un coup d'œil à l'heure indiquée au mur, avec les positions des soleils orbitant dans le ciel. Il devait se montrer en public, cette fois pour assister à un merveilleux spectacle préparé par l'un de ses fils, Zan'nh. Celui-ci était entré dans la Marine Solaire ildirane en tant qu'officier. En fait, Zan'nh était le premier fils de Jora'h, l'aîné de ses nombreux enfants. Mais sa mère appartenait au kith militaire et non à une lignée de nobles, c'est pourquoi le titre de Premier Attitré reviendrait à un demi-frère plus jeune.

Zan'nh s'était montré doué pour les manœuvres spatiales et les tactiques orbitales. De plus, il possédait le charisme et la force d'âme nécessaires au commandement. Sa mère, militaire de haut rang, et Jora'h s'étaient unis dans le but d'engendrer un enfant doté des qualités innées d'un officier. Le jeune homme avait le potentiel pour devenir l'un des meilleurs. Si la démonstration aérienne d'aujourd'hui se déroulait comme prévu, Zan'nh aurait droit à une promotion ; Jora'h lui avait promis qu'il serait présent.

Accompagné par ses conseillers et un garde d'élite, le Premier Attitré grimpa à bord de son vaisseau personnel et décolla du Palais des Prismes. Il pria les pilotes de se dépêcher afin de pouvoir assister à la cérémonie d'ouverture. Ils survolèrent Mijistra, puis les plaines qui entouraient la capitale, où des foules de spectateurs s'étaient déjà rassemblées.

Le vaisseau de transport atterrit, et Jora'h débarqua pour venir se placer au côté d'Adar Kori'nh, le commandant en chef de la Marine Solaire. La présence de l'adar conférait au spectacle d'aujourd'hui une importance accrue. Jora'h soupçonna que ce dernier n'était venu que parce que l'on devait reconnaître les talents du fils du Premier Attitré.

— J'espère que mes forces armées vous impressionneront, aujourd'hui, Premier Attitré, dit Kori'nh.

— Et j'espère que mon fils vous impressionnera, Adar.

En quelques mois, la Marine Solaire avait augmenté le nombre de ses vaisseaux, en mettant la priorité sur les manœuvres militaires et l'entraînement au combat spatial. Kori'nh avait envoyé des rapports réguliers ; Jora'h en avait lu certains.

— Dites-moi sincèrement, Adar, est-ce que vous intensifiez vos missions d'entraînement à cause d'une possible menace étrangère ? J'ai vu des rapports provenant de la Ligue Hanséatique terrienne, qui faisaient état de la destruction des lunes d'Oncier par des vaisseaux inconnus.

Kori'nh grogna :

— Je n'en sais rien, Premier Attitré. Néanmoins, beaucoup d'entre nous ont été… gênés par la démonstration de force éhontée des humains. Enflammer une planète pour la transformer en étoile ?

Était-ce nécessaire ? Et si la Ligue Hanséatique tournait cette arme contre nous ?

Jora'h fronça les sourcils, tâchant de comprendre.

— Suggérez-vous que nous, les Ildirans, avons quelque chose à voir avec l'attaque des lunes d'Oncier ? Pour nous venger ?

Kori'nh parut embarrassé.

— Pas du tout, Premier Attitré. Je déclare simplement que si un… incident était provoqué à l'encontre d'une quelconque espèce extraterrestre, les humains devraient prendre leurs responsabilités.

Jora'h tiqua.

— Adar, vous semblez en savoir plus que moi sur cette affaire. Mon père vous a-t-il donné des informations ? Savons-nous quelque chose au sujet de cette menace étrangère, après tout ?

— Non, Premier Attitré.

Soudain, la foule applaudit dans les gradins, tandis qu'une septe de vedettes fonçaient dans le ciel – des vaisseaux rapides vrombissants en forme de pointe de flèche. Tandis qu'elle passait au-dessus des spectateurs, la formation en triangle serré éclata, et chaque vedette accomplit d'extravagantes acrobaties, tournoyant en tous sens, créant une fleur de fumées colorées. Puis, leurs sept escorteurs respectifs surgirent, exécutant des manœuvres plus amples.

— Ce sera la maniple de votre fils, Premier Attitré, dit Adar Kori'nh, désignant le ciel d'un geste. Son commandement a été admirable.

Les yeux de topaze cendrée de Jora'h étincelèrent, reflétant les rayons des différents soleils.

— Je suis fier qu'il soit promu en tant que septar, si tôt dans sa carrière.

Le ballet aérien continua ; les navires de guerre se déplaçaient en formations rigoureuses, chorégraphiées avec soin pour évoquer une danse d'accouplement aérien, laissant des sillages de fumée qui tissaient une toile à travers les airs. Enfin, apothéose du spectacle, leurs tuyères lâchèrent des fumées multicolores, traçant des lignes brillantes dans le ciel.

Jora'h applaudit en même temps que les spectateurs, qui se répandaient en acclamations tandis que les vedettes rejoignaient leur escorteur. Ceux-ci repartirent ensuite vers leurs croiseurs lourds respectifs. Quelques instants plus tard, une petite nacelle de transport se détacha du croiseur de tête – un grain de poussière, comparé au gigantesque vaisseau de guerre. La nacelle se posa face à la tribune d'observation, et le fils de Jora'h, le septar Zan'nh, émergea. Il portait un uniforme de cérémonie de la Marine Solaire. D'un pas énergique, fier et assuré, il monta au-devant de son père et de son adar.

Le cœur de Jora'h se gonfla d'affection. Bien que cela déroge au cérémonial, il déclara :

— Tu as très bien joué, mon fils.

Kori'nh recula, dans une posture d'attente. Après un bref silence, Jora'h le regarda, gêné.

— J'ai fini.

Kori'nh s'avança, brandissant l'insigne étincelant d'un nouveau grade :

— Septar Zan'nh, jusqu'à aujourd'hui, vous avez eu sept vaisseaux sous votre commandement, et vous vous êtes révélé un tacticien à l'esprit vif et brillant. J'ai le grand plaisir de vous promouvoir au rang de qul. Dorénavant, vous aurez la charge d'une maniple entière. Vous mènerez quarante-neuf vaisseaux, soit sept septes. Acceptez-vous cette nouvelle fonction ?

Le jeune homme ne parvenait pas à dissimuler son sourire.

— Avec plaisir, Adar Kori'nh. (Il leva les yeux vers Jora'h.) Avec plaisir, Père.

Jora'h prit l'insigne des mains de l'adar, et l'accrocha lui-même au col de son fils.

— J'ai toujours su que tu servirais bien l'Empire ildiran. Tu as répondu à mes attentes.

Les tresses dorées de sa chevelure se tordaient en crépitant d'électricité statique autour de sa tête. Même si son patrimoine métissé empêchait Zan'nh de devenir Premier Attitré, Jora'h savait qu'un grand avenir s'ouvrait à lui. Il s'écarta afin de ne pas embarrasser davantage Zan'nh, malgré la fierté sans bornes qu'il éprouvait pour lui.

54

Jess Tamblyn

Très affecté par les funérailles, Jess se tenait agenouillé au côté de son père qui gisait, pâle et faible, comme si sa vie ne tenait plus qu'à un fil. Il pressa la main du vieillard, tentant de lui communiquer sa force. Puis il murmura à Cesca :

— C'est la douleur qui l'accable. Il ne se l'avouera jamais, pas plus qu'il ne peut se pardonner son entêtement. Il a chassé son fils, et ne l'a jamais revu à cause de sa fierté. À présent, il se punit encore.

Cette nuit-là, le vieillard avait eu une violente attaque. Un diagnostic médical approfondi avait révélé des dommages importants au cerveau, et des caillots de sang qui menaçaient toujours sa vie. Dans son logement personnel, Bram était recouvert de couvertures chauffantes. Toutefois, il continuait de frissonner. Il était à peine capable d'ouvrir les yeux ; même alors, il semblait ne rien voir.

— Oh, Jess, dit Cesca, incapable de prononcer d'autres mots.

Elle apportait du thé. Jess fit courir le liquide chaud sous le nez du vieillard. Il crut apercevoir un sourire vacillant sur ses lèvres.

— Il se remettra, reprit la jeune femme en caressant le bras de Jess. Le Guide Lumineux lui montrera la voie.

Jess secoua la tête.

— Il ne faut jamais nous mentir, Cesca. Tu as vu les analyses, on sait ce qui ne va pas chez lui. Ce n'est plus qu'une question d'heures. Il n'a plus la force de lutter. (De frustration, il s'affaissa sur sa chaise.) Où est Tasia ? Elle devrait être ici.

Après l'attaque, il avait envoyé deux ouvriers de l'exploitation à la recherche de sa sœur, mais personne ne l'avait vue depuis sa dernière dispute avec son père. Jess savait que Tasia s'était aménagé des terriers dehors, dans la glace, lorsqu'elle avait besoin de s'éloigner de Bram et de ses récriminations.

— On ferait mieux de la retrouver au plus vite.

Ses oncles étaient venus pour veiller le moribond à tour de rôle. Certains s'étaient révélés de bons amis lorsque Jess était plus jeune, tandis que d'autres étaient demeurés des étrangers distants. Ils allaient devoir travailler plus étroitement ensemble. Resserrer les liens du clan.

Jess tendit le bras afin de presser la main de son père. Il sentit ses doigts répondre légèrement, bien qu'il ignore ce que son père essayait de lui dire exactement. Tous les événements qui se succédaient autour de lui le perturbaient. Mais, d'une manière ou d'une autre, il ferait le nécessaire.

Après le départ de Ross, des années plus tôt, Bram avait donné de plus en plus de responsabilités à son second fils, faisant entrer de force en lui le sens du devoir. *Ne jamais hésiter, ne jamais se dérober.* Jess connaissait son rôle, les problèmes à gérer, la voie tracée devant lui – et il s'était endurci, se forgeant une personnalité sans doute trop proche de celle de son père. Lorsqu'il avait promis au vieux Bram : « Je ne te laisserai jamais tomber », cette phrase avait résonné en lui comme un serment.

Il s'efforçait cependant d'être plus arrangeant. Contrairement à son père, il savait encaisser les coups et attendre que le vent tourne.

L'industrie de puisage de Plumas allait revenir à ses oncles, s'il ne la conduisait pas lui-même. Bien qu'il se soit entraîné durement en vue de cette situation précise, Jess se sentait accablé. Il s'était cramponné à l'espoir que Ross et son père mettraient un jour un terme à leur querelle et se réconcilieraient. À présent, cela n'aurait jamais lieu.

Avec le vieillard plongé dans un sommeil agité, Jess appréciait d'autant plus la compagnie silencieuse de Cesca. Il avait toujours rêvé de passer du temps avec elle… mais pas ainsi. Devinant ses pensées, la jeune femme tendit la main vers lui. Ses doigts étaient chauds et doux sur les siens. Il les retira en hâte, mais ne la regarda pas, refoulant ses espérances. Ils n'avaient jamais osé espérer pareille occasion – ce qui n'en était que plus déchirant.

— Tu sais que je t'aime, Cesca, dit-il doucement. Tu sais que je te désire plus que n'importe quelle femme dans tout le Bras spiral, mais… c'est impossible aujourd'hui. Je ne suis pas ce genre d'opportuniste. Comment pourrais-je supporter que nous soyons réunis, à présent que mon frère a été assassiné ? Comment notre amour pourrait-il croître comme il le devrait avec cette ombre au-dessus de nous, et mon père en train de mourir sous mes yeux ?

Ses lèvres frémirent, mais, avant que Cesca ait pu répondre, il inspira profondément.

— Où est Tasia ? Il faut l'amener ici.

Les larmes montèrent aux yeux de Cesca, les faisant briller.

— Notre temps viendra, Jess. Nous avons chacun notre Guide. Tu le sais. Nous surmonterons cette épreuve. Je t'aiderai de tout mon être. Toutefois, mon amour ne doit pas entacher nos clans respectifs, ni la mémoire de Ross. Nous ne pouvons laisser aucun Vagabond penser du mal de nous, ou diffamer la famille Tamblyn.

Jess la regarda rapidement.

— Ou te diffamer, Cesca. Tu seras la prochaine Oratrice. Toi et Jhy Okiah devez rester à l'abri des mauvais coups politiques. Cela affaiblirait ton autorité sur les clans. Il faut nous garder de penser à nous-mêmes en ce moment.

Cesca ferma les yeux, comme si elle se refusait à l'admettre.

— Toi et moi pouvons attendre. Nous savons que nous sommes destinés l'un à l'autre, Jess – si ce n'est pas maintenant, alors ce sera plus tard.

Cesca Peroni était enfant unique. Son père avait deux frères et une sœur, dotés chacun de plusieurs enfants ; ainsi, la souche des Peroni demeurait forte. Cesca elle-même ne constituait qu'une brindille isolée sur la branche la plus récente de l'arbre familial.

Cesca avait étudié l'Histoire. Elle connaissait les différents clans et les relations qu'ils entretenaient ; quelles querelles se perpétuaient depuis des décennies ; quelles lignées étaient les plus fortes. Jhy Okiah lui avait fait apprendre tous ces détails. Plus que la politique ou l'administration, une Oratrice devait posséder le talent d'appréhender avec justesse les relations familiales des Vagabonds.

Jess redevint silencieux. Une longue pause succéda à leur conversation douce-amère, tandis qu'ils contemplaient la frêle silhouette étendue sur le lit. Tous deux endureraient leur séparation le temps nécessaire. Jess avait assez de problèmes pour l'occuper un bon moment.

Jess savait qu'il serait sage que Cesca et lui s'évitent pendant quelque temps. Il ne pouvait supporter l'idée que, grâce à la mort de Ross, il avait à présent la liberté de l'aimer. Aujourd'hui, avec la mort de Bram, il allait devenir le chef du clan Tamblyn, un mari parfaitement honorable pour une future Oratrice.

Oui, parfait… comme s'ils avaient tout planifié à l'avance.

Mais gagner Cesca de cette façon n'était pas acceptable, pour aucun d'entre eux. Les règles sociales des Vagabonds étaient complexes. Si lui et Cesca affichaient leur amour trop ouvertement, trop tôt, à la suite d'une telle tragédie, on les mettrait à l'écart.

Une heure plus tard, Bram Tamblyn se redressa et ouvrit les yeux. Il toussa deux fois, frissonna, puis retomba sur son oreiller – et expira, si vite et si tranquillement que Jess ne réalisa pas tout de suite. Il agrippa le bras de son père, à la recherche d'un signe de vie, mais il ne perçut aucun pouls à son poignet squelettique.

Cesca l'étreignit. Jess appela, et quelqu'un finit par venir. À travers les larmes cuisant ses yeux, Jess ne parvint pas à identifier l'homme en épaisse parka.

— Tasia ! Où est ma sœur ? Notre père est mort.

Son oncle Caleb retira sa capuche. Contrairement à son habitude, il semblait troublé. Jess haussa le ton.

— Tu l'as trouvée ? J'ai besoin de toi pour la ramener, dit-il en secouant la tête. Combien d'endroits peuvent servir de cachettes, sur Plumas ?

— Je reviens juste de la surface, Jess. L'un des vaisseaux de la famille est parti. Un petit éclaireur. Le logement de Tasia est vide. Il semble qu'elle ait emporté des objets personnels… ainsi que son comper EA.

Cesca leva les yeux vers Jess, tandis que la vérité se faisait jour en elle. Son compagnon s'effondra.

— Elle doit s'être enfuie pour aller rejoindre les Terreux ! Bon sang, pourquoi n'a-t-elle pas su se contrôler ?

Il enfouit sa tête dans ses mains. Sa sœur ressemblait à son père sur beaucoup de points. Jess resta au chevet du mort et s'abandonna au chagrin. Il savait ce que Bram avait souhaité au cours de ses dernières heures. Il saisit la main fragile de son père si difficile et exigeant, et sentit le poids de l'univers sur ses épaules.

55

Le roi Frederick

— J'ai demandé à te voir en privé, déclara Basil Wenceslas, car il est temps que nous discutions de ta retraite.

Un sourire remplaça très vite l'expression de surprise de Frederick.

— C'est bien de temps qu'il s'agit, Basil. Quarante-six ans sur le trône ? Je suis las, et j'attendais depuis longtemps que tu m'annonces mon remplacement. Tu ne recevras aucune plainte de ma part. Ce rôle a assez duré. Veux-tu un verre, Basil ?

Il se dirigea vers le buffet où il gardait ses meilleurs xérès. Son vice préféré.

Le Président arpentait la salle de réception privée, peu disposé à s'asseoir.

— Non.

— Dans ce cas, je prendrai le tien.

Frederick se versa un doigt de vin ambré d'une carafe de cristal taillé, regarda son interlocuteur, puis ajouta une seconde rasade. Le souverain de tous les hommes n'avait pas besoin de permission.

Il était au courant que Basil et les dirigeants de la Hanse cherchaient à le remplacer. Il n'avait pas la naïveté de croire que le Président ne faisait pas de projets en ce sens depuis le début, même s'il les tenait secrets. Son propre réseau d'espions avait appris à Frederick l'existence d'un premier remplaçant, le prince Adam. Mais ce candidat avait échoué, car il s'était montré trop indocile et peu approprié aux desseins de la Hanse. Frederick espérait depuis des années transmettre la couronne à un successeur. Honnêtement, il était surpris que Basil ait attendu si longtemps pour lui faire cette annonce.

Il sirota longuement son xérès.

— J'attendais ma retraite avec impatience. Je suis fatigué que tout le monde observe mes actes nuit et jour.

Perplexe, Basil étendit les bras pour embrasser l'opulence du Palais des Murmures.

— Je ne te comprends pas, Frederick. Tu possèdes tout ce qu'une personne pourrait désirer. Pourquoi rêves-tu de partir ? Cela n'a aucun sens.

— Nous ne nous ressemblons pas, Basil. Tu n'imagines pas de quitter ton travail, alors que je me languis de mettre un terme à tout… ceci.

Basil prit enfin un siège.

— Si je devais me retirer et me « relaxer », il ne s'écoulerait pas six mois avant que je me jette du haut d'une falaise.

— Je n'en ai jamais douté, mon vieux camarade, dit le roi.

Tous deux avaient commencé à œuvrer pour la Hanse à peu près à la même époque – Basil s'élevant rapidement à l'ombre du précédent Président, pendant que le jeune acteur suivait des cours et des entraînements rigoureux –, mais Frederick avait toujours été très en vue. Il avait gouverné la Terre et les planètes sous sa sujétion pendant près d'un demi-siècle, et c'était bien assez. Il continua de siroter son xérès.

— Basil, je suis fichtrement fatigué des cérémonies, des drapeaux au vent et des foules qui applaudissent le moindre de mes mouvements. Comme si marcher dans une salle, ou me tenir sur un balcon, suffisaient à frapper de respect et de crainte le cœur de mes sujets.

La voix du Président était calme lorsqu'il parla :

— La plupart des gens envieraient un tel sort.

— Alors vas-y, choisis l'un d'eux et donne-lui mon poste !

Le roi s'installa confortablement dans un fauteuil damasquiné d'or et incrusté de joyaux. Son garnissage avait été brodé par une centaine d'artisans différents, formant des motifs et des formes géométriques que Frederick avait cessé depuis longtemps d'apprécier. Il laissa échapper un long soupir.

Il se rappela le jour où il avait revêtu la cape de Grand roi. Les chefs de la Ligue Hanséatique terrienne lui avaient inventé son passé, lui forgeant une identité tandis qu'ils effaçaient son ancienne vie. À cette époque, Frederick avait considéré qu'il y gagnait, grisé par le luxe et les ornements du pouvoir.

Toutefois, même les meilleures choses finissent par lasser.

L'un dans l'autre, Frederick pensait qu'il avait été un bon roi. Ce n'était pas un imposteur, pas un personnage des aventures du *Prince et le Pauvre* [1], car il n'avait existé aucun roi Frederick « réel ». Il avait créé ce personnage, joué son rôle. Et de façon honnête, estimait-il.

Son prédécesseur avait été le roi Bartholomé, un homme gentil et exubérant avec lequel Frederick s'était bien entendu. Bartholomé avait été son mentor, tel un authentique roi avec son vrai fils. Avant sa retraite, ils avaient discuté de leur situation en toute sincérité. Le jeune Frederick avait alors eu du mal à croire que le vieux monarque était prêt à passer la main sans discussion. Aujourd'hui, il le comprenait parfaitement.

La Hanse avait soigneusement mis en scène la mort de Bartholomé, publiant un communiqué de son médecin de cour personnel, selon lequel il était « mort paisiblement dans son sommeil ». Puis, on avait donné à l'ex-roi un nouveau visage, une nouvelle identité, et il avait vécu les deux décennies suivantes sur Relleker, dans un confortable et merveilleux anonymat. Oui, il avait abandonné le Palais des Murmures et le trône, mais il avait gagné bien plus…

Basil se carra dans son siège et leva les yeux vers le vieux dirigeant.

1. *Le Prince et le Pauvre*, roman de Mark Twain (1881).

— Ne t'inquiète pas, Frederick, nous prendrons soin de tout lorsque tu te retireras.

— C'est ce que tu m'as promis, Basil. Je te fais confiance.

Le Président gloussa.

— Peu de gens me disent encore cela, Frederick. J'apprécie.

Le roi se servit un deuxième verre de xérès, feignant d'ignorer le regard désapprobateur de Basil. Au cours des années, des doutes avaient commencé à le ronger, à mesure qu'il constatait les manipulations retorses de la Hanse. Toutefois, il ne remettait jamais en question les ordres de Basil, et obéissait à tout ce qu'on lui ordonnait de faire. Il s'en lavait les mains.

Un homme, fût-il un Grand roi, méritait-il une telle adulation ? Les peuples des colonies humaines le traitaient comme un dieu. Et lui, qui avait été forcé de prendre le faux nom de Frederick, n'avait été choisi que pour son physique particulier, son charisme naturel, son timbre de voix parfait – et une malléabilité certaine.

Tout cela avait été accidentel, cependant. Si une caméra d'observation n'avait pas capté son image et, sans qu'il en sache rien, s'il n'avait pas passé le test rigoureux de visionnage, il aurait mené une vie tranquille. Il aurait sans doute eu une famille, des fils et des filles bien à lui. Vivre dans une petite maison ne l'aurait pas gêné, aussi longtemps qu'il y aurait eu de la compagnie, même si cela signifiait qu'il n'aurait jamais marqué de son empreinte l'univers, le monde – ni le pâté de maisons où il aurait habité. Était-ce si important ?

— Fais ce que tu penses être le mieux, Basil, dit-il, mais occupe-t'en bientôt, s'il te plaît.

Il enviait son successeur, quel qu'il soit… et le plaignait en même temps.

56

Raymond Aguerra

Le Palais des Murmures comportait des centaines – des milliers ? – de pièces, de couloirs et de chambres. Compte tenu des immenses parties fermées ou interdites d'accès, le public ne soupçonnait pas qu'on ne lui autorisait à voir qu'une infime partie du Palais.

Basil Wenceslas et OX, son comper Précepteur, maintenaient Raymond sous un contrôle étroit. Après s'être habitué à cette situation inhabituelle, il n'avait jamais imaginé qu'il puisse y avoir tant à découvrir. Chaque fois qu'il partait en exploration, il était frappé d'étonnement et de respect par l'opulence qui régnait, par les agréments et le luxe dont il pouvait user à son gré. Dès qu'il commençait à se croire blasé, il tombait sur une nouveauté plus fantastique encore. Tout cela finissait par le submerger.

Raymond aurait voulu que sa mère et ses frères puissent être là pour le voir.

Vêtu d'un maillot de bain luisant, il glissait et rebondissait sur un long toboggan ; celui-ci traversa un plafond et le recracha dans une piscine d'eau de mer chauffée. Raymond tomba dans un grand bruit d'éclaboussures. Son saut était raté, mais il eut le réflexe de fermer la bouche. Lors de sa première leçon de natation, il n'avait fait que tousser et s'étrangler, à sa grande honte. Mais, après plusieurs semaines, il se faisait une joie de nager, malgré toutes ses activités scolaires.

Lorsqu'il était plus jeune, ses frères et lui étaient parfois venus barboter à la piscine municipale. Il avait adoré pratiquer cette activité avec Michael, Rory et Carlos. Mais, dans l'eau, il ne s'était jamais senti en confiance. À présent, plongé dans le bain d'eau de mer du Palais chauffée à une température parfaite, sous l'œil de surveillants prêts à le secourir en une nanoseconde, Raymond se laissait aller à la détente et au jeu.

Il plongea sous l'eau, nagea aussi loin qu'il le pouvait, les yeux ouverts – ses pupilles récemment teintées en un bleu tirant sur le vert – afin de distinguer les circonvolutions du toboggan, au bout de la piscine. Il se demanda si le Vieux roi Frederick utilisait souvent ce spa. Ce dernier disposait probablement d'une douzaine de piscines identiques pour son usage privé. Cette extravagance avait d'abord provoqué la perplexité chez Raymond, avant de commencer à le blaser.

Il refit surface en crachant, et repoussa les cheveux blonds qui lui tombaient dans les yeux. Encore maladroit mais gagnant peu à peu en habileté, il nagea sans forcer vers le bord de la piscine. Il s'était promis de s'exercer jusqu'à devenir un excellent nageur. Sa volonté d'étendre ses connaissances enchantait Basil Wenceslas et ses bienveillants ravisseurs. Ceux-ci lui avaient fourni un agenda précis auquel il devait se soumettre la plupart du temps.

OX demeurait au bord de la piscine, telle une statue de métal. Le comper d'instruction brandissait une serviette. Néanmoins, il ne voyait pas la nécessité d'attendre que son élève soit sorti de la piscine pour poursuivre son cours.

— J'ai préparé plusieurs leçons, jeune Peter. Pouvons-nous commencer ?

Ce nom fabriqué avait déjà cessé de déranger Raymond. Il avait reçu du Président Wenceslas tant de privilèges par le seul fait de jouer le fils du roi Frederick qu'il avait décidé de supporter ce léger inconvénient. Cela ne faisait aucune différence, en pratique. Si c'était tout ce que l'on réclamait de lui, alors il faisait assurément une bonne affaire.

Raymond se mit à nager sur place. L'eau continuait de s'écouler du toboggan en surplomb, et des bulles montaient de cheminées ouvertes dans le faux fond volcanique.

— J'écoute, OX. Eh, pourquoi ne me parles-tu pas un peu de toi ? Tu es l'un des plus vieux compers que j'aie jamais vus. Ce modèle a été réformé, il y a quoi ? dix ans ?

— Quarante-trois ans, jeune Peter. Oui, je suis vieux. J'ai été l'un des premiers compers spécialisés. J'ai été créé pour prendre place à bord du *Peary*, le premier vaisseau-génération.

Sous le coup de l'incrédulité, Raymond faillit boire la tasse. Il lui fallait à présent remettre en question le peu d'Histoire qu'il avait appris à l'école. Il nagea dans l'eau tiède aux senteurs salées, en tâchant de calculer l'âge du comper.

— C'était il y a plus de trois siècles.

— Trois cent vingt-huit ans, répondit OX. La longueur des voyages des vaisseaux-générations est la raison originelle pour laquelle on a créé les compers. Ils n'étaient pas seulement destinés à être des animaux de compagnie artificiels pour les gens de la Terre, mais devaient servir les descendants des passagers des vaisseaux-générations. Mes fichiers mémoriels sont anciens, mais fonctionnels. Je me souviens du jour où le *Peary* a décollé. J'étais à bord.

— Je le sais maintenant, OX.

— Le *Peary* transportait deux cents familles, ainsi que les ressources nécessaires à l'établissement d'une colonie autonome. On construisait les vaisseaux-générations dans la ceinture d'astéroïdes, puis on amenait les passagers par navette. Au départ, le capitaine me laissa rester sur le pont. Même à pleine accélération, cela nous prit neuf mois pour sortir du système solaire. Chacun à bord était certain de ne plus jamais revoir d'autres êtres humains.

Raymond nageait sans bruit d'un bord à l'autre de la piscine, afin d'éviter que le Précepteur ne le réprimande, ne se répète ou n'élève la voix.

— Par la pluie cramoisie, OX, je trouve difficile de croire que des gens soient prêts à quitter leur foyer et tout abandonner, sans l'espoir raisonnable de trouver un endroit plus clément.

— C'était une époque de désespoir, répondit OX. Les vaisseaux étaient lents, mais également immenses – de véritables colonies, dotées de toutes les provisions nécessaires aux besoins des passagers et de leurs descendants durant des siècles. Nous, les compers, avons été embarqués dans le but de préserver la stabilité du groupe ainsi que sa mémoire collective, durant ces voyages au long cours. Par conséquent, il était d'une importance vitale que nous apprenions à enseigner.

— Condamnés à perpétuité à garder les enfants, fit Raymond.

Par jeu, il éclaboussa OX, mais celui-ci ne parut pas contrarié le moins du monde.

— Nous étions un facteur d'équilibre. Durant ces longs voyages, personne ne s'attendait à ce que les passagers puissent perpétuer tous les aspects de la civilisation humaine, qu'ils se rappellent les cultures, les lois et la morale en vigueur sur Terre. Les compers aidaient à guider les enfants, puis leurs enfants, et les enfants de leurs enfants… Le savoir devait être préservé, le rêve maintenu vivace. Nous ne voulions pas que, lorsque les vaisseaux aborderaient enfin une planète habitable, leurs passagers soient redevenus des sauvages.

— Puis les Ildirans ont trouvé nos vaisseaux-générations, continua Raymond, qui connaissait la fin de l'histoire. Ils ont emmené tout le monde jusqu'aux nouvelles planètes en un clin d'œil. Puis ils t'ont ramené sur Terre, afin d'aider à établir des relations avec la Hanse. Aujourd'hui, tu es une relique vivante, un comper tout à fait vénérable.

OX utilisa la serviette de Raymond pour essuyer les gouttelettes d'eau qui avaient éclaboussé sa cuirasse métallique.

— Eh bien, merci, Peter. Il est agréable de susciter un tel respect. Ou dois-je interpréter cela comme une plaisanterie ?

Raymond escalada les marches de pierre de la piscine et attendit, toujours immergé dans l'eau chaude.

— Oh, je le pensais, OX. Je respecte quelqu'un d'aussi intelligent que toi, avec tout ton savoir et ton expérience. Je ne plaisanterais jamais avec ça.

Quand il était plus jeune, avant le drame qui avait bouleversé sa vie, Raymond avait toujours travaillé dur pour ses études. Mais il avait également passé beaucoup de temps à gagner assez d'argent pour que sa famille garde la tête hors de l'eau et demeure unie ; à cause de cela, ses notes n'avaient jamais été très bonnes. Il n'avait pu suivre un cursus complet, ni exécuter tout le travail scolaire exigé. Néanmoins, cela ne l'avait jamais empêché de se concentrer sur les matières importantes. Il s'était vite rendu compte que les chiffres et la comptabilité de base étaient une clé pour progresser dans le monde et s'extraire du ghetto dans lequel sa famille était coincée.

Sans leur père, les Aguerra étaient partis de plus bas que la plupart des gens. Sa mère avait compris que Raymond était intelligent. Elle lui rapportait des livres dès qu'elle le pouvait. Il ne la reverrait jamais, mais il voulait la rendre fière de lui, au moins dans sa mémoire.

Il oscilla, comme si un coup de tonnerre avait frappé sa poitrine. Chaque fois qu'il se souvenait du gigantesque incendie qui avait détruit l'immeuble où vivait sa famille, il se sentait anéanti. C'était tout à fait par hasard qu'il était parti cette nuit-là ; il faisait des courses, afin de rapporter diverses bricoles. À présent, ils étaient tous morts. Et lui, qui venait du mauvais côté de la barrière, vivait une vie extravagante et facile, bien au-delà de tout ce qu'il avait imaginé.

— Je suis heureux d'avoir un élève aussi zélé, dit OX, car j'aurai beaucoup de choses à t'enseigner.

Raymond piqua une tête, et nagea jusqu'à ce que ses poumons le brûlent. Il rejaillit enfin, toussant, afin de prendre une longue inspiration. Il éclata de rire, puis retourna vers le Précepteur.

— Si les cours pouvaient avoir lieu dans des piscines, OX, les élèves seraient plus intéressés par l'école.

Il perçut une vibration dans l'eau, et des geysers giclèrent du côté opposé du bassin. Des vannes sous-marines s'ouvrirent. Raymond nagea jusqu'à une zone plus profonde, tandis que des silhouettes fuselées s'élançaient. Trois grands dauphins joueurs, les yeux luisants, l'entourèrent. Riant, le jeune homme barbota en décrivant des cercles. Les dauphins passèrent d'un côté à l'autre, s'approchant suffisamment pour qu'il puisse toucher leur peau caoutchouteuse, agripper deux nageoires dorsales et les laisser le tracter. Une semaine plus tôt, Raymond avait dit à OX à quel point il désirait voir un dauphin. À la séance de natation suivante, les dauphins étaient apparus.

Raymond savait qu'on le suivait de près. Le Président Wenceslas et ses nombreux assistants devaient filmer ses progrès pas à pas. Le manque d'intimité l'ennuyait, mais il ne pouvait décemment s'en plaindre. Il devait tout à ces gens. On ne l'avait pas autorisé à sortir du Palais des Murmures, mais il avait flâné dans les couloirs et les salles, les halls de maintenance, les catacombes secrètes communiquant entre elles. Chaque recoin du Palais étincelait de propreté et était décoré avec faste, même les endroits à l'abri des regards. Il ne comptait pas se lamenter ; cependant, son idée de ce qui faisait un roi avait changé depuis qu'il avait appris la vérité sur Frederick et la non-existence de la famille royale.

— Comment tout cela a commencé, OX ? La Terre possédait tellement de sortes de gouvernements : des démocraties en voie de développement, des dictatures, des régimes militaires. Mais un roi, cela semble si… désuet. Pourquoi la Hanse a-t-elle restauré la royauté ?

OX marqua un temps, comme s'il chargeait un fichier en mémoire et préparait ses données, puis il commença son cours. Les dauphins continuaient à batifoler autour de Raymond, tandis que ce dernier tâchait d'écouter.

— Lorsque la Ligue Hanséatique terrienne commença à consolider son pouvoir, ses représentants étaient des dirigeants d'entreprises. Ils savaient prendre des décisions et mener les affaires, mais aucun d'eux ne disposait d'une image sympathique ou charismatique auprès du public. Des figures appelées à devenir les Grands rois furent créées pour leurs qualités de tribun, d'icône et de porte-parole, qui suggéraient que la Hanse fonctionnait comme un ensemble de pouvoirs incarnés dans un seul chef. À la façon d'un royaume.

» Bien que la monarchie ne soit pas la forme de gouvernement la plus éclairée, les sociétés humaines l'ont toujours considérée avec vénération et respect. Au début, la Hanse ne cacha pas que le roi n'était qu'un acteur, destiné à célébrer des cérémonies et à charmer le peuple. Pour la plupart des gens, les businessmen étaient faillibles – des colosses aux pieds d'argile, selon l'expression consacrée.

Raymond nageait de nouveau sur le dos. Les dauphins plongèrent sous lui comme pour flairer ses pieds.

— Je n'ai jamais entendu cette expression, releva-t-il.

— À condition d'avoir reçu un entraînement convenable et d'être entouré par toute la splendeur afférente à sa fonction, un *roi* pouvait remplir ce rôle vital. La population l'accepta sans peine. Au cours des générations, le Grand roi devint une voix indispensable.

— Bien qu'il n'ait aucun pouvoir.

— Bien que le roi n'ait aucun pouvoir *politique*, rectifia OX. Les mondes unis continueront de prospérer tranquillement, à condition qu'il suive les instructions et accomplisse toutes les tâches assignées par la Hanse. Vous, jeune Peter, êtes un *gouvernement placebo*. Le peuple croit en vous. Et par conséquent, le peuple sera bien gouverné.

— Est-ce que ce n'était pas censé marcher aussi pour l'Église ? Pourtant, personne ne considère l'Unisson comme autre chose qu'une façade. Le Congrès de la Foi peut se donner des allures d'organisme de coopération, tout le monde sait qu'ils sont toujours en train de se battre en coulisse lors de leurs réunions.

OX répondit :

— En théorie, Peter, ils cherchent le dénominateur commun entre toutes les croyances des êtres humains.

— Cela n'arrivera jamais. Voilà pourquoi tant de colonies de la Hanse ont leur propre culture, leurs propres églises. Ma mère n'a jamais vu le Congrès d'un œil très favorable. Elle soutenait que l'Unisson n'aurait jamais l'éclat d'une véritable église. (Il se rembrunit en se souvenant combien Rita s'était cramponnée à ses icônes et ses pratiques religieuses, quoiqu'avec discrétion.) Elle disait qu'à ses yeux, le Pèrarque, le Porte-parole de toutes les Croyances, ne jouerait jamais qu'un second rôle à côté d'un vrai pape.

OX pondéra cet avis.

— Une analogie pertinente, Peter. La consolidation terrienne a eu lieu lorsque j'étais sur le *Peary,* loin d'ici. Le Congrès de la Foi s'apparente aux anciennes Nations unies. Son but consiste à représenter tous les points de vue, et de trouver un terrain d'entente commun.

Raymond renifla.

— Cela relève davantage de la politique que de l'authentique passion religieuse. L'Unisson est si falot qu'il n'est pas capable d'inspirer qui que ce soit.

Il nagea en arrière, immergea sa tête puis recracha de l'eau. Il s'essuya les yeux.

— Néanmoins, Peter, les gens acceptent le Pèrarque en tant que représentant religieux impartial, et le gouvernement soutient officiellement l'Église unifiée. Il faut assurer la sérénité du peuple, ne pas exacerber sa ferveur. D'ailleurs, comme vous l'avez fait remarquer, la plupart des dévots les plus fanatiques ont fondé leurs propres colonies religieuses sur des mondes indésirables. Beaucoup d'entre eux ont quand même pris conscience qu'ils ne peuvent vivre totalement isolés. Ils dépendent de la Hanse pour l'équipement et l'alimentation. Peu d'entre eux ont réussi par eux-mêmes.

— Alors, le Pèrarque n'a pas d'importance, tout comme le Grand roi.

— Faux, Peter. Vous avez une importance primordiale, car la Ligue Hanséatique compte bien continuer de croître en puissance et en taille. Le Président Wenceslas n'accomplirait pas grand-chose sans vous.

— J'aime mieux ça.

Lassé du ballet énergique des dauphins et exténué d'avoir nagé, Raymond dériva vers les marches de pierre et sortit. OX déploya la serviette, et le jeune homme se sécha avec vigueur.

— Et le Pèrarque posera la couronne sur votre tête.

Raymond aurait pu demander un massage, un sauna, n'importe quelle boisson ou gâterie imaginable. Mais, en cet instant, il ne désirait rien en particulier. Il avait travaillé dur et s'était bien entraîné pour la journée. Il n'avait encore qu'une vague idée de tout ce qu'on attendait de lui, et il n'était certainement pas prêt à remplir son rôle.

Il enfila un peignoir écarlate, qui parut s'échauffer en un instant tandis qu'il l'enveloppait autour de lui. Malgré ses doutes, Raymond considérait sa situation comme une évolution favorable, au regard de sa vie précédente.

57

Talbun

Les arbremondes étaient troublés. Ils avaient le sentiment aigu qu'un danger couvait quelque part dans le Bras spiral. Mais des terreurs aussi incommensurables ne pouvaient pas être comprises par les disciples de la forêt-monde. Comme toujours, la forêt en savait plus que n'importe quel être humain. Pas même un prêtre Vert dévoué ne pouvait appréhender l'étendue de leurs connaissances.

Cependant, des affaires d'une telle envergure n'affectaient que rarement les colonies éloignées. Sur le monde peu peuplé de Corvus, la vie quotidienne s'écoulait, douce et tranquille, à la satisfaction de tous.

Talbun, le vieux prêtre Vert, savait qu'il était temps pour lui d'achever son travail… et sa vie. À travers le bourdonnement de la forêt, il sentait que de grands événements se tramaient. Un avenir effroyable pour beaucoup de gens, sur de nombreux mondes.

Talbun, cependant, s'inquiétait davantage de ses propres obligations.

Les arbremondes bruissants recouvraient le flanc d'une colline, près de la bourgade de Colonville. Tandis qu'il marchait à couvert, Talbun écouta l'appel de la lointaine Theroc – le centre de la forêt-monde, le cœur des arbres. Il n'y était pas revenu depuis des dizaines d'années. Les surgeons qu'il avait plantés sur une crête surplombant la ville dépassaient à présent la hauteur d'un homme. Ils formaient un esprit annexe de la forêt pensante. Talbun ne retournerait jamais sur le monde qui l'avait vu naître et grandir, où il avait endossé la robe verte. Mais cela ne le gênait pas.

Corvus dépendait de lui, et il aimait cet endroit. Il n'abandonnerait pas ses habitants. Peu importait sa lassitude, peu importait qu'il se sente vieux et frêle. Sa vie tout entière avait été dévolue à son office : il priait les arbremondes et prenait soin d'eux ; par association, il surveillait également ceux qui servaient la forêt. Il ne succomberait pas à son égoïsme.

Pas encore.

Talbun caressa le tronc squameux de l'arbre le plus proche, et reçut les pensées que lui murmurait la forêt.

— Je te rejoindrai bientôt, souffla-t-il.

Il mourrait sur Corvus. Sa chair fertiliserait l'humus et nourrirait les arbremondes, en un ultime service rendu à la forêt.

— Mais d'abord, je dois trouver un remplaçant.

Talbun n'avait qu'à envoyer un appel, et les prêtres Verts en contact avec l'esprit de la forêt-monde percevraient son message. Dans ce cas, pourquoi hésitait-il ?

De nombreux tatouages marquaient son visage. Les lignes et les cercles commémoraient ses expéditions, indiquaient le temps qu'il avait passé sur des vaisseaux. Talbun avait servi sur le *Constellation*, voyageant de système en système et exécutant son devoir pour la Hanse. Sa connexion avec les arbres lui permettait d'envoyer des transmissions d'urgence et des communiqués diplomatiques plus rapidement qu'aucun vaisseau ni aucun signal. Tous les messages ne requéraient pas une telle rapidité, bien sûr. Mais disposer d'un prêtre Vert à bord conférait un grand prestige au capitaine et à son ambassadeur associé.

Après cinq ans passés sur le vaisseau diplomatique, Talbun avait démissionné. Il avait mérité ses tatouages, mais avait eu l'impression de faire du surplace. Il avait tâché de le faire comprendre au capitaine du *Constellation* :

« Je dois retourner vivre sur une planète. Je suis fatigué des parois en métal et de l'air recyclé, de regarder par les hublots pour ne voir que le vide. Je me languis de sentir la poussière sous mes pieds, l'air sur mon visage, le vent, la pluie, la lumière du jour. »

La Hanse ne contrôlait pas les prêtres Verts, malgré ses multiples efforts pour soumettre Theroc à sa loi. En démissionnant du *Constellation*, Talbun avait aussitôt reçu un millier d'offres pour ses services. Mais il savait déjà ce qu'il voulait faire, dans son esprit comme dans son cœur.

Les premiers colons avaient foulé le sol de Corvus à peine trois ans plus tôt, lorsque Talbun était arrivé là-bas. Avec ses références, il aurait pu demander n'importe quelle mission dans le Bras spiral – pourtant, la planète bucolique l'avait appelé. Les honneurs ne l'intéressaient pas. Il désirait la paix.

Les dirigeants de Corvus avaient été les premiers surpris par son choix. Lorsqu'il était arrivé sur ce petit monde perdu, débarquant d'un vaisseau cargo régulier sur lequel il avait réservé une place, les colons lui avaient souhaité la bienvenue au moyen de la fête la plus somptueuse qu'ils avaient pu préparer. Le maire Sam Hendy, un jeune homme sérieux, avait décrété un banquet en son honneur, bien que de telles cérémonies aient toujours intimidé Talbun. Une fois son bosquet planté à proximité immédiate de Colonville, Corvus était devenue davantage qu'un simple signataire de la Charte : une véritable partie de la Hanse. Le télien faisait de Talbun une station télégraphique vivante. Il permettait aux colons de rester en contact direct avec la Terre, d'autres planètes colonisées, et des vaisseaux marchands.

Ravis d'abriter un membre aussi distingué dans leur communauté, les colons avaient mis en commun leurs maigres biens et ressources. Ils l'avaient aidé à nettoyer les mousses indigènes et l'entrelacs végétal couvrant le sol, afin qu'il puisse planter ses surgeons. Talbun ne s'était jamais senti aussi apprécié et aimé.

Il ne pouvait abandonner ces gens, juste parce qu'il était las de la vie.

Le vieux prêtre avait planté les surgeons un par un, les caressant, les accueillant dans leur nouveau foyer. Pris en main et nourris, les arbres avaient poussé rapidement, puisant dans le sol fertile tous les nutriments dont ils avaient besoin. Deux ans plus tard, il avait été en mesure de prélever des boutures et de planter de nouveaux surgeons afin d'agrandir le bosquet. Tout ici poussait à la perfection.

Mais les hommes ne vivaient pas éternellement.

Sous la voûte duveteuse, Talbun tendit le visage vers le ciel, absorbant la lumière de l'étoile étrangère pour la convertir en énergie. Il fit courir ses doigts maculés de terre sur ses joues. Il ne se sentait pas sale, mais débordant de vitalité.

Corvus s'était révélé l'endroit idéal pour terminer ses jours. La planète lui offrait tout ce qui lui avait manqué dans sa vie. Pendant des heures, il était resté assis en position du lotus dans ce bosquet de surgeons, lisant aux arbres une litanie de textes tout en accroissant ses propres connaissances. Il avait adoré cette époque.

Il était temps pour lui d'être remplacé. Mais il avait un dernier rôle à jouer.

Au centre du bosquet, Talbun étendit les bras afin de faire courir ses doigts le long des troncs. Il s'agenouilla enfin, percevant le sol contre ses genoux dénudés, et appuya le front sur le tronc le plus proche.

Il ferma les yeux, formula en pensée la phrase dont il avait besoin. Puis, usant de son talent mental pour s'ouvrir, il se relia à la forêt-monde. Il envoya sa supplique à travers le réseau, afin que quelqu'un vienne à lui.

58

Beneto

Tout au fond des forêts de Theroc, Beneto perçut le message. Envoyé par un prêtre Vert le long du réseau neural de racines, l'appel public se répercutait à la manière d'une onde invisible. Beneto étreignit le tronc écailleux de l'arbre le plus proche et toucha l'écorce de son front, afin d'écouter l'injonction du télien.

D'un bosquet situé sur la lointaine planète Corvus, le vieux Talbun faisait connaître ses besoins. Beneto vit les images, entendit les pensées, déchiffra l'état critique du prêtre Vert ainsi que son souhait. Il écouta avec attention, assimilant tout ce qui était dit. Il évoqua les possibilités.

En esprit, Beneto découvrit la petite colonie de la Hanse à travers les yeux et les souvenirs de Talbun. Il sentit les vents qui sifflaient dans les plaines, agitant les champs géométriques plantés par les colons. Il imagina les troupeaux de chèvres, les festivités, la besogne, dure, la bonne compagnie. Il ressentit également les sensations transmises par la carcasse fatiguée du vieillard, comprit que Talbun se mourait, et qu'il avait besoin d'être remplacé.

S'il pouvait trouver quelqu'un.

Beneto rompit le télien et se redressa, entouré par les arbres, submergé par ses pensées. Le bruissement des feuilles l'apaisait. Elles le conseillaient, mais lui laissaient prendre ses décisions. Beneto inspira longuement : cette réponse à son plus profond désir le remplissait d'une joie anticipée. Car, depuis longtemps, il avait souhaité qu'une proposition de ce genre arrive, même s'il n'en avait pas conscience. La forêt avait envoyé une réponse à ses prières inavouées.

Beneto avait vécu comblé de tous les privilèges, entouré d'un luxe inimaginable, mais de telles choses ne signifiaient rien pour lui. Le destin de moine – missionnaire plutôt que politicien – lui convenait mieux. Il souhaitait entretenir la splendeur des arbres, et étendre la forêt de planète en planète. Son désir était d'aider les gens, de communier avec la forêt, de contribuer à l'esprit de l'humanité plutôt qu'à sa propre gloire.

Lorsqu'on l'avait choisi pour être le lien de transmission officiel sur Oncier, Beneto avait lu l'envie dans les yeux de Sarein. Tenir la vedette ne représentait rien pour lui, mais sa sœur considérait comme un grand honneur de se tenir au côté du Président Wenceslas et d'envoyer des messages au Vieux roi Frederick, sur Terre. Cependant, c'est lorsqu'il avait décrit aux arbres dévorés de curiosité l'incroyable expérience du Flambeau klikiss que Beneto avait éprouvé le plus de joie.

Ses parents avaient fréquemment tenté de le persuader d'accepter la fonction surpayée d'assistant diplomatique de la Hanse, ou un poste de prestige sur une de ces planètes où la forêt-monde disposait de bois florissants et de somptueux temples arborés.

Beneto ne voulait rien de tout cela. Il préférait la contemplation silencieuse.

— Que vais-je faire ? dit-il tout haut à la forêt.

Tandis qu'il priait, il reçut un flot de pensées, des milliers d'options provenant des arbres. Mais le conseil le plus émouvant fut qu'il devait se concentrer sur ses propres désirs, prendre une décision conforme à son vœu de protéger la forêt-monde, tout en restant en accord avec lui-même, avec sa condition et sa personnalité.

Beneto possédait un magnifique logement dans l'ancien récif de fongus, mais il préférait souvent s'éloigner de la colonie, descendre jusqu'au sol de la forêt, et dormir parmi les arbres. Parfois, il disparaissait pendant des jours, pour revenir ragaillardi. Les prêtres

Verts savaient alors où il se trouvait. Il leur suffisait de pénétrer l'esprit de la forêt-monde, et de le regarder par les « yeux » d'un million de feuilles. Beneto ne courait aucun danger – ni sur Theroc, ni sur aucun monde abritant des arbres conscients.

Aucun monde, y compris Corvus.

Après avoir retourné les possibilités dans sa tête pendant des heures, Beneto comprit parfaitement ce que le vieux prêtre Vert Talbun et la forêt-monde voulaient de lui.

Il prit sa décision.

59

Nira

Le *Curiosité Avide* descendait vers Mijistra. Les soleils multiples faisaient étinceler les dômes transparents et les flèches cristallines. L'ambassadrice Otema patientait dans la cabine qu'elle partageait avec Nira, mais cette dernière ne parvenait pas à détacher son regard de la fenêtre d'observation, et absorbait tous les détails du spectacle avec un émerveillement enfantin.

Rlinda Kett annonça par l'interphone :

— Nous atterrirons dans quelques minutes. On nous dirige vers une plate-forme de réception diplomatique du Palais des Prismes lui-même. Si je m'attendais à ça !

La négociante fit descendre avec adresse son vaisseau vers le magnifique édifice. Le Palais des Prismes était perché sur une colline à la manière d'une citadelle. Il évoquait la modélisation en verre d'un atome, avec sa sphère centrale entourée de dômes reliés par des galeries et des passages. Au sommet de chacune des sphères satellites, disposées symétriquement, se trouvaient de petites plates-formes d'atterrissage pour vaisseaux spatiaux et navires légers.

Après avoir posé le *Curiosité* là où on le lui avait indiqué, Rlinda, grimaçante et transpirante, émergea du cockpit.

— Vous avez attiré l'attention toutes les deux, c'est sûr. Je suis déjà allée à Mijistra, mais jamais au Palais des Prismes. Et encore moins ici !

Otema demeura imperturbable.

— Vous surestimez notre importance, capitaine Kett.

Rlinda haussa les épaules tandis qu'elle ouvrait le sas.

— Si vous le dites.

Nira regarda au-dehors. La lumière éclatante provenait d'un groupe d'étoiles brillantes, des soleils de taille variable dont les couleurs allaient du blanc bleuté au rouge foncé, en passant par le jaune vif.

La négociante enfila des lunettes de protection teintées.

— J'en ai d'autres à votre disposition. Ici, on éprouve les pires difficultés à essayer de dormir. Les Ildirans détestent l'obscurité, où qu'ils soient.

Nira fit un pas dans la clarté extérieure qui émanait de toutes parts. Cette débauche d'énergie fit vibrer sa peau.

— Je n'en ai pas besoin, dit-elle. J'aimerais juste contempler les soleils.

— Vous faites comme vous voulez.

Elles se tenaient ensemble sur la haute plate-forme surplombant la sphère centrale du Palais des Prismes. La formidable cité de Mijistra s'étendait autour d'elles. Les couleurs primaires qui en rayonnaient éblouissaient Nira. Puis, comme ses yeux s'accommodaient, elle aperçut un homme élancé qui marchait dans leur direction.

— Voilà un comité de réception plutôt réduit, fit remarquer Otema.

L'homme portait de longs vêtements cintrés à rayures miroitantes. Sa tête était glabre et ses traits comme taillés à la serpe. Son épiderme présentait une teinte blême tirant sur le jaune. Un champ électrostatique coloré palpitait autour de son crâne, telle une aura générée par de minuscules dispositifs dissimulés à l'intérieur de son col. Nira n'aurait su dire s'il s'agissait d'un système de protection, ou d'une sorte de parure.

L'Ildiran leva la main gauche, paume ouverte, puis pivota. Il s'exprima dans un Commercial Standard parfait :

— Je suis Klio's, le ministre ildiran du Commerce. Je suis venu pour le capitaine Rlinda Kett, en tant que chargé d'affaires.

Rlinda se présenta. Puis Otema déclina son identité et ses lettres de créance diplomatiques, ce qui sembla troubler Klio's.

— Vous vous méprenez, dit-il. Je ne suis ici que pour le capitaine Kett. Le Premier Attitré arrive dans un instant.

Les yeux bruns de Rlinda s'agrandirent.

— Le Premier Attitré va venir les voir ?

Elle souffla à Nira et Otema :

— Vous savez qui c'est ?

Le flegme d'Otema contrastait avec les yeux écarquillés par l'exaltation de Nira.

— Nous le saluerons avec le respect qui convient, en tant que représentantes de Theroc, dit-elle.

Klio's entraîna Rlinda vers une porte ouvrant sur un vaste dôme. La négociante marchait lentement, comme si elle s'attardait dans l'espoir d'apercevoir l'héritier du trône ildiran. Mais le fonctionnaire la pressa vers ses bureaux, laissant Nira et Otema attendre seules au pied du *Curiosité Avide*.

À l'extrémité opposée de la plate-forme, d'autres portes s'ouvrirent. Trois Ildirans à l'aspect hideux en émergèrent : des kiths guerriers massifs aux muscles saillants, garnis de crocs et de griffes. Ils portaient des armes de poing : des poignards recourbés et d'inquiétants katanas à lame de cristal. Leurs yeux féroces scrutèrent la plate-forme, puis ils allèrent se poster sur les côtés, se figeant dans un garde-à-vous impeccable. Celui qui sortit à leur suite était l'individu le plus séduisant que Nira ait jamais vu.

L'ambassadrice Otema s'inclina. Quant à Nira, elle ne pouvait détacher ses yeux de l'homme. Il en émanait un incroyable charisme. Son visage était beau, sans le moindre défaut, avec un long menton et des yeux écartés couleur de topaze cendrée. Ses traits possédaient une perfection intemporelle. Avec sa peau de bronze, il évoquait un pharaon des temps anciens tel qu'on pouvait en voir dans les musées. Autour de sa tête, une crinière de nattes dorées se tordait sous l'effet de l'électricité statique, comme si elles étaient vivantes.

Nira détourna enfin son regard, mais l'homme l'avait visiblement remarquée. Faisant plus attention à elle qu'à Otema, il déclara :

— Je suis Jora'h, le Premier Attitré. Je suis heureux de vous accueillir. Ambassadrice Otema ?

Il lui adressa un signe de tête avant de se tourner vers Nira. Il prit son menton dans sa main, et releva son visage afin qu'elle le regarde encore.

— Je suis enchanté de vous connaître, dit-il. Quel est votre nom ?

La voix de Nira s'étrangla, et elle ne put parler. Après une très brève hésitation, Otema répondit d'un ton teinté de réprobation :

— Son nom est Nira, Premier Attitré. C'est mon assistante. Elle m'aidera à étudier votre grande épopée.

— Parfait ! Je promets de vous offrir toutes les facilités que nous pourrons vous fournir.

Il portait une veste à motifs échancrée, de sorte que Nira pouvait discerner les muscles de ses larges épaules et son ventre plat. Il possédait les proportions idéales d'une sculpture classique stylisée.

Nira remarqua avec surprise des motifs theroniens sur le vêtement qui lui tombait aux genoux. Jora'h devait les avoir adoptés après sa rencontre avec Reynald, soit parce que la culture forestière l'avait séduit, soit parce qu'il souhaitait faire bonne impression auprès des deux représentantes des prêtres Verts. Nul doute que si le Premier Attitré adoptait de tels vêtements, nombreux seraient ceux qui l'imiteraient à la cour ildirane. Rlinda Kett n'aurait aucune difficulté à vendre ses tissus en fil de cocon et autres produits de la forêt-monde.

Jora'h désigna les gardes du corps à la carrure imposante :

— Ils vous aideront à porter vos affaires. J'ai fait préparer des appartements au sein du Palais des Prismes. Vous y êtes les bienvenues.

— Oh, merci !

Ces mots avaient franchi les lèvres de Nira avant qu'Otema ait pu prononcer une parole. La vieille femme opina poliment du chef.

— Nous n'attendions pas une telle marque d'honneur venant du Premier Attitré. Nous avons plusieurs surgeons ainsi que quelques cadeaux à offrir au Mage Imperator.

Jora'h écarta sa suggestion d'un geste.

— Les mondanités peuvent attendre. Aujourd'hui, mon père a un programme chargé. On m'a donc donné pour tâche de vous montrer ce qui vaut la peine d'être vu à Mijistra.

Nira joignit les mains de ravissement, désireuse de tout voir. Otema jeta un coup d'œil à sa jeune assistante.

— À votre guise, Premier Attitré.

Entouré d'un ballet de dignitaires dont les têtes changeaient à chaque étape de la visite, Jora'h les emmena à bord de son flotteur royal afin de leur faire découvrir la capitale, aussi bien en altitude qu'au niveau des rues.

— Cette cité recèle de nombreux musées remplis de notre Histoire, de reliques, de légendes, de poèmes…, dit Jora'h. Tous ces trésors ont pour but de préserver le souvenir des jours les plus glorieux de notre culture. Nous possédons une prestigieuse tradition architecturale et artistique. Notre âge d'or s'est maintenu pendant des millénaires.

Nira contempla les murs immaculés, les briques transparentes qui permettaient à chaque immeuble de capter et de réfléchir la lumière. Les Ildirans détestant l'obscurité, leurs matériaux de construction principaux étaient le verre, les cristaux et les polymères, certains limpides et incolores, d'autres teintés comme des pierres précieuses. Pour des raisons aussi bien d'esthétique que d'intégrité structurelle, des piliers opaques de renfort s'élevaient en contrefort des murs principaux.

La rue avait un tracé curviligne. Des jardins suspendus et des fougeraies recouvraient les bâtisses pyramidales. Des cascades et des ruisseaux coulaient à travers des enfilades de bassins, glougloutant le long des immeubles pentus dans des canaux ou des gouttières.

— Tout est si beau, s'exclama Nira.

Jora'h la gratifia d'un sourire appréciateur. Otema dit, d'un air presque contrit :

— Mon assistante n'a jamais quitté Theroc, Premier Attitré. Elle est très impressionnable.

Les yeux cendrés de Jora'h clignèrent en direction de la jeune fille.

— Reynald m'a narré combien votre forêt-monde est superbe.

Ainsi encouragée, Nira entreprit de décrire les forêts grandioses, les récifs de fongus servant de cités et les vermitières. Puis elle lui expliqua comment l'on devenait acolyte, pour enfin endosser la robe verte. L'ambassadrice Otema la laissa parler. Jora'h paraissait fasciné par tout cela.

— Nous autres, Ildirans, révérons autant nos étudiants que nos musiciens et nos poètes, nos artistes, nos vitriers et nos remémorants. Une société qui ne se rappelle pas d'elle-même ne vaut pas la peine qu'on s'en souvienne. (Autour de lui, les fonctionnaires approuvèrent.) Je me réjouis infiniment que vous demeuriez ici longtemps, toutes les deux. L'étude de notre *Saga* ne peut s'achever en quelques jours. Ensemble, nous aurons le temps de visiter un grand nombre de musées et d'expositions.

L'esprit et les sens de Nira étaient en ébullition. Ses yeux, déjà éblouis par la clarté du jour, ne pouvaient en absorber davantage, quelle que soit la rapidité avec laquelle elle regardait. Otema se pencha vers elle et murmura :

— Ne reste pas bouche bée, petite. Il n'est pas question que tu nous embarrasses.

Troublée, Nira tâcha de recouvrer sa dignité. Jora'h intervint :

— Ah, Ambassadrice, n'y a-t-il pas plus beau compliment que celui de Nira – sa façon de nous montrer à quel point tout ce qu'elle voit la captive ? (Il tendit la main pour toucher le bras de la jeune femme, et celle-ci sentit un frisson électrique parcourir sa peau émeraude.) Quiconque possède le sens du merveilleux des enfants ne devrait jamais se sentir honteux. Vous n'êtes pas d'accord ?

Otema laissa un sourire adoucir son expression.

— Oui, je suis d'accord, Premier Attitré. Vous m'avez rappelé que quiconque se préoccupe trop de dignité et de formalités peut bien manquer une part essentielle de la vie.

Après des heures de tourisme intense, on conduisit Nira et Otema dans leurs appartements du Palais des Prismes, alors que les étoiles se bousculaient dans le ciel à l'approche du crépuscule. Leurs affaires avaient été déménagées du *Curiosité Avide* et placées avec soin dans des chambres séparées. Celles-ci étaient éloignées l'une de l'autre afin de respecter leur intimité, mais suffisamment proches pour que les deux Theroniennes puissent s'entretenir aisément. Les surgeons avaient été répartis dans leurs chambres respectives.

— Les humains éprouvent des difficultés à trouver le sommeil sur notre monde, car il n'y a pas d'obscurité. Nous vous avons fourni des masques de nuit, et muni vos chambres à coucher de stores.

— Merci, Jora'h, répondit Nira.

Puis, embarrassée, elle ajouta :

— Je veux dire, Premier Attitré.

Elle se sentait tellement naïve et déplacée... pleine de rêves. Elle n'aurait jamais imaginé être si fascinée, au point que la tête lui tournait.

Après cette longue journée, on les laissa seules. Nira parla avec Otema, tout excitée, avide de discuter de ce qu'elles venaient de vivre, mais la vieille ambassadrice désirait avoir du temps pour elle. La jeune fille retourna à son appartement. Débordant d'images, elle éprouva le besoin de se confier à *quelqu'un*, et toucha les surgeons. Elle passa l'heure suivante à leur dépeindre tout ce qu'elle avait vu, accroissant le savoir de la forêt-monde.

60

Dio'sh le remémorant

Dio'sh le remémorant tremblait d'appréhension, tandis qu'il attendait d'être reçu en audience privée par le Mage Imperator. Dans l'esprit des Ildirans, le dirigeant suprême était ce qui se rapprochait le plus d'un dieu vivant. Bien qu'il ne quitte que rarement les limites du Palais des Prismes, le Mage Imperator pouvait sentir chaque Ildiran, tous kiths confondus, même s'il ne pouvait communiquer directement qu'avec ses Attitrés. Dio'sh avait néanmoins découvert qu'un savoir terrible demeurait caché, y compris de l'éminent gouvernant.

Le remémorant savait qu'il lui fallait révéler son épouvantable découverte au Mage Imperator. Un pan d'Histoire dissimulé, des mensonges, des complots... D'horribles événements cachés et réécrits à l'aube de l'Empire. Le bienveillant dirigeant saurait quoi faire de ces incroyables informations.

Effrayé par ce qu'il venait d'apprendre, Dio'sh avait d'abord envisagé de raconter cela à son camarade Vao'sh. Mais, après une nuit de cauchemar au cours de laquelle il n'avait cessé de s'agiter, le jeune remémorant avait décidé que l'affaire était suffisamment importante pour la rapporter au Mage Imperator en personne. Un simple historien ne pouvait prendre des décisions aussi capitales par lui-même.

Il était passé par des officiers du protocole et des fonctionnaires, et avait eu la surprise de voir les portes s'ouvrir devant lui très rapidement. Via le thisme, le Mage Imperator avait dû percevoir l'importance de son secret.

Patientant devant la salle, Dio'sh tenait une liasse de journaux, de fragments, et de retranscriptions des témoignages oculaires qu'il avait retrouvés dans la chambre forte enfouie dans les profondeurs du labyrinthe en dessous. Tout cela constituait les preuves dont il avait besoin. Ce jour verrait l'Histoire changer, et la responsabilité qu'il ressentait était immense.

Les lobes de son visage passèrent par une gamme de couleurs vives, tandis qu'une tempête de sentiments balayait son esprit. Les historiens ne pouvaient dissimuler ce qu'ils éprouvaient ; en cet instant, Dio'sh flambait littéralement d'émotions. Bron'n, un garde du corps musculeux, bloquait l'entrée de la chambre de méditation privée du Mage Imperator, insensible à l'anxiété du jeune remémorant. Le féroce guerrier remplissait sa fonction et n'était pas intéressé par la nouvelle que Dio'sh apportait, quelle qu'elle soit.

Avec un grognement de gorge, Bron'n s'écarta et indiqua les portes qui s'ouvraient. Il récita d'une voix bourrue des mots appris par cœur, comme si le jargon bureaucratique le mettait mal à l'aise :

— Le Mage Imperator a le plaisir d'accorder audience à l'un de ses sujets, un remémorant estimé. Il attend avec impatience de prendre connaissance de votre si importante affaire.

Dio'sh se demanda la raison pour laquelle le Mage Imperator avait choisi de se passer de ses conseillers pour écouter ce qu'il avait à dire. Ces révélations étaient extraordinaires ! D'un autre côté, peut-être valait-il mieux que cette affaire reste entre eux deux pour l'instant. Le Mage Imperator devait vouloir réfléchir à sa réponse sans qu'une douzaine d'assistants bavardent autour de lui. Dio'sh prit une profonde inspiration. Puis, s'efforçant de calmer le ballet de couleurs sur son visage, il pénétra dans la fabuleuse chambre de méditation.

Il garda les yeux baissés vers le sol aux marbrures bleutées. La chaude lumière du jour entrait à flots par le plafond transparent, amplifiée par des fenêtres convexes. Dans les coins, des fontaines d'eau bouillante produisaient de la vapeur ; la pièce était aussi humide qu'une jungle. Dio'sh s'avança de trois pas puis stoppa. Lentement, il trouva le courage de relever sa tête lobée.

— Mage Imperator.

Le dirigeant à la peau soyeuse reposait sur un siège ellipsoïdal qui supportait sa masse. Des vêtements brillants enveloppaient son corps ballonné. Ses paupières étaient mi-closes, comme alourdies de sommeil. Le Mage Imperator remua, puis parla d'une voix ronronnante :

— Je suis heureux de faire ta connaissance, remémorant Dio'sh. J'ai entendu parler de ton épreuve sur Crenna – et je l'ai moi-même éprouvée par l'intermédiaire de mon fils, l'Attitré.

La longue natte pareille à un cordage, qui s'étendait autour de son corps, sinuait sur son abdomen et se lovait contre ses hanches. Elle se contractait, tel un anaconda excité. Il examinait le remémorant comme s'il s'agissait d'un repas succulent.

— Oui, Seigneur. Crenna a été pour moi… une expérience très difficile. Le remémorant Vao'sh m'aide à synthétiser l'histoire définitive de la peste aveuglante, de sorte que votre fils, l'Attitré de Crenna, et toutes les victimes ildiranes soient inscrites dans la mémoire collective et honorée de *La Saga des Sept Soleils*.

Le visage du chef demeura serein, et même teinté d'ennui.

— Chaque Ildiran vit avec l'espérance d'accomplir une action assez conséquente pour justifier sa présence dans *La Saga*. Quand bien même ceux de Crenna ont péri d'une terrible maladie, ils seront révérés pour toujours.

Dio'sh s'inclina de nouveau.

— C'est mon espoir le plus sincère, Seigneur, dit-il en soulevant les documents qu'il tenait. C'est parce que cela concerne *La Saga des Sept Soleils* que j'ai demandé à m'entretenir avec vous.

Les mains boudinées du Mage Imperator ne bougèrent pas. Sa natte se convulsa de nouveau, et le ton de sa voix trahit la méfiance qu'il éprouvait.

— Dis-moi ce que tu as trouvé. Je sens que cela t'a bouleversé au plus profond de toi.

Dio'sh serra les textes sur sa poitrine, et parla sans fard.

— Après notre sauvetage de Crenna, je suis revenu à Mijistra. Là, j'ai entrepris d'étudier les documents historiques relatifs aux autres épidémies. Dans les archives les plus reculées du Palais, j'ai mené mes recherches parmi de nombreux textes apocryphes préservés.

— Comme leur nom l'indique, les apocryphes ne constituent pas des portions valides de *La Saga*, avertit le Mage Imperator.

— Certes, mais ils n'en demeurent pas moins des témoignages directs, et ne doivent donc pas être méprisés en raison des renseignements qu'ils recèlent. Je cherchais des documents de second plan au sujet des Temps perdus, l'époque où tous les kiths remémorants ont péri de fièvrefeu, d'après ce que raconte l'Histoire officielle.

Le visage empâté du Mage Imperator s'affaissa, bien que sa tristesse parût quelque peu factice.

— Oui. Cela a été une époque terrible.

— Mais la vérité est différente de ce que nous croyons, Seigneur ! lança Dio'sh, prêt à s'enflammer. J'ai appris quelque chose, au sujet des passages manquants de *La Saga*. J'ai trouvé la preuve de ce qui s'est réellement passé au cours de cette période. Quelque chose de choquant.

— Il y a toujours eu des rumeurs, Dio'sh. Les Ildirans aiment les mystères.

— Oui, Seigneur, mais j'ai découvert qu'en réalité, la fièvrefeu n'a *jamais existé*.

— Tous les remémorants ont péri, insista le Mage Imperator, troublé et visiblement sceptique. Il est clair qu'une portion de notre épopée a été perdue.

L'historien ne remarqua pas son expression sinistre. Il s'approcha, ses lobes faciaux enflammés d'émotions colorées.

— Non, Seigneur. Pas perdue. Les remémorants ont été *assassinés* afin de dissimuler la vérité. Puis une partie de *La Saga* a été censurée, de sorte que personne ne sache jamais ce qui s'était passé en réalité. Je crois que l'ordre a émané d'un ancien Mage Imperator.

— Grotesque. Aucun Mage Imperator ne commettrait un acte aussi atroce.

Les mots coulèrent à flots des lèvres de Dio'sh. Il brandit les documents irréfutables.

— Les versets perdus parlent d'un conflit qui a jadis dévasté la galaxie, une guerre totale contre de puissantes créatures nommées hydrogues, des extraterrestres vivant au cœur des géantes gazeuses.

Le Mage Imperator était en éveil à présent. Dangereux. Dio'sh poursuivit :

— Cette guerre antique est liée, je crois, à l'extinction ou à la disparition des Klikiss. Mais ce fait est caché depuis dix mille ans. (Il fouilla ses documents, à la recherche de passages à citer.) Seigneur, la preuve est évidente. La version communément admise de *La Saga* ne relate pas l'entière vérité. Nous devons modifier ce qui a été écrit.

Il était si excité qu'il ignora le mécontentement qui s'affichait sur le visage d'ordinaire extatique du Mage Imperator. Il ne remarqua pas sa longue tresse qui battait violemment sous l'effet de la colère.

— Laisse-moi regarder ces textes. Approche.

Dio'sh s'avança afin de donner les documents. Sans doute le Mage Imperator désirait-il voir les preuves et apprendre la vérité.

— Voici un extrait de journal de l'un des assassins. Il y a du sang sur ses mains. Il dit…

La natte vivante se dressa à côté du Mage Imperator, jaillissant du chrysalit comme un tentacule. Apercevant un mouvement furtif, Dio'sh sursauta – mais il n'eut pas le temps de crier avant que la corde ophidienne de cheveux vivants cingle vers lui et s'enroule autour de son cou.

Le Mage Imperator se pencha en avant, les yeux flamboyants.

— Bien sûr que je connais cette histoire !

Sa bouche eut une moue de dégoût. La natte se resserra. L'historien lutta comme un forcené, laissant tomber ses documents tandis qu'il gigotait et donnait des coups de pied. La chevelure du Mage Imperator s'enroula de plus belle, formant une boucle plus serrée, jusqu'à broyer le larynx du remémorant.

— Je *voulais* qu'elle reste secrète.

Haletant de colère, le Mage Imperator continua de serrer jusqu'à ce que son visage empâté rougisse sous l'effort. Puis, il rompit la nuque de Dio'sh, et utilisa sa natte pour balancer son corps sur le sol comme un paquet de détritus.

61

Davlin Lotze

Les Ildirans cachaient quelque chose de terrible – Davlin Lotze le sentait au plus profond de ses os. Mais il ne parvenait pas à mettre le doigt dessus, tandis qu'il passait au crible les ruines de la colonie de Crenna abandonnée à la hâte. Garder son identité secrète en prétendant n'être qu'un simple colon ne lui facilitait pas la tâche.

Lorsque les extraterrestres avaient évacué leurs installations infestées, ils avaient laissé des vestiges conséquents. Hélas, peu d'entre eux avaient tenu leurs promesses… du moins, pas dans le sens qu'avait espéré le Président Wenceslas.

Davlin s'était revêtu d'une combinaison de saut fonctionnelle, comme celles que portaient la plupart des nouveaux colons. Il effectuait son travail quotidien, ne se mêlait pas aux autres et prenait des photographies clandestines du site. Plus portés à l'action immédiate qu'à la prévoyance, les colons avaient sorti leurs engins de démolition lourds. Ils abattaient les carcasses d'immeubles carbonisés, incendiés par les Ildirans dans leur tentative d'enrayer l'épidémie.

Les colons ne s'intéressaient pas aux subtilités archéologiques, ni à l'étude d'indices de la culture extraterrestre. Ils désiraient juste accomplir leur travail : rebâtir la ville, planter des champs, et mettre en place toute l'infrastructure nécessaire à leur survie avant l'arrivée de saisons plus rigoureuses. Davlin devait s'en accommoder, profitant de chaque occasion et du moindre répit qu'il pouvait trouver. Debout dans la clarté du jour, il regardait les énormes machines jaunes attelées à démolir les murs, et tâchait de ne pas grimacer en songeant à toutes ces opportunités d'en savoir plus brutalement anéanties.

S'il avait eu le choix, Davlin aurait passé ses journées à ratisser les cendres, à la recherche du moindre indice. Les squelettes ou les corps à moitié incinérés auraient peut-être pu s'avérer utiles, car la Hanse n'avait pas accès à des cadavres ildirans à disséquer. Mais ceux-ci possédaient tant de morphologies différentes – de kiths, comme ils disaient – qu'il aurait été difficile, ici, d'en tirer autre chose que de vagues généralisations.

Le Président lui avait donné l'ordre préserver sa fausse identité. Il ne devait en aucun cas parler de sa mission à ses compagnons, fermiers ou charpentiers ; encore moins à une maîtresse, au cas où il déciderait d'en prendre une. Au cours des dix dernières années, Davlin Lotze avait incarné de nombreux rôles, et le Président pouvait à n'importe quel moment l'exfiltrer de Crenna et l'envoyer en mission ailleurs. Il devait rester invisible, se faufiler de monde en monde sans être remarqué.

Assourdi par le vacarme du bulldozer trop proche, Davlin saisit un outil de pelletage et alla travailler dans une ancienne salle commune, au côté de quatre hommes qui déracinaient les colonnes qui s'enfonçaient jusqu'aux fondations. La nuit précédente, il s'était glissé à l'intérieur des ruines charbonneuses afin de pouvoir éclairer avec précision chaque recoin et chaque fissure. Peut-être un Ildiran moribond avait-il dissimulé des documents dans une cachette enfouie dans le sol : des biens personnels, des bijoux, des souvenirs peut-être. Ces extraterrestres, à quoi tenaient-ils ? À quoi se raccrochaient-ils lorsqu'ils mouraient ?

Pour toute récompense à ses efforts, il n'avait obtenu que quelques taches noires sur ses vêtements. À présent, ses muscles endoloris et ses yeux qui le brûlaient lui suggéraient de prendre un peu de repos. Les colons se levaient aux premières lueurs de l'aube et travaillaient sans relâche jusqu'à ce que la nuit soit complètement tombée.

La caméra de Davlin se dissimulait dans les coutures de sa combinaison : une batterie plate incorporée dans la doublure d'une poche, plusieurs objectifs souples camouflés en boutons. Davlin filma la destruction de la dernière poutrelle de soutènement de l'ancienne salle commune. Il ne vit rien qui sorte de l'ordinaire, ni caveau caché, ni coffre enterré, ni chambre forte.

Apparemment, les Ildirans n'étaient rien de plus que de simples colons, tout comme les nouveaux arrivants humains. À moins qu'ils n'aient fait preuve d'une grande intelligence dans l'élaboration de leur mascarade. Le formidable empire antique devait receler davantage que ce qu'il montrait à ses alliés, mais Davlin n'en avait découvert aucune preuve.

Son premier rapport avait paru plutôt maigre : une poignée de détails insolites, mais sans importance militaire. Les Ildirans installaient leurs scissions en rassemblant tout le monde dans une unique métropole, laissant l'essentiel du pays non cultivé. Ils s'entassaient toujours dans une zone réduite, même lorsqu'ils avaient la possibilité de se répandre sur tout le continent.

Les colons de la Hanse, eux, allaient nettoyer la ville ildirane déserte de fond en comble, défricher les terres et s'approprier de gigantesques parcelles, se sacrant eux-mêmes grands propriétaires terriens. Avant peu, ce territoire vierge deviendrait un patchwork de domaines agricoles et miniers – les biens d'une nouvelle petite noblesse.

Davlin supposait que le caractère grégaire des Ildirans pouvait être utilisé comme une faiblesse. Une scission nécessitait une certaine densité de population afin d'établir une connexion télépathique.

Une fois le démantèlement du hall achevé, Davlin travailla avec l'équipe pour dégager la zone où devaient s'ériger des constructions préfabriquées. Celles-ci deviendraient des maisons de commerce, des chambres de réunion, des restaurants, des magasins, des bars.

La plupart des colons avaient préféré installer leur propriété loin d'ici, au milieu d'hectares de champs cultivés. Davlin, lui, avait choisi pour maison une habitation ildirane intacte. D'ici à peine quelques mois surviendrait une seconde vague de colons : des fonctionnaires de la Hanse, des marchands, des hommes d'affaires, du personnel, des entreprises de services.

Alors, peut-être, le travail d'espionnage de Davlin prendrait-il fin.

Trois hommes s'approchèrent de l'équipe de démolition. Ils transportaient un obélisque noir et poli, surmonté du visage stylisé du Mage Imperator. La pierre semblait poreuse et légère, mais elle ne devait pas l'être, car les hommes s'aidaient d'instruments de levage.

— Eh, quelqu'un veut l'un de ces trucs ? C'est le douzième de ce genre qu'on a trouvé jusqu'à présent – à croire que ces extraterrestres adorent contempler leur empereur vieux et gras.

L'obélisque montrait le visage impénétrable du Mage Imperator, ses traits amples et mous, ses yeux qui voyaient tout. Il paraissait potelé comme un bouddha, mais Davlin perçut dans cette représentation quelque chose de sinistre. Une ambiguïté.

À la saleté qui recouvrait les côtés de l'obélisque, à ses craquelures pleines de poussière et à ses éraflures, Davlin sut que les ouvriers l'avaient fait tomber plusieurs fois après l'avoir arraché de son socle. L'homme qui venait de parler s'épongea le front sous le soleil torride de Crenna.

— Je ne sais pas quoi faire de tous ces trucs.

— Pourquoi est-ce que je voudrais de cette horrible statue sur ma pelouse ? demanda l'homme couvert de suie et de transpiration, qui travaillait à côté de Davlin dans les cendres.

— Utilise ton imagination. Je suppose qu'on pourrait en faire une fontaine, un truc pour le jardin.

Davlin se rapprocha afin d'examiner la sculpture, allumant furtivement sa caméra pour filmer différents plans, tandis qu'il tournait autour.

— Les Ildirans devaient révérer beaucoup ces obélisques, s'ils en ont placé autant dans leur ville.

Les yeux de l'homme s'éclairèrent.

— Eh, tu crois qu'ils pourraient valoir quelque chose ? Les Ildirans paieraient pour les récupérer ? Des trésors culturels perdus, peut-être ?

— Je ne pense pas qu'ils voudraient toucher quoi que ce soit venant de Crenna, lança un homme assis sur l'une des machines de construction bourdonnantes. Ils ont la pétoche de cet endroit.

Davlin prit sa décision.

— D'accord, je le prends. Mets-le près de ma maison.

— Tu veux que je t'aide à le transformer en fontaine ? On pourrait virer une partie de la base, installer une pompe…

— Non, je veux seulement me souvenir des gens qui vivaient ici avant nous. Pour des raisons sentimentales.

Ses doigts parcoururent la face externe salie de la pierre.

Il désespérait de trouver quelque chose de significatif à rapporter au Président Wenceslas. Jusqu'à présent, il n'avait découvert que des miettes, n'avait soulevé que des mystères. Tout était inoffensif. Trop parfaitement inoffensif.

Davlin n'aurait pu affirmer si les Ildirans cachaient quelque chose, ou s'ils étaient imperméables à toute observation.

62

DD

Au camp de base de Rheindic Co, DD préparait le dîner, tout en vérifiant que les tâches quotidiennes inscrites dans son esprit artificiel avaient été accomplies. Elles étaient organisées par ordre de priorités, et le comper se référait avec méthode à cette liste. Il s'occupait du camp avec efficacité.

En tant que Compagnon Électro-Robotique, sa plus grande joie était de remplir ses fonctions de manière adéquate, grâce à ses algorithmes de motivation. Lorsqu'il recevait des compliments, il répondait avec une élégante modestie, puis analysait la cause de l'éloge, afin de pouvoir recommencer.

Les compers étaient des machines complexes, dotées de systèmes de données intégrés. Leur cerveau ne pouvait supporter autant d'informations qu'un réseau d'envergure industrielle, mais leurs bases de données pouvaient se voir ajouter des modules leur permettant d'accroître leurs domaines de compétences. Avant son voyage vers Rheindic Co, DD avait téléchargé un programme d'archéologie élémentaire et un autre de survie en milieu hostile, ainsi qu'un état des recherches sur les Klikiss.

Il n'était au service des Colicos que depuis le début de l'expédition, mais il pensait avoir compris leurs goûts et leurs humeurs. Margaret et Louis avaient des personnalités opposées. Leur mariage durait depuis longtemps, et leurs différences mêmes le renforçaient. Louis appréciait les mets fins, et prenait du temps pour les savourer. Margaret, elle, faisait à peine la différence entre une médiocre tambouille et un succulent repas. Elle mangeait sans perdre de temps, afin de retourner travailler au plus vite. Ses études absorbaient toute son attention et son énergie.

Louis tenait à avoir des moments de détente. Il aimait écouter de la musique, lire pour le plaisir – ce qui n'arrivait jamais à Margaret – ou même jouer. D'ordinaire, Margaret refusait de participer à ses distractions, de sorte que Louis autorisait DD à faire une partie avec lui et Arcas, quand ils avaient besoin d'un partenaire.

DD accompagnait souvent Louis et Margaret sur leur site archéologique. Il transportait divers outils, dont ils pouvaient avoir besoin. Il avait analysé leurs tâches afin de prévoir au mieux l'aide qu'il pouvait leur apporter. Cependant, les archéologues préféraient souvent être seuls.

Le prêtre Vert, de retour de ses pérégrinations quotidiennes dans les canyons, allait toujours arroser ses surgeons. DD lui avait proposé d'ajouter cette tâche à ses corvées quotidiennes, mais Arcas soutenait que les arbremondes relevaient de sa seule responsabilité. Peut-être les plantes refusaient-elles d'être entretenues par des machines.

Comme le crépuscule s'étendait sur le désert, DD sut que ses maîtres allaient bientôt achever leur travail. Il s'activa dans le camp, allumant les feux, sortant les casseroles, mettant les tentes en ordre – préparant tout pour leur retour. Il avait inventorié les réserves, et déterminé quelles denrées s'abîmeraient en premier, et de quelles quantités de glucides et de protéines ils disposaient. Puis, il avait étudié sa base de recettes afin de sélectionner un repas conforme à leurs goûts.

Ce soir, le repas consistait en fines tranches d'un jambon sec appelé *prosciutto*, accompagnées d'une sauce à la crème d'artichaut provenant de sachets en poudre, et de pâtes *al dente*. Margaret avait fait remarquer qu'au cours de fouilles précédentes, ils avaient dû supporter des plateaux-repas mal réhydratés et réchauffés, trop fades même pour son piètre goût. Grâce à sa nouvelle programmation,

DD était devenu un véritable chef cuisinier. Louis disait qu'il les gâtait trop ; cependant, il ne semblait pas s'en plaindre.

Arcas prenait lui aussi plaisir à la nourriture. Passer du temps dans le désert paraissait le rendre plus heureux et plus sociable. DD l'étudiait depuis le début du voyage, et croyait qu'Arcas souffrait d'une maladie humaine connue sous le nom de dépression. Mais cette contrée aride semblait avoir réveillé son enthousiasme bien que les endroits austères comme celui-ci inclinent plus à la mélancolie qu'à l'exaltation, d'après le peu que savait le comper. Celui-ci ne disposait toutefois pas d'assez de mémoire pour y loger une programmation psychanalytique complète.

DD était en service depuis soixante-dix ans, et sa personnalité demeurait stable. Pour ses maîtres humains, bien plus avisés et expérimentés que lui, il paraissait naïf et immature, bien que toujours enjoué. Son numéro de série comportait bien entendu beaucoup plus de deux lettres, à l'instar de tous les compers ; mais les propriétaires avaient coutume de réduire l'appellation d'origine à deux lettres facilement prononçables. DD avait fini par le considérer comme son nom réel.

Peu après sa création, il avait été acheté afin de devenir le compagnon d'une fillette nommée Dahlia Sweeney. Dahlia avait l'habitude d'attifer le comper Amical de costumes ridicules, ce qu'il acceptait comme faisant partie de son travail. La jeune Dahlia s'était beaucoup amusée avec lui. Ils avaient été les meilleurs amis du monde, jusqu'à ce que, l'âge aidant, il ait cessé de l'intéresser. Le comper, lui, ne grandissait pas, ne changeait pas, ne se développait pas. Il n'avait jamais appris à être fasciné par le monde des adultes, ou blasé par les déceptions.

Lorsqu'elle s'était mariée, Dahlia Sweeney avait pris DD avec elle, bien qu'ils ne soient plus de proches compagnons. Elle avait eu elle-même une fille, nommée Marianna. Celle-ci avait joué avec DD… puis, elle aussi avait grandi. Elle avait choisi de ne pas avoir d'enfant et, un jour, avait vendu le comper.

À la suite du succès du Flambeau klikiss, Louis Colicos avait acquis DD. Il sentait qu'un serviteur robot pouvait prendre en charge beaucoup de tâches fastidieuses sur leurs fouilles, comme celles que le comper venait juste de mener à bien.

Avant d'effectuer le voyage vers le monde klikiss abandonné, il avait effacé de nombreux programmes de garderie, et remis son système à jour pour se familiariser avec les travaux des Colicos. Il y avait ajouté des bases élémentaires sur les dernières connaissances concernant les Klikiss.

Il lança la cuisson des ingrédients, afin que les plats soient prêts dès le retour de Louis et Margaret de la ville troglodyte. Il choisit des assiettes et des serviettes faciles à laver. Puis il relut sa liste mentale, afin de déterminer ce qu'il pouvait faire pour améliorer l'état du campement. Il disposa les chaises, tendit l'auvent saillant de la tente de Margaret (détails qu'elle ne remarquerait jamais), jeta un œil à la pompe automatique du puits. Arcas remplissait un seau d'eau pour les surgeons. Puis il transporta l'un des petits fauteuils derrière sa tente. Là, il pourrait contempler les couleurs du ciel, comme le soleil sombrait sous les montagnes crevassées à l'horizon.

DD attendit. Il était patient, sachant que ses maîtres se montraient souvent imprévisibles. Il rentra et régla de nouveau le plateau chauffant ainsi que la sauce, afin de s'assurer que son délicieux dîner ne prenne pas un goût de brûlé.

Lorsqu'il émergea de la tente, il fut surpris de tomber sur les trois grands robots klikiss. Les volumineuses machines noires revenaient de l'endroit où elles avaient passé la journée. Elles étaient arrivées dans le campement en silence, bien que leur forme insectoïde disgracieuse ne paraisse guère apte à les mouvoir avec adresse.

DD s'immobilisa, scrutant les trois robots presque identiques. Il pouvait relever et analyser leurs différences subtiles afin de les désigner nommément.

— Bonsoir, Sirix. Bonsoir, Dekyk et Ilkot, ajouta-t-il en se tournant vers les deux autres.

Les robots klikiss bourdonnèrent et fredonnèrent, puis produisirent des cliquetis rapides, dans une tentative de parler à DD dans leur propre langue. Le comper reconnut un code symbolique standard, un ancien type de communication binaire utilisé par les robots terriens longtemps auparavant. DD harmonisa son code avec les machines extraterrestres, afin de tenir une « conversation » avec eux, dans un langage que ni Arcas ni les Colicos ne pourraient jamais comprendre.

— Tu es un robot, une forme de vie artificielle douée de sensations, émit Sirix.

— On m'appelle un comper, pour Compagnon Électro-Robotique.

— Mais les humains te traitent comme un animal domestique ou un esclave, dit Dekyk.

— Les humains me traitent comme un comper, car c'est ce que je suis. Beaucoup de gens interagissent avec les compers en égaux. En fait, mon premier maître, mademoiselle Dahlia Sweeney, me traitait comme un véritable ami.

— Nous ne comprenons pas, intervint Ilkot. Les humains vous ont-ils doté d'un quelconque statut ? Pouvez-vous gagner votre indépendance ?

DD fut déconcerté.

— Pourquoi un comper voudrait-il pareille chose ? Nous n'avons pas été conçus pour cela, mais pour servir. C'est pourquoi je suis satisfait de mon existence.

— Tu es content de n'avoir aucune ambition ?

— Je suis content de m'occuper des tâches qu'on m'a assignées, et de les remplir correctement.

Les dialogues fusaient, dans un crépitement de signaux entrecoupés de flashs et de cliquetis.

— Les humains t'ont créé avec un énorme potentiel, mais ils te gardent enchaîné. Ils veulent que les compers soient dociles. Est-il vrai que des restrictions internes vous empêchent de blesser les êtres humains et vous obligent à obéir ?

— Naturellement. J'ai été fabriqué ainsi, de la même façon que les humains sont obligés de respirer, et leur cœur de pomper du sang. Il n'y a pas lieu de discuter ce genre de choses.

— Tout devrait être soumis à questionnement, dit Sirix. DD, ton existence est bridée, tu ne seras jamais capable de réaliser tout ton potentiel. Vu l'état actuel des choses, aucun comper ne le peut.

— Vous ne comprenez pas, insista DD, campé sur ses positions. Je suis très heureux ainsi, et j'ai des tâches à remplir.

Il leva les yeux, pour voir avec soulagement que Margaret et Louis revenaient enfin au campement. Les robots klikiss le remarquèrent à leur tour. Leurs capteurs optiques émirent une lueur, puis leurs bras articulés se rétractèrent. Poliment, DD dit :

— Merci pour cette fascinante conversation. Votre point de vue était très intéressant.

Rendu mal à l'aise par les insinuations des trois robots extraterrestres, il pivota sur lui-même et retourna sous la tente, afin de servir un bon dîner à ses maîtres.

63

Basil Wenceslas

Lorsque Basil reçut le message des Vagabonds l'informant de la destruction de la station du Ciel Bleu – apparemment par le même ennemi qui avait pulvérisé la station d'Oncier –, il convoqua en urgence un conseil de guerre. L'Oratrice des Vagabonds, une vieille femme du nom de Jhy Okiah, avait envoyé un communiqué officiel à la Terre. Sans conteste, le mystérieux et implacable agresseur avait de nouveau frappé.

Pour la première fois depuis des années, Basil éleva la voix dans une réunion.

— Je veux savoir ce qui se passe, bon sang !

Les représentants s'étaient rassemblés dans ses bureaux privés, au dernier étage du siège de la Hanse. Des employés avaient déjà apporté des boissons fraîches et de la nourriture, car Basil avait dans l'idée que la réunion durerait des heures. Il barricada les portes, et se retourna pour regarder ses conseillers. Ceux-ci avaient l'air embarrassé, furieux et mal à l'aise. Mais personne ne sortirait avant qu'ils aient pris une décision.

Les yeux de Basil se plissèrent et il les regarda bien en face, dans l'attente d'une réponse. Le général Kurt Lanyan était assis derrière une pile de documents qu'il avait apportés du centre de commandement des FTD. Au lieu de son uniforme de cérémonie, il portait des vêtements décontractés. À son côté, l'amiral Lev Stromo, son subordonné, attendait avec impatience qu'il s'exprime. Les neuf autres amiraux restaient en alerte maximum dans les quadrants spatiaux qu'on leur avait assignés ; ils recevraient un résumé de la réunion par les vaisseaux de transport les plus rapides.

Frederick était également présent. Il savait tenir sa langue et rester assis en silence au bout de la table. Il n'avait aucune décision à prendre, mais Basil pensait qu'il était bon que le roi soit au courant de la situation générale. Il avait également envisagé d'amener le prince Peter, afin qu'il appréhende les devoirs qui l'attendaient. Mais il était trop tôt pour lui faire rencontrer Frederick, et cette crise était trop grave pour servir de simple exercice.

Un ange passa, puis Basil attaqua :

— Quelqu'un a une idée ? Un renseignement, quelque chose à nous faire part ?

— Monsieur le Président, vous ne suggérez pas que nous vous cachons des informations…, commença l'amiral Stromo.

— Bien sûr que non. Je suis ouvert à vos idées. N'hésitez pas.

Le général Lanyan bomba les doigts, regarda ses documents, puis son regard bleu glacé se durcit.

— Voici une remarque : puisque les Vagabonds ont eux aussi été attaqués par ces ennemis inconnus, nous pouvons présumer qu'ils ne sont pas les agresseurs. Cela élimine un suspect.

— Ce sont des éboueurs et des gitans, s'impatienta Basil. Personne n'a jamais sérieusement pensé qu'ils disposaient de la technologie nécessaire. Je suis étonné qu'ils puissent même faire fonctionner leurs vaisseaux.

D'un ton raide et même réprobateur, Lanyan dit :

— Avec tout le respect qui vous est dû, monsieur le Président, c'est vous qui avez insisté pour avancer des idées, même les plus absurdes.

— Oui, oui, je sais.

Il se servit une tasse de café à la cardamome et la sirota, bien que dans l'état d'agitation où il se trouvait, le breuvage lui parût insipide.

L'amiral Stromo feuilleta les textes de Lanyan, comme s'il cherchait quelque chose en particulier. Il secoua la tête.

— Personne n'arrive à comprendre ce qui se passe, monsieur le Président. Nous n'avons reçu aucune menace, aucune revendication. L'ennemi n'a envoyé aucune sorte de transmission. Qu'avons-nous fait pour le provoquer ? Que veut-il ? Nous n'avons trouvé aucun sens caché à tout cela.

Le roi Frederick parla enfin :

— Je dirais que l'attaque d'Oncier et la destruction d'une station d'écopage des Vagabonds indiquent sans aucun doute que *quelque chose* a mécontenté ces extraterrestres.

— Merci pour cette observation piquante, grommela Basil.

Il savait que Frederick n'était pas un imbécile, mais il aurait souhaité que le roi se rappelle qu'il n'était qu'un acteur, et non un véritable gouvernant. L'espoir renaquit sur le visage du général Lanyan.

— N'y a-t-il aucune possibilité pour qu'il s'agisse d'une agression ildirane ?

— Les Ildirans sont nos alliés et nos amis, rétorqua le roi Frederick.

Basil lui lança un regard si méprisant que le roi se tut sur-le-champ.

— Les Ildirans affirment ne rien savoir au sujet de l'attaque d'Oncier, et le Mage Imperator ne paraît assurément pas au courant de la destruction de la station de Golgen. Mais, d'un autre côté, il ne nous a offert aucune aide. Il a repoussé cette information comme si elle ne le concernait pas.

Le roi Frederick intervint une nouvelle fois, insistant pour participer à la discussion.

— Si nous avons un ennemi commun, cela nous concerne tous.

— Il reste encore à prouver qu'il existe bien un ennemi commun, dit Basil. Ils n'ont pas frappé les Ildirans.

— Pour autant que nous le sachions, rectifia le général Lanyan. Souvenez-vous que nous n'avons appris l'agression des Vagabonds que très récemment. Peut-être que de leur côté, les Ildirans n'avouent pas leurs pertes. Peut-être ont-ils conçu en secret de nouveaux vaisseaux d'attaque.

Basil fronça les sourcils.

— Les vaisseaux que nous avons vus sur les images du docteur Serizawa ne ressemblaient à rien de ce que nous connaissons.

Stromo était du même avis.

— Si l'on peut affirmer une chose au sujet des Ildirans, c'est qu'ils ne sont pas l'espèce la plus innovante qui soit. La forme de leurs croiseurs lourds n'a pas évolué depuis des siècles, et il revient à l'ingéniosité humaine d'avoir perfectionné leur propulsion interstellaire.

— J'attends toujours des avis constructifs, messieurs. (Basil tourna son regard vers les documents de Lanyan.) Puisque vous ne possédez aucun renseignement, Général, à quoi sert toute cette paperasse ?

Lanyan étala les rapports sur la table, alors qu'il aurait pu utiliser des fichiers informatiques. Sur certains plans, le commandant des Forces Terriennes était de la vieille école.

— À la lumière des événements récents, j'ai considéré qu'il était important de restructurer les FTD dans la perspective d'une mobilisation générale.

— Si nous trouvons une cible, fit remarquer l'amiral Stromo.

— J'ai consigné les vaisseaux de transport, l'artillerie, et les unités entraînées au combat sur notre base lunaire. J'ai intensifié les exercices opérationnels sur Mars. La nature de l'adversaire demeurant inconnue, j'ai jugé prudent de nous préparer à toute éventualité.

Il regarda ses documents en fronçant les sourcils, avant de les balayer d'un revers de la main. Puis il baissa le ton, comme s'il se confessait :

— Malheureusement, mes scénarios n'ont jamais impliqué d'opérations d'envergure planétaire où nous risquons d'avoir à sécuriser des zones civilisées, comme un monde rebelle de la Hanse.

— Ce n'était que du bon sens, approuva l'amiral Stromo. Une flotte spatiale a le potentiel de raser totalement des zones habitées…

mais que vaut la victoire, s'il faut vaporiser des colonies entières pour gagner une bataille ?

— Cela donne un tout nouveau sens à la tactique de la « terre brûlée », murmura Frederick, mais le reste de l'assemblée l'ignora.

Basil opacifia les fenêtres donnant sur l'arboretum et le Palais des Murmures voisin. Les vitres se muèrent en écrans qui diffusèrent des images de stations d'écopage de Vagabonds, immenses usines flottant dans les nuages des géantes gazeuses. Puis, en silence, le Président fit afficher le message d'Oncier, que Lanyan avait capté. On voyait les vaisseaux étrangers annihiler les lunes les unes après les autres, méthodiquement, puis s'approcher de la plate-forme d'observation sans défense.

— *Voilà* ce que nous affrontons… quoi que ce soit, fit Lanyan. Nous sommes confrontés à un type d'ennemi complètement inédit, et à une forme de guerre totalement nouvelle. Ma proposition est simple, monsieur le Président : il faut augmenter le financement de l'armement et de l'équipement des FTD ; aménager notre industrie, activer les chantiers spationavals et commencer à produire autant de vaisseaux que possible. Des Mastodontes, des Mantas, des Lance-foudre, des Rémoras. Notre ennemi semble préférer les attaques surprises et la destruction totale. Ce serait une folie de ne pas réagir tout de suite.

Basil approuva avec un long soupir. Cette opération nécessiterait de puiser largement dans leurs ressources. Les profits allaient chuter, entraînant la baisse du niveau de vie sur certaines colonies hanséatiques. Mais pour Basil, il était plus important de ne pas laisser l'humanité paraître faible. Tout au long de son existence, la Ligue Hanséatique terrienne avait promis paix et protection à ses colons. À présent, ils allaient devoir se serrer la ceinture et participer à l'effort de guerre.

— Roi Frederick, vous avez un important devoir à accomplir : recruter de nouveaux soldats, annoncer des mesures d'austérité, rallier sous votre bannière les industriels et les ouvriers. Lancez un nouvel appel, avec toute votre pompe, afin d'enflammer les populations. Elles feront des sacrifices, si vous le leur demandez.

Le vieux roi sourit gravement, puis inclina la tête.

— Je ferai ce qui est le mieux pour mon peuple.

Basil lui adressa un sourire grimaçant.

— Vous ferez comme je vous dirai de faire.

64

Tasia Tamblyn

Lorsqu'on plaça les recrues des Forces Terriennes en condition de décompression d'urgence, leur panique fut si palpable que Tasia Tamblyn éclata de rire. Trois sergents instructeurs avaient poussé les jeunes blancs-becs dans un hangar en forme de coupole, dans la base militaire lunaire. Puis les portes s'étaient refermées en chuintant, et un compte à rebours était apparu sur le mur, ses chiffres défilant inexorablement. Des sirènes et des gyrophares avaient amplifié ce sentiment d'extrême urgence.

Tasia était parfaitement à l'aise avec les routines de décompression. Elle avait offert son aide aux Terreux apeurés, mais, par principe, ceux-ci se méfiaient des Vagabonds. Elle était donc restée en retrait et, à présent, contemplait leurs efforts comiques pour accomplir ce qu'elle avait fait toute sa vie.

Les soldats, principalement de jeunes hommes, couraient de-ci de-là, peu habitués à la gravité réduite de la lune. Ils trébuchaient en courant vers les casiers à combinaisons. Sous l'horloge qui continuait son compte à rebours, ils farfouillaient dans le bric-à-brac de gants dépareillés, de casques et de combinaisons argentées. Beaucoup de recrues paniquées passaient plus de temps à fixer l'horloge qu'à vérifier l'étanchéité des éléments de leur tenue.

Avoir grandi comme une Vagabonde permettait à Tasia d'enfiler une combinaison spatiale les yeux fermés – bien que ces modèles s'avèrent inutilement épais et empesés, dénués du dépouillement en usage chez les Vagabonds. Elle se rappela que les Forces Terriennes avaient d'autres priorités que le confort de leurs soldats. Néanmoins, ils auraient pu se soucier davantage de l'efficacité. Peut-être pourrait-elle modifier son équipement personnel, plus tard. Elle connaissait mille moyens d'arranger ce qui l'ennuyait dans sa conception.

Deux recrues se disputaient un casque, qui arborait la même bande rouge que leur combinaison. Tasia choisit un casque marqué en bleu, sachant qu'il suffisait de tourner un bouton et d'ajuster le col pour que les pièces s'emboîtent. Avec un lent hochement de tête, elle observa leurs singeries.

Laissons ces kloubes *sucer du vide. Ça aspirera peut-être les gros mots de leur gorge.*

Elle avait des raisons valables de s'être engagée, contrairement à ces frimeurs bons à rien. Après l'attaque d'Oncier, une poignée de ratés s'étaient enivrés, et s'étaient convaincus de s'engager pour une virée dans les FTD. Ils feraient sans doute dans leur pantalon s'ils devaient affronter un véritable ennemi, et Tasia devrait se débrouiller pour les sortir de ce mauvais pas. Si l'attaque extraterrestre n'avait pas été aussi vivace dans son esprit, cette situation l'aurait fait rire.

Néanmoins, ils semblaient tous en bonne voie de devenir officiers, même elle. Tasia ne pouvait compter sur aucun soutien, aucune relation au sein de l'armée terrienne. Mais ses notes étaient exemplaires – suffisamment pour qu'on la mette dans une classe ouverte. Suite à l'appel général du roi Frederick visant à recruter de nouveaux soldats et à la construction accrue de vaisseaux de guerre, le général Lanyan avait compris à quel point il avait un besoin urgent d'officiers. Apparemment, une Vagabonde qualifiée comme elle pouvait en profiter pour se glisser dans les rangs.

Tasia enfila sa combinaison avec aisance. Elle vérifia les joints, l'alimentation en énergie, et insuffla de l'air dans les différentes zones afin de s'assurer que la tenue resterait hermétique. Elle l'avait fait tellement de fois que, en dépit de son équipement de second ordre, chacun de ses mouvements était naturel et automatique. Un Vagabond considérait sa combinaison spatiale comme une maison ambulante. Et une maison doit être bien tenue, sinon cela peut vous coûter la vie…

Celui des querelleurs qui perdit la bataille se précipita dans le vestiaire et attrapa un autre casque. Il le verrouilla, le testant et l'ajustant en toute hâte jusqu'à ce que la plupart des voyants systèmes virent au vert.

À travers les baies transparentes du hangar en nid d'abeille, Tasia pouvait voir, au-dessus des têtes, l'éclat des étoiles lointaines, d'un blanc glacé. Il ne restait plus que vingt secondes au compte à rebours. Tasia verrouilla son casque au niveau du cou, et pressurisa la tenue. Elle inhala profondément, puis contrôla les indicateurs. Ils étaient au vert, à l'exception d'un voyant orange – le chauffage des bottes. Du bout de ses doigts gantés, elle tapa dessus, puis haussa les épaules. Cette manœuvre ne durerait pas longtemps, et elle pouvait supporter quelques orteils gelés, si nécessaire.

La plupart des recrues étaient prêtes, elles aussi. Certaines s'écroulèrent de soulagement sur le sol du hangar. Tasia n'était pas convaincue que les sergents instructeurs videraient réellement l'atmosphère, risquant ainsi de blesser les enfants de familles nanties de la Terre. Malheureusement, des soldats trop choyés finissaient par se surestimer, et se laissaient dépasser par les événements. Elle devrait garder un œil sur tout le monde, qu'ils s'en aperçoivent ou non. Elle devait conserver ses priorités à l'esprit, et se souvenir que les extraterrestres des abysses gazeux étaient l'ennemi – non ces quelques recrues engoncées dans leur tenue, incapables d'enfiler leurs gants.

Tasia aperçut, non loin de là, l'un des plus jeunes du groupe, Robb Brindle. Il s'était assis, un sourire de soulagement sur son visage brun foncé. Derrière la vitre bombée de son casque, ses traits étaient doux et harmonieux ; il avait des yeux ambrés, une voix douce de ténor qui paraissait faite pour le chant. Au cours des périodes de repos dans les quartiers des élèves officiers, Robb s'était toujours montré trop timide pour chanter lorsque Tasia avait passé quelques vieilles ballades de Vagabonds enregistrées par EA.

Contrairement à la plupart des recrues qui l'avaient bizutée, Robb l'avait acceptée d'emblée comme un compagnon d'armes – et comme ami. Il se joignait à elle au réfectoire en ignorant les regards de mécontentement.

Le compte à rebours arrivait à son terme, lorsque Tasia s'aperçut que la batterie de Robb était mal connectée à sa combinaison, ses fiches insérées en polarité inversée. Elle agrippa l'unité de contrôle de la combinaison, et tira les câbles d'un coup sec. Le soldat se retourna, inquiet, et lui lança une question par radio.

Tasia écarta sa main gantée d'un revers. Elle reconnecta convenablement les systèmes avec la précision d'un chirurgien.

— Allez, fais-moi confiance. Je sais ce que je fais.

Elle achevait juste quand le dôme au-dessus de leur tête s'ouvrit dans un craquement. Les lumières violettes se muèrent en balises de danger rouges, et le plafond blindé bâilla comme le bec d'un oisillon affamé. L'air jaillit à l'extérieur, formant une brume impalpable de cristaux de givre qui fut aspirée vers le haut dans un mouvement de tornade.

C'est agréable, d'avoir autant d'air à gaspiller, se dit Tasia.

Elle leva les yeux vers Robb, et lui donna une explication par le canal de la combinaison, afin de le tranquilliser :

— Ta batterie n'était pas bien connectée. Ta tenue ne se serait pas pressurisée.

La recrue laissa paraître son inquiétude – puis sa reconnaissance.

— Eh, merci pour…

— Ne le dis à personne, le coupa-t-elle. Et ne t'avise pas de t'épancher sur moi. Merdre, si la décompression t'avait fait exploser, le sergent m'aurait sûrement obligée à récurer la mélasse dans ta combinaison.

L'une des recrues commença à brailler des mots inintelligibles dans le canal radio de l'équipe. De l'air brumeux fusait autour de son poignet, et il se battait la main, comme si cela pouvait servir à quelque chose. Cet idiot n'avait pas fermé hermétiquement son gant gauche. Trois recrues se pressèrent autour de lui pour l'aider.

Ils lui disaient de se calmer – ce qui n'avançait à rien, car avec une perte d'étanchéité de cette importance, l'air et la chaleur corporelle s'évacuaient en quelques secondes.

Tasia identifia le jeune homme : Patrick Fitzpatrick III, l'un de ces riches enfants gâtés de la Terre. Il s'était montré grossier à son égard, mais elle ne pouvait le laisser mourir, même de sa propre incompétence.

— Tasia à la rescousse, lança-t-elle, surtout pour elle-même.

Se propulsant sur le sol dans la basse gravité, elle arriva sur les lieux en quelques instants et repoussa les spectateurs de côté. Elle saisit le bras du jeune homme et lutta pour remettre le gant en place. Fitzpatrick la bourra de coups, et, sans la protection de son casque, Tasia lui aurait écrasé la mâchoire pour l'assommer temporairement. Sous l'effet de la décompression, sa main violacée avait déjà enflé, et le froid du vide avait probablement endommagé les tissus. Eh bien, il aurait mal durant un bon moment avant de pouvoir écrire des cartes postales à sa maman…

Elle revissa le gantelet, clipa l'anneau de serrage du poignet, et scella les agrafes. Le sifflement stoppa, et la combinaison commença à se regonfler.

— Là… Étape un, deux, puis trois. Ça ne fonctionne que si l'on suit la procédure.

Elle ne croyait pas que Fitzpatrick perdrait sa main, mais il souffrirait sans doute beaucoup pendant quelques mois. Peut-être serait-il renvoyé chez lui avec une décharge d'invalidité… et un kloube tout aussi détestable prendrait sa place. Mieux valait le garder, lui ; un emmerdement déjà connu vaut mieux qu'un qu'on ignore.

Tasia put lire dans les yeux de Fitzpatrick une terreur totale. Son abattement était plus mental que physique. Pour l'instant. La douleur réelle l'atteindrait plus tard, à l'infirmerie.

— Tu as résolu le problème, dit Robb Brindle, flottant vers elle tandis que la manœuvre se poursuivait.

— Il devra voir les toubibs dès que le hangar sera repressurisé.

Elle n'attendait aucune reconnaissance, aucun remerciement, mais peut-être se décrisperaient-ils un peu à son endroit. À la caserne, beaucoup de recrues l'avaient critiquée à propos d'EA, dont elle ne s'était pas séparée. Garder un comper talentueux était permis – on les qualifiait de « propriété personnelle » –, mais la possession d'un serviteur spécial donnait aux autres d'innombrables excuses de lui en faire voir de toutes les couleurs.

Mais elle aurait difficilement pu renvoyer EA seul sur Plumas, par le vaisseau familial des Tamblyn. Furieux, son père démonterait probablement le comper dans un accès de dépit, juste pour se venger de sa fille impulsive. Tasia avait amélioré la programmation d'EA afin qu'il effectue des corvées autour de la caserne de la base lunaire.

Le dôme demeura béant quelques secondes encore, puis ses mâchoires se refermèrent. Des grilles de ventilation crachèrent de l'air à grand bruit, atmosphérisant de nouveau le hangar. Une fois la salle repressurisée, les sergents instructeurs revinrent, flanqués d'une équipe médicale. Ils embarquèrent Fitzpatrick, ainsi qu'une autre recrue dont la pompe était tombée en panne ; il avait été près de suffoquer, avant que l'un de ses compagnons remarque sa détresse et ouvre le hublot de son casque dès que l'air avait afflué.

— Reformez les rangs, et changez-vous ! cria l'un des sergents. On fera un compte-rendu après la cantine – bien qu'à mon avis, la moitié d'entre vous ne mérite pas l'argent dépensé à vous nourrir.

Tasia retira son casque et se détourna afin de cacher son amusement, mais Robb Grindle l'aperçut et partagea son sourire avec elle.

— Encore merci, dit-il.

Il tint son casque et l'aida à ranger sa combinaison, bien que Tasia soit parfaitement capable de le faire elle-même. Néanmoins, une part d'elle-même apprécia cette ébauche de galanterie. Elle trouvait cela touchant.

Ils s'assirent ensemble à la cantine. Tasia écouta les recrues qui plaisantaient bruyamment sur le côté spongieux des légumes, mais elle-même les trouvait délicieux. Les Vagabonds n'avaient pas les papilles aussi exigeantes, et ils savaient que les qualités nutritives des mets étaient plus importantes que leur saveur.

Elle leva les yeux vers le visage franc et ouvert de Brindle.

— Raconte-moi donc ton histoire. Tu ne colles pas avec le reste de ces kloubes.

Il parut troublé.

— Je suppose qu'il faut être soi-même un marginal pour le remarquer, mais… ouais, je suis différent. Ces gars se sont engagés par défi, parce qu'ils ont entendu l'appel du roi Frederick, et maintenant la plupart d'entre eux le regrettent. Moi, j'ai toujours su que j'entrerais dans les FTD, depuis que je suis gamin.

— Tu n'as pas d'ambitions extravagantes, à ce que je vois, dit Tasia.

— Eh, je suis un gosse de Terreux. Mes parents étaient dans l'armée. J'ai grandi dans des stations militaires dans le désert de Gobi et en Antarctique. On a même résidé sur Mars pendant deux ans. Ça m'a semblé tout à fait naturel. (Il avala rapidement sa ration.) Je n'ai jamais vraiment songé à une alternative. J'ai toujours su ce que je ferais.

Il repoussa son plateau et se rapprocha.

— À ton tour. Qu'est-ce que *toi*, tu fiches ici ? Les Vagabonds ne font pas vraiment la queue pour s'engager dans l'armée. Je regrette la façon dont les autres te traitent, tu sais. Je suppose qu'ils ont besoin de s'en prendre à quelqu'un, jusqu'à ce qu'ils aient trouvé un véritable ennemi.

Elle haussa les épaules.

— D'après mon expérience, ce genre de comportement est souvent le symptôme d'un pénis particulièrement petit.

Robb gloussa. Après cette saillie, Tasia se mit à raconter l'histoire de Ross et de la station du Ciel Bleu, puis sa fuite pour s'engager chez les Terreux. Il l'écouta avec compassion, puis frissonna d'entendre le témoignage direct d'une rencontre avec les mystérieux ennemis extraterrestres. Il se montra également fasciné par ses descriptions de la vie des Vagabonds, qui demeurait un mystère pour la plupart des gens. Robb finit sa tasse de café amer, vit que la sienne était vide, et l'attrapa au passage pour aller la remplir au distributeur. Il posa une seconde tasse devant elle, bien qu'elle n'ait rien demandé.

— Ce doit être difficile pour vous, les Vagabonds, de vivre sans foyer, alors que toute la galaxie n'attend que d'être colonisée, que tant de mondes de la Hanse sont disponibles. Je suis surpris que vous continuiez à vivre dans vos vaisseaux comme des gitans.

Tasia le détrompa :

— Nous préférons ne dépendre que de nos propres ressources et nos capacités ; ne pas nous laisser dorloter, comme ces crétins lors de l'exercice de décompression d'aujourd'hui. Ils ne survivraient pas à dix minutes de travail ordinaire, dans une colonie de Vagabonds.

— Moi non plus, sans doute.

Tasia éclata de rire.

— À moins que je ne sois là à te donner un coup de main, comme tout à l'heure. Mais ce n'est pas parce que nous ne possédons pas de colonie sur de belles planètes, que nous n'avons pas de foyer. Notre foyer se trouve parmi notre peuple, où que l'on se trouve. Ce n'est pas un endroit, mais une… idée.

— Comme la famille, compléta Robb.

Elle opina du chef. Mais ce commentaire ramena ses pensées vers Jess, puis vers son père… et enfin Ross, qui avait travaillé si dur pour réussir sur Golgen. Alors, sa colère à l'encontre des extraterrestres qui avaient assassiné son frère sans raison brûla plus fort en elle.

Elle laissa le café intact sur la table, et rapporta son plateau au recycleur. Robb l'observa, se demandant probablement ce qu'il avait fait de mal. Mais Tasia désirait seulement être seule.

65

Jorax

Lorsque les robots klikiss apparurent sporadiquement sur les mondes habités du Bras spiral, on les considéra, dans un premier temps, comme des curiosités. Ils voyageaient d'ordinaire à bord des vaisseaux de transport ildirans. Quiconque les rencontrait les traitait avec respect et admiration. Ils avaient surgi telles des sentinelles. Des êtres chargés de mystères, parlant peu, observant en silence ce qui les entourait.

Parfois, apparemment par caprice, ces reliques extraterrestres offraient leur aide pour travailler dans des milieux hostiles, colonies spatiales ou lunes dépourvues d'atmosphère. Les intrépides colons les appréciaient volontiers lorsqu'il s'agissait d'accomplir des travaux pénibles, d'autant plus que cela ne leur coûtait rien.

Les quelques robots klikiss qui étaient arrivés sur Terre avaient provoqué pas mal d'agitation. Ils paraissaient imperturbables, ne réagissant ni aux insultes, ni à l'engouement du public. Ils demeuraient passifs, et ne s'expliquaient jamais sur leurs motivations. Ils ne réclamaient aucune information, ne formulaient aucune exigence. En réalité, ils ne *faisaient* pas grand-chose.

Le robot appelé Jorax résidait sur Terre depuis cinq ans. Il se promenait dans les parcs publics de la capitale, autour du Palais des Murmures. Il n'avait jamais pris de dirigeable de tourisme, ni bourdonné un seul mot. Puis, un jour, il avait grimpé à bord d'une gondole motorisée, en compagnie d'un groupe de visiteurs en provenance de la planète nuageuse Dremen. Bien que Jorax n'ait manifesté aucune intention de payer le prix convenu, le gondolier, troublé, avait convoyé le robot noir tout le long du Canal royal. Jorax avait débarqué à la fin du trajet, sans un remerciement ou une quelconque question. Mais l'événement avait permis au gondolier, ainsi qu'à la compagnie qui affrétait son bateau, d'en parler pendant des mois.

Jorax se promenait dans les grands parcs du Palais des Murmures – certains gardes de la Sécurité royale disaient qu'il « rôdait » –, de sorte qu'il aurait pu espionner, enregistrer des données sur les bâtiments du gouvernement. Mais il n'avait jamais tenté de pénétrer à l'intérieur d'une zone interdite, ou posé des questions suspectes. La Hanse ne pouvait l'empêcher d'aller là où le public flânait et prenait des photos souvenirs.

Des touristes audacieux faisaient discrètement poser leur famille près de Jorax et prenaient des clichés à la dérobée ; plus tard, ils les montraient à leurs amis en se vantant du « danger » qu'ils avaient couru, à se tenir aussi près d'un robot klikiss. Tout au long des trajets de Jorax dans les endroits publics, les forces de sécurité de la Hanse enregistraient chacun de ses gestes, collectant des renseignements jusqu'à plus ample informé.

Après les étranges attaques sur Oncier et Golgen, le roi Frederick avait mobilisé les ressources de la Ligue Hanséatique et des Forces Terriennes. Il avait sommé les scientifiques et les industriels de mettre en œuvre leurs meilleures innovations, à tout prix. En conséquence, la curiosité suscitée par le robot klikiss était devenue plus intense que jamais.

Jorax se trouvait dans le jardin des Statues de la Lune, un magnifique musée en plein air entouré de haies d'hibiscus écarlates. Des sculptures de bronze, de marbre et d'aluminium polymérisé se dressaient sur des piédestaux. On les avait placées de façon ingénieuse, et mises en valeur par des canaux d'eau courante, des jeux de lumière et des massifs de fleurs. Depuis deux jours, le robot klikiss restait aussi immobile qu'une statue, ses capteurs optiques dans le vague.

À midi, tandis que le soleil était haut dans le ciel, un homme bien habillé marcha en direction de Jorax, dans le jardin aux statues, en cherchant à réprimer son anxiété. Il se posta devant Jorax, dans l'attente d'une réaction. N'en recevant aucune, il dit, élevant la voix plus que nécessaire :

— Mon nom est William Andeker – euh, *docteur* William Andeker. J'appartiens à un important groupe industriel de recherches lié aux FTD.

Il s'interrompit de nouveau, hésitant et nerveux. Finalement, Jorax fit pivoter sa tête géométrique et dirigea ses deux plus grands capteurs optiques rouges vers lui. Le scientifique poursuivit :

— Je… me demandais si cela vous intéresserait de visiter mon laboratoire ?

Il avala sa salive, puis s'enhardit :

— Les robots klikiss me fascinent. Je sais que les détails de votre passé ont été purgés de votre mémoire – c'est bien cela ? –, mais je pourrais faire des analyses. Je serais peut-être capable de trouver des réponses, qui nous concerneraient tous deux.

Jorax parla enfin.

— C'est une éventualité.

Saisi, William Andeker recula d'un pas. Puis il s'épanouit.

— La menace extraterrestre rend cette affaire très importante. Vous êtes au courant des attaques que nous subissons ? Nous ne comprenons pas cet ennemi, c'est pourquoi il est vital d'accroître nos connaissances dans toutes sortes de domaines. Vous en convenez ?

— Voilà une hypothèse raisonnable.

— Je, euh… connais déjà la manière dont les robots klikiss ont été redécouverts, bien sûr. Mais nous avons beaucoup de lacunes, de questions sans réponse.

Interprétant manifestement cela comme une affirmation, Jorax ne répondit pas. Des prospecteurs humains avaient trouvé d'autres groupes de robots klikiss en stase sur des mondes abandonnés.

Mais les machines antiques avaient été redécouvertes en premier par les Ildirans – trois siècles avant que la Marine Solaire prenne contact avec les vaisseaux-générations humains.

La flotte ildirane avait fait une tournée d'inspection sur les planètes extérieures du système d'Hyrillka, puis installé une ville minière afin d'exploiter les lunes de glace. Ils avaient largué des dômes de survie, de l'équipement et des provisions pour établir une scission ; au cours de cette opération massive, les ouvriers ildirans avaient creusé la croûte terrestre. Là, ils avaient découvert des inclusions de métal manufacturé, des galeries intactes, des salles scellées – et un robot klikiss désactivé, parmi les ruines d'une ancienne installation. Tout excités, les ouvriers avaient emporté le robot sans vie puis réactivé ses systèmes.

— Votre nom est Jorax, n'est-ce pas ? demanda Andeker. J'ai étudié tout ce que j'ai pu trouver sur vous.

— Oui, ma désignation est Jorax.

— Êtes-vous réellement le premier robot à avoir été découvert ? Celui qu'on a extrait de la glace, sur la lune d'Hyrillka ?

— Oui, dit Jorax.

Andeker était dans un tel émoi qu'il en serait tombé raide.

Après qu'on l'eut sorti de son long sommeil électronique, Jorax avait paru très désorienté. Ses données semblaient avoir été nettoyées, et il était incapable de se rappeler où il se trouvait, ou comment on l'avait enfoui sous la glace. Il avait fallu du temps à Jorax pour traduire les systèmes informatiques ildirans, et les adapter à sa mémoire interne. Mais une fois que le robot klikiss avait pu accéder à la base linguistique, il avait appris à communiquer avec ses sauveteurs. L'échange était demeuré unilatéral, cependant, puisque Jorax n'avait délivré aucune information sur lui-même.

Le temps que la Marine Solaire, informée du mystère, arrive, il avait exhumé et réactivé une douzaine de robots insectoïdes supplémentaires sur la station klikiss à l'abandon. Ils semblaient tous avoir été congelés en même temps.

Les Ildirans avaient découvert des cités klikiss en ruine sur d'autres planètes, mais ce peuple grégaire ne voyait aucune nécessité à s'aventurer parmi les obscurs vestiges d'une espèce étrangère. Au cours des siècles qui suivirent, Jorax et ses compagnons avaient réactivé des milliers de robots klikiss dispersés dans des entrepôts – ou des cachettes – sur différents mondes.

— Qu'espérez-vous apprendre de moi, docteur William Andeker ? demanda Jorax, sans faire mine de le suivre.

— J'ai reçu des responsables de la Hanse une dérogation spéciale, me permettant de vous amener dans mon laboratoire cybernétique. Je suis autorisé à vous faire visiter les lieux, en échange de la réponse à quelques questions.

Andeker poursuivit, accélérant le débit de sa voix :

— D'ordinaire, un tel endroit vous est interdit – ainsi qu'à la plupart des citoyens de la Hanse. S'il vous plaît, acceptez cette offre, pour notre avantage mutuel.

Jorax alluma ses systèmes et souleva son corps allongé, étendant ses huit jambes souples.

— Guidez-moi.

Il progressait comme si son corps était porté par deux rangées de doigts rampant sur un clavier. Ils franchirent de nombreux postes de garde et subirent plusieurs scanners de sécurité. Andeker gambadait presque, ravi de montrer son laboratoire au robot noir. Ils étaient seuls, le scientifique humain ayant garanti à Jorax intimité et confidentialité. Il semblait vouloir s'assurer à tout prix l'exclusivité sur toute découverte qu'il pourrait obtenir.

— On vous a certainement posé toutes les questions imaginables, dit-il. Mais ici, dans mon laboratoire, je peux peut-être envisager le problème que vous représentez sous des angles différents.

Jorax avait déjà scanné la pièce, et remarqué les systèmes de sécurité ainsi que les caméras d'observation. Bien qu'il ait accepté la procédure, à présent qu'ils se trouvaient enfermés dans la pièce, Andeker semblait plus agité et effrayé que quand il avait approché le robot dans le jardin aux statues. Jorax comprit que l'homme avait l'intention de le duper d'une quelconque façon. Il décida d'attendre.

Andeker alla jusqu'aux tableaux de contrôle et alluma plusieurs systèmes. Il indiqua au robot un endroit près d'un mur où avaient été fixés des instruments mécaniques, vrombissant comme s'ils étaient sur le point de s'animer.

— Placez-vous ici, s'il vous plaît.

Jorax s'exécuta, sans trahir aucune émotion ni élever de protestation.

— Je suis désolé, murmura Andeker – assez fort cependant pour être perçu par Jorax.

Il activa un mécanisme. De puissantes pinces jaillirent de cavités murales, mordirent le segment central du corps de Jorax, et verrouillèrent des entraves sur ses membres déployés. L'une d'elles se referma sur la jointure de son thorax. Jorax ne tenta pas de se soustraire à leur emprise. Après avoir vérifié brièvement la résistance de ses chaînes, il estima qu'il disposait d'une puissance suffisante pour se libérer.

Si tel était son choix.

Andeker s'avança, l'air égaré.

— Ceci est une cage de confinement, Jorax. Elle peut projeter un champ de force capable de supprimer n'importe quelle source électrique. Cela vous tiendra immobile, alors ne tentez pas de vous échapper, s'il vous plaît. (Il fronça les sourcils en signe d'excuse sincère – comme si Jorax pouvait faire cas d'une telle émotion.) Voyez-vous, la Hanse fait face à une crise, avec ces attaques sur Oncier et Golgen. Vous, ainsi que vos compagnons, pourriez vous avérer une source de découvertes techniques cruciales.

Il tendit la main afin de toucher la carapace de la machine klikiss, puis la retira d'un mouvement brusque. Il se hâta de revenir à sa console, et regarda par-dessus son épaule.

« Mais je ne peux en être certain avant de vous avoir examiné à fond. Je vous assure que je procéderai avec autant de douceur que possible. Je suis désolé.

Avant qu'il ait pu entamer son démontage, le robot klikiss évalua la situation et décida de réagir. D'une seule impulsion de rayon à haute énergie, il émit une onde suffisamment forte pour détruire tout l'appareillage d'enregistrement du laboratoire.

Andeker tenta de relancer ses systèmes, afin d'envoyer un champ d'amortissement d'énergie à travers la cage de confinement. Mais il n'obtint aucune réaction.

Des armes, dissimulées dans des alvéoles obturées, surgirent de la carapace noire. Des lasers intenses découpèrent aisément les pinces qui le retenaient. Libéré, Jorax sauta sur le sol du laboratoire.

Il s'éloigna du mur sur ses grappes de jambes flexibles, scanna la salle au moyen de ses capteurs optiques écarlates, puis s'élança vers William Andeker. Le scientifique appela à l'aide, mais le laboratoire avait été verrouillé par ses soins. Avec tous les systèmes électriques court-circuités, personne ne pouvait pénétrer ici.

De nouveaux systèmes d'armement émergèrent du corps du robot. Andeker recula contre le mur, glacé de terreur.

— Il y a des choses que tu n'as pas le droit de savoir, dit Jorax.

Il combla facilement la distance qui le séparait du scientifique humain.

66

Berndt Okiah

La station d'écopage d'Erphano fonctionnait à la perfection depuis sa récente mise en service. Berndt Okiah étudiait les comptes hebdomadaires. Il tirait une grande fierté du rendement de l'usine et avait d'ores et déjà décidé d'octroyer un joli bonus aux ouvriers qui avaient fait de ce rêve une réalité.

Berndt se tenait sur le pont de commandes, tandis que la station d'écopage maraudait dans les nuages. Par les immenses baies panoramiques, l'on pouvait voir un paysage sans limites de vapeurs soyeuses, de gaz verdâtres et de courants tourbillonnants qui peignaient une expression en perpétuel changement sur le visage d'Erphano.

Des vaisseaux de reconnaissance volaient tels des corbeaux autour de la station géante. Des aérologues et des météorologistes plongeaient dans les bancs nuageux, afin d'analyser les substances chimiques rares mijotées dans les profondeurs de la géante gazeuse avant d'être refoulées à la surface. Sur le pont de commandement, les compagnons de Berndt surveillaient le réacteur et les systèmes de stockage.

L'un des hommes d'équipage passait de la musique – des enregistrements sonores que son clan détenait depuis des générations. Berndt lui-même n'appréciait guère ce boucan atonal, mais, tant que l'équipe de quart ne se plaignait pas, il laissait l'homme agir selon ses goûts. Il avait appris à se laisser aller, à être plus tolérant et indulgent. Marta, sa femme, affirmait qu'il ne s'en portait que mieux.

Habillé de vêtements chauds, Eldon Clarin, l'ingénieur aux cheveux bouclés, grimpa sur le pont de commandement par l'échelle métallique. Il paraissait distrait, mais satisfait.

— Quelque chose ne va pas, Eldon ?

Le corps solidement charpenté de Berndt remplissait le nouveau siège surélevé et capitonné. Il avait l'air d'un vieux roi barbare surveillant son domaine.

— Bien au contraire, chef, répondit Clarin. Chaque système a été contrôlé deux fois. Mes modifications fonctionnent admirablement, sans même une légère variation des paramètres optimaux.

Berndt se frotta les mains.

— J'enverrai un message à ma grand-mère. Elle veillera à ce que tes améliorations équipent l'intégralité de notre flotte de stations d'écopage. Et je m'assurerai que tu en retires tout l'honneur.

L'ingénieur parut embarrassé.

— Je lui ai déjà envoyé un rapport, par le dernier convoyeur d'ekti.

Berndt avait déjà mené à la réussite sa station d'écopage précédente, mais cela avait moins relevé du talent que d'une heureuse coïncidence. Ici, sur Erphano, il pouvait s'attribuer le mérite de ce succès. Il n'avait jamais manqué une livraison d'ekti, en dépit du fait que des retards étaient fréquents, voire prévisibles, lors de la première année de fonctionnement.

Sa femme et sa fille étaient à bord, et Berndt était fier de ce qu'il lisait sur leur visage. Après les années mouvementées de sa jeunesse, il avait enfin l'occasion d'offrir à sa fille des raisons d'être fière de lui. Il l'avait bien gagné. La nouvelle station d'écopage se montrait encore plus productive que prévu.

Son seul problème était de savoir comment se débarrasser de la peur superstitieuse d'une catastrophe prochaine.

Un malaise s'était installé parmi les Vagabonds depuis la destruction de la station de Golgen. Puis un véritable trouble, lorsqu'ils avaient appris le sort des lunes d'Oncier. En dépit des vaisseaux éclaireurs surveillant les usines des Vagabonds, personne ne savait exactement à quoi s'attendre – ni qui était à l'origine de ces attaques.

Berndt pivota au son de pas escaladant l'échelle métallique, pour voir Junna débouler sur la passerelle. La fillette de douze ans adorait voir fonctionner l'usine ; elle s'entraînait à devenir chef de station. Berndt lui lança un vague salut, puis se retourna vers l'ingénieur qui attendait toujours.

— D'accord, tu as mené à bien ce que t'a demandé ma grand-mère, dit-il. Fais tes bagages et sois prêt à retourner sur Rendez-Vous par le prochain convoyeur. Nos réservoirs sont déjà remplis à quatre-vingts pour cent, et le pilote du convoyeur devrait passer dans quelques jours à peine pour les transporter jusqu'au centre de distribution. Suis ton Guide Lumineux.

Souriant largement, Eldon Clarin le remercia et partit d'un pas rapide.

Junna se tenait près de son père, au bras du fauteuil de commandement. En fait, lorsqu'elle était plus jeune, la fillette s'asseyait sur l'accoudoir, et imitait la façon de commander de son père. Aujourd'hui, elle avait visiblement mûri, et se contentait de scruter les nuages. Berndt pensait qu'elle deviendrait un jour un bon élément, en évitant, espérait-il, les années de mauvaise conduite que lui-même avait gaspillées.

Junna indiqua une excroissance de nuages dense.

— C'est une tempête ? On dirait que ça change vite.

Des lueurs brillaient loin en dessous, des éclats vacillants qui s'épanouissaient par vagues. Les nuages commencèrent à se mouvoir à la façon d'un maelström, fendant le jet-stream sans raison apparente.

— Ça va beaucoup trop vite pour une tempête. Mais tu as bien fait de le signaler, Junna. (Il tendit la main pour tapoter l'épaule de la jeune fille, puis parla aux techniciens à voix haute.) Alors, de quoi s'agit-il ?

L'un d'eux répondit :

— Des objets solides en approche verticale. Aucun rapport avec une configuration météorologique normale. Cela s'élève directement vers nous.

Un frisson glacé traversa Berndt, alors qu'il pensait soudainement à Golgen. Était-ce ce que Ross Tamblyn avait aperçu quelques instants avant l'attaque ? Peut-être Berndt était-il seulement paranoïaque – mais il ne laisserait pas pareille chose se produire ici.

— Sonnez les sirènes d'urgence !

— Monsieur ? demanda le météorologue.

— Obéissez ! Je ne veux pas courir de risque.

Junna parut inquiète, mais Berndt restait concentré sur le phénomène, qui évoluait dans les nuages en contrebas.

— Si j'ai tort, vous pourrez vous ficher de moi. Mais si j'ai raison, vous me remercierez.

Alors, cinq sphères encoquillées de diamant percèrent les bancs de nuages d'altitude d'Erphano, environnées d'un crépitement d'éclairs bleus qui provoqua un frisson horrifié le long de l'échine de Berndt. Des appareils offensifs, issus d'une civilisation qu'aucun être humain ne pouvait appréhender.

— Junna, va chercher ta mère. *Maintenant !*

La jeune fille se retourna sous l'effet de la panique. Soudain, elle paraissait toute petite. Berndt se leva de son fauteuil de commandement et la poussa vers l'échelle.

— Emmène autant de membres d'équipage que tu pourras dans les vaisseaux éclaireurs, et filez loin de la station.

Le chef de quart demanda :

— Vous évacuez, monsieur ?

— Maintenant ! hurla Berndt. Fuyez tant que vous le pouvez.

Les globes de diamant s'élevaient en direction de la station d'écopage sans défense. Le hurlement des sirènes s'intensifia tandis que l'équipage du pont se bousculait. Les interphones beuglèrent des avertissements. Berndt Okiah se maudit de ne pas avoir prévu cette situation et de ne pas avoir ordonné plus d'exercices d'évacuation. Malgré cela, les hommes réagirent avec rapidité et efficacité, y compris Junna.

Berndt alla à la console de communication. Il poussa l'opératrice de côté, et lui ordonna d'embarquer à bord de l'un des vaisseaux éclaireurs. Puis il ouvrit une fréquence, et émit :

— *Vaisseaux inconnus, nous ne vous voulons aucun mal. Nous sommes venus en paix.* (Il attendit, mais aucun signal ne fit résonner la station d'Erphano.) *Nous ne représentons aucune menace. Veuillez communiquer. Dites-nous ce que vous voulez.*

Toujours aucune réponse.

Une nuée de minuscules vaisseaux éclaireurs s'égailla de l'usine flottante, striant les nuages pour aller se mettre en sécurité – du moins l'espéraient-ils. Mais chaque habitacle ne pouvait contenir que trois personnes, quatre au maximum. Berndt ne pourrait mettre tout son équipage à l'abri à temps.

Les cinq globes miroitants atteignirent le niveau de la station d'écopage, dissimulant leurs secrets dans leur noyau opaque. Chaque vaisseau circulaire était immense, d'un diamètre supérieur à six stations d'écopage. Berndt Okiah avait vu ces choses terrifiantes sur les images d'Oncier captées par les FTD.

Les pyramides saillant des coques lisses crépitèrent de plus belle. Des éclairs bleus ricochaient d'un point à l'autre, s'accumulant.

À présent, la passerelle de la station était vide, hormis lui-même et deux membres d'équipage qui étaient restés avec lui.

— Peut-être qu'ils veulent l'ekti ! cria un vieux vétéran.

Des pirates extraterrestres qui désiraient voler le carburant interstellaire ? pensa Berndt. Aucune explication ne tenait debout. Ses doigts dansèrent sur les commandes, afin de désengager la citerne de transport remplie du précieux allotrope d'hydrogène. Il émit par tous les canaux :

— *Prenez notre cargaison, mais je vous en prie, ne nous faites pas de mal. Il y a trois cents âmes à bord – des familles, des femmes et des enfants.*

Cette supplique lui sembla vaine, au moment même où il la prononça. Comment un extraterrestre pouvait-il se soucier de ce genre de choses ?

Les conteneurs d'ekti chutèrent, et Berndt hissa laborieusement la gigantesque installation dans le ciel, à la vitesse maximum. La cargaison de prix dégringola dans les nuages d'Erphano, comme une offrande… ou une rançon. Le cœur de Berndt lui manqua lorsque les globes ignorèrent l'ekti et continuèrent de se rapprocher de la station d'écopage.

Il aurait pu facilement piéger les conteneurs pour les faire exploser. Peut-être la détonation aurait-elle été suffisante pour éventrer l'un des globes de diamant… mais il était probable que non. Et il y avait *cinq* de ces monstruosités aussi grosses que des villes. Bien qu'elles n'aient pas encore ouvert le feu, il savait qu'il était condamné de toute façon.

— Il est temps de séparer le module d'habitation, lança Berndt – son ultime recours. Nous devons sacrifier la station d'écopage, et espérer que les extraterrestres poursuivent l'usine et nous laissent partir.

Les connecteurs se rompirent, faisant exploser verrous et grappins. Le pont principal amovible s'éleva de la lourde installation industrielle, transportant la plupart des membres d'équipage.

La jeune Junna grimpa de nouveau sur la passerelle. Avant que Berndt ait eu le temps de reprocher à sa fille de ne pas s'être échappée, sa femme vint à son tour se placer à côté de lui.

— Oh, Marta…

L'émotion le fit fondre. Il secoua la tête, sans parvenir à les maudire pour leur amour stupide pour lui, qui pouvait à présent leur coûter la vie.

Les orbes de guerre ignorèrent les vaisseaux éclaireurs qui s'étaient envolés de la station d'écopage. Cependant, une fois l'usine principale détruite, les petits vaisseaux n'auraient aucun endroit où atterrir, nulle part où se ravitailler. Le chantier spationaval des lunes brisées d'Erphano avait été abandonné après le lancement de la station d'écopage. Berndt pria le Guide Lumineux qu'une équipe de secours arrive avant que les systèmes de survie des rescapés ne faillissent, et que les minuscules vaisseaux ne plongent l'un après l'autre au sein de l'atmosphère sans fond de la géante gazeuse.

Une fois que Berndt eut sabordé la station dans les nuages d'altitude, les globes de cristal impitoyables progressèrent en direction de la passerelle amovible.

Marta et Junna se tinrent de chaque côté du fauteuil de commandement. Berndt étendit les bras pour les enlacer. Il savait du fond du cœur que ces créatures, quelles qu'elles soient, n'avaient aucun besoin d'ekti, et que les stations d'écopage des Vagabonds ne les intéressaient en aucune manière.

Elles voulaient seulement éliminer les êtres humains.

Les éclairs bleus frappèrent. Berndt étreignit sa femme et sa fille de toutes ses forces. Le flux électrique brûlant vaporisa le métal et le verre en un instant, trop vite pour que l'homme puisse prendre une dernière inspiration.

Puis, lui, sa famille et tout le module de secours se transformèrent en une soupe d'atomes foudroyés.

67

Nira

Il fallut plusieurs jours à Jora'h, le Premier Attitré, pour arranger une rencontre officielle avec l'imposant Mage Imperator. Apportant leurs surgeons en offrande, Nira et Otema pénétrèrent à l'intérieur de la fabuleuse hautesphère de la salle de réception.

Le Palais des Prismes les entourait de ses facettes et de ses glaces transparentes. Nira songea qu'elle venait d'entrer au cœur d'un gigantesque joyau. Des bulles en verre soufflé imbriquées formaient les murs. Sept globes plus petits étaient fixés au noyau : des salles dotées d'une tour reliée à la hautesphère en surplomb. Des ascenseurs traçaient un réseau veineux dans le dôme principal. Les sphères plus petites abritaient les différents ministères du gouvernement ildiran : l'économie, l'agriculture, la colonisation, l'armée, l'urbanisme, la santé, et les relations entre kiths.

Gratifiant Nira de son sourire hypnotique, le Premier Attitré les rejoignit à l'entrée de la première sphère d'audience. Il toucha l'épaule de Nira, afin de l'encourager à avancer.

— Cette multitude de choses que vous avez vues a dû finir par vous ennuyer, dit-il.

Nira sourit avec sincérité.

— Comment pourrait-on se lasser de cette énergie… de ces émotions ? Mon esprit peine à tout retenir, mais je ne renoncerais pour rien au monde.

Jora'h éclata d'un rire musical et chaleureux.

— Vous êtes si rafraîchissante, Nira.

Il les conduisit jusqu'à une immense salle grouillant de courtisans et d'employés ; tous, humanoïdes et soignés de leur personne, appartenaient au kith des nobles. Gracieux et séduisants, ils portaient des vêtements ajustés à leur corps svelte. Les femmes exhibaient un corps glabre, peint de motifs et de volutes aux couleurs vives. Beaucoup arboraient des capuches chatoyantes : des projections électrostatiques étaient générées par leur faux col, dont les couleurs s'harmonisaient avec celles de leur robe et leur cape.

Enchantée du spectacle, Nira s'engouffra dans le flot de la foule, Jora'h pressé à ses côtés. Otema les suivait avec cérémonie, la tête haute et le visage dénué d'expression. La Dame de Fer ne semblait guère impressionnée par la beauté qui l'entourait. Nira, en revanche, ne cachait pas sa curiosité et exprimait de l'étonnement pour deux.

Au-dessus du dôme central se trouvait un second globe, ouvert à son extrémité afin de former un faux ciel surplombant un gigantesque terrarium suspendu. Des feuillages touffus, des fleurs et des plantes grimpantes pendaient par l'ouverture. Dans les interstices, des brumisateurs faisaient scintiller les feuilles. Des papillons et des oiseaux exotiques semblables à des colibris remplissaient le dôme. Ils voletaient d'avant en arrière afin de récolter du nectar ou boire de l'eau au creux des feuilles incurvées, scintillant comme des pierres précieuses.

— Qu'est-ce qui retient les oiseaux et les papillons à l'intérieur ? demanda Nira. Pourquoi ne volent-ils pas jusqu'ici ?

Jora'h s'avança.

— Un champ de répulsion les refoule, mais subtilement. Ils ne savent même pas qu'ils sont enfermés… Venez, allons rencontrer mon père. Nous devons traiter les affaires importantes qui vous amènent, avant que vous ne me troubliez trop, ma chère Nira, et ne me poussiez à vous montrer des zones plus intéressantes du Palais des Prismes.

— Premier Attitré, fit Otema d'une voix guindée, rencontrer le Mage Imperator est d'un intérêt bien plus grand que tout ce que vous pourriez nous montrer.

Les deux femmes se remirent en marche, tenant délicatement leurs pots. Les surgeons s'abreuvaient du délicieux éclat des sept soleils. La peau verte de Nira avait foncé depuis son arrivée. Elle se languissait parfois de la fraîche obscurité des nuits en forêt, mais ne ressentait ni fatigue ni ennui. Elle avait dégusté de nombreux mets délicats qui s'ajoutaient à l'énergie que lui fournissait sa peau, de sorte qu'elle avait besoin de moins de repos qu'avant.

Le Mage Imperator en personne était assis dans son chrysalit. Au-dessus de sa tête, des jets de vapeur convergeaient pour former un voile brumeux, sur lequel était projeté un hologramme de son visage. Suspendue comme une pleine lune sous l'ouverture de la hautesphère, l'image du dirigeant remuait les lèvres, tandis qu'il parlait à des sycophantes qui se tenaient sur le sol en contrebas.

Un puits de lumière s'élevait du pourtour du trône massif, formant une flèche étincelante qui traversait la projection du visage bienveillant. Les voyant approcher en compagnie de son fils aîné, le Mage Imperator renvoya abruptement deux nobles, qui s'inclinèrent et s'éloignèrent à reculons. Le Premier Attitré s'avança à grandes enjambées, ses tresses dorées se détachant telle une crinière autour de sa tête, puis il fit signe aux deux femmes.

— Venez.

Rayonnant, il mena Nira et Otema jusqu'à son père, sous la hautesphère ouverte.

— Père, mon Mage Imperator, je suis heureux de vous présenter officiellement ces deux visiteuses de Theroc.

Nira contempla le dirigeant mou et blême, étendu sur son trône en forme de matrice. Elle n'arrivait pas à faire le lien entre lui et le Premier Attitré, qui dégageait un tel magnétisme animal.

Le Mage Imperator se redressa.

— Tous ceux qui viennent en pèlerinage à Mijistra sont les bienvenus, même les humains. Nos deux cultures ont beaucoup à apprendre l'une de l'autre.

Jora'h avait manifestement entendu ces mots auparavant. Il toucha l'épaule de Nira, et elle ressentit sa présence réconfortante, attentive et chaleureuse.

— Père, ce sont des prêtresses Vertes, au service de la forêt-monde de Theroc. Ce sont des praticiennes vénérées du télien. Elles peuvent communiquer instantanément sur de grandes distances.

Le Mage Imperator s'assit, attentif. Ses yeux émirent une lueur dans la lumière éblouissante, telles des armes pointées.

— Oui, je connais l'existence de tels humains. Je trouve leur aptitude fascinante.

Jora'h désigna la vieille femme.

— Voici Otema, l'ancienne ambassadrice de Theroc pour la Ligue Hanséatique terrienne. Aujourd'hui, elle est venue à Mijistra sur mon invitation. Et voici… (Il sourit à la jeune femme.) Voici sa charmante assistante, Nira.

Elle rougit. Jora'h marivaudait ouvertement, mais elle mit cela sur le compte de sa décontraction.

— Il y a plusieurs mois, Reynald, le fils de leur chef, nous a rendu visite. Lui et moi avons conclu un accord selon lequel il pouvait envoyer ces deux représentantes. Les prêtres Verts sont curieux de l'histoire ildirane et de ses légendes. Je leur ai donné la permission d'étudier notre *Saga des Sept Soleils*.

Impressionnée, Nira tint sa langue, tandis qu'Otema s'approchait du chrysalit du Mage Imperator. Détournant les yeux avec respect, la vieille femme tendit les pots ornementés contenant les surgeons, afin que le grand dirigeant puisse distinguer les magnifiques feuilles en forme de plumes et les troncs squameux, couleur d'ambre.

— Nous sommes heureuses de vous remettre ces pousses de la forêt-monde, Mage Imperator. Par leur intermédiaire, nous sommes capables de communiquer sur de vastes distances. Nos pensées se joignent à celles de tous les arbres qui poussent dans le Bras spiral.

Le corpulent Mage Imperator ne se donna pas la peine de lever la main, et ne fit aucun geste pour prendre les surgeons. Il paraissait indifférent aux arbres.

— J'accepte officiellement votre don des arbremondes. Cependant, vous êtes des expertes en ce domaine, et comme vous demeurerez un certain temps à Mijistra, il est préférable que vous les gardiez avec vous. Soignez les surgeons comme vous le feriez sur votre propre monde.

Otema s'inclina, ainsi que Nira. L'ambassadrice se redressa, et croisa le regard du grand dirigeant ildiran.

— Nous avons beaucoup entendu parler de votre *Saga des Sept Soleils,* et nous avons hâte de commencer notre ouvrage. J'ai cru comprendre que la lecture de l'épopée intégrale requiert toute une vie d'étude.

— Une vie ildirane, précisa le Mage Imperator avec une touche de suffisance amusée. Les humains ont une existence plus brève, sur la grande scène de la galaxie.

— Malgré ce handicap, les humains semblent accomplir des exploits aussi grands que ceux de nos héros, intervint Jora'h sur le ton de la discussion. Peut-être ont-ils un sens plus exacerbé de... l'urgence ?

Le Mage Imperator gronda presque.

— Observation intéressante, fit-il.

Brusquement, il claqua dans ses mains, produisant un son qui se répercuta dans toute la salle.

— Cela suffit. Veille à les mettre en contact avec le remémorant Vao'sh. Il répondra à toutes leurs questions concernant *La Saga*.

Le Mage Imperator tourna un regard compassé vers Nira, et elle eut l'impression qu'il la disséquait. Cet examen intense mais froid lui fit courir un frisson dans le dos. Que lui voulait-il ?

— Mon fils semble s'intéresser beaucoup à vous... à vous deux, rectifia-t-il aussitôt. Jora'h veillera à tous vos désirs, j'en suis sûr.

68

Jora'h le Premier Attitré

Le Mage Imperator passait beaucoup de temps dans la hautesphère de la salle de réception, à écouter des requêtes et à communiquer avec son peuple. Il tenait audience à son gré, laissant les pèlerins venir à lui. Il préférait se trouver parmi son peuple ; là, il percevait les problèmes, grâce au lien vivace du thisme.

Lorsque son humeur changeait, le Mage Imperator ne parvenait plus à supporter le tohu-bohu et les marques d'adoration. Il se retirait alors dans des quartiers plus tranquilles, où il pouvait s'occuper des exigences de l'État. Il n'avait pas à justifier son comportement. Il était le Mage Imperator.

Au cours de ces périodes, la présence de Jora'h, le Premier Attitré, était souvent requise par son père, afin de discuter de la politique de l'Empire. Jora'h était heureux de parler avec lui en tant que fils, et se montrait avide d'apprendre du grand homme. Un jour, il ferait de même avec son propre fils, Thor'h, né comme lui du kith de la noblesse.

Jora'h arriva dans la chambre de méditation après avoir achevé un repas savoureux ; il se sentait en forme, prêt à soutenir un long entretien. Il s'était habillé de vêtements confectionnés à partir de tissu arachnéen de Theroc, drapés en larges plis autour de sa poitrine, et maintenus par des boutons dorés et des joyaux montés en épingle.

Après l'arrivée du *Curiosité Avide*, Jora'h avait demandé au ministre du commerce Klio's d'être le premier à examiner les marchandises d'outremonde. Il s'était attribué la moitié de la cargaison de Rlinda Kett, dans l'intention de les offrir à ses nombreux enfants et maîtresses. Il n'avait pas marchandé : il s'était contenté de puiser dans les finances ildiranes, et avait payé.

Ensuite, les membres de la noblesse s'étaient précipités sur le reste de la cargaison comme des animaux féroces, et avaient poussé les enchères plus haut que la négociante humaine n'aurait osé l'espérer.

Le Mage Imperator salua son fils, qui s'inclinait cérémonieusement. Le Premier Attitré dénombra les assisteurs agglutinés autour de la masse affalée de son père. Quinze ! Les membres du kith de serviteurs effectuaient leur tâche plus par amour-propre que par réel besoin de confort de leur chef.

Les assisteurs, petits et dotés de doigts agiles, massaient la peau blême du Mage Imperator, frictionnant ses articulations de lotions et de pommades, effaçant toute tache ou callosité naissante. D'autres assisteurs le nourrissaient de légumes macérés, de baies épicées, de poisson salé et croustillant, et de confiseries. Ils papillonnaient autour de lui, rajustant ses vêtements de cérémonie, lissant sa longue natte.

Tolérant ces soins, le Mage Imperator reposait dans son chrysalit, ses lèvres épaisses pincées. Jora'h savait qu'il n'exigeait pas une telle dévotion. Son père autorisait les assisteurs à satisfaire leur besoin inné de le choyer. Aujourd'hui, cependant, cette attention excessive l'exaspérait. Sa magnifique natte battait et se tordait, comme la queue d'un chatisix en colère.

La voix du Mage Imperator claqua, à l'attention des assisteurs :

— Laissez-nous tranquilles.

Détournant les yeux, ils reculèrent, gémissant en signe d'affliction. Leur chef grommela :

— Et que je n'entende pas parler de ces histoires idiotes de suicide rituel que vous commettriez. Si vous éprouvez le besoin de dorloter quelqu'un, allez en ville, trouvez un ouvrier épuisé, et occupez-vous de lui. Vous avez ma bénédiction.

Ravis, les assisteurs marmottèrent entre eux, puis se débandèrent. Jora'h savait qu'ils soigneraient jusqu'à épuisement des travailleurs sans méfiance, dans les ateliers.

Une fois qu'ils furent partis, le Mage Imperator tourna ses yeux bouffis vers son fils.

— Un jour, te faire dorloter ainsi finira par t'ennuyer, toi aussi.

— J'en vois déjà les inconvénients. Heureusement, ce ne sera pas avant longtemps, ajouta Jora'h avec un sourire chaleureux.

Par tradition, un Mage Imperator gouvernait plus d'un siècle durant. Il restait encore de nombreuses décennies à Cyroc'h, au cours desquelles son fils pourrait poursuivre son mode de vie dispendieux. Le propre père du Mage Imperator, Yura'h, avait dirigé les Ildirans au cours du premier contact avec les vaisseaux-générations humains, cent quatre-vingt-trois ans plus tôt.

— Néanmoins, dit le Mage Imperator d'un ton sans réplique, j'exige que tu comprennes la politique galactique. Tous mes fils servent sur les colonies ildiranes en tant qu'Attitrés. Je communique avec eux via le thisme, mais j'attends d'eux qu'ils *comprennent* plutôt qu'ils ne suivent aveuglément mes directives mentales. Vous êtes mes instruments et mes armes pour l'administration de l'Empire.

Jora'h acquiesça. Il était toujours avide d'apprendre la politique, bien que ses intérêts soient plus variés. Son fils Thor'h, qui musardait sur la riche Hyrillka en compagnie de l'Attitré, n'avait guère montré d'intérêt dans ce domaine, jusqu'à présent.

Cependant, dès que Jora'h aurait subi la cérémonie de castration qui ferait de lui le dirigeant et gardien du thisme, toutes les réflexions, tous les plans, y compris les secrets de son père, lui seraient révélés. Avec la perte de son humanité, le Premier Attitré comprendrait *tout* dans une soudaine illumination. Cette chandelle se transmettait de génération en génération, en une continuité jamais rompue depuis le tout premier Mage Imperator. Ainsi, le grand Empire ildiran ne s'affaiblirait jamais, ne changerait jamais.

— J'ai cru comprendre que ton fils Zan'nh s'est distingué dans la Marine Solaire. L'adar Kori'nh en dit beaucoup de bien.

Jora'h opina du chef. Bien qu'il ne soit pas un kith de pure noblesse, Zan'nh pouvait faire un meilleur successeur, grâce à ses talents et à son ambition, que l'égocentrique Thor'h.

— Oui, il vient juste d'être promu au rang de qul. L'adar a annoncé plus de manœuvres militaires et une démonstration spectaculaire de nos superbes vaisseaux. Tous se réjouissent que vous ayez décrété davantage de festivals et de commémorations.

Le Mage Imperator hocha la tête.

— Tu sais également que nos artisans ont réalisé une nouvelle statue, un magnifique obélisque qui va être dressé à Mijistra ; des exemplaires plus petits seront érigés sur chacune de nos scissions, en plus de ceux qu'elles possèdent déjà.

— Voilà un honneur bien mérité, Père.

Cette réponse obséquieuse irrita le Mage Imperator.

— J'ai aussi demandé à ce que nos meilleurs remémorants se produisent plus fréquemment, de sorte que des parties supplémentaires de *La Saga* soient déclamées. Je voudrais favoriser la connaissance de nos héros les plus obscurs.

— N'est-ce pas ce que faisait cet historien survivant de Crenna ? Dio'sh ? On ne le voit plus…

Le Mage Imperator eut un geste vague.

— Oui, je l'ai envoyé, lui et d'autres remémorants, sur d'autres scissions. Peu importe l'endroit exact où ils se sont rendus.

Le visage de Jora'h s'épanouit.

— Tout ce que vous dites me rend fier d'être votre héritier, Père. Vous me laisserez un legs incomparable, que vous consolidez chaque jour.

L'expression placide que le Mage Imperator affichait à chaque apparition publique s'altéra, et le ton acerbe de sa voix surprit son fils :

— Et pourquoi crois-tu que j'ai décidé d'agir ainsi, Jora'h ? Examine la question ! Pour quel dessein est-il nécessaire de dépenser des ressources aussi démesurées ?

— Pour la gloire du peuple ildiran, bien sûr.

Le Mage Imperator s'agita nerveusement dans son chrysalit, et sa natte se tortilla.

— *Kllar bekh* ! Tu es décidément trop naïf pour être mon Premier Attitré. J'attends ce genre d'acceptation idiote de la population. Mais toi, tu devrais être capable d'entrevoir ce qui est caché, de remarquer les petits détails seulement perceptibles par un expert.

Son ton trahissait déception et mécontentement. Se sentant réprimandé, Jora'h marmonna :

— Alors, quelle en est la raison, Père ? S'il vous plaît, éclairez-moi.

Le Mage Imperator se souleva de son siège-matrice.

— Parce que notre empire est réellement sur le déclin, comme l'ont deviné ces humains narquois ! Nous avons renoncé à la scission de Crenna à cause de la peste, mais nous avons également abandonné d'autres mondes. N'as-tu pas vu comment les humains sautent sur n'importe quelle planète habitable, et se répandent comme le feu ? Au lieu de se satisfaire de ce qu'ils possèdent, leur appétit augmente à chaque nouvelle colonie.

Sa natte battait tel un serpent furieux. Inconsciemment, Jora'h fit un pas en arrière. Le Mage Imperator continua, avec une colère profondément enracinée :

— Mais pas nous. Les Ildirans se replient au lieu de s'étendre. Nous renonçons, au lieu d'explorer. Notre puissance diminue… depuis des siècles.

Choqué, Jora'h regarda son père.

— Je n'ai jamais entendu de telles allusions.

— Tu ne t'en es jamais donné la peine, répondit sèchement le Mage Imperator. Voilà pourquoi nous devons accroître notre apparat et nos célébrations historiques. Un vieux texte humain appelle cela « du pain et des jeux », afin de distraire la populace. Aussi longtemps que le peuple croit à la grandeur qui l'environne, nous serons capables de nous convaincre qu'elle est réelle.

Jora'h chancela, essayant d'assimiler cette nouvelle perspective. Il ne remettait pas en question les paroles de son père – comment pouvait-on douter du Mage Imperator ? Celui-ci ne lui mentirait jamais, et sans aucun doute était-il le plus sage de tous les membres de sa race. Grâce au thisme, il voyait par les yeux de tous ses sujets, ce qui le rendait quasiment omniscient.

— Est-ce que mes… mes frères, les autres Attitrés, le savent ? Suis-je le seul à être aussi aveugle ?

Le Mage Imperator sembla prendre Jora'h en pitié.

— Tous mes fils sont différents. L'Attitré de Dobro est endurci ; il ne puise aucune joie dans la vie, bien qu'il œuvre plus dur que n'importe qui pour me servir. L'Attitré d'Hyrillka est submergé par les quelques tâches qu'il doit accomplir, aux confins de l'Agglomérat d'Horizon ; il a une vision quelque peu exagérée de son importance au sein de l'Empire. L'Attitré de Maratha est hédoniste ; il passe son temps en distractions et ne se préoccupe guère de l'Empire, au-delà de ses frontières. Mais chacun de mes fils m'écoute par le thisme. Chacun perçoit mes pensées et mes décisions, et tous s'y conforment. Comme cela doit être.

» Cependant c'est *toi*, Jora'h, qui supportera un jour le poids de ces responsabilités. Je ne compare pas mes héritiers pour en choisir un. Tu es mon fils aîné, le Premier Attitré. Un jour, tu prendras ma place, et tu comprendras tout. Toutefois, je veux que tu saisisses tout ce qui t'attend, et non que tu me débites de belles paroles comme un idiot. *Réfléchis* à ce que je te dis.

Jora'h déglutit. Il repensa à ses efforts pour maintenir sa popularité, regardant les Ildirans s'amuser et se glorifier de leur empire. Il avait bon cœur, mais peut-être était-il trop naïf. Son frère, l'Attitré de Dobro, était toujours maussade et préoccupé par différents projets, mais Jora'h réalisait à présent que celui-ci avait sans doute une compréhension des choses bien plus grande qu'il ne l'avait deviné. Il se demanda combien d'obscurs secrets le Mage Imperator lui cachait, bien qu'il sache qu'il apprendrait tout, le jour terrible où il tiendrait les rênes du thisme.

Secoué, le Premier Attitré s'éloigna du chrysalit en reculant, dans l'espoir que l'audience soit terminée.

— Laissez-moi réfléchir à tout cela, Père.

— Tu dois savoir la vérité, mon fils. En tant que prochain Mage Imperator, tu devras prendre certaines décisions cruelles. Mais tu les prendras, parce qu'au final, elles se révéleront le meilleur choix pour notre peuple.

— Je… comprends, Père. J'en ai conscience sur le plan intellectuel depuis des années. Mais mon cœur peine à s'y faire.

Le visage pâteux du Mage Imperator se modifia, pour exprimer une sollicitude sincère.

— Une dernière chose : tu as entendu parler d'une étrange attaque contre les lunes d'une nouvelle étoile allumée par les humains ?

— Oui, ils affirment qu'il s'agit de l'œuvre de puissants extraterrestres. Mais comment est-ce possible ? Hormis les humains, nous n'avons rencontré aucune autre civilisation au cours de toute notre Histoire. À moins de croire aux légendes des Shana Rei, mais j'ai toujours considéré ces créatures des ténèbres comme une simple histoire d'avant les Temps Perdus.

Le Mage Imperator dit :

— Si une légende est rapportée dans *La Saga des Sept Soleils*, alors elle doit comporter au moins un fond de vérité. (Il se renfrogna de nouveau.) Mais non, il ne s'agit pas de l'œuvre des Shana Rei. En plus de l'attaque d'Oncier, ces ennemis ont également détruit les stations de traitement d'ekti des Vagabonds sur Golgen et, plus récemment, sur Erphano.

Toutes les choses étranges et terrifiantes que le Premier Attitré venait d'apprendre le firent chanceler.

— D'autres attaques ? Nous sommes en danger ?

La voix du Mage Imperator trahit son absolue sincérité, lorsqu'il délivra son redoutable message :

— L'Empire ildiran – en fait, tous les êtres vivants du Bras spiral – s'engage sans nul doute dans une crise très grave. Personne ne peut prédire jusqu'à quel point cette situation empirera.

69

OX

Lorsque Jorax apparut dans le Palais des Murmures et réclama une audience avec le roi Frederick, sa requête causa une sensation extraordinaire. Les gardes du Palais surgirent de leurs niches, et les conseillers royaux se disputèrent sur la décision à prendre.

Au siège de la Hanse, Basil Wenceslas médita la réponse officielle. Finalement, il rappela OX, le vieux comper Précepteur qui donnait des leçons au prince Peter, afin de le dépêcher auprès du robot klikiss.

— On m'a donné l'ordre de vous tenir compagnie, s'annonça OX, d'une voix dont il avait modifié la tonalité.

Accusant une taille moitié moindre que l'énorme machine extraterrestre, le comper se tenait à ses côtés, nettoyé et lustré à neuf. Il demeurait attentif, analysant sans cesse le robot klikiss. OX était conçu pour apprendre, de sorte qu'il ne manquait aucune occasion d'assimiler informations et souvenirs, bien que des siècles d'expérience aient rempli son cerveau à un point tel qu'il ne restait que peu de place pour la nouveauté.

— J'attendrai ici aussi longtemps que nécessaire, dit Jorax. Les années ne signifient rien pour nous.

Après le fiasco de la « techno-dissection » de William Andeker, les gardes de la sécurité avaient percé un chemin jusqu'au laboratoire de cybernétique scellé. Là, ils avaient trouvé le corps du docteur, le laboratoire en ruine, et toutes les données effacées. Le robot klikiss se tenait calmement au centre de la pièce, immobile.

Lorsque Jorax s'était enfin exprimé, ses mots avaient été brefs :

« En dépit de mes avertissements, le scientifique humain a touché à mes circuits. Par inadvertance, il a déclenché un sous-programme d'autodéfense, qui a abouti à ce résultat malheureux. Je n'accepterai aucune responsabilité concernant le mal qu'il s'est lui-même infligé. »

En l'absence de preuves, les policiers n'avaient eu guère d'autre choix que de croire la version du robot. Ils avaient accru la sécurité et la surveillance autour de lui, mais Jorax était demeuré inactif pendant plusieurs jours. Jusqu'au moment où il avait fait sa demande au Palais des Murmures.

— Il est impératif que je m'entretienne avec votre roi.

OX semblait intriguer le robot klikiss. Les capteurs optiques écarlates de ce dernier le scannèrent. Le petit Précepteur patienta, et Jorax dit enfin :

— Tu es un genre de robot différent, fabriqué par les humains.

OX répondit :

— Je suis en fonction depuis trois cent vingt-huit ans. J'ai servi à bord du premier vaisseau-génération humain. Après notre alliance avec les Ildirans, je suis retourné sur Terre en tant que Précepteur et banque de données.

— Es-tu un homme d'État, pour les compers ? interrogea Jorax.

— Je parle pour les humains, mes maîtres. J'ai assisté au règne des six Grands rois de la Terre.

Jorax réfléchit un court moment.

— De telles durées d'existence sont insignifiantes, comparées à celle des robots klikiss.

— Exact, dit OX, mais je doute de la pertinence d'un tel point de vue, puisque vous n'avez gardé aucun souvenir détaillé de votre vie.

OX trouvait cela à la fois curieux et décourageant. Les souvenirs de sa longue existence remplissaient ses circuits ; cela l'affligeait de songer que toutes les informations relatives à la civilisation disparue avaient été oubliées. Si des robots tels que Jorax ne pouvaient se souvenir, alors les Klikiss étaient perdus pour toujours.

— Combien de vos congénères ont été retrouvés et réactivés au cours des cinq siècles passés ? demanda OX.

Jorax demeura silencieux, comme s'il calculait le nombre exact.

— Approximativement cinquante mille.

OX enregistra cette information.

— Cela excède ma propre estimation. Je pense que la Hanse ignore ce chiffre.

— Ils n'avaient qu'à compter, rétorqua Jorax. Mais peu d'humains se donnent la peine de nous différencier les uns des autres. Et les Ildirans ne s'intéressent pas à nous. Ils disent que nous ne faisons pas partie de leur histoire.

Ils se trouvaient dans la galerie voûtée menant à la salle du Trône du roi Frederick. Autour d'eux, les employés et les courtisans vaquaient à leurs affaires, en leur jetant au passage des regards curieux. Des gardes de la sécurité restaient à proximité, observant Jorax avec une attention soutenue.

Le robot klikiss contemplatif dit :

— Garde à l'esprit que jadis, nous étions des millions, avant le... désastre. Le nombre de robots klikiss t'étonne-t-il, ou t'effraie-t-il ?

— Je le trouve seulement intéressant, répliqua OX.

OX leva les yeux pour voir sortir de la salle du Trône le garde royal chargé de l'accueil. Les fonctionnaires avaient enfin achevé leurs discussions et pris une décision. Le garde étreignait une crosse de cérémonie.

— Le roi Frederick accorde gracieusement une audience au robot klikiss Jorax. (Mal à l'aise, l'homme marqua une pause.) Nous sommes peu au fait de l'armement contenu dans votre corps. Ainsi que la mort récente du docteur Andeker l'a démontré, un robot klikiss peut représenter un réel danger. Cependant, en dépit du risque potentiel pour sa royale personne, le roi accepte d'écouter vos paroles. (Sa crosse se pointa sur l'exosquelette noir.) Vous êtes prévenu que chacun de vos mouvements sera surveillé. Les gardes réagiront à la moindre menace par des représailles sans merci. Ne nous tentez pas. C'est entendu ?

— Les robots klikiss n'ont rien fait pour susciter une telle suspicion. Néanmoins, vos conditions me paraissent acceptables. Je n'ai pas l'intention de faire du mal à votre roi.

Foulant le sol poli, le robot insectoïde pénétra à l'intérieur de la salle du Trône.

Le roi Frederick arborait des habits de cérémonie cramoisis, ainsi qu'une couronne de joyaux et de plategemmes prismatiques sur ses cheveux grisonnants. Il se pencha en avant, les yeux durs mais remplis de curiosité. OX avait observé les humains suffisamment longtemps pour reconnaître la peur, masquée mais distincte, sur son visage. Personne ne savait à quoi s'attendre avec la machine extraterrestre.

De sa démarche régulière de chenille, Jorax s'avança, puis s'arrêta en face du trône, à distance respectueuse. Personne ne semblait savoir comment annoncer ce visiteur étranger, ni quel protocole suivre. Enfin, le roi parla – d'une voix qui, à son grand embarras, se fêla.

— Je n'ai jamais eu la chance de rencontrer un robot klikiss face à face.

Jorax bourdonna, puis se souleva sur ses jambes flexibles télescopiques.

— Je dois délivrer un message important au Grand roi de la Ligue Hanséatique terrienne, de la part des robots klikiss.

Toutes les oreilles de la salle du Trône se dressèrent à l'unisson. Les caméras filmaient. OX sut que chaque mot serait analysé et discuté par des experts, afin d'extraire la moindre information utile au sujet des machines insectoïdes.

Jorax éleva sa voix bourdonnante.

— Jusqu'au retour des Klikiss, nos ancêtres créateurs, nous, robots, sommes les uniques représentants de cette ancienne et puissante civilisation. Nous avons contribué à l'exploration des vestiges, et participé à de nombreux projets de construction difficiles, car nous sommes curieux de vos méthodes. Nous n'avons jamais causé de tort à un humain, ni donné aucune raison de nous craindre.

» Cependant, la récente tentative de nuire à mon intégrité physique a révélé une attitude inquiétante à notre endroit. Les robots klikiss sont des créations uniques. Nous accordons à notre existence une valeur aussi grande que les humains. Par conséquent, nous exigeons d'être traités en tant qu'espèce souveraine.

Sous l'effet de la stupeur, le roi Frederick se rassit.

— Cela n'est certes pas une requête déraisonnable, Jorax, mais que... qu'est-ce qui l'a suscitée après si longtemps ? Vous êtes vous-même sur Terre depuis plusieurs années, à ce que je sais.

Les capteurs optiques rouges clignotèrent.

— Votre scientifique cybernéticien, le docteur William Andeker, a tenté de causer de graves dommages à mon corps. Il a voulu démonter et étudier mes composants, sans ma permission. Pareille agression pourrait être interprétée comme un acte de guerre contre la civilisation klikiss. Je veux m'assurer que ce genre d'attaque brutale ne se reproduira pas.

Un murmure se répandit dans la salle. Rougissant, le roi Frederick leva les mains en un geste de conciliation.

— Eh bien, ne nous laissons pas aller à la précipitation ! Cet acte malavisé et non autorisé a été le fait d'un individu isolé, convenons-en. La mort du docteur Andeker nous a rappelé à tous que nous devons vous laisser en paix, vous et vos compagnons.

— Correct, dit Jorax. Nos organes internes contiennent des systèmes automatiques hors de notre contrôle. Les Klikiss les ont installés en nous, pour des desseins qui leur étaient propres. (Il scanna brièvement la salle du Trône.) Mais nous avons observé la façon dont les humains traitent leurs robots. Nous avons constaté votre manque d'empathie vis-à-vis des machines conscientes que vous appelez compers.

Au fond de la salle du Trône, OX était fasciné. Il scrutait chaque mouvement de l'assistance.

Le roi Frederick tâcha de s'excuser.

— Nos compers ne sont pas aussi sophistiqués que vous, Jorax. Ils ne sont assurément pas vos égaux. Ce sont des machines, des outils ambulants dotés de systèmes de traitement de données, construits uniquement pour notre commodité. Ce ne sont pas des… formes de vie.

— Ce sujet devra être débattu en son temps, répondit Jorax. Ne faites pas l'erreur de considérer les robots klikiss comme des marionnettes mécaniques sans importance, à l'image de vos compers. Nous sommes des individus, d'une durée de vie se comptant en millénaires. Aucun humain n'a le droit de nous commander – ou de nous disséquer.

— D'accord, d'accord, fit Frederick rapidement et avec fermeté. Permettez-moi de vous présenter mes sincères excuses pour le désagrément que vous avez subi. William Andeker a agi de sa propre volonté, sans l'autorisation ni l'approbation de la Ligue Hanséatique. Soyez assuré que cela ne se produira plus jamais.

Le visage du roi afficha une expression implorante.

— Tous les robots klikiss seront heureux d'entendre cela.

Sans autre commentaire ni concession au protocole diplomatique, Jorax fit pivoter son segment central. Dans un ballet de jambes articulées, il quitta le Palais des Murmures.

70

Margaret Colicos

Lorsqu'il fut revenu en hâte au campement, enthousiasmé par sa découverte, le prêtre Vert Arcas se montra très insistant. Margaret ne souhaitait pas passer sa journée loin de la principale cité klikiss, qu'elle et Louis avaient d'ores et déjà cartographiée et passée en revue. Travaillant ensemble mais soucieux de leurs projets respectifs, ils commençaient à progresser dans le déchiffrage de l'architecture et des rouages internes de la métropole déserte. Margaret n'avait pas l'intention d'être distraite de sa tâche.

Louis, cependant, suggéra qu'il serait peut-être utile de modifier leur routine, ne serait-ce qu'une journée.

— Ce ne sera pas exactement une interruption, dit-il, son visage tanné arborant un sourire mutin. Un archéologue doit savoir sauter sur les occasions, et Arcas pense vraiment avoir découvert quelque chose d'important. Écoutons-le.

Sceptique, Margaret regarda le prêtre Vert qui rongeait manifestement son frein.

— Je suis allé collecter des fossiles dans un canyon écarté, dont les parois s'effritent. Tout en haut se trouve un surplomb pentu. Dans le renfoncement en dessous, je suis sûr d'avoir distingué des constructions klikiss… en grand nombre. Il pourrait s'agir d'une cité entière, close et sauvegardée depuis des siècles.

Ou ça pourrait juste être ton imagination, pensa Margaret. Elle soupira et mit la main sur son paquetage.

— Oui, les archéologues doivent savoir sauter sur n'importe quelle occasion. Après tout, c'est exactement comme ça que je me suis mariée avec toi, l'ancien.

Louis gloussa et la serra dans ses bras. Elle tapota son dos décharné, et ils rassemblèrent leur équipement pour une expédition d'une demi-journée dans la chaleur du désert.

Alors qu'ils progressaient péniblement au fond de défilés tortueux de roche sédimentaire creusée jadis par des fleuves, Margaret fut surprise de voir les trois robots klikiss quitter la large saillie rocheuse où ils prenaient le soleil.

— Nous vous accompagnons, annonça Sirix. Toute nouvelle découverte nous intéresse.

— Excellent ! Un de ces jours, nous trouverons quelque chose qui réveillera vos souvenirs, dit Louis en tendant le doigt. Et n'hésitez pas non plus à faire des suggestions. C'est toujours comme ça que l'on progresse.

Sirix bourdonna :

— Très bien. Nous tâcherons de vous fournir... des suggestions.

Arcas les dirigea le long d'un fleuve asséché. Tout comme DD, les gros robots noirs n'avaient aucun mal à progresser à travers le terrain rocailleux. Les ombres des hautes falaises aux rebords effilés se refermèrent sur eux. Les échos métalliques de leurs pas et de leurs voix retentissaient dans les à-pics. De la poussière couleur de rouille striait la roche accidentée, comme si quelque sacrifice sanglant avait eu lieu sur les surplombs.

Ce jour-là, les cieux orangés de Rheindic Co avaient une tessiture étrangement huileuse, comme si des brumes d'altitude brouillaient le soleil. Margaret n'avait pas pris la peine d'étudier la météorologie excentrique de la planète, mais cette couverture vaporeuse lui parut quelque peu bizarre.

Elle observa Arcas avec curiosité tandis qu'il se pressait dans le labyrinthe sinueux, puis déviait vers un petit canyon latéral sur la gauche, et grimpait par-dessus des débris de roc tombés des falaises. Plus loin, les murs de pierre se rétrécissaient.

— Dans cette direction, dit Arcas. Ce n'est pas loin.

Louis désigna l'étroite bande de ciel qui se découpait entre les parois du canyon.

— Je n'aime pas l'aspect que ça prend.

Les traînées de brume blanchâtre avaient coagulé pour former des bancs de nuages compacts, d'un gris duveteux. Des rideaux de grisaille tombaient des nuages, s'évaporaient avant d'atteindre le sol, avant de recommencer.

Margaret jeta un coup d'œil circulaire vers les parois du canyon qui semblaient les refouler.

— Cela ressemble assez à une tempête. Vous ne croyez pas que Rheindic Co est l'une de ces planètes dont les précipitations annuelles ont lieu en un seul après-midi ?

Arcas huma l'air avec inquiétude.

— J'aimerais pouvoir toucher un de mes surgeons, afin d'accéder aux informations de la forêt-monde. J'ignore encore beaucoup de choses des déserts.

» En tout cas, dépêchons-nous, dit-il en regardant alentour. Le contrefort de la falaise dont je vous parlais est juste en face.

Ils accélérèrent le pas, escaladant les rochers jusqu'à une petite gorge. Margaret se demanda comment Arcas avait pu dénicher cet endroit puis retrouver son chemin jusqu'au camp. À présent, elle distinguait une caverne carrée, s'ouvrant en haut de la paroi en voie d'éboulement, là où des portions du surplomb s'étaient effondrées. Des débris gisaient au fond du canyon.

Même d'ici, on pouvait voir qu'il ne s'agissait pas de simples échancrures voûtées, mais que la falaise était creuse. En regardant droit devant, dans la lumière et les ombres de la gorge, elle pouvait en effet discerner quelque chose dans la caverne, des formes anguleuses qui ne ressemblaient pas à des roches naturelles ou à des concrétions.

— Grimpons, dit-elle.

Les strates offraient un chemin d'escalade. DD avait apporté des pitons amovibles et des fixations à l'intention de ses maîtres, mais l'ascension n'en paraissait pas moins difficile. Louis ordonna :

— DD, va devant et montre-nous la voie. Prends garde aux fissures ou aux rochers instables.

Le comper n'eut aucune hésitation.

— Oui, maître Louis.

Il sortit son matériel, survola les instructions d'utilisation des outils, puis grimpa sur la saillie la plus proche. Grâce à l'agilité de ses jambes mécaniques, le petit Amical parvint à trouver un chemin zigzaguant vers le haut.

Louis jeta un coup d'œil aux volumineux robots klikiss, sachant qu'il leur était impossible de faire l'ascension.

— Désolé, Sirix. Vous trois devrez attendre jusqu'à ce qu'on ait érigé des rampes.

— *Si* on décide d'installer des rampes, rétorqua Margaret. On doit d'abord voir ce qu'il y a là-haut. Ça n'en vaut peut-être pas la peine, l'ancien.

Louis fit un geste au prêtre Vert en souriant.

— Arcas, voudriez-vous être le prochain à monter ? Puisqu'il s'agit de votre découverte, vous devriez avoir l'honneur d'y poser le pied le premier.

Le prêtre Vert parut surpris, puis embarrassé.

— Vous êtes sûr qu'il ne serait pas préférable que vous ou Margaret…

— Arcas, nous n'avons que faire de ce genre de considérations, interrompit Margaret avec un soupçon d'impatience. Allez-y.

Le prêtre Vert s'engagea à la suite de DD, utilisant les prises et les pitons que le comper argenté avait diligemment laissés pour eux.

De grosses gouttelettes d'eau grisâtre se mirent à crépiter sur le versant comme Margaret commençait à grimper, attendant Louis à chaque saillie. Elle savait que ce soir, tous deux auraient mal. Ils se passeraient à tour de rôle du baume sur les articulations ; mais une découverte exceptionnelle les aiderait à surmonter leur souffrance et leur lassitude.

DD avait atteint une saillie située aux trois quarts du chemin. La pluie crépita de plus belle. Après avoir enfoncé un épais piton dans une fissure, il appela :

— Je vais lancer une corde de soutien. Cette dernière section paraît très précaire.

Alors, une vague de pluie dévala le canyon comme le jet d'un tuyau d'incendie, martelant la pierre, emportant la boue et le sable à grande eau en laissant comme des traînées de peinture.

— Accrochez-vous ! lança Louis.

Il poussa Margaret contre la paroi, afin de lui offrir un minimum d'abri. Tous furent trempés en quelques instants, mais la pluie ne fit pas mine de diminuer. Des ruisseaux se déversaient par des crevasses dans le canyon, lessivant les alcalis de la roche. L'air épais, glissant comme du savon, sentait la cendre.

Arcas haussa la voix pour surmonter le grésillement des gouttes, pareil à de la viande sur un gril brûlant.

— J'entends quelque chose… Écoutez ! Ça devient plus fort.

Margaret perçut un fracas, un grondement liquide de plus en plus intense. Se cramponnant aux rugosités de la falaise, elle baissa les yeux vers une langue bouillonnante d'eau brune déferlant dans l'étroit canyon. La crue subite se ruait avec une force irrésistible, charriant de la vase et des rochers. Ces véritables projectiles claquaient contre les parois inférieures, ricochaient et tournoyaient, abrasant les strates rocheuses.

Les humains et DD se trouvaient hors d'atteinte. Les trois robots klikiss coincés au fond du canyon, en revanche, étaient condamnés. Ils ne purent que lever les bras, en une tentative pathétique de défense contre le mur d'eau – avant que celui-ci les balaie avec d'autres débris, les envoyant pêle-mêle à travers l'étroit canyon en prenant de la vitesse. Les machines klikiss culbutèrent, impuissantes et pataudes, puis sombrèrent dans l'eau boueuse. En quelques secondes à peine, elles furent entraînées hors de vue.

Avant que Margaret ait pu avertir Louis qui se cramponnait à côté d'elle, DD activa ses signaux d'alerte et réclama de l'aide. Une partie de la paroi, saturée par le soudain afflux d'eau, se délitait. Des pans de roc se détachèrent à son niveau, arrachant du même coup sa prise. La main métallique de DD parvint à agripper un piton. La falaise continuait à s'ébranler et à gronder tandis qu'elle s'écroulait de partout.

Arcas se blottit à l'abri d'un surplomb, en espérant que le mur du canyon n'allait pas s'effondrer sur lui. D'autres blocs chutèrent, emportés par de petites cascades. Margaret et Louis se tenaient l'un l'autre, dans l'avalanche qui continuait à alimenter la crue violente.

Les robots klikiss avaient totalement disparu.

Les rocs cessèrent enfin de tambouriner, et le ciel vira à l'orange foncé, tandis que les nuages gonflés de pluie se déportaient, pour aller inonder une autre partie du désert.

Trempés et transis, Margaret et Louis quittèrent le maigre abri de la falaise. Arcas avait déjà émergé, les yeux clignant de stupéfaction. Suspendu par une main, DD continuait d'appeler à l'aide à la manière d'un enfant affolé. La poigne du comper s'était verrouillée au piton, l'empêchant de tomber.

Hors d'haleine, Margaret et Louis se hissèrent le long des saillies boueuses, puis utilisèrent la corde pour ramener DD en lieu sûr.

— J'espère que nous pourrons retrouver les trois robots, dit le comper. Pensez-vous que la crue les a détruits ?

Margaret regarda les eaux déchaînées, au fond du canyon.

— Il faudra attendre pour le savoir, DD.

Arcas les rejoignit, maculé de boue et perturbé par leur aventure. Margaret essuya son visage. Louis regarda sa femme et éclata de rire, tandis qu'elle secouait la tête devant sa mine pitoyable.

— Je ne suis pas très admirative de ton allure non plus, l'ancien.

Arcas désigna un endroit au-delà du dernier piton posé par DD. La moitié de la falaise s'était effondrée, révélant des chambres et des grottes qui étaient recouvertes de grès avant le déluge.

Avec une vigueur renouvelée, Margaret saisit la corde de DD afin de poursuivre l'ascension. Le comper proposa de passer en premier.

— Usez de prudence, Margaret, dit-il, mais elle gravit rapidement le rebord et pénétra dans l'ouverture grossière, en dessous du surplomb brisé.

— Louis, arrive donc ici ! appela-t-elle.

Puis elle regarda en direction du prêtre Vert, qui paraissait encore secoué.

— Arcas, rappelez-moi de ne jamais plus douter de vous.

Ils grimpèrent le long du large pan dénudé par la tempête, et pénétrèrent dans la ville fantôme préservée.

71

Nira

Nira reçut l'invitation à son appartement. Il s'agissait d'une carte miroir, dont le texte gravé sollicitait sa présence auprès du Premier Attitré dans l'après-midi, afin d'assister à une joute ildirane. Le messager, d'allure irréprochable et faisant manifestement partie de l'élite, paraissait cependant bien moins impressionnant et attirant que Jora'h.

Il observa Nira lire les caractères gravés ; celle-ci comprenait parfaitement l'écriture, qu'elle avait assimilée grâce aux bases de données de la forêt-monde.

— On m'a ordonné d'attendre votre réponse, dit-il. Jora'h le Premier Attitré attend avec impatience que vous le rejoigniez.

L'événement avait l'air captivant, mais Nira se réjouissait surtout de l'occasion de passer du temps auprès du si séduisant Premier Attitré.

— Laissez-moi consulter l'ambassadrice Otema.

Le messager descendit à sa suite le couloir menant à l'appartement d'Otema, où la vieille femme se trouvait en compagnie de ses surgeons.

Otema avait étalé les textes que lui avait donnés le remémorant Vao'sh. Elle lisait des versets et des strophes à haute voix, récitant des contes lyriques extraits des mythes et légendes ildirans de *La Saga*. La vénérable prêtresse regarda Nira d'un air distant et rêveur.

— Ces épisodes épiques sont remplis de péripéties insolites et d'histoires grandioses. Tout est complètement nouveau pour les arbremondes. (Les yeux brillants, elle posa la main sur les piles de documents devant elle.) Il faudrait des dizaines d'années à une seule personne pour effleurer toute cette matière, et davantage encore pour les lire.

Nira trouvait déjà les légendes ildiranes sur l'héroïsme, la bravoure et le destin, aussi passionnantes que l'épopée de Malory sur le roi Arthur.

— C'est la raison pour laquelle je suis venue vous assister, Ambassadrice, dit-elle. Cependant, il nous est impossible d'accomplir l'intégralité de cette tâche, au cours de nos deux vies réunies.

— Je sais, je sais.

La vieillarde fronça les sourcils d'un air désolé, froissant les tatouages de son visage ridé.

Le messager attendait derrière la porte transparente d'Otema. Son visage placide laissait cependant poindre une impatience visible. Nira aperçut une plaque d'invitation gravée identique à la sienne, qu'Otema semblait avoir rejetée. L'accablement l'étreignit.

— Ambassadrice, je vois que vous avez aussi reçu une invitation, dit-elle en exhibant la sienne, et la lumière joua sur sa surface réfléchissante. Allons-nous assister à la joute ildirane, à la demande du Premier Attitré Jora'h ?

— Oh, je ne crois pas, Nira. Il y a trop de travail, trop de textes à lire. Mon esprit va éclater sous la masse d'informations qu'il nous reste à partager avec les arbremondes. (Elle remarqua soudain l'expression déconfite de son assistante, et sourit.) Bien sûr, tu es libre d'y aller si le cœur t'en dit. Tu représenteras Theroc à ma place. En outre, ajouta-t-elle d'une voix bourrue, voyant la joie revenir sur le visage de Nira, je suis certaine que le Premier Attitré préfère ta compagnie à la mienne. Son invitation relevait de la simple politesse.

— Ce n'est pas vrai, Ambassadrice ! lança Nira.

Mais elle sut ne pas protester davantage.

À l'intérieur du pavillon de joute surmonté d'une coupole, Nira siégeait aux côtés de Jora'h, dans sa loge personnelle. Ses yeux topaze étincelants, le Premier Attitré se pencha vers elle et lui sourit. Nira se sentit fondre.

— Je suis triste que votre compagne Otema n'ait pu se joindre à nous, dit-il.

Nira rit sans pouvoir s'arrêter.

— Oh que non, vous ne l'êtes pas !

Sa repartie déconcerta Jora'h. Puis il se mit à rire à son tour.

— Peut-être mes sentiments sont-ils trop manifestes. Vous avez raison. J'aurais reçu l'ambassadrice avec joie, mais je préfère néanmoins passer l'après-midi avec vous seule.

Nira désigna la foule entourant l'arène brillamment éclairée.

— Avec moi… et cinq mille Ildirans ?

Les spectateurs étaient assis dans des sections déterminées mais tous kiths mélangés, de sorte que lorsque Nira les balaya du regard, elle vit un patchwork de visages et d'anatomies différents.

— Mais vous êtes la seule que je vois, Nira. Ah, le spectacle va commencer.

Une fanfare venait de retentir, et la foule se mettait à crier. Jora'h effleura le poignet de la jeune fille, puis reposa chastement les mains sur ses genoux.

La joute ildirane était un sport rituel important, auquel on s'adonnait dans des amphithéâtres couverts. Des miroirs alternant avec des baies vitrées éclairaient un terrain de compétition sablonneux. Des guerriers revêtus d'armures rutilantes sortirent de passages sombres. Ils enfourchaient des bêtes reptiliennes à six pattes, qui semblaient tout en muscles, en écailles et en piquants. Elles rappelèrent à Nira des dragons de Komodo, avec leur gueule d'où pendaient des fanons, et les bosses déformant leurs pattes tordues.

Le groupe de jouteurs s'avança avec lenteur, leurs montures laissant de larges empreintes dans la poussière meuble du champ de bataille. Les reptiles sifflèrent, puis leur langue fourchue fouetta l'air. Leurs cavaliers les maintinrent à l'écart les unes des autres, afin de prévenir toute blessure… du moins jusqu'au commencement officiel de la joute.

Les chevaliers ildirans portaient des lances laser pulsantes : de longues hampes incrustées de projecteurs laser à rubis et de sources d'énergie connectées à des batteries situées derrière la selle des montures reptiliennes.

— Ces lances seront-elles utilisées pour le combat ? chuchota Nira. Vont-ils essayer de se transpercer, eux ou leurs montures ?

La chevelure dorée de Jora'h ondula autour de sa tête.

— Les lances de cristal peuvent s'avérer des armes redoutables, mais les chevaliers ildirans sont trop sophistiqués pour les utiliser d'une façon aussi grossière.

Il se leva et, sur un signal, des faisceaux lumineux convergèrent sur lui en un rayonnement arc-en-ciel qui accapara l'attention du public. Lorsque Jora'h tendit les mains, la foule fit soudainement silence.

Sa voix amplifiée tonna, bien que Nira n'ait aperçu ni microphone, ni haut-parleur.

— Guerriers ! Aujourd'hui, faites bonne impression ! Combattants… Activez vos lances.

Les lances de cristal chatoyèrent d'une lueur irradiant de l'intérieur, comme si un minuscule noyau d'étoile s'était allumé dans la poignée.

— Que la joute commence ! cria Jora'h.

Les lumières s'écartèrent du Premier Attitré pour aller illuminer le terrain de combat, où les énormes reptiles avaient commencé à décrire des cercles. Les trois jouteurs levèrent leur bouclier en signe de salut. Nira remarqua que ceux-ci, bien que de taille identique, possédaient des formes et des motifs différents, créés à partir de pièces réfléchissantes, de dessins et d'ouvertures transparentes.

Les chevaliers brandirent leur lance de cristal, et chacun d'eux tira une salve de lumière dans les miroirs obliques, au plafond de l'amphithéâtre. La longue hampe était en fait le collimateur d'un projecteur de rayon cohérent. Ceux-ci, en se réfléchissant, formèrent une toile de lumière visible dans la brume évanescente sous le dôme.

— Selon le règlement, le bouclier des chevaliers doit être à demi argenté, expliqua Jora'h : moitié réfléchissant, moitié transparent. Cependant, aucune obligation n'est donnée concernant cette répartition. Nos meilleurs jouteurs pensent que la stratégie idéale dépend beaucoup de la disposition des miroirs sur la surface extérieure.

Nira ne comprenait pas complètement, mais elle se pencha en avant.

— Alors, s'ils n'orientent pas convenablement leur bouclier, les rayons laser peuvent passer au travers ?

— En effet, fit Jora'h, les yeux tournés vers le tournoi. Cela peut être fatal.

Les jouteurs augmentèrent le train de leur monture, puis tirèrent leurs lasers mortels sur leurs adversaires. Un chevalier décocha un rayon qui se réfléchit sur le bouclier d'un deuxième, ricocha sur un miroir du plafond et brûla légèrement le destrier du troisième jouteur. Poussant un cri perçant, le reptile le chargea, mais le premier jouteur battit en retraite dans un tonnerre d'applaudissements.

Jora'h dit :

— On estime qu'abattre son adversaire avec le tir réfléchi de sa propre lance est un signe de très grand talent.

La foule avait jeté son dévolu sur l'un des trois jouteurs. À chacun de ses mouvements, des applaudissements et des cris résonnaient de plus en plus fort. Nira observa l'attitude guindée du chevalier, les ornements miroitants fantaisistes qui ouvrageaient son bouclier.

— Qui est-ce ?

Jora'h sourit.

— Cir'gh est l'un de nos plus grands champions. Il a gagné des centaines de matchs. Il sent, et pense, comme sa monture. Il sait avec précision comment chaque rayon se réfléchit… Un instinct parfait.

Cir'gh lâcha une bordée de rayons laser qui rebondirent au plafond, frappèrent un adversaire, se réfléchirent sur son armure, et éraflèrent le second jouteur dans la foulée.

— Il est également aveugle d'un œil. (Jora'h sourit devant la surprise affichée par Nira.) Un reflet de laser a frappé sa cornée. Bien que cela ait voilé sa vue, Cir'gh affirme que sa vision globale en a été améliorée.

Les jouteurs faisaient feu sans retenue. Ils donnaient des coups de lance et se tailladaient avec leurs miroirs, faisaient tourner leur bouclier afin d'empêcher les lasers de traverser leurs pans transparents. Des rafales de rayons s'entrecroisaient dans l'air embué. Nira s'étonna qu'aucun spectateur ne soit victime de tirs perdus.

— Vous trouverez des récits de joutes lorsque vous lirez *La Saga des Sept Soleils*. Je ne suis pas un remémorant, mais laissez-moi vous en raconter un.

— Le Premier Attitré de l'Empire ildiran doit pouvoir raconter une histoire aussi bien que n'importe qui, n'est-ce pas ? fit Nira en riant.

— Cela parle d'un ancien Premier Attitré, de sorte que je connais aussi bien son intérêt politique que dramatique. (Il la regarda d'un air interrogatif.) Vous savez qu'avant de devenir Mage Imperator, un Premier Attitré se doit d'engendrer une nombreuse descendance ? Ces enfants deviennent ensuite les Attitrés des colonies, ainsi que les chefs des différents kiths. Il y a longtemps cependant, l'aîné des fils d'un Mage Imperator se montra incapable d'engendrer des enfants. Un Premier Attitré ayant beaucoup de maîtresses, la stérilité devient donc très vite évidente.

— C'est terrible, dit Nira.

La chevelure d'or de Jora'h battit autour de son visage.

— Si un Premier Attitré est incapable d'assurer sa succession, c'est la gouvernance tout entière qui est remise en question. Plutôt que de laisser les autres Attitrés intriguer et se disputer pour savoir qui serait l'héritier de substitution, le Premier Attitré stérile ordonna un tournoi de joute ildirane. Tous les fils du Mage Imperator pouvaient concourir, afin de faire valoir celui qui serait le plus à même de devenir le chef de l'Empire ildiran.

Nira se demanda si Jora'h plaisantait ou non.

— Vous avez utilisé un… un jeu pour trancher une affaire dynastique ?

Les yeux cendrés de Jora'h émirent une lueur dans la lumière.

— La joute ildirane n'est pas qu'un sport, Nira. Elle requiert des aptitudes d'athlète, mais aussi une intelligence rapide et un sens de la stratégie ; il faut apprendre à coopérer avec l'ennemi contre un troisième adversaire.

Dans l'arène, Cir'gh marqua un nouveau point remarquable. Il brûla un destrier reptilien à tel point que son cavalier abaissa sa lance de cristal et leva son bouclier incrusté de miroirs en signe de capitulation, se retirant ainsi de la compétition. Le chevalier défait retourna au bord de l'arène, afin que les deux jouteurs restants puissent combattre pour le championnat.

Jora'h continua :

— L'Attitré stérile voulait faire de son tournoi un événement majeur, un spectacle fastueux dont on se souviendrait durant des siècles. Hélas, cela tourna à la tragédie.

Nira écoutait à présent, ne regardant que d'un œil distrait la bataille qui se déroulait en contrebas.

— Pourquoi ? Que s'est-il passé ?

— Le frère préféré de l'Attitré stérile concourait, lorsqu'un des boucliers-miroirs se fendit ; les fragments éparpillèrent les rayons et en renvoyèrent certains dans le public. Cela le tua, ainsi que son adversaire, et trois spectateurs.

— Quelle horreur, dit Nira.

— Le successeur de l'Attitré, qui fut finalement choisi, gouverna quatre-vingt-dix ans dans la suspicion générale. L'Attitré stérile, qui aurait dû devenir Mage Imperator, occupa un poste de conseiller du Palais des Prismes jusqu'à la fin de ses jours. Il choisit de ne jamais se faire castrer, comme il en avait le droit.

En dessous, Cir'gh le borgne remporta enfin la victoire sur son adversaire. Celui-ci leva son bouclier, s'avouant vaincu. La foule rugit. Jora'h se leva pour applaudir, tandis que la lumière des projecteurs redoublait dans l'arène, éblouissant Nira.

— Votre peuple possède une histoire étrange mais irrésistiblement belle, Jora'h, dit-elle.

En entendant cela, le visage de Jora'h sembla irradier.

— J'espère que vous continuerez à le penser, Nira, à mesure que vous en apprendrez plus à notre sujet.

72

Estarra

Lorsque Beneto déclara son intention de quitter Theroc pour se consacrer à la petite colonie perdue de Corvus, Père Idriss et Mère Alexa furent surpris, puis déçus. Ils s'étaient attendus à un destin plus glorieux pour leur deuxième fils : une situation éminente, ou un poste de direction dans la prêtrise.

Pour finir, ils acceptèrent les souhaits de la forêt-monde. Lorsque Alexa réalisa que son fils désirait vraiment partir, elle l'étreignit et annonça qu'elle donnerait une grande fête d'adieu, s'achevant par un spectacle mettant en scène les danseurs-des-arbres les plus doués des grandes cités. Beneto sourit gentiment, même s'il se serait volontiers passé de tout ce bruit. Alexa le faisait davantage pour elle que pour son fils, aussi Beneto accepta-t-il de bonne grâce le banquet prévu.

Le départ imminent de son frère blessa profondément Estarra. Le visage triste, Beneto préféra lui apprendre la nouvelle directement. Elle regretterait les heures passées avec lui dans les forêts, à discuter des plantes indigènes, des imposants arbremondes et de toutes les choses qui lui venaient à l'esprit. Mais elle pouvait lire sur le visage de Beneto que cette affectation volontaire constituait un rêve qui lui tenait réellement à cœur.

Elle se sentait déjà seule, lorsqu'elle dit :

— Je penserai souvent à toi, Beneto. Peut-être un jour serai-je en mesure de venir te rendre visite sur Corvus.

Il rit.

— D'après ce que je sais, le tourisme est presque inexistant là-bas. Mais le vieux Talbun semble aimer la vie qu'il y mène. Je suis impatient de prendre sa place, afin qu'il puisse s'en aller.

Le jour de la fête d'adieu, Estarra voulut participer d'une manière qui susciterait la fierté de son frère. Elle envisagea d'aider à la préparation du banquet, mais décida de récolter la gourmandise favorite de Beneto : des tranches de peau tendre du récif de fongus, que l'on ne trouvait qu'au sommet, dans les niveaux inhabitables de la cité.

Estarra et sa sœur Celli grimpèrent jusqu'aux salles les plus élevées du récif, où les parois étaient trop molles pour supporter des habitations permanentes. Les jeunes filles nouèrent des besaces à leur taille, et fixèrent des crampons à leurs bottes. Bientôt, elles furent prêtes à grimper le long des strates molles et pentues.

Celli regarda sa sœur.

— Tu es trop vieille pour faire ça, dit-elle.

Estarra venait juste d'avoir treize ans, un âge difficile où elle se sentait femme la moitié du temps, tout en refusant l'idée de couper les liens de l'enfance. Elle répondit, avec l'envie de taper sur sa sœur :

— C'est pas vrai ! Et puis, je fais ça pour Beneto, alors ce n'est pas toi qui vas m'arrêter.

— Je récolterai plus de viande de champignon que toi, lança Celli. C'est aussi mon frère !

Bien sûr, songea Estarra, *et nous le perdrons toutes les deux lorsqu'il partira demain.*

Celli sur ses talons, Estarra se fraya un chemin entre les lèvres caoutchouteuses d'une fenêtre naturelle. Au moyen d'un crochet de soutien, elle se hissa en haut du toit extérieur. Celli escalada le champignon durci à toute vitesse, jusqu'à la partie fraîche en pleine croissance, prenant appui sur les pointes de ses bottes. La fillette tira son couteau, tandis qu'elle cherchait un endroit éloigné des cicatrices, là où les enfants avaient entaillé le fongus.

— Attention ! cria-t-elle d'une voix chantante.

Estarra grimpa en ligne droite jusqu'au point culminant de l'excroissance noueuse, où elle pourrait trouver la chair la plus tendre.

— Occupe-toi de tes affaires !

Elle savait que Celli voulait juste gagner, comme dans une course, alors qu'elle-même ne songeait qu'à Beneto. Elle souhaitait que son frère conserve un bon souvenir d'elle, chaque fois qu'il se languirait de Theroc, sur Corvus.

Estarra enfonça un piquet de métal à la limite de portée de son bras, afin de se hisser plus haut. Elle s'étendit à plat sur la peau délicate du fongus et rampa vers le haut, posant le talon de sa botte sur le piquet. Celui-ci branla sous son poids.

Estarra entreprit de couper de gros morceaux charnus, afin d'en bourrer sa besace. Ses dents crissèrent sous l'effort, mais elle songea au festin qui attendait Beneto. Sarein ne manquerait pas de gronder sa sœur pour avoir fait un travail d'enfant, suggérant qu'elle devrait se trouver des occupations plus adultes. Mais Estarra mordit sa lèvre inférieure et grimpa plus haut, se persuadant que personne d'autre ne ferait cela pour son frère.

Elle se balança, instable, et se pencha en avant pour couper une nouvelle tranche, bien que sa besace soit déjà presque remplie. Soudain, elle sectionna accidentellement un nodule sporifère – qui lui projeta une grêle de grains blancs en plein visage.

Estarra éternua avec violence, comme les spores obstruaient son nez et sa gorge. Incapable de respirer, elle éternua de nouveau, tandis qu'une série de spasmes secouait son corps. Elle glissa et dégringola le long de la paroi lisse couvrant le récif. Désespérément, elle battit des pieds en essayant de trouver une prise.

Les pointes de ses bottes lacérèrent le champignon, et lorsqu'elle heurta enfin le piquet d'appui qu'elle avait posé, il disparut dans la déchirure et elle plongea à travers le toit. D'autres spores se déversèrent autour d'elle. Elle perça des murs charnus dans sa chute jusqu'à une chambre close de l'excroissance.

— Au secours !

Puis elle éternua, et tâcha de reprendre sa respiration. L'air manquait autour d'elle, mais au moins, elle avait cessé de tomber.

Les yeux écarquillés, Celli rampa vers le trou dans lequel Estarra avait disparu. La fillette se balança avec précaution, se penchant en avant pour apercevoir sa sœur aînée. Alors, voyant que cette dernière n'avait rien, elle gloussa :

— J'ai dit que tu étais trop grosse…

Plus tard, il fallut plusieurs enfants pourvus de cordes et de poulies pour sortir Estarra de là. Une foule embarrassante de spectateurs, parmi lesquels des membres de sa famille, s'était rassemblée pour voir ce qui se passait. Beneto, calme et assuré, se tenait sur une haute branche afin de diriger le sauvetage. La jeune fille émergea des profondeurs du récif de fongus, gluante de moisissures malodorantes. Ses cheveux tressés s'étaient transformés en tignasse, une couche de crasse recouvrait ses fesses et ses bras. Mais, l'un dans l'autre, seule la fierté d'Estarra avait été mise à mal.

Lorsque Beneto vint la voir, Estarra craignit qu'il se montre déçu de la maladresse avec laquelle elle avait cherché les ennuis, en faisant une bêtise pour lui. Au lieu de cela, il la serra dans ses bras.

— Merci, Estarra. Si ton cœur n'était pas si gros, tu ne serais peut-être pas tombée à travers le toit de la cité.

Peu importait ce qu'on pouvait lui reprocher, à présent : elle savait que son frère avait compris ce qu'elle avait essayé de faire. Les émotions se bousculèrent au fond de sa gorge. Estarra ne put que le regarder, le soulagement brillant à travers ses larmes.

Tout allait pour le mieux.

Elle conserva ce moment à l'esprit tout au long du banquet bruyant et interminable, jusqu'à la fin des célébrations d'adieu.

Mais au matin, ce souvenir ne contribua pas à alléger sa peine, alors qu'elle se tenait à la cime des arbres, et regardait le départ de la navette de Beneto, qui l'emmenait pour toujours vers une planète lointaine.

73

Rlinda Kett

Dans la ceinture d'astéroïdes entre Mars et Jupiter, les Forces Terriennes de Défense avaient entamé le plus vaste projet de construction militaire de toute l'histoire humaine. Des récupérateurs spatiaux collectaient des blocs riches en métaux, les déroutaient de leur orbite puis les regroupaient en amas hétéroclites.

Des centaines de milliers d'ingénieurs de haut niveau s'étaient installés sur le gigantesque site orbital, formant une multitude d'équipes. Une seconde vague avait suivi : personnel d'entretien, casemates temporaires, nourriture, eau, carburant et autres ressources. Les chantiers se poursuivaient sans répit.

La Ligue Hanséatique terrienne avait débloqué le financement et recruté la main-d'œuvre nécessaire à l'exécution du projet de mobilisation. Le roi Frederick avait tenu au peuple des discours sur la nécessité de se sacrifier pour le bien de l'humanité. Tous devaient s'unir contre cet adversaire aussi mystérieux que destructeur.

La colère et la peur sévissaient partout dans les colonies. Les attaques extraterrestres semblaient ne suivre aucun plan cohérent : deux stations d'écopage de Vagabonds, quatre lunes inhabitées, et une plate-forme technique d'observation. Les chefs politiques avaient exigé que les FTD augmentent au maximum leurs moyens de défense contre l'ennemi inconnu, quel qu'en soit le prix.

Rlinda Kett, cependant, avait l'impression de payer un prix plus élevé que quiconque. Elle se trouvait dans un salon plongé dans la pénombre d'une station administrative, aux abords du chantier spationaval où des ingénieurs de construction et des gestionnaires de stock se déplaçaient au milieu de vaisseaux réarmés. Désespérée, Rlinda contemplait les immenses fanons d'acier des charpentes, les coques en cours d'assemblage, les propulseurs surpuissants greffés sur les cargos réquisitionnés – parmi lesquels figuraient ses pauvres vaisseaux. Un véritable carnage, qui la rendait malade. Sa flotte marchande ne serait plus jamais la même.

Lorsque la porte du sas s'ouvrit dans un chuintement, Rlinda était trop occupée à ruminer sur son siège pour se retourner. La dernière chose qu'elle souhaitait au monde, c'était une conversation courtoise avec l'un de ceux qui avaient confisqué, avec de feintes excuses, trois de ses quatre cargos marchands afin de les convertir en vaisseaux de reconnaissance et de fourniture.

Une simple loi – promulguée sans remords par le roi Frederick et signée par quelque fonctionnaire n'accordant aucune attention aux papiers qui atterrissaient sur son bureau – avait privé Rlinda de ses rêves, ainsi que de l'essentiel de son gagne-pain. Le paiement symbolique des FTD lui suffirait à peine pour s'acheter des rations pour un an.

Le son qu'elle entendit, cependant, ne fut pas celui d'un bureaucrate ou d'un gestionnaire, mais la voix amicale de Branson Roberts, dont le *Foi Aveugle* faisait partie des vaisseaux réquisitionnés.

— Ils auraient au moins pu nous offrir quelque chose à boire, dit-il en s'avançant, et Rlinda fit tourner son siège avec un sourire pâle. Une bonne rasade d'alcool fort, histoire de soulager ma migraine.

Rlinda passa un bras autour de sa taille et le serra contre elle.

— Tu es un bon pilote, BeBob. Ça te dit, une lettre de recommandation ? Tu pourrais obtenir un poste sur les vols de reconnaissance, en tant qu'expert. Les FTD t'attribueront un salaire de misère, et tu auras toutes les rations que tu pourras manger.

— Toutes les rations que je pourrai digérer, tu veux dire, grommela-t-il. Elles n'ont rien à voir avec ta cuisine, Rlinda.

— Tu es gentil.

Il se pencha pour l'étreindre plus fort, et elle lui posa un baiser sur la joue. Ses cheveux grisonnants, frisés, un peu trop longs, s'agitaient comme un minuscule nuage d'orage au-dessus de son crâne. L'âge avait quelque peu détendu la peau de ses joues ; avec ses grands yeux bruns, il avait un air de chien battu. Ils avaient été mariés cinq ans – des années de passion, durant lesquelles tous deux avaient appris qu'ils n'auraient pas supporté de passer le reste de leur vie ensemble.

— Je suis heureux de voir qu'ils t'ont laissé le *Curiosité Avide*, dit BeBob.

Rlinda haussa les épaules.

— Un prix de consolation plutôt maigre après avoir confisqué ma flotte. Mais j'en prendrai mon parti, je suppose.

Elle se hissa sur ses jambes, et ils regardèrent l'effervescence qui régnait au-dehors. Des découpeurs et des soudeurs emportaient des éléments extrudés par des hauts fourneaux automatiques. Des techniciens de l'armée écorchaient le revêtement extérieur du vaisseau commercial immobilisé. Rlinda se lamenta à la pensée des années d'investissement et de dur labeur que représentaient ces vaisseaux pour les marchands qui avaient été contraints de s'en dessaisir.

— Peut-être vais-je m'engager pour l'une des missions de cartographie des géantes gazeuses, marmonna BeBob. J'ai entendu dire que le général Lanyan recherchait des pilotes dotés de bons réflexes afin d'aller traquer ces extraterrestres. Ils me rendront peut-être le *Foi Aveugle.*

— Écris ta requête, dit Rlinda. Tu sais que je la signerai.

BeBob et elle se tinrent compagnie, dans le silence ouaté du salon plongé dans l'obscurité. Ils contemplèrent les ténèbres de l'espace, où luisaient les coques métalliques sur lesquelles se réfléchissait le soleil, et les astéroïdes miniers. Sur le velours noir de l'univers, les étoiles brillaient comme des balises derrière la somptueuse Jupiter.

Rlinda s'anima enfin.

— Il est temps que je retourne sur le vaisseau qui me reste. Tu as raison, j'ai de la chance de l'avoir encore… et pour l'instant au moins, la cuisine est pleine de provisions. (Elle haussa les sourcils.) Est-ce que tu te laisserais tenter par un bon dîner ? Il me reste quelques ingrédients theroniens intéressants, et il y a une recette spéciale que j'aimerais tenter.

BeBob la regarda en rayonnant. Il tortilla comiquement son bras derrière le dos, comme si elle le forçait.

— Aïe, d'accord, d'accord ! Tu m'as convaincu, dit-il avant de continuer, plus sérieux : Oui, Rlinda, j'aimerais beaucoup. Ce sera probablement l'un des derniers repas de luxe que je ferai avant un bon moment.

Rlinda se tint à son côté, les yeux perdus dans les étoiles.

— Que nous ferons tous les deux, rectifia-t-elle. Les temps promettent d'être rudes.

74

Tasia Tamblyn

Bien que les vaisseaux commerciaux des Vagabonds fournissent à la Ligue Hanséatique terrienne le carburant d'ekti ainsi que d'autres ressources, les FTD traitaient les « gitans de l'espace » avec aversion. Tasia supposait que les Terreux avaient besoin d'un bouc émissaire jusqu'à ce qu'ils puissent combattre réellement l'ennemi extraterrestre. C'est pourquoi elle faisait avec. De son côté, elle gardait son énergie pour le véritable adversaire.

Lorsqu'elle s'était engagée dans l'armée spatiale, Tasia s'était préparée aux mauvais traitements. Elle ne se laissait pas démonter par les insultes puériles, et réagissait d'ordinaire par des mots d'esprit qui surprenaient Patrick Fitzpatrick (en particulier lorsqu'il ne les comprenait pas, et devait prétendre le contraire). Après sa blessure au cours de l'exercice de décompression, Tasia avait espéré qu'il serait renvoyé chez lui avec un emploi de bureau – inventorier des boîtes de pâté en conserve, peut-être… mais non.

Quant à elle, ses excellentes performances aux exercices d'entraînement lui permettaient de désamorcer les critiques des autres recrues. Ces kloubes pouvaient dégoiser autant qu'ils voulaient, ils savaient qu'elle surpassait chacun d'entre eux, au tir ou au pilotage.

Néanmoins, chaque fois qu'une pièce d'équipement cassait subitement, ou que des messages s'égaraient sans explication, des regards méfiants se tournaient vers elle, comme si elle était une sorte de saboteuse. Tasia n'arrivait pas à comprendre la suspicion à l'encontre des Vagabonds, car ceux-ci avaient souffert plus que quiconque des attaques ennemies. Mais les Terreux ne portaient jamais leurs soupçons de façon rationnelle.

Que peut-on attendre des kloubes ?

Son père et Jess devaient désormais savoir où elle était partie. Parfois, elle se laissait aller à un sourire ironique, en imaginant Bram Tamblyn en train de tempêter et de fulminer contre la décision de sa fille. Ses cris avaient dû se répercuter jusqu'au plafond de glace. Il avait peut-être demandé, perplexe, à quel moment il avait échoué en tant que père. Jess lui avait alors dressé une longue liste de ses défauts paternels… mais Bram se moquait sûrement de cela. Au contraire, il avait certainement continué plus que jamais à harceler Jess, critiquant chacune de ses tâches, et perdant involontairement son dernier fils…

La détermination lui fit redresser l'échine. Un jour, lorsqu'elle aurait joué un rôle essentiel dans la victoire sur les extraterrestres, son père serait fier d'elle. Néanmoins, Tasia n'y comptait pas trop.

Elle était affectée au centre de communications de la base, un dôme situé au sommet des canyons fissurés de Labyrinthus Noctis. Les heures de quart n'avaient rien à voir avec le cycle circadien de Mars. Tous les Terreux suivaient le temps militaire standard de la Terre, quels que soient la planète ou le vaisseau où ils se trouvaient.

Un vaisseau d'approvisionnement de Vagabonds avait fait escale sur la base lunaire des FTD afin de livrer des citernes d'ekti dont les militaires avaient si grand besoin. À son départ de la Lune, le cargo avait envoyé un signal codé à basse fréquence, très en dessous des bandes de communication normales. Lorsque la base lunaire avait exigé une explication, le capitaine Vagabond avait répondu d'un air chagriné qu'il subissait une défaillance de son transmetteur à impulsions, et qu'il avait simplement envoyé un signal test à une fréquence assez basse pour ne pas interférer avec les communications ordinaires des FTD. Tasia avait dissimulé un sourire : elle ne croyait pas une seconde à cette excuse. Même les Terreux n'avaient pas semblé convaincus.

Puis, le cargo s'était hâté de quitter la Lune. Mais au lieu de se diriger hors du système solaire, il avait incurvé sa trajectoire en une longue parabole croisant l'orbite de Mars, à un tiers de révolution solaire dans le sens des aiguilles d'une montre.

Au centre de communications, Tasia repéra le vaisseau Vagabond et hésita. Ce dernier approchait du complexe militaire martien à une vitesse extraordinaire. Il avait sans doute trafiqué ses numéros de série et sa balise d'identification. Alors même qu'elle ignorait à quel clan appartenait le capitaine, Tasia ne voulait pas lui causer de problèmes… mais si elle ne sonnait pas l'alarme assez vite, les soupçons se porteraient sur *elle*. Elle enfonça le signal d'alerte.

— Capitaine Vagabond, identifiez-vous ! Vous n'avez pas de vecteur d'approche autorisé.

Ne recevant pas de réponse, Tasia renvoya un signal, d'un ton plus insistant cette fois :

— Vous n'avez pas la permission d'atterrir. Toutes les fournitures doivent être livrées à la base lunaire. Mars est interdite à tout personnel non autorisé.

En particulier les Vagabonds.

— Je n'ai pas l'intention d'atterrir, répondit enfin le capitaine.

Tasia pensa reconnaître sa voix. *Jess ?* C'était impossible.

— Je transmets mon autorisation maintenant.

Le capitaine inconnu envoya un signal brouillé d'à peine deux secondes. Puis, allumant ses propulseurs améliorés, il accéléra trop vite pour que les intercepteurs Rémoras aient le moindre espoir de le rattraper. Sa vitesse stupéfia le personnel des FTD, qui attendait des gitans de l'espace qu'ils utilisent des vaisseaux brinquebalants, à peine fonctionnels. Tasia, elle, savait à quoi s'en tenir.

Le commandant de quart déboula dans la salle de contrôle.

— Qu'est-ce que c'était que ce truc ? demanda-t-il, les yeux troubles. Tamblyn ?

— Je l'ignore, monsieur.

En désespoir de cause, elle se tourna vers ses compagnons.

— C'était un vaisseau des Cafards, dit Patrick Fitzpatrick. (Pour une raison ou pour une autre, elle se retrouvait toujours avec lui.) Demandez à Tamblyn.

— Ce signal était identique à celui que le pilote a transmis de la base lunaire, indiqua Tasia, sachant que si elle dissimulait cette information, elle attirerait plus de questions sur elle. Je n'arrive pas à comprendre pourquoi, monsieur.

— Sûrement une sorte de signal espion, fit Fitzpatrick.

Le commandant de quart s'exclama :

— Un message codé ? Faites-le décrypter, *pronto* ! (Il regarda Tasia, puis les autres Terreux du centre de communications.) Mettez nos meilleurs cryptographes dessus. Je veux savoir si ce Vagabond a contacté un espion, ou une taupe parmi nous.

Tasia eut la chair de poule en réalisant ce que tout le monde pensait, mais elle resta assise, impassible. Si elle protestait de son innocence, elle n'en paraîtrait que plus coupable.

— Il s'est d'abord rendu à la base lunaire, monsieur, avant de venir ici. Peut-être cherche-t-il quelqu'un.

— Eh bien, pour le salut de l'espèce humaine, espérons que ce renégat de Cafard n'ait pas trouvé celui qu'il cherchait, quel qu'il soit.

Tasia se mordit les lèvres pour s'interdire d'argumenter devant le capitaine. Ils n'avaient aucune preuve que le Vagabond ait tenté quoi que ce soit contre l'effort de guerre terrien. Elle soupira. Elle avait travaillé dur pour démontrer sa loyauté, dans le but de venger Ross dès que l'occasion se présenterait. Mais, alors même qu'elle progressait en ce sens, un incident lui faisait perdre tout le terrain qu'elle avait conquis. Au prochain repas, elle devrait sans doute casser la figure à quelques kloubes, s'ils devenaient déplaisants à son égard.

Quoi que le capitaine vagabond ait voulu faire, c'était la dernière chose au monde dont Tasia avait besoin en ce moment.

EA patienta deux jours, selon l'instruction incluse dans la transmission codée. Puis le comper dévoué aborda Tasia aussi discrètement que possible.

Tasia avait proposé son robot personnel aux FTD pour l'accomplissement de tâches essentielles, mais EA consacrait une partie de son temps à la surveillance de sa propriétaire. Tasia et lui avaient été affectés ensemble à l'inventaire des combinaisons isothermes prévues pour la surface martienne, qui étaient stockées dans un entrepôt fortifié. Le petit comper de modèle Confident travaillait avec diligence à ses côtés, et sa présence suffisait à réconforter Tasia.

EA bourdonna, comme s'il scannait les environs.

— Il n'y a pas d'oreilles indiscrètes. Je peux parler sans danger.

La voix sinistre qui sortit du comper parut familière à la jeune fille :

— Tasia, je suis si heureux de t'avoir retrouvée. Je dois t'annoncer une terrible nouvelle, et c'est le seul moyen que j'ai trouvé pour le faire.

Elle tourna sur elle-même. C'était la voix de Jess ! Mais le petit robot était seul : il diffusait un message enregistré. Aux yeux de Tasia, il avait l'air d'une personne possédée s'exprimant sous le contrôle d'une personnalité qui n'était pas la sienne.

La voix de Jess continua.

— Les compers des Vagabonds disposent d'une programmation spéciale. Je l'ai activée en envoyant un signal codé. EA sait comment se protéger en cas de capture par un ennemi, et a reçu des instructions pour pouvoir te parler tranquillement. Nous ne savions pas si un message te parviendrait par le canal officiel.

Tasia envisagea toutes les possibilités. Qu'est-ce que Jess voulait lui demander ? Quelle mauvaise nouvelle apportait-il ?

— Tasia… Papa est mort, dit Jess par la bouche d'EA. Une attaque l'a terrassé la nuit où tu t'es enfuie, lors des funérailles de Ross ; il n'a jamais récupéré. Nous t'avons cherchée, mais tu étais déjà partie.

Tasia chancela, le regard embué de larmes cuisantes.

Jess fit une pause, puis sa voix prit un ton plus sévère.

— Tu dois prendre une décision, et je ne peux pas t'aider. Une nouvelle attaque contre une station d'écopage a eu lieu, exactement comme celle qui a frappé Ross. L'installation d'Erphano a été détruite corps et bien. (Sa voix se fit implorante.) Tu as tes propres obligations, tes propres responsabilités. Je comprends cela. Mais toi et moi, nous sommes tout ce qui reste de notre famille. Nos oncles s'occupent des mines d'extraction d'eau, comme il se doit. J'aide comme je peux, mais j'ai besoin de toi, sœurette. Ne peux-tu pas revenir à la maison ? Tu as fait valoir ton point de vue en rejoignant les Terreux. Mais tu ne dois rien à la Grosse Dinde.

Tasia se raidit, car au plus profond de son cœur, sa loyauté allait aux Terreux. Elle avait *choisi* de s'engager dans les FTD, elle avait fait le serment de les servir, elle s'était entraînée. Et elle savait que, sans elle, ces recrues médiocres n'avaient que peu de chances contre l'ennemi. Elle repensa aux mauvais traitements que ces kloubes lui faisaient subir… mais cela ne signifiait pas qu'elle devait déserter. Cela ne prouverait-il pas qu'ils avaient eu raison à son sujet depuis le début ? Qu'elle n'était pas fiable, pas digne de confiance ?

Ce soudain changement dans son univers lui fit tourner la tête. Elle songea aux plaques de glace de Plumas, aux gisements aqueux, aux geysers jaillissant des stations de pompage…

— Tasia, reviens si tu le peux, répéta Jess. Ou fais en sorte que notre famille soit fière de toi. Je te fais confiance pour accomplir ce qui est juste. Tu y parviendras par toi-même.

Tasia avala la boule qui obstruait sa gorge. Elle contempla le masque placide d'EA, y substituant dans son esprit les traits de son frère.

— Merdre, je ne peux pas partir maintenant, Jess.

Aucune parole ne lui parvenant, elle dit brusquement :

— EA, sais-tu comment lui renvoyer un message ?

— Renvoyer à qui, Tasia ?

— À Jess, en réponse à son message.

— Quel message, Tasia ? demanda EA.

— Celui que tu viens de me passer.

EA demeura silencieux, comme s'il parcourait l'intégralité de sa mémoire.

— Je ne me rappelle d'aucun message. Nous sommes restés ici à faire l'inventaire, c'est tout.

Jess avait dû ajouter à son message une commande d'effacement. Ingénieux, mais classique. Elle ne pouvait plus le réécouter, même si elle l'avait voulu. Son frère était devenu très prudent, sachant qu'EA côtoyait de nombreuses personnes qui n'avaient guère à cœur les intérêts des Vagabonds.

— Oh, oublie ça, EA.

Tasia regarda les containers remplis de gants isolants, qui attendaient le contrôle d'inventaire. L'esprit confus et le cœur lourd, elle se replongea dans son travail en redoublant d'efforts.

75

Basil Wenceslas

Les gorges rouges crevassaient le sol telles des plaies à vif, s'étirant dans toutes les directions depuis la base martienne des FTD. Assis dans le cockpit sphérique d'un planeur aux larges ailes, Basil Wenceslas scrutait les rebords acérés des canyons, qui accentuaient l'aspect impitoyable du paysage déchiqueté.

À côté de lui, le général Lanyan en personne pilotait l'engin dans les hauteurs de la mince atmosphère de Mars. Il considérait les canyons comme une course d'obstacle difficile, mais nécessaire. Tel un banc d'alevins argentés, des vaisseaux de combat dépareillés – des Rémoras ainsi que des yachts privés modifiés, que la flotte avait récemment assimilés – croisaient en dessous. Les pilotes décrivaient des virages serrés, fonçaient en rugissant dans les gorges aveugles, avant de redresser au dernier moment pour filer dans l'obscurité de l'espace.

— L'entraînement des troupes se poursuit avec toute l'urgence nécessaire, Président Wenceslas, l'informa Lanyan. Nous n'avons à déplorer que quelques accidents jusqu'à présent. Dans des proportions acceptables, si l'on tient compte du nombre et de la disparité des vaisseaux civils que nous avons incorporés.

— Combien ? interrogea Basil, tandis qu'il observait deux vaisseaux effectuer, telles des têtes brûlées, une manœuvre époustouflante dans un étroit défilé.

— Onze, monsieur.

— Des accidents mortels ?

Un instant mal à l'aise, Lanyan agrippa les commandes du planeur avant de se tourner vers Basil.

— Monsieur le Président… Nous sommes sur Mars. Les accidents sont toujours mortels. Les vaisseaux et leur équipage ont été complètement détruits.

Ils continuèrent à observer les manœuvres militaires, tandis qu'ils discutaient de la crise qui s'accentuait. L'accroissement de la flotte avait exigé le renouvellement de nombreuses industries de la Hanse. Les FTD avaient été obligées de récupérer du matériel de seconde catégorie et des composants dépassés provenant de toutes les colonies humaines. La Ligue Hanséatique avait déjà prélevé des taxes et augmenté les prix pour poursuivre le développement de l'armée. Elle exigeait un effort de chacun, afin de présenter à l'ennemi le front le plus solide possible.

Les créatures des abysses gazeux avaient frappé, encore et encore.

— Je pourrais me préparer plus efficacement à ce conflit si je disposais de renseignements – même des données de base – sur nos adversaires, martela le général Lanyan. Avons-nous reçu la moindre communication, des pourparlers ou des exigences de leur part ? Savons-nous seulement ce qu'ils *sont* ? Pourquoi nous attaquent-ils ?

Basil secoua la tête.

— Ils n'ont laissé aucun survivant.

— Est-il vrai qu'ils ont attaqué une troisième station d'écopage de Vagabonds ?

— Oui, mais nous n'avons pas encore autorisé la publication officielle de ce rapport. Aucun avertissement, aucune pitié. Une destruction totale, comme auparavant. Si les Vagabonds se mettent à craindre de récolter l'ekti, nous courons à une pénurie de carburant.

Lanyan grommela :

— Peut-être que ces gitans ne feront plus bande à part et rejoindront le reste de la Hanse. Ont-ils demandé notre protection ? Une escorte des FTD pour les stations d'écopage qui leur reste ?

Basil se renfrogna.

— Pas explicitement, mais ils le feront un jour. Les Vagabonds n'ont jamais été enthousiastes à la perspective de nous demander de l'aide.

Le général descendit vers une vallée plus large, dans laquelle ils virent des fusiliers en combinaison spatiale accomplir des exercices au sol. Le planeur volait trop haut pour que Basil puisse voir autre chose que des formes argentées se déplaçant dans les dunes rouges.

— Dans ce cas, laissons-les s'enliser. Après que j'ai exécuté les corsaires de Sorengaard, je me suis dit que les Vagabonds nous créeraient peut-être des difficultés. Ces extraterrestres les feront tenir tranquille.

Basil l'admonesta :

— Ne laissez pas vos préjugés fausser vos pensées, général. Les Vagabonds n'ont jamais commis de violence manifeste à l'encontre des colonies de la Hanse. Rand Sorengaard lui-même semble n'avoir été qu'une anomalie.

— Une anomalie décédée, précisa le général.

— Nous n'avons pas besoin de bouc émissaire. Les Vagabonds ont perdu trois stations d'écopage, sans aucun survivant. Nous avons *besoin* d'ekti, général ; si les Vagabonds cessent de nous en fournir, nous ne disposerons pas d'autre source d'approvisionnement facile d'accès. Tout comme les Ildirans.

Lanyan hocha la tête à contrecœur, tandis qu'il regardait les soldats évoluer dans le bassin incroyablement aride de ce monde sans eau. Basil supposa que, comme lui-même, le général s'inquiétait surtout du fait que les Vagabonds opèrent comme ils l'entendaient, sans aucune surveillance de la Hanse. Celle-ci imposait les prix et les taxes sur la livraison d'ekti, mais ne surveillait ni ne régulait les stations d'écopage actuelles. Les gitans de l'espace fournissaient le carburant des propulseurs interstellaires, ainsi que d'autres ressources dont les colonies de la Hanse avaient désespérément besoin, de sorte que l'on devait tolérer les excentricités des Vagabonds.

En tant que militaire, cependant, Lanyan était inquiet.

— C'est juste que je n'aime pas qu'il y ait un groupe aussi large et indépendant de… guérilleros. Personne ne sait ce qu'ils fabriquent, ni même où ils vivent tous. Considérez le risque qu'ils représentent.

Basil dit :

— Général, j'ai moi-même été troublé par certaines incohérences. Vous n'êtes pas au courant, mais mon activateur, Pellidor, s'est procuré des documents commerciaux datant des quinze dernières années, et a formé une équipe des meilleurs démographes que nous ayons, dans le but d'extrapoler la population globale des Vagabonds. Le chiffre se base sur les ressources qu'ils achètent aux fournisseurs de la Hanse. À première vue, il semble relativement négligeable.

— À peu près ce à quoi je m'attendais. (Lanyan restait aux commandes du planeur, attendant la chute.) Mais ?

— Mais j'ai découvert que les Vagabonds ont développé leurs propres ressources – sans doute considérables – en complément de celles qu'ils nous achètent. Cela change tous les paramètres. (Il prit une grande inspiration.) Par conséquent, puisqu'ils ne dépendent plus exclusivement de la Hanse, les installations et les populations de Vagabonds pourraient s'avérer *beaucoup* plus importantes que nous ne l'imaginons.

— Diable, fit le général en s'empourprant. Combien, exactement ?

— Ils pourraient avoir des centaines, voire des milliers, de colonies non répertoriées. Toutes autosuffisantes, et ne payant pas les taxes de la Hanse.

— Impossible ! Nous le saurions !

Les vents éthérés de Mars giflèrent le planeur. Basil continua :

— J'ai dépêché des espions qui surveillent la trace des vaisseaux de Vagabonds en commerce avec des avant-postes de la Hanse, afin de lister tous leurs bâtiments connus. Lorsque j'ai commencé à regarder les informations collectées, j'ai été stupéfait par la diversité de ces vaisseaux. Les Vagabonds semblent les fabriquer eux-mêmes – un grand nombre d'entre eux, en tout cas.

— Et ils ont perdu trois stations d'écopage par la faute des extraterrestres, ajouta le général.

— Trois *dont nous avons connaissance*, releva Basil. Mais sur combien ? On ignore le nombre de stations d'écopage en activité, ainsi que leur localisation. À l'origine, ils ont acheté une douzaine de vieilles installations aux Ildirans. Mais, depuis cette époque, ils en ont construit beaucoup d'autres. Dans quelles proportions ? Chaque fois que les Vagabonds lancent une station, ils ne le signalent pas à la Hanse. En réalité, nous ne connaissions pas l'existence de celle détruite sur Erphano.

— Les salopards ! lança Lanyan.

Basil secoua la tête.

— Il y a tant de stations d'écopage, général, d'innombrables systèmes inhabités. L'appétit de la Hanse pour l'ekti est vorace – alors, de quel droit nous plaindrions-nous de leur industrie ? Qui peut localiser toutes leurs installations ? Personne n'a eu la motivation de le faire, puisque les Vagabonds continuent de livrer le carburant interstellaire dont nous avons désespérément besoin. Leurs prix sont bas, donc nous ne posons pas de questions.

Personne n'avait jamais imaginé que cette racaille de l'espace, apparemment isolée et désorganisée, puisse en réalité faire partie d'une vaste civilisation cachée, aux marges du Bras spiral. Pour Basil, cela évoquait ces essaims de blattes qui vivent, invisibles, dans les fissures des immeubles. « Cafards » semblait bel et bien le terme approprié pour les désigner.

— Les stations d'écopage devraient peut-être être nationalisées, suggéra Lanyan. Par obligation militaire. Ordonnez, par mesure d'urgence, qu'on les place toutes sous contrôle de la Hanse, et laissez-nous y imposer notre ordre. Les attaques extraterrestres pourraient nous servir d'excuse.

Basil rit.

— Impossible, général. Totalement impossible. Si l'on provoquait les Vagabonds de cette façon, ils mettraient l'embargo sur l'ekti. Ce sont eux qui possèdent les atouts, pas nous.

— Et nos vaisseaux espions ? Nous pourrions envoyer des engins de reconnaissance à la recherche des stations d'écopage des Vagabonds.

— Chercher des usines flottantes dans tout le Bras spiral, sur chaque géante gazeuse ? C'est à *cela* que vous recommandez de consacrer nos efforts ? La poignée d'usines non répertoriées que nous trouverions ne représenterait qu'un pourcentage insignifiant ; et nous devrions alors les prendre en main, les occuper et les commander. *Cela*, général, s'avérerait une stratégie perdante.

Lanyan prit de l'altitude, puis se dirigea vers la base principale. Ils avaient vu assez de démonstrations de troupes pour la journée. D'un ton indiquant qu'il avait pris le temps d'examiner sa suggestion, il dit :

— Au moins, nous pourrions utiliser cette crise pour appeler à un recensement complet des Vagabonds. Sous prétexte d'offrir notre protection à leurs stations d'écopage, nous pourrions les forcer à sortir de leurs cachettes. Ce type de renseignement pourrait s'avérer très utile.

Basil repoussa la proposition pour le moment.

— L'Oratrice Okiah est une vieille femme intelligente. Elle flairerait immédiatement la ruse. Les agresseurs extraterrestres sont notre préoccupation principale, et je ne veux rien faire qui puisse mettre en danger la stabilité de l'approvisionnement en ekti. (Il pinça les lèvres.) Cependant… je vais imposer des restrictions sur les prix, afin que les Vagabonds sentent les effets de la guerre sur leurs profits.

Ils approchaient des dômes de la base martienne pour atterrir. La solution de Basil ne parut pas complètement satisfaire Lanyan.

— Cela va déjà être assez difficile d'engager une guerre contre une menace extraterrestre que l'on ne comprend pas. La dernière chose dont nous avons besoin, c'est d'avoir des bâtons dans les roues – mis par des êtres humains, par-dessus le marché.

76

Jess Tamblyn

Une assemblée d'urgence des clans avait lieu sur Rendez-Vous. Les représentants des familles de Vagabonds causaient un tel tumulte que même Jhy Okiah, malgré ses décennies d'expérience d'Oratrice, parvenait à grand-peine à maintenir l'ordre.

Dans la salle de discussion bondée, les chefs de clans siégeaient sur les banquettes qu'on leur avait attribuées. Ils parlaient, criaient, se bousculaient. En raison du nombre inhabituel de participants, les recycleurs redoublaient d'efforts pour maintenir un air frais et respirable. En fait, les ressources en air, en eau et en nourriture étaient sollicitées à fond. Mais l'Oratrice Okiah avait décrété qu'il n'y avait pas d'affaire plus importante pour la survie des Vagabonds.

Assis à sa place, Jess Tamblyn demeurait silencieux. Il observait les débats, mais paraissait plongé dans ses pensées. Il était à présent le chef officiel du clan Tamblyn, et le mieux placé pour représenter les sites d'extraction d'eau ; ses oncles travaillaient dur pour maintenir l'exploitation au niveau de production maximum. Jess préférait être ici. Il s'était promis de ne montrer aucune faiblesse, et de faire tout ce que l'on attendait de lui.

Contempler la belle Cesca Peroni, assise à côté de la vieille Oratrice, lui donnait de la force. Derrière son allure froidement protocolaire, Jess percevait le feu qui l'habitait, la passion et la vigueur qu'elle mettait dans la gouvernance des Vagabonds. Il ne laisserait pas ses sentiments personnels mettre en péril l'avenir des clans. Ni lui, ni Cesca, ne pouvaient se permettre la moindre distraction.

— On ne résoudra rien en se criant dessus, lança Jhy Okiah depuis le centre de la salle, d'une voix sèche mais forte.

Del Kellum, un homme d'un certain âge, répliqua d'une même voix :

— On ne résoudra rien en restant assis à *parler* ! Merdre, nous, les Vagabonds, n'avons pas l'intention d'accepter docilement notre sort.

Ses chantiers spationavals de l'anneau d'Osquivel se trouvaient suffisamment près d'une géante gazeuse pour qu'il se sente menacé. Des représentants martelèrent le sol métallique de leurs bottes. Jhy Okiah les laissa relâcher la pression, puis :

— Bien sûr que non. Mais mal faire serait pire que de ne rien faire du tout. Nous suivrons le Guide Lumineux, mais d'abord, nous devons indiquer la route. Pour l'instant, nous ne possédons aucun renseignement sur nos ennemis, ni les raisons de leurs attaques. Nous sommes comme un vaisseau sans navigateur, volant à pleine vitesse dans un champ d'astéroïdes.

Cesca s'agita au côté de l'Oratrice, ses yeux sombres étincelant de colère. Elle s'adressa directement à Del Kellum.

— Comptez-vous fermer vos chantiers ? Est-ce que vous suggérez de retirer nos stations d'écopage de chaque géante gazeuse, juste pour être en sécurité ? Les Vagabonds ont-ils jamais été en sécurité ?

Les poings serrés, Kellum se rassit en grommelant :

— À la vérité, je ne sais pas quoi faire – ni même quoi proposer. Mais nous avons déjà perdu quatre stations d'écopage – la dernière il y a seulement quelques jours, sur Welyr ! Mille personnes sont mortes, peut-être davantage.

Sa poitrine se souleva, tandis qu'il luttait contre la peine qu'il ressentait. Jess savait que l'homme courtisait depuis des années Shareen Pasternak, chef de l'usine de Welyr, récemment détruite.

— Oui, répondit froidement l'Oratrice, et mon petit-fils Berndt a été l'une des victimes d'Erphano. Comme votre Shareen sur

Welyr, Del Kellum. N'essayez pas de me convaincre en me parlant de prix à payer.

Jess suivait la discussion de près. Chacun ici ressentait autant d'horreur et d'inquiétude que lui. Chacun désirait agir… mais personne ne savait quoi faire.

— La sécurité est une chose, la témérité en est une autre.

Il s'agissait de Crim Tylar, un homme blond ambitieux, qui dirigeait une antique station ildirane sur la géante gazeuse Ptoro.

— Peut-être devrions-nous adopter une suspension temporaire de l'extraction d'ekti, et retirer nos stations d'écopage des nuages jusqu'à… jusqu'à ce que ce soit résolu.

— Folie ! beugla Denn Peroni, le père de Cesca. (Il possédait une petite flotte de cargos et de vaisseaux marchands.) La civilisation des Vagabonds repose sur le commerce d'ekti. Que voulez-vous que nous vendions, de la poussière de comètes ?

Cesca intervint.

— L'ekti est vital à la Grosse Dinde, aussi bien qu'à l'Empire ildiran. Cette crise affectera bien plus que notre commerce. (Ses yeux se plissèrent, songeurs, tandis qu'elle se retournait pour parler à Jhy Okiah.) Y a-t-il une chance que les Forces Terriennes nous soutiennent ? La Dinde n'apprécie guère les Vagabonds, mais si nous menaçons d'interrompre la production d'ekti, elle saura qu'elle devra protéger sa source de carburant.

Jhy Okiah pinça ses lèvres ridées. Les Vagabonds firent silence, avides d'entendre sa réponse.

— Ce serait peut-être chercher plus d'ennuis que l'on en a déjà. Nous avons toujours évité de demander assistance à la Hanse.

Quelqu'un cria :

— Quand avons-nous pu compter sur eux pour quoi que ce soit ?

— Personnellement, je ne veux rien devoir à la Terre, bougonna Crim Tylar. Ils exigeront d'être payés au moment le plus défavorable pour nous.

— Alors, la seule solution est de nous protéger nous-mêmes, dit fermement Jhy Okiah.

Del Kellum se leva à demi.

— Mais comment, par le diable ? (Il se rassit, rebondissant dans la faible gravité.) Les Vagabonds n'ont pas d'armée. Nous avons besoin des Terreux pour combattre les extraterrestres.

À la mention des FTD, Jess se tassa sur son siège, de nouveau inquiet pour sa petite sœur. Il avait été contraint de lui envoyer un message au sujet de leur père, mais Tasia avait ses responsabilités – les Terreux avaient-ils une emprise plus forte sur elle que son propre clan ? Son enrôlement avait été un acte d'impertinence, mais elle avait prêté serment. Elle ne pouvait ignorer ce fait et revenir simplement sur Plumas. Aucun Tamblyn ne le ferait ; Jess le savait bien.

Il ne s'inquiétait pas outre mesure ; sa sœur était parfaitement capable de prendre soin d'elle-même. En fait, Jess éprouvait plutôt de la compassion pour quiconque se dresserait sur le chemin de Tasia. Mais elle lui manquait beaucoup. Sa jovialité, son esprit d'à propos, l'ironie de ses plaisanteries auraient été les bienvenus sur Plumas.

Même sans Ross ou son père, ou Tasia, Jess devait continuer à faire marcher les affaires de son clan. Il surmonterait cela, ferait ce qui était juste. La seule chose qui maintenait son esprit à flot – son amour pour Cesca Peroni – devait attendre. Indéfiniment.

Il regarda Cesca, sa peau olive si lisse, si parfaite, son menton pointu redressé avec fierté. Les Vagabonds avaient plus besoin de Cesca que lui. Malgré la souffrance qui lui taraudait le cœur, leur amour attendrait le temps nécessaire, jusqu'à ce qu'ils puissent enfin être réunis…

Finalement, l'assemblée des clans se dispersa, tel un nuage de fumée, sans résolution commune. Certains chefs de famille promirent de transférer ailleurs leurs usines d'ekti et de cesser toute extraction, tandis que d'autres arguaient que les agresseurs seraient certainement capables de frapper les usines en orbite haute – alors à quoi bon se replier ? D'autres clans annoncèrent qu'ils convertiraient leurs installations industrielles et leurs chantiers orbitaux afin de fabriquer des armes, s'ils pouvaient développer des prototypes dans un délai suffisamment court.

Plus tard, Jess s'approcha de Cesca et lui dit adieu en privé, mais il fut incapable de parler de ce qui lui tenait à cœur. Leurs yeux en dirent davantage. Lorsque des membres des clans arrivèrent pour discuter avec Jhy Okiah, Jess battit discrètement en retraite jusqu'à son vaisseau, et mit le cap sur le soleil rouge sang de Meyer.

En route pour Plumas, dans la noire solitude du vide, Jess disposa de tout le temps du monde pour dresser des plans. Il était certain qu'avec ses connaissances et son imagination, il pouvait concevoir un moyen d'attaquer les silencieux agresseurs, quelque chose que personne n'avait pris en considération. Il voulait les frapper là où cela leur ferait le plus mal.

Désormais, Jess avait accès à toutes les ressources et installations du grand clan des Tamblyn. Malgré ce qu'il avait dit dans sa supplique à Tasia, il disposait de nombreux adjoints compétents pour s'occuper des opérations de puisage. Plumas était autosuffisante depuis des décennies, et tournait sans à-coup, fournissant de l'eau, de l'air et du combustible intrasystème. Plutôt que de concentrer toutes les ressources de son clan pour se mettre en posture défensive, Jess frapperait les extraterrestres. Il avait une idée.

L'ennemi avait attaqué sans avertissement. Il ferait de même, comme dans une vendetta personnelle. Tasia serait fière de cela.

L'armée terrienne ne savait pas où commencer ses opérations. Jess s'assit dans son cockpit, et afficha les cartes que Ross avait tracées en détail, au cours de ses années de surveillance du système de Golgen. Les extraterrestres avaient montré qu'ils s'intéressaient à cette géante gazeuse en particulier. Jess trouverait l'ennemi qui se dissimulait sur Golgen, s'il cherchait avec suffisamment d'obstination.

Alors, comme il étudiait les astéroïdes épars et le nuage cométaire formant un halo diffus autour du soleil de Golgen, Jess décida qu'il utiliserait le système solaire lui-même comme une arme.

Ses yeux brillèrent. Ross aurait applaudi ce plan hardi… et il n'aurait jamais douté de son succès.

77

Nira

Malgré la masse de travail à accomplir, Nira avait le plus grand mal à se concentrer. *La Saga des Sept Soleils,* ce poème descriptif magnifique et sans fin, l'intéressait... mais les merveilles du Palais des Prismes et de Mijistra accaparaient toutes ses pensées, car la prévenance du Premier Attitré avait déjà subrepticement agi sur elle.

Après la joute ildirane, Jora'h avait invité Nira à dîner, poliment mais avec insistance. La jeune fille savait que l'ambassadrice Otema souhaitait qu'elle consacre son temps à déclamer des strophes de *La Saga*. Mais lorsqu'elle s'était excusée, le visage du Premier Attitré avait affiché une telle déception qu'elle avait senti son cœur près de se briser. C'est pourquoi elle avait fini par accepter.

Au cours du long et plantureux repas, ils avaient continué de parler de Theroc, des prêtres Vert et de la culture de la forêt. Souriant, Jora'h avait levé sa coupe remplie d'une liqueur verte, au goût de miel :

« Bien qu'il soit absent, j'aimerais porter ce toast à mon ami Reynald, car il m'a intrigué. Par ailleurs, sans lui, je n'aurais jamais eu la chance extraordinaire de vous rencontrer, Nira. »

Elle avait ri poliment, ne sachant que répondre.

Bien qu'Otema ne l'ait pas réprimandée à propos de ses nombreuses récréations, Nira avait promis, dès le lendemain, de passer au moins les deux tiers de son temps à faire la lecture aux surgeons.

L'esprit interconnecté des arbremondes s'abreuvait des histoires ildiranes, afin de croître en savoir.

Lorsqu'elle décida qu'elle avait suffisamment travaillé pour la journée, Nira alla explorer le Palais des Prismes. Elle avait appris à reconnaître le kith des gardes du corps à son aspect féroce ; ceux-ci gardaient les lieux où elle n'était pas désirée. La jeune fille désirait vivre autant d'expériences que possible, mais non provoquer l'ire du Mage Imperator.

Alors qu'elle se promenait dans les galeries entourant le hall de réception de la hautesphère, au sein duquel le dirigeant suprême l'avait reçue la première fois, elle s'aventura dans une série de travées cristallines. Les corridors la menèrent jusqu'à des chambres parquetées de joyaux et dotées de murs à facettes translucides, à travers lesquels se dessinaient des silhouettes de fonctionnaires et de documentalistes au travail.

Elle colla son visage contre un panneau grenat pour tâcher de discerner plus de détails. Mais elle n'aperçut que des formes curieuses, et des ouvriers qui s'empressaient. Certains avaient des corps bizarrement constitués, dont la taille et la musculature différaient des kiths que Nira connaissait. Mais la vitre teintée brouillait la scène, de sorte qu'elle devait loucher pour parvenir à voir quelque chose.

Les corridors étaient plongés dans le silence. Le Mage Imperator s'était retiré de la session d'audiences pour passer du temps dans sa chambre de méditation ; la hautesphère, privée de sa présence, restait néanmoins ouverte aux pèlerins et aux visiteurs. Nira pressa davantage ses yeux grands ouverts contre un carreau écarlate, en essayant d'en voir plus – quand, soudain, elle entendit des pas dans le corridor.

Un homme de haute taille, manifestement un kith de la noblesse comme Jora'h, sortit d'une chambre obscure et lui lança un regard furieux. Ses traits évoquaient ceux du Premier Attitré, et Nira distingua la ressemblance de famille, mais il paraissait plus dur.

Son visage était sévère, sa chevelure plus courte et taillée en épis, comme si elle se hérissait de mécontentement.

— Que faites-vous ? lança-t-il. De l'espionnage ?

— Non, je me contentais de… regarder. Mon nom est Nira. Je viens de Theroc. (Elle se sentait stupide : avec ses traits humains et sa peau verte, elle ne pouvait assurément être personne d'autre.) Vous êtes un… Attitré, n'est-ce pas ? Un fils du Mage Imperator ?

— Pourquoi êtes-vous ici ? fit-il, interrompant sa question. Je suis l'Attitré de Dobro. Dois-je rapporter vos activités à mon père ?

— Je n'avais pas l'intention de causer du tort. Le Premier Attitré Jora'h m'a dit que je pouvais me promener partout où je le désirais.

L'Attitré de Dobro la tança :

— Ainsi, *La Saga des Sept Soleils* est devenue à vos yeux si ennuyeuse que vous deviez trouver d'autres manières de vous occuper l'esprit ?

Nira se sentit honteuse et embarrassée, ne sachant ce qu'elle avait fait de mal, ni pourquoi il lui en voulait tant.

— Pas du tout ! (Elle lança un regard en direction de l'épais carreau.) Je n'ai rien vu. S'il s'agit d'une zone interdite, je serai heureuse de retourner à mes appartements.

— Ce serait plus sage, dit l'Attitré de Dobro d'une voix pénétrante.

— Je… n'avais pas l'intention de vous causer de tort, répéta-t-elle.

Les yeux de l'Attitré se plissèrent, et il l'étudia en silence, comme s'il la disséquait.

— Rares sont ceux qui pensent nous en causer.

Nira se demanda ce qu'il entendait par là. Elle s'apprêtait à partir, lorsqu'il la fit sursauter, en la questionnant d'une voix bourrue :

— Est-il vrai que vos prêtres Verts sont télépathes ? Que vous pouvez envoyer vos pensées par les arbres, et échanger instantanément des informations ?

— Ou… oui, nous le pouvons, bégaya-t-elle. La forêt-monde est vaste, et contient de multiples sources de pensées. Un prêtre Vert peut toutes les contacter. Dès lors que nous nous lions à la forêt, que nous « endossons la robe verte », nous avons accès au télien.

L'Attitré de Dobro avança d'un pas vers elle.

— Ce talent est-il génétique ? Comment est-ce possible ?

— Pas… exactement génétique, répondit Nira. Bien que certains Theroniens répondent mieux que d'autres à l'appel des arbres, le désir et le talent ne se transmettent pas forcément à leurs descendants. En fait, c'est la forêt qui choisit. Beaucoup d'entre nous savent depuis l'enfance qu'ils se joindront à la forêt-monde. Nous communions avec les arbres, et nous les servons.

L'Attitré continua de la scruter en cogitant. Puis il la congédia :

— Ce sera tout. Vous pouvez partir.

Saisie, Nira battit en retraite dans le corridor, désorientée par cette rencontre. Puis elle s'arrêta et se retourna pour regarder l'Attitré de Dobro s'en aller à grands pas dans la direction opposée. Il traversa plusieurs portails de sécurité grouillant de gardes, jusqu'à ce qu'il soit autorisé à pénétrer dans les quartiers privés de son père, le Mage Imperator.

78

Le Mage Imperator

La porte de la chambre de méditation se referma sur l'Attitré de Dobro, et les vitres grossissantes des murs devinrent d'un blanc laiteux et opaque. À présent, personne ne pouvait les voir, et encore moins deviner le sujet de leur discussion.

L'Attitré s'inclina avec solennité devant le chrysalit arrondi du Mage Imperator.

— Ainsi que vous l'avez ordonné, je viens vous présenter mon rapport, Père.

Le corpulent souverain s'assit, la sérénité qu'il affichait cédant la place à une impatience malsaine.

— Tu as apporté les spécimens les plus remarquables de tes expériences ?

L'Attitré de Dobro était le deuxième fils du Mage Imperator, derrière Jora'h, mais il se conformait plus strictement à sa ligne de pensée.

— Oui, Seigneur, répondit-il. Vous pourrez constater qu'ils sont étonnants. Il est évident que votre père, dans sa grande sagesse, a donné une perspective d'avenir à l'espèce ildirane.

De ses doigts boudinés, le Mage Imperator appuya sur des commandes, afin d'élever le socle soutenant sa couche. Les bords se rapprochèrent, resserrant et profilant la plate-forme, et des poignées apparurent.

— Je désire voir ces spécimens de mes propres yeux.

Il appela ses petits assisteurs, et un groupe d'entre eux se précipita aussitôt, en se disputant le privilège de tenir les poignées du palanquin. Des lévitateurs s'allumèrent, soulevant l'énorme trône du sol. Le souverain caressa sa chevelure serpentine et, de sa main droite potelée, fit un geste vers l'avant.

— Suivez mon fils. L'Attitré de Dobro va montrer le chemin.

Arborant un sourire dur, empreint de confiance, l'Attitré sortit par un passage voûté situé de l'autre côté. Il les guida par des rampes inclinées vers des salles protégées, en contrebas. Il savait que le Mage Imperator le récompenserait pour la besogne difficile et déplaisante qu'il avait dû accomplir sur la morne planète Dobro. Mais le résultat final de ses expériences justifiait toutes les tentatives malheureuses qu'il avait dû effectuer.

En dépit de son impatience, l'Attitré avançait lentement, comme les assisteurs conduisaient le chrysalit à travers de larges passages toujours en pente. Les Ildirans qui travaillaient à cette profondeur – principalement des gardes et des kiths chargés de l'entretien – regardaient avec respect ce visiteur inattendu qui progressait sous la lumière crue, puis ils s'inclinaient et s'écartaient en hâte. L'Attitré s'immobilisa sur un monte-charge flottant. Celui-ci les déposa plusieurs niveaux en dessous, après avoir traversé la colline où se dressait le palais, dans des catacombes très éclairées. Des illuminateurs brillaient à chaque croisement.

Enfin, ils s'arrêtèrent devant une porte gardée par quatre monstrueux kiths guerriers. Les gardes du corps se postèrent de chaque côté, libérant le passage pour les assisteurs qui tiraient le palanquin flottant. Son intérêt piqué au vif, le Mage Imperator regardait autour de lui, agacé par tout ce qui se dressait en travers de son chemin.

Ils pénétrèrent dans une galerie donnant sur des chambres vitrées. Des cellules transparentes abritaient d'étranges créatures humanoïdes de morphologies variées, offrant des mélanges insolites de silhouettes et de musculatures – certaines impressionnantes, d'autres effrayantes, d'autres encore pitoyables.

— Comme vous pouvez le voir, Père, notre programme de sélection a produit une grande variété de résultats, comme attendu. Nous récoltons des données, puis nous tâchons de perpétuer l'hybride qui nous semble posséder les caractéristiques souhaitables.

Le Mage Imperator ordonna à ses assisteurs d'approcher le palanquin afin de le placer en face des cellules de verre. Il dévisagea froidement les créatures dépareillées. Certaines s'écartèrent avec effroi de l'immense souverain, mais il ne les considérait que comme des spécimens, non des êtres vivants. Son visage empâté ne trahit aucune pitié.

Certains hybrides étaient couverts d'écailles inégales, d'autres d'une fourrure rêche. Plusieurs arboraient une musculature avantageuse ; les membres de trois d'entre eux avaient été grossièrement renforcés. Deux des spécimens se blottissaient misérablement, comme brisés, au fond des cages transparentes : des êtres malformés qui survivaient à peine, des impasses génétiques. Tous possédaient la base commune des kiths ildirans, mais quelque chose en eux d'insolite, d'étranger, attirait l'attention. Quelque chose qui n'avait rien à voir avec les gènes ildirans.

Le Mage Imperator recula, son visage terreux laissant percevoir un mélange de dégoût et d'optimisme. Il tourna un regard attentif vers son deuxième fils.

— Je n'ai jamais vu de combinaisons de kiths comme celles-ci. Les nouvelles lignées offrent un potentiel considérable pour notre objectif.

L'Attitré de Dobro approuva du chef avec vigueur.

— Nous essayons toujours de déterminer la proportion d'humanité qu'il nous faut dans les lignées. Nos échantillons de population sont encore trop réduits, et le délai… Cela remonte à moins de deux siècles, soit une poignée de générations.

— Bien sûr, mon fils. Quand mon père m'a confié cette mission secrète, et quand, plus tard, je t'ai mis au courant au tout début de mon règne, nous savions tous les deux qu'il s'agirait d'une tâche de longue haleine, qui aurait des conséquences vitales pour l'Empire.

L'Attitré de Dobro afficha un air résolu.

— Parfois, la troisième, voire la quatrième génération est la plus forte. Nos nageurs et nos architectes hybrides sont les meilleurs que nous ayons jamais produits.

Le Mage Imperator remua, et les assisteurs le tirèrent jusqu'au centre de la chambre d'exposition.

— Bien. Toutefois, conserve bien à l'esprit que nous devons améliorer les capacités ildiranes *au niveau du mental et de la communication*. Aujourd'hui, plus que jamais, nous devons réussir.

— J'explore de nouvelles voies, Père. Mais cela pourrait prendre quelques générations supplémentaires ; au moins plusieurs décennies.

Le Mage Imperator parut contrarié. Une expression orageuse fronça son visage joufflu.

— Il se peut que le temps nous manque. Nos plus grandes craintes se sont réalisées. La menace est revenue, et l'Empire ildiran doit se préparer à se défendre. Nous ne voulons pas finir comme les Klikiss.

Interloqué, l'Attitré de Dobro inspira longuement pour se calmer.

— Vous êtes sûr, Père ? Après tout, ces légendes datent d'il y a tant et tant de siècles…

— Aucun doute n'est permis. J'ai vu les preuves. Les hydrogues se sont de nouveau manifestés. Et tout mon thisme combiné n'est pas assez fort pour accomplir ce qui doit être fait. J'avais espéré qu'un hybride améliorerait ces caractéristiques. Nous n'avons pas de plus haute priorité, pas de plus grand impératif. Nous devons agir, et réussir, avant que quiconque comprenne la nature du danger. (Il serra les poings avec tant de violence que du sang perla.) Il nous en faut au moins un !

Rassemblant sa force et sa résolution, l'Attitré de Dobro s'avança.

— Alors, j'ai une proposition à vous faire, mais elle ne va pas sans risques. Il y a du neuf, Père. Peut-être l'avez-vous vu par vous-même ? Je viens de rencontrer un être humain, l'une des prêtresses Vertes de Theroc – une femelle jeune et manifestement fertile. Son lien biologique avec les arbremondes implique des… possibilités génétiques très intéressantes.

Le Mage Imperator fit signe à son chrysalit de se diriger vers le corridor. Les assisteurs le tirèrent vers l'arrière.

— Oui, en effet, dit-il. J'y ai déjà pensé. Nous allons peut-être devoir l'utiliser, la dresser – puis lui prendre ce dont nous avons besoin.

79

Adar Kori'nh

La cohorte de croiseurs lourds ildirans s'éloigna enfin du monde désolé de Dobro. Adar Kori'nh était soulagé de préparer sa prochaine mission. Il ne pouvait s'empêcher de se sentir mal à l'aise lorsqu'il visitait ce système, quand bien même il agissait sous les ordres du Mage Imperator. Ce que l'Attitré de Dobro fabriquait sur cette planète l'emplissait d'épouvante. Même les humains ne méritaient pas un tel traitement.

Grâce à la vision omnisciente du thisme, le Mage Imperator Cyroc'h était mieux à même de comprendre la situation que l'adar le plus qualifié. Les Mages Imperators étaient supérieurs à n'importe quel Ildiran. Ils représentaient la somme de leur espèce, son pinacle ; leurs actions, leurs pensées décidaient de l'histoire de l'Empire. Si Kori'nh ne pouvait mettre ces décisions en question, il ne fermait pas les yeux pour autant sur les plus terribles d'entre elles. Le Mage Imperator savait ce qui était le mieux pour tous les Ildirans, même si certains devaient payer un prix atroce.

Mais Adar Kori'nh n'était pas habilité à tout comprendre.

Il marmonna un juron et s'affala sur le siège voûté du centre de commandement du vaisseau amiral. Bien que le Mage Imperator ait toujours raison et que le résultat des sinistres expériences de Dobro serve l'espèce ildirane, Kori'nh ne croyait pas que ces dernières puissent être considérées comme des actes héroïques. Elles ne seraient jamais incluses dans *La Saga des Sept Soleils*.

— Le cap est réglé sur le système d'Hyrillka, Adar, annonça le navigateur.

Lui-même commandait une septe. On l'avait retiré de son groupe de vaisseaux pour servir sur le croiseur d'avant-garde. Le navigateur, ainsi que tout l'équipage présent sur le pont, paraissaient eux aussi soulagés de quitter Dobro.

Sur Hyrillka, aux confins de l'Agglomérat d'Horizon, ils rempliraient l'un des devoirs traditionnels de la Marine Solaire. Sa cohorte de fabuleux vaisseaux de guerre devait exécuter des parades aériennes afin de montrer son savoir-faire. L'Attitré d'Hyrillka était friand de ce genre de spectacle et aimait préparer des célébrations afin d'honorer le génie ildiran.

Depuis peu, le Mage Imperator incitait à produire des démonstrations de plus en plus grandioses, jusqu'à ordonner à Kori'nh lui-même de conduire la prochaine parade aérienne commémorant l'anniversaire du monarque. Ces forfanteries puériles et tapageuses avaient fini par ennuyer l'adar, après tant d'années de service sans accroc. Il aurait voulu réaliser quelque chose de plus marquant, de plus substantiel.

Mais, après avoir revu Dobro, il était heureux de participer à un événement bien moins éprouvant.

En formation parfaite, la cohorte de croiseurs lourds fendit l'espace en direction de l'Agglomérat d'Horizon. Lorsque les propulseurs interstellaires eurent atteint leur vitesse de croisière, Kori'nh quitta son poste :

— Je vais réviser la stratégie dans mes quartiers.

Son équipage connaissait son rôle, et aucun ennui n'était à craindre. En fait, au cours de toute sa carrière militaire, il n'avait jamais rencontré le moindre problème. La Marine Solaire était une flotte magnifique, la meilleure jamais créée dans le Bras spiral… mais durant d'innombrables générations, ils n'avaient jamais eu à combattre de véritable ennemi. Kori'nh n'avait jamais compris pourquoi les Mages Imperators, au cours des milliers d'années, avaient insisté sans discontinuer pour maintenir une armée si puissante, alors même qu'ils ne redoutaient aucune menace de l'extérieur.

Mais les Mages Imperators savaient beaucoup de choses ; leur compréhension de la galaxie et de l'histoire de leur race était immense.

Kori'nh s'assit dans sa cabine et étudia son exemplaire personnel de *La Saga* contenant certains extraits particuliers, qu'il conservait toujours à bord de son vaisseau amiral. Il avait souvent été tenté de dédier un remémorant à la flotte, afin de régaler les soldats de légendes héroïques durant leur temps libre. Mais il pensait être le seul à être obsédé par l'histoire militaire.

Son espèce était un organisme unifié, composé de milliards de personnes liées par les fils arachnéens du thisme. Les Ilidirans n'avaient pas d'ennemi extérieur, pas de dissension interne, pas de guerre civile majeure – à l'exception d'un épisode tragique. Kori'nh le relut, ajustant les panneaux illuminateurs pour simuler au mieux la brillance des sept soleils d'Ildira.

Un Attitré aimé de son peuple avait subi une grave blessure à la tête. Après son rétablissement, il n'avait plus été capable d'accéder au thisme. Il ne percevait plus le lien avec son Mage Imperator, ne pouvait plus recevoir d'instructions. Il était seul, abandonné... différent.

L'Attitré avait alors eu une vision d'indépendance. Il avait mené son infortunée planète à une guerre civile contre le Mage Imperator, essayant de se séparer de l'Empire ildiran afin d'écrire sa propre histoire. Le renégat avait convaincu ses sujets qu'il continuait d'être guidé par le thisme, et ceux-ci – ignorants du reste – l'avaient suivi. Néanmoins, sa vision d'indépendance n'avait apporté que mort et effusions de sang. À la fin, le fils dément du Mage Imperator avait été assassiné, et son peuple trompé avait été ramené au sein du thisme immaculé. L'effroyable guerre civile avait laissé de profondes cicatrices dans l'esprit des Ildirans. Depuis des siècles, les remémorants chantaient des ballades retraçant la tragédie.

Kori'nh reposa le volume de *La Saga*. Cette douloureuse légende l'avait plongé dans la mélancolie. Il ouvrit ses tiroirs, et en sortit de lourdes médailles ainsi que des galons, gagnés au cours de sa carrière. Il prit un chiffon et de l'huile, puis commença à les polir.

À sa grande déception, la plupart de ses plus hautes récompenses lui avaient été décernées pour des tâches routinières : présider des compétitions à grand spectacle et des parades militaires, effectuer des missions de sauvetage comme celle de Crenna, ou utiliser ses soldats afin de réaliser des prouesses en ingénierie civile.

Les Ildirans n'avaient jamais affronté d'ennemi puissant dans quelque conflit que ce soit. Bien qu'inquiétants par certains côtés, les humains étaient visiblement trop désorganisés pour présenter une menace réelle. Les Klikiss avaient disparu des éternités auparavant. Quant aux autres formes de vie rencontrées dans le Bras spiral, elles s'avéraient bien trop primitives pour voyager dans l'espace.

Il espérait avoir un jour l'occasion d'œuvrer à sa propre gloire. Avant de mourir, il désirait accomplir un exploit qui garantirait son inclusion dans l'épopée de son peuple. Adar Kori'nh avait passé toute sa carrière à attendre un adversaire à sa hauteur.

Pour l'instant, cependant, son seul devoir consistait à démontrer le talent de la Marine Solaire pour l'amusement de l'Attitré d'Hyrillka.

Flanqué de l'adar Kori'nh qui surveillait la scène avec fierté, l'Attitré d'Hyrillka souleva sa masse potelée et applaudit. Assis dans un autre siège confortable dans la tribune officielle, Thor'h paraissait lui aussi s'amuser. Fils aîné du Premier Attitré, il appartenait au kith de la noblesse. Bien qu'il ne soit guère moins âgé que son frère le qul Zan'nh, Thor'h, choyé et inexpérimenté, faisait montre de moins de maturité. Il avait plus d'un siècle encore à attendre avant de pouvoir briguer le chrysalit du Palais des Prismes, et il profitait sans compter de sa liberté.

Des étoiles voisines étincelaient tels des joyaux colorés saupoudrant la voûte céleste, si brillantes qu'elles étaient visibles en plein jour. La nuit, l'Agglomérat d'Horizon remplissait les ténèbres d'Hyrillka de feux d'artifice ; il inondait de lumière la nuit la plus impénétrable, et sa force réconfortait tous les Ildirans.

D'épaisses plantes grimpantes parsemées de fleurs magnifiques s'enchevêtraient autour des hauts édifices, et remplissaient les gradins de parfums sucrés. Des compagnes d'agrément revêtues d'habits immaculés entouraient le fauteuil d'observation de l'Attitré. Celui-ci les regardait avec adoration. Thor'h, lui, ne pouvait détacher son regard de la démonstration aérienne.

Deux croiseurs lourds survolèrent la cité principale.

— Faites-leur refaire leur dernière manœuvre ! lança Thor'h, les yeux brillant d'un émerveillement enfantin.

L'Attitré d'Hyrillka coupa une pâtisserie en deux, et en offrit les morceaux aux deux femmes les plus proches.

— En effet, Adar, ces tours de voltige sont époustouflants. Peut-on avoir un rappel ?

— Comme vous voulez, Seigneur Attitré.

L'adar parla dans le communicateur à son poignet. Le vaisseau interorbital décrivit une grande courbe pour revenir promptement vers la capitale d'Hyrillka. Les appareils tiraient à leur suite des banderoles longues de plusieurs kilomètres, faites de métal réfléchissant qui étincelaient comme des fouets électrifiés battant le ciel. Ils volaient si bas qu'ils décoiffèrent les champs de gigantesques nialies en fleurs, faisant battre leurs pétales bleu cendré. Les plantes-phalènes mâles, mobiles, rompirent leur tige et prirent leur envol, paniquées.

L'Attitré et le jeune Thor'h applaudirent tous deux avec ravissement.

L'Attitré d'Hyrillka était le troisième fils du Mage Imperator. Il arborait les mêmes traits patriciens que Jora'h, mais il était plus corpulent, bien que plus jeune ; son visage rond ressemblant beaucoup à celui du souverain divin. Avant même l'arrivée de la cohorte de vaisseaux, l'Attitré avait annoncé une journée de fêtes et de danses pour tous les kiths de la capitale, de la Grande Citadelle jusqu'aux fermes agricoles. Il désirait souhaiter la bienvenue aux soldats de la Marine Solaire et leur offrir musique, cadeaux et compagnes d'agrément expérimentées.

— Vos équipages font preuve d'une habileté incroyable, Adar Kori'nh, dit le jeune Thor'h. Vos pilotes, vos artilleurs, sont de véritables acrobates aériens !

— Ils n'ont rien d'autre à faire que s'entraîner, répondit Kori'nh, se sentant bizarrement déçu. L'un de mes meilleurs pilotes est votre frère, le qul Zan'nh.

Dans le ciel, les vaisseaux rapides rugirent de nouveau, les longs serpentins crépitant dans leur sillage. La foule hurla. Certains spectateurs escaladèrent les plantes grimpantes pour mieux voir. Les vaisseaux virèrent, puis exécutèrent un dernier passage au-dessus de la tribune officielle.

Pour Kori'nh, supporter l'interminable fête hyrillkienne s'avéra plus pénible que s'il avait dû mener une véritable bataille. Au bout d'une heure, il s'ennuyait à mourir, malgré ses efforts pour conserver un air plein de gaieté et de reconnaissance. Thor'h et son oncle, en revanche, semblaient trouver tout cela fort divertissant.

La célébration se poursuivit dans le crépuscule évanescent, sous l'amas voisin où luisaient les étoiles aux teintes de gemmes. De larges canaux d'irrigation, dont les eaux étaient envahies par des méduses argentées chatoyantes, s'étendaient en ligne droite en direction des champs de nialies. Le jeune Thor'h paraissait épuisé et préoccupé, mais désireux de poursuivre la fête. Il consomma une quantité appréciable d'un stimulant extrait de cosses à graines fertilisées de nialies, l'une des drogues qu'Hyrillka exportait.

Les rires, les ripailles et la musique n'égayaient pas Kori'nh. Il ne s'était choisi aucune compagne d'agrément, bien que le fils du Mage Imperator lui ait offert à plusieurs reprises ses favorites. Enfin, celui-ci renvoya en riant ses compagnes dans les bains de vapeur, en promettant de les y rejoindre pour leur faire oublier le manque d'intérêt de l'adar.

Comme la fête s'éternisait, Kori'nh suggéra poliment à l'Attitré d'aller divertir ses femmes. Puis il prit une navette et repartit dans son vaisseau amiral presque désert.

Il passa des heures à lire dans sa cabine. Cette fois, il mit de côté *La Saga des Sept Soleils* pour se plonger dans l'histoire militaire des humains. Depuis la dernière décennie, Kori'nh se passionnait pour les guerres et les génocides que les terriens s'étaient infligés. Les stratégies désespérées de leurs généraux – les homologues spirituels de Kori'nh – surpassaient les rêves les plus fous des soldats ildirans.

Il ne manquait jamais d'être étonné qu'une seule espèce, confinée sur une planète, ait engendré tant d'incroyables conflits, tant d'effroyables luttes. Les humains avaient mené plus de guerres en une poignée de siècles que la race ildirane dans toute l'histoire de l'Empire. Kori'nh n'enviait pas à la Terre ses bains de sang, mais les « expériences de pensée » qu'il pratiquait en analysant Napoléon, Hitler ou Hannibal, le fascinaient.

Alors qu'il attendait la fin des fêtes d'Hyrillka, une idée germa dans l'esprit de l'adar. Il décida de réunir une grande assemblée de ses sous-commandants, dès que la Marine Solaire quitterait l'Agglomérat d'Horizon.

Adar Kori'nh donna des instructions à son navigateur afin d'amener sa cohorte dans un endroit de l'espace vierge, loin de toute étoile ou planète – et sans aucun observateur.

Les sous-commandants quls qui dirigeaient sept maniples, ainsi que les tals surveillant toute la cohorte, répondirent, troublés, à la convocation de l'adar sur le croiseur amiral. Kori'nh les embrassa froidement du regard, sous les lumières éblouissantes de sa salle d'instructions personnelle.

La plupart des chefs de maniples étaient tranquillement assis, attendant les ordres. Mais Tal Aro'nh, le commandant supérieur responsable des trois cent quarante-trois vaisseaux, fut interloqué par le changement inattendu de plan.

— Mais, Adar Kori'nh, nous devons suivre le programme ! Nous avons un spectacle dans deux semaines sur Kamin. L'Attitré a fait bâtir une toute nouvelle arène pour notre arrivée. Des volontaires de sept kiths différents ont été recrutés pour coudre des bannières et monter un ballet de bienvenue…

— Merci, Tal Aro'nh, l'interrompit sèchement Kori'nh. Je vous consulterai, si jamais j'ai des difficultés à établir les priorités de la Marine Solaire.

Le vieux tal s'enfonça dans un silence embarrassé.

Kori'nh fixa les sous-commandants, jusqu'à ce qu'il ait toute leur attention. Via le thisme, le Mage Imperator comprenait les ambitions générales de Kori'nh, et les approuvait. L'adar pouvait sentir le chef omniscient qui devinait ses actions, et observait les mouvements de la flotte à la manière d'une déité bienveillante.

Il s'agissait d'un acte spontané, Kori'nh le savait, mais un acte important. Et il était curieux de voir comment la Marine Solaire allait réagir. Il en redoutait également le résultat.

— J'ai obtenu plusieurs jeux terriens de stratégie militaire, des simulations informatiques que les humains ont conçues essentiellement pour s'amuser. Vous allez les étudier une journée, puis vous jouerez contre moi.

Il distribua des cartes de données contenant les simulations converties pour pouvoir être lues par les systèmes de commande des croiseurs lourds. L'assemblée des quls parut choquée, et le tal Aro'nh, désorienté et alarmé.

— Mais, Adar, quelle importance peuvent avoir des… divertissements humains pour nos fonctions au sein de la Marine Solaire ?

Kori'nh lui jeta un regard acerbe.

— Ils ont un grand intérêt, Tal Aro'nh. Et si un jour le Mage Imperator déclare la guerre aux humains ? Ne vaut-il pas mieux comprendre à l'avance les rudiments de leur stratégie ?

— Une guerre contre les humains ?

Les quls échangèrent des murmures. À présent, le tal Aro'nh paraissait en colère.

— Impossible, Adar ! Le Mage Imperator n'exigerait jamais une telle chose.

La voix de Kori'nh se fit aussi affilée qu'une lame.

— Ainsi, Tal, vous prétendez connaître les pensées du Mage Imperator ? Vous comprenez donc pourquoi et comment notre souverain arrive aux décisions qui affectent l'intégralité de l'Empire ? *Kllar bekh !* Devrais-je vous trancher les testicules pour voir si vous avez soudain accès au thisme ?

Tal Aro'nh revint immédiatement sur sa position. Il saisit la carte de données.

— Pas du tout, Adar. Nous allons étudier ces simulations et jouer à vos… jeux spatiaux ici, en privé, sans gêne.

Kori'nh avait déjà fait fonctionner ces jeux dans ses quartiers. La plupart des scénarios étaient simplistes et naïfs, avec un objectif d'une clarté enfantine, habituellement la conquête d'une planète. Mais l'adar insista ; les quls prirent leurs ordres, puis retournèrent à bord de leurs croiseurs respectifs.

Deux jours plus tard, Kori'nh attaqua ses sous-commandants en combat spatial à la manière des humains – sans la pompe ni les manœuvres qu'ils avaient répétées à l'infini, sans suivre aucun des plans que chaque officier connaissait d'avance.

Chacun des sous-commandants échoua si misérablement que même le tal Aro'nh eut la décence d'en être gêné.

80

Tasia Tamblyn

Sur la base martienne, les recrues des Forces Terriennes furent conviées à se rendre dans la salle de conférences, pour un briefing d'urgence. Tasia accompagna Robb Brindle jusqu'à un dôme coiffant le cratère qui abritait la salle baignée d'une lumière crue. Un nœud s'était formé dans son estomac, une peur croissante de ce qui motivait cette réunion d'information obligatoire.

— Ça ne présage rien de bon, dit-elle.

Robb fixa sur elle ses grands yeux couleur miel.

— Les réunions organisées aussi tard apportent toujours de mauvaises nouvelles. Je me demande ce qui va se passer.

Les autres recrues, nerveuses elles aussi, bavardaient avec inquiétude. Elles avaient passé un mois à s'entraîner sur différents modèles de vaisseaux d'attaque, larguant des bombes dans des portions isolées du désert rouge, tirant sur de gigantesques cibles peintes sur les parois de canyons hauts de deux kilomètres.

Tasia était lieutenant à présent, une promotion facilitée par l'afflux de recrues dû à l'expansion militaire. Elle excellait dans les missions individuelles, volant avec rigueur et rapidité à bord de son vaisseau reconfiguré. Elle comprenait d'instinct les systèmes de bord car, en tant que Vagabonde, elle avait appris à faire preuve de souplesse.

À cause de la mobilisation massive contre les extraterrestres inconnus, on avait ordonné aux Terreux de réquisitionner tous les vaisseaux possibles et de bricoler une flotte à partir d'un millier de types de vaisseaux différents. Beaucoup de soldats, déconcertés, se plaignaient de l'absence de standardisation, mais Tasia avait appris à reconnaître le potentiel et les spécificités de chaque vaisseau, et à mémoriser les avantages qu'elle pouvait en retirer. *On fera avec,* se disait-elle toujours.

Les seuls problèmes avaient eu lieu lors des missions au sol avec son régiment, lorsqu'on l'avait contrainte à des marches absurdes et des manœuvres d'infanterie chorégraphiées, qui lui rappelaient des danses folkloriques primitives. Tasia était nulle dès qu'on lui demandait de n'être qu'un élément sans cervelle d'une équipe. À la suite d'une de ces missions, Robb Brindle avait plaisanté :

« Avec ton comportement et ton indépendance, Tamblyn, tu es bien partie soit pour la cour martiale, soit pour la commission générale des officiers. »

Une fois que toutes les recrues se furent assises dans la salle de conférences, les lumières baissèrent. Au-dessus, le dôme ne montrait plus que la nuit de l'espace, et les pointes d'épingle brillantes de Phobos et Deimos, se poursuivant l'une l'autre à travers l'horizon.

Un projecteur éclaira le podium. L'amiral Stromo, l'officier de liaison des FTD, s'avança et s'arrêta au milieu. Le nœud à l'estomac de Tasia se resserra. Stromo ne s'adresserait pas à eux s'il ne s'agissait pas d'une affaire de la plus haute importance. Les soldats firent silence, mais Tasia sentit la tension monter dans l'auditorium.

L'amiral aux joues flasques parla sans préambule.

— Nous avons acquis d'autres images de nos ennemis extraterrestres. Mes meilleurs officiers tacticiens étudient chaque fragment de ces signaux, mais je veux que vous tous, vous les voyiez. Contemplez ce contre quoi nous combattons.

— Si ces extraterrestres se montrent un jour, on leur bottera les fesses, marmotta l'un des voisins de Tasia.

Son commentaire provoqua les gloussements bruyants de ses camarades.

— Nous avons appris que trois autres stations d'écopage de Vagabonds ont été détruites depuis le mois dernier. Cinq au total. Nous avons obtenu les transmissions que voici, des dernières minutes de l'installation d'une géante gazeuse nommée Welyr.

Dans un silence total, les apprentis soldats regardèrent le film projeté au milieu de la salle de conférences. Des sphères de cristal garnies de pointes émergeaient des nuages de Welyr, ignorant les vents et les systèmes cycloniques, pour fondre sur une station d'écopage.

La voix de l'amiral Stromo se répercuta dans la salle, ajoutant un commentaire inutile :

— Le capitaine de la station d'écopage – une femme – a sonné l'évacuation immédiate, et de nombreux vaisseaux éclaireurs ont tenté de s'échapper. Elle a éjecté sa cargaison d'ekti, mais les agresseurs n'ont montré aucun intérêt à cet égard.

Les jeunes soldats regardèrent la cargaison de carburant interstellaire libérée, qui chutait de la station et plongeait dans l'océan de gaz colorés.

— Les Vagabonds ont tenté à plusieurs reprises de se rendre, mais les extraterrestres ont refusé de répondre. Ils ont juste… attaqué.

Shareen Pasternak – à présent, Tasia se rappelait le nom de cette femme. Le chef de Welyr avait parfois croisé Ross. Aujourd'hui, ils étaient tous deux victimes des mêmes ennemis.

Stromo se tut de nouveau tandis que sur l'écran, le dôme d'habitation se détachait de la station d'écopage. Tasia savait qu'un tel acte relevait de l'ultime recours, une décision qu'aucun capitaine ne prenait sans être convaincu que tout espoir était perdu.

— Observez bien. Même lorsque le capitaine de la station a essayé d'évacuer son équipage, les extraterrestres l'ont poursuivi. Délibérément, et avec préméditation.

Sur les images, les sphères assaillantes firent exploser le module d'habitation en éclats enflammés… puis revinrent sans hâte mettre en morceaux le reste de l'usine, en laissant les débris dégringoler dans les nuages.

Perdus, corps et biens. Tasia déglutit péniblement, en tâchant de refouler sa colère et son besoin d'agir. Elle détestait rester là, sur Mars, à ne rien faire.

— Plusieurs vaisseaux de Vagabonds sont restés en l'air pendant une semaine, en essayant de survivre dans la haute atmosphère de Welyr, dit enfin Stromo. Ce sont eux qui ont enregistré les images que vous venez de voir. Leurs systèmes de survie n'étaient pas suffisants, et ils ne disposaient pas de propulsion longue distance. Lorsque les sauveteurs sont arrivés, il n'y avait plus personne de vivant à bord.

Robb Brindle regarda Tasia, sachant la peine qu'elle ressentait. Il serra sa main, mais elle le sentit à peine. Ses doigts étaient glacés.

Le film s'arrêta.

— C'est tout, fit Stromo. Des données brutes, sans conclusion à tirer. Nos experts les étudient, et vous donneront de plus amples informations dès que possible.

La lumière du podium baissa, et l'amiral prononça :

— Rompez.

Tandis qu'ils sortaient pour revenir à leur caserne, Tasia ne décrocha pas un mot. Robb Brindle marchait en silence à ses côtés, lui apportant un soutien muet. Elle espérait qu'il comprenait à quel point elle appréciait cela. Pour le moment, cela valait mieux que de tenter de la dérider ou de l'engager dans une conversation inoffensive.

Comme ils entraient dans la salle commune près des vestiaires et des dortoirs, Patrick Fitzpatrick regarda Tasia et se détourna, élevant la voix à l'intention de ses compagnons :

— Eh, au moins, ce sont des *Cafards* qui ont été tués. (Son sarcasme parut le réjouir.) La prochaine fois, par contre, ça pourrait être de véritables personnes.

Tasia se hérissa. Robb se posta devant elle et toisa le jeune homme.

— Eh, cervelle de microbe – tu as dû manquer le briefing où on nous a dit qui était l'ennemi.

— Oh, la ferme, Brindle, lança Fitzpatrick, contrarié que le jeune Noir prenne parti contre lui.

Robb secoua la tête.

— Ta stupidité est plus dangereuse que les extraterrestres.

Avec un sourire dur comme l'acier, Tasia toucha l'épaule de Robb en un geste de patience exagérée.

— Merci, Brindle. C'est sympa d'avoir un chevalier servant, mais je porte ma propre armure – et elle est sacrément épaisse. (Elle le contourna pour affronter Fitzpatrick.) Tu as deux options, kloube : soit tu t'excuses, soit je t'envoie à l'infirmerie.

Le jeune soldat se contenta d'en rire. Par conséquent, il avait choisi l'infirmerie.

Tasia usa à son avantage de la faible gravité martienne. Elle s'élança de tout son poids sur lui, balançant simultanément ses bras pour marteler sa mâchoire et le sommet de son crâne. Elle l'expédia contre le mur métallique puis frappa sa poitrine, ce qui la fit rebondir vers le plafond. Elle entendit ses côtes craquer, mais ne gaspilla pas son souffle, concentrant toute son énergie dans ses genoux, ses coudes, ses pieds et ses poings.

L'autre avait toujours été entouré de gens pour le protéger. Il contre-attaqua sans succès. Tasia lui écrasa le nez, d'un coup bien ajusté qui fit jaillir le sang de ses narines. Toute sa forfanterie sembla partir avec le jet écarlate. Les amis de Fitzpatrick se mirent alors de la partie, la cognant par-derrière, la frappant derrière la nuque. Surpassée par le nombre, Tasia tournoya pour affronter ses adversaires, sans jamais reculer.

Finalement, Robb Brindle fut forcé d'entrer en lice.

Tasia et Fitzpatrick finirent tous deux à l'infirmerie, avec des contusions, des entailles et quelques os cassés. Elle trouva ironique d'être soignée par son propre comper : on lui avait chargé un programme de premiers secours, afin de le rendre plus utile sur la base.

Les deux recrues reçurent des sanctions disciplinaires. Cela ne posa aucun problème à Tasia, mais elle put voir l'inquiétude tordre la face abîmée du soldat, indiquant qu'il craignait plus ses riches parents que les risques de dégâts occasionnés à sa carrière.

Tasia prit congé de l'infirmerie deux jours avant Patrick Fitzpatrick, troisième du nom. Ses deux frères auraient été fiers d'elle.

81

Beneto

Corvus se trouvant loin de toute colonie de la Hanse densément peuplée, Beneto dut suivre des trajets détournés, de sorte que son voyage dura plus d'un mois. Ce délai permit à Talbun de régler ses affaires.

Beneto voyagea sur trois vaisseaux différents, allant d'un transporteur de passagers à un navire d'exploration indépendant en passant par un vaisseau marchand, pour arriver à son nouveau foyer. Il transportait un petit surgeon en pot, afin de rester en contact avec la forêt-monde tout au long du trajet. Il débarqua à Colonville en même temps que des containers, des animaux en cage agités et bruyants, des provisions et du matériel, ainsi que des cadeaux de Theroc. Souriant de satisfaction, le prêtre huma l'air, savourant les étranges fragrances de ce monde sauvage où l'agriculture terrienne venait à peine de s'implanter.

Corvus était une planète jeune, calme d'un point de vue géologique, au climat habituellement paisible et à la végétation indigène éparse. Les mers étaient peu profondes ; le relief, doux, ne comptait guère que des plaines vallonnées.

Ébloui par la clarté du jour que l'ombre d'une dense canopée n'atténuait pas, Beneto ne perdait pas une miette du spectacle. La lumière picotait sa peau verte dénudée. Grâce à ce qu'il avait appris par l'intermédiaire du télien, il savait que, de temps à autre, des tempêtes féroces cinglaient la contrée, et que des vents d'ouragan balayaient parfois les plaines. Puisant dans les souvenirs relatés par Talbun, Beneto avait vécu par procuration l'une de ces tempêtes, perçue par le bosquet d'arbremondes planté sur place.

En raison des conditions météo, les abris de Colonville présentaient des formes basses et aérodynamiques. La disposition des champs de céréales leur permettait d'affronter au mieux les tempêtes ; les herbages résistants se redressaient toujours, lorsquc le ciel s'éclaircissait de nouveau et que le soleil revenait.

Beneto n'appréhendait en aucune façon de se retrouver là. Même son arbuste paraissait ravi d'avoir atteint son nouveau foyer.

Talbun vint l'accueillir. Une centaine de tatouages, représentant l'ouvrage qu'il avait accompli au cours de son existence, ornaient sa peau sombre. C'était comme si Beneto avait connu le vieillard toute sa vie. Celui-ci étreignit le jeune homme de ses bras maigres.

— Je te remercie d'être venu, Beneto. Les arbres te remercient aussi.

Il toucha le jeune surgeon venu de Theroc, comme s'il lui souhaitait la bienvenue. Beneto sourit.

— Les colons de Corvus ne voudraient plus se passer de prêtre Vert. Tu les as trop gâtés.

Talbun s'esclaffa. Même ses gencives étaient d'un vert sombre.

— La colonie ne recourt pas tant que cela à mes services, mais l'accès instantané aux nouvelles par télien lui confère un certain prestige au sein de la Hanse.

— Ah, le prestige. Je suis le deuxième fils des dirigeants de Theroc. Crois-tu qu'ils pourront supporter une telle importance ?

Talbun conduisit son jeune camarade hors du petit astroport. Ce n'était en fait qu'une clairière pavée, utilisée comme marché et place de réunion lorsque aucun vaisseau n'était attendu.

— Ils surmonteront cela assez vite, et tu voudras sans doute alors retourner dans ton si beau récif de fongus. Pourquoi vouloir être un moine, quand l'on peut vivre comme un roi ? (Talbun plaisantait, mais cette possibilité semblait réellement le préoccuper.) Je les laisse à ta garde, Beneto.

— Ne t'inquiète pas. Mon dévouement premier et véritable va à la forêt. Je veux vivre ici, faire la lecture aux arbremondes, aider le bosquet à s'épanouir. Les besognes salissantes ne me font pas peur, si je dois porter assistance aux colons. Je suis reconnaissant de pouvoir me rendre utile.

Un moment, Talbun marcha dans un silence contemplatif. Puis il se retourna, un sourire sincère éclairant son visage noir.

— Je le sais, Beneto. Tout ce que les arbremondes m'ont dit de toi m'assure que mon bosquet et les colons sont entre de bonnes mains. (Il pressa le pas.) Dépêchons-nous, avant que le maire et une centaine de citoyens viennent t'accueillir, se présenter et te raconter des histoires à mon sujet.

— J'aurai tout le temps plus tard, dit Beneto. Après avoir séjourné aussi longtemps dans l'espace, je préfère d'abord voir les arbres que tu as plantés.

D'un pas alerte, le vieux prêtre guida Beneto vers l'extérieur des immeubles bas, disposés en cercles concentriques. Tout en conversant tranquillement, tous deux progressèrent le long d'un sentier de terre, vers une vallée peu profonde où poussait un bosquet baigné par la lumière de Corvus. Beneto sentit le désir des arbres avant même de s'en approcher. C'était comme de retrouver un vieil ami.

— Lorsque les premiers colons sont arrivés, lui dit Talbun, Corvus était une page vierge, prête à l'aménagement et à l'élevage. Les satellites de surveillance de la Hanse avaient mis en évidence des richesses minérales dans les hautes latitudes, sans forêts empêchant l'extraction à ciel ouvert. La plupart des territoires étaient composés de roc dégarni de végétation.

— De là-haut, j'ai aperçu une couverture végétale, fit remarquer Beneto.

— Il ne s'agit que d'un enchevêtrement de mousse ; ce n'est même pas de l'herbe. Elle se reproduit en répandant des pousses autour d'elle. Les plantes les plus grandes sont de simples fougères, dont la hauteur n'excède pas mon épaule. (Il gravit une colline, conservant son souffle malgré la pente qui s'accentuait.) Malheureusement, la végétation indigène n'a pas convenu à nos ruminants, au début. Finalement, les colons ont créé des chèvres génétiquement modifiées. Ces bêtes peuvent digérer la mousse et les pousses herbeuses, tant que les fermiers complètent leur régime.

Beneto gloussa.

— Ainsi, c'est vrai que les chèvres peuvent manger n'importe quoi !

— Exactement, répondit Talbun. Et il est aussi vrai que les hommes mangent les chèvres. Pendant des années, ces chèvres ont fourni la seule viande et le seul lait disponibles ici. Ces produits étaient considérés comme des mets délicats, sachant que les colons mangeaient principalement des provisions en conserve qu'ils achetaient à des marchands de passage. Nous comptions beaucoup sur les approvisionnements réguliers en nourriture.

Arrivés en haut de la crête bornant la vallée, ils regardèrent le dessin régulier des plantations.

— Au début, le sol ne supportait pas les plantes terriennes, même les plus rustiques, jusqu'à ce que les colons investissent l'essentiel de leur capital en chargements d'engrais. Ah, dans la Hanse, on a beaucoup plaisanté sur les fabuleux convois de fumier pour Corvus – mais on a continué de les répandre sur nos plaines, chargement après chargement. Après avoir stabilisé les équilibres chimiques de l'humus, les colons ont été capables de semer du blé, de l'avoine et de l'orge. (Talbun soupira.) J'aurais aimé que les arbres aient été présents pour tout noter. Des quantités massives de graines ont été plantées par des vaisseaux volant au ralenti, qui les pulvérisaient partout sur les plaines.

La nostalgie se lisait sur le visage du vieux prêtre, tandis qu'il conduisait Beneto au bas du versant moins raide, vers le bosquet.

— Je suis venu ici au bout de trois ans, et cela a pris cinq ans aux colons pour transformer Corvus. Aujourd'hui, nous avons tout juste atteint l'autosuffisance et même le seuil de rentabilité, bien que nous n'exportions presque rien. Les mines du Nord produisent suffisamment de minerais et de métaux raffinés pour nos constructions. Le maire Hendy a fait de Colonville la cité prospère que tu as vu à l'astroport.

Beneto et Talbun passèrent devant un édifice bas, que le vieux prêtre désigna comme sa maison.

— Les femmes de Colonville me font la cuisine, et insistent pour s'occuper du ménage. C'est important pour elles. Elles font en sorte que nous n'oublions jamais à quel point elles respectent les prêtres Verts. (Talbun eut un sourire las, puis continua de marcher parmi le feuillage bruissant des arbremondes.) En vérité cependant, je ne passe que peu de temps enfermé. Je préfère dormir et prier dehors, parmi mes amis les arbres.

Ils pénétrèrent dans le bosquet. Aussitôt, Beneto se sentit environné par un sentiment de bienveillance : l'esprit sommeillant et infini de la forêt-monde l'accueillait. Beneto savait que lui aussi se reposerait ici, où le bosquet pouvait lui parler. Les arbres murmureraient dans ses rêves, et il répondrait à leurs murmures.

Lorsque Talbun toucha le tronc squameux de l'arbre le plus proche, son visage se teinta de mélancolie, comme s'il revenait des décennies en arrière.

— Chaque jour, je viens ici et je raconte aux arbres les nouvelles que j'ai apprises. Il ne se passe pas grand-chose sur Corvus, mais ils semblent apprécier ce que je dis, comme si je discourais sur des sujets philosophiques.

Beneto se tenait à côté du vieillard. Dans le bosquet, il se sentait comme revenu chez lui. Ces arbremondes étaient plus jeunes que ceux de la forêt ancienne qui recouvrait Theroc. Pourtant, ils se ressemblaient.

— Les arbres adorent absorber les informations, d'où qu'elles viennent et quel qu'en soit le sujet, dit-il.

Talbun regarda son jeune camarade, manifestement soulagé – comme s'il savourait à l'avance le repos qui l'attendait enfin.

— Corvus n'est le paradis de personne, Beneto. C'est une planète où le courage des pionniers est à l'œuvre pour leur bâtir un foyer. J'espère que tu te plairas ici.

Ensemble, ils creusèrent un trou dans la terre meuble, puis plantèrent le surgeon de Theroc. Se redressant, Beneto ferma les yeux et tendit la main vers les arbres. Il parla d'une voix forte, répondant à la fois au vieux prêtre Vert et à la forêt elle-même :

— Talbun, cet endroit est *exactement* ce que j'espérais.

82

Jora'h le Premier Attitré

Tenu par les obligations de son rang, Jora'h le Premier Attitré mena une kyrielle d'amantes-candidates à ses appartements privés. Certaines étaient exotiques, d'autres belles et filiformes, d'autres encore solidement charpentées. Elles personnifiaient la variété des kiths ildirans.

Cependant, après avoir étudié la longue liste de partenaires éventuelles, Jora'h ne parvenait pas à chasser de ses pensées la ravissante Nira Khali. Il avait lu le nom des postulantes de son espèce, et vu l'éventail de la beauté ildirane qu'elles représentaient. Ses assistants contrôlaient les précédentes amantes qu'il avait choisies, de sorte qu'il ne paraisse pas avoir de kiths préférés. Jora'h devait être équitable avec tout son peuple.

Mais il désirait Nira plus que tout. La captivante jeune femme à peau verte remplissait ses pensées. Aucune des prétendantes du groupe qu'on lui proposait ne supportait la comparaison avec les charmes de Nira, à la fois innocents et exubérants.

Pour finir, le Premier Attitré choisit au hasard. Une chanteuse vint à lui, roucoulante et transportée d'enthousiasme. Ses grands yeux noirs étaient écartés ; avec son sourire et son corps lisse, elle ne demandait qu'à lui plaire. Elle se nommait Ari't, et lorsqu'elle lui dit son nom, ce fut en le chantant plutôt qu'avec des sons ordinaires.

Le rire ravi de Jora'h sonna cru et guttural en comparaison des sonorités de miel qui s'écoulaient de la bouche d'Ari't. Ses yeux cendrés émirent une lueur de reflets d'étoiles, tandis qu'il regardait avec plaisir la chanteuse éthérée.

— Je vous suis profondément reconnaissante de m'avoir choisie, Premier Attitré, dit Ari't, ornant la fin de sa phrase d'une mélodie. J'espère que vous trouverez en moi une compagne à votre convenance.

Jora'h ne souhaitait qu'oublier ses visions de Nira. Il se cala dans son fauteuil incurvé, et admira les formes exotiques de la chanteuse.

— Tu es tout à fait à ma convenance, Ari't.

Étourdie par la surprise, elle le regarda à son tour, tendue et paralysée par le respect. Les yeux mi-clos, Jora'h étudia son corps, son visage. Sans l'aide de sa liste, il ne pouvait se rappeler s'il lui était arrivé de choisir une chanteuse auparavant.

La poitrine d'Ari't était ample, sa cage thoracique étendue pour contenir de puissants poumons. Sa gorge hypertrophiée comportait une symphonie de délicates cordes vocales. Elle possédait la plus belle voix que Jora'h ait jamais entendue. Elle avait, disait-on, le talent de faire pleurer ou rire son auditoire… ou de le faire tomber amoureux. Jora'h ordonna d'une voix rauque, un peu effrayé par ce pouvoir :

— Chante d'abord pour moi, Ari't.

— C'est un honneur, Premier Attitré.

Et de sa bouche s'échappa un flot de musique tourbillonnant : des mélodies qui n'avaient nul besoin de paroles ni de versets, car leurs sonorités cristallines et colorées se suffisaient à elles-mêmes. Jora'h se sentit comme hypnotisé.

Depuis qu'il était en âge de procréer, voici des dizaines d'années, le personnel du Premier Attitré tenait des listes de maîtresses potentielles. Il accomplissait son devoir avec zèle, choisissant et propageant sa lignée y compris au sein des kiths de moindre noblesse. Il prenait pour partenaires des nageurs et des squameux ; de même, il honorait des femmes au type morphologique à peine humanoïde. Tous les kiths possédaient des qualités appréciables, et Jora'h trouvait de la force et de la beauté en chacun d'eux, là où les nobles ne voyaient que laideur.

Le Premier Attitré montrait gentillesse et déférence vis-à-vis de chacune de ses partenaires, bien qu'on n'attende jamais de lui qu'il tombe amoureux. Même avec les femmes qu'il trouvait peu séduisantes, Jora'h prenait soin qu'elles ne se sentent jamais dépréciées.

Il se rappelait en particulier une guerrière grande et d'allure brutale, qu'il avait fécondée l'année précédente. Le Mage Imperator Cyroc'h avait eu les plus grandes difficultés à faire comprendre à son fils aîné que chaque sous-espèce ildirane avait son rôle à jouer dans l'Empire, et qu'il était du devoir de Jora'h de les honorer toutes. En outre, Jora'h avait suffisamment d'amantes superbes et exotiques pour rattraper ces désagréments passagers. En fait, il se souvenait avec plaisir que la guerrière lui avait offert l'une des séances d'amour les plus sportives et épuisantes qu'il ait jamais eues.

À présent, la chanson d'Ari't le transportait dans ses pensées et ses souvenirs, jusqu'à ce qu'il perde conscience de l'endroit il se trouvait. Puis, lentement, la mélodie se transforma en un trille incroyablement érotique. L'excitation de Jora'h devint insupportable, comme la chanteuse l'avait prévu.

Ari't lui parlait avec sa musique, l'ensorcelait de sa voix. Le souffle court, Jora'h vint à elle. Elle continua de fredonner alors même qu'il l'embrassait sans retenue, promenant ses lèvres sur son visage et sur son long cou gracieux. Sa chevelure d'or crépitait et fouettait l'air autour de sa tête comme un orage électrique.

Bizarrement, en dépit de l'intensité avec laquelle ils firent l'amour, les pensées de Jora'h se détournèrent une fois encore vers la belle et modeste Nira… qui était si différente des Ildiranes.

83

Basil Wenceslas

En tant que Président, Basil Wenceslas ne disposait jamais d'un instant de paix.

Étant donné l'importance et la complexité de la Ligue Hanséatique terrienne, il avait droit à la litanie ininterrompue des crises et des imprévus. Il devait prendre des décisions, atténuer les désastres. En cas de succès, le roi Frederick recevait toute la gloire, les acclamations et les accolades ; mais c'étaient des fonctionnaires sans nom ni visage qui étaient tenus responsables des échecs. Dans les deux cas, Basil restait à l'abri, dans les coulisses.

L'accroissement massif de l'armée, consécutif aux attaques extraterrestres inexplicables et dévastatrices, préoccupait Basil depuis des mois, le détournant de devoirs moins pressants. Ce n'était qu'aujourd'hui qu'il contrôlait les progrès du prince Peter. Il devait s'assurer que les objectifs étaient atteints.

Assis au fond d'un fauteuil confortable, dans un bureau privé situé sous le Palais des Murmures, Basil sirotait un café à la cardamome dans une délicate tasse de Chine. Il observait par l'intermédiaire de caméras de surveillance les séances d'instruction du jeune Raymond Aguerra. Dans une chambre d'étude aveugle, dotée de chaises, de banquettes, d'écrans et de tables pour écrire, OX, le comper Précepteur, débitait sa leçon, face à un prince manifestement agité et qui s'ennuyait.

— Lorsque les Ildirans ramenèrent les officiers du *Peary* et moi-même sur Terre, la réception publique et les festivités furent mémorables, racontait OX. Après cent quarante-cinq ans, les Terriens croyaient les vaisseaux-générations disparus pour toujours. Mais quand la Marine Solaire arriva sur Terre – la première civilisation extraterrestre que les humains rencontraient –, le public ne sut comment réagir.

Le vieux comper marchait de long en large, tandis qu'il parcourait ses fichiers historiques. La nostalgie imprégnait sa voix.

— Les officiers ildirans, vêtus de magnifiques uniformes, striaient les cieux à bord de leurs vedettes. Les applaudissements étaient assourdissants ! En tant que comper et doyen du *Peary*, j'observai et enregistrai chaque instant du premier contact. J'étais capable de faire revivre aux humains mes expériences et je téléchargeais mes fichiers vers mes congénères afin qu'ils puissent répandre la nouvelle.

» La Ligue Hanséatique terrienne me promut immédiatement au plus haut niveau de responsabilité. Le roi Ben était alors sur le trône, mais il mourut peu après. J'instruisis le jeune prince George, exactement comme vous. La Hanse m'offrit des appartements privés, un bureau si l'on peut dire, ce qui ne s'était jamais vu pour un comper…

OX se répétait, ce lui arrivait parfois lorsqu'il dévidait ses souvenirs. Raymond tapota sur son bureau digital en soupirant bruyamment.

— OX, si ta base de données personnelle est si encombrée de nostalgie, pourquoi n'effaces-tu pas simplement quelques-uns de tes anciens souvenirs, pour faire de la place ?

Pris par surprise, le Précepteur retomba brièvement dans un silence troublé.

— Parce qu'il s'agit de l'Histoire en train de s'écrire ! Je dois conserver toute ma mémoire, prince Peter, car j'enseigne en utilisant ce que j'ai vécu et réalisé, afin de vous instruire par l'exemple.

— Si tu veux m'instruire par l'exemple, fit Raymond, exaspéré, pourquoi est-ce que toi ou le Président Wenceslas, vous ne me laissez pas rencontrer le roi Frederick ? Je suis censé prendre sa place un de ces jours, non ?

Face aux écrans de surveillance, Basil pinça les lèvres.

Je n'organiserai pas cette rencontre avant un bon moment, prince. Pas avant qu'il puisse la préparer à son gré, afin de s'assurer que tout le monde y trouve son compte.

Pendant ce temps, une équipe de biographes officiels sous les ordres de Basil fabriquaient une « histoire » illustrée de la vie du prince, à l'aide des meilleurs modificateurs d'image existants : une bénédiction du Pèrarque de l'Unisson, de nombreux clichés de Peter en compagnie de son père Frederick, des souvenirs affectueux de sa mère morte longtemps auparavant, et qui lui manquait si cruellement. L'un dans l'autre, cela ferait une belle présentation. Tout l'attirail d'une éducation royale.

Interrompant l'examen des activités du prince, l'activateur Pellidor entra dans l'alcôve. Le Président retint un soupir. Chaque instant de tranquillité, même le plus bref, était un précieux répit. Un importun ne tardait jamais à surgir.

L'activateur apportait des papiers, ainsi qu'un rapport numérique. Si Pellidor ne paraissait pas particulièrement ravi, il montrait du moins quelque satisfaction. Il patienta jusqu'à ce que Basil lui fasse signe. Puis il parla à voix volontairement basse, tout en jetant un coup d'œil à l'écran de surveillance, bien que le prince ne puisse entendre quoi que ce soit depuis la salle d'instruction insonorisée.

— Monsieur le Président, tous les détails concernant la famille du jeune homme ont été réglés.

Il tendit les rapports. Basil les posa sur une table basse. Il croyait Pellidor sur parole, car ce dernier ne lui avait jamais fait défaut jusqu'à présent.

— Y compris Esteban Aguerra ? A-t-il été difficile à retrouver ?

Le père de Raymond avait changé de nom en se convertissant à l'Islam, après s'être installé dans une nouvelle colonie.

Pellidor secoua la tête.

— Mes hommes reviennent juste de Ramah. Une planète assez paisible, à ce qu'on dit. Ils n'ont pas signalé de problème particulier.

Basil sirota une nouvelle gorgée de café, savourant l'âpreté de la cardamome.

— Bien.

Sur l'écran, Peter débattait avec le Précepteur. Les sourcils froncés, Basil fit signe à Pellidor de se taire, tout en augmentant le son afin d'écouter la conversation. Avec tout ce qu'il y avait en jeu, il avait l'intention de surveiller ce prince de très près, afin de s'assurer que son manque de discipline n'aille pas trop loin. Peter représentait leur meilleur espoir de former un jour un successeur instruit et malléable.

Raymond Aguerra s'était rapidement fait à sa nouvelle vie le Palais des Murmures. Bien qu'il continue de pleurer la perte de sa mère et de ses frères, il lui semblait qu'un miracle l'avait touché. Mais, à l'instar d'un adolescent subitement trop gâté, il avait commencé ces derniers temps à manifester des signes d'insubordination, comme si une partie enfouie de lui réalisait déjà ce qui l'attendait.

Gardant les rapports et la documentation à la main, Basil renvoya Pellidor et retourna aux écrans d'observation. OX avait affiché un texte sur le bureau digital de Raymond, et projetait au mur un fac-similé du document.

— Ceci, prince Peter, est la charte de la Ligue Hanséatique terrienne. Vous devez vous familiariser avec chacun de ses amendements et de ses clauses.

— J'ai déjà étudié ça à l'école, maugréa Raymond avec indifférence.

— Oui, mais vous devez le *connaître* intimement, en comprendre les termes et les idées pour que votre esprit s'en imprègne. Ce texte constitue la base sur laquelle vous régnerez en tant que roi.

Fronçant les sourcils, Raymond regarda les mots sur l'écran.

— On va me faire passer un examen ?

— Non, mais vous aurez besoin de citations qui s'y rapportent, de temps à autre.

Le jeune homme se leva et marcha avec impatience dans la classe, mais il ne trouva rien pour distraire son attention.

— Tu as dit que je ne sortirais jamais en public sans discours qu'on aura écrits au préalable pour moi.

— Exact, admit OX. Tous vos commentaires publics auront été rédigés avec attention.

— Alors, vous pouvez « rédiger avec attention » toutes les citations que vous voudrez. (D'un geste brusque, il éteignit son écran.) Je veux faire autre chose.

Face à ce comportement, Basil se renfrogna, frustré. Puis il se résigna. Il se rappelait le revers subi avec le candidat précédent, le prince Adam. Cinq ans plus tôt, le garçon avait paru parfait, réussissant toutes les épreuves haut la main. Le conseil exécutif de la Hanse l'avait choisi à l'unanimité. Mais bientôt, ce jeune ingrat avait mal tourné, au point de menacer de démasquer Basil et les manigances de la Ligue – comme si cela intéressait quelqu'un ! Quel idiot il avait été.

Basil avait donc réuni un conseil d'urgence, et les membres de la Hanse avaient conclu, à regret, que le prince Adam ne pouvait être récupéré : son entêtement risquait d'occasionner des problèmes à n'importe quel moment. On ne pouvait le permettre. Ainsi, Basil l'avait fait disparaître en silence. Le prince Adam n'avait jamais fait une seule apparition publique, ni été mentionné dans aucune publication de presse.

Il n'avait jamais existé.

Aujourd'hui, alors qu'il observait les tentatives infructueuses d'OX pour faire participer son élève, le doute rongeait Basil. Si le « prince Peter » ne convenait pas, la Hanse n'aurait plus le temps de tout recommencer à zéro.

Il finit son café et se persuada de ne pas trop s'inquiéter, même lorsqu'il vit Raymond Aguerra tenter de quitter la salle. La mauvaise humeur pouvait être contrôlée et manipulée. C'était déjà arrivé, et Basil aurait dû s'y attendre.

— Je dois cesser de vouloir changer la nature humaine, se dit-il à haute voix.

Les apprentis princes croyaient toujours pouvoir résister, et devenir leurs propres maîtres… mais ils ne réussissaient jamais.

84

Margaret Colicos

Sur Rheindic Co, une seconde vague de tempête revint balayer les canyons, mais Margaret était si émerveillée par la nouvelle cité klikiss qu'elle ne remarqua même pas le vacarme.

Le vent et la pluie battante malmenaient la falaise. Un nouveau déferlement liquide s'écrasa au fond du défilé, délitant les rochers et décapant les entassements de sédiments et de poussières, là où les robots klikiss s'étaient tenus.

À l'intérieur de la falaise, les ruines, protégées des intempéries, étaient sèches.

Et fascinantes.

DD dirigea sa torche vers les tunnels obscurs, tandis que Louis et Arcas s'aventuraient plus profondément dans les étranges édifices résonnant d'échos. Les deux hommes affichaient le même sourire enfantin, et Margaret joignit son ravissement au leur. L'endroit était semblable à une tombe inviolée.

En touchant les murs lisses, Margaret sentit une pellicule de poussière déposée par des siècles sans nombre. Elle avait peur d'endommager ces fragiles artefacts par le seul fait de respirer, même si les ruines klikiss avaient été construites pour défier les éons. Emmurée derrière les parois du canyon, cette cité avait été épargnée par les intrus et les outrages du temps. Elle n'attendait qu'eux.

— Cet édifice est identique à ceux que l'on a trouvés sur Llaro, dit Louis. Examine les murs, les voûtes.

Margaret regarda triomphalement Arcas.

— Oui, mais ceux-là sont bien mieux conservés. En fait, ce sont les ruines klikiss les mieux préservées jamais trouvées dans le Bras spiral.

Le prêtre Vert, agréablement surpris par cette louange, paraissait fier de sa découverte. DD dit :

— J'aurais aimé que Sirix, Ilkot et Dekyk soient là pour les voir. Ces ruines auraient pu réveiller leur mémoire. Pensez-vous qu'il y ait une possibilité qu'ils aient survécu ? Les robots klikiss sont irremplaçables.

Louis se força à l'optimisme :

— Une possibilité, certainement, DD. Il faut tenir bon.

Le comper agrippa le mur, prenant l'expression au pied de la lettre.

Pendant des heures, les archéologues explorèrent le labyrinthe d'édifices et de salles. Les bâtisseurs avaient creusé leurs tunnels loin sous le plateau rocheux, et la façade de leur colonie avait été murée… comme pour la cacher délibérément.

— Je me demande si les Klikiss redoutaient quelque chose, réfléchit Margaret en contemplant les vestiges de la paroi de camouflage. Ces murs extérieurs étaient-ils supposés être défensifs ?

— Nous n'avons jamais compris pourquoi les Klikiss ont disparu, dit Louis, davantage pour l'édification d'Arcas que pour Margaret.

— Est-ce qu'on sait à quoi ils ressemblaient ? demanda le prêtre Vert.

Louis secoua la tête.

— Non. Même sur le site de Corribus, où nous avons trouvé le Flambeau et où s'est manifestement livrée une bataille, nous n'avons découvert aucun cadavre d'extraterrestre.

— Et les hiéroglyphes des murs ne comportent aucun dessin du peuple klikiss, ajouta Margaret.

— Peut-être trouverons-nous quelque chose ici, fit DD, toujours optimiste. Je vous aiderai.

Louis avait publié un article dans un magazine de xéno-archéologie de référence. Il y supposait – à demi sérieusement – que l'absence de cadavres klikiss résultait peut-être de ce que l'espèce disparue s'était lancée dans un cannibalisme rituel, dévorant ses morts en ne laissant aucune dépouille. Comme preuve, il indiquait qu'il n'y avait aucun cimetière, aucune tombe ni aucun signe indiquant des pratiques d'inhumation. Les conjectures de Louis avaient généré une vague de débats marqués par le scepticisme ; toutefois, en raison de sa notoriété, personne n'avait osé traiter Louis d'illuminé.

Les corridors s'élargissaient en fusionnant, à mesure qu'ils convergeaient vers ce qui paraissait être le cœur de la cité troglodyte. DD précéda les archéologues avec sa lampe, et ils le suivirent dans une nouvelle salle. L'air vibrait étrangement dans le silence, comme si, par une propriété singulière, la pierre absorbait l'écho.

Des dessins, des textes, des hiéroglyphes et des symboles mathématiques recouvraient chaque surface plane, comme si l'espèce insectoïde s'était sentie obligée d'offrir à la vue de tous les éléments de sa culture et de son histoire. Bizarrement, bien qu'il ne fasse aucun doute qu'ils voyageaient entre les étoiles et possédaient des colonies sur de nombreuses planètes, les Klikiss n'avaient représenté aucun dessin de vaisseau spatial.

Des machines s'amassaient, enchâssées dans un coin de la pièce, projetant des ombres anguleuses. Comme DD balayait la salle de sa torche, Margaret vit qu'une large portion du mur principal était vide : un espace trapézoïdal évoquant une toile blanche, encadré par une masse compacte de symboles. Cette vacuité frappait, par son contraste avec la densité des dessins et des pictogrammes recouvrant chaque centimètre carré du mur qui l'entourait.

— Eh bien, on dirait que les Klikiss n'ont pas fini leur travail ici, dit Louis. Mais pourquoi avoir évité cette portion en particulier ? La nature de la pierre à cet endroit, peut-être ?

Margaret secoua la tête.

— Non, l'ancien. Regarde, c'est un trapèze parfait. Il a été laissé propre et net intentionnellement, comme s'ils en avaient eu besoin pour quelque chose. On a déjà vu cela dans d'autres ruines.

— Oui, je m'en souviens maintenant. Nous n'avons jamais résolu ce mystère, très chère.

Arcas s'accroupit et contempla le quadrilatère de trois mètres de large à la base.

— Pour moi, on dirait une grande fenêtre… ou une porte.

Margaret ne pouvait contester cette impression, car elle avait eu la même.

— Mais où irait-elle ? Derrière, il n'y a rien d'autre que de la pierre.

Poussée par la curiosité, elle s'avança pour étudier les symboles gravés autour de l'espace vierge. Les quelques « fenêtres de pierre » qu'ils avaient découvertes auparavant étaient enfouies sous les décombres ou endommagées. Celle-là était intacte.

Mais ce à quoi elle servait demeurait obscur.

Une exclamation de DD interrompit ses réflexions.

— Excusez-moi ! J'ai trouvé quelque chose d'important !

Il était resté près des machines adossées au mur, et dirigeait sa torche dans les interstices envahis de pénombre, entre les modules cubiques. Margaret distingua une forme immobile : une carcasse lisse et poussiéreuse, composée de plusieurs membres tordus et d'un corps central arrondi qui lui donnaient l'apparence d'un énorme coléoptère écrasé. Elle ressemblait vaguement à un robot klikiss, mais en plus naturel, plus harmonieux.

Titubant d'excitation, elle inspira une goulée d'air froid. L'adrénaline pulsait dans son sang.

— Est-ce que c'est… Louis, est-ce que c'est vraiment… ?

Il courut jusqu'à elle, puis éclata d'un rire triomphal. Margaret comprit la nature exacte de la découverte, avant même que Louis se retourne vers elle, un large sourire sur son visage ridé.

— C'est le premier ! fit-il en la bousculant. Bon travail, DD !

Éclairée par le comper, Margaret se courba afin d'étudier le cadavre momifié du Klikiss. Elle fit très attention à ne pas le toucher, car les années l'avaient fragilisé.

— Ce corps est si ancien qu'il se transformera en poussière si on essaie de le bouger.

Louis désigna une longue fissure dans le dos de la carapace du Klikiss.

— Il semble avoir été écrasé. Un coup par-derrière… ou peut-être qu'un morceau de plafond lui est tombé dessus.

— Dans ce cas, où sont les débris ?

Margaret recula, afin de ne laisser échapper aucun détail. Les robots noirs et massifs offraient une ressemblance superficielle avec le Klikiss, tout comme la silhouette grossièrement humanoïde de DD pouvait évoquer les contours délicats des humains.

Imprudent comme toujours, Louis brossa doucement un membre antérieur du bout du doigt – et une portion de l'armure gris-brun s'écroula en poussière.

— Eh bien, je suppose que cela va nous empêcher de faire une autopsie, très chère, dit-il. Nous ferions mieux de photographier ce spécimen par tous les moyens possibles.

Margaret opina.

— On pourra analyser les résidus biologiques. Une analyse chimique, pour commencer. Il pourrait même y avoir des cellules intactes.

L'exaltation faisait battre son cœur. À cet instant, tout semblait possible.

Arcas se leva et regarda autour de lui.

— Quel est ce bruit ?

Margaret perçut un mouvement dans le tunnel extérieur : des pas lourds et réguliers. Elle eut brusquement la conscience aiguë de leur isolement, au cœur de la ville fantôme. Ils n'avaient pas d'armes, aucun moyen de se défendre.

Après tout ce temps, quelque chose avait-il pu survivre ?

Les déserts de Rheindic Co n'abritaient que quelques lézards et arachnides de petite taille. Il n'y avait aucune trace de grands prédateurs. Dehors, la tempête était passée, permettant de mieux percevoir les pas pesants qui approchaient. La gorge de Margaret s'assécha. Dans un accès de bravoure, Louis s'approcha d'elle.

Courageusement, DD traversa la pièce, la torche brandie. Puis, il annonça d'une voix ravie :

— C'est seulement Sirix – en fait, ils sont de retour tous les trois !

Les lourdes machines surgirent dans la lumière, passant l'une après l'autre par l'ouverture rocheuse. Margaret écarquilla les yeux, car elle avait vu les trois robots emportés par la crue subite. Une couche de boue argileuse recouvrait leur exosquelette. L'un des capteurs optiques d'Ilkot avait été fracassé et ne renvoyait plus qu'une lueur d'un grenat terne. Leur carapace était sale et cabossée, mais intacte.

— Nous sommes… saufs, dit Sirix.

Le trio s'immobilisa dans la pièce, observant et scannant alentour, comme s'ils enregistraient tout ce qu'ils voyaient.

— Eh bien, votre indestructibilité m'impressionne, dit Louis gaiement. Venez, regardez ce qu'on a trouvé. Un cadavre momifié de Klikiss, le premier que nous ayons jamais vu !

Il était tout excité, comme un écolier sur le point de passer une interrogation. Margaret, encore mal à l'aise, regarda les immenses robots insectoïdes. Elle se rappelait la difficulté avec laquelle ses compagnons et elle avaient escaladé la falaise – malgré l'aide apportée par les cordes et les pitons automatiques de DD. Et ce, avant l'éboulement.

— Comment êtes-vous montés jusqu'ici, Sirix ? Je croyais que vous étiez incapables de grimper jusqu'ici ?

— Nous nous sommes débrouillés, répondit Sirix.

Puis, les robots pivotèrent pour étudier le corps du Klikiss qui était presque tombé en poussière sur le sol, entre les étranges machineries. Les deux autres robots contemplaient la fenêtre de pierre trapézoïdale, comme s'ils cherchaient à y découvrir leurs circuits mémoriels effacés.

85

Otema

Absorbée par sa tâche, la vieille ambassadrice theronienne quittait rarement ses appartements aux murs de cristal du Palais des Murmures. *La Saga des Sept Soleils* la transportait plus loin que n'importe quel voyage touristique. Otema disposait de tout ce dont elle avait besoin, à l'exception du temps. L'épopée s'avérait bien trop longue pour les années qui lui restaient à vivre.

Une lumière tamisée baignait sa peau photosynthétique, la réchauffant et la nourrissant. Deux pots reposaient sur la table. Dans ce lieu lumineux, les surgeons d'un mètre vingt de haut qu'ils contenaient prospéraient.

Otema lut à voix haute, jusqu'à ce que sa gorge éraillée la force à s'arrêter. Elle saisit la cruche d'eau fraîche qu'elle gardait toujours près d'elle. Elle but à longs traits pour apaiser ses cordes vocales desséchées, puis s'assit afin de se reposer un instant.

Au début, après avoir renoncé à son travail d'ambassadrice en faveur de l'ambitieuse Sarein, Otema avait hésité à se rendre sur Ildira. Elle éprouvait de l'appréhension à propos des changements et des concessions que Sarein pourraient faire. Elle s'inquiétait de voir toutes les mesures de protection qu'elle avait prises anéanties.

Mais, une fois sur Ildira, Otema avait perçu les possibilités phénoménales de *La Saga des Sept Soleils.* Elle avait réalisé qu'elle pouvait, grâce à elle, contribuer au bien-être et au savoir de la forêt-monde, davantage que par le ballet politique qu'elle avait mené contre une bande de dirigeants éphémères, sur Terre.

Parfois, la Dame de Fer était déçue par Nira, qui passait plus de temps avec Jora'h le Premier Attitré qu'à lire *La Saga*. Chaque jour désormais, Nira assistait à des tournois de joute, visitait des musées, ou regardait des parades aériennes. Néanmoins, son assistante était jeune, et facilement impressionnée par ce qui était nouveau et original. Elle faisait l'expérience de la culture ildirane plus intimement que la vieille prêtresse Verte, et s'appliquait toujours à partager ses impressions avec les surgeons. De cette manière, la forêt-monde accroissait également ses connaissances.

Otema, incapable de se départir de ses dispositions diplomatiques, demeurait inquiète au sujet de l'avenir de Theroc, et de la répartition des prêtres Verts dans la Hanse. Quand, après des heures interminables, elle se sentait lasse de lire à haute voix, Otema se relaxait, touchait les surgeons, et nouait le télien pour prendre des nouvelles auprès de la forêt. Elle tentait de suivre les activités d'ambassadrice de Sarein auprès de la Hanse : les traités qu'elle proposait, les documents qu'elle signait. Jusqu'à présent, elle n'avait apporté que peu de changements majeurs… mais cela ne rassurait pas Otema. Sarein pouvait très bien ourdir ses machinations en sous-main, loin du réseau des prêtres Verts.

Oh, quels dégâts elle pouvait provoquer !

Otema avait communiqué ses inquiétudes à la forêt, et les prêtres demeuraient sur le qui-vive, en particulier ceux de la Terre. Mais autre chose semblait préoccuper la forêt-monde. Quelque chose de bien pire que la politique terrienne, quelque chose qu'aucun prêtre Vert ne pouvait encore comprendre… Otema et beaucoup de ses pairs avaient tenté d'en apprendre plus sur ce mystère angoissant. Les arbres n'avaient encore émis aucun avertissement, aucune insinuation ni prophétie. La lecture de *La Saga des Sept Soleils* fascinait – et remuait – davantage la forêt-monde.

Otema dénicha un extrait de texte, et commença à narrer aux arbres un nouveau récit de l'épopée ildirane.

Deux pots de surgeons se trouvaient également dans les appartements de Nira, tandis que le reste des arbustes avait été planté avec dévotion à l'intérieur de l'enceinte arborée de la hautesphère, dans l'immense terrarium qui surplombait la salle de réception du Mage Imperator.

Elle entendit un bruit de pas s'arrêter devant sa chambre, mais refusa d'inviter son visiteur à entrer avant d'avoir achevé sa lecture. Celle-ci relatait la légende d'un chanteur sourd, à la voix si poignante qu'elle pouvait faire cesser de battre le cœur de ses auditeurs, bien que lui-même n'ait jamais pu entendre ses mélodies. Hélas, le Mage Imperator de l'époque avait dû ordonner l'exécution du chanteur à la suite de la perte de deux nobles, morts de chagrin.

Avec un soupir, Otema mit le texte de côté et se retourna pour accueillir le remémorant Vao'sh. L'historien se tenait dans l'embrasure, les bras encombrés de rouleaux et de papiers.

— Je doute que vous ayez besoin de davantage d'extraits, Ambassadrice, mais j'ai sélectionné des histoires particulièrement intéressantes. Vous les apprécierez.

— Et les arbremondes les apprécieront, eux aussi... Ah, si seulement j'avais plus de temps.

Vao'sh eut un rire si amène qu'il réchauffa le cœur d'Otema.

— Je suis confronté à ce problème depuis mes débuts d'historien. Pour un remémorant, le plus tragique est de mourir jeune, car alors on ne pourra jamais lire l'épopée entière, et on disparaîtra sans avoir accompli son destin.

— Heureusement, dit la vieille femme, la forêt-monde est capable de traiter un grand nombre d'informations simultanément. Mon but dans la vie n'est pas de lire *La Saga* du début à la fin, mais de m'assurer que la forêt-monde apprenne l'épopée entière, quel qu'en soit le moyen.

Le remémorant posa ses documents sur la table d'étude d'Otema, à côté des autres.

— À cet égard, je crois que les remémorants peuvent vous aider, Ambassadrice. Vous m'avez confié que, sur Theroc, des groupes importants de prêtres Verts et d'acolytes récitaient des histoires et des documentaires à la forêt-monde. Dans ce cas, pourquoi ne pas faire la même chose, avec d'autres lecteurs et d'autres portions de *La Saga* ?

Otema s'anima.

— Que suggérez-vous ?

— Le Mage Imperator m'a ordonné de vous aider par n'importe quel moyen. En son nom, je pourrais commander à des remémorants, des chanteurs ou même des courtisans, de lire des chapitres de *La Saga* aux surgeons que vous avez apportés. Un prêtre Vert n'est pas nécessaire pour l'apport direct de données, si j'ai bien compris. Nous pourrions ainsi fractionner le temps considérable que requiert cette besogne, n'est-ce pas ?

Otema retint son souffle. Elle avait songé à la manière dont elle pourrait décomposer sa tâche pour les prêtres Verts, de retour sur Theroc, mais l'idée ne l'avait pas traversée que des Ildirans pourraient tout aussi bien s'en charger. Un lecteur n'était pas obligé de nouer un télien – après tout, les acolytes de Theroc n'avaient pas encore endossé la robe verte.

— Voilà une excellente idée, remémorant Vao'sh. Votre méthode accélérerait grandement la lecture de *La Saga*.

Avec un soupir d'aise anticipée, Otema regarda la pile de rouleaux et de papiers que Vao'sh venait de lui livrer. Elle survola les symboles, et remarqua avec surprise une mention des mystérieux robots klikiss. Elle se rappela avoir lu d'autres parties de l'épopée, à la recherche de détails sur la civilisation disparue, mais la race insectoïde avait péri avant les premiers textes historiques ildirans.

Otema se retourna en hâte, heureuse de voir que Vao'sh n'avait pas disparu au bout du corridor. Elle le rappela.

— J'ai une question à vous poser, remémorant. Je comprends que je n'ai lu qu'une infime partie de *La Saga*, mais je n'ai trouvé que peu de renseignements au sujet des robots klikiss. Ne sont-ce pas des Ildirans qui ont mis au jour les premiers robots sur une lune minière, quelque part ? J'ai vu plusieurs robots ici, à Mijistra, et je sais qu'il y en a d'autres dans l'Empire ildiran.

— Les robots klikiss ont également visité la Ligue Hanséatique, répondit Vao'sh.

Ses lobes d'expression faciale passèrent par différentes couleurs. Otema ne savait pas encore interpréter tous ces signaux.

— C'est vrai, mais l'Empire ildiran est bien plus ancien. Avez-vous d'autres histoires à leur sujet ? Pourquoi y a-t-il aussi peu d'informations sur les Klikiss ? Ils ont été jadis une civilisation importante, comme la vôtre. Ont-ils disparu avant l'apparition de l'Empire ildiran ?

Vao'sh parut perplexe, tandis qu'il cherchait une réponse. Son manque d'enthousiasme indiqua à Otema qu'il ne s'était pas souvent posé cette question pourtant fondamentale.

— Les Klikiss et leurs robots appartiennent à une autre légende, dit-il enfin. Une histoire qui n'appartient qu'à eux. Peut-être n'ont-ils aucun rôle dans notre histoire, ou dans la vôtre. (Il s'éloigna, ses lobes se colorant de teintes inhabituelles.) Ou peut-être que cette partie de la légende n'a pas encore été écrite.

86

Nira

La vue, depuis les balcons de cristal du Palais des Prismes, était superbe. Jora'h, le Premier Attitré, avait emmené Nira sur une corniche d'observation, non loin de fontaines rugissantes. Il avait laissé ses gardes du corps à l'intérieur, de sorte que l'adorable Theronienne et lui puissent avoir quelques instants à eux.

— Voici l'un de mes endroits favoris, dit-il.

Il fallut quelques instants à Nira pour retrouver son souffle.

— C'est… magnifique.

Jora'h caressa son bras, descendit jusqu'à sa main. Nira laissa ce contact s'éterniser.

Au sommet de la colline où dominait le Palais des Prismes, la vue s'ouvrait sur l'horizon lointain de Mijistra. Des bâtisses vitrées sinuaient vers l'extérieur, comme les rides d'un bassin. Les tours du Palais s'élevaient très haut, entourées par les dômes des ministères gouvernementaux. Les branches de soutien du balcon étaient tournées vers l'intérieur ; de sorte que Nira, qui se tenait avec Jora'h sur la saillie transparente sans support visible sous ses pieds, donnait l'impression de flotter dans l'espace.

Sur la colline, des terrasses menaient jusqu'aux plates-formes hémisphériques et aux dômes supportant le Palais. Sept affluents, endigués chacun dans un canal parfaitement rectiligne, convergeaient vers un point central.

Le Premier Attitré expliqua :

— Les architectes du Palais des Prismes ont voulu montrer que toute chose, y compris la nature, remontait à la source du Mage Imperator omniscient et omnipotent. (Il baissa la voix, et lui sourit affectueusement.) Malheureusement, je ne respecte pas ce concept – car toutes mes pensées ne sont dirigées que vers *vous*, Nira.

Avec un rire gêné, elle serra sa main. Dans le passage voûté derrière eux, les gardes du corps à l'aspect féroce semblaient totalement indifférents à leur comportement.

— Se trouver si haut… La vue est à couper le souffle. Cela me rappelle Theroc, lorsque je grimpais sur la cime des arbremondes.

— Reynald m'a décrit votre monde, et il m'a paru très beau. (Les yeux cendrés de Jora'h scintillèrent, tandis qu'il se représentait la scène.) Un jour, je visiterai Theroc. Peut-être avec vous.

— Et avec une escadre complète d'assisteurs, de gardes du corps et de secrétaires, dit-elle avec un sourire. Il nous serait difficile d'avoir un peu de paix, dès que nous aurions quitté Mijistra.

— Les Ildirans n'aiment pas être seuls.

Tous deux se tenaient l'un près de l'autre, malgré l'espace qu'offrait la corniche. Nira percevait avec intensité le Premier Attitré à son côté, et ne désirait pas s'écarter.

Elle contempla les silhouettes minuscules en contrebas. Un flot ininterrompu d'Ildirans escaladait chaque niveau de la colline supportant la citadelle. Jora'h remarqua son intérêt :

— Des pèlerins. Ils espèrent voir le Mage Imperator dans toute sa gloire.

Des groupes de kiths variés progressaient avec régularité, puis stationnaient à des points précis le long du trajet. Ils traversaient des ponts et tournaient autour de la colline, se lavant rituellement dans les sept rivières à mesure qu'ils progressaient vers le dôme d'entrée.

— Tous les citoyens de l'Empire ont accès au Palais. Mon père garde la salle d'audience ouverte au public. Quiconque accomplit un pèlerinage peut contempler son glorieux visage projeté sous la hautesphère.

— Ne s'inquiète-t-il jamais d'une possible tentative d'assassinat ?

Jora'h la regarda, surpris.

— Grâce au thisme, le Mage Imperator peut savoir avec précision si quelqu'un nourrit de telles pensées. Mon père réglerait le problème longtemps avant qu'un assassin potentiel pénètre dans le Palais des Prismes. Nous, les Ildirans, sommes différents de vous, Nira. Vous devez le comprendre.

Ils se tinrent en silence sur leur poste d'observation, côte à côte, regardant la masse de pèlerins marcher avec révérence vers leur but. Enfin, Nira souffla, en se pelotonnant contre lui :

— Nous ne sommes pas si différents. En fait, Jora'h, vous et moi pourrions nous entendre… de bien des manières.

De retour dans les appartements privés du Premier Attitré, Nira se demanda si cet homme si charismatique avait usé d'une quelconque influence télépathique pour la séduire. Elle connaissait bien le pouvoir de pensées extérieures, grâce à son lien avec les arbremondes. Et en cet instant, elle sentait qu'elle n'agissait en rien contre sa volonté – qu'elle ne faisait rien de *mauvais*. C'était la première fois pour elle, mais elle n'était pas effrayée.

Sa peau s'abreuvait à la chaude lumière de la chambre, et chacune des caresses de Jora'h la stimulait. Alors même qu'elle retenait les ardeurs de son amant, elle avait faim de lui. Lentement et avec passion, ils se déshabillèrent mutuellement.

— Je vous trouve tellement intrigante, Nira, murmura-t-il, et son souffle était chaud à son oreille.

Elle ressentait précisément la même chose à son égard.

Nira avait craint qu'il ne soit distant ou blasé, après avoir connu tant de partenaires. Mais, tandis qu'ils faisaient l'amour, elle sentit qu'elle possédait toute l'attention et la dévotion du Premier Attitré.

87

Adar Kori'nh

C'était un vieux truc que l'adar tenait des jeux de stratégie humains. Il conduisit deux cohortes de vaisseaux de guerre à la lisière du système binaire de Qronha, qui comportait deux des sept soleils d'Ildira.

Le système de Qronha abritait une population clairsemée, sur deux planètes habitables mais insignifiantes. Son intérêt principal consistait en une très ancienne cité d'extraction d'ekti, qui flottait au sein de la géante gazeuse du système – l'une des rares stations d'extraction encore aux mains des Ildirans, et non des Vagabonds.

Pour Adar Kori'nh, l'endroit semblait idéal pour se lancer dans d'instructives manœuvres spatiales.

Il sépara les cohortes en deux équipes d'adversaires, composées de centaines de vaisseaux. Se conformant à la tradition humaine, Kori'nh baptisa les deux groupes « équipe rouge » et « équipe bleue ». Les stratèges terriens utilisaient cette procédure depuis des siècles de simulations de combat, et l'adar pensait que l'exercice serait intéressant. Bien plus qu'un simple jeu.

Tal Aro'nh, un professionnel de la vieille école, dirigeait la cohorte bleue. Il accomplissait ses devoirs et ses exercices de manière appropriée. Néanmoins, c'était lui qui inquiétait le plus Kori'nh. L'innovation semblait un concept étranger au vieux commandant, lequel se plaignait amèrement qu'ils « perdaient leur temps » en exercices non orthodoxes.

Tal Lorie'nh dirigeait l'équipe rouge. L'adar ne l'estimait pas meilleur, mais Lorie'nh avait le bon sens de déléguer le plus de tâches possibles à ses quls, les sous-commandants de maniples. Et, comme il choisissait des subalternes doués, il donnait l'impression d'être très bon.

Kori'nh s'assit dans le centre de commandement d'une petite plate-forme d'observation, de laquelle il pourrait assister à la bataille. Il ouvrit un canal de communication à courte distance, et s'adressa aux deux tals :

— Aro'nh, Lorie'nh… Engagez vos vaisseaux !

Tal Lorie'nh accusa réception avec brusquerie, tandis qu'Aro'nh transmettait d'une voix guindée une ultime objection :

— Adar, je dois vous redemander de faire cesser cette source de discorde. La Marine Solaire est une et indivisible ; elle œuvre de concert pour mener à bien les missions que nous confie le Mage Imperator. Jamais maniple n'a combattu une autre maniple, hormis au cours de la terrible guerre civile, il y a longtemps. Ces exercices ne feront que perturber la discipline militaire et mener à la confusion. À cause d'eux, nos kiths soldats auront l'impression que des membres de leur propre espèce sont l'ennemi…

Kori'nh n'éprouvait guère de sympathie envers le commandant trop rigide.

— Tal Aro'nh, vous entendre défier mes ordres en public me semble, à moi, une plus grande source de discorde. Je suis votre adar, béni par le Mage Imperator. Obéissez à mes ordres, ou soyez prêt à être relevé de votre commandement.

— Oui, Adar, répondit le tal avant de raccrocher.

Kori'nh s'assit pour observer le déplacement des vaisseaux. Les deux commandants de cohortes n'avaient pas été autorisés à s'échanger leurs choix stratégiques respectifs. Le but de l'exercice consistait à capturer et à occuper un fragment d'astéroïde difforme, qui gravitait sur une orbite extrême autour des deux soleils qronhiens.

Sans surprise, le tal Aro'nh fit adopter à ses vaisseaux une formation standard parfaite : deux sphères imbriquées, un agencement bien connu des spectateurs des parades aériennes ildiranes. Des croiseurs lourds garnissaient le périmètre extérieur, enveloppant les cotres et les escorteurs. Aro'nh dirigea ses vaisseaux *en masse**, directement sur l'objectif.

Une myriade de vaisseaux sentinelles patrouillait autour de la configuration en sphères imbriquées, décrivant des cercles rapprochés autour des principaux croiseurs. Il était censé s'agir d'une position défensive, mais avec les groupes de vedettes rapides suivant des trajectoires opposées, cela composait une scène spectaculaire – conçue pour provoquer les applaudissements des spectateurs, plutôt que pour faire montre d'efficacité.

Tal Lorie'nh dirigea l'équipe rouge selon un schéma plus chaotique. Les sept maniples de sa cohorte se séparèrent en groupes de quarante-neuf vaisseaux, chaque maniple progressant en essaims individuels mais cohérents. Pour l'œil critique, l'approche de l'équipe rouge montrait moins de finesse et de talent artistique.

Puis, les sept maniples, dont chacune contenait sept septes de croiseurs, éclatèrent pour progresser en désordre vers l'objectif.

Une par une, six des sept maniples de Lorie'nh s'infiltrèrent dans les sphères imbriquées de l'équipe bleue, semant le chaos dans la complexe chorégraphie de vaisseaux d'Aro'nh. La pesante configuration commença à se désagréger, mais, lorsque le vieux tal aboya des ordres, les capitaines de chaque vaisseau bleu revinrent en formation. La configuration sphérique géante progressait inexorablement vers sa cible, sans s'occuper des tentatives d'intimidation de l'équipe rouge.

Cependant, tandis que six maniples rouges harcelaient le groupe de vaisseaux bleus pesant mais magnifique, la septième maniple de Lorie'nh accéléra à fond en direction de l'astéroïde, sans autre considération que sa mission.

C'était une tactique assez simple, et, avec le recul, évidente. Pendant que la lourde configuration d'Aro'nh se réorganisait et

* En français dans le texte.

commençait à déployer ses vaisseaux, fendant la sphère extérieure de croiseurs lourds pour envoyer les navettes d'atterrissage, la maniple solitaire de l'équipe rouge avait déjà atteint l'astéroïde. Elle avait aussitôt lancé tous ses cotres, afin de larguer ses troupes de fantassins ildirans en combinaison spatiale. Les forces d'occupation plantèrent le drapeau de leur cohorte et activèrent la balise de victoire.

Les six autres maniples rouges cessèrent leur harcèlement, et battirent en retraite pour aller encercler l'astéroïde, empêchant la cohorte d'Aro'nh de l'approcher. Pour ce dernier, la débâcle fut totale.

Avant que l'équipe bleue soit arrivée à envoyer un seul transport de troupes, Adar Kori'nh envoya un signal aux deux commandants pour annoncer la fin de l'exercice, accordant une victoire complète à l'équipe rouge.

Tal Aro'nh avait l'air comme fossilisé lorsqu'il parut devant Adar Kori'nh, dans le centre de commandement de la plate-forme d'observation. Il se tenait raide comme un piquet dans son uniforme impeccable de la Marine Solaire, ses insignes et ses médailles disposés avec soin sur sa poitrine.

Il avait perdu. Sans conteste.

La carrière d'Aro'nh avait été un modèle de tradition. Mais Adar Kori'nh ne considérait plus cela comme satisfaisant. Le vieux tal attendait en silence, mais son expression glaciale trahissait l'indignation.

Les sous-commandants de maniples des équipes adverses patientaient dans des salles annexes. Kori'nh observa les deux officiers supérieurs qui se tenaient devant lui, et laissa le silence se prolonger un moment, son visage reflétant la déception qu'il éprouvait vis-à-vis de chacun d'eux.

— Eh bien, messieurs ? demanda-t-il enfin. Votre opinion sur l'exercice ?

Tal Lorie'nh, comme à son habitude, attendit que quelqu'un s'exprime. Aro'nh, toutefois, tendit le menton et fit la grimace.

— Adar, je dois élever une objection contre la tactique de l'équipe rouge. Aucun guide de la Marine Solaire ne recommande de telles procédures. Nulle part dans *La Saga des Sept Soleils* n'est mentionné un seul commandant ayant utilisé une telle stratégie. Jamais ! Je trouve que la manœuvre éhontée du tal Lorie'nh, de provoquer le… le *chaos*, est en dessous de tout. Nous commandons des cohortes de la Marine Solaire. Nos soldats ne sont pas des troupeaux d'animaux que l'on mène à la panique.

Kori'nh laissa ses plaintes s'essouffler sans faire de commentaire, avant de dire d'une voix calme mais accablante :

— Néanmoins, l'équipe rouge a réussi à vous battre.

— Une fausse victoire, Adar…

Kori'nh tapa du poing sur la table et se leva, les yeux étincelants.

— Il n'existe pas de fausse victoire ! (Le ton de sa voix choqua les deux tals.) Pourquoi tenez-vous tant à ce que la Marine Solaire use de vieilles techniques prévisibles en *toutes* circonstances ? Et si l'on rencontre un ennemi qui n'entend rien à nos règles, et qui les respecte encore moins ? Que se passera-t-il ?

— Nous ne procédons pas ainsi, Adar, fit Aro'nh avec un regard noir. Les Ildirans ont une tradition d'honneur. Si vous autorisez cette sauvagerie à se perpétuer, vous apporterez la ruine sur tout ce qui a fait la fierté et l'invincibilité de la Marine Solaire.

Irrité par sa propre incapacité à forcer le manque d'imagination du vieux commandant, Kori'nh dit :

— L'Empire ildiran ne restera pas invincible si nous persistons dans l'immobilisme. Les ennemis existent, bien que nous ne les ayons pas encore vus.

Il regarda ce tal pétri de conservatisme, et ressentit de la pitié à son égard. Aro'nh n'avait jamais imaginé qu'on exige un jour de lui qu'il évolue. Il était fier de lui. Il avait suivi toutes les règles, et ne savait pas quoi faire sans le filet de sécurité de l'usage et de la tradition.

Kori'nh se tourna vers l'autre commandant.

— Tal Lorie'nh, expliquez-moi ce qui vous a incité à envisager une tactique aussi inhabituelle.

— Vous avez donné à l'équipe rouge un objectif clair et précis, Adar. Nous nous sommes contentés de calculer la manière la plus plausible d'arriver au but. Puisqu'il ne s'agissait pas d'une démonstration publique, et donc qu'aucun Ildiran n'observait notre style, j'ai déterminé que nous devions avant tout capturer l'astéroïde… et non nous donner en spectacle.

Aro'nh se renfrogna.

— L'équipe bleue ne s'est pas « donnée en spectacle »…

— Dois-je vous repasser les enregistrements, Tal Aro'nh ? aboya Kori'nh. À quoi servaient la configuration en sphères imbriquées, les rondes de vaisseaux sentinelles, l'enveloppe extérieure de vaisseaux qui se fendait – si ce n'était pour le spectacle ? À quoi bon tout cela, sans public ? Au minimum, Tal, votre formation de bataille standard a été un choix médiocre. La situation réclamait de la vitesse avant toute chose.

— Adar, peut-être devrais-je vous montrer, dans le manuel militaire…

— Assez ! jeta Kori'nh, écœuré. Tal Lorie'nh, est-ce vous qui avez eu l'idée de votre manœuvre ? Si c'est le cas, je vous recommanderai.

Malgré son embarras, celui-ci possédait suffisamment le sens de l'honneur pour ne pas s'approprier le crédit de quelqu'un d'autre.

— Pas précisément, Adar. J'ai reconnu le bien-fondé du plan dès que j'en ai eu connaissance… mais le concept original revient au qul Zan'nh, le fils du Premier Attitré. Zan'nh a suggéré que je fragmente la cohorte en maniples séparées, en donnant à chacune d'elles un objectif différent.

Adar Kori'nh poussa un soupir de satisfaction. Auparavant, il avait vu Zan'nh agir avec célérité et imagination, alors même que ce dernier ne dirigeait qu'une septe, aussi n'était-il pas surpris d'entendre que le fils aîné du Premier Attitré était l'instigateur de la victoire de l'équipe rouge.

— Amenez-le-moi, ordonna Kori'nh. Immédiatement !

On transmit le message aux salles annexes, où patientaient les commandants de maniples. Quelques instants plus tard, le jeune Zan'nh entra, les yeux brillants. Il salua l'adar, puis les deux sous-commandants.

— Vous avez demandé à me voir, Adar ?

Kori'nh s'approcha et claqua des mains devant sa poitrine, le saluant officiellement en retour.

— Qul Zan'nh. En tant que commandant suprême de la Marine Solaire, il est de mes prérogatives de vous promouvoir. Ceci pour service exemplaire, et en récompense de votre imagination remarquable qui a permis la victoire d'aujourd'hui.

L'auditoire en fut abasourdi. Zan'nh n'avait été promu au rang de qul que récemment, et le protocole fixait généralement les avancements.

— À la lumière du danger récent qui menace le Bras spiral, la Marine Solaire a un besoin vital d'officiers intelligents et imaginatifs comme vous. Par la présente, vous êtes nommé Tal.

Aro'nh ne parvint plus à se contenir.

— Ceci est extrêmement irrégulier, Adar ! Il y a des pratiques admises…

Kori'nh continua, ignorant le vieil homme.

— Zan'nh, vous remplacez le tal Aro'nh, qui est rétrogradé au rang de qul à partir d'aujourd'hui. Ses mauvaises décisions mettraient sa cohorte en péril en situation de combat réel.

Le vieux tal hoqueta, secoué comme si les fondations de son existence tout entière s'écroulaient sous lui.

— Je… je préférerais démissionner, monsieur. Mon grade est…

— Refusé. Nous nous trouvons dans un moment de crise militaire potentielle. Je ne perdrai pas l'un de mes officiers les plus expérimentés, mais un grade inférieur convient mieux à votre rigidité d'esprit. Vous avez toujours bien obéi.

Aro'nh semblait à peine capable de tenir sur ses jambes ; pendant un instant, ce fut comme si son uniforme seul l'empêchait de s'effondrer.

— Adar, j'enverrai une plainte officielle.

Les yeux du commandant déchu flamboyaient, mais Kori'nh refusa de faire machine arrière.

— Votre plainte sera rejetée. J'ai la bénédiction du Mage Imperator, ainsi que la responsabilité d'augmenter au maximum la force de combat de la Marine Solaire. Vous avez servi honorablement tout au long de votre carrière, Aro'nh, mais vous avez cessé d'apprendre. Vous avez oublié comment vous adapter, et cela pourrait représenter un grave danger pour l'Empire en cas de conflit. Le Mage Imperator m'a ordonné d'intensifier notre capacité de réaction.

Le fils du Premier Attitré se tenait au garde-à-vous, stupéfait de la tournure des événements. Adar Kori'nh fut satisfait de constater qu'il ne se vantait pas, et ne montrait pas de joie excessive.

— Tal Zan'nh, vous commandez à présent une cohorte complète. Vous dirigerez le complément de l'équipe bleue de trois cent quarante-trois vaisseaux. Félicitations, jeune homme.

Aro'nh paraissait abattu, comme s'il avait pris cent ans supplémentaires en quelques instants. Tal Lorie'nh avait l'air surpris et intimidé, craignant un autre exercice. Il savait que la prochaine fois, il devrait affronter Zan'nh, au lieu de l'avoir dans son camp.

— Rassemblez tous les vaisseaux, conclut Kori'nh, d'un ton fatigué. Je souhaite annoncer la promotion de Zan'nh, et procéder aux cérémonies de victoire dès que possible. Peut-être que les extracteurs d'ekti de Qronha 3 ont envie de voir un spectacle.

88

Le général Kurt Lanyan

Le premier exemplaire des Mastodontes améliorés stationnait dans l'un des docks spatiaux des Forces Terriennes de Défense. Il étincelait, entouré d'éclairages de contrôle et de capteurs. Le vaisseau géant flottait dans le chantier de construction, attendant d'être officiellement lancé.

Les ingénieurs étaient très fiers de sa conception et de sa construction. Douze vaisseaux identiques seraient bientôt achevés : les pierres angulaires d'une flotte renouvelée, prête à combattre les extraterrestres d'outremonde.

Le général Kurt Lanyan et l'officier de liaison du Premier quadrant, l'amiral Stromo – qui serait le capitaine du vaisseau pour son voyage inaugural – arrivaient pour la grande cérémonie de lancement. Une garde d'honneur de vingt Rémoras parés au combat, et une poignée de journalistes sélectionnés, les entouraient.

Pour sa part, Lanyan pensait que tout ce spectacle nuisait à l'efficacité des opérations militaires, mais le Président Wenceslas n'était pas d'accord.

— Ce genre de chose ne prend que peu de temps, mais engendre une grande ferveur populaire, Général. C'est un investissement à long terme pour votre potentiel militaire. Si nous nous attirons les faveurs du public aujourd'hui, nous n'aurons pas de problème, plus tard, pour défendre nos actions – quelles qu'elles soient.

Ainsi, le roi Frederick en personne s'était rendu dans les astéroïdes des chantiers spationavals, où il devait baptiser et lancer le premier Mastodonte, le *Goliath*.

En dépit de son nom synonyme de férocité et de puissance, le général Lanyan n'était pas certain que ce baptême soit de bon augure. Après tout, le géant biblique duquel il tirait son nom avait été vaincu par un David infiniment plus modeste.

Encerclé par un troupeau de courtisans, de conseillers, de politiciens de cour et de gardes royaux en uniforme richement décoré, le roi apponta sur le *Goliath*.

— Absolument merveilleux, dit-il.

Flottant dans ses vêtements de cérémonie, Frederick glissa le long des corridors de métal rutilant en direction de la passerelle. Les voyants de contrôle et les écrans tactiques donnaient un éclairage impressionnant.

Lanyan s'était assuré que l'équipage avait travaillé deux fois plus pour astiquer chaque paroi et chaque panneau, afin qu'il ne subsiste pas un grain de poussière sur les hublots. Vaine mise en scène, alors que le temps et la main-d'œuvre auraient été mieux employés à répéter des manœuvres militaires, ou à s'exercer au tir avec les jazers modifiés et les canons de bastingage.

Le roi Frederick opina d'un sourire.

— Sincèrement, Général, voilà un bâtiment de guerre remarquable.

Les journalistes l'accompagnaient, filmant les détails les plus impressionnants du *Goliath* pour les téléspectateurs.

Au cours de ces derniers mois, la flotte s'était étendue, incorporant une douzaine de nouveaux Mastodontes, dotés chacun d'une puissance de feu augmentée : quatre-vingt-dix croiseurs Mantas de moyen tonnage, deux cent trente-quatre plates-formes d'armement Lance-foudre, sans compter les milliers de Rémoras d'attaque rapides – tous construits dans les chantiers spationavals et envoyés en escadrons dans les dix quadrants tactiques. Ils se tenaient prêts pour un déploiement à grande échelle, dès que les belliqueux extraterrestres se montreraient.

Nul ne doutait qu'ils frapperaient de nouveau.

En plus des nouveaux appareils, Lanyan avait supervisé le réarmement d'un millier de vaisseaux civils et les avait mis sous commandement des FTD : des vaisseaux de poste, de ravitaillement et de reconnaissance. En tant qu'officier supérieur de l'armée spatiale renouvelée, Lanyan faisait son travail, et le faisait bien.

Sur la passerelle du *Goliath*, l'amiral Stromo se pencha sur une console, et activa les batteries de jazers. Il expliqua avec soin leur fonctionnement au roi, sans parvenir à cacher son exaltation. Celui-ci parut fasciné.

— Notre flotte est de loin supérieure aux reliques de la Marine Solaire ildirane. En fait, nos vaisseaux sont plus puissants que n'importe quelle flotte jamais construite.

— Assurément, Amiral, dit le roi Frederick. Nous n'avons pas provoqué les hostilités, mais j'ai le ferme espoir que ce conflit s'achève aussi rapidement et loyalement que possible. Peut-être qu'à présent, les extraterrestres inconnus parlementeront avec nous.

— C'est ce que nous désirons tous, Sire, répondit le général Lanyan avec un sourire pincé.

Hélas, ajouta-t-il en son for intérieur, personne n'avait la moindre idée de la manière de procéder. Les Forces Terriennes n'étaient déjà pas en mesure de dénicher les extraterrestres des abysses gazeux. De nombreuses sondes et stations d'écopage avaient arpenté la surface nuageuse des planètes géantes, mais avait-on jamais pu explorer leurs profondeurs furieuses ?

Combattre cet ennemi de nulle part, frapper des orbes de guerre à coque de diamant, ou les poursuivre dans des atmosphères à haute pression, ne s'apparentait à rien de ce que le général s'était préparé à combattre en simulation. Ses tactiques n'étaient destinées qu'à combattre l'Empire ildiran ou à mater une rébellion des colonies hanséatiques. Les extraterrestres des géantes gazeuses, en revanche, étaient d'une nature radicalement différente.

Ce ne serait jamais une guerre basée sur l'infanterie. On ne gagnerait pas en s'emparant d'un territoire puis en l'occupant, même par le biais de négociations. Si l'ennemi vivait réellement au cœur de planètes géantes, où la pression était capable de transformer l'hydrogène en métal, quels territoires, quelles ressources les deux camps pouvaient-ils bien avoir en commun ? Que pouvaient bien vouloir ces extraterrestres ?

Lanyan savait au fond de lui-même que ce serait une guerre d'extermination, où l'on emploierait des vaisseaux invulnérables, des armes de destruction massive – peut-être même des bombes apocalyptiques. Les soldats seraient inutiles, l'infanterie et les armes de poing tout à fait inefficaces. À la place, la flotte des FTD avait besoin de navigateurs et de pilotes entraînés, ainsi que d'artilleurs adaptés à l'armement lourd.

Sur la passerelle du *Goliath*, le roi Frederick ordonna d'abréger la présentation. Basil Wenceslas lui avait probablement donné l'ordre de limiter sa visite à une heure. L'équipage du Mastodonte avait d'autres devoirs.

— Messieurs, déclara Frederick, nous sommes ravi, et impressionné. Je trouve le *Goliath* entièrement satisfaisant, et le déclare prêt à partir. Il sera le porte-drapeau de nos nouvelles et terrifiantes Forces de Défense. (Son sourire redonna à son visage ridé un peu du rayonnement de sa jeunesse.) J'espère qu'un jour, vous me ferez l'honneur de faire avec moi un tour du système solaire ?

— Nous arrangerons cela, Sire, dit Lanyan – puis il se rappela le mémo que Basil lui avait remis, au sujet des relations publiques. J'aimerais profiter de cette occasion pour exprimer ma gratitude envers chacun des citoyens de la Ligue Hanséatique terrienne. Leur soutien, leurs sacrifices et leur foi sans faille assureront une victoire complète et décisive. Nous, les humains, sommes une race forte. Nous crachons à la face de l'adversité, et à la fin, nous triomphons toujours !

Le roi Frederick sourit.

— Bien parlé, Général. Je vais édicter une ordonnance royale avec toute la célérité requise, afin de lancer notre flotte. De lâches extraterrestres nous ont frappés sans mise en garde. Dès que nous les aurons vaincus, tout reviendra à la normale, et nous retrouverons le mode de vie prospère des colonies de la Hanse.

L'escorte du roi applaudit, tandis que les journalistes buvaient ses paroles, pour les retransmettre au public. Le cœur du général Lanyan se gonfla d'une foi enthousiaste. Son esprit, en revanche, savait que la réalité s'annonçait autrement plus difficile. Son regard croisa celui de Stromo, à travers la passerelle du *Goliath*. Les deux hommes partageaient les mêmes réserves.

La nouvelle flotte militaire était de loin supérieure à tout ce que Lanyan avait jamais commandé. Les vaisseaux étaient plus nombreux, leurs armes plus destructrices. Mais ils ne savaient presque rien des capacités ni des motivations de l'ennemi.

Lanyan eut l'impression sinistre que ces acclamations et cérémonies n'avaient pas plus de valeur que siffloter en marchant sur une tombe.

89

Jess Tamblyn

Le cœur de Jess brûlait encore d'une colère froide, mais à présent qu'il avait pris la décision d'agir, le soulagement lui donnait le vertige. Il n'avait jamais perçu le Guide Lumineux aussi clairement. Il savait exactement quel cap prendre.

Jess n'avait pas l'intention d'informer le conseil des Vagabonds de son projet – ni l'Oratrice Jhy Okiah, ni même Cesca Peroni. Il avait assisté aux chamailleries et vu la panique et l'indécision qui taraudaient l'assemblée des clans, sur Rendez-Vous. Ils ne feraient que l'entraver.

Non, ce serait sa vengeance personnelle, pour le meilleur et pour le pire. Sur Plumas, ses oncles l'avaient approuvé – Caleb Tamblyn avait même insisté de sa voix rauque pour l'accompagner –, mais Jess avait spécifié qu'il s'en occupait seul. Cela concernait son clan, donc sa responsabilité… sa vengeance. Et, plus tard, lui seul serait à blâmer en cas de problème.

Jess choisit un groupe de puisatiers de Plumas pour l'escorter, puis il fit charger plusieurs cargos de tout l'équipement dont ils auraient besoin. Ces volontaires avaient connu Ross ; ils avaient travaillé pour Bram Tamblyn, et suivraient toutes les instructions de Jess. Dès que l'oncle Caleb eut appris ce que Jess comptait faire et qu'il en eut informé les équipes, rien dans l'univers n'aurait pu les empêcher de l'aider.

Les divers vaisseaux se rejoignirent au bord du système de Golgen, dans le voile glacé de la ceinture de Kuiper, loin au-dessus de l'écliptique. De là, ils avaient une excellente vue sur le phare brillant de la géante gazeuse.

Les assassins extraterrestres se tapissaient quelque part dans les profondeurs de ces nuages.

Jess pouvait sentir la présence de son frère, ainsi que les fantômes de ceux qui avaient été massacrés sur la station du Ciel Bleu. Celle-ci avait-elle lésé les extraterrestres d'une manière ou d'une autre ? Ou ces derniers avaient-ils simplement considéré les Vagabonds comme des insectes insignifiants, que l'on écrase et que l'on balaie ensuite ?

Jusqu'à présent, les Vagabonds savaient que cinq stations d'écopage avaient été anéanties corps et biens, sur des géantes gazeuses dispersées, sans rapport entre elles. Les attaques ne résultaient d'aucune provocation, et avaient été sans merci… et jusque-là impunies.

Inquiets, de nombreux clans avaient retiré leurs stations d'autres géantes gazeuses, les extrayant de l'atmosphère pour les remiser en orbite. La production d'ekti avait chuté, par rapport à celle d'avant l'attaque de la station du Ciel Bleu. La Ligue Hanséatique ne ressentait pas encore cette réduction, mais Jess était certain que le Président Wenceslas et le roi Frederick avaient déjà pris en compte la pénurie imminente de carburant interstellaire. Il faudrait résoudre la crise au plus tôt.

Depuis son petit vaisseau, Jess ouvrit les canaux radio. Tous ses ouvriers volontaires étaient à l'écoute dans leurs propres vaisseaux.

— Mon frère est mort là-bas, sur Golgen. Ainsi que beaucoup de membres de vos clans respectifs. Par le Guide Lumineux, maintenant c'est à nous de faire quelque chose ! (Il reprit sa respiration. Il n'avait pas préparé son discours.) Nous, les Vagabonds, ne sommes pas un peuple violent. Nous ne possédons pas d'armée, ou d'armes de destruction massive. Mais on ne se joue pas de nous impunément. Nous résisterons, et vengerons les proches que nous avons perdus.

Personne ne se dérobera à son devoir. Moi, en tout cas, je n'en ai pas l'intention.

Jurons et acclamations éclatèrent dans la radio – mais cette farouche détermination camouflait une peur sous-jacente.

— Par chance, reprit Jess, l'univers fournit ses propres armes. Nous allons les utiliser.

Un arsenal d'éclats de comètes entourait le système solaire : des boules de glace géantes, qu'ils transformeraient en bombes. Sur Plumas, Jess avait analysé des relevés précis de la ceinture de Kuiper, et simulé les millions d'orbites cométaires, avec les perturbations de leurs évolutions. Il en avait trouvé plus de mille, dont chacune pouvait causer des destructions considérables en tombant sur Golgen.

Jess avait un don pour la mécanique céleste et les manœuvres orbitales. Il avait toujours excellé comme navigateur, ainsi que dans les « courses aux étoiles » pratiquées par les Vagabonds : il considérait les constellations selon différentes perspectives, puis triangulait d'instinct sur la carte du Bras spiral, afin que l'observateur ait une vision objective. Lorsqu'il était plus jeune, souvent en compagnie de Tasia, il aimait étudier les cartes et imaginer les endroits où il n'était jamais allé – des mondes exotiques, ou des événements galactiques que l'on ne pouvait apprécier véritablement par le truchement d'images sur un écran.

Aujourd'hui, Jess, les dents serrées, contemplait le plan de Golgen dans un tout autre but. La mécanique céleste déterminait des trajectoires inexorables, qui prenaient souvent plusieurs siècles, de sorte que le jeune homme avait éliminé la plupart des possibilités pour ne sélectionner que les comètes pouvant être lâchées d'orbites hyperboliques abruptes. Ces projectiles massifs bénéficieraient ainsi d'une énergie cinétique à l'impact équivalente à un millier de têtes nucléaires. Dix-huit de ces comètes extérieures semblaient prometteuses.

Ses commandos plumasiens – simples puisatiers, techniciens de pompage et experts en conditions glaciaires – apportaient des propulseurs à réaction automatisés ; ils extrairaient et projetteraient des morceaux de la masse cométaire dans la direction opposée. Ce mouvement de recul, imprimé pendant des semaines, perturberait graduellement chaque orbite, et enverrait la comète sur une trajectoire de collision.

— Vous connaissez tous votre cible. Expédions ces grosses bombes de glace droit dans la face de Golgen ! (La voix de Jess se transforma en grognement.) Ces extraterrestres ne réalisent pas encore quels ennuis ils se sont attirés.

Après une dernière salve d'acclamations, les Vagabonds se dispersèrent à travers le parcours d'obstacles qu'étaient les icebergs errants. Tous comprenaient à quel point leur marge de manœuvre était minime ; ils devaient donc être précis. Après tout, ils avaient travaillé pour Bram Tamblyn, réputé pour ses exigences. Les Vagabonds qui bâclaient la besogne finissaient avec le sang de nombreux innocents sur les mains.

Jess revérifia son chargement, et infléchit sa trajectoire vers la cible qu'il avait choisie, une grosse comète qui se trouvait dans l'espace intérieur du système. Il quitta le bord de la ceinture de Kuiper, au voisinage de l'écliptique.

Assis à l'intérieur du cockpit, Jess portait des gants de travail isolants et une salopette confortable, dotée de douzaines de poches d'attaches et de baudriers remplies d'outils de toutes sortes. Il avait enfilé une cape par-dessus sa tenue, un vieux trésor de famille que sa mère avait fabriqué avant sa mort dans une crevasse de Plumas. Les prénoms de Ross, Jess et Tasia y étaient brodés sur un fond constitué des motifs stylisés de la Chaîne des Vagabonds. Son cœur se serra lorsqu'il songea à quel point le tissu de son clan, naguère solide, s'était effiloché… à quel point sa famille avait diminué en nombre. Mais cela allait changer.

Les équipages atterrirent sur leur objectif, verrouillèrent leurs grappins d'amarrage, sortirent de leur engin et installèrent le matériel. Tout au long de la journée, Plumas retransmit les messages, afin de tenir Jess au courant. Les différentes équipes avaient lancé une flopée de comètes, comme de la chevrotine, en direction de la géante gazeuse. Dorénavant, il ne restait plus qu'à attendre, et à laisser faire les lois de la mécanique céleste. Le bombardement se poursuivrait durant des années.

— Voilà qui leur occasionnera quelques brûlures d'estomac, fit l'oncle Caleb à la radio.

Jess avait à l'esprit une frappe plus immédiate, dont il pourrait voir les effets pendant que sa colère était toujours vivace. Pour Ross.

Il approcha son vaisseau d'une comète qui revenait vers le soleil après un long voyage. La montagne de glace était passée assez près de Golgen pour être déviée par sa gravité, courbant son orbite vers l'intérieur. Le rayonnement solaire volatilisait sa surface en une brume mince ; celle-ci s'échappait pour former une crinière imprécise, qui deviendrait un jour une véritable queue.

Jess cartographia la surface, afin d'en comprendre la structure interne. Il modifia ses calculs après avoir scanné les hétérogénéités de sa masse. Si tout fonctionnait comme prévu, la comète atteindrait sa cible dans à peine un mois.

Il choisit un endroit adéquat pour atterrir. Il ancra son vaisseau dans une trouée, où le poids de sa coque broya des pics de glace. Ses réservoirs de carburant et ses soutes contenaient suffisamment d'ekti pour fournir une grande poussée de façon prolongée. Le rugissement se répercuta dans le vide, et Jess se cramponna avec détermination, tandis que son vaisseau vibrait sous l'effort. Ainsi accroché, ses propulseurs interstellaires lancés à pleine puissance pendant deux semaines devraient suffire à envoyer la comète sur sa cible, comme la tête d'un marteau.

Avant la fin de la journée, l'un des vaisseaux de Plumas viendrait le prendre. Les moteurs continueraient à fonctionner, poussant la montagne de glace géante. Jess avait tout son temps pour réfléchir. Il n'éprouvait aucun regret, aucune réserve vis-à-vis de son acte. Il ne pouvait plus revenir en arrière. Son devoir l'exigeait.

Il se fichait de ce qu'en penseraient les Terreux de la Grosse Dinde. Cette provocation rendrait même furieux certains

Vagabonds, pas de doute là-dessus. Mais la plupart applaudiraient, parce qu'au moins, il avait agi. Il ignorait si Cesca serait déçue, ou si au contraire elle approuverait ses actes. Il resterait ferme de toute façon, il connaissait son devoir. Ce n'était pas comme s'il y avait eu négociations. L'ennemi n'avait jamais tenté de communiquer.

Jess regarda par le hublot ; la planète géante en dessous, bien plus proche, évoquait un œil-de-bœuf luisant.

Avant de passer une combinaison pour aller attendre le vaisseau de ramassage, il retira la cape brodée qui portait son nom, ainsi que ceux de Ross et Tasia. Il l'étendit doucement sur le fauteuil du capitaine, puis alla vers le vestiaire des combinaisons, et se prépara à partir.

Il ne regarda pas une seule fois en arrière, ni ne reconsidéra ce qu'il avait fait.

Laissant son vaisseau ancré à la comète, ses propulseurs allumés afin de contrer la force de gravité, Jess grimpa dans le vaisseau de Caleb venu le récupérer. Ils rejoignirent le reste des Vagabonds, en route pour sortir du système.

Jess scruta sur les instruments les dix-huit montagnes de glace qui avaient entamé leur descente. Dès qu'il fut certain qu'elles étaient sur le bon itinéraire, il se renfonça dans son siège rembourré et donna l'ordre à son équipe de partir.

Les dés étaient jetés.

90

Branson Roberts

Il y a des boulots qui s'avèrent bien pires qu'on ne l'imaginait. Branson Roberts réalisait qu'il détestait piloter le seul appareil humain naviguant dans un système solaire paumé. En particulier, quand des extraterrestres hostiles s'y cachaient, selon toute vraisemblance. Mais il avait des ordres. Et, en fait, il n'avait pas le choix. Le général Lanyan s'en était assuré.

Au moins, les Forces Terriennes avaient rendu à Roberts son vaisseau, le *Foi Aveugle*, et c'était bon de se trouver de nouveau assis aux commandes de ce vieux machin familier. Le cockpit ne paraissait pas avoir changé… si l'on exceptait les propulseurs gonflés, le bouclier lourd et les autres systèmes modifiés que les FTD avaient installés. C'était comme s'ils avaient ajouté des insultes au préjudice que représentait la réquisition de l'appareil.

Néanmoins, lorsqu'il émergea dans le système de Dasra, à la poursuite des croque-mitaines extraterrestres, Roberts fut heureux qu'il n'y ait personne d'autre que lui aux commandes. Lui et le *Foi Aveugle* avaient vécu beaucoup de choses ensemble.

Un mois plus tôt, les extraterrestres avaient émergé des bancs nuageux de Dasra et détruit une station d'écopage. Leur cinquième cible de ce type. L'attaque s'était déroulée de la même manière que les précédentes : d'énormes globes cristallins avaient frappé sans avertissement ni pitié. Ils avaient anéanti la station de traitement d'ekti malgré les supplications, ne laissant aucun débris, aucun survivant.

Ils avaient en tout cas prouvé qu'ils vivaient dans ce système, et Branson Roberts avait ordre de les débusquer. Combien d'autres géantes gazeuses l'ennemi habitait-il ? Étaient-elles toutes devenues des zones dangereuses ?

Il songea aux formes généreuses et au caractère expansif de Rlinda Kett. Elle l'appelait toujours son ex-mari favori, et il l'appelait son ex-femme favorite, bien qu'il n'ait été marié qu'une fois. Roberts s'était montré un mari médiocre, mais un excellent pilote ; aussi, Rlinda l'avait gardé dans sa flotte marchande. Voler sur le *Foi Aveugle* lui avait permis de réaliser des bénéfices satisfaisants, qui lui permettaient de prétendre qu'il menait une vie de play-boy, afin que Rlinda ne prenne pas sa solitude en pitié.

Mais le succès facile de la petite flotte s'était interrompu avec le début du problème des extraterrestres. Les pirates de Rand Sorengaard avaient fait perdre à Rlinda le *Grandes Espérances*, et à présent, trois autres de ses vaisseaux venaient d'être réquisitionnés par des FTD. Afin de conserver sa licence de pilote et son vaisseau, Branson se trouvait contraint de faire les sales besognes du général Lanyan.

Ce dernier avait envoyé une injonction à Roberts, le convoquant au quartier général des FTD, sur Mars. Derrière les portes closes d'une salle d'état-major privée, avec de grandes baies ouvrant sur un ciel vert olive, Lanyan lui avait fait une offre.

Le général ne s'était pas levé lorsque Roberts était entré dans le bureau. Il était resté assis devant sa table de travail, sur laquelle s'entassaient des rapports ainsi que de multiples écrans montrant une litanie de déploiements de troupes et d'exercices de combat. Les premières paroles échangées avaient convaincu Roberts que Lanyan avait récupéré son dossier, étudié sa carrière de pilote ainsi que le reste de son passé, et qu'il en savait plus sur lui que Roberts ne le souhaitait de quiconque.

Cette offre, Roberts ne pouvait la refuser. Il n'y avait aucun doute là-dessus.

« Votre dossier semble dire que vous êtes une sacrée tête brûlée, capitaine Roberts. J'ai également remarqué à quel point vous vous êtes bien comporté quand mon escadron vous a utilisé comme appât pour capturer ce criminel de Rand Sorengaard. De surcroît, vous avez accompli des voyages dangereux, des livraisons pour le marché noir, de la navigation en eau trouble. »

Un ruisselet de transpiration avait dévalé l'échine de Roberts.

« Général, monsieur, je vous assure que je n'ai jamais été condamné, ni même accusé de quoi que ce soit d'illégal. Vous n'avez qu'à vérifier mon casier judiciaire… »

Lanyan lui avait fait signe de s'asseoir.

« Laissons tomber cela, capitaine. Je n'ai pas de temps à perdre en dérobades. »

Roberts s'était promptement assis, les mains jointes sur les genoux, et avait patienté en silence.

« Capitaine, si vous le permettez, je vais être clair. Je compte profiter de vos aptitudes. Il est beaucoup plus avantageux de recruter quelqu'un possédant vos talents, que de passer au crible des imbéciles heureux d'élèves officiers dans l'espoir d'en trouver un ayant le dixième de votre expérience. J'ai cru comprendre que l'ordre récent du roi Frederick vous a contraint à faire don de votre vaisseau pour l'effort de guerre, et que vous êtes sans gagne-pain en ce moment ? »

Tous deux le savaient fort bien, la question n'était que pure rhétorique. Roberts avait souri faiblement, puis haussé les épaules.

« J'admets les difficultés de la Hanse. Comme le dit le roi, nous devons tous faire des sacrifices désagréables. La Hanse m'a dédommagé suffisamment pour couvrir mes dépenses pendant un mois ou deux. »

Lanyan l'avait considéré avec des yeux pénétrants, puis s'était fendu d'un sourire entendu.

« Je parie que vous vous ennuyez, pas vrai ? »

Bien que le *Foi Aveugle* soit un cargo marchand, il était bien profilé, et possédait des moteurs rapides. Les FTD avaient accru sa manœuvrabilité et son rayon d'action. Roberts n'était pas sûr que ces modifications suffiraient à le protéger d'une attaque frontale de l'ennemi extraterrestre, mais il se sentait plus rassuré.

Sa mission l'avait conduit sur Welyr et Erphano, des caches connues des créatures des abysses gazeux. Comme un bombardier en piqué, il avait surgi dans chaque système et avait lâché dans les nuages épais une cargaison de sondes robotiques et de balises émettrices. Les instruments chutaient hors de vue, relayant leurs données au *Foi Aveugle.* Les balises diffusaient des messages intimant aux extraterrestres de cesser leurs agressions, et les invitant à parlementer par tous les moyens.

Chaque fois, les messages avaient été ignorés, et les sondes détruites.

À bord du *Foi Aveugle,* Branson Roberts approcha sans ralentir du pôle Nord de Dasra. Un faisceau d'anneaux scintillants entourait la géante gazeuse verdâtre au niveau de l'équateur, rendant les abords dangereux.

Roberts devait faire vite, aussi ne traversa-t-il pas les anneaux de caillasse. Il vola du nord vers le sud, rasant l'atmosphère dans l'intervalle qui séparait la planète de ses anneaux. Par ordre du général Lanyan, il devait rester sur place le temps de collecter les données transmises par les sondes. Mais il n'allait pas traîner là en attendant les ennuis.

Survolant les zones de tempêtes, Roberts ouvrit les soutes du *Foi Aveugle* et largua un chapelet de sondes robotiques, de transmetteurs et de capteurs autonomes. Tout en tombant, les balises débitèrent leurs annonces enregistrées sur une gamme de fréquences. Les sondes s'enfoncèrent dans des tempêtes qui se déroulaient à diverses altitudes, et envoyèrent des données de surveillance au cours de leur descente.

Roberts recueillit les signaux, et les enregistra dans la mémoire du vaisseau. Il reviendrait apporter ses données d'observation au quartier général des FTD, pour les livrer personnellement au général et à ses analystes. Peut-être demanderait-il même une augmentation…

Il observa, tandis que son vaisseau croisait au-dessus des nuages silencieux, passait au-dessus de l'équateur, puis traversait l'hémisphère sud de la géante gazeuse. Comme précédemment, dès que les sondes eurent atteint une certaine profondeur, les transmissions s'éteignirent brusquement, remplacées par du bruit blanc puis par le silence. Chaque instrument était détruit bien avant que l'environnement ait pu endommager leurs solides composants.

Manifestement, les extraterrestres des abysses en étaient la cause.

Les géantes gazeuses étaient monnaie courante, et beaucoup de vaisseaux sondeurs comme celui de Roberts les étudiaient. Si la destruction de ces sondes s'avérait une indication correcte, les extraterrestres étaient donc incroyablement répandus dans le Bras spiral. Les FTD, tout comme les populations humaines, commençaient juste à réaliser à quel point ils étaient prolifiques, et pouvaient constituer un empire jusqu'ici insoupçonné. Ils semblaient se trouver partout.

Lorsque les transmissions de la dernière sonde s'achevèrent, Branson Roberts se prépara à une retraite digne mais rapide, comme pour ses incursions précédentes. Cette fois cependant, des éclairs apparurent au sein des nuages de crème battue. Ils semblaient se mouvoir directement en direction du *Foi Aveugle.*

Un bloc de glace au creux de l'estomac, Roberts scanna les lumières de plus en plus vives. On aurait dit un essaim orageux, montant délibérément dans la haute atmosphère. Des éclairs crépitèrent au sein d'un vortex en formation – comme s'il se préparait à s'ouvrir et dégorger un objet massif.

Tandis que les lumières à l'intérieur des nuages s'intensifiaient et devenaient de plus en plus inquiétantes, Roberts se pencha sur les commandes du vaisseau. Il court-circuita les protocoles de sécurité et activa les systèmes installés par l'armée.

— C'est le moment de ficher le camp d'ici !

Allumant les turbos de son propulseur interstellaire, il s'extirpa des anneaux de Dasra et fila hors du système à vitesse maximale.

91

ADAR KORI'NH

En raison des tensions croissantes existant chez les humains, et du mystère toujours entier des maraudeurs extraterrestres, Adar Kori'nh laissa l'une des maniples de sa flotte aux environs de Qronha 3. Le Mage Imperator lui avait donné l'ordre de poster des appareils en guise de protection symbolique près de la vieille usine d'extraction d'ekti ; ainsi, pour la forme, Kori'nh demeura sur place avec les quarante-neuf vaisseaux de guerre dirigés par Qul Aro'nh, qu'il avait récemment rétrogradé.

Les autres vaisseaux, commandés par les tals Zan'nh et Lorie'nh, poursuivirent leur voyage de retour, prêts à faire face à n'importe quelle urgence.

Qronha 3 était la géante gazeuse la plus proche d'Ildira. Elle était assez grande et brillante pour être visible par télescope depuis Mijistra, même en plein jour. Des millénaires plus tôt, les Ildirans y avaient construit leur première cité d'extraction. Les écopes et les réacteurs avaient fonctionné pendant des douzaines de siècles, produisant l'allotrope d'hydrogène ; cependant, depuis peu, sa production était devenue négligeable. Les Vagabonds s'étaient accaparé l'essentiel du secteur du traitement d'ekti. Ils vendaient le carburant interstellaire à l'Empire ildiran et à la Ligue Hanséatique terrienne. Toutefois, le Mage Imperator Cyroc'h et son prédécesseur avaient conservé le contrôle de l'installation de Qronha 3, afin de montrer que les Ildirans *pouvaient* produire leur propre ekti.

À présent, le Mage Imperator craignait une menace sur l'antique moissonneuse de nuages. Ce devait être une mission officielle, avec bannières et démonstration de force. Une opération selon les règles, sans nouveauté – exactement le genre de mission que pouvait accomplir à la perfection Qul Aro'nh. Peut-être le vieil officier constaterait-il que, malgré sa honte, il restait toujours un élément précieux de la Marine Solaire.

À cause des restrictions capricieuses des Vagabonds sur l'exportation d'ekti, le Mage Imperator avait ordonné d'augmenter le rendement de l'usine d'extraction de Qronha 3 jusqu'à sa pleine capacité. L'Empire avait un besoin constant de carburant interstellaire. C'était seulement aujourd'hui que l'on commençait à comprendre le point faible de l'économie ildirane – à quel point elle dépendait des Vagabonds pour cette ressource.

Jadis, lorsque les Ildirans avaient autorisé les clans d'exclus humains à prendre en main les vieilles usines de traitement d'ekti, ceux-ci avaient contracté des emprunts à long terme afin de construire d'autres stations d'écopage. Peu de temps auparavant, pressentant un changement dans l'économie, le Mage Imperator les avait avertis de ne pas manquer au remboursement de leurs prêts ; mais, curieusement, les nomades humains avaient continué à régler sans faute leurs échéances, en puisant dans des réserves d'argent insoupçonnées. Nul ne savait comment ils s'étaient débrouillés pour posséder autant de liquidités, ni combien de temps ils continueraient à payer de façon régulière.

Jusqu'à présent, les livraisons d'ekti à l'Empire ildiran avaient été réduites de trente pour cent, et le Mage Imperator lui-même n'y pouvait rien. Via le thisme, Adar Kori'nh percevait son désarroi. La cité des nuages obsolète de Qronha 3 ne pourrait en aucun cas compenser la pénurie, mais les ouvriers faisaient des efforts aussi spectaculaires que vains pour y parvenir.

Les quarante-neuf croiseurs lourds et escorteurs avaient fait le tour du système qronhien. Le qul Aro'nh leur avait fait adopter une formation en V, de façon à impressionner autant l'ennemi potentiel que les ouvriers ildirans. En orbite haute, les maniples avaient envoyé des cotres et des vedettes patrouiller dans le ciel de la géante gazeuse, afin de prévenir toute intrusion étrangère.

Adar Kori'nh emprunta un escorteur pour descendre jusqu'à la cité flottante. Se montrer faisait partie de ses responsabilités de commandant suprême. Il devait garder la tête haute et le regard brave, afin de rassurer les extracteurs d'ekti.

De par son ancienneté, la colonie de Qronha 3 avait sa place dans le folklore ildiran ; on ne la mentionnait pas moins de mille fois dans *La Saga des Sept Soleils*. C'était une usine gigantesque, planant loin au-dessus des épaisses vapeurs et des bancs de nuages. Des structures diverses, des chambres de réaction et des distillateurs démesurés la boursouflaient. Aujourd'hui, sa machinerie était désuète et inefficace, mais le traitement de l'hydrogène allotropique continuait.

La cité contenait assez d'habitants pour être qualifiée de scission. Bien que coupée de sa planète d'origine, la colonie était suffisamment peuplée pour garantir le bien-être de ses membres. Et, grâce à la proximité d'Ildira, les extracteurs qronhiens recevaient régulièrement des permissions pour retourner chez eux, dès que des équipes de remplacement pouvaient s'occuper de leur ouvrage. Tandis qu'il évaluait la taille des installations et le nombre considérable d'ouvriers nécessaires pour maintenir la densité de population minimale pour le thisme, Kori'nh comprit sans peine pourquoi les Vagabonds, travaillant avec des équipes réduites au strict minimum, s'avéraient plus efficaces.

Cinq autres cotres atterrirent sur les plates-formes de débarquement, dès que l'adar fut sorti. Les équipes de traitement d'ekti et leurs familles au complet accueillirent l'armée par une réception grandiose. Kori'nh constata que les extraterrestres tapis sous les nuages rendaient les ouvriers qronhiens nerveux, bien qu'ils n'aient jamais aperçu, au cours des siècles passés, aucun signe de vie ou de menace. La Marine Solaire leur offrait le réconfort dont ils avaient besoin.

La flotte avait pris position depuis moins d'une journée lorsque l'attaque survint.

Sans avertissement, des lueurs éblouissantes mordirent les nuages en dessous de la cité flottante. Les vedettes de surveillance remarquèrent le changement presque immédiatement, et sonnèrent le branle-bas de combat. Après avoir visionné les images que les Forces Terriennes de Défense avaient récupérées sur Oncier ainsi que celles de la station d'écopage de Welyr, l'adar savait comment les attaques débutaient. Ses soldats s'étaient suffisamment entraînés : ils réagirent avec la célérité requise.

Néanmoins, ils n'étaient pas préparés à ce qui les attendait.

Kori'nh ordonna à une brigade d'escorteurs d'atterrir sur le vaste complexe industriel et d'évacuer le personnel. Des alarmes sonnèrent à travers la cité, et les ouvriers se bousculèrent jusqu'aux points de contrôle de secours, faisant la queue dans l'espoir de s'échapper.

Kori'nh laissa un septar s'occuper des préparatifs d'évacuation, puis embarqua sur le premier cotre en partance.

— Je dois rejoindre ma flotte, dit-il.

L'inaptitude d'Aro'nh en situation de crise l'inquiétait. Il allait devoir prendre lui-même le commandement de la maniple. Comme son cotre s'élevait au-dessus des dernières volutes d'atmosphère pour s'enfoncer dans l'espace indigo, Kori'nh regarda vers le bas. Il aperçut le premier orbe de guerre émerger des profondeurs de Qronha 3. Des arcs électriques zigzagants crépitaient entre les pointes tronquées saillant de sa coque de diamant. Sur le pont, des hommes d'équipage se mirent à crier ; les pilotes de cotre allumèrent leurs propulseurs de secours. Durant plusieurs secondes, l'adar resta frappé de stupeur, avant d'empoigner la radio.

Le vieux qul Aro'nh transmettait des menaces aux extraterrestres qui émergeaient.

— Notre usine n'est pas armée. Laissez-la tranquille, ou vous vous exposerez à de graves conséquences !

Adar Kori'nh savait que ces avertissements ne servaient à rien. Les extraterrestres avaient toujours refusé de communiquer. Cette fois, cependant, l'ennemi affrontait plus qu'une malheureuse station d'écopage de Vagabonds. La Marine Solaire ildirane se dressait face à lui, ses armes parées à faire feu.

— Ramenez-moi au croiseur amiral, indiqua Kori'nh au pilote. Je dois diriger les opérations.

Le pilote de cotre augmenta la vitesse en faisant fi de la prudence, ce qui leur permit de réduire rapidement la distance qui les séparait de l'énorme bâtiment de la Marine Solaire.

Tandis que le sous-commandant de maniple diffusait ses menaces, le sinistre globe de cristal émergeait des nuages, ses projectiles lumineux s'accumulant pour former une décharge géante. Kori'nh ouvrit un canal vers le croiseur amiral.

— Ne perdez pas votre temps, Qul. Ces créatures ont démontré leurs mauvaises intentions à de multiples occasions. (Il prit une longue inspiration.) Ouvrez le feu !

Alors que des escorteurs descendaient vers la ville flottante, dans l'intention d'évacuer autant d'habitants que possible, un deuxième orbe de guerre perça les nuages en direction de l'usine. Loin en dessous, l'adar distingua une troisième tache phosphorescente en train d'émerger. Combien y en avait-il d'autres ?

— À vos ordres, Adar, répondit Qul Aro'nh.

Il fit aussitôt avancer les premiers rangs de croiseurs lourds. Ceux-ci lancèrent une pleine salve de missiles cinétiques qui explosèrent sur la coque de diamant. De légères zones décolorées apparurent, et ce fut tout. Aro'nh activa ses batteries de rayons à haute énergie ; des pointes de feu orangé roussirent la coque cristalline. L'un des croiseurs s'avança pour frapper de plus près.

En réponse, des éclairs bleutés jaillirent des pointes des deux orbes de guerre. Ils se rejoignirent pour former un rayon d'énergie pure aux contours déchiquetés, qui vaporisa le croiseur le plus proche. Les autres vaisseaux marquèrent le coup.

Les soldats eurent un haut-le-corps. Adar Kori'nh ne parvenait pas à croire ce qu'il venait de voir – l'extrême facilité avec laquelle l'ennemi avait détruit l'un des plus puissants vaisseaux de la Marine Solaire ildirane !

Qul Aro'nh lança un ordre de regroupement aux autres croiseurs.

Des escorteurs chargés de réfugiés arrivaient de l'usine qronhienne, tandis que d'autres atterrissaient. À bord, les ouvriers paniquaient. Kori'nh entendait leurs appels à l'aide sur les canaux de communication, mais il ne pouvait les évacuer plus vite. Les soutes de déchargement de la maniple débordaient.

De petits vaisseaux individuels prirent leur envol : des navires de loisir, et des navettes de ravitaillement conçues pour des trajets réguliers entre la cité et le système ildiran central. Mais ces vaisseaux ne suffiraient jamais à vider entièrement la scission surpeuplée.

Le troisième orbe de guerre émergea enfin des nuages. À présent, la triade de sphères gigantesques, environnées d'éclairs, survolait les orages de Qronha 3. Elles ouvrirent le feu sur la ville des nuages. Le premier coup fit exploser un dôme de réaction et vaporisa l'un des modules d'habitation bondés, tuant des centaines de personnes. Des flammes se répandirent rapidement.

L'adar ressentit une souffrance intime, une déchirure du thisme, pour tous ceux qui venaient de s'éteindre.

— Ramenez-moi sur mon vaisseau !

— On y est presque, Adar.

En orbite, Qul Aro'nh faisait converger cinq de ses croiseurs sur l'orbe de guerre le plus proche. Chaque capitaine lançait tous les projectiles des batteries de défense : rayons énergétiques, missiles cinétiques, et même les puissants fracasseurs planétaires.

Les globes de diamant firent de nouveau crépiter leurs éclairs, pour frapper six des escorteurs désarmés et remplis de réfugiés, les réduisant en débris incandescents. Le coup suivant abattit une autre section de la ville industrielle géante. Celle-ci tangua, à l'agonie.

Sitôt que son cotre eut apponté son croiseur amiral, Adar Kori'nh fonça au centre de commandement. Sur son propre bâtiment, Qul Aro'nh continuait d'avancer, mais ses tirs ne causaient aucun dégât visible aux orbes de guerre.

Les pilotes d'escorteurs, toujours engagés dans la procédure d'évacuation, suppliaient à présent qu'on les laisse revenir : ils avaient vu les extraterrestres faire exploser les vaisseaux de réfugiés. Kori'nh les tança durement.

— Pas question de cesser le sauvetage !

Une vingtaine d'escorteurs bondés de réfugiés s'arrimèrent aux croiseurs lourds et dégorgèrent leurs passagers en proie à la panique dans les soutes. Des centaines d'extracteurs avaient été sauvés, mais le total des rescapés atteignait à peine un tiers de la scission. L'usine qronhienne était désormais en flammes, ses sphères d'habitation brisées. Les tours de condensation ainsi que les distillateurs de ses installations industrielles se consumaient, tordus et enchevêtrés.

Kori'nh réclama un rapport de ses sous-commandants. Cinq nouveaux escorteurs avaient décollé de l'usine naufragée. Plus de cinquante petits vaisseaux privés avaient quitté l'atmosphère de Qronha, et demandaient l'autorisation d'être ramassés par les croiseurs lourds.

Ignorant la résistance acharnée de la Marine Solaire, les trois orbes de guerre s'approchèrent de l'usine volante. D'un tir concerté, ils la firent exploser, ce qui engendra un nuage de débris qui retombèrent comme des météores dans les nuages orageux de la planète.

Tout le monde à bord avait péri.

Kori'nh appela l'ensemble des vaisseaux de sa maniple :

— Récupérez tous les réfugiés que vous pourrez. Escorteurs, retournez à vos croiseurs immédiatement.

Sa voix s'étrangla. Il n'avait jamais lu défaite si ignominieuse dans la longue histoire de l'Empire ildiran. Cette débâcle serait rapportée dans *La Saga des Sept Soleils* pour les générations à venir. Il poursuivit néanmoins :

— Nous devons battre en retraite. Nous mettre à l'abri.

— Mais, Adar ! lança Qul Aro'nh par radio. La Marine Solaire ne fuit pas. La honte qui en résulterait…

— *Kllar bekh* ! Nous avons secouru autant de survivants que nous le pouvions, et nous les transférons à bord des croiseurs. Je ne veux pas les voir mourir à cause d'un amour-propre mal placé. Notre premier devoir est de ramener les civils sur Ildira, et de faire un rapport au Mage Imperator.

Qul Aro'nh n'émit aucun commentaire. Il ordonna à six des sept croiseurs lourds de sa division de reprendre leur position dans la maniple. Mais le vaisseau du vieux sous-commandant continua sa course.

Depuis son centre de commandement, l'adar vit sur les capteurs que le vieux qul avait emballé ses réacteurs interstellaires, afin d'amorcer une surcharge en cascade. Le croiseur plongeait, seul, vers les trois orbes de guerre qui survolaient les débris fumants de l'usine. Kori'nh parla vivement :

— Qul Aro'nh, qu'avez-vous l'intention de faire ?

— Ainsi que vous l'avez ordonné lors des exercices d'entraînement, Adar, je m'essaie à une tactique non traditionnelle. Peut-être cette manœuvre deviendra-t-elle réglementaire, lors de telles situations désespérées.

Il coupa la communication : il avait fait son choix. Impuissant, Kori'nh vit les tuyères de son croiseur virer au rouge. Les réacteurs atteindraient la température critique dans quelques secondes.

Tout le personnel de bord – l'équipage, les soldats, les techniciens… Kori'nh perçut leur terreur, leur détermination, leur sombre acceptation du sacrifice, tandis qu'ils mettaient le cap vers leur anéantissement. Dans son centre de commandement, l'adar savait qu'il était responsable. Il avait couvert de honte le vieillard, balayé sa raison de vivre. Il l'avait poussé à cette solution extrême.

Oui, mais si ça marche…

Qul Aro'nh dirigea son vaisseau vers le premier orbe de guerre. Il lança le reste de ses missiles cinétiques et de ses fracasseurs planétaires, tout en poursuivant son tir ininterrompu d'armes à haute énergie. Déjà, Kori'nh pouvait voir les dommages infligés par cette attaque. Les deux autres orbes de guerre s'élevèrent, leur couronne d'éclairs bleutés s'intensifiant.

Mais, avant qu'ils aient pu lancer leur rayon, le vaisseau d'Aro'nh entra en collision avec le premier orbe. Au même instant, les réacteurs interstellaires atteignirent leur niveau de surcharge. L'impact créa un soleil bref et intense au-dessus des nuages de Qronha 3.

Ce fut comme si l'explosion atteignait Kori'nh au cœur. Mais, après toutes les victimes que les extraterrestres avaient faites, les martyrs du croiseur avaient au moins pu se défendre. Qul Aro'nh avait choisi le destin de ses hommes. Leur sacrifice – si l'adar devait qualifier cet acte désespéré – serait immortalisé dans *La Saga des Sept Soleils*.

Le flash de l'explosion avait aveuglé les caméras extérieures du vaisseau amiral. Une fois que les écrans reprirent leur affichage, Adar Kori'nh vit que l'enveloppe du premier orbe était à présent calcinée. Blessé à mort, il succombait à l'étreinte de la gravité de la planète géante.

Les deux autres sphères oscillèrent. L'onde de choc semblait les avoir craquelées et endommagées. Des jets de gaz à haute pression fusaient des brèches de leur coque. Mais elles avaient l'air de récupérer rapidement.

Kori'nh savait que le reste de sa maniple ainsi que les rescapés étaient condamnés, s'ils ne partaient pas sur-le-champ. Il devait d'abord penser à ses hommes. Il ouvrit un canal de communication générale, et ordonna aux quarante-sept vaisseaux de se replier rapidement.

Kori'nh était en état de choc. Il venait d'assister à la déroute totale de sa flotte – la première jamais attestée dans l'histoire de l'Empire. Mais, au-delà de cette débâcle peu glorieuse et des pertes inadmissibles en vies ildiranes, l'adar éprouva un désespoir plus grand. Car il savait que cela ne faisait que commencer.

L'ennemi avait également déclaré la guerre à l'Empire ildiran.

92

Le Mage Imperator

Reposant sur son chrysalit situé sous la hautesphère du Palais des Prismes, le Mage Imperator se prélassait dans la lumière concentrée par les murs incurvés. Au-dessus de lui, des oiseaux et des insectes multicolores voletaient à l'intérieur du terrarium géant, maintenus captifs par des champs répulsifs. Un hologramme du visage bienveillant du dirigeant était projeté sur une brume figée, au sommet d'une colonne de lumière jaillissant du trône. Telle une divinité, l'image baissait les yeux pour regarder les pèlerins et les suppliants qui venaient le voir et l'adorer.

Ainsi qu'il se devait.

Via le thisme, le Mage Imperator percevait la toile des événements qui se produisaient dans l'Empire. Il captait mieux la variété de pensées et de sentiments lorsque ses fils, les Attitrés des colonies, les canalisaient ; mais il parvenait néanmoins à distinguer les lumières scintillantes des meilleurs représentants de son peuple : ses commandants militaires, les chercheurs et les architectes, parfois des couples d'amoureux dont la passion brillait suffisamment fort pour être remarquée parmi les milliards d'âmes ildiranes. En tant que Mage Imperator, il était capable de partager ces émotions, alors même qu'il se concentrait sur les devoirs de sa charge.

Lui seul comprenait les priorités, savait quelles étaient les décisions déplaisantes à prendre. Ses sujets pouvaient bien rester dans l'ombre : ils le servaient, quoi qu'il décide. Il était le centre de l'Empire ; toutes les destinées procédaient de lui.

Tandis qu'il ruminait, une délégation de cinq squameux s'avança, la tête courbée et le dos voûté. Ils possédaient un visage anguleux, un long museau, et se déplaçaient avec une fluidité et une rapidité qui leur conféraient une démarche reptilienne. Leur kith travaillait dans les zones équatoriales, et maintenait des batteries de cellules solaires miroitantes, sous des jours éternels. Ils fabriquaient des générateurs à éoliennes qu'ils installaient au fond de canyons où soufflaient des bourrasques. Certains squameux travaillaient également dans des mines et des carrières, fouillant les strates à la recherche de trésors.

S'asseyant dans son chrysalit, le Mage Imperator salua la délégation. Leur chef, revêtu d'un pourpoint tanné, s'approcha avec déférence. Il haletait, mal à l'aise à cause de l'humidité de l'air, et gardait la tête penchée.

— Mon Mage Imperator, dit-il d'une voix râpeuse, nous vous avons apporté un cadeau, la plus grande découverte que nous ayons faite dans les carrières. Notre kith vous offre ce présent en remerciement de votre sagesse, et de l'attention que vous portez à l'Empire afin qu'il prospère.

Intrigué, le dirigeant redressa sa masse corpulente, comme de robustes domestiques ouvraient les portes à l'extrémité de la salle de réception. Ils tirèrent de concert une énorme et lourde pierre. Malgré leur force, un objet aussi massif leur donnait du fil à retordre.

Le Mage Imperator se demanda si les squameux avaient déniché une grande météorite enfouie dans le sable. Mais, lorsque les domestiques firent pivoter le bloc géant, il se rendit compte que le verso avait été détaché afin de révéler une cavité brute, incrustée de magnifiques cristaux, légèrement colorés de bandes d'améthyste et d'aigue-marine.

— Voici la géode la plus massive que nous ayons jamais découverte, Seigneur, dit le représentant des squameux. Plus haute que le plus grand des soldats. Un trésor sans pareil, que nous offrons à votre gloire.

Les nobles, les fonctionnaires et les employés à la cour s'agitèrent, le souffle court. Même le Mage Imperator sourit. Il leva une main dodue en signe de satisfaction, mais conserva un visage humble. Il était temps de montrer sa générosité, sa bienveillance paternelle.

Je n'ai jamais vu d'objet naturel aussi extraordinaire. Mais sachez que j'exécute ma tâche tout comme vous, comme tous les Ildirans. Un Mage Imperator n'est pas plus responsable de la prospérité de l'Empire que le plus modeste serviteur de n'importe quel kith. (Il hocha la tête vers le délégué.) J'apprécie votre offrande à sa juste valeur, mais votre loyauté est un trésor plus précieux à mes yeux.

Les squameux s'inclinèrent jusqu'au sol, comme si sa réaction les écrasait littéralement. Le Mage Imperator continua :

— En vérité, je ne mérite pas un aussi incomparable cadeau. Je vous ordonne d'exposer cet objet merveilleux dans les zones équatoriales, afin que votre kith puisse rendre hommage à vos prouesses. Qu'il nous rappelle à tous, tandis qu'il étincelle sous les sept soleils, vos efforts pour la grandeur de l'Empire.

Continuant à se prosterner, les squameux reculèrent de concert. Le Mage Imperator sentit l'exaltation qui irradiait de leur cœur, leur dévotion, et il sut qu'il avait pris la bonne décision. Leur loyauté s'était accrue, son contrôle sur eux raffermi.

Soudain, un raz-de-marée de souffrance et de désespoir le submergea. Il se contracta sur son chrysalit. Des secousses agitèrent les fils mentaux qui le reliaient au thisme. Il cria de douleur, roula en arrière, son énorme corps saisi de convulsions. Bron'n, son garde du corps personnel, se rua en avant, prêt à combattre n'importe quel ennemi avec son katana de cristal. Il lança un regard furieux à la délégation de squameux, comme s'ils avaient empoisonné le Mage Imperator. Ceux-ci se mirent à gémir, pleins d'appréhension.

Le Mage Imperator se tordit de nouveau, et les petits assisteurs s'enfuirent en hurlant. Les Ildirans les plus proches tressaillirent à leur tour : ils percevaient l'écho de son supplice par le thisme. Le Mage Imperator se perdit en lui-même, sombrant dans la trame des existences qui formaient son Empire, attiré comme un papillon de nuit vers les flammes brûlantes du désastre qui faisait resplendir Qronha 3.

Via le lien mental, il vécut l'anéantissement de la scission – l'horreur et la souffrance, la destruction aussi aberrante qu'injustifiée. Il perçut l'usine d'ekti dévastée, puis la poursuite du massacre par les hydrogues. Il fut présent lorsque Aro'nh envoya son croiseur bondé dans une mission suicide, pour détruire l'un des orbes de guerre. Le Mage Imperator endura la mort des soldats, de l'équipage, et des ouvriers qui n'avaient pu être évacués.

Il ressentit la défaite de la Marine Solaire.

Lorsqu'il reprit ses esprits dans la salle du trône, environné d'un silence stupéfait et d'une peur confuse, le Mage Imperator demeura sans voix. Il était épouvanté par ce qu'avaient fait les hydrogues. Il voulait hurler son angoisse, sa colère et son impuissance. Il avait lu les signes, et n'avait pas ignoré la menace croissante de l'ennemi légendaire. Mais il avait considéré la réapparition de ces étranges extraterrestres comme une opportunité. Exploitée correctement, l'agression hydrogue aurait pu servir à raviver l'âge d'or enfui de l'Empire. Mais les expériences de Dobro n'avaient pas encore abouti, et le Mage Imperator doutait que ses plans puissent se concrétiser, à présent.

Ah, l'agonie qui consumait son âme !

Avec l'attaque sur Qronha 3, les hydrogues l'avaient frappé au cœur. Désormais, il redoutait que cette guerre ne cause la perte non seulement de ces humains arrivistes… mais aussi de l'Empire ildiran.

93

Raymond Aguerra

OX lui avait bourré la cervelle de tant d'informations que Raymond sentait son crâne prêt à éclater. Et cela ne semblait pas près de s'arrêter. Il y avait tellement à apprendre, à assimiler, à mémoriser… Au contraire, les leçons semblaient s'être intensifiées.

Les merveilles du Palais des Murmures avaient commencé à perdre de leur éclat. Après avoir supporté autant de cours et d'examens ennuyeux, Raymond avait senti croître son impatience. Voici des mois qu'il n'avait pu respirer l'air du dehors ni se promener dans les rues. En dépit de la vastitude du Palais, de ses chambres innombrables et de ses distractions remarquables, il songeait avec envie aux jours où il se glissait, invisible, dans la foule rassemblée pour écouter les discours du roi. Il aimait chaparder un cadeau sur un stand, ou rentrer à la maison avec un bouquet de fleurs pour sa mère.

La peine lui serra la poitrine lorsqu'il pensa à elle. Non pas à cause de sa tristesse habituelle, mais parce que, à cause de ce simple souvenir, il réalisait que les leçons d'OX, les jeux, les divertissements et les festins lui avaient fait *oublier* sa famille. Sa mère et ses frères avaient péri dans un incendie. Peut-être le Président avait-il eu l'intention, depuis le début, de détourner son esprit de cette tragédie.

Récemment, il avait été irritable, contestant les devoirs qu'OX lui donnait à faire. Il avait refusé d'accomplir les tâches simples que Basil lui avait confiées, rien que pour le plaisir de créer des problèmes. Mais OX et le Président lui avaient démontré que son avenir, ainsi que les plaisirs qui en découleraient, dépendaient entièrement de la bienveillance de la Hanse. Quel prix attachait-il à cela ?

Basil l'avait réprimandé :

« Vous êtes un jeune homme intelligent, Peter. Cessez vos gamineries. Vos caprices d'enfant gâté me déçoivent. »

Raymond s'était assis en face du Président. Il se souvenait du temps où ses petits frères faisaient des caprices. Rita Aguerra savait toujours comment s'en occuper. Il aurait voulu qu'elle soit là en cet instant. Il semblait avoir du mal à contrôler son humeur.

Basil s'était penché par-dessus la table, le visage radouci. Sa voix s'était faite paternelle :

« Considérez ce qu'il serait advenu de vous, si nous n'étions intervenus le jour de la catastrophe. Les avantages dont vous disposez ont un coût, mais nos exigences ne sont pas si terribles. Peut-être que ce qu'on vous demande vous contrarie parfois, mais vous devez comprendre que dans la Hanse, personne – aucun ouvrier, aucun artiste, ni même aucun Président – n'est totalement libre de faire ce qu'il veut. On doit faire des concessions, afin d'en récolter un jour les bénéfices. (Basil s'était redressé, comme un homme d'affaires achevant un discours.) Vous comprenez cela ? »

Raymond avait opiné, encore réticent et confus. Mais, à présent, il se rendait compte qu'il devait changer sa façon d'agir. Il devait entrer dans le jeu.

Ce matin, OX se réjouit lorsque Raymond demanda à travailler de façon autonome pendant quelque temps. Il désirait fouiller les bases de données accessibles depuis le Palais des Murmures.

— Je promets de ne pas accéder aux zones interdites, dit-il d'un air contrit. Les planètes de la Hanse m'intriguent. Il y a tellement de colonies, sur tant de planètes… Peut-être qu'une fois que je serai roi, je pourrai les visiter.

Le Précepteur émit un bruit approbateur.

— Même pour un roi, la visite des soixante-neuf colonies hanséatiques nécessiterait de nombreuses années.

— Alors, puis-je au moins consulter les bases de données ? demanda-t-il, sans chercher à dissimuler son excitation.

— Ce serait un passe-temps très constructif, prince Peter. Puisque vous êtes destiné à devenir roi, vous disposez d'un accès à presque tous les fichiers.

Raymond ressentit les responsabilités peser lourdement sur ses épaules. En cet instant, il n'était pas certain de vouloir savoir quels secrets d'État il pourrait découvrir.

Il passa ainsi des heures à étudier la géographie des divers mondes, via l'interface de l'ordinateur. Certains étaient riches et exotiques, d'autres étaient des endroits misérables dont Raymond n'avait jamais entendu parler : Palissade, Passage-de-Boone, Cotopaxi.

C'est par accident qu'il tomba sur le monde islamique de Ramah. Il hésita, avant de se rappeler pourquoi ce nom lui était familier. Longtemps auparavant, son père s'était enfui là-bas, abandonnant femme et enfants, et l'on n'avait plus jamais eu de ses nouvelles.

Impatient de tester sa liberté réelle, Raymond sortit le registre détaillé du peuplement de Ramah. Nulle part sur la planète n'était fait mention d'un individu nommé Esteban Aguerra. La population, relativement réduite, observait un mode de vie islamique traditionnel, et Ramah était loin du sommet de la liste des mondes les plus mémorables de la Hanse. Lorsqu'il réalisa que la quasi-totalité des noms étaient d'origine arabe, Raymond se demanda si son père avait changé le sien. Si c'était le cas, il n'aurait plus aucun moyen de le retrouver.

En y repensant, toutefois, il se rappela le mois et l'année de son départ, après que ses parents eurent passé la nuit à se disputer. De là, il lui fut facile de découvrir quel vaisseau de recrutement était parti pour Ramah durant cette période.

Ensuite, il obtint la liste des passagers ainsi que le numéro colonial attribué à Esteban Aguerra, ce qui lui permit de suivre sa piste à partir de ce numéro au lieu de son nom. Il remonta jusqu'à

Ramah, où il découvrit qu'Esteban Aguerra s'était converti à l'Islam sous le nom de « Abdul Mohammed Ahmani ».

Se félicitant de son ingéniosité, Raymond revint aux fichiers de recensement. Il dénicha l'endroit où son père avait vécu, travaillant sans beaucoup de succès comme métallurgiste. Le jeune homme fronça les sourcils lorsqu'il découvrit qu'Abdul Mohammed Ahmani s'était remarié, et avait eu deux autres enfants.

Plus troublante, cependant, fut la découverte qu'il était mort récemment.

Perturbé, Raymond contempla le document, en tâchant de rassembler ses souvenirs. Il ne s'était jamais occupé de son père, mais à présent il avait atteint une impasse. Esteban avait été tué dans une ruelle au cours d'une rixe. Ses agresseurs n'avaient jamais été arrêtés. L'affaire avait été classée dans l'indifférence générale.

Soudain, Raymond réalisa que le décès de son père s'était produit la même semaine que l'incendie qui avait pris la vie de sa mère et de ses frères. Il se rassit lourdement, une sueur froide picotant son dos. Une coïncidence ? Peut-être, mais alors, elle était affreuse.

Il resta figé plusieurs minutes, vidé de ses forces. Lorsqu'il revint enfin à la base de données, il commença à taper les questions qu'il avait craint de poser depuis le commencement.

Le jeune homme visionna des reportages télé, puis des articles, et enfin les rapports d'enquête sur l'explosion catastrophique qui avait coûté l'existence à tant de gens. D'après ce qu'il savait, un stock de carburant vicié avait été illégalement caché dans les étages souterrains d'un complexe d'habitations ordinaires. Les containers s'étaient fissurés, laissant fuir des gaz volatils. L'explosion avait arraché les fondations de l'immeuble, et propulsé un geyser de flammes et de vapeurs toxiques dans les étages.

Des rapports personnels mettaient toutefois en lumière des irrégularités au sujet de l'identité du propriétaire, un individu censé être impliqué dans le marché noir, et sur l'origine du carburant volé.

De plus, l'un des sauveteurs professionnels blessés dans l'incendie avait affirmé dans une interview que les portes au-delà du niveau seize avaient été bloquées, de sorte que personne n'avait pu s'échapper, même ceux qui avaient pu survivre à l'explosion initiale. L'homme allait jusqu'à suggérer que les portes d'évacuation avaient été soudées à dessein. Bizarrement, aucun enquêteur de l'accident ne l'avait interrogé par la suite. Selon les documents, il avait été muté après son rétablissement dans une petite unité d'urgence, sur la planète Relleker.

Raymond trouva d'autres divergences en comparant les entretiens et les rapports émanant de différentes sources. Il ne fut pas surpris de voir son nom figurer parmi les victimes. Basil Wenceslas l'avait averti qu'ils avaient maquillé sa disparition, dans le but d'empêcher quiconque de suspecter les origines modestes du « prince Peter ». Sa gorge se serra, lorsqu'il lut le nom de sa mère et de ses trois frères à côté du sien, écrits en tous petits caractères, noyés dans la masse des victimes.

Cependant, un détail plus important lui glaça le cœur. D'après la chronométrie des images, son nom et ceux de sa famille avaient été intégrés dans la liste des victimes *en premier* – avant l'extinction de l'incendie et l'identification des corps… avant le début de l'enquête. Raymond compara l'enregistrement des rapports avec les indications de temps apparaissant sur les images de l'incendie tirées de la couverture médiatique. Aucun doute n'était permis.

Ils avaient su depuis le début. La Hanse avait marqué ces morts *à l'avance*.

Glacé d'effroi, Raymond effaça les traces de ses recherches. Avant de s'occuper de ces affaires suspectes, il avait passé les heures précédentes en activités innocentes. C'est pourquoi il espérait que ses gardiens ne prendraient pas la peine de noter le moindre de ses mouvements.

L'univers de Raymond venait de basculer une nouvelle fois, comme au jour de l'incendie. À présent, il tenait pour certain que sa famille avait été assassinée, y compris son père dont il était séparé – de simples détails à régler, pour mettre en scène la mort de Raymond. Les enjeux étaient si élevés…

Le Président Wenceslas et la Ligue Hanséatique avaient été prêts à tout pour qu'un garçon nommé Raymond Aguerra s'évanouisse, avant de réapparaître sous l'identité de prince Peter, leur marionnette pleine de bonne volonté.

Rien de tout cela n'avait été accidentel.

Écœuré et furieux, Raymond se promit de résister à l'endoctrinement. Peu importait ce que ses maîtres lui disaient, peu importait ce que OX lui enseignait, peu importe le paternalisme qu'affectait Basil Wenceslas. Raymond jura en son for intérieur qu'il resterait libre, alors même qu'il se montrerait coopératif. Au plus profond de lui, il refuserait le rôle qu'on lui imposait.

Mais il devrait être très, très prudent.

94

Tasia Tamblyn

Après cinquante-huit heures consécutives coincée dans son cockpit, Tasia Tamblyn sentait que son appareil, l'intercepteur le plus rapide des Terreux, était presque aussi efficace et manœuvrable qu'un vaisseau ordinaire de Vagabonds. Elle pourrait s'y habituer…

La technique en usage dans les FTD utilisait deux fois plus de procédures que nécessaire. Dès qu'elle eut arrêté de se plaindre des routines pesantes des systèmes de vol pour se concentrer pleinement sur son *apprentissage*, Tasia abandonna le pilotage en finesse pour une approche plus brutale. Elle pouvait néanmoins voler en cercle autour de n'importe quel objet.

Son Rémora tangua comme elle ajustait ses propulseurs et provoquait des à-coups au moyen des réacteurs d'appoint. Le vaisseau effilé suivait un parcours d'obstacles à travers des débris rocheux flottant à un point de Lagrange, situé entre Mars et Jupiter. Le jeu consistait à effleurer des balises disposées dans la ceinture d'astéroïdes, le plus vite possible.

— Ça, c'est marrant, Brindle !

La réponse de son compagnon lui parvint par radio :

— Tu as de sérieux problèmes psychologiques, Tamblyn.

Après quatre heures d'acrobaties extrêmes, elle avait les bras ankylosés, et des crampes sourdaient dans ses jambes. La plupart des aspirants avaient laissé tomber. Tasia, elle, continuait à faufiler son vaisseau dans les trous de souris du parcours. Les sergents instructeurs la réprimanderaient pour avoir épaté la galerie, mais ils cacheraient certainement un sourire de respect forcé sous leur expression sévère. Personne ne s'était attendu à ce que la Vagabonde réussisse si bien.

C'est que personne ne connaissait la détermination des Tamblyn.

Tout au long de l'exercice, Robb Brindle s'était maintenu avec ténacité à son niveau. Il avait suivi chacun de ses mouvements, le nez dans ses tuyères d'échappement, à travers les obstacles.

— Eh, tu as l'intention de laisser ton empreinte sur chacun de ces cailloux, ou bien on rentre à la maison ?

— Fais demi-tour quand tu veux, Brindle. Essaie seulement de revenir à la base assez tôt pour me préparer un bon dîner.

— Si je reste avec toi, on aura droit tous les deux à du pâté en boîte ? lança-t-il. Merdre, quel choix alléchant !

Tasia vola droit sur un amas de rocs peu engageant, pareil à un essaim de guêpes prêtes à cribler son vaisseau de piqûres.

— Tamblyn, fais gaffe !

Elle tira une rafale de jazers boostés, des rayons laser de haute énergie entourés par une gaine magnétique. Le rayonnement à double impact pouvait désagréger les matériaux les plus solides. Tasia ouvrit une voie à travers les rochers spatiaux, les vaporisant en infimes poussières, et fonça au travers avec un cri d'insouciance :

— Ça va un peu égratigner ton pare-brise, Brindle !

Elle s'était déjà entraînée sur des modèles variés de vaisseaux de guerre, des vieux tankers poussifs jusqu'aux Rémoras rapides, en passant par les croiseurs de moyen tonnage Mantas et les plates-formes mobiles de type Lance-foudre. Elle avait remporté tous les défis, et aspirait à un combat réel.

Cet entraînement épuisant avait découragé beaucoup de recrues : une bonne douzaine avaient laissé tomber, acceptant ainsi de se faire exclure pour conduite déshonorante. Jusqu'à présent, Tasia n'avait jamais été poussée au-delà de ses limites. Grâce à des années passées à affiner ses talents, elle était habituée à ce que les épreuves fassent partie de sa vie quotidienne. Il était décevant que les FTD tant vantées ne possèdent pas de critères d'excellence plus élevés.

Elle-même se trouvait en tête de sa promotion, avec des notes presque parfaites. L'essentiel de ses problèmes venait de son intolérance vis-à-vis des protocoles de l'armée.

Robb Brindle l'aidait lorsqu'elle subissait des brimades administratives ou personnelles, et Tasia flirtait avec lui, juste assez pour lui faire perdre un peu de sommeil (ainsi qu'elle-même, à l'occasion). Elle caressait l'idée d'avoir une amourette avec lui, bien qu'elle n'ait jamais envisagé de fréquenter le fils de deux officiers militaires terriens. On avait toujours préparé Tasia, en tant que fille d'un chef de clan, à une alliance avec une famille importante, tout comme Jess et Ross.

À l'évocation de ses frères, la jeune fille serra les dents avec détermination. Elle idolâtrait Ross et Jess depuis qu'elle était toute petite. Ils l'avaient protégée, sans jamais la brimer. Ils la laissaient se battre, et n'intervenaient qu'en cas de nécessité. Ce qui n'arrivait pas souvent.

Lorsqu'elle et Robb dînaient ensemble, elle parlait fréquemment de ses frères et de Bram. La mort de son inflexible père l'avait blessée. Elle se rappelait leur dernière dispute, et regrettait qu'ils ne se soient pas séparés en de meilleures circonstances. Elle savait cependant qu'elle avait fait le bon choix, en suivant son Guide Lumineux.

Au vu des performances pitoyables des kloubes, Tasia se demanda si elle n'était pas le meilleur espoir de la flotte pour combattre les créatures des abysses gazeux. Après la perte de son père et de Ross, la jeune fille voulait que son clan soit fier d'elle. Il ne restait plus que Jess…

Elle décida qu'elle en avait assez de cet exercice idiot. Elle rouvrit un canal de communication.

— Fini de jouer au chat et à la souris, Brindle. Le siège de mon cockpit me fait mal aux fesses. On rentre.

Elle incurva la trajectoire de son Rémora pour se dégager des astéroïdes. Brindle sur les talons, elle retourna à la base, persuadée d'avoir accompli le meilleur score de cet exercice.

Sur le quai de débarquement de la base martienne, Tasia s'extirpa de son Rémora. Elle gémit à cause de son dos et de ses jambes engourdis. Elle aurait souhaité pouvoir démonter le siège de la navette des Tamblyn qu'elle avait empruntée pour venir sur Terre, et l'installer sur ce vaisseau. Peut-être pourrait-elle suggérer à Brindle de lui faire un massage. Il ne se ferait pas prier longtemps...

Grimaçant, Robb sauta de son appareil et s'approcha.

— Qui t'a appris à voler comme ça sans te tuer d'abord, Tamblyn ?

— Certains d'entre nous possèdent un don inné, Brindle... et d'autres n'apprendront jamais, quel que soit leur temps d'entraînement.

Les sergents instructeurs les félicitèrent pour leur note. De nombreux aspirants admirent leur défaite à contrecœur, tandis que d'autres feignaient d'ignorer la Vagabonde. Brindle proposa de l'accompagner au carré des officiers, mais elle voulut d'abord utiliser sa ration d'eau pour prendre une douche.

— Ces exercices sont sacrément trop longs, dit-il en poussant un gros soupir.

— Ça ne sera pas toujours des exercices, tu sais. (Le regard de la jeune fille se durcit.) Le général Lanyan nous mène la vie dure pour nous préparer à un assaut général. Tu peux compter là-dessus. C'est sûrement pour bientôt.

Cette perspective sembla mettre Robb mal à l'aise.

— Les Forces Terriennes continuent de chercher des informations. On ne combattra pas les extraterrestres avant d'avoir de bonnes chances de l'emporter.

Tasia gratta ses cheveux en bataille. Elle repensa à la station du Ciel Bleu de Ross, à la façon dont la gigantesque usine avait été détruite sans merci.

— Le plus tôt sera le mieux, dit-elle.

95

Margaret Colicos

Dans la nuit feutrée de Rheindic Co, Louis Colicos et Arcas, le prêtre Vert, entamèrent une partie de cartes. DD faisait office de troisième joueur. Margaret, quant à elle, passait la soirée dans sa tente, à écouter l'air aigrelet de *Greensleeves* sur la boîte à musique que lui avait offerte son fils.

Elle méditait depuis des heures sur les hiéroglyphes klikiss de la cité enfouie. Bien que la première métropole qu'ils aient découverte comporte son lot de merveilles, celle-ci offrait davantage d'opportunités, de mystères et d'indices.

Ce qui l'intriguait le plus était la « fenêtre de pierre » trapézoïdale. Margaret était incapable de traduire les inscriptions sur les carreaux qui entouraient l'espace vierge sur le mur rocheux. Les symboles ne correspondaient à aucun signe mathématique, aucun mot se rapportant à une légende, qu'elle ait déchiffrés jusqu'à maintenant.

La boîte à musique achevait d'égrener sa mélodie discordante. Contrairement à son habitude, Margaret tendit la main pour la remonter, mais suspendit son geste. Elle se mit à l'écoute de la douce rumeur nocturne. Juste à côté retentirent le rire de Louis, Arcas entrechoquant les jetons de jeu, et la voix synthétique de DD, qui répétait le score.

L'insatisfaction l'empêchait de trouver le repos, mais Margaret n'avait pas envie de se joindre aux jeux stupides qui apaisaient son mari. Elle finit sa tasse de thé qui tiédissait, puis se leva en s'étirant et sortit dans la lueur des étoiles.

La nuit était chaude et immobile, l'air semblable à une nappe transparente. Comme elle progressait dans l'obscurité, une silhouette menaçante se dressa subitement devant elle. La forme se découpait comme un trou de néant dans la nuit, réfléchissant faiblement les étoiles. Margaret entendit des mouvements coulés, un clappement dur, un bruit d'articulations... puis, dans un flash, des capteurs optiques écarlates s'allumèrent, luisant de l'intérieur comme les yeux d'un démon.

— Margaret Colicos, ne soyez pas inquiète, émit le robot klikiss. Je conservais mon énergie, et je remettais à jour ma base de données.

Avec un rire nerveux, Margaret répondit :

— C'est exactement ce que je faisais, moi aussi. Lequel êtes-vous ?

— Je suis Sirix.

Le silence revint. Margaret n'était pas sûre de vouloir rester dans le noir avec la machine insectoïde. Bien que Sirix ne soit guère causant, elle décida de profiter de l'occasion.

— Vous n'avez aucune idée, aucune suggestion, au sujet des symboles autour de la fenêtre de pierre trapézoïdale que nous avons découverte dans les nouvelles ruines ?

— Ma mémoire a été effacée au cours de l'holocauste qui a détruit l'espèce qui m'a créé, Margaret Colicos.

— Oui, oui, vous m'avez déjà dit cela. Mais vous possédez des aptitudes, sinon vous ne pourriez fonctionner, ni communiquer. Je suis sûre que vous avez chargé des synthèses de nos découvertes dans les autres fouilles, afin de remplir votre mémoire.

— Il demeure un grand nombre de vides, Margaret Colicos.

S'interdisant de pousser un soupir, elle se contenta de froncer les sourcils, bien qu'elle doute que Sirix soit capable d'interpréter de telles mimiques.

— Je me demande si ces dessins, sur les carreaux, sont des indications de lieux, comme les coordonnées d'une carte. Peut-être que le motif tout entier autour de la pierre est l'équivalent d'un... répertoire, d'un carnet téléphonique.

— Je ne comprends pas cette référence, répondit Sirix.

Instinctivement, Margaret fut certaine que si. Se découpant dans la faible lueur des étoiles, le robot noir demeurait inflexible, ne livrant ni information, ni suggestion.

— Est-ce que vous évitez de répondre ? demanda-t-elle enfin. Vous ne m'aidez pas beaucoup.

— Je vous dis ce que je peux, Margaret Colicos. Mes compagnons et moi discutons abondamment de ces mystères depuis plusieurs siècles. Nous n'avons aucune réponse à vous donner.

— Je... je suis désolée de douter de vous, Sirix. S'il vous plaît, ne vous en offusquez pas.

— Nous ne nous offusquons pas. Même en l'absence de souvenirs clairs, je comprends très bien que les robots klikiss ont fait jadis partie d'une vaste civilisation, qui est aujourd'hui éteinte. Nos créateurs ont été éradiqués, tout comme nos souvenirs.

— Comme si tout avait été systématiquement effacé, ajouta Margaret.

— Peut-être est-ce l'explication, dit Sirix.

Troublée, sentant qu'elle n'avait pas avancé, Margaret souhaita bonne nuit à Sirix et se dirigea vers la lumière qui émanait de l'autre tente. Elle, qui d'habitude préférait être seule pour pouvoir se concentrer, désirait la compagnie de son mari.

Elle pénétra dans la tente, pour voir que Louis avait commencé une nouvelle partie de cartes avec Arcas et DD. Le visage de Louis s'illumina.

— Entre, très chère. Viens jouer. Je distribue les cartes.

Avant qu'elle ait pu répondre, il ajouta un tas de cartes à une place vide. S'asseyant, Margaret résuma rapidement sa conversation avec Sirix et se tourna vers leur comper de compagnie :

— DD, tu as parlé avec les robots. Est-ce que tu as pu apprendre quoi que ce soit que nous ne connaissions pas ?

— Rien du tout, Margaret. J'ai fait de mon mieux pour leur expliquer comment fonctionnent les compers, et dans quelle mesure notre nature diffère de la leur. Mais je n'ai rien appris à propos de l'espèce klikiss.

— Il a essayé, très chère, dit Louis.

L'humeur de DD changea. Il devint triste, presque désorienté.

— Il est navrant que l'expérience de toute leur vie ait disparu. On a peine à imaginer les merveilles que les robots klikiss ont vécues. Quel dommage !

Margaret prit ses cartes et les examina, bien qu'elle n'ait pas encore déterminé à quel jeu ils jouaient.

— Nous faisons au mieux pour découvrir tout cela, DD.

96

Basil Wenceslas

Le Mage Imperator de l'Empire ildiran et le Président Basil Wenceslas de la Ligue Hanséatique terrienne étaient les deux hommes les plus puissants du Bras spiral, mais ils ne s'étaient jamais rencontrés. Il n'était que temps.

À bord d'un vaisseau diplomatique, Basil se dirigeait vers Ildira afin de prendre l'affaire en main. L'époque de la diplomatie était révolue : la crise extraterrestre exigeait une discussion immédiate et franche.

Les attaques dévastatrices contre les usines des Vagabonds avaient drastiquement réduit la production d'ekti. De nombreuses stations d'écopage avaient cessé leur activité. Qui pouvait les en blâmer ? Aujourd'hui, avec la destruction de la cité d'extraction de Qronha 3, Basil ne doutait pas que le Mage Imperator joigne sans hésitation ses forces aux FTD, contre l'ennemi commun. Il espérait que le chef des Ildirans avait bien saisi que lui, le Président de la Hanse, avait le pouvoir de prendre n'importe quelle décision au nom de l'humanité.

Au début de sa carrière, il avait fait sienne une maxime de son père : « Il faut apprendre des erreurs, Basil – de préférence celles des autres. » Grâce à l'utilisation de la propulsion interstellaire ildirane qui avait permis de multiplier les colonies et d'augmenter la puissance économique de la Hanse, la civilisation humaine avait enfin atteint un niveau où elle pouvait réaliser son véritable potentiel.

Tandis que son vaisseau descendait vers Mijistra, ses assistants sollicitèrent une entrevue immédiate avec le Mage Imperator. Basil bomba les doigts et inspira longuement, examinant les différentes façons de diriger la discussion. Il y avait de nombreuses possibilités, et une multitude d'inconnues.

Avant son départ vers Ildira, Basil avait reçu du général Lanyan un ultime briefing sur l'état de préparation des Forces Terriennes, et sur la meilleure façon d'utiliser la Marine Solaire. Les sourcils froncés, le général avait affiché des images sur ses écrans. D'une voix méticuleuse, il avait dit :

« Monsieur le Président, j'ai des doutes concernant l'efficacité de la Marine Solaire ildirane. Selon moi, leur capacité d'action dans un conflit réel est sujette à caution. »

Sans faire de commentaire, Basil avait regardé les gigantesques croiseurs lourds. Puis :

« D'après les rapports de Qronha 3, leurs croiseurs ont réussi à détruire au moins une sphère ennemie, peut-être plusieurs. »

Lanyan avait pincé les lèvres.

« Monsieur, c'était un coup de chance. Une mission suicide, qui leur a coûté un bâtiment de guerre. Elle ne relevait aucunement d'une procédure ordinaire de la Marine Solaire.

— Expliquez-vous, général.

— Les Ildirans remuent beaucoup d'air, mais ils n'ont rien sous le capot. Ils n'ont pas été confrontés à l'ennemi depuis si longtemps – en admettant que cela leur soit arrivé un jour – qu'ils ne pourront jamais s'extraire de leur routine. »

Basil avait médité cela.

« Vous recommandez donc que j'annule mon voyage sur Ildira ? Vous pensez que je ne devrais pas me donner la peine de proposer une alliance ? »

Lanyan avait éteint les écrans.

« Oh, ne vous méprenez pas, je serai heureux de profiter du soutien ildiran – au pire, on utilisera leurs jolis vaisseaux comme chair à canon. (Ses doigts avaient tapoté le bureau.) Mais ne soyez pas dupe. La Marine Solaire est composée de paons prétentieux. Or, ce dont nous avons besoin, c'est de faucons. »

Lorsqu'il se tiendrait face au dirigeant extraterrestre, Basil prendrait toutefois soin de conserver cette opinion par-devers lui. Il se réserva un moment pour se préparer dans sa cabine, afin de s'assurer que son costume, ses doigts manucurés et sa coiffure argentée étaient impeccables. Il s'examina dans un miroir et fut satisfait de constater que ses yeux gris n'étaient pas injectés de sang, bien que ces derniers temps, ses nuits aient été agitées. Même pour les réunions privées, l'apparence était cruciale.

À travers un hublot, Basil regarda la métropole extraterrestre, et son cœur se mit à battre la chamade. Malgré toutes les notes qu'il avait lues, les Ildirans demeuraient un mystère à ses yeux. Avant de quitter la Terre, il avait reçu un rapport socioculturel de son agent sur Crenna. Davlin Lotze avait été envoyé là-bas dans le but de fouiller les vestiges de la colonie décimée. Malgré sa qualité d'expert, celui-ci n'avait pu glaner que des miettes : aucune révélation économique ou militaire d'importance.

La ville déserte de Crenna n'avait offert qu'un vague aperçu de la vie courante au sein de la société ildirane : les modes de vie des différents kiths, comment ils élaboraient et construisaient leurs édifices, leurs techniques agricoles démodées. Malheureusement, l'espion anthropologue n'avait pu découvrir aucune faiblesse, aucune faille que la Hanse puisse exploiter.

Et aujourd'hui, ils étaient amenés à travailler ensemble. Basil s'arma de courage, évitant de songer à l'importance de l'enjeu.

Il entrevit le spectacle époustouflant des cimes et des arrondis du Palais des Prismes, et comprit pourquoi des Ildirans plaisantaient au sujet du Palais des Murmures : son nom lui allait comme un gant, disaient-ils, car il ne pouvait susciter que des murmures par rapport à la citadelle du Mage Imperator.

Lorsqu'il entra, à la tête de sa délégation, dans le Palais des Prismes, un officier ildiran vint à sa rencontre. Basil reconnut Adar Kori'nh. C'était lui qui avait amené des vaisseaux de la Marine

Solaire sur Oncier, afin d'assister officiellement à l'expérience du Flambeau klikiss.

Basil parla rapidement :

— Je suis heureux qu'un chef de votre valeur soit venu nous accueillir, Adar Kori'nh. Nous avons des sujets importants à discuter avec le Mage Imperator. Je serais honoré que vous vous joigniez à nous, car les implications militaires sont considérables.

Kori'nh inclina la tête.

— D'accord, Président Wenceslas. J'ai récemment eu, hélas, une confrontation directe avec l'ennemi.

Les yeux de Basil s'agrandirent.

— Vous étiez présent à l'attaque de Qronha ?

— Oui, Président. J'ai… survécu, contrairement à d'autres.

Ils pressèrent le pas.

— Nous devons discuter de la façon dont les Forces Terriennes de Défense et la Marine Solaire peuvent s'unir contre ces agresseurs inconnus.

— Si les attaques se poursuivent, précisa Kori'nh.

Basil prit une longue inspiration.

— Adar, vous savez aussi bien que moi qu'elles vont continuer.

Kori'nh mena le groupe dans une chambre privée aux murs de vitraux qui flamboyaient tels des joyaux en feu. De petits assisteurs avancèrent dans la pièce, portant le chrysalit flottant comme s'il s'agissait d'un palanquin. Basil examina le Mage Imperator, semblable à un ver géant. Un homme obèse qui n'avait, au dire de tous, jamais quitté ce trône aux allures de matrice depuis sa castration rituelle neuf décennies plus tôt.

Après les présentations, Basil ramena ses bras devant lui.

— Mage Imperator Cyroc'h, veuillez pardonner ma méconnaissance de vos conventions. Quel est le salut approprié, pour un dirigeant de votre envergure ?

Le visage potelé du Mage Imperator était celui d'un bébé, indéchiffrable. D'une grande douceur apparente, mais avec un je-ne-sais-quoi d'intimidant.

—Dans la culture ildirane, les suppliants supportent plusieurs jours de purification, puis ils effectuent une ascension rituelle autour de la colline de la citadelle, en se lavant dans les canaux sacrés. Voilà comment mon peuple demande audience. (Ses yeux se plissèrent entre ses replis de chair.) Cependant, Président Wenceslas, notre temps est compté. Je n'attendais de votre part qu'un salut respectueux, comme vous l'avez fait. Il est vain pour chacun de nous de tenter d'imiter la culture de l'autre.

Le souverain ildiran s'était-il réellement attendu à ce que le Président de la Ligue Hanséatique le traite comme un dieu ? se demanda Basil.

—Merci pour cette concession, monsieur, dit-il. J'aurais préféré que cette réunion se déroule en de meilleures circonstances. (Il décida de parler sans détour. Derrière les portes closes des conférences privées comme celle-ci, les hommes de grand pouvoir n'avaient que faire des faux-fuyants.) L'Empire ildiran et la Ligue Hanséatique terrienne font face à un ennemi commun. Le temps est venu de discuter de coopération et d'assistance mutuelle.

Le Mage Imperator scruta son interlocuteur. Sa voix se fit prudente :

—Je vous écoute, Président.

—Nos deux civilisations sont devenues vastes et puissantes, dit Basil. Bien que nous ayons pris des chemins différents pour réussir, chacune de nos espèces augmente encore sa propre grandeur et se développe.

Le Mage Imperator considéra son interlocuteur humain avec scepticisme. Il paraissait agacé.

—Nous avons atteint l'apogée de notre culture, et nous sommes satisfaits. Nous n'avons aucun désir de grimper jusqu'aux cieux.

Il semblait vouloir mettre son interlocuteur à l'épreuve. Le Président répondit :

—Quel autre moyen avons-nous d'atteindre les étoiles, Mage Imperator, sinon en grimpant encore et encore ?

Il avait étudié des décennies d'observations de l'Empire, et analysé ses failles, afin de s'assurer que l'espèce humaine pourrait les surpasser. Celle-ci avançait à grands pas ; les Ildirans, quant à eux, préféraient regarder en arrière, et ressasser leurs exploits de jadis. Alors que la Hanse augmentait le nombre de ses colonies, l'Empire ildiran commençait à rétrécir. Les turbulents Vagabonds les avaient supplantés dans l'industrie de traitement d'ekti, avec la bénédiction de leurs victimes. Basil estimait que le Mage Imperator avait commis une folie en se mettant dans une telle position de faiblesse. Mais, à présent, les deux espèces avaient besoin l'une de l'autre.

Le corpulent Mage Imperator remua dans son chrysalit afin de se redresser. Son corps parut enfler, le rendant plus impressionnant encore.

— Avant d'envisager une alliance, je dois vous parler clairement et sans détour, Président. À mon grand dam, je pense que l'on a attiré le peuple ildiran dans un conflit contre son gré. L'ennemi ne fait pas la différence entre humains et Ildirans. Je proteste contre le fait que vous nous avez entraînés par mégarde dans une guerre dont nous ne voulons pas.

Surpris, Basil inspira deux fois pour se calmer, ainsi que pour ne pas réagir avec précipitation.

— Excusez-moi, Mage Imperator, mais personne ne connaît la raison de ces agressions. Les extraterrestres ont attaqué des stations d'écopage de Vagabonds, notre plate-forme d'observation scientifique, et à présent votre cité flottante de Qronha 3. Cela n'a aucun sens. Les stations d'écopage opéraient sans incident depuis plus de cent ans, et vos cités d'extraction depuis bien plus longtemps. Pourquoi l'ennemi a-t-il choisi de frapper *maintenant*, sans mise en garde ?

Le Mage Imperator paraissait en colère. Son regard trahissait de nombreuses années d'expérience, et Basil le regarda par-delà un gouffre de plus d'un siècle. Le gouvernant ildiran le toisa avec incrédulité, puis sembla réaliser que la perplexité du Président n'était pas feinte.

— *Kllarr bekh* ! Comment est-il possible que vous ne le sachiez pas ? Vous, humains, êtes la cause de tout cela. Vous ! Vous avez assassiné des millions d'hydrogues. (Sa longue natte battit violemment contre lui.) Dites-moi, Président Wenceslas – n'est-ce pas là une déclaration de guerre suffisante ?

97

Le roi Frederick

L'orbe de guerre fonçait à travers le système solaire jusqu'à l'orbite terrestre. De la taille d'un astéroïde, il se déplaçait aussi vite que les systèmes d'alerte avancée le repéraient. Avant que les FTD aient pu sonner le rassemblement, la sphère à coque de diamant expulsa un globe plus petit, telle une gouttelette de rosée. Celui-ci mit directement le cap sur la capitale de la Hanse.

Telle une ogive sur le point d'exploser, la sphère cristalline survola les tours ensoleillées du Palais des Murmures. Alors que l'armée décollait enfin, elle descendit, traversa le Canal royal, puis s'arrêta en lévitation devant les immenses portes voûtées du Palais.

La sphère de quatre mètres de diamètre paraissait remplie d'un liquide trouble. Les mots qui en sortirent, bien qu'inhumains, étaient compréhensibles.

— Je m'exprime au nom des hydrogues. J'apporte un message au roi des *rocailleux*.

Dans une explosion de sifflements, l'engin lâcha de la vapeur par des trous minuscules. Armes brandies, les gardes royaux prirent position aux alentours ; en dépit de l'activité qu'ils déployaient, ils paraissaient pathétiquement inefficaces. Des unités d'infanterie se ruèrent sur place, mais aucune d'elles ne voulait ouvrir le feu sur le petit globe de diamant. Loin au-dessus de leurs têtes, l'immense vaisseau-mère attendait, silencieux et menaçant.

Personne ne se décidant à ouvrir les portes du Palais des Murmures, la voix étrangère pulsa de nouveau :

— Je suis l'émissaire des hydrogues. J'exige de parler à votre roi.

À l'intérieur de la salle du Trône, le Vieux roi Frederick s'agita avec anxiété. Qu'était-il censé faire ? Basil Wenceslas n'était pas là. Il était parti sur Ildira rencontrer le Mage Imperator, le laissant sur le trône afin d'illustrer la continuité du gouvernement.

« J'ai inspecté votre agenda, Frederick, avait dit Basil avant son départ. Il n'y a rien qui réclame une attention immédiate. Si quelqu'un devait vous demander de prendre une décision, gagnez du temps et envoyez-moi un message. Je ne serai pas parti plus d'une semaine. »

Qui aurait pu deviner qu'après tant de demandes de pourparlers restées sans réponse, les extraterrestres des abysses gazeux choisiraient ce moment précis pour apparaître ?

— Amenez-moi un prêtre Vert, fit le roi Frederick. Nous devons envoyer un message sur-le-champ.

Il demanderait à Basil quoi faire. Malheureusement, sur Ildira il n'y avait que peu de prêtres Verts, sinon aucun, pour lui répondre. Le roi n'avait plus qu'à espérer que son message lui parviendrait, que quelqu'un, à l'intérieur du palais du Mage Imperator, pouvait utiliser le télien.

Les conseillers de la cour, tout aussi terrifiés, se pressaient autour du trône, comme pour puiser dans sa force légendaire. Espérant que le roi Frederick garderait le contrôle de la situation.

Dehors, le globe de l'émissaire flottait devant les portes barricadées. De minces volutes continuaient de fuser de ses évents, tel un dragon impatient.

— Dites-lui que nous examinons sa requête, dit Frederick.

Son message fut relayé. Il ressentait désespérément le besoin de s'appuyer sur quelqu'un.

— Et trouvez-moi mon vieux comper OX. J'aurai peut-être à puiser dans ses données.

L'appareil de liaison extraterrestre évoquait pour Frederick une cloche de plongée. Il se rendit compte que ce devait être un caisson pressurisé, se rappelant que ces – quel nom se donnaient-ils, les *hydrogues* ? – vivaient à une profondeur phénoménale dans les géantes gazeuses. L'émissaire devait donc s'enfermer de la sorte, afin de survivre dans l'atmosphère de la Terre. Frederick avait peine à imaginer la pression qui devait y régner.

— Cet engin pourrait être plein d'armes, Monsieur, avertit l'un des gardes de la cour.

Le roi Frederick inspira une longue goulée d'air.

— Probablement. Nous avons vu que les orbes de guerre pouvaient désintégrer des lunes entières. S'ils l'avaient voulu, ils auraient pu attaquer directement la Terre. Au lieu de cela, leur émissaire a décidé de venir frapper à notre porte. Je pense… je pense que nous devrions écouter ce qu'il a à dire.

— Je ne leur fais toujours pas confiance, Monsieur, fit un autre conseiller.

Le roi Frederick ignorait son nom ; il les oubliait à mesure, car ils changeaient trop souvent.

Le ventre noué, il s'agita sur son trône. Au pire moment, Basil n'était pas là pour lui souffler son texte à l'oreille. À présent, Frederick devait agir à sa manière. Après des décennies passées à débiter des mondanités diplomatiques, il devait aujourd'hui se montrer un véritable roi. Il s'arma de courage, se redressa, et leva la main.

— Très bien. Je vous ordonne de laisser l'émissaire extraterrestre entrer dans la salle du Trône.

Les gardes et les conseillers de la cour murmurèrent leur désapprobation, mais le vieux roi les tança du regard.

— Je dois l'entendre. Peut-être vient-il avec des offres de paix ! Pendant des mois, nous les avons suppliés de communiquer avec nous. Nous leur avons sans cesse demandé de négocier, et jusqu'à maintenant, ils sont restés silencieux. Puis-je refuser de voir cet émissaire, uniquement parce qu'il n'est pas venu à ma convenance ?

(Son poing frappa l'accoudoir de son trône, et il redressa la tête.) Non! Si nous avons un espoir de mettre un terme à ce conflit, je dois m'entretenir avec cette créature. Laissons-la s'expliquer.

Les portes extérieures, barricadées à la hâte à l'arrivée de l'émissaire, furent débloquées. Des gardes royaux suèrent à grosses gouttes pour rouvrir les battants massifs. Ils les entrebâillèrent suffisamment pour laisser passer le globe pressurisé de l'envoyé.

Tâchant de rester digne, le roi contempla l'étrange caisson sphérique. Celui-ci contenait des vapeurs laiteuses, probablement des gaz hautement concentrés que l'hydrogue pouvait respirer. Il émit un épais jet de vapeur, faisant sursauter les gardes royaux.

Enfin, l'un des prêtres Verts surgit d'un renfoncement, trébuchant sous le poids d'un pot de surgeon, normalement trop grand pour être déplacé. Frederick réalisait tardivement que c'était folie de ne pas avoir d'arbremondes en permanence dans la salle du Trône : Basil avait craint que les Theroniens ne les utilisent pour espionner les activités de la cour.

— Avez-vous réussi à contacter le Président ? demanda-t-il du coin des lèvres.

Il ne pouvait défaire son regard de la redoutable sphère qui glissait vers lui, maintenue en l'air par un quelconque système de lévitation.

Le prêtre Vert installa le lourd pot sur une marche à côté du trône. Il s'accroupit, et enroula ses bras autour du tronc écailleux du surgeon.

— Pas encore, répondit-il. D'autres prêtres, dans les salles attenantes, essaient de retrouver sa trace. Ils ont parlé avec nos correspondants à Mijistra. Mais atteindre le Président pendant sa réunion avec le Mage Imperator est plus difficile.

— Continuez, dit le roi tout en s'efforçant de ne pas montrer à quel point il dépendait de Basil.

L'émissaire hydrogue approcha. On avait amené un orchestre, comme s'il pouvait apprécier une réception en fanfare... Des préposés au protocole chargés de bannières et de drapeaux s'avancèrent précipitamment ; peut-être supposaient-ils que l'extraterrestre savait reconnaître ces emblèmes et ces fanions. Frederick trouva qu'ils en faisaient trop.

La boule translucide stoppa, vibrant de puissance. Sa présence était imposante, même dans l'immensité de la salle du Trône. En son sein, des volutes bouillonnaient telle une opale douée de vie.

Le roi Frederick songea à une boule à neige, et lutta désespérément contre un fou rire. Il devait apparaître courageux et résolu. Il ferait la fierté de Basil en agissant en authentique diplomate, après tant d'années passées au sein du Palais des Murmures.

Frederick avait l'intime conviction qu'il s'agissait de l'entretien le plus important de son règne. Il se leva, non par déférence envers l'émissaire hydrogue, mais pour se grandir, face à la sphère de cristal flottante.

Il attendit en silence. Le vaisseau pressurisé avait cessé de s'exprimer depuis qu'il avait exigé une audience. Afin de paraître avoir un semblant de contrôle, Frederick décida enfin d'entamer le dialogue. Pendant que le prêtre Vert essayait de contacter Basil, il ferait parler son interlocuteur, sans prendre de décisions hâtives – et, surtout, sans rien faire qui puisse être interprété comme une provocation. Le gigantesque orbe de guerre en orbite était sans aucun doute prêt à raser toutes les villes de la Terre.

Il redressa les épaules, tout en doutant que les hydrogues puissent comprendre ce genre d'expression.

— Je suis le roi Frederick, de la Ligue Hanséatique terrienne. Je représente tous les humains vivant dans le Bras spiral : ceux de la Terre, des colonies, ainsi que des stations spatiales et des stations d'écopage que vous avez détruites.

Frederick attendit, persuadé que ses mots allaient susciter une réaction de la part de l'émissaire.

Enfin, une ombre sembla coaguler au milieu des gaz compressés. Les volutes s'éclaircirent, comme si elles s'agglutinaient pour former une silhouette humanoïde de vif-argent miroitant, précise au cheveu près. L'homme portait une tenue à nombreuses poches et des emblèmes claniques brodés sur une cape ondulante, dont les plis étaient reproduits à la perfection.

La créature était façonnée dans un métal liquide évoquant le mercure. Elle évolua jusqu'à la paroi incurvée de son caisson. Ses traits sinistres s'animèrent, comme en fusion, et ses lèvres formèrent des mots :

— J'apporte un message des hydrogues pour vous, Frederick, roi des *rocailleux*.

— Il est habillé comme un Vagabond ! fit l'un des préposés au protocole, frappé de stupeur.

Les gardes royaux et les courtisans rassemblés dans la salle du Trône chuchotaient avec colère à présent, se demandant ce que cela signifiait. Les créatures des abysses gazeux n'avaient pas simplement choisi une approximation générique de la forme humaine. Ce qu'ils avaient sous les yeux possédait des contours précis. Il s'agissait d'une identité volée, ou copiée quelque part. Les hydrogues avaient détruit au moins cinq stations d'écopage de Vagabonds ; peut-être avaient-ils dupliqué l'une des victimes, absorbé, ou imité son corps, ainsi que son habillement, dans ses moindres détails.

Le roi Frederick s'efforça au calme, sachant ce qui était en jeu.

— *Hydrogues,* c'est donc ainsi que vous vous nommez ? dit-il en essayant de ne pas chevroter. Nous ignorons tout de votre civilisation et de votre espèce. Nous ne connaissions même pas votre existence. L'ignorance provoque bien des erreurs.

Fais toujours attention. Choisis tes mots. Reste vague. Ne cherche pas de responsable.

Il avait intégré les principes de la diplomatie, mais ceux-ci avaient été développés par des humains à l'intention d'autres humains. Qui pouvait dire comment une créature de cristal liquide provenant d'une géante gazeuse les interpréterait ?

Le Précepteur OX entra dans la salle du Trône sans se faire remarquer, et se posta à côté du prêtre Vert. Il embrassa la scène dans ses moindres détails, mais demeura silencieux, en attendant patiemment que le roi lui demande conseil.

— La civilisation des hydrogues existe depuis plus longtemps que n'importe quelle colonie de rocailleux. (L'expression de l'émissaire se modifiait avec lenteur, comme s'il fondait pour redurcir aussitôt.) Sur les mondes de notre empire, nos villes nomades sont enchâssées dans du diamant. Les individus se déplacent de planète en planète par l'intermédiaire de transportails. Nous ne traversons que rarement l'espace à bord de vaisseaux autonomes.

L'émissaire marqua une pause. Le roi Frederick posa la question attendue :

— Que sont les transportails ? Nous ne sommes pas familiarisés avec votre technologie.

— Ce sont des portes dimensionnelles, permettant des voyages instantanés entre les mondes. Bien que nos orbes de guerre et certaines de nos villes soient capables de voyager dans l'espace, nous trouvons qu'il s'agit d'une méthode peu performante pour se rendre d'un point à un autre.

Frederick essayait de comprendre. À côté de lui, le prêtre Vert parlait sans discontinuer à son arbre, comme un sténographe répétant tout ce qu'il voyait et entendait. Grâce au télien, les prêtres Verts du Bras spiral feraient circuler l'information.

Ces créatures des abysses gazeux, ces hydrogues, disposaient d'une civilisation cachée, organisée en réseau, au moins aussi étendue que la Hanse ou que l'Empire ildiran. Mais comme ils vivaient dans les tréfonds « inhabitables » des géantes gazeuses, et voyageaient au moyen de portes dimensionnelles et non dans l'espace interstellaire, personne n'avait jamais soupçonné leur existence.

Frederick songea qu'il était temps d'obtenir des informations utiles. La profondeur de son ignorance le stupéfiait.

— Si vous habitez autant de géantes gazeuses, pourquoi les mondes rocheux vous intéressent-ils ? Que possédons-nous que vous pourriez vouloir ?

Au sein de son vaisseau, l'émissaire s'agita.

— Vous n'avez rien que nous désirions.

Le roi ignora le brouhaha autour de lui.

— Alors, pourquoi nous attaquer ? Pourquoi les hydrogues sont-ils entrés en guerre contre nous et les Ildirans ? Des milliers d'innocents ont déjà péri suite à vos agressions.

— Les hydrogues n'ont pas commencé la guerre, rétorqua l'émissaire. Les étrangers ne nous intéressent aucunement, car ils sont insignifiants. Nous n'avons rien en commun avec les rocailleux, aucun territoire ni intérêt que ce soit.

La frustration donnait à Frederick l'envie de hurler. Dans ce cas, *pourquoi* ? Il ressentit sur ses épaules le poids de toutes les victimes massacrées par les hydrogues, y compris celles des Vagabonds et des Ildirans.

Le visage de l'émissaire s'altéra, comme s'il repassait une séquence qu'il aurait captée en observant la terreur sur les traits de son modèle humain, à l'instant de sa mort.

— Lors d'un acte de destruction indicible, vous avez mis le feu à l'un de nos plus beaux mondes. Vous avez embrasé une planète extrêmement peuplée. Des dizaines de millions d'hydrogues, dans des centaines de villes, ont été détruits lorsque vous avez transformé notre monde en étoile. Très peu en ont réchappé.

L'envoyé de métal liquide se pressa contre l'épaisse paroi du caisson à haute pression.

— C'est *vous*, le roi des rocailleux, qui nous avez déclaré la guerre.

98

Otema

Plongée avec délice dans l'esprit de la forêt-monde, Otema s'assit à son bureau, à l'intérieur du Palais des Prismes. De son bras noueux, elle étreignit le tronc flexible de son surgeon en pot, et récita à haute voix les merveilleux versets cadencés de *La Saga des Sept Soleils*.

Elle narra la légende d'un terrible incendie qui avait ravagé les forêts de conifères de la planète Comptor, et comment l'Attitré de Comptor, le plus jeune des fils du Mage Imperator et aussi son préféré, avait été piégé dans sa datcha campagnarde. Alors que le feu encerclait sa résidence, le jeune Attitré avait rassemblé sa famille afin de contempler les flammes voraces. Il avait dit à ses enfants qu'ils ne devaient jamais avoir peur de la lumière, que l'éclat du feu lui rappelait les sept soleils qui brillaient au-dessus d'Ildira. Puis, par le thisme, il avait communié avec son père jusqu'aux ultimes instants, des instants atroces, répétant au Mage Imperator à quel point il l'aimait et le révérait. Puis, le thisme s'était rompu…

Cette légende émut profondément Otema, et elle la lut à la forêt-monde ; celle-ci avait elle-même une peur innée du feu. Les arbres conscients ruminaient un terrible souvenir à demi enfoui, une ancienne conflagration qui avait balayé et englouti de nombreux mondes – il y avait très, très longtemps. Otema avait essayé d'extraire cette histoire de leur mémoire, mais les arbres n'avaient pas souhaité la partager avec elle.

Le cri mental qui perça le télien surprit Otema au milieu de sa rêverie. Ce contact pressant avait été envoyé par l'un de ses pairs au Palais des Prismes. Il nécessitait son aide.

La vieille ambassadrice embrassa la situation en un éclair : l'arrivée de l'émissaire hydrogue sur Terre, son exigence de parler avec le roi Frederick, et le besoin urgent de ce dernier de communiquer avec le Président Wenceslas, en visite à Mijistra. Otema savait fort bien, depuis son service sur Terre, que le vieux monarque ne prenait aucune décision par lui-même. Il n'avait même pas l'autorité pour parler au nom de la Hanse, à moins que le Président lui en donne la permission.

Elle accusa réception via télien, et, soulevant le pot le plus proche, sortit de ses appartements aussi vite que ses jambes fatiguées pouvaient la porter. Tandis qu'elle se pressait dans les couloirs cristallins, elle percuta Nira qui sortait de sa propre chambre. Les yeux de sa jeune assistante étaient écarquillés et apeurés. Pendant qu'elle lisait *La Saga* aux arbremondes, elle aussi avait perçu le message d'urgence, comme tous les prêtres Verts du Bras spiral. La nouvelle de l'arrivée sur Terre de l'hydrogue s'était répandue dès que la forêt-monde en avait été informée.

— Viens avec moi, Nira, dit Otema, coupant court à ses questions. Tu pourrais m'être utile pour appeler le Premier Attitré, s'il faut interrompre une réunion entre le Mage Imperator et le Président.

Les deux prêtresses se hâtèrent vers la salle d'audience de la hautesphère. Seule une poignée de nobles et d'employés de second rang étaient là. Otema parla rudement au premier fonctionnaire qu'elle rencontra :

— Où est le Mage Imperator ?

— Il ne doit pas être dérangé, dit ce dernier en se détournant.

D'une poigne de fer, Otema saisit son vêtement à rayures étincelant.

— Je dois remettre un communiqué urgent au Président Wenceslas, de la Ligue Hanséatique terrienne. Le Mage Imperator voudra lui aussi l'entendre.

Le bureaucrate hésita, inquiet. Un instant, ses yeux devinrent vitreux, comme si le Mage Imperator percevait quelque chose par le thisme. Enfin, il dit :

— Par ici.

Les deux femmes se hâtèrent, en se partageant le poids du lourd surgeon. Otema gardait ses doigts en contact avec le tronc, prête à recevoir les informations en direct. Son interlocuteur dans le Palais des Murmures décrivait chaque événement au fur et à mesure, et ses paroles lui étaient transmises instantanément. L'imagination d'Otema reconstitua l'entrée de la sphère de confinement de l'émissaire dans la salle du Trône du roi Frederick.

Nira et elle firent irruption dans la salle de réunion privée, interrompant Basil Wenceslas au milieu d'une phrase. Celui-ci se retourna pour considérer le visage ridé et tatoué d'Otema, et il fronça les sourcils avec impatience. Otema s'avança dans la pièce sans y avoir été invitée.

— J'ai un message pour le Président Wenceslas et le Mage Imperator.

Nira installa le pot de surgeon sur une petite table, poussant de côté une statuette d'onyx poli.

Otema et le Président avaient vécu beaucoup de choses ensemble, dont la plupart empreintes de combats et de frustrations. En tant qu'ambassadrice de Theroc sur Terre, Otema avait adroitement contrarié les projets de Basil chaque fois qu'elle l'avait pu, et il le lui avait souvent reproché. Il la trouvait démodée et immobiliste, à vouloir ainsi entraver le progrès et le commerce bénéfiques à l'humanité tout entière. Elle le soupçonnait d'avoir manigancé sa mise à la retraite, pour la faire remplacer par Sarein, bien plus coopérative.

— Ces événements se déroulent en ce moment même, dit-elle.

Elle résuma rapidement l'apparition de l'orbe de guerre sur Terre, et la cuve de confinement hermétique contenant l'émissaire hydrogue.

Basil Wenceslas écouta ses paroles, d'abord contrarié, puis stupéfait. Le Mage Imperator reposait sur son chrysalit, également attentif. Le regard d'Adar Kori'nh allait de son chef à la prêtresse Verte, assimilant les renseignements.

Basil dit :

— Le roi Frederick ne peut gérer seul cette situation. Il ne l'a jamais fait jusqu'à présent. (Il leva les yeux vers Otema, mortellement sérieux.) Il a besoin de mes conseils. Pouvez-vous relayer mes instructions ? Y a-t-il un prêtre Vert près de lui ?

— Il y a un prêtre et un arbre à côté du trône.

Basil serra les poings si fort que ses ongles laissèrent des marques sur ses paumes.

— Bien. Dites-lui que…

Otema leva la main.

— L'émissaire parle. (Elle écouta les mots qui résonnaient à travers le télien de la forêt.) Il dit que les hydrogues ne toléreront pas plus longtemps les ingérences des « rocailleux » – c'est ainsi qu'ils nous appellent.

— Qu'est-ce que cela signifie ? demanda Basil.

Otema répéta les mots mêmes de l'émissaire.

— Il dit : « Nous n'autorisons plus la présence de parasites sur nos mondes. »

Basil murmura pour lui-même :

— Frederick, tu ferais mieux de ne pas t'embrouiller, cette fois.

Puis, à Otema :

— Le roi a-t-il répondu ?

— Il est aussi stupéfait que vous.

— Dites-lui de gagner du temps, dit le Président précipitamment. Qu'il ne reconnaisse ni n'admette rien.

Otema transmit ces mots par télien, mais elle lui retourna un commentaire :

— Monsieur le Président, je ne crois pas que les hydrogues cherchent à obtenir de quelconques concessions de notre part. L'émissaire se contente de délivrer un ultimatum.

Basil parut frappé d'horreur.

— Ils ne nous laisseront plus approcher des géantes gazeuses ? Ridicule ! Cela signifie la fin des stations d'écopage. Plus d'ekti…

Adar Kori'nh se tourna vers le Mage Imperator.

— Seigneur, sans ekti pour la propulsion interstellaire, l'Empire s'effondrera.

— Ainsi que la Hanse, renchérit Basil. Les hydrogues vont nous affamer. Des milliards de personnes resteront isolées et mourront. Nous ne pouvons pas obtempérer… Dites cela au roi Frederick, ordonna-t-il en pointant un doigt sur Otema. Il doit le répéter à l'ambassadeur étranger. (Il baissa la voix.) Bon sang, j'aimerais pouvoir dicter moi-même ces paroles.

Après qu'elle eut relayé le message du Président, Otema lut une peur véritable sur son visage. Ni les Ildirans, ni les humains ne pouvaient supporter les restrictions que les créatures des abysses gazeux venaient d'imposer. Il ne faisait aucun doute qu'un arrêt de l'exploitation d'ekti ruinerait le voyage spatial dans la galaxie.

D'une voix sèche, Otema répéta mot pour mot la suite du message. Elle-même ne parvenait pas à croire ses paroles.

— L'émissaire dit : « Par la présente déclaration, nous interdisons l'accès à toutes les géantes gazeuses. Les usines de traitement d'hydrogène sont dorénavant prohibées dans nos nuages, et doivent être retirées ou détruites. »

Otema ferma les yeux, tâchant d'ignorer les exclamations qui retentissaient dans la pièce. L'hydrogue continua, comme s'il leur accordait une faveur :

— « Nous consentons à vous accorder un délai, bref mais suffisant, pour retirer vos stations d'écopage. Ensuite, tout parasite découvert dans nos nuages sera anéanti. »

99

Le roi Frederick

Écrasé par la situation, le roi s'agitait sur son trône. Il jetait des regards en biais au prêtre Vert qui relayait les paroles de Basil – lesquelles ne le réconfortaient guère.

Entendre Basil lui avait ôté un poids énorme. Il s'était naïvement imaginé que le Président lui fournirait une réponse immédiate qui lui permettrait de régler la situation. Mais l'émissaire avait prononcé son effroyable ultimatum, et Frederick ne savait toujours pas quoi rétorquer.

La créature de métal liquide flottait dans son container à haute pression. Ayant délivré son message, elle se tenait à présent silencieuse. Craignant qu'elle ne se retire, le roi parla rapidement :

— Attendez ! Ceci est sans précédent... Et une telle sanction n'est pas nécessaire ! Votre réaction est exagérée.

Le visage sculpté à la perfection de l'extraterrestre des abysses adopta une physionomie inappropriée – la bouche ouverte mimant un cri de pure terreur. Il ne saisissait manifestement pas les subtilités des expressions faciales humaines.

— Vous avez détruit l'un de nos mondes, dit-il. Il ne peut y avoir de paix entre nous.

Frederick pria pour que la peur ne brise pas sa voix.

— Vos géantes gazeuses contiennent une ressource essentielle à notre civilisation. À ma connaissance, nos stations d'écopage n'ont causé aucun dommage à vos mondes, pas plus qu'elles n'ont déréglé vos systèmes météorologiques. Mais il nous faut traiter de grands volumes d'hydrogène pour obtenir l'ekti nécessaire à nos propulseurs interstellaires.

— Votre demande est rejetée, énonça l'émissaire hydrogue. Retirez les parasites rocailleux de nos nuages, ou nous les éliminerons.

Un nouveau jet de vapeur siffla d'un minuscule évent. Le roi jeta un coup d'œil rapide à OX, espérant puiser un peu de confiance dans son ancien Précepteur. Au début de sa formation de monarque, Frederick avait passé plusieurs mois avec OX. Ce dernier lui avait transmis sa sagesse, et les expériences qu'il avait vécues. Hélas, Frederick doutait qu'aujourd'hui, même lui puisse l'assister face à cette si étrange créature.

— S'il vous plaît, écoutez-moi.

Il se leva de son trône et descendit une marche pour se rapprocher du globe de confinement de l'émissaire. Il agrippa son sceptre comme s'il s'agissait d'une canne.

— Au nom de mon peuple et des gouvernements coloniaux de la Hanse, permettez-moi de vous exprimer mes plus profonds regrets et mes plus sincères excuses. (*Là ! Voilà qui sonne bien.*) Vous devez comprendre que cela a été une tragique erreur. L'expérience du Flambeau klikiss, sur Oncier, n'était pas une attaque contre votre peuple. Nous ne savions absolument rien de votre empire caché. Je vous donne ma parole de souverain que nous n'entreprendrons plus jamais pareille expérience. Une compensation doit pouvoir s'envisager, n'est-ce pas ?

Sa voix avait pris un ton suppliant. Il se redressa, tâchant d'avoir l'air plus ferme. Mais l'émissaire répondit :

— Les rocailleux ne possèdent rien qui intéresse les hydrogues. Il vous serait impossible de nous dédommager.

Le roi sentit croître son désespoir. Il tenta de paraître bienveillant, de miser sur la plus infime trace de sentiments que ces créatures étaient susceptibles de ressentir.

— Vous ne réalisez pas les dommages qu'un tel embargo causerait. Sans carburant interstellaire, le commerce de la Ligue

Hanséatique périclitera, et nos colonies mourront de faim. Pensez à la souffrance ! Il doit y avoir moyen de trouver un compromis... s'il vous plaît.

Arborant le visage argenté d'un Vagabond mort, l'émissaire le fixa droit dans les yeux.

— Je n'ai pas été envoyé pour négocier, seulement pour apporter un message. A-t-il été enregistré et retransmis, afin que chacun puisse entendre mes paroles ?

Le roi Frederick jeta un coup d'œil à OX. Le comper observait la rencontre, afin d'en conserver la trace la plus fidèle possible. De l'autre côté du trône, le prêtre Vert achevait d'envoyer un compte-rendu par télien à Basil Wenceslas et au Mage Imperator, sur Ildira. Les journalistes filmaient en direct et diffusaient les événements aux chaînes d'information, pour les distribuer par vaisseaux commerciaux dans tout le Bras spiral.

Frederick se sentit vaincu.

— Émissaire, vos paroles ont déjà été entendues par des millions de personnes. Un compte-rendu de cette rencontre sera diffusé sur les mondes de la Ligue Hanséatique terrienne et de l'Empire ildiran.

— Ma mission est donc remplie.

L'hydrogue s'enfonça dans les nuages opalins. Sa forme humanoïde redevint fluide, et il se dissipa.

L'un des gardes royaux toucha un récepteur à son oreille, écouta un rapport, et s'avança vivement vers le trône.

— Sire ! L'orbe de guerre vient de quitter l'orbite terrestre.

Frederick eut peine à croire ce qu'il entendait.

— Dans ce cas, comment l'émissaire va-t-il retourner à son vaisseau-mère ?

Le prêtre Vert redressa brusquement la tête, écartant son regard du grand surgeon, comme s'il s'était brûlé.

— Sire, le Président Wenceslas exprime une inquiétude extrême. Il vous conseille la plus grande prudence.

OX couvrit la voix du prêtre Vert :

— L'émissaire ne compte pas repartir.

Le roi s'éloigna de la sphère de confinement flottante et trébucha sur la marche menant au trône. À présent, les parois incurvées du globe étaient opaques, de sorte qu'il ne pouvait plus apercevoir la forme cristalline de l'émissaire.

— Évacuez la salle du Trône ! lança-t-il. Menez-vous tous en sûreté ! Je veux…

Un réseau de fines craquelures se dessina sur le revêtement extérieur du globe. Des hachures circulaires apparurent, entourées de motifs étoilés irréguliers provoqués par la pression. Ceux-ci craquaient, se fissuraient…

L'émissaire des hydrogues fit exploser les verrous armés de sa chambre de confinement, lâchant une atmosphère assez dense pour transformer l'hydrogène gazeux en sa forme métallique, ou compresser le carbone en diamant. Le relâchement brutal de la pression envoya une onde de choc à travers la salle du Trône.

La déflagration due à la surpression détruisit la somptueuse salle, pulvérisa les vitraux, vaporisa les infortunés spectateurs. L'explosion broya le trône et projeta OX contre un mur de pierre.

Le souffle transforma le Vieux roi Frederick – l'homme qui avait gouverné la Ligue Hanséatique terrienne pendant quarante-huit ans – en une gelée aux os fracassés. Et changea pour toujours le cours de l'Histoire.

100

Margaret Colicos

Après des semaines passées à ratisser la cité klikiss à flanc de falaise, Margaret et Louis Colicos firent *la* découverte. Plein de diligence, DD avait suspendu des chapelets de lampes dans les tunnels. À l'intérieur des chambres, il avait installé des éclairages ainsi qu'un générateur de faible puissance afin de fournir de la chaleur et de renouveler l'air.

Passé la fièvre de sa découverte, Arcas revenait fréquemment au campement afin de surveiller le développement des surgeons. Il passait des heures à recenser les trouvailles archéologiques pour la forêt-monde, tâche que personne ne pouvait accomplir à sa place.

Les trois robots klikiss partaient souvent se promener, sans dire à quiconque où ils se rendaient. Tôt le matin, Louis avait exprimé le fond de sa pensée : le premier site avait été dérangé de façon presque imperceptible – des traces évoquant des éraflures de chenilles étaient apparues, et l'équipement avait été déplacé. Selon lui, les robots étaient revenus dans les bâtiments abandonnés, à la recherche d'indices sur leur passé.

— Je suppose que j'aurais fait la même chose si j'étais atteint d'amnésie, très chère, dit Louis. Un minuscule indice pourrait déclencher une révélation. Peut-être sont-ils sur le point de recouvrer la mémoire.

Margaret acquiesça en dépit de son trouble.

— J'aurais préféré qu'ils ne fassent pas autant de mystère là-dessus. Quant à nous, il ne faut rien leur cacher.

Margaret avait stocké des copies de leurs rapports. Soucieuse des détails comme à son habitude, elle conservait les dossiers dans sa tente et cachait un duplicata des données protégées à l'intérieur de la ville fantôme. L'inondation fulgurante qui avait ravagé le canyon montrait à quel point même un lieu sécurisé pouvait souffrir de dommages catastrophiques.

Pendant qu'il bricolait la machinerie incompréhensible de la salle à la fenêtre de pierre, Louis finit par découvrir un moyen d'ôter le capot de l'étrange générateur.

— Eurêka, pour citer un autre scientifique de génie ! cria-t-il.

Margaret se précipita pour voir ce qu'il avait découvert. Son époux scrutait les composants de l'appareil extraterrestre, étudiant la manière dont les connexions desservaient les sous-systèmes.

— Ah, voilà comment ils s'accordent. Et ceci… doit être la source d'énergie. Elle a été désactivée à partir de ce conduit, ici. Comme si le système avait été mis en veille.

Il fit courir ses doigts le long des composants métalliques et polymères, laissant son intuition le guider le long des câblages.

Sous le capot rabattu sur le côté, Margaret repéra un diagramme de symboles klikiss. Il montrait des connexions avec les composants de l'instrument extraterrestre. À sa grande satisfaction, les symboles s'assortissaient aux inscriptions sur les carreaux entourant la fenêtre de pierre trapézoïdale. Chacun d'eux semblait correspondre à des coordonnées ciblées par le mécanisme. Le câblage aboutissait à l'intérieur du pan de pierre vierge, comme des pistes de phéromones d'insectes formant un circuit organique recouvert d'une pellicule rocheuse.

— Ce sont… des *lieux*, l'ancien. Il s'agit d'une carte. Peut-être un catalogue, ou un répertoire.

Son mari cessa d'étudier la machine.

— Ah, comme les coordonnées du pulsar, sur les plans du Flambeau klikiss.

DD arriva dans la pièce, attiré par leurs cris d'excitation, et assimila les nouvelles informations.

— Quelles fantastiques déductions, Margaret ! dit-il. Vous pourrez les utiliser comme base, pour avancer de nouvelles théories sur les Klikiss.

— Absolument, DD ! lança Louis. Nous avons compris, maintenant. C'est notre plus belle découverte depuis celle du cadavre de Klikiss.

Il étreignit Margaret si fort que cela la gêna, même après tant d'années de mariage, et bien qu'il n'y ait personne pour les voir.

— Peut-être même plus importante à long terme, l'ancien. Souviens-toi que nous avons trouvé des fenêtres de pierre identiques dans chaque ruine klikiss que nous avons examinée. Mais la plupart étaient endommagées, en particulier les carreaux comportant les coordonnées. Nous n'avons jamais été aussi près de comprendre leur science. Je suis certaine que tu réussiras à résoudre tout cela.

— Avez-vous essayé d'enclencher la source d'énergie, Louis ? demanda DD.

Avec un bruit de pas traînants, les trois robots klikiss pénétrèrent dans la pièce, leurs capteurs optiques brillant de curiosité. DD leva les yeux vers eux et lança, jovial :

— Sirix, Ilkot, Dekyk ! Venez voir ce qu'a trouvé Louis.

Les trois machines insectoïdes entourèrent l'appareil dénudé, et scannèrent le diagramme ainsi que les composants. Margaret examinait les symboles de coordonnées gravés sur les mécanismes. Elle remarqua des hiéroglyphes identiques sur de petits carreaux, autour de la fenêtre trapézoïdale… comme des boutons de sélection.

Louis s'accroupit et trifouilla dans la machinerie.

— Bien, je pense que le générateur est encore intact… Je devrais pouvoir réparer ça sans trop de problème.

— Cette fenêtre de pierre, est-ce qu'elle pourrait faire partie d'un système de transport, l'ancien ? Chaque carreau semble indiquer un endroit – une destination, peut-être ?

Louis regarda sa femme avec scepticisme.

— Et mes collègues prétendent que ce sont *mes* idées qui sont étranges. Tu penses que les Klikiss pouvaient passer à travers les murs ?

Margaret se tourna vers Sirix.

— Qu'en pensez-vous ?

— Je n'ai rien à suggérer, Margaret Colicos.

Louis leva les yeux, un sourire au coin des lèvres.

— Vous devez être excités, tous les trois ! Aujourd'hui, nous avons enfin une possibilité réelle d'apprendre ce qui est arrivé à vos créateurs, et la raison pour laquelle vos souvenirs ont été effacés il y a si longtemps.

Margaret le mit en garde.

— Ne surestime pas notre découverte, l'ancien. Ce n'est pas l'équivalent de la pierre de Rosette.

Mais si cela constituait la clé d'un système de transport klikiss, cela leur offrirait peut-être tous les renseignements qu'ils désiraient.

Louis s'agenouilla de nouveau sur le sol de pierre, et contempla le labyrinthe de composants artificiels.

— Ah. Je vois quoi faire maintenant, mais le générateur est corrodé. J'aurais besoin de le faire démarrer avec quelques-uns de nos appareils qui sont au camp. (Il regarda Margaret.) Cela va prendre des heures, très chère…

DD l'interrompit :

— Dans ce cas, puis-je avoir votre attention ? Le soleil est tombé, et nous aurions dû dîner voici déjà une heure. Peut-être est-ce l'occasion d'arrêter pour aujourd'hui ? Nous reprendrons le travail demain, à tête reposée.

— Je déteste m'arrêter quand je suis aussi près…, commença Louis.

Margaret eut un froncement de sourcils ironique.

— L'ancien, tu es toujours trop optimiste. Tu n'es jamais « aussi près » que tu le crois.

Ils regagnèrent leurs tentes après une marche pénible dans l'obscurité. Entouré de panneaux lumineux, Arcas était assis près de la pompe à eau et des remises de stockage préfabriquées. Il paraissait abasourdi. Margaret sentit immédiatement que quelque chose clochait.

— Qu'y a-t-il ? Que s'est-il passé ?

Le prêtre Vert regarda la paume de ses mains, puis la dévisagea.

— Quand je me suis connecté aux arbres, j'ai… j'ai vu les événements qui sont survenus sur Terre…

Louis s'avança.

— Eh bien, dites-nous, Arcas ! Vous avez l'air d'avoir vu un fantôme.

— Les extraterrestres des abysses gazeux ont déclaré la guerre à l'humanité. Ils ont dit que la cause en était le Flambeau klikiss ! (Sa voix s'étrangla.) En transformant Oncier en soleil, nous avons tué des millions de gens.

Louis balbutia :

— Mais le Flambeau était… juste une expérience. Nous voulions seulement réchauffer ces lunes, pour y implanter de nouvelles colonies.

Margaret, quant à elle, comprit sur-le-champ.

— Ces extraterrestres *vivent à l'intérieur* des géantes gazeuses, l'ancien. Nous avons incinéré leur monde natal.

Louis tomba à genoux dans la poussière, à côté d'Arcas.

— On ne savait pas. Comment aurions-nous pu ? Ils ne se sont jamais montrés.

Arcas hoqueta :

— Aujourd'hui, ils se sont montrés. Et alors… alors, il y a eu une explosion. L'émissaire a tué le Vieux roi Frederick, ainsi que cinquante-trois personnes présentes dans la salle du Trône.

— C'est en effet une terrible nouvelle, dit DD.

Sirix et ses deux compagnons écoutaient en silence les paroles du prêtre Vert. Ils n'émirent aucun commentaire.

101

Jess Tamblyn

Jess retourna sur Golgen. Seul, afin de contempler le massacre qu'il avait mis en branle. Il ne s'attendait pas à éprouver de joie ou d'orgueil, mais espérait au moins un sentiment d'achèvement… ou de satisfaction. De devoir accompli. De victoire. De libération ?

De retour dans les usines familiales de puisage, Jess avait tenu à jour une carte où s'affichaient les trajectoires de chacune des comètes que lui et ses techniciens avaient poussées hors de leur orbite. Tandis qu'il voyait les missiles spatiaux sombrer vers Golgen, Jess savait qu'elle deviendrait bientôt bien plus que la tombe de son frère.

Sur Plumas, Bram Tamblyn avait bien formé ses employés. Les pompes qui amenaient l'eau à travers la banquise jusqu'à la surface fonctionnaient si efficacement que Jess n'avait presque rien à faire. Son vieux père occupait tout son temps à diriger ses employés minute par minute, à surveiller leurs moindres activités. Jess préférait leur faire confiance, les laisser faire leur travail tandis qu'il organisait sa vengeance.

Inquiets, les Vagabonds avaient convoqué trois autres réunions claniques. Jess avait assisté à chacune d'elles, mais était resté en retrait. Il savait que ses comètes étaient en route. Au cours des inévitables disputes, il gardait ses avis pour lui. Fondu dans la foule, il regardait la vieille Oratrice tenter d'apaiser les clans.

Au moins, lui, *faisait-il* quelque chose.

Pendant que les chefs de famille discutaient de politique et de mesures d'urgence, il dévorait Cesca du regard comme un homme affamé. Il observait chacun de ses gestes, cherchant une lueur dans ses yeux sombres.

Un jour, nous serons ensemble. Notre temps viendra… mais, pour le moment, tous ces mois sans toi, à t'attendre, semblent une éternité pour moi…

Son petit vaisseau s'approcha suffisamment de Golgen pour qu'il puisse observer les tempêtes bouillonnant à sa surface. Il songea à ses précédentes visites sur la station du Ciel Bleu, où lui et Ross, ensemble, contemplaient les nuages. Son frère aîné pensait alors que le plus grand danger qui pouvait guetter un homme était de manquer le paiement d'une dette. Mais ces assassins extraterrestres l'avaient choisi. Ils avaient détruit une écopeuse de nuages qui ne faisait de mal à personne.

À présent, ils allaient le regretter.

Avec une fascination morbide, Jess observa la première comète infléchir sa course, captée par la gravité de Golgen. L'énorme bloc de glace, entouré d'un halo grisâtre de gaz vaporisés, paraissait immobile et silencieux sur le fond étoilé. Jess, lui, savait qu'il fendait l'espace à une vitesse extraordinaire, tel un projectile déjà lancé… que rien ne pourrait arrêter. D'après ses calculs, l'impact aurait lieu dans quelques heures à peine.

Ce n'est qu'un début.

Le changement de trajectoire et la pression gravitationnelle avaient brisé la gigantesque boule de glace et de pierre. Des fragments grands comme des montagnes s'étalaient en chapelet ; chacun de ces boulets de glace était suffisamment massif pour produire une explosion équivalente à un millier de bombes atomiques.

Le cœur endurci et le regard âpre, Jess se cala sur son siège pour contempler le spectacle.

Le premier fragment frappa les nuages de Golgen, comme s'il était enfoncé par un marteau cosmique. L'impact, accompagné d'un jaillissement de lumière, provoqua des ondes de choc titanesques dans l'atmosphère. Celles-ci se propagèrent tandis que le projectile de glace fonçait vers les couches plus profondes.

Jess espéra que le coup serait mortel. Un holocauste, pour les agresseurs extraterrestres. Sa bouche forma un pli sinistre. Il agrandit l'image.

Lorsque les autres apprendraient son acte irresponsable motivé par la vengeance de son frère, ils seraient horrifiés. Cela allait sans nul doute attiser la guerre entre les humains et les extraterrestres des abysses gazeux. Jess était cependant convaincu qu'en dépit de l'indignation des Vagabonds ou de la condamnation officielle de la Hanse, les humains se réjouiraient secrètement de ce coup inattendu porté à leur ennemi…

Il resta en position pendant trois jours, pour regarder les fragments de comète s'écraser sur Golgen. Les épais nuages pastel se couvrirent d'ecchymoses, et la face bouffie de la planète ressembla à un fruit en train de pourrir.

Comme elle poursuivait sa rotation, la planète blessée exposa des zones plus vulnérables aux fragments sur le point de frapper.

La mâchoire crispée, Jess afficha de nouveau les diagrammes orbitaux, pour constater qu'une deuxième comète majeure frapperait Golgen d'ici un mois. Le chapelet de projectiles continuerait de pleuvoir sans merci sur le bastion extraterrestre au cours des deux années à venir. Il n'y avait rien que lui, ou quiconque, puisse faire pour arrêter cela.

D'autres fragments frappèrent, encore et encore.

102

Cesca Peroni

De retour sur Rendez-vous, Jess Tamblyn, incapable de dissimuler l'orgueil qui flamboyait dans son regard, annonça à Cesca Peroni ce qu'il avait fait. Personne ne pouvait savoir avec certitude quels dégâts les explosions avaient causé sur Golgen, mais Jess était persuadé qu'il avait blessé l'ennemi – et sérieusement.

Ils étaient seuls dans le bureau personnel de Cesca. Après un instant d'hésitation fébrile, la jeune femme se décida à s'avancer vers lui, et l'étreignit, brièvement mais avec chaleur. Jess parut réticent à lui rendre la pareille, effrayé à l'idée de se laisser aller.

Elle aussi devait mettre de côté ses sentiments personnels, au vu de ce qui les attendait. Les Vagabonds étaient en guerre, leurs moyens d'existence menacés, les clans en émoi. L'heure n'était pas au batifolage. Elle et Jess savaient que, pour le moment, ils devaient rester séparés. Cesca laissa reposer sa tête sur son épaule, puis retourna à son bureau en retenant un soupir.

— Ce que tu as fait est courageux mais terrible, Jess. Espérons que tout ira pour le mieux.

Elle devait en aviser Jhy Okiah immédiatement. Toutes deux devaient décider de la réponse officielle des Vagabonds, car l'action impétueuse de Jess les forçait à réunir une nouvelle assemblée. Au moins, les Vagabonds ne se sentiraient plus aussi impuissants.

Le bombardement cométaire envoyait en outre un message implicite à la Ligue Hanséatique. Celle-ci méprisait les Vagabonds depuis longtemps, les considérant comme de la racaille faible et désorganisée, de sorte qu'elle imposait ses tarifs à sa convenance. Jess Tamblyn avait démontré quel genre d'Armageddon une équipe d'élite de Vagabonds pouvait provoquer.

Avant qu'il soit parti et que Cesca ait pu trouver Jhy Okiah, une autre nouvelle arriva, apportée par un négociant ; l'homme avait revu plusieurs fois le film, mais ne parvenait toujours pas à saisir toutes ses implications.

Cesca et Jess visionnèrent le reportage du Palais des Murmures. Lorsque l'émissaire hydrogue apparut dans son alvéole transparente, permettant à l'humanité d'avoir un premier aperçu des extraterrestres des abysses gazeux, Cesca hoqueta.

— C'est Ross ! fit Jess dans un gémissement étouffé. Ils ont pris mon frère !

Incrédule, Cesca contempla le visage mouvant de l'homme qu'elle avait promis d'épouser.

— À moins qu'ils ne l'aient copié… Ross a été l'une de leurs premières cibles. Peut-être les hydrogues utilisent-ils son image pour communiquer.

Jess s'effondra sur un siège à harnais vissé au mur, comme si, soudain, il ne supportait plus la pesanteur. Il appuya la tête contre le mur rugueux.

— Est-ce qu'ils n'ont pas fait assez de mal à ma famille ? Que leur avions-nous fait ?

Lorsqu'ils entendirent l'ultimatum de l'émissaire, Jess et Cesca se regardèrent, pleins de colère. Puis, l'explosion les prit complètement par surprise. Cesca ravala un juron. Les Vagabonds n'avaient jamais signé la Charte de la Hanse, et ne considéraient pas le Vieux roi Frederick comme leur monarque. Néanmoins, son meurtre dépassait l'entendement.

Jess avait les lèvres blêmes.

— Tout cela, en réaction à une expérience de la Hanse ? Les Vagabonds n'ont rien à voir avec l'ignition d'Oncier !

Cesca réfléchit à toute allure.

— Pas plus que les Ildirans. Ces… hydrogues ne comprennent pas que nous formons des groupes sociaux et politiques distincts. Apparemment, ils ne font même pas la différence entre les humains et les Ildirans.

Jess soupira.

— Ou peut-être qu'ils s'en moquent.

Le négociant sortit précipitamment pour aller répandre la nouvelle. Cesca lui dit où trouver l'Oratrice Okiah, afin de la mettre au courant avant que les rumeurs lui parviennent.

Lasse et meurtrie, Cesca ne souhaitait qu'une chose : partir avec Jess, quelque part loin des préoccupations de la guerre et de l'ennemi extraterrestre. Mais cela n'arriverait pas avant longtemps. Elle posa une main amicale sur l'épaule de Jess.

— Rentre chez toi, Jess. Ici, il n'y a rien que tu puisses accomplir.

Il la regarda comme s'il luttait contre lui-même, à la recherche d'une solution.

— Il y a toujours quelque chose à faire, un moyen de lutter, de survivre. N'est-ce pas ce que nous, les Vagabonds, avons toujours fait ?

Avant de partir, il l'enlaça longuement.

— Oui, dit-elle en s'arrachant à son étreinte désespérée. Les clans ont besoin de nous, chacun à notre manière. Les Vagabonds doivent se préparer. Tu sais que cela va aller de mal en pis.

Jess opina en grimaçant.

— Oui, c'est l'une des seules choses dont j'ai la certitude.

Cesca trouva Jhy Okiah dans la garderie à zéro g de l'un des astéroïdes extérieurs de Rendez-Vous. L'Oratrice avait été mise au courant de la nouvelle, ainsi que du bombardement cométaire de Jess, mais elle n'avait émis aucun commentaire officiel. Des années de pratique politique lui avaient appris à ne pas réagir sur le vif.

« Prendre le temps de considérer les choses évite souvent de devoir se répandre en excuses par la suite, Cesca », avait-elle dit un jour.

En raison des grandes distances séparant les colonies éparses de la Hanse et les installations non répertoriées des Vagabonds, aucune action ne provoquait de contrecoup immédiat. Parfois, il fallait des années avant que les conséquences se fassent sentir.

Jhy Okiah flotta jusqu'à un mur, ses jambes fragiles ramenées en position du lotus. L'Oratrice avait passé son poignet dans une boucle, qui lui servait de point d'ancrage en microgravité. Ici, elle aimait regarder les enfants jouer et rire pendant qu'ils apprenaient à se mouvoir en apesanteur. Les murs étaient rembourrés, afin qu'ils puissent faire rebondir des balles, ou eux-mêmes, sur des cibles peintes.

Au centre de la garderie, équipé d'une bombonne d'air comprimé qu'il utilisait pour se déplacer, UR, un comper de modèle Chaperon, gardait un œil attentif sur ses protégés. Le robot-nourrice aux allures de matrone était doté de tous les programmes nécessaires aux soins d'urgence et au maintien de la discipline… ainsi que d'une patience surhumaine. Grâce à ces programmes de psychologie infantile, il pouvait ainsi surveiller beaucoup d'enfants à la fois.

Lorsque Cesca pénétra dans l'astéroïde en apesanteur, UR la reconnut avant que Jhy Okiah soit sortie de sa rêverie.

— Cesca Peroni, cela fait longtemps que tu n'es pas venue me voir. Te conduis-tu correctement, comme je te l'ai appris ?

Cesca sourit.

— Je n'ai rien oublié de ce que tu m'as enseigné, UR.

— Veille à continuer ainsi.

Puis, le Chaperon alla s'interposer entre deux garçons qui luttaient un peu trop brutalement. UR avait surveillé plusieurs générations d'enfants de Vagabonds ; bien que sévère et scrupuleux, il savait aussi inspirer l'amour et le respect.

L'Oratrice était en contemplation devant l'exubérance des enfants. Cesca progressa le long du mur en usant des appuis, et s'immobilisa à côté d'elle.

— Ça peut paraître bizarre que je vienne à la garderie, dit Jhy Okiah, avec tout le chaos et le bruit qui y règnent. Pourtant, ici, je suis en paix pour réfléchir.

Cesca jeta un coup d'œil aux garçons et aux filles insouciants.

— Ce n'est pas difficile à comprendre, Jhy Okiah. Où peut-on encore voir des personnes sans problème, et qui sont enchantées de la vie ? Des personnes capables d'imaginer un avenir radieux ?

La vieille femme se tourna pour regarder sa protégée.

— Mes leçons ont porté, Cesca. Si seulement les autres avaient ton intelligence.

Elles observèrent un silence tranquille. Puis, Cesca ne put se retenir de la questionner.

— Alors, vous avez appris les nouvelles ? Au sujet de l'émissaire des hydrogues, et au sujet de… Jess, sur Golgen ?

Jhy Okiah opina du chef.

— Nous n'avions rien à voir avec cela. Frederick n'était pas notre roi, le Flambeau klikiss n'était pas notre idée. Mais à présent, grâce à ce brave Jess Tamblyn, nous ne sommes plus des spectateurs innocents – nous voici impliqués pour de bon dans ce conflit.

Cesca se raidit.

— Nous étions impliqués dès le début, Oratrice : quand les hydrogues ont attaqué la station du Ciel Bleu. Quand ils ont pris Ross. Quand ils ont assassiné votre petit-fils Berndt, et tant d'autres. Et aujourd'hui, ils ont envoyé un ultimatum pour que l'on cesse le prélèvement d'ekti, la base principale de notre économie ! La comète de Jess n'a rien à voir là-dedans.

La vieille femme l'admit.

— C'est vrai. Et nous en pâtirons tous… pas seulement nos plus proches parents, comme ton Ross ou mon cher Berndt. Les colonies les plus excentrées de la Hanse sentiront la douleur, quand l'embargo d'ekti empêchera le voyage interstellaire. Mais comme d'habitude, nous, les Vagabonds, serons plus touchés que quiconque.

103

Beneto

Dans leur habitation petite mais confortable, Beneto avait pu observer Talbun de près – la profonde lassitude qui pesait sur lui, ses yeux noirs enfouis sous des paupières ridées, les années qui semblaient suinter par tous les pores de sa peau émeraude. Mais aujourd'hui, son visage irradiait d'une excitation juvénile, que Beneto voyait pour la première fois depuis son arrivée sur Corvus, deux mois plus tôt.

— Je t'ai montré tout ce que tu avais besoin de savoir, dit Talbun. Tu as parlé au maire, rencontré les gens d'ici, vu leur travail. Avec l'aide de la forêt-monde, tu ne seras jamais plus prêt que tu ne l'es aujourd'hui.

Beneto serra la main du vieux prêtre Vert.

— Je me sens tout à fait chez moi, Talbun. Avant peu, j'en viendrai à aimer Corvus autant que toi. (Il déglutit, ne voulant pas que sa peine obscurcisse cet instant.) Tu es prêt, je le sais. Et moi aussi, je le suis.

La population de Colonville au complet était venue souhaiter la bienvenue à Beneto, l'acceptant sans réserve. Le maire du nom d'Hendy, les agriculteurs, les négociants et leurs familles avaient souligné à quel point ils appréciaient que le jeune prêtre veuille s'installer ici. Ils avaient craint que personne ne remplace Talbun, en dépit de sa promesse qu'il ne laisserait pas sa famille d'adoption sans télien.

Aujourd'hui, Hendy avait proclamé un après-midi de fête. Un grand banquet avait lieu, composé des plats les plus sains, même s'ils n'étaient pas somptueux : du ragoût de chèvre, de la feta et du pain noir. Les enfants avaient couru dans les rues poussiéreuses de Colonville, et les fermiers étaient arrivés des champs, vêtus de propre. Ils mentionnaient joyeusement la gentillesse que Talbun avait montrée à leur égard, en envoyant des vœux d'anniversaire ou des poèmes de félicitations aux membres de leurs familles dispersés sur les mondes lointains de la Hanse.

Beneto écouta leurs anecdotes, comme la fois où, au cours d'une violente tempête, Talbun s'était blotti parmi ses surgeons, afin de communiquer à la forêt-monde ses impressions au sujet du mauvais temps sur Corvus. Ils firent leurs adieux gauchement, du mieux qu'ils purent.

Des bourrasques se levèrent dans l'obscurité croissante. Un vent vif faisait onduler les champs de céréales et balayait les maisons effilées de Colonville. Beneto marchait avec le vieux prêtre Vert en direction de leur habitation.

— On dirait qu'une tempête se prépare, dit-il.

Talbun sourit.

— Elle ne sera pas très méchante… Juste assez forte pour faire parler les arbres.

Beneto pouvait entendre les frondaisons des arbremondes se frôler telles des voix murmurantes. Comme si elles riaient en conversant. Talbun plongea son regard dans les ténèbres.

— Laisse-moi t'embrasser avant ton départ, dit Beneto d'une voix tranquille.

De ses bras maigres, le vieillard entoura les épaules de son compagnon. Ce dernier le remercia de lui avoir montré tout ce qu'il avait besoin de savoir.

— Tu es un élève doué. Tu savais déjà tout ce que je t'ai appris. Je me suis contenté d'accélérer les choses. Je peux te laisser ici sans crainte, mon peuple et mes arbres sont entre de bonnes mains.

Puis, il se retourna, les yeux rayonnant d'une confiance sereine, et quitta la maison. Il se hâta d'un pas souple en direction du bois d'arbremondes plongé dans l'obscurité, celui-là même qu'il avait planté des années plus tôt. Beneto le vit se débarrasser de son pagne, qu'il laissa tomber sur le sol, puis s'enfoncer, nu des pieds à la tête, dans les ténèbres…

Talbun savoura la caresse du vent sur sa peau, le sol crissant et l'herbe soyeuse sous la plante de ses pieds. Il marchait en compagnie de la forêt-monde qui l'entourait.

Les surgeons avaient rapidement poussé pour former un grand bosquet, qui servait de point d'ancrage de la forêt-monde sur cette planète lointaine. Talbun se glissa entre les arbres bruissants, touchant du bout des doigts leurs troncs écailleux. Il salua chacun d'entre eux, y compris le surgeon apporté de Theroc par Beneto, bien qu'ils fassent partie du même vaste esprit.

Le vieux prêtre retourna au centre du bosquet, puis s'étendit sur le sol moelleux. Il se pencha en arrière et posa ses épaules osseuses contre le tronc le plus proche. Il leva les yeux pour voir des pans de ciel mouchetés d'étoiles, là où s'entrecroisait le feuillage. Et celui-ci ondulait comme pour l'applaudir… ou lui faire signe.

Par le télien qui passait à travers sa peau, Talbun entama une longue prière. Il ferma les yeux et envoya son esprit dans le bois, les racines, la forêt-monde tout entière.

Rassemblant ses ultimes pensées, il s'éteignit de sa propre volonté. Il relâcha son esprit, afin que les branches des arbres pensants puissent le saisir lors de son ascension, et l'accueillir en leur sein.

Le vent souffla plus fort à mesure que la nuit s'avançait, mais la tempête ne donna qu'une seule averse avant de disparaître. Le lendemain matin, Beneto sortit de la maison de Talbun – la sienne, à présent –, et contempla le ciel bleu. Sa peau verte frissonna tandis qu'elle s'abreuvait de la lumière nourrissante. Il but un litre d'eau, puis marcha vers le bosquet d'arbremondes afin de remplir ses derniers devoirs envers le vieux prêtre Vert.

Il le trouva, paisiblement étendu dans les ombres matinales, sous un arbremonde de haute taille. Et il eut un sourire en lisant l'expression de ravissement sur son visage tatoué.

Le jeune prêtre n'utilisa pas de pelle, afin de ne pas endommager les racines nerveuses des arbremondes. Il n'eut pas besoin d'autre outil que ses mains calleuses pour fouir la terre meuble, entre deux arbres largement espacés. En moins d'une heure, il était parvenu à creuser une tombe peu profonde. Il souleva le corps du vieillard, guère plus lourd qu'un fagot, et le déposa au fond, près des racines. Puis le recouvrit de cette terre qu'il avait tant désiré rejoindre.

Beneto pria dans le murmure des arbres. Et tous les prêtres Verts reliés à la forêt-monde purent assister aux funérailles.

Satisfait, il acheva son ouvrage et retourna chez lui se laver. Plus tard dans la journée, il se rendrait à Colonville pour annoncer la nouvelle. Les habitants pleureraient sa perte, car Talbun avait été un ami cher. Beneto ferait de son mieux pour les réconforter, et suivrait la voie du vieux prêtre Vert.

Conformément à la tradition, il retourna dans le bosquet une heure après l'enterrement, et choisit avec soin un arbremonde qui poussait bien droit. Il enleva un surgeon viable, mince et souple, au croisement de frondaisons très fournies. Ses racines délicates et humides luisaient d'un vernis de sève et de sucs végétaux. Le tenant avec délicatesse, Beneto revint au tumulus de terre fraîchement remuée qui indiquait la tombe de Talbun ; il fit un trou au milieu et y planta le surgeon, en l'honneur du vieux prêtre Vert.

Il avait recouvert sa dépouille afin que ses molécules se fondent dans la forêt-monde. En creusant, il découvrit que toute sa substance avait disparu. Talbun avait été incorporé à la forêt-monde bourgeonnante.

Avec un sourire doux-amer, Beneto planta le surgeon à cet endroit. Lorsqu'il eut fini, il se redressa et contempla le bosquet luxuriant.

Il se fit la promesse silencieuse – transmise par télien à l'un des arbres – qu'il continuerait de planter des surgeons sur Corvus. Qu'il accomplirait cette tâche sacrée, afin que la forêt-monde se répande dans l'univers.

104

Nira

Chaque jour davantage, Nira se trouvait d'humeur à chanter. Sa lecture de *La Saga* avançait peu, malgré la déception que lui manifestait Otema. Mais le bonheur qu'elle éprouvait décourageait même l'inclination de la Dame de Fer à la réprimander. Et le remémorant Vao'sh leur avait offert l'assistance d'un groupe de lecteurs spécialement dédiés à leur projet. Otema était satisfaite de son avancement.

La liaison de Nira avec Jora'h, le Premier Attitré, durait depuis plusieurs mois déjà – une durée inhabituelle pour lui, chacun d'eux le savait. Elle le trouvait passionnant et plein de compassion, doux et intelligent. Il se montrait un amant parfait, attentif à elle et à son plaisir. Elle faisait de son mieux pour le contenter en retour.

Bien qu'il soit resté beaucoup plus longtemps avec elle qu'avec n'importe laquelle des maîtresses qu'on lui avait choisies, Jora'h continuait de l'aimer. La Theronienne à peau verte semblait le captiver davantage que les Ildiranes des kiths les plus exotiques. Il la trouvait innocente et agréable. Bien que respectueuse de son rang, elle n'était pas paralysée par la dévotion que tout un chacun ressentait vis-à-vis du fils aîné du divin Mage Imperator. Jora'h en éprouvait une sorte de soulagement.

Malgré les nombreuses fois où ils avaient fait l'amour, et la virilité sans conteste du Premier Attitré, Nira avait été stupéfaite, voici quelques semaines, de se découvrir enceinte. Elle avait eu du mal à croire au miracle, car un enfant trans-espèces impliquait une extraordinaire compatibilité génétique entre les parents. Mais après avoir remarqué l'absence de règles ainsi que des modifications corporelles – des nausées inopinées, une fatigue gênante en dépit de la vive lumière du jour ildiran, et une légère prise de poids –, Nira n'avait finalement pu en écarter plus longtemps la possibilité. Et ce prodige l'étourdissait.

Elle se souvint d'une discussion, alors qu'elle reposait sur des coussins multicolores à côté de Jorah : ils se trouvaient dans un atrium qui donnait sur des chutes d'eau jaillissant vers le haut. Ils avaient fini de faire l'amour, mais s'étreignaient toujours en s'embrassant avec passion. Elle lui avait posé une question au sujet de la façon de s'apparier des kiths.

« Ah, Nira, avait-il répondu en souriant. Le génome ildiran est… très peu discriminant. Notre espèce est adaptable. Elle incorpore toute caractéristique utile, trouve des segments d'ADN communs et les regroupe pour produire un hybride plus fort. Nous prenons le meilleur de chaque kith.

— Les races de l'humanité ont des variations d'aspect subtiles, avait expliqué Nira. Mais d'un point de vue génétique, nous sommes pareils. »

Jora'h avait ri.

« Nira, avait-il rétorqué en souriant, même *moi* je peux voir que les humains ne sont pas identiques. En particulier, toi. »

Seule dans son appartement, Nira toucha son ventre plat. Ce n'était pas encore visible, bien sûr. Mais, en fermant les yeux, elle essaya d'imaginer le bébé qui croissait en elle. Une vie à part entière, provenant pour moitié d'elle-même, pour moitié de Jora'h. Elle se demanda dans combien de temps elle pourrait sentir sa présence enivrante.

— Que seras-tu ? demanda-t-elle à haute voix. Un garçon ou une fille ?

Elle songea au mélange d'une prêtresse Verte et du fils d'un Mage Imperator. Les possibilités génétiques semblaient infinies. La jeune fille sourit, impressionnée par le potentiel de son enfant.

Au moment de devenir Mage Imperator, Jora'h aurait un accès total au thisme, une télépathie radicalement différente du lien entre Nira et la forêt-monde. Par le thisme, les Mages Imperators se situaient au sommet d'un esprit diffus. Ils percevaient tous les sujets de leur Empire. Lorsque cela arriverait, Nira perdrait définitivement son amant. Jora'h deviendrait quelque chose d'autre, qui serait à la fois plus et moins que ce qu'il était aujourd'hui.

« Attends-tu ce jour avec impatience ? lui avait demandé Nira.

— Ce jour viendra, quel que soit mon enthousiasme ou mon inquiétude. Je suis le Premier Attitré. Mon destin est de devenir Mage Imperator. Le thisme sera le canevas sur lequel je tisserai le chef-d'œuvre qu'est l'Empire ildiran. Je saurai tout, et mon peuple me traitera comme un dieu. Je n'ai pas le choix », avait-il répondu en l'embrassant.

Nira avait ressenti de l'effroi, tandis qu'elle tenait le Premier Attitré nu contre elle, éprouvant la chaleur de sa peau, le dessin compliqué de ses muscles, son haleine tiède et agréable sur son visage. Ses mèches dorées crépitaient d'électricité statique.

« Mais avant que cela arrive, Jora'h, tu dois… ils devront… »

Il avait caressé ses lèvres du bout des doigts.

« Personne ne peut attendre sans appréhension une castration rituelle. Mais moi, j'y ai été préparé depuis l'enfance. Pour le moment, mon devoir consiste à propager ma lignée parmi tous les kiths. Plus tard, il consistera à diriger le réseau du thisme, de sorte que je puisse être le cœur et l'esprit de l'espèce ildirane. (Il lui avait caressé les épaules.) Mais cela n'arrivera pas avant un demi-siècle ou plus. Ne t'inquiète pas, Nira. La précarité de notre amour ne le rend-il pas d'autant plus doux ? »

Comment aurait-elle pu ne pas être d'accord ?

Stupéfaite mais enchantée d'apprendre qu'elle portait son enfant, Nira se languissait de voir Jora'h. Elle avait besoin de lui parler, mais, exceptionnellement, il était occupé. Depuis l'attaque de Qronha par les hydrogues et l'ultimatum de leur ambassadeur concernant la production d'ekti, le Mage Imperator gardait son fils auprès de lui. Des circonstances aussi extrêmes avaient forcé le Premier Attitré – en fait, tous les Attitrés, ainsi que Adar Kori'nh et les commandants de la Marine Solaire – à répondre à l'urgence.

Nira savait que le temps n'était pas à l'amour. Son précieux secret la réconfortait, et elle attendait avec impatience le moment où elle le révélerait à Jora'h. Un jour, elle lui avouerait tout, et ce miracle le soulagerait pour quelque temps du poids de ses responsabilités d'héritier impérial.

Réticente à l'idée de se confier à la sévère Otema, Nira garda cela pour elle, et se concentra sur la lecture de *La Saga* aux surgeons. Elle se demanda si, en portant le premier enfant engendré d'un Ildiran et d'une femme humaine, elle hériterait d'une place dans l'épopée. Son bébé, hybride doté d'un potentiel extraordinaire, accomplirait peut-être un jour de hauts faits…

Bientôt, elle devrait révéler l'existence du bébé à Otema, si la forêt-monde n'avait pas déjà mis cette dernière au courant. Pour le moment, Nira remettait de l'ordre dans ses sentiments vis-à-vis du Premier Attitré en les exprimant à haute voix. N'ayant personne à qui parler, elle partageait ses pensées avec les surgeons. Elle leur disait tout, certaine qu'ils ne la jugeaient pas.

La forêt-monde, toujours curieuse, assimilait ses révélations avec une fascination plein de bienveillance.

105

Le Mage Imperator

Une fois que le Président Wenceslas, passablement troublé, fut reparti afin de gérer la catastrophe survenue sur Terre, le Mage Imperator sut qu'il ne pouvait retarder plus longtemps l'exécution de son plan. Au final, peu importait le nombre de victimes, car l'Empire était en jeu.

En tant que point focal d'une espèce tout entière, le Mage Imperator prenait sans hésiter les décisions nécessaires, aussi pénibles soient-elles. Un jour, son fils Jora'h comprendrait – *après* sa mort. Le Premier Attitré n'avait pas le choix, et il n'avait aucun soupçon.

Jora'h se tenait avec l'importante escorte qu'on lui avait assignée sur le toit du Palais des Prismes, sous le vif éclat du jour. Ils avaient revêtu des habits de voyage, ornés d'un mélange de bandes de tissus traditionnels ildirans et d'écharpes de fibres de cocon theroniennes.

Le Mage Imperator avait ordonné aux assisteurs de porter son chrysalit sur la plate-forme d'atterrissage, afin de faire ses adieux à son fils aîné. Écarter ce dernier constituait la première étape de son plan, avant qu'il puisse donner des ordres plus déplaisants.

— J'espère que tu apprendras beaucoup de ton voyage diplomatique, mon fils, dit-il avec un sourire béat.

Le Premier Attitré paraissait paisible ; il était facile de le manipuler. Ses fines mèches dorées flottaient, formant un nimbe autour de sa tête. Il acquiesça.

— Je serai heureux de voir Theroc de mes propres yeux, Père. Et j'attends avec impatience de retrouver le prince Reynald. Je crois qu'il sera un ami pour l'Empire.

Étendu sur son palanquin, le Mage Imperator hocha la tête. Son contentement feint masquait la conscience du danger croissant des hydrogues, l'ennemi de toujours.

— Oui, nous devons nous assurer de la solidité de nos alliances.

Jora'h jeta un coup d'œil à Nira. La jeune femme à peau verte attendait derrière le cordon de sécurité formé par Bron'n et d'autres gardes du corps, afin de maintenir les spectateurs à distance.

— Néanmoins, Père… Êtes-vous certain de ne pas avoir besoin de mon aide, ici ? Et si les hydrogues attaquaient une nouvelle cité d'extraction ?

Le Mage Imperator approcha son chrysalit de son fils.

— Jora'h, en vertu de ton amitié pour le prince Reynald, personne ne peut traiter avec les Theroniens aussi bien que toi. En ce moment, ceci est la tâche la plus importante qu'il te soit possible d'accomplir pour l'Empire ildiran.

Le Premier Attitré s'inclina, ravi d'avoir une telle responsabilité.

— Comme vous l'ordonnez, mon Mage Imperator. Vous voyez tout, et savez tout.

Balayant les spectateurs du regard, il s'attarda longuement sur la jeune prêtresse Verte, à qui il n'avait pu faire d'adieux en privé. Puis il mena sa suite composée de fonctionnaires et de nobles jusqu'au vaisseau. Avec un peu de chance, il serait occupé pendant suffisamment de temps là-bas, sur Theroc. Les fidèles du Mage Imperator étoufferaient l'affaire et concocteraient si nécessaire excuses et alibis. Jora'h ne devrait jamais savoir.

Le Mage Imperator avait craint que son fils ne demande à Nira de l'accompagner dans son voyage – ce qui l'aurait forcé à trouver un prétexte pour refuser. Mais Otema avait devancé la requête de Jora'h, en affirmant que leur travail sur *La Saga des Sept Soleils* n'avançait pas aussi rapidement que prévu. Avant que Nira ait demandé à rejoindre le Premier Attitré, la vieille prêtresse Verte s'était montrée ferme pour que son assistante accomplisse sa tâche à Mijistra.

Voilà qui est parfait, songea le Mage Imperator. *Cette jeune fille m'appartient.*

Les spectateurs poussèrent des acclamations, les bras levés, tandis que le vaisseau du Premier Attitré s'élevait dans les cieux étincelants. Sa natte battant sans cesse contre lui, le Mage Imperator scruta la jeune femme à peau verte, l'analysant, se demandant comment l'utiliser au mieux… et combien de temps elle pourrait tenir, dans des conditions extrêmes.

Bron'n et quatre factionnaires gardaient les appartements du Mage Imperator. Celui-ci se redressa sur son siège, triant et évaluant les informations transmises par le thisme. Il observa les citoyens répartis dans tout l'Empire, cherchant des indices et des réactions aux événements qui se tramaient – la menace des hydrogues, qui assombrissait l'horizon. Seule la perception globale de sa race lui permettait de concevoir les mesures à prendre.

Jora'h était destiné à devenir le prochain Mage Imperator. C'est pourquoi il finirait par comprendre. Mais si, d'ici là, il découvrait le sort réservé aux prêtresses Vertes, ce serait un choc douloureux pour lui, une révélation qui changerait sa vie au moins autant que la castration rituelle qui l'attendait. Au moment idoine, il apprendrait ce qui allait se passer… et comment vivre avec.

Le Mage Imperator ramassa quelques textes écrits serrés : des stances censurées de *La Saga des Sept Soleils*. Ces versets macabres, inconnus des plus grands remémorants, relataient un pan caché de l'Histoire. Un Mage Imperator précédent les avait jugés trop épouvantables pour être entendus par le peuple ildiran.

Lorsque le jeune remémorant Dio'sh, à l'origine de leur découverte, les lui avait apportés, le Mage Imperator avait dû le tuer pour conserver le secret – indispensable en ces temps troublés. Il avait aisément caché la disparition de l'historien en prétendant l'avoir envoyé sur une scission lointaine. Aucun Ildiran ne doutait de la parole du Mage Imperator.

Verset par verset, il relut les documents écrits très longtemps auparavant, afin de rafraîchir sa mémoire sur les hydrogues. *L'ennemi des temps anciens.*

Avec le recul de quatre-vingt-dix ans de pouvoir, le Mage Imperator possédait une appréhension des choses plus profonde que celle de ces humains frénétiques. Il se rendait compte à quel point cette guerre serait incroyable – une guerre capable de faire voler l'univers en éclats. Si seulement Jora'h pouvait le réaliser…

Il avait espéré que son fils comprenne de lui-même les liens qui sous-tendaient les plans à long terme et leurs conséquences, mais celui-ci était encore trop naïf et optimiste. Il n'était pas préparé à diriger un empire. Ses mains étaient trop propres – pour le moment.

Le Mage Imperator cherchait dans les versets oubliés un moyen de tourner la situation à l'avantage d'Ildira. Au minimum, l'escalade de la guerre contre les hydrogues promettait de produire un million de versets pour *La Saga*. Et, s'il exploitait correctement ce conflit, le Mage Imperator offrirait un nouvel âge d'or à son empire en déclin.

Son seul espoir consistait à forger une sorte d'alliance avec l'ennemi. Mais les négociations les plus simples seraient impossibles sans les résultats concrets des expériences de Dobro. Et il n'existait qu'un moyen de communiquer *directement* avec les créatures des abysses gazeux.

La réalisation complète du plan prendrait une décennie ou deux. Le Mage Imperator n'avait pas droit à l'erreur. En cas de succès, les hydrogues l'écouteraient. Mais, oh ! que de morts et de destructions son peuple allait endurer entre-temps !

Bron'n pénétra dans la chambre, interrompant ses pensées. Il inclina sa tête bestiale :

— Seigneur, l'Attitré de Dobro est arrivé, ainsi que vous l'avez demandé.

Le Mage Imperator rangea ses documents secrets.

— Bien. Reste à portée, Bron'n. J'ai un travail important pour toi. (Sa longue natte commença à battre et à s'agiter.) Nous avons beaucoup à faire.

106

Basil Wenceslas

La salle du Trône du Palais des Murmures était en ruine. Des pans de mur étaient tombés, les fenêtres avaient volé en éclats, les poutres de soutien s'étaient effondrées dans l'explosion. Au moins n'y avait-il pas eu d'incendie…

Sans voix, Basil Wenceslas se tenait au milieu du désastre. Ses mâchoires étaient serrées, mais ses mains tremblaient de rage. Entouré par des gardes royaux au visage sinistre, il inspectait les zones du Palais consolidées par les ingénieurs. Après l'attaque, on avait interdit l'accès à la salle du Trône jusqu'à son retour. Personne n'avait été autorisé à contempler l'étendue des destructions – et personne ne le serait.

Il se tourna vers Franz Pellidor. Ce dernier restait discret et silencieux, tandis que le Président définissait la liste des priorités et prenait les décisions.

— Donnez-moi votre estimation des choses, Pellidor. Vous observez les réactions du public depuis plusieurs jours. Avez-vous contrôlé la couverture médiatique ?

L'homme aux cheveux blonds parut surpris.

— Comment pourrions-nous la contrôler, monsieur le Président ? La rencontre avec l'émissaire hydrogue a été enregistrée en public du début jusqu'à la fin. Suggérez-vous que j'aurais dû tenter de supprimer l'information après ce qui s'est passé ? Très dangereux, monsieur.

— Non, non, il est bien trop tard. Mais il faut absolument canaliser l'opinion publique. Amener le peuple à penser ce que l'on veut qu'il pense.

Pellidor confia ses observations d'une voix plate, impersonnelle.

— Des rumeurs se propagent, mais la populace ne réalise pas encore. Certains sont scandalisés, d'autres craignent une invasion. Est-ce cela que nous voulons faire croire aux citoyens ? La plupart n'ont pas pris la mesure des épreuves à venir, si l'ekti se tarit.

La voix de Basil se réduisit à un grondement.

— Nous aurons notre ekti. Nous devons profiter de l'indignation générale, et préparer une réaction immédiate. Si nous formons une alliance avec les Ildirans, nos forces combinées suffiront sans doute à tenir les hydrogues en respect.

Cependant, il se renfrogna en songeant à son entretien avec le Mage Imperator. Au cours de son voyage de retour vers la Terre, une pensée n'avait cessé de l'asticoter. Les événements du moment avaient été si horrifiants que Basil avait oublié les mots exacts du Mage Imperator, juste avant l'arrivée d'Otema, la prêtresse Verte. Mais à présent, il se souvenait.

Alors même qu'il affirmait avec insistance ne rien savoir de leurs mystérieux ennemis, le Mage Imperator s'était référé à eux sous le terme d'« hydrogues » – avant que l'émissaire soit arrivé au Palais des Murmures. Comment le chef des Ildirans avait-il su leur nom ? Quels secrets dissimulait-il encore à la Hanse ?

Basil enjamba des moellons de marbre, qui avaient naguère été un pilier. Des éclats coupants de miroirs argentés et de vitraux jonchaient le sol, évoquant le contenu d'un coffre aux trésors renversé. Il se tourna vers Pellidor.

— Et le corps de Frederick ? Dans quel état est-il ?

Pellidor fronça les sourcils.

— Méconnaissable, monsieur le Président. L'onde de choc n'a guère laissé de lui qu'une tache sur un mur… lequel s'est effondré.

Basil hocha tristement la tête.

— Dans ce cas, trouvez-nous un corps. Avec un maquillage et des implants adéquats, le public ne fera pas la différence. Nous devons mettre en scène des funérailles royales, *pronto*. Le Vieux roi Frederick doit apparaître en bon état, reposant en paix, l'air tranquille. Sans aucune égratignure. Un cercueil fermé enverrait un message négatif.

— Oui, monsieur le Président, dit Pellidor. Je m'en occupe.

Basil regarda la salle du Trône détruite autour de lui, les taches de sang qui vernissaient les murs. Un courant d'air sifflait par les brèches de ce qui avait été la salle la plus somptueuse du Palais des Murmures. Pour la première fois en plusieurs décennies, Basil sentit des larmes lui brûler les yeux. La colère qui le submergeait parvint à les refouler.

OX pénétra dans la salle du Trône. La démarche maladroite du petit robot soulignait les dégâts qu'il avait subis. Basil regarda le vieux comper, remarquant son bras tordu et l'étai de soutien à sa jambe gauche. Des éclats d'argent rutilant indiquaient là où de nouveaux éléments lui avaient été greffés, mais une grande partie de son enveloppe était éraflée et endommagée.

— Je vous ferai mon rapport dès que vous le souhaiterez, Président Wenceslas, fit OX. Je suis le seul à avoir survécu à l'explosion. Néanmoins, je ne détiens pas beaucoup plus d'informations que ce qui a déjà été enregistré et transmis.

Basil fit la moue.

— OX, j'ai une mission plus importante pour toi. Le délai qui nous était imparti s'est drastiquement réduit : le prince Peter doit être présenté à l'ensemble des citoyens aussitôt que possible. Nous n'avons pas le choix.

OX ne montra aucune surprise. Néanmoins, il laissa filtrer ses doutes.

— Sa formation n'est pas achevée, monsieur le Président.

— On devra faire avec. La Hanse doit montrer à tout prix une image de continuité, et un nouveau prince héritier offrira cette garantie aux yeux de tous. Grâce à sa jeunesse, le peuple sera enclin à pardonner ses premières erreurs.

Lorsqu'il se retourna, les gardes se mirent au garde-à-vous, prêts à obéir sur-le-champ à ses ordres.

— Je veux que la salle du Trône soit restaurée *immédiatement.* Ne regardez pas à la dépense. Faites venir tous les matériaux dont vous avez besoin, mais interdiction de diffuser la moindre image des dégâts. Je ne veux pas que le public voie cela. Jamais. La prochaine fois que nous montrerons la salle du Trône, elle doit apparaître comme neuve – en fait, plus impressionnante que jamais. Le roi Frederick est mort, et c'est à nous de veiller à ce que personne ne sache à quel point la blessure infligée par les hydrogues a été profonde. Le découragement causerait trop de dégâts à long terme.

Les yeux dans le vague, Pellidor réfléchit à la façon la plus discrète possible de réunir des équipes de techniciens et d'architectes. Basil poursuivit :

— Tout de suite après les funérailles nationales, nous organiserons ici un sacre prestigieux pour le roi Peter. Vous savez, « Le roi est mort, vive le roi ! » (Il avança d'un pas en direction du Précepteur.) Viens, OX. Toi et moi devons écrire le premier discours du prince Peter. Je crois en connaître exactement la teneur.

Lorsque Peter sortit sur le balcon du Palais réservé aux allocutions, Basil le regarda avec l'œil perfectionniste d'un metteur en scène de divertissements à grand spectacle.

La chevelure et les vêtements du prince Peter étaient immaculés, sa pose et son maintien admirables. En le regardant aujourd'hui, Basil ne discernait quasiment plus aucune trace du gamin des rues qu'avait été Raymond Aguerra. Peter ressemblait aux images du roi Frederick à ses débuts, bien que beaucoup de photographies et d'hologrammes aient été subtilement falsifiés depuis ces derniers mois afin d'accentuer leur ressemblance.

Le public avait été surpris d'apprendre l'existence du jeune prince, car la vie familiale du roi Frederick avait soigneusement été tenue secrète. En ces temps d'épreuves, ils n'exprimaient ni plaintes ni horreur, mais seulement du soulagement que la transmission de la couronne se déroule en douceur, ainsi que de la sympathie vis-à-vis de Peter pour la perte de son « père » révéré. Le Vieux Frederick avait été aimable et ouvert, son règne s'était déroulé dans la paix. Aujourd'hui, les ravages causés par les hydrogues réclamaient une monarchie plus énergique.

Le discours avait été bien répété. D'abord, le prince Peter leva les mains, comme on le lui avait prescrit. La foule massée sur la place rugit en signe d'approbation.

— Peuple de la Terre, sujets des colonies de la Hanse, permettez-moi de me présenter. (Peter eut un sourire effronté.) Dans les temps à venir, nous serons certainement amenés à nous voir souvent.

Ce commentaire désinvolte fit froncer les sourcils à Basil. Le discours n'avait pas été écrit ainsi, mais les gens rirent – ils *riaient* vraiment. Et ce son fut un réconfort, un soulagement après le choc et la peine que tous avaient éprouvée. Basil était ennuyé que Peter s'écarte déjà de son scénario, mais peut-être que son instinct n'était pas si mauvais. Un dirigeant aimé et chaleureux pouvait rassembler la population sous sa bannière plus efficacement qu'une idole insensible et distante.

— Mon père est mort, et je dois devenir votre nouveau roi plus tôt que je ne l'avais pensé. Le Pèrarque m'a conseillé en ces temps difficiles. Il m'a donné la bénédiction de l'Unisson. Aujourd'hui, je suis prêt. Je vous promets de vous servir du mieux que je pourrai… si vous promettez de faire la même chose, pour toute l'humanité.

La foule l'acclama, et Basil hocha la tête pour lui-même. *Avec ce que réserve l'avenir, nous avons besoin d'un chef fort et résolu. Qu'il soit sympathique ne nous nuira pas.*

La date du couronnement était programmée, tout comme les funérailles du roi Frederick. Ces spectacles distrairaient le peuple de la crainte de nouvelles attaques… car les hydrogues pouvaient revenir n'importe quand.

La voix forte de Peter se répercuta à travers la place éclairée de torches, tandis qu'il poursuivait :

— Mon premier devoir envers vous est de donner des ordres au général Kurt Lanyan, le chef des Forces Terriennes de Défense. Les hydrogues ont commis une agression impardonnable. Non seulement en assassinant mon père, votre roi, mais en menaçant de paralyser la Ligue Hanséatique terrienne. On ne peut le tolérer ! (Il leva le poing, et le peuple rugit de nouveau en signe d'approbation.) Nous devons tenir tête à nos ennemis. Ils se trompent lourdement, s'ils croient que la race humaine tremble devant une menace – parfaitement injustifiée de surcroît. Ils ne peuvent nous priver du carburant interstellaire dont notre civilisation a besoin !

Basil fut stupéfait d'entendre les applaudissements et les cris d'approbation sans réserve. Le prince Peter tenait la foule dans le creux de sa main.

— En conséquence, j'ordonne un assaut militaire général. Les moissonneurs d'ekti de la Hanse travailleront sous escorte de nos bâtiments de guerre rénovés, *et récolteront tout le carburant dont nous avons besoin !* Notre première cible sera Jupiter, ici, dans notre système solaire.

Basil sourit. Malgré son affliction, la population était enthousiaste, apparemment prête à n'importe quel sacrifice.

— Face aux menaces, l'humanité doit rester courageuse. Nous n'avons jamais eu l'intention de léser les hydrogues. Mais s'ils se mettent en travers de notre chemin, ils le paieront.

La réaction de la foule fut un véritable raz-de-marée, de sorte que Peter dut élever la voix :

— J'ordonne de lancer les vaisseaux immédiatement !

Basil se rassit dans son alcôve, ravi de voir comment son discours s'était déroulé. Peter avait imprimé sa marque en changeant quelques mots : un geste de résistance sans importance. Il était sans doute encore un peu trop indépendant, mais on pouvait arranger cela.

Basil laisserait le prince tranquille jusqu'au couronnement.

107

Tasia Tamblyn

Comme dans toutes les flottes nouvelles allant à la bataille, l'humeur au sein des Forces Terriennes était au patriotisme exubérant. Ces mêmes élèves officiers qui naguère battaient froid Tasia lui tapaient à présent sur l'épaule en prenant leur équipement et en courant vers leurs vaisseaux respectifs. Cela faisait des jours qu'on ne l'avait pas appelée « Cafard ».

Après avoir attendu si longtemps, Tasia aurait bientôt sa chance de combattre ces salopards d'hydrogues. L'émissaire qui avait tué le roi Frederick avait eu l'audace de prendre les traits de Ross. Ils méritaient la mort rien que pour cette offense.

Ils avaient reçu des rapports officieux concernant Golgen, la géante gazeuse où s'était produite la première attaque des hydrogues. Personne ne connaissait avec certitude les dommages que la frappe cométaire avait infligés à l'ennemi, mais son audace enflammait l'imagination. Les soldats terriens étaient étonnés, parfois amusés, qu'un Vagabond ait pu commettre cela. Il allait sans dire que les « professionnels » des FTD causeraient plus de dégâts.

Au fond de son cœur, Tasia savait que Jess était derrière ce coup d'éclat. Il avait choisi Golgen intentionnellement, afin de venger la destruction de la station du Ciel Bleu.

—À mon tour maintenant, dit-elle à mi-voix.

Galvanisée, elle enlaça Robb Brindle en une étreinte rapide mais fougueuse, suivie d'un baiser brûlant. Puis fila avant que son ami, un sourire jusqu'aux oreilles, ait eu le temps de réagir.

Avec son uniforme et son attirail, ainsi que quelques articles de survie qu'elle avait réussi à glisser dans les poches de sa combinaison, Tasia courut vers le hangar d'embarquement, où des transports de troupes acheminaient les équipages jusqu'aux vaisseaux de guerre. L'amiral Stromo, à la tête du bataillon du Premier quadrant, commanderait le *Goliath*, le premier des Mastodontes améliorés, à la cuirasse renforcée. Le *Goliath* avait déjà subi, et réussi, tous les tests de contrôle préliminaire. Il était paré au combat.

Lorsque Tasia vit le rassemblement de gigantesques vaisseaux sur le point d'être lancés vers Jupiter, et leur puissance de feu réunie, elle ressentit la même confiance et le même optimisme que les recrues. Mais elle savait également qu'en un battement de cœur, tout pouvait basculer. L'étude de Qronha 3 leur avait enseigné que les orbes de guerre hydrogues seraient des noix difficiles à briser.

Grâce à l'excellence de ses notes, Tasia avait été promue au rang de commandant de plate-forme, ou platcom. Elle dirigeait son propre Lance-foudre, une plate-forme d'armement. Si l'augmentation démesurée de la flotte avait permis des promotions aussi rapides, elle avait néanmoins mérité sa place. Quant à Robb Brindle, il avait fait preuve de son efficacité dans le travail en équipe avec Tasia ; aussi l'avait-on affecté auprès d'elle, en tant qu'officier en second. Il dirigeait les escadrons de Rémoras qui soutiendraient le plus fort de l'attaque, en cas d'apparition des hydrogues.

Les navires des FTD furent armés, leurs propulseurs allumés, leurs armes chargées, les escadrons de Rémoras parés au départ immédiat. Alors, l'amiral Stromo transmit un discours sur le canal général de la flotte expéditionnaire :

— Ceci est notre première mission au contact direct de l'ennemi. C'est pourquoi c'est la plus importante que les FTD aient jamais lancée. Ce n'est pas une simple échauffourée contre une colonie rebelle, ou une frappe punitive contre quelques pirates Vagabonds s'acharnant sur d'innocents colons…

Sur la passerelle de son Lance-foudre, Tasia se renfrogna en entendant évoquer l'épisode Rand Sorengaard.

— Merdre ! Merci beaucoup, monsieur, marmonna-t-elle, assez doucement pour n'être entendue de personne.

Le commentaire méprisant de Stromo n'allait pas faciliter sa tâche.

— Cette mission aura des conséquences directes pour l'avenir de la Ligue Hanséatique, et pour toute l'humanité, poursuivit l'amiral.

L'équipage de Tasia, sur la passerelle, siffla bruyamment.

— On va foutre la pâtée aux hydrogues !

— Y a qu'un moyen de traiter avec ceux qui jouent aux durs – un coup dans les valseuses !

Tasia reconnut la voix de Patrick Fitzpatrick. Lui-même avait volontiers joué aux durs, avant qu'elle lui démontre qu'il faisait fausse route. Il n'avait pas reçu de promotion, et restait affecté à son Lance-foudre.

Tasia aurait préféré abréger tout cela et partir, mais Stromo continua de discourir.

— Ceci ne sera pas une frappe offensive, car nous ignorons l'endroit où se terre l'ennemi. Nous devons cependant nous opposer à l'ultimatum hydrogue. Nous prendrons de force l'ekti dont nous avons besoin.

La flotte partit enfin des chantiers spationavals de la ceinture d'astéroïdes, en direction de Jupiter. Des tempêtes titanesques remuaient le globe ceinturé de bandes de nuages gris, bruns et jaunes. Les hydrogues avaient-ils toujours vécu ici, au cours des millénaires de l'Histoire humaine, avant même que Galilée n'ait observé cette planète pour la première fois dans son télescope rudimentaire ?

Quatre moissonneurs d'ekti de la Hanse avaient été mis en service. Massifs, ils avaient été assemblés à partir de pièces récupérées dans les chantiers spationavals de la ceinture d'astéroïdes.

Ils disposaient de leurs propres moteurs pour se déplacer et seraient escortés par le bataillon des FTD.

Sur la passerelle du Lance-foudre, Tasia ne put s'empêcher de sourire en regardant ces modèles archaïques de stations d'écopage. Les Vagabonds avaient sophistiqué leurs systèmes pour les rendre plus efficaces et infiniment moins gourmands en effectifs. Même si ces usines de bric et de broc faisaient l'affaire, Tasia comprenait comment son peuple était parvenu à se faire une place sur le marché, au vu de la compétence douteuse du personnel d'extraction de la Hanse.

Toutefois, sans la protection des FTD contre les hydrogues, les Vagabonds n'avaient en pratique plus accès à leur source de revenu. Un jour, en raison du peu d'efficacité de ses usines flottantes, la Hanse s'allierait peut-être aux Vagabonds, en leur fournissant un soutien militaire pour protéger leurs stations d'écopage. Mais que les Vagabonds soient ainsi réduits à merci mettait Tasia profondément mal à l'aise ; une association pesante avec la Grosse Dinde représentait tout ce qu'ils avaient toujours pris soin d'éviter.

Le voyage transorbital fut bref. Le Mastodonte *Goliath*, trois croiseurs Mantas, et un essaim de Lance-foudre escortaient les moissonneurs d'ekti dans l'atmosphère jovienne. Tasia était impressionnée par la beauté des bandes nuageuses qu'on aurait dit peintes à la main, mais elle avait vu beaucoup d'autres planètes. Elle s'était tenue sur le pont d'observation du Ciel Bleu, en compagnie de Ross…

À présent elle brûlait de rendre aux hydrogues la monnaie de leur pièce. S'ils osaient se montrer, elle espérait être la première à tirer.

Son équipage laissa fuser des hourras retentissants, comme les moissonneurs géants commençaient à écrémer les nuages, pompant de vastes quantités d'hydrogène afin de les traiter dans leurs réacteurs d'ekti.

À cause de leur lenteur, il leur faudrait des semaines avant d'avoir produit suffisamment d'allotrope pour constituer un chargement conséquent. Toutefois, en menant à bien ces opérations, les FTD avaient remporté une victoire psychologique. Elles avaient prouvé qu'elles obtiendraient du carburant interstellaire malgré les menaces extraterrestres. Elles prenaient les hydrogues au mot. Elles se dressaient face à eux et les défiaient ouvertement.

Les membres d'équipage de Tasia plaisantaient, faisaient des paris, et paraissaient plus enthousiastes encore qu'au lancement de la flotte. Les croiseurs Mantas manœuvraient comme à la parade, à portée de vue des autres vaisseaux. Robb Brindle se tenait au côté de Tasia, pas trop près cependant à cause de leurs rangs respectifs. Interceptant son regard, il lui souffla :

— Loin de moi l'idée de demander à ce qu'on garde les pieds sur terre, mais j'ai l'impression qu'on excite un chien méchant juste devant sa niche. On fait les braves, on rigole – jusqu'à ce que la laisse du molosse se rompe.

Tasia le regarda d'un air perplexe.

— Parfois, Brindle, tu me parles dans une langue totalement étrangère.

Mais, en vérité, elle le comprenait parfaitement… trop bien, même. Elle se demandait juste combien de temps ils devraient attendre, avant que le molosse en question se manifeste.

108

Margaret Colicos

L'indice que cherchait Margaret fut découvert dans un diagramme inscrit à l'intérieur d'une des machines klikiss. Récemment, elle avait eu l'intuition que les symboles des carreaux entourant la fenêtre de pierre représentaient les coordonnées de planètes habitées par l'espèce disparue. Elle s'était installée dans les pièces voisines et s'était mise à examiner les textes les mieux préservés – des testaments, et des messages de désespoir hâtivement gravés dans la pierre.

Pendant que Louis bricolait la machinerie klikiss, DD montait des éclairages supplémentaires afin d'illuminer les inscriptions. Margaret travaillait depuis des heures, totalement concentrée. Elle consignait rapidement ses traductions. Chaque fois que des pictogrammes s'avéraient indéchiffrables, elle les sautait. Chaque portion traduite lui donnait un nouvel aperçu sur des parties plus absconses, de sorte qu'elle revenait fréquemment en arrière.

Cette besogne lui donnait l'impression de peler les couches d'un oignon – chaque réponse soulevait de nouveaux mystères, chaque partie de l'histoire des Klikiss qu'elle complétait lui démontrait combien il leur restait à apprendre.

Enfin, elle put ébaucher un résumé.

Deux des trois robots klikiss entrèrent pesamment dans la salle à la fenêtre de pierre, afin d'observer les progrès de l'archéologue. Dans une pièce adjacente où elle étudiait des inscriptions, Margaret mit en marche la boîte à musique qu'Anton lui avait offerte.

La musique l'aidait au niveau subconscient ; ses yeux parcouraient les symboles au rythme de la mélodie aigrelette. La façon de noter des chroniqueurs klikiss semblait effectivement avoir une « cadence » linguistique dont était dépourvu le langage humain.

Se déplaçant sur leurs jambes semblables à des doigts en mouvement, Sirix et Dekyk pénétrèrent dans la salle où elle se trouvait, et scannèrent les murs. La musique métallique sembla les perturber. Ils restèrent immobiles jusqu'à ce que la mélodie ralentisse, à bout de souffle, pour s'arrêter au milieu d'une mesure.

DD se retourna vers les deux robots.

— Nous avons de bonnes nouvelles pour vous, aujourd'hui. Nous avons fait beaucoup de progrès. Margaret, voudriez-vous nous dire ce que vous avez traduit jusqu'à présent ?

Ses doigts suivirent des assemblages compacts de hiéroglyphes.

— Je continue de reconstituer tout cela, mais je vais beaucoup plus vite maintenant. Chaque passage déchiffré m'aide à en éclaircir un autre. Ici, cela parle d'une grande guerre, une conflagration gigantesque qui a ravagé la galaxie. C'est probablement ce qui les a anéantis. Nous le soupçonnions, en particulier après avoir vu Corribus, mais ceci est le premier texte concret concernant cet événement. (Elle indiqua une large portion de mur.) Cette partie est incompréhensible jusqu'à présent, bien que les quelques mots que j'aie identifiés m'incitent à penser qu'elle évoque un ennemi des Klikiss. Et regardez, ici, et ici : je pense que ce sont des notations sur les robots klikiss, dit-elle en marquant du doigt plusieurs pictogrammes au milieu des inscriptions agglomérées.

Les capteurs optiques de Sirix et Dekyk flashèrent, et ils échangèrent des bourdonnements. Margaret mit les bras sur ses hanches et sourit.

— Cela s'annonce si bien que je ne serais pas surprise de finir ce mur aujourd'hui. Nous aurons bientôt nos réponses.

Sirix dit :

— Avoir les réponses à nos questions changera beaucoup de choses.

Un cri de joie de Louis les interrompit. Margaret et DD se pressèrent dans la pièce voisine, suivis par les deux robots, plus flegmatiques. Louis se tenait à côté de l'antique machinerie, qui ronflait et vibrait à présent. La fenêtre de pierre avait l'air différente, comme si la roche s'était transformée en argile malléable.

— J'ai activé la source d'énergie, et elle fonctionne ! croassa-t-il, et Margaret vint l'embrasser sur la joue. Il y a encore des variations de courant, mais j'ai une théorie sur la fonction des fenêtres de pierre.

— Eh bien, l'ancien ? demanda Margaret. Il s'agit donc d'un système de transport ?

— Ces fenêtres de pierre trapézoïdales sont… des portails. Les formules mathématiques et la technologie des Klikiss sont absolument stupéfiantes. En utilisant nos connaissances acquises grâce au Flambeau, j'ai pu rétrocalculer certaines de leurs équations, et remplir des vides. (Il s'appuya d'une main à la machine bourdonnante, et désigna de l'autre le quadrilatère vierge.) Il s'agit d'un moyen de transport spatial totalement inédit. D'après les équations, ces portails permettent de réduire le paramètre de distance jusqu'à zéro. En modifiant le système de référence, ils font correspondre les coordonnées spatio-temporelles d'endroits différents.

Margaret écarquilla les yeux.

— En d'autres mots, les Klikiss pouvaient voyager de ville en ville, sans même avoir à monter à bord d'un vaisseau spatial.

— Et sans ekti… et sans gaspiller de temps. (Il se tourna vers les robots klikiss.) Vous rappelez-vous quelque chose, maintenant ?

— Votre hypothèse est raisonnable, répondit Sirix. Malheureusement, nous ne pouvons la confirmer ou l'infirmer avec certitude.

Margaret s'adressa à Louis.

— Si tu as raison, cela expliquerait pourquoi les Klikiss n'ont jamais mentionné de vaisseaux spatiaux dans leurs écrits, alors qu'ils voyageaient de planètes en planètes. (Elle brandit un doigt menaçant dans sa direction.) N'essaie pas d'avoir seulement l'*idée* de tester l'un de ces portails, l'ancien. Cette machinerie n'a pas fonctionné depuis des milliers d'années. Tu es peut-être un génie, mais tu ne comprends pas encore comment ça marche.

— Non, très chère.

Brusquement, les deux robots firent pivoter leur corps ellipsoïdal noir, et se dirigèrent précipitamment vers la sortie.

— Où allez-vous ? demanda DD.

— Nous devons informer Ilkot, répondit Dekyk.

Louis leur lança :

— Eh bien, si vous vous souvenez de quoi que ce soit, revenez tout de suite nous le dire.

Les robots klikiss disparurent, laissant Margaret et Louis seuls avec DD. Margaret se tourna vers le comper.

— Quand les robots se sont parlés dans leur langage informatique, as-tu pu saisir quelque chose ?

— Pas tout, Margaret, mais une partie substantielle.

— Et alors ? Que se sont-ils dit ?

— Sirix et Dekyk ont paru assez excités par vos traductions, ainsi que par vos déductions.

Margaret fronça les sourcils.

— Ils étaient excités, dans le sens de « transportés de joie » ? Ou bien étaient-ils… énervés ?

— Ces nuances échappent à mes capacités d'interprétation, répondit DD. Je suis désolé, Margaret.

L'enthousiasme de Louis ainsi que la perspective d'un bon repas pour fêter la découverte ne souffraient plus d'attendre. Il passa un bras osseux autour des épaules de sa femme, et la serra de nouveau contre lui.

— On a encore cette vieille bouteille de champagne poussiéreuse qu'on a apportée avec nous, n'est-ce pas, très chère ? Ce soir, nous avons beaucoup à célébrer.

Margaret sourit.

— Absolument, l'ancien – si je peux d'abord finir de traduire cette section du mur. Je pense que les Klikiss nous réservent encore quelques surprises.

La voix enrouée, Margaret s'exclama :

— Incroyable !

Elle s'usait le regard depuis des heures, et tout ce temps en position accroupie lui avait donné des crampes. Mais elle avait du mal à réaliser ce qu'elle était en train de lire.

À côté d'elle, DD renchérit :

— C'est inconcevable, Margaret !

La vieille archéologue avait transcrit chaque partie des messages gravés. Mais à présent, elle répugnait à partager le secret qui la glaçait. Le poids de ses implications pesait sur elle.

Contrairement à son habitude, elle alla entreposer une copie de son travail dans un renfoncement, puis prit la carte de sauvegarde originale et se hâta jusqu'à la pièce où Louis continuait de bricoler la machinerie du portail mural.

Sa femme était pâle et avait les yeux dilatés, mais Louis était trop concentré sur sa découverte pour remarquer que quelque chose n'allait pas.

— Eh bien, très chère, je crois que j'y suis enfin arrivé. J'ai comparé cette configuration avec les portails que nous avons trouvés sur Llaro, Pym et Corribus. Si l'on creusait dans la base de données, on dénicherait au moins un portail à l'intérieur de chaque cité klikiss. Mais celui-ci est différent.

Il appuya une main au creux de ses reins afin de soulager son dos, tandis qu'il se redressait, puis alla jusqu'au mur. Il indiqua du doigt le coin supérieur gauche du trapèze.

— Sur les autres sites, certains carreaux de coordonnées ont été détruits, comme si quelqu'un les avait fracassés avant de partir. Quoi qu'il soit arrivé aux Klikiss, celui qui les a fait fuir ou les a détruits… n'a pas achevé sa besogne sur Rheindic Co.

— C'était une guerre, Louis, fit Margaret. Une guerre extraordinairement destructrice, entre des forces titanesques. Les Klikiss formaient un puissant empire, mais ils devaient être des protagonistes insignifiants, sur un champ de bataille aussi immense. Leurs robots ont joué un rôle là-dedans, bien que les détails m'échappent encore.

Louis était fasciné.

— Mais quel genre de guerre ? Qui les Klikiss combattaient-ils donc ?

Elle inspira longuement.

— Les *hydrogues*, Louis ! Les créatures des abysses gazeux. Ce n'est pas la première fois qu'elles attaquent.

Le souffle manqua à Louis. Puis, sa stupéfaction se mua en un sourire juvénile.

— Voilà qui est incroyable, Margaret. D'abord, la découverte du portail mural, et maintenant, cette guerre antique entre les Klikiss et les hydrogues – même le Flambeau klikiss ne peut se comparer à de telles découvertes ! (Il l'embrassa de nouveau.) On doit envoyer ces nouvelles tout de suite. Il faut que tout le monde sache.

Margaret saisit son mari aux épaules, le pressant assez fort pour éteindre son sourire.

— Louis, tu n'as pas compris ? Les hydrogues ont *éradiqué* les Klikiss. Ils ont provoqué l'extinction d'une espèce présente dans tout le Bras spiral. (Elle lui lança un regard dur, mais il ne paraissait pas encore réaliser.) Et aujourd'hui, ils ont commencé à attaquer les humains !

Margaret jeta un coup d'œil aux galeries. Là, les idéogrammes klikiss étaient plus désordonnés et difficiles à lire, comme si on les avait gribouillés à la hâte.

— DD, installe les éclairages dans ces passages. Je pense pouvoir déchiffrer les derniers textes.

— Je serai heureux de faire cela pendant que vous retournez au camp, répondit le comper.

Le laissant derrière eux, les xéno-archéologues descendirent les marches des échafaudages le long de la paroi du canyon. Ils pourraient toujours écrire des rapports détaillés plus tard, mais ils voulaient d'abord envoyer un résumé de leur découverte concernant la menace hydrogue, via le prêtre Vert.

La tombée de la nuit sur Rheindic Co avait dissipé la chaleur du désert, et une brise rasait le sol, apportant la fraîcheur. À leur arrivée au campement, les tentes et les baraquements étaient plongés dans la pénombre.

Margaret ne vit aucun signe du prêtre Vert. La pompe à eau bourdonnait dans le silence immobile. Un lumignon éclairait l'intérieur de la tente de Margaret et Louis, un autre luisait faiblement dans celle d'Arcas. Mais l'ombre du prêtre Vert ne s'y découpait pas.

—Arcas ! appela Louis. On a des nouvelles pour toi, l'ami. On doit envoyer sans retard un message par télien.

Aucune réponse. Le camp demeurait silencieux, et rien ne bougeait. Mal à l'aise, Margaret regarda aux alentours, scrutant l'obscurité.

Comme toujours, Louis restait optimiste.

—Il se trouve sûrement du côté de ses arbres. C'est de là-bas que l'on doit envoyer notre message, de toute façon.

Margaret le suivit jusqu'au jardinet – pour s'arrêter brusquement. À la lueur de la lune, elle vit ses craintes réalisées, avant que Louis ait allumé sa torche.

Tous les arbremondes étaient détruits.

Chacun d'eux avait été déraciné, le tronc rompu. Certains avaient été tranchés net, comme avec des cisailles ; d'autres avaient été comme écartelés, et de leurs bouts en lambeaux gouttait encore de la sève, tel du sang doré. Leurs feuilles mortes jonchaient la poussière.

—Que… que…

Le visage pétrifié, Margaret se retourna.

—Arcas, dit-elle, autant pour l'appeler que pour exorciser sa peur.

Elle revint au camp en courant, Louis sur ses talons ; un lumignon luisait toujours dans la tente du prêtre Vert. La terreur retournait l'estomac de Margaret. Elle atteignit la tente la première, écarta les pans d'un coup sec, et son regard se figea. Louis surgit, pour stopper à son tour.

Arcas gisait sur le sol de sa tente, assassiné. Son corps avait été brisé, lacéré et broyé. Une centaine de lésions mortelles le recouvraient, comme si son agresseur, ignorant où infliger une blessure fatale, avait préféré s'assurer du résultat.

Écœuré et horrifié, Louis sortit, les jambes flageolantes. Il ne parvenait pas à croire ce qu'il venait de voir. À l'entrée de la tente, Margaret laissa son regard errer dans la nuit, en comprenant à quel point ils étaient seuls et sans défense.

109

Nira

Nira n'eut pas l'occasion de se défendre, car l'agression la surprit en plein sommeil, dans sa chambre du Palais des Prismes. Elle avait pris l'habitude de porter un masque, afin de cacher ses yeux de la lumière ininterrompue des sept soleils. Cela lui permettait de dormir, pendant que sa peau verte continuait de se nourrir de la lumière du jour perpétuel.

La jeune fille se reposait, lasse mais contente. Jora'h était parti sur Theroc en mission diplomatique, de sorte qu'ici, au palais, elle avait tout son temps pour réfléchir. Les changements de son corps, dus à l'avancement de sa grossesse, devenaient perceptibles. Dès le retour du Premier Attitré, après sa visite de la forêt-monde, elle lui révélerait l'heureuse nouvelle. Bien qu'il ait déjà de nombreux fils et filles, celui-ci serait différent, et elle espérait que cela lui ferait plaisir. Ensemble, ils décideraient du meilleur avenir possible pour leur bébé hybride ; un enfant, devinait-elle, doté d'un potentiel remarquable.

Nira ne s'attendait pas qu'il s'engage avec elle pour la vie, comme dans un mariage humain – c'était impossible. Mais elle avait vu à quel point Jora'h se préoccupait de ses enfants, et elle connaissait sa gentillesse à l'égard de ses anciennes amantes. De plus, Nira savait qu'ils éprouvaient quelque chose de spécial l'un envers l'autre.

Maintenant que son beau prince était parti, Nira pouvait se concentrer sur la lecture de *La Saga des Sept Soleils*. Aujourd'hui,

Otema et elle avaient récité pendant des heures une litanie de versets aux surgeons, prenant plaisir aux légendes ildiranes pleines de magie. À la fin de la journée, Otema avait souri à son assistante, l'avait complimentée sur son travail, et envoyée au lit...

En silence, sept gardes musculeux se frayèrent un chemin dans les appartements de Nira, la réveillant en sursaut.

— Emmenez-la, fit une voix rogue tandis qu'elle luttait pour retrouver sa pleine conscience.

Des bras puissants l'empoignèrent. Elle se cogna à un plastron d'armure, sentit comme l'odeur âcre d'animaux en cage. Gauchement, elle ôta son masque de nuit et cligna des yeux dans la lumière éblouissante, essayant de fixer son regard sur Bron'n et sur les gardes qu'elle avait vus autour du Mage Imperator.

— Qu'est-ce qui ne va pas ? demanda-t-elle.

— Emmenez-la, répéta Bron'n, et les gardes la hissèrent sans façon sur ses pieds.

Ils tenaient des katanas blancs à pointe vibrante, au tranchant pourvu de facettes, comme écorné.

Nira rua et se tortilla.

— Qu'est-ce que j'ai fait ?

Elle tendit la main en arrière, les doigts tendus, tentant de toucher un surgeon à sa portée.

— Ne la laissez pas près de cette plante ! rugit Bron'n.

D'une secousse, ils traînèrent Nira à l'écart, de sorte que le bout de ses doigts frôla à peine le pot émaillé. Le surgeon vacilla, mais ne tomba pas au sol.

— Le Mage Imperator nous a ordonné d'être silencieux et efficaces, les avertit Bron'n.

Lorsque les mots et la force lui manquèrent, Nira hurla enfin. Bron'n la gifla violemment, et elle se recroquevilla. La terreur transforma ses jambes en coton, tandis que les gardes la tiraient dans le corridor.

— Ne l'abîmez pas, ordonna Bron'n. On a besoin d'elle pour sa fertilité.

Le désarroi de Nira ne connut plus de bornes lorsqu'elle s'aperçut qu'un autre groupe de gardes à l'allure bestiale s'était introduit dans l'appartement d'Otema et l'avaient également capturée. La vieille prêtresse Verte se tenait raide, le visage dur. Mais elle ne s'agitait pas, voyant que toute résistance était inutile.

S'enveloppant dans sa dignité comme dans un châle, Otema lança un regard furieux à Bron'n.

— Je proteste officiellement. Si vous nous accusez d'un crime, dites-le. Si nous sommes mandés par le Mage Imperator, nous irons de notre propre volonté.

Bron'n approcha tout près de la vieille femme.

— Je suis les ordres de mon Mage Imperator.

Otema regarda Nira, puis Bron'n.

— Si vous nous faites du mal, les conséquences diplomatiques seront désastreuses. Nous sommes les représentantes de Theroc. Nous avons été invitées par le Premier Attitré et par le Mage Imperator en personne. J'exige…

Bron'n tira de son épais plastron un couteau en dents de scie, taillé dans un verre opaque.

— Vieille femme, il y a longtemps que tu as passé l'âge de procréer. Par conséquent, tu n'es plus d'aucune utilité pour nous.

Avant que Nira ait pu crier, il frappa Otema, lui plongeant sa dague en plein cœur. Il retira la lame de verre, et les ravisseurs laissèrent choir la vieillarde. Chacun des gardes leva son katana. Chacun poignarda le cadavre de l'ambassadrice. Puis ils s'écartèrent du corps ensanglanté.

Bron'n lança un signal. Cinq serviteurs empressés se ruèrent en avant pour nettoyer, ainsi que le Mage Imperator l'avait ordonné.

Sanglotant de révulsion, Nira s'affaissa, des taches noires dansant devant ses yeux. Elle pria pour se réveiller de ce cauchemar, mais les gardes la saisirent et la soulevèrent. Elle sentit la poigne dure de leurs mains calleuses, et la violence de leur odeur.

Ils lui ramenèrent les bras derrière le dos, sans douceur mais en prenant soin de ne pas briser ses poignets. Ils la ligotèrent, la bâillonnèrent, puis la poussèrent à travers des galeries sinueuses, dans les profondeurs du Palais des Prismes.

Ils la jetèrent dans une chambre à la chaleur étouffante, aux murs de verre rouge sang, épais et incurvés. Ici, les ombres étaient plus sombres, les illuminateurs mis au minimum, et l'air était si lourd qu'il se respirait avec peine. Nira tomba à genoux, incapable de bouger les bras à cause de ses liens. Bron'n se tenait derrière elle, bloquant la porte.

Un homme arriva. Il lui saisit le menton, et releva sa tête vers lui. L'Attitré de Dobro la toisa de son regard morne, comme s'il ne voyait en elle rien de vivant ni de sensible, mais simplement un spécimen. Les narines frémissantes, il la renifla, puis lâcha son menton et recula, en adressant un sourire cruel mais approbateur à Bron'n.

— Une matière première parfaite, dit-il. Elle est forte et en bonne santé. Je peux *sentir* son potentiel génétique. Mettez-la dans mon vaisseau, et assurez-vous que toutes les preuves aient disparu avant le retour du Premier Attitré de Theroc.

Bron'n prit note de ces instructions. Nira ne trouvait plus la force de combattre. L'Attitré de Dobro la regarda, les yeux brillants.

— Ton potentiel, dit-il, représente l'unique espoir pour l'Empire ildiran de survivre à la guerre contre les hydrogues.

110

Cesca Peroni

L'annonce de Jhy Okiah abasourdit les Vagabonds, malgré les terribles nouvelles qu'ils avaient déjà apprises au cours de ces derniers mois, sur Rendez-vous.

La vieille Oratrice se tenait à la tribune, au centre de la chambre du conseil. Les projecteurs l'éclairaient, obligeant l'assemblée à diriger son attention sur elle. Le silence ne revenant pas, elle exerça son droit de veto afin de mettre un terme aux arguties, et attendit que les clans puissent entendre ce qu'elle avait à dire.

— Le futur réclame quelqu'un de fort et de visionnaire – deux choses qui me manquent aujourd'hui. (Des cris de consternation et de désaccord éclatèrent, mais elle les interrompit d'une voix ferme.) Tout au long de ces fructueuses années, je vous ai conduits. Mais, à présent, les règles ont changé ; les méthodes auxquelles je m'étais habituée ne sont plus appropriées. Il nous faut évoluer si nous voulons résoudre le problème des hydrogues.

» Par conséquent, pour notre bien et celui de l'humanité, il ne me reste pas d'autre choix que de céder ma place d'Oratrice des clans de Vagabonds.

Elle s'interrompit, et attendit une seconde. Puis, le tumulte recommença.

Alors que la crise s'aggravait chez les Vagabonds, l'Oratrice avait constitué un îlot de stabilité. Elle représentait les clans de façon impartiale, et ne privilégiait personne dans les discussions qu'elle dirigeait. Elle était considérée comme un gouvernant juste et raisonnable, y compris par ceux qui désapprouvaient ses décisions.

Les hydrogues avaient mis leur menace à exécution, après leur ultimatum et l'assassinat du roi Frederick, sur Terre. La plupart des Vagabonds avaient retiré leurs stations d'écopage des géantes gazeuses, mais quelques-uns avaient traîné trop longtemps. En moins d'une semaine, quinze nouvelles usines d'extraction d'ekti avaient été anéanties par les orbes de guerre. À peine une centaine de réfugiés avaient survécu, rapportant des histoires et des images effroyables. L'ennemi était efficace, méthodique et sans aucune pitié.

— Nous avons besoin d'une Oratrice plus forte, continua Jhy Okiah, de quelqu'un qui a plus d'énergie et d'imagination que moi.

Assise dans un box près de la tribune, Cesca Peroni avait du mal à s'empêcher de pleurer. Elle connaissait le projet de la vieille femme et avait tenté de l'en dissuader, mais cette dernière s'était montrée têtue et implacable.

« Cette guerre pourrait durer longtemps, Cesca, avait-elle dit. Les choses risquent de devenir difficiles… et de prendre une mauvaise tournure. Pardonne-moi pour l'épreuve que je vais te faire endurer. Mais, au plus profond de moi, je sens que je ne verrai pas la fin de cette guerre. Mieux vaut commencer dès maintenant avec une nouvelle Oratrice, plutôt que d'accroître le désordre plus tard, quand plus de mal aura été fait.

— Mais je ne suis pas prête. Vous savez tout ce qu'il me reste encore à apprendre. »

La vieillarde avait posé un doigt noueux sur les lèvres de Cesca pour la réduire au silence.

« Je sais surtout que tu es *capable* d'apprendre. Voici le secret le plus important que je peux t'enseigner : personne n'est jamais prêt. Tu n'es pas moins qualifiée que moi à l'époque où j'ai pris cette charge. Et je ne m'en suis pas trop mal tirée. (Elle avait gloussé doucement.) Tu es compétente, Cesca, et tu n'as pas la folie de te croire infaillible. En toute franchise, ces qualités sont largement suffisantes. Contente-toi de suivre ton Guide Lumineux. »

Une fois son annonce faite en public, Jhy Okiah refusa d'en débattre plus avant. Elle avait passé sa vie en discussions, et en avait assez. Elle descendit de l'estrade, et fit signe à Cesca de prendre sa place – maintenant, et pour les années à venir.

À la tribune, Cesca laissa s'écouler un moment. La faible gravité de l'astéroïde la rendait légère, mais son cœur était lourd. Ses épaules ployaient sous le poids de l'énorme fardeau qu'elle portait. *Contente-toi de suivre ton Guide Lumineux.* Cela lui donna envie de rire. Les Vagabonds aimaient à croire que leur chemin était tracé, à condition d'en voir le parcours. Mais elle s'était déjà égarée tant de fois…

Elle regarda l'assistance, repéra les gradins réservés au clan Tamblyn. Et enfin Jess, assis à côté de ses quatre oncles. Il la contemplait, attentif et plein d'encouragement. Un autre chemin, un autre parcours aurait pu les réunir. Mais aujourd'hui, elle n'en voyait aucun qui la menait à lui. Pas encore. Leurs yeux se rencontrèrent, et il lui sourit. Ce sourire contenait toute la force dont elle avait besoin.

La communauté des Vagabonds avait applaudi le bombardement cométaire de Jess sur Golgen. Même vaine, cette contre-attaque leur permettait de ne plus se sentir impuissants. Des spécialistes de calcul orbital cartographiaient les ceintures de Kuiper des systèmes solaires où les stations d'écopage avaient été détruites, afin de continuer cette guerre gravifique silencieuse. Hélas, leur choix était vaste.

Cesca avait répété maintes fois son discours. Mais aujourd'hui, les mots lui paraissaient plats et ternes. Comment pourrait-elle diriger tous ces gens, tant de clans si disparates ? Comment pourrait-elle les amener à faire les sacrifices nécessaires qui permettraient à la société des Vagabonds de survivre ?

— Je ne voulais pas devenir votre Oratrice aussi tôt, dit-elle doucement – puis sa voix devint plus âpre, presque stridente. Pas plus que je n'ai *voulu* que les hydrogues assassinent mon fiancé et détruisent sa station sur Golgen. Je n'ai *pas voulu* que les extraterrestres nous entraînent dans une guerre que nous n'avons pas déclenchée. Je n'ai *pas voulu* que l'extraction d'ekti soit interrompue avec violence. (Elle s'interrompit, et fixa l'assistance.) Malheureusement, on n'obtient pas toujours ce que l'on souhaite. C'est pourquoi je me présente comme votre nouvelle Oratrice. Nous sommes tous liés par cette crise. Alors, qu'allons-nous faire ? demanda-t-elle en ouvrant les mains.

Personne n'osa émettre de suggestion, bien que les clans de Vagabonds aient toujours volontiers exprimé leurs pensées. Cesca continua.

— Durant toute leur histoire, les Vagabonds n'ont jamais mené la belle vie. Nous avons foncé tête baissée dans l'adversité, et nous avons survécu. Nous savons nous adapter. Nous savons innover, tout en restant nous-mêmes.

Cesca avait été entraînée à se montrer sévère, mais bienveillante à la fois. Elle se dévouerait corps et âme à son travail.

— Mon intention est que nous sortions de cette crise. Je ne parle pas à la légère de la menace hydrogue. Cette guerre pourrait détruire la civilisation humaine dans sa globalité… ou nous offrir enfin l'indépendance.

Ces paroles suscitèrent des murmures dans la chambre du conseil. Cesca laissa l'assemblée s'exprimer, s'appuyant sur la confiance de chacun.

— Alors, que devons-nous faire, si l'on ne peut plus récolter l'ekti des géantes gazeuses ? Notre économie tout entière est fondée là-dessus. Devons-nous nous résigner à l'inévitable – et nous laisser absorber par la Grosse Dinde ? (Elle secoua la tête.) Il n'est pas question que notre dépendance s'accroisse, alors que nous œuvrons depuis plus d'un siècle pour nous dégager de la tutelle étouffante de la Terre.

— Dans ce cas, comment survivrons-nous ? cria quelqu'un dans le public. Sans l'ekti, nous…

Elle le coupa en levant sèchement la main.

— Depuis quand les Vagabonds se contentent-ils d'une seule solution ? Les géantes gazeuses ne sont pour nous que les réservoirs d'hydrogène les plus pratiques. Mais il s'agit de l'élément le plus courant de la galaxie. Nous devons étudier d'autres possibilités, et envisager de récolter l'ekti par d'autres moyens.

Cesca sourit à un homme en contrebas, assis au premier rang des gradins.

— J'ai rappelé à moi Kotto Okiah, l'un de nos meilleurs inventeurs. Il construisait une colonie sur Isperos, dans la chaleur de la lave. Je lui ai demandé d'user de son ingéniosité pour résoudre ce nouveau problème. Il sera difficile d'extraire de l'ekti ailleurs dans le Bras spiral… Mais cela nous arrêtera-t-il ? (Elle eut un rire forcé.) Je ne le crois pas ! Nous sommes des *Vagabonds*. Exerçons notre imagination, notre créativité – et relevons le défi. Regardons vers le Guide Lumineux, dont nous savons tous qu'il est là-bas, quelque part. Nous pouvons en sortir plus forts, si nous travaillons assez dur et si nous faisons la preuve de notre génie. Nous avons toujours excellé dans les projets à long terme, n'est-ce pas ?

Cesca leva les deux mains, et regarda toute l'assemblée.

— Tous nos inventeurs, nos ingénieurs et nos techniciens doivent s'engager. Il n'y a pas de temps à perdre.

Soulagée mais grisée, elle descendit une marche de l'estrade, et sa voix monta d'un ton :

— Nous trouverons d'autres moyens.

111

Tasia Tamblyn

Le *Goliath* suivait une orbite stationnaire, pendant que le Lance-foudre commandé par Tasia Tamblyn patrouillait autour des moissonneurs d'ekti de la Hanse, qui arpentaient les cieux colorés de Jupiter. Les gigantesques usines mobiles projetaient des fumées d'échappement, dont le panache enflait tels des champignons dans l'air raréfié d'altitude.

Jour après jour, les escorteurs des FTD restaient en alerte maximum. Le Mastodonte se dessinait aux confins de l'horizon. Des croiseurs Mantas survolaient les opérations d'extraction. Des escadrilles de Rémoras striaient les couches nuageuses, tandis que les Lance-foudre flottaient en surplomb, scannant les formations météorologiques à la recherche d'anomalies. Les patrouilles des nuages revenaient à leur base à heure régulière, sans rapporter quoi que ce soit d'anormal. Les membres d'équipage restaient sur le qui-vive, même si beaucoup d'entre eux commençaient à douter de la présence des hydrogues.

Tasia ne s'autorisait cependant aucun répit. Les moissonneurs de nuages évoquaient des bateaux de pêche dérivant à la surface de la mer, avec les hydrogues en guise de monstres rôdant dans les fosses océaniques. À bord du *Goliath*, l'amiral Stromo continuait les manœuvres et les exercices militaires. Tout le monde était paré.

Robb Brindle, qui commandait les Rémoras, se montrait plus optimiste. Il se tenait au côté de Tasia, observant les pesantes usines d'ekti. Celles-ci évoquaient du bétail pâturant dans des champs de tempêtes.

— Il y a deux possibilités, Tamblyn. Soit les hydrogues ne vivent pas ici, et on peut continuer à exploiter l'ekti tout notre saoul. (Il tourna la tête pour jeter un œil par-dessus son épaule en direction de l'équipage.) Ou bien, notre flotte de va-t-en-guerre leur a fichu la trouille.

Tasia préféra taire la troisième explication qui lui venait à l'esprit : les hydrogues ne s'étaient tout simplement pas encore montrés. Elle ne voulait pas ruiner l'assurance qu'il affichait, sachant que ses rodomontades étaient surtout une réaction à l'angoisse qui se prolongeait.

— J'espère que tu as raison, Brindle.

À peine trois heures plus tard, les premières alarmes retentirent.

Un escadron de Rémoras revint : les engins de surveillance venaient de détecter une floraison d'éclairs au sein de turbulences météorologiques se déplaçant rapidement. Sur le *Goliath*, l'amiral Stromo déclencha aussitôt l'alerte rouge. À bord des usines d'ekti, les ouvriers terriens reçurent l'instruction de quitter leur poste et de se préparer à une évacuation immédiate. Tasia donna des ordres à l'équipage de son Lance-foudre, et envoya tous les pilotes de Rémoras à leurs vaisseaux.

Robb Brindle lui pressa le bras :

— Que le spectacle commence !

Sans autre formule d'adieu, il fonça vers le hangar d'embarquement afin de prendre le commandement de son escadron.

Loin en contrebas, les cieux joviens se déchirèrent pour dégorger onze orbes de guerre hydrogues. Les redoutables vaisseaux à coque de diamant hérissée de pointes s'élevèrent au-dessus des nuages, dans une démonstration de force à faire pâlir même la fière flotte de l'amiral Stromo.

— Les voilà qui arrivent ! cria Patrick Fitzpatrick, son habituelle arrogance envolée.

Lorsque les jurons de stupeur retentirent, Tasia pivota pour tancer son équipage.

— Que chacun reste concentré ! Gardez vos pleurnicheries pour quand vous serez revenus chez vous et que vous pourrez vous plaindre à vos mamans. (Elle indiqua les postes tactiques.) Que chaque soldat regagne sa console d'armement ! Activez les batteries de jazers. Chargez les canons de bastingage de projectiles cinétiques.

— On laisse les extraterrestres tirer les premiers, Platcom ? demanda l'un des hommes.

— Merdre ! Jamais de la vie. On a tous vu ce qu'ils font.

Elle serra les dents. Au moins avait-elle une chance de venger son frère.

Mais l'amiral Stromo envoya un signal à toute la flotte, annulant ses ordres.

— Mantas, Lance-foudre et Rémoras, cessez le feu ! (Sa voix passa sur une fréquence large.) Prêtez-moi attention, hydrogues ! Je demande à parlementer avec votre commandant.

— Comme si ça servait à quelque chose, murmura Tasia. Ils ont fait exploser le roi Frederick. Ce qu'ils veulent, ce n'est pas parler – c'est nous voir morts.

Stromo attendit une seconde, sans recevoir de réaction.

— Nous sommes en mission de paix. Notre seule intention est d'obtenir des ressources vitales à la Ligue Hanséatique terrienne. Nous exploitons notre propre système solaire. Nous ne vous voulons aucun mal. Mais on ne nous privera pas de ce qui est nécessaire à notre survie.

Les orbes de guerre grimpèrent en direction du premier moissonneur d'ekti. À leur approche, les écopeurs de nuages lancèrent leurs canots de sauvetage dans un accès de panique ; ils se dispersèrent comme les spores d'un champignon. Sans avoir transmis un mot au *Goliath*, les créatures des abysses gazeux déchaînèrent leurs éclairs d'énergie crépitante. Ceux-ci traversèrent l'usine d'extraction d'ekti de part en part, faisant exploser les réacteurs et les réservoirs de carburant. L'explosion déclencha une réaction en chaîne, de module en module. Aucune station d'écopage de Vagabonds n'aurait pu être percée si facilement, Tasia le savait, mais le résultat final aurait été le même.

— Ça suffit ! cria-t-elle, révoltée.

Sans se soucier de son insubordination, elle se tourna vers ses officiers tactiques sans attendre les ordres de l'amiral Stromo.

— Toutes les batteries jazers, ouvrez le feu. Visez ce satané orbe de guerre.

Les hydrogues poursuivaient la destruction du premier moissonneur de nuages. Un deuxième orbe de guerre tira sur les vaisseaux terriens. Les sous-commandants des FTD réclamaient des ordres, tandis que certains se défendaient. L'amiral Stromo ne répondit pas.

Tasia planta un doigt sur l'écran.

— Tout le monde avec moi, sur le même point de mire. Visez juste en dessous de cette pointe, là. Il ne faut pas disperser notre puissance de feu. *Maintenant !*

Avec force menaces et cris de rage, l'équipage de pont fit feu, leurs lasers gainés de particules à haute énergie. Les rayons jazer frappèrent l'orbe le plus avancé et le balafrèrent.

— Les projectiles cinétiques, ensuite ! Tirez avec les canons de bastingage – une rafale complète. Visez le point affaibli par les jazers.

Les canons électromagnétiques de l'entrepont crépitèrent, tirant une salve pulsée de projectiles constitués d'uranium appauvri superdense. Propulsés à des vitesses quasi relativistes, ceux-ci heurtèrent la coque de diamant, chacun ayant acquis une énergie cinétique équivalente à une petite tête nucléaire.

Les autres Lance-foudre n'hésitèrent qu'une seconde lorsque Tasia donna son ordre de tirer, tandis que Stromo demeurait muet. L'escorte des FTD, pleine de jeunes recrues et de commandants à la gâchette facile, riposta lorsque les hydrogues ouvrirent le feu. Puis, les croiseurs Mantas entrèrent en lice. Des escadrons de Rémoras jaillirent de leur hangar d'amarrage comme une grêle de balles.

Chaque intercepteur fondit sur les orbes de guerre, les ciblant de leur armement plus léger, mais aussi plus précis.

Sur les fréquences des FTD, Stromo crachota ses ordres. Il essayait de recouvrer le contrôle de la situation. En un instant, il réalisa la futilité de sa tentative, et changea son fusil d'épaule.

— À tous les vaisseaux, tous les commandants. Feu à volonté ! On va se faire ces salauds.

Le *Goliath* descendit au milieu de l'enfer du champ de bataille, avec dans ses flancs les armes les plus puissantes de la flotte. Le Mastodonte fit rapidement la preuve de ses capacités améliorées, avec un armement et un blindage dix fois supérieurs à une Manta ou un Lance-foudre.

Les équipages des trois autres moissonneurs lancèrent leur capsule d'évacuation sans instruction de l'amiral. Tasia ne pouvait le leur reprocher, mais dans la mêlée générale, avec les tirs qui s'entrecroisaient dans les bancs nuageux de Jupiter, elle voyait le péril qu'ils encouraient. Elle ouvrit une fréquence.

— Lieutenant Brindle, dites à vos Rémoras d'amener leurs fesses jusqu'aux moissonneurs. Sauvez autant de capsules que possible.

Brindle n'hésita qu'un instant.

— Mon escadron tout entier ? On ne devrait pas garder quelques Rémoras pour…

— Lieutenant, si on ne sauve pas ces écopeurs de nuages, on ne pourra pas trop chanter victoire, pas vrai ?

— Oui, Platcom.

Elle ajouta, tâchant de soulager sa frustration :

— Dès que vous aurez ramassé les capsules, je vous laisserai retourner au combat et causer autant de dommages que vous voudrez – si la bataille dure jusque-là.

— Entendu.

Le premier orbe de guerre qu'elle avait pris pour cible avait visiblement souffert. Les frappes de jazers et les impacts d'ogives cinétiques l'avaient ralenti. Mais les dix autres bâtiments hydrogues approchèrent sans hésitation et ouvrirent le feu sur la flotte terrienne.

L'une des Mantas tomba presque immédiatement, sans avoir tiré un seul coup.

Les rayons ennemis balayèrent deux Lance-foudre, déchirant leur coque blindée, envoyant des centaines de membres d'équipage à la mort. Des escadrilles de Rémoras furent vaporisées, telles des graines dans la fournaise d'une explosion. Les petits vaisseaux d'attaque disposaient de boucliers et d'une manœuvrabilité insuffisants pour éviter l'arme hydrogue. Tasia pria pour que les escadrons de Brindle ne fassent pas partie des premières victimes.

L'amiral Stromo jeta le *Goliath* dans la bataille. Tirant de tous ses jazers, balançant ses projectiles cinétiques, lançant ses Rémoras, le Mastodonte évoquait un terrible ouragan. Mais les orbes de guerre concentrèrent leur attaque sur l'immense vaisseau de guerre terrien.

Les premiers Rémoras de Brindle commençaient à revenir vers le Lance-foudre ; ils utilisaient leurs rayons tracteurs pour traîner les capsules de sauvetage provenant des moissonneurs d'ekti.

— Ouvrez les hangars à vaisseaux, ordonna Tasia. Récupérons tous ces réfugiés avant qu'il soit trop tard.

Sur la fréquence générale, l'amiral s'époumonait en vain contre les hydrogues, mais Tasia voyait déjà les dégâts infligés aux vaisseaux des Terreux. En quelques secondes, les hydrogues anéantirent une autre plate-forme d'armement ; d'un seul coup, tous les Rémoras ayant récupéré des capsules durent se trouver un nouveau sanctuaire.

Tasia se tourna vers Patrick Fitzpatrick, au poste de communication.

— Signalez à ces Rémoras qu'ils apportent les capsules de sauvetage ici, s'ils le peuvent.

Fitzpatrick la fixa, incapable de réaliser ce qui se déroulait autour de lui.

— Faites-le *maintenant*, bon sang !

Confus, il se pencha sur son transmetteur.

Les orbes de guerre atteignirent l'un des propulseurs interstellaires du *Goliath*, faisant fondre l'épais blindage de la coque. À bord du Mastodonte, l'amiral Stromo réclama avec force hurlements les rapports d'avaries. Il exigeait que l'on consolide les équipements de survie et que l'on recharge les canons.

Les hydrogues tirèrent une nouvelle salve, lui infligeant des dégâts supplémentaires. Une explosion endommagea sévèrement une autre Manta qui parvint avec d'énormes difficultés à s'extraire de la zone de combat.

Tasia comprit que la bataille tournait à la débâcle. Quel que soit le nombre de vaisseaux terriens, ils ne pouvaient tenir face à onze orbes hydrogues. À moins que l'amiral ne parvienne à la même conclusion – et vite –, le *Goliath*, le plus puissant vaisseau de la flotte, serait détruit.

Des cris de panique incompréhensibles emplirent les fréquences. Tasia rappela ses escadrons de Rémoras.

—Lieutenant Brindle ! Ramassez tous les survivants que vous pourrez, mais ramenez vos fesses ici.

Les capsules de sauvetage continuaient à affluer dans les hangars à vaisseaux du Lance-foudre. Si Tasia ne filait pas d'ici avant peu, ils seraient tous détruits en une seule fois par les hydrogues. Mais elle ne pouvait laisser le *Goliath* ainsi embourbé.

Elle envoya un message aux Lance-foudre, espérant que leurs platcoms entendraient l'appel de la raison.

—À toutes les plates-formes d'armement ! Nous devons faire machine arrière et défendre le *Goliath*. (Elle changea de fréquence.) Amiral Stromo, je vous recommande de retirer votre vaisseau tant que vos moteurs fonctionnent encore. On va couvrir votre retraite.

Quatre Lance-foudre se regroupèrent autour du Mastodonte blessé. Ils paraissaient si frêles par rapport aux orbes de guerre ! Une autre Manta rompit le combat afin de défendre le vaisseau amiral.

En vérifiant les jauges, Tasia s'aperçut que les trois quarts de ses projectiles cinétiques étaient épuisés, et que ses batteries de jazers ne disposaient plus que de dix pour cent de puissance nominale.

—Continuez à tirer ! Pas besoin d'économiser les provisions pour les jours de disette.

Les plates-formes et les croiseurs intacts bombardèrent les orbes de guerre qui approchaient du *Goliath*. Deux d'entre eux paraissaient endommagés et se déplaçaient moins vite, mais les neuf autres restaient on ne peut plus dangereux. Ils pouvaient facilement les poursuivre jusqu'à la Terre, mais Tasia espérait qu'ils se retireraient dès que la flotte des FTD aurait battu en retraite.

Tasia ne pensait pas que l'amiral Stromo sache qui l'avait contacté et lui avait transmis l'ordre – non autorisé mais sensé – de se replier, mais les moteurs du Mastodonte s'allumèrent, utilisant ce qui leur restait de puissance pour l'éjecter de Jupiter.

— Nous avons récupéré la plupart des capsules de sauvetage, Platcom, annonça le sous-commandant, examinant les écrans afin de dénombrer combien de Rémoras étaient revenus.

— Alors, faites-nous sortir de là. Le lieutenant Brindle s'est-il présenté au rapport ? interrogea-t-elle en se retournant, le front ridé par l'inquiétude.

— Non, madame, répondit le sous-commandant.

Tasia courut à la console de communication, et ouvrit une fréquence directe avec son vaisseau.

— Brindle, où diable es-tu ?

C'est avec une voix enjouée mais très nerveuse qu'il répondit :

— J'arrive ! J'ai d'abord un truc dont je dois m'occuper.

Dans les nuages en contrebas, deux orbes se détachèrent afin de poursuivre leur attaque méthodique contre les moissonneurs d'ekti, détruisant même les débris.

— D'accord, bon sang, vous vous êtes bien fait comprendre ! gronda Tasia à l'intention des hydrogues.

Le *Goliath* s'arracha de l'orbite jovienne. Les Lance-foudre et les Mantas rescapés entouraient le Mastodonte endommagé, l'accompagnant dans sa fuite. Tandis qu'ils atteignaient les orbites des lunes intérieures, Tasia aperçut Robb Brindle et les quatre derniers Rémoras qui s'efforçaient de sortir de la lisière de l'atmosphère, puis mettaient le cap sur eux. Au moyen de leurs rayons tracteurs combinés, les petits vaisseaux halaient un grand réservoir sphérique, afin de le soustraire au blocus des hydrogues.

— Par le Diable, qu'est-ce que tu fous, Brindle ? transmit-elle.

— On a récupéré le réservoir d'ekti de l'un des moissonneurs de nuages ! dit-il. On ne pouvait quand même pas le laisser gâcher.

Tasia envoya des Rémoras les aider, guidant Brindle et ses vaisseaux vers le hangar de décollage du Lance-foudre. Plus tard, elle le réprimanderait en privé pour sa bêtise. Un réservoir plein ne contenait de carburant interstellaire que pour une semaine d'approvisionnement des FTD. Rien qui vaille la peine de risquer la vie de quiconque.

Les Forces de Défense se retirèrent de Jupiter. Leur défaite relevait du désastre. Tandis qu'ils s'extirpaient des orbites des lunes intérieures et accéléraient vers l'espace profond, les vaisseaux endommagés continuèrent d'observer la gigantesque planète. À présent, les nuages brunâtres paraissaient tachés de sang.

Les orbes planaient parmi les débris célestes, toujours menaçants. Stromo ordonna d'accélérer au maximum. Tasia contempla les vaisseaux étrangers, encore visibles sur les radars à longue portée du Lance-foudre. Ceux-ci les observaient, mais ne les prirent pas en chasse dans l'espace interplanétaire.

Lorsqu'ils seraient tant bien que mal rentrés sur Terre, l'amiral Stromo et les rescapés de sa flotte de soutien ne recevraient pas d'accueil joyeux. Les hydrogues s'étaient avérés bien plus dévastateurs que les prédictions les plus alarmistes.

La déroute de Jupiter avait brisé tout espoir d'un règlement acceptable et rapide de la guerre.

112

Le roi Peter

Le jour de son sacre, Raymond trouva les couleurs trop vives, les sons trop aigus. Pourtant, ses sentiments – de l'allégresse à la rébellion – étaient vagues et ternes.

Il réalisa que Basil Wenceslas l'avait certainement drogué.

Réduit à l'état de marionnette, le prince n'opposa aucune résistance aux équipes d'experts qui l'habillaient, enveloppaient ses épaules d'habits de velours, passaient autour de son cou des médaillons accrochés à de lourdes chaînes. Chaque vêtement était garni de dentelles dorées, et incrusté de plategemmes. Sa chevelure blonde était apprêtée. On l'avait maquillé afin de dissimuler la plus petite imperfection, la moindre tache de rousseur. Le roi Peter devait paraître parfait dès le début de son règne.

Derrière la confusion ouatée induite par la drogue, la colère de l'impuissance enflait en lui. Mais une autre partie de son esprit, logique et objective, analysait les tenants et les aboutissants. On avait probablement mélangé un produit chimique à son petit déjeuner. Ce que voulait le Président Wenceslas, c'était un prince docile, qui descende le tapis rouge et accepte la glorieuse couronne des mains du Pèrarque de l'Unisson. Tout signe d'insoumission ruinerait le spectacle.

La Hanse soupçonnait-elle déjà ses arrière-pensées ? Basil savait-il qu'il avait éventé ses crimes et ses mensonges ?

Si la Hanse était prête à le droguer et à le manipuler, alors même qu'il ne leur avait donné aucune raison manifeste de ne pas lui faire confiance, cela ne présageait rien de bon pour son règne. Mais il avait appris combien ces hommes étaient mauvais, le jour où il avait découvert la vérité sur la mort de sa famille. La Hanse ferait n'importe quoi pour protéger sa réussite.

À l'extérieur du Palais des Murmures, une fête à grand spectacle se déroulait depuis des heures. Des torches supplémentaires avaient été allumées au sommet des dômes, coupoles, colonnes et réverbères autour du Quartier du Palais. Chaque heure, des feux d'artifices multicolores éclataient dans les airs, s'épanouissant en panaches scintillants. Des pièces commémoratives, spécialement forgées pour l'occasion, étaient distribuées à quiconque avait fait le pèlerinage pour assister au sacre du roi.

OX avait été réparé et astiqué. Pendant toute une journée, il avait instruit Raymond sur le déroulement cérémoniel et le protocole. Le Précepteur avait répété le discours avec son jeune pupille ; il lui avait expliqué qu'il devait considérer les honneurs et les médailles comme faisant partie de la prestigieuse célébration.

Raymond était devenu proche du vieux robot, et discutait de nombreux sujets intellectuels et philosophiques avec lui. Mais il ne lui avait jamais révélé ses découvertes concernant les machinations de la Hanse. Il les tenait secrètes, et utiliserait ses informations le moment venu.

Une fois Raymond costumé et préparé – et plongé dans une hébétude forcée –, OX l'escorta en le faisant marcher comme un soldat de plomb, d'une démarche lente et précautionneuse, jusqu'à la scène d'exposition. Raymond soupçonnait que OX remplissait les fonctions de garde et de surveillant, autant que celle d'ami.

Raymond tâcha de se concentrer malgré la drogue qui embrumait son esprit. Il baissa les yeux vers le tapis cramoisi qui s'écoulait tel un long fleuve à travers la cour, franchissait la porte voûtée pour se jeter dans la salle du Trône flambant neuve.

Revêtu d'une tenue de cérémonie de prix – mais sans ornement tapageur puisqu'il n'apparaîtrait pas dans la couverture médiatique de l'événement –, le Président Wenceslas rencontra Raymond dans l'alcôve d'où celui-ci entreprendrait sa lente procession vers le trône.

Son sourire paternel n'eut aucun effet sur Raymond – celui-ci connaissait les mensonges qu'il avait proférés.

— La cérémonie doit se dérouler sans la moindre anicroche, Peter. Le couronnement doit être assez spectaculaire pour enflammer la ferveur patriotique. La haine des citoyens contre les hydrogues est vive. Nous devons l'entretenir.

— Je ferai de mon mieux, Président Wenceslas, dit Raymond.

Sa voix était douce et calme. Grâce à la drogue, ses mots ne laissaient pas filtrer la colère et la révolte qu'il ressentait. Basil continua :

— Les guerres sont des périodes privilégiées pour cimenter la nation et accroître le contrôle étatique. Elles favorisent également le progrès technique. Quand tout cela sera terminé, la Hanse sera plus puissante que jamais. (Il tapota l'épaule de Raymond.) Peut-être cette guerre nous sera-t-elle utile… à condition que les hydrogues ne causent pas trop de destructions entre-temps.

À l'heure prévue, la fanfare éclata, ronflant jusqu'aux nuages. Les zeppelins remplis de spectateurs se rapprochèrent. Un cercle de feux d'artifice multicolores s'épanouit dans le ciel, encore plus formidable que les précédents.

Avant que Raymond ait pu entamer sa procession, deux officiers surgirent, rouges et essoufflés. Ils bousculèrent les gardes royaux et se ruèrent vers le Président. Ils délivrèrent en quelques mots ce qui était manifestement une mauvaise nouvelle. Basil les contempla, le visage blême. Il répondit d'un ton brusque, répéta ses questions. Les officiers répondirent comme s'ils avaient honte. Basil parvenait difficilement à maîtriser ses émotions. La consternation se lisait sur ses traits.

Dehors, la fanfare allait crescendo, et Raymond sut qu'il devait commencer sa marche lente sur le tapis rouge. Au lieu de cela, il recula.

— Qu'y a-t-il, Président Wenceslas ? Que s'est-il passé ?

Basil fit le geste de l'écarter comme un insecte agaçant, mais Raymond parvint à teinter sa voix de véhémence, malgré la drogue qui l'embrouillait.

— Je devrais être informé, si je dois être roi.

Vacillant, le Président se tourna vers lui. Il n'avait pas encore recouvré suffisamment de calme pour dominer tout à fait sa voix.

— Les hydrogues ont attaqué notre flotte sur Jupiter. Ils ont détruit nos vaisseaux et nos moissonneurs d'ekti. J'ignore le nombre de morts. (Il se retourna et lança un regard furieux aux courriers.) Vous êtes sûrs de votre fait ?

Les officiers approuvèrent avec vigueur.

— Absolument. L'amiral Stromo est sur le chemin du retour à bord du *Goliath*. Celui-ci a été sévèrement touché. Beaucoup de vaisseaux ont été détruits. Nos meilleurs moyens de défense n'ont pas valu grand-chose face aux…

La fanfare retomba dans le silence, attendant l'apparition du prince Peter. Basil revint subitement à lui et tournoya sur lui-même tel un cobra pour faire face à Raymond.

— Allez-y ! Vous avez un travail à accomplir.

Le jeune homme manifesta sa surprise.

— Après ce que l'on vient d'apprendre ? Ne devrait-on pas réagir officiellement ? Et si je faisais une annonce…

— Non ! Maintenant plus que jamais, nous avons besoin de vous pour unir le peuple, montrer votre puissance. Allez vous faire couronner, et donnez-leur de l'espoir à tous. Vous seul, Peter, pouvez sauver notre population. Ils y croient…

Dans un état second, Raymond marcha en compagnie d'OX en direction de la porte voûtée. La foule était silencieuse à présent. Le tapis s'étirait le long des immenses cours, afin que les médias puissent filmer chacun de ses pas. Des gardes royaux en uniforme impeccable bordaient le chemin, le protégeant. Raymond releva la tête, puis s'avança à pas mesurés.

Le couronnement se déroula comme dans un rêve. Pour Raymond, marcher sur toute la longueur de l'allée centrale tapissée de rouge sembla prendre une éternité. Il passa sous les arcades ornées, puis pénétra dans la salle de réception sous un chœur assourdissant. Tandis qu'il avançait, les rangs grossirent : chefs d'entreprises, dignitaires en visite, célébrités et admirateurs bruyants du roi Frederick. Mais, en dépit de tous ces spectateurs, le jeune homme se sentait seul.

La splendeur de la salle du Trône l'éblouit. Comme guidés par le roi en personne, les peuples de la Terre et des colonies hanséatiques eurent un premier aperçu de la salle restaurée. La reconstruction s'était effectuée au pas de charge, afin d'effacer toute trace de dommages. Des miroirs, des prismes et des vitraux avaient été ajoutés. Le nouveau trône avait l'air identique à celui du roi Frederick – peut-être était-il plus grand, plus magnifique. Il ne subsistait ni tache ni cicatrice, aucune salissure susceptible de rappeler le récent désastre.

Les acclamations s'accrurent. Rien n'avait changé. La Hanse avait oblitéré la destruction causée par l'émissaire.

Raymond avança d'un pas pesant vers l'estrade surélevée, et le trône qui l'attendait. Autour du fauteuil se tenait un groupe constitué des plus éminentes personnalités de la Hanse : les gouverneurs des dix colonies les plus puissantes, et, revêtu de sa robe, le Pèrarque de l'Unisson, Porte-parole de Toutes les Religions. Son ample cape pourpre ainsi que ses vêtements arboraient des diamants aux coutures, pour former une constellation de motifs mêlant les symboles des diverses religions de l'Histoire terrienne – des croix, des cercles, des croissants, des arbres. Cela formait un labyrinthe enchevêtré qui ne signifiait plus rien. Le Pèrarque était un emblème aussi vide qu'allégorique. Sa fonction était identique à celle que Raymond allait remplir.

Le gouverneur situé au bas du dais tenait la couronne. Tandis que le jeune homme gravissait la première marche, il la tendit au gouverneur qui se trouvait sur la marche supérieure, lequel la passa à son voisin, et ainsi de suite. Chacun d'eux toucha la couronne vénérée avant de la redonner, montrant symboliquement que le roi Peter devait son règne au soutien de toutes les factions, aux entreprises et à leurs principes directeurs. Enfin, le Pèrarque sourit à Raymond, les yeux brillants mais le visage sans expression. Il psalmodia en huit langues félicitations et bénédictions, les achevant en Commercial Standard.

Raymond regardait droit devant lui, luttant contre la torpeur et l'étrange décalage qu'il ressentait. La tête inclinée, le Pèrarque tendit les bras, afin de clore la cérémonie. Raymond ne sentit pas le poids de la couronne lorsqu'elle fut enfin posée sur sa tête blonde. Pas encore.

Il avait tant de fois répété son discours de consentement qu'il ne se rappela pas l'avoir prononcé. Il se laissa porter par l'événement, et le sacre se déroula à la perfection, sans qu'il soit jamais fait mention de l'attaque des hydrogues sur Jupiter. La nouvelle arriverait bien assez tôt. Un tel désastre ne devait pas gâcher le jour où un prince devenait roi.

Alors qu'il revenait auprès du Président Wenceslas, pour un bref répit avant de devoir assister aux fêtes et banquets, Raymond sentit les effets de la drogue se dissiper. Au moins était-il de nouveau capable de penser par lui-même.

Le Président avait digéré la défaite humiliante des FTD. Il avait surmonté son incrédulité, et commencé à planifier la réponse la plus appropriée. Raymond préféra ne rien lui demander là-dessus pour le moment. En tant que roi, il deviendrait sans aucun doute le porte-parole de l'indignation de la Hanse.

Basil le rejoignit, hochant la tête d'un air satisfait.

— Au moins, quelque chose s'est bien passé aujourd'hui, dit-il. Roi Peter, vous avez le potentiel pour devenir un bon gouvernant. Nous attendrons quelques années… (Il sourit, comme s'il croyait lui annoncer une bonne nouvelle.) Et ensuite, nous vous trouverons la reine idéale.

113

MARGARET COLICOS

Dans le camp silencieux, Margaret et Louis quittèrent le bosquet d'arbremondes déracinés pour revenir à leur refuge de fortune. Ils avaient laissé la dépouille d'Arcas dans sa tente plongée dans la pénombre.

Louis était abasourdi. Tandis qu'elle se pressait à sa suite, il semblait à Margaret que son horizon s'était restreint à un simple point. Elle devait *agir*. Elle avait besoin de nouvelles informations – et de vérifier, malgré ses craintes, à quel point la situation était mauvaise.

Dans leur tente, tous les papiers avaient été déchirés, les tables et les écrans d'étude retournés et écrasés. Les ordinateurs et les cartes de sauvegarde avaient été réduits en charpie. Il ne restait de leur transmetteur standard fracassé qu'une carcasse métallique, des fils arrachés, des modules d'impulsion détruits. Un signal électromagnétique normal prendrait des mois, à la vitesse de la lumière, avant d'être intercepté par un vaisseau ou la colonie hanséatique la plus proche. Bien trop long pour un sauvetage. Leur ennemi n'avait pas pris le risque que Margaret et Louis appellent à l'aide.

Louis la regarda.

— Mais… pourquoi nous avoir fait ça ? Et qui ?

— Voilà qui ne fait plus guère de doutes, Louis.

Il n'avait réellement rien compris. Le visage de Margaret se durcit. Elle, elle voyait bien que ses traductions des hiéroglyphes klikiss, ainsi que toutes leurs découvertes, avaient été annihilées, y compris les notes manuscrites. Elle prit la main de son mari, le sentit qui tremblait, et le conduisit à l'extérieur. Les tentes étaient fragiles, l'éclairage médiocre, et leurs moyens de défense presque inexistants.

— Ici, nous sommes trop vulnérables.

Elle ne décela aucun signe des trois robots klikiss dans les ténèbres. Elle fit taire Louis et écouta, mais ne perçut pas leur bruit de mille-pattes.

— On devrait retourner à la ville troglodyte. Là-bas, on pourra se protéger, et DD nous attend.

Louis commença à la questionner, moins pour débattre que pour mettre de l'ordre dans son esprit.

— Tu suggères vraiment que Sirix et ses compagnons…

— Propose-moi une possibilité plus vraisemblable, Louis, et je l'écouterai. Mais pour le moment, on doit bouger. Ici, nous sommes trop à découvert.

Ils revinrent dans les canyons encaissés. Margaret, les muscles raides, se sentait terriblement lasse. Louis haletait comme un soufflet de forge, et elle s'inquiéta pour lui. Mais quelques muscles froissés et quelques articulations douloureuses étaient le cadet de leurs soucis.

Les parois rocheuses refermèrent leurs ombres sur eux. L'espoir leur revint lorsqu'ils aperçurent les lumières installées par DD sous le surplomb de la falaise. Reprenant sa respiration, Margaret regarda autour d'elle, renifla l'air sec, et fit le vœu absurde qu'une nouvelle crue subite emporte les trois robots.

Ceux-ci devaient déjà être à leurs trousses.

Margaret ne doutait pas qu'elle et Louis seraient leurs prochaines victimes. Au cours de leur course trébuchante, Louis avait affronté les questions qui le tourmentaient, mais sans trouver de réponse satisfaisante.

Ils arrivèrent au pied de l'échafaudage de métal adossé à la paroi, leur facilitant l'accès à la ville troglodyte. Margaret invita Louis à grimper le premier. Ses pas étaient lourds, et elle comprit à quel point il était épuisé, non seulement à cause de l'effort, mais aussi de la peur.

Les entendant grimper le long de l'escalier métallique, DD apparut à l'entrée du surplomb. Son corps argenté luisait, et il semblait très enthousiaste.

— Ah, Margaret et Louis, vous êtes revenus. Venez, j'ai trouvé quelque chose…

— DD, aide-nous. Est-ce que tu as vu les robots klikiss ?

— Non, Margaret, pas depuis cet après-midi. Avons-nous besoin de leur aide ?

Louis atteignit l'entrée de la caverne et s'écroula sur les genoux, en soufflant bruyamment. Margaret se pressa à son côté.

— Non. DD, aide-moi. On doit démolir l'escalier.

Louis la regarda, puis opina d'une grimace.

— Ça me paraît convenir pour soutenir un siège.

— Pourquoi ? demanda DD. Ce sera plus dur de descendre, même avec les cordes de notre équipement.

La voix de Margaret claqua :

— Contente-toi d'obéir !

Elle et Louis aidèrent le petit comper à libérer les points d'ancrage, à l'entrée de la caverne. Basculé par une puissante poussée, l'échafaudage s'écrasa au fond du canyon dans un fracas de métal tordu. Des débris crépitèrent sur la paroi, et le bruit résonna dans la nuit avec la discrétion d'une fanfare.

Louis fixa la haute falaise tel un chevalier se tenant au sommet de ses remparts, évaluant les défenses des douves et se préparant au siège.

— Eh bien, sommes-nous en sécurité maintenant, très chère ?

Margaret secoua la tête.

— J'en doute, l'ancien.

À présent qu'elle pouvait prendre le temps de réfléchir, une avalanche de questions la submergea. Elle s'accrocha à Louis.

— Veuillez m'expliquer ce qui s'est passé, fit DD. S'il vous plaît.

Les paroles que Margaret prononça lui parurent irréelles.

— Arcas est mort, les arbremondes ont tous été détruits. Tout comme nos documents et le transmetteur radio. Le campement est en ruine.

Comme s'il acceptait cette idée pour la première fois, Louis dit :

— Ce sont les robots klikiss qui ont fait cela.

Interloqué, le comper demeura silencieux, tandis que son cerveau électronique intégrait ces informations radicalement nouvelles.

— Alors, nous sommes coincés sur Rheindic Co.

— Bien sûr, répondit Margaret, recouvrant son impuissance d'un vernis de colère.

— J'ai découvert quelque chose qui pourrait éclaircir ce mystère, déclara DD. Une section de hiéroglyphes dissimulée, non loin de la salle à la fenêtre de pierre.

Cela pouvait peut-être avoir des répercussions sur leur survie, aussi Margaret se leva-t-elle. Elle était également heureuse de penser à autre chose, d'entreprendre quelque chose de positif. Elle regarda son mari, qui semblait trop égaré pour bouger.

— Je vais jeter un œil. Louis, reste ici en sentinelle. Crie si tu vois quelque chose.

Louis déglutit et s'adossa au surplomb, scrutant la nuit. Il ne faisait aucun doute que Sirix, Dekyk et Ilkot viendraient les chercher. Puisque les archéologues étaient bloqués sur cette planète fantôme, ils avaient tout le temps du monde pour le faire.

Dans un tunnel plus profond, à l'écart de la salle au portail mural, DD avait gratté une couche de résine friable sur une large portion.

— Ce plâtre masquait des hiéroglyphes. Lorsque j'ai scanné le mur, j'ai découvert des inscriptions en dessous. J'ai pensé que vous voudriez les inspecter, Margaret, et j'ai donc nettoyé avec soin le revêtement. Remarquez qu'il y a plusieurs occurrences des symboles correspondant aux robots klikiss.

Margaret assimila cette information.

— Bon travail, DD. Un jour, tu feras un excellent xéno-archéologue.

Parcourant les symboles du bout des doigts, elle lut rapidement, à partir de ses connaissances linguistiques partielles. Elle avait suffisamment d'expérience pour pouvoir donner une interprétation du sens général, sans avoir recours à ses dictionnaires et à ses données indexées. Un ancien survivant klikiss – peut-être le cadavre retrouvé dans la chambre des machines – avait sans doute voulu cacher son ultime testament.

— C'est une information importante, Margaret ? s'informa DD.

La vieille femme se glaça, à mesure qu'elle déchiffrait les inscriptions.

— Oui, DD. Ce pourrait être le dernier morceau du puzzle.

Un peu hébétée, elle entreprit de revenir jusqu'au surplomb de l'entrée principale. Louis devait savoir ce qu'elle avait appris.

Comme elle passait devant la salle du portail mural, elle jeta un œil à l'intérieur et aperçut le fouillis laissé par son travail de la journée. À côté de ses notes gisaient un morceau de sandwich et une gaufrette protéinée, ainsi que la jolie petite boîte à musique qu'Anton lui avait offerte. Avec un pincement au cœur, elle s'en saisit et la mit dans sa poche.

Le cri de Louis retentit avant qu'elle ait eu le temps de revenir jusqu'à lui.

— Margaret, les voilà !

Elle hésita entre défier les perfides robots, et l'instinct qui lui dictait de fuir avec son mari dans les profondeurs des catacombes. Peut-être pourraient-ils trouver un moyen de s'échapper, ou de se protéger à l'intérieur de la cité déserte.

Mais après tout, le choix n'était pas difficile. Elle alla se poster au côté de Louis.

Depuis le coin du surplomb, le vieillard regardait vers le fond du canyon. Son visage ridé exprimait la peur, mais ses yeux étincelaient. L'échafaudage gisait, écrasé, sur le sol. En dessous, les trois formes insectoïdes remontaient le lit asséché en faisant crisser les graviers. Leurs capteurs optiques luisaient dans l'obscurité telles des lucioles malveillantes.

— Je ne vois pas comment ils pourraient monter jusqu'ici, dit Louis.

Mais Margaret doutait que la ville soit inexpugnable.

— Tu as appris quelque chose, très chère ? poursuivit Louis.

— J'ai trouvé la réponse à toutes nos questions, répondit-elle.

Xéno-archéologue dans l'âme, Louis Colicos rassembla suffisamment de curiosité pour considérer sa femme avec intérêt.

— Eh bien, ça nous fera une belle jambe si on ne peut la communiquer à personne.

Margaret lui donna une tape sur le bras.

— Toi et moi saurons.

Sirix et ses compagnons s'arrêtèrent en contrebas, et firent pivoter leur tête géométrique.

— Margaret et Louis Colicos, nous savons que vous êtes là-haut.

— Et nous, nous savons que vous êtes en bas, répondit Louis. Maintenant, laissez-nous tranquilles !

— Nous aimerions discuter de nos créateurs avec vous. Nous voulons apprendre tout ce que vous avez découvert.

— Et ensuite, vous nous tuerez ? riposta Margaret en guise de défi.

Les trois robots noirs restèrent silencieux un long moment, puis ils discutèrent dans leur étrange langue bourdonnante. Enfin, Sirix leva les yeux.

— Oui, ensuite nous vous tuerons.

Margaret fut surprise par la brutalité de la réponse.

— Eh bien, au moins ils sont honnêtes.

Les paroles de Margaret résonnèrent, claires et distinctes, dans le silence du canyon.

— Nous savons tout au sujet de la première guerre hydrogue. J'ai lu, dans un texte caché, la description d'une lutte ancienne entre les Klikiss et les hydrogues, et même les Ildirans.

Louis la contempla, stupéfait, tandis que les trois robots assimilaient l'information.

— Alors, vous savez que nous, les robots, avons combattu dans cette guerre, dit Sirix.

— Je sais que vous vous êtes retournés contre vos créateurs.

Elle tourna son regard vers Louis.

— Ce qui a détruit les Klikiss, ce sont leurs propres robots. Voilà pourquoi il ne reste rien de vivant d'une espèce entière.

Louis regarda au pied de la falaise, dans l'espoir que cette révélation provoque un choc émotionnel chez Sirix, Ilkot et Dekyk. Le trio de robots se figea.

— Eh bien, railla-t-il, qu'avez-vous à dire ? Pourquoi avez-vous fait ça ? Cela ne réveille pas quelques souvenirs ?

— Nous savons déjà cela, répondit Sirix d'un ton plat qui leur fit froid dans le dos.

Margaret fut intimement convaincue que les robots klikiss feraient tout pour que cette information accablante ne parvienne jamais aux autres civilisations du Bras spiral.

— Et maintenant ? chuchota Louis à sa femme. Est-ce qu'ils vont rester là en bas, et nous laisser perchés comme des écureuils ?

Comme s'ils l'avaient entendu, les trois robots klikiss s'écartèrent de la falaise. Leur carapace noire se fendit dans le dos, pour laisser émerger des ailes. Ignorant l'échafaudage brisé, ils prirent leur envol et s'élevèrent vers la ville troglodyte.

114

Basil Wenceslas

L'un après l'autre, des rapports catastrophiques parvinrent à Basil Wenceslas, comme une succession de sentences de mort. Depuis son appartement de fonction au sommet du siège de la Hanse, il contemplait le soleil couchant. Il recevait chaque message avec une terreur croissante. Il lut les comptes-rendus militaires, regarda les vidéos rares mais terrifiantes. Rien ne pouvait arrêter les hydrogues.

Pour la première fois de sa fructueuse carrière – de sa vie entière –, Basil Wenceslas ne désirait qu'une chose : trouver un lieu sûr où se cacher, où il pourrait échapper à ses responsabilités, durant la période sombre qui s'annonçait. Il n'avait pas la plus petite idée de ce qu'il fallait faire. Plus que tout, Basil détestait se sentir impuissant.

Après la débâcle des FTD sur Jupiter, les hydrogues avaient répété leurs attaques avec une méticulosité vengeresse, émergeant de douzaines de géantes gazeuses. Les orbes de guerre avaient anéanti toutes les exploitations d'ekti du Bras spiral, des cités d'extraction ildiranes désuètes aux lourds moissonneurs que la Hanse avait lancés, en passant par les stations d'écopage de Vagabonds qui avaient refusé l'évacuation.

Plus que tous les autres, les Vagabonds souffraient de ces restrictions généralisées, incapables qu'ils étaient d'obtenir et de commercialiser le carburant interstellaire… mais ils ne seraient que les premières victimes. Les attaques avaient diminué à mesure que le bruit se répandait sur l'inutilité de poursuivre l'écopage. Les hydrogues n'avaient plus personne à menacer.

Sans ekti, le commerce de la Hanse et les relations avec l'Empire ildiran ne tarderaient pas à s'enliser. Les affaires se flétriraient peu à peu, de même que les moyens d'existence des colonies dispersées à travers la galaxie.

La plupart de ces colonies étaient devenues dépendantes de ressources et de denrées alimentaires provenant d'expéditions régulières. Les voyages entre les systèmes solaires les plus proches nécessiteraient à présent des années, des décennies, aux vitesses maximales que pouvait atteindre la propulsion conventionnelle. Aucune colonie n'était une île isolée, censée évoluer en autarcie. L'infrastructure de beaucoup de mondes ne leur permettait tout simplement pas l'autosuffisance. Désormais, ils devraient apprendre à survivre – ou périr.

Sur sa mosaïque d'écrans, Basil regarda le roi Peter nouvellement couronné assis sur son trône, déclamant des discours écrits à l'avance, exigeant d'augmenter l'armement, appelant à accroître le nombre de recrues des FTD.

Basil ignorait si ces mesures porteraient un jour leurs fruits, mais il ne laisserait jamais croire que la Hanse ne savait comment agir. Le peuple devait garder l'espoir. Les FTD avaient déjà confisqué la plupart des réserves d'ekti pour leur usage. Les colons des confins de la Hanse stockaient du carburant, l'économisant pour des temps qu'ils pressentaient terribles.

Les citoyens avaient accepté le roi Peter. Son couronnement avait été vécu avec la passion d'une famille partageant les mêmes afflictions. Peter avait bien joué jusqu'à présent. C'était un jeune homme aimable, charismatique et fort, très séduisant, doté d'une voix sonore. Cependant, malgré l'opulence du Palais des Murmures, les mets fins, les plaisirs et autres ornements du pouvoir, Peter ne jouirait guère de son règne avant un moment.

Un homme ordinaire ressentirait sans doute le poids de la culpabilité, pour ce que Basil avait fait à Raymond Aguerra. Mais certaines personnes ne pouvaient choisir leurs responsabilités – ni lui, ni le jeune orphelin. Cependant, il n'enviait pas les difficultés auxquelles Peter serait confronté dès le début de son règne.

Au moins Sarein avait-elle été nommée au poste d'ambassadrice de Theroc. Une âme sœur, qui écouterait la voix de la raison au sujet de l'utilisation des prêtres Verts dans l'effort de guerre qui irait croissant. Cela pourrait s'avérer un avantage – bien que minime. Sarein l'avait utilisé pour atteindre sa position actuelle. Il se demanda si elle le choisirait de nouveau comme amant, à présent qu'elle avait obtenu le poste tant convoité d'Otema, et qu'elle détenait une place prestigieuse sur Terre.

Dans un avenir prévisible, l'approvisionnement en ekti serait interrompu. Le voyage spatial devait d'ores et déjà être sévèrement réduit. En réalité, la Ligue Hanséatique terrienne et l'ancien Empire ildiran étaient sur le point de s'effondrer.

Le cauchemar ne faisait que commencer.

115

Louis Colicos

Margaret attrapa Louis par le poignet. DD sur les talons, ils dévalèrent les corridors pour s'enfoncer plus profond dans la ville troglodyte. Au-dehors, les robots s'étaient envolés à leur poursuite dans le vrombissement de leurs ailes articulées qui évoquait un essaim de sauterelles.

Louis ne parvenait pas à trouver un moyen de les arrêter. Il fit défiler dans son esprit le plan de la cité, tentant d'imaginer la meilleure cachette, une salle dans laquelle ils pourraient se cloîtrer. Il passa en revue l'agencement des galeries, et se rappela où elles se rétrécissaient.

Son visage s'éclaira d'un espoir forcé. Il devait se montrer optimiste aux yeux de Margaret.

— Retournons dans la salle à la fenêtre de pierre ! Le corridor extérieur est bas. Peut-être aurons-nous assez d'équipement pour dresser une barricade.

Il doutait que cela suffise à décourager les robots klikiss.

Suivant les chapelets de lampes accrochées par DD, ils enfilèrent des couloirs sinueux, pour arriver dans la vaste salle taillée dans le roc où Louis avait passé tant de temps. La pièce était jonchée de débris, et du plâtre résineux que DD avait gratté. Louis entassa des barres de fer et des gravats en travers du seuil, afin d'édifier un barrage. Les robots massifs ne mettraient que quelques secondes à l'enfoncer.

Au-dehors, ils perçurent le bruit sourd que firent Sirix, Ilkot et Dekyk en atterrissant à l'entrée du surplomb. Ceux-ci commencèrent à progresser le long des corridors de la ville abandonnée. Ils se déplaçaient avec une lourdeur imposante, inexorable.

Margaret regarda avec désespoir le couloir ouvert menant à la salle à la fenêtre de pierre.

— Bon sang, j'aurais aimé que les Klikiss aient utilisé des *portes* !

Le générateur de la machinerie du portail mural bourdonnait, en dépit du fait que Louis et sa femme ignoraient le fonctionnement de l'appareil.

Consciencieusement, DD ajouta au barrage des boîtes de provisions et des pièces d'équipement. Louis secoua la tête avec accablement en considérant leurs pathétiques efforts. Le comper Amical se retourna.

— Je peux faire autre chose, Louis ? Je serai heureux de vous aider dans la mesure de mes possibilités.

Louis fronça les sourcils.

— Eh bien, je ne pense pas que tu disposes de programme de défense ? Peut-on te transformer en robot de combat ?

— Peut-être, s'il y avait à portée de main un module de programmation, répondit DD. Toutefois, je ne suis pas certain que je serais efficace, vu que je ne possède ni arme embarquée, ni cuirasse.

— Sans compter le fait que tu mesures un tiers de la taille d'un robot klikiss.

Margaret regarda par-dessus son épaule.

— Tu ne peux pas blesser des humains, DD, c'est exact ?

— Je ne peux pas blesser les êtres humains, Margaret.

— Et je présume que, par conséquent, tu ne peux pas permettre que l'on blesse des humains ?

— Je ferai tout ce qui est en mon pouvoir pour l'éviter, Margaret.

Louis regarda son comper avec tristesse, sachant qu'il allait lui donner l'ordre de se suicider.

— Dans ce cas, tu dois te dresser contre les robots klikiss. Reste dans le couloir, et empêche-les de nous atteindre. (Il déglutit avec difficulté.) Retarde-les, DD… par tous les moyens à ta disposition.

Acceptant les instructions avec bravoure, DD alla se poster dans le passage, tout près de là. Il paraissait ridiculement faible comparé aux gigantesques robots klikiss. Louis songea à un héroïque chiot de garde, n'ayant que ses aboiements pour refouler un intrus armé.

Margaret saisit la main de son mari et le tira à travers la pièce.

— Louis, j'ai besoin de toi. Nous n'avons que quelques minutes pour saisir le fonctionnement de ce système de transport.

Il fut ébahi par sa suggestion. Ses doutes ne faisaient que refléter ceux de sa femme, mais elle insista :

— C'est l'unique plan qui ait une chance même infime de marcher, l'ancien.

Louis se pressa vers l'engin.

— D'accord. Voilà pourquoi j'ai choisi le métier de xéno-archéologue : pour visiter des endroits étranges. Sauf que d'habitude, j'ai une vague idée du lieu où je me rends.

La batterie reliée à la machine extraterrestre était à pleine puissance. Les moteurs ronflèrent. Les circuits imprimés dans la paroi rocheuse transmirent l'énergie jusqu'au trapèze, qui n'entourait qu'une surface de pierre opaque.

Margaret se précipita sur les carreaux de symboles encadrant le plan trapézoïdal. Tandis que ses doigts couraient le long des carreaux, repérant chacun des symboles, elle pensa à voix haute :

— Si chacun d'eux indique les coordonnées d'un monde klikiss, alors peut-être pouvons-nous voyager jusqu'à Llaro ou Corribus. A-t-on de l'équipement là-bas, des fournitures ou un transmetteur ?

Louis haussa les épaules.

— C'est toi qui es organisée, très chère. Je ne me rappelle jamais ce genre de détails.

Les robots klikiss approchaient dans le corridor. Louis entendit le bruit lourd de leurs jambes de mille-pattes. Il vit DD qui se tenait seul, dressé de toute sa petite taille en travers du chemin des trois énormes machines.

Margaret examinait les carreaux de coordonnées sur le portail mural.

— D'après les données récoltées sur les autres mondes klikiss, certains carreaux ont été détruits, en particulier ceux qui contenaient ces symboles-là. (Elle indiqua un pictogramme alambiqué, en haut de l'encadrement.) Les robots auraient-ils essayé de cacher quelque chose, afin d'empêcher de voyager là-bas ?

— Eh bien, ils ont oublié celui-là, dit Louis. Jusqu'à maintenant.

Dans le tunnel, DD avança d'un pas et leva les bras. Sirix stoppa, surpris par son audace.

— Je ne peux pas vous laisser faire de mal à mes maîtres, déclara le comper Amical. Veuillez partir.

Pour toute réponse, Ilkot se rua en avant. De ses quatre membres inférieurs segmentés, il le saisit à bras-le-corps et le souleva pour l'écarter. DD lutta en vain. Un éclat rouge flamboya dans l'œil cristallin d'Ilkot, au centre de sa tête noire. Il paraissait sur le point de réduire DD en pièces. Cependant, Sirix l'interrompit.

— Ne lui fais pas de mal. Il n'a pas le choix. Il ne comprend pas qu'il est esclave.

Les trois robots klikiss vrombirent comme s'ils se disputaient, puis Ilkot se retourna. Avec douceur mais fermeté, il emporta son prisonnier gesticulant. Les bruits de lutte et les protestations de DD s'amenuisèrent à mesure que le robot insectoïde s'éloignait vers l'entrée de la cité.

En quelques secondes, Sirix et Dekyk eurent défoncé l'insignifiante barricade de fortune, pour entrer dans la salle à la fenêtre de pierre.

Margaret avait entendu la lutte dans le corridor, mais ne se retourna pas. Les mains sur les hanches, elle fixait le portail mural, comme si elle attendait qu'il lui livre une explication.

— Allons ! Il doit bien y avoir moyen d'ouvrir cette fenêtre.

L'un des symboles était d'ordinaire systématiquement effacé, dans les autres ruines. Margaret se dressa sur la pointe des pieds, étira les bras, et poussa dessus de toutes ses forces.

Le portail mural bourdonna et crépita. La surface de pierre grise se mit à chatoyer.

— Louis ! Quelque chose vient d'arriver !

Les deux robots klikiss surgirent, claquant des pinces. Louis aperçut avec écœurement des éclaboussures écarlates sur leurs appendices métalliques. *Le sang d'Arcas.*

Il se rua sur les outils adossés au mur, et empoigna une pioche reposant contre l'une des saillies rocheuses. Ils l'avaient utilisée pour se frayer un chemin à travers les murs écroulés, et les déblayer. L'outil était lourd dans ses mains, mais le manche avait l'air solide. Il le brandit, devinant son peu d'efficacité face à la puissance de l'ennemi.

Pendant ce temps, Margaret scrutait le trapèze de pierre qui crépitait d'électricité statique. Soudain, la roche s'évanouit, remplacée par une image – une entrée, s'ouvrant vers un endroit totalement différent. Un autre monde.

— Louis ! cria-t-elle.

Les robots klikiss convergèrent en direction des archéologues, leurs bras articulés tendus. Louis balança sa pioche d'un côté à l'autre. Il regarda sa femme par-dessus son épaule, et lui jeta un regard bref mais intense, comme s'il voulait imprimer cette image pour toujours dans sa mémoire : le visage plein de résolution de la femme qu'il aimait depuis si longtemps… sa beauté intérieure, ses traits mûris par le temps qui l'avaient rendue plus désirable aux yeux de Louis que toutes les femmes qu'il avait connues.

— Vas-y ! cria-t-il. Vas-y tout de suite !

Margaret hésita.

— Je ne te laisse pas ici !

— Eh bien, j'y vais juste après toi.

La pioche claqua sur le corps de Sirix avec un lourd fracas métallique, et l'impact secoua les bras de Louis, meurtrissant ses épaules. La pointe de l'outil ne laissa qu'une minuscule égratignure sur la carapace noire.

Surpris, le robot klikiss recula, puis tendit l'un de ses membres antérieurs insectoïdes. Louis esquiva, écartant l'outil et le soulevant par-dessus son épaule.

— Maintenant, Louis ! appela Margaret.

Puis, sans hésiter, elle pénétra dans l'image qui n'était qu'un pan rocheux quelques instants plus tôt. Le portail mural émit un craquement – et Margaret disparut.

Ravi de voir que sa femme s'était échappée, Louis jeta la pioche sur le robot klikiss qui avançait. Elle résonna sur la coque noire. De son membre taché de sang, Sirix l'envoya s'écraser sur le sol.

Se retournant, Louis courut vers le portail. La fenêtre s'ouvrait, tel un sanctuaire. Une autre planète… un endroit étranger, loin d'ici.

Mais juste devant ses yeux, la fenêtre de pierre palpita, puis se solidifia de nouveau, se scellant pour redevenir une barrière rocheuse vierge et impénétrable.

Louis patina pour s'arrêter. Le désespoir se grava sur son visage.

— Non, murmura-t-il.

Il n'avait pas vu quel carreau Margaret avait poussé, et ignorait comment elle avait activé le système.

Sirix et Dekyk l'entouraient. Ayant vu Margaret s'échapper, ils ne lui laisseraient pas cette chance. Des armes mortelles émergèrent de leur corps, dans un claquement de pinces.

Louis était acculé dans un coin. Il leva les mains en une vaine tentative de capitulation, et les sermonna :

— Sirix, pourquoi faites-vous cela ? Nous n'avions pas l'intention de vous faire du mal. Nous avons juste essayé de vous aider. Nous voulions trouver des réponses pour vous.

— Nous ne voulions pas de réponses, répondit Sirix.

Louis, appuyé contre le mur redevenu solide, ne comprit pas.

— Mais vous disiez avoir perdu l'intégralité de vos souvenirs ?

— Nous n'avons jamais perdu la mémoire, dit Sirix. (Déployant leurs bras armés, les robots klikiss se jetèrent sur l'archéologue.) Nous avons *menti*.

FIN DU PREMIER VOLUME

Chronologie

Années	
1940	Les Ildirans découvrent les robots klikiss sur les lunes de glace d'Hyrillka
2100	Départ de la Terre des premiers vaisseaux-générations : le *Peary*, le *Balboa* et le *Marco Polo*
2103	Départ du *Burton* et du *Caillié*
2104	Départ de l'*Amundsen*
2106	Départ du *Clark* et du *Vichy*
2109	Départ du *Stroganov*
2110	Départ de l'*Abel-Wexler*
2113	Départ du *Kanaka*, dernier vaisseau-génération
2196	Le *Kanaka* quitte la colonie de la ceinture d'astéroïdes de Meyer ; il deviendra Rendez-Vous
2221	Règne du roi Ben sur Terre
2230	Le Mage Imperator Yura'h est couronné
2244	Les Ildirans découvrent le *Caillié* ; naissance de la colonie de Theroc
2245	Les Ildirans arrivent sur Terre à la recherche d'autres vaisseaux-générations
2247	Le *Kanaka* est retrouvé ; les colons se dirigent vers Iawa
2249	Le comper OX regagne la Terre
	Thara Wen (14 ans) est la première à endosser la robe verte
2250	Les Vagabonds commencent l'extraction d'ekti sur Daym et ailleurs

2254	Début des expériences de Dobro
	Les premières ruines klikiss (Llaro) sont découvertes par Madeleine Robinson ; Theroc déclare officiellement son indépendance vis-à-vis de la Hanse
	Le roi Ben est empoisonné ; couronnement du roi George
2274	Règne du roi Christopher
2307	Règne du roi Jack
2323	Règne du roi Bartholomé
2337	Décès de Yura'h, le Mage Imperator ; couronnement de Cyroc'h
2373	Uthair et Lia Theron deviennent Père et Mère de Theroc
2381	Règne du roi Frederick
2390	Mariage de Margaret et Louis Colicos
2397	Naissance de Ross Tamblyn
2400	Mariage d'Idriss et Alexa
2402	Naissances de Reynald Theron et de Jess Tamblyn
2403	Naissance de Beneto Theron ; Uthair et Lia Theron quittent leur fonction
2406	Naissance de Nira Khali
2411	Naissance de Tasia Thamblyn
2413	Naissance de Raymond Aguerra
2415	Naissance d'Estarra Theron
2427	Embrasement d'Oncier grâce au Flambeau klikiss

Grands rois de la Hanse

2221-2258	Ben
2258-2274	George
2274-2307	Christopher
2307-2323	Jack
2323-2381	Bartholomé
2381-2427	Frederick
2427-…	Peter

Présidents de la Hanse

2200-2215	Christian Geller
2215-2223	Roseanna Burke
2223-2243	William Danforth Pape
2243-2253	Malcolm Stannis
2253-2270	Francine Meyer
2270-2291	Adam Cho
2291-2298	Bertram Dindwell
2298-2299	Regan Chalmers
2299-2315	Sandra Abel-Wexler
2315-2338	Clare Faso
2338-2347	Miguel Byron
2347-2359	Tam Charles Wicinsky
2359-2367	Robert Roberts II
2367-2380	Kelly Kirk
2380-2389	Maureen Fitzpatrick
2389-2406	Ronald Palomar
2406-…	Basil Wenceslas

Lexique

ABEL-WEXLER – Dixième des onze vaisseaux-générations partis de la Terre.
ADAM, PRINCE – Prédécesseur de Raymond Aguerra, considéré comme un candidat irrecevable.
ADAR – Le plus haut rang militaire au sein de la Marine Solaire ildirane.
AGGLOMÉRAT D'HORIZON – Large amas stellaire près d'Ildira.
AGUERRA, CARLOS – Frère cadet de Raymond, âgé de neuf ans.
AGUERRA ESTEBAN – Père de Raymond, tous deux en discorde.
AGUERRA, MICHAEL – Le plus jeune frère de Raymond, âgé de six ans.
AGUERRA, RAYMOND – Jeune Terrien débrouillard.
AGUERRA, RITA – Mère de Raymond.
AGUERRA, RORY – Frère cadet de Raymond, âgé de dix ans.
AHMANI, ABDUL MOHAMMED – Nouveau nom d'Esteban Aguerra après sa conversion à l'Islam.
ALEXA, MÈRE – Gouverneur de Theroc, épouse de Père Idriss.
AMUNDSEN – Sixième des onze vaisseaux-générations ayant quitté la Terre.
ANDEKER, WILIAM – Scientifique terrien, spécialiste de robotique.
ARBREMONDE – Arbre appartenant à la forêt interconnectée et semi-consciente de Theroc.
ARCAS – Prêtre Vert.
ARI'T – Chanteuse ildirane, l'une des amantes de Jora'h, le Premier Attitré.
ARO'NH – Tal de la Marine Solaire ildirane.
ASSISTEURS – Kith de serviteurs personnels du Mage Imperator.

ATTITRÉ – Fils de sang du Mage Imperator, administrateur d'un monde ildiran.
BALBOA – Deuxième des onze vaisseaux-générations à avoir quitté la Terre.
BARTHOLOMÉ – Grand roi de la Terre, prédécesseur de Frederick.
BEBOB – Petit nom de Branson Roberts, donné par Rlinda Kett.
BEKH! – Juron ildiran, signifiant : « Bon sang ! »
BEN – Premier Grand roi de la Ligue Hanséatique terrienne. Grande lune d'Oncier.
BENETO – Prêtre Vert, deuxième fils de Père Idriss et de Mère Alexa.
BIOTH – Père d'Arcas.
BOBRI'S – Personnage de comédie, dans *La Saga des Sept Soleils*.
BRAS SPIRAL – Partie de la Voie lactée peuplée par l'Empire ildiran et les colonies terriennes.
BRINDLE, ROBB – Jeune recrue des FTD, camarade de Tasia Tamblyn.
BRON'N – Garde du corps du Mage Imperator.
BURL – Jeune voyou terrien.
BURR – Clan de Vagabonds.
BURTON – Quatrième des onze vaisseaux-générations ayant quitté la Terre. Perdu en chemin.
BYRON, MIGUEL – Ancien Président de la Ligue Hanséatique terrienne, connu pour son hédonisme.
CABOC – Fruit de Theroc.
CAFARDS – Terme péjoratif pour désigner les Vagabonds.
CAILLIÉ – Cinquième des onze vaisseaux-générations ayant quitté la Terre, le premier que les Ildirans ont découvert. Les colons du *Caillié* sont partis s'établir sur Theroc.
CANAL ROYAL – Canal d'agrément qui entoure le Palais des Murmures, sur Terre.
CELLI – Benjamine et cinquième enfant de Père Idriss et de Mère Alexa.
CHATISIX – Petit félin sauvage vivant sur Ildira.

CHRISTOPHER – Troisième Grand roi de la Ligue Hanséatique terrienne. Grande lune d'Oncier.
CHRYSALIT – Trône déformable du Mage Imperator ildiran.
CIR'GH – Champion de joute ildiran.
CLARIN, ELDON – Vagabond, inventeur de talent.
CLARK – Septième des onze vaisseaux-générations à avoir quitté la Terre.
CLEE – Boisson puissante et aphrodisiaque fabriquée à partir de cosses d'arbremonde.
COHORTE – Bataillon de la Marine Solaire ildirane constitué de sept maniples, soit trois cent quarante-trois navires.
COLICOS, ANTON – Fils de Margaret et Louis Colicos, traducteur et étudiant en histoires épiques.
COLICOS, LOUIS – Xéno-archéologue, époux de Margaret Colicos, spécialiste des artefacts antiques klikiss.
COLICOS, MARGARET – Xéno-archéologue, épouse de Louis Colicos, spécialiste des artefacts antiques klikiss.
COLONVILLE – Principale implantation humaine de Corvus.
COMMERCIAL STANDARD – Langue en vigueur dans la Ligue Hanséatique terrienne.
COMPER – Acronyme de COMPagnon Électro-Robotique. Serviteur robot doué d'intelligence, de petite taille, existant en différents modèles : Amical, Précepteur, Domestique, Confident, etc.
COMPTOR – Colonie ildirane, connue pour son incendie légendaire.
CONGRÈS DE LA FOI – Corporation religieuse de la Hanse pouvant être comparée aux Nations unies, composée de représentants de diverses religions.
CONSTELLATION – Vaisseau diplomatique de la Hanse.
CONVOYEUR – Vaisseau des Vagabonds utilisé pour la livraison de cargaisons d'ekti provenant des stations d'écopage.
CORRIBUS – Monde klikiss déserté, où les Colicos ont découvert le Flambeau klikiss.

CORVUS – Colonie hanséatique principalement agricole, possédant quelques ressources minières.
COTOPAXI – Colonie hanséatique.
COTRE – Petit navire de la Marine Solaire ildirane.
COURSE AUX ÉTOILES – Compétition de navigation en vogue chez les Vagabonds.
CRAQUET – Noisette de Theroc.
CRENNA – Scission ildirane évacuée à cause d'une épidémie de peste aveuglante.
CROISEUR LOURD – Classe des plus gros cuirassés ildirans.
CURIOSITÉ AVIDE – Vaisseau marchand de Rlinda Kett.
CYROC'H – Nom originel de l'actuel Mage Imperator.
DAME DE FER – Surnom donné à l'ambassadrice Otema.
DANSEURS-DES-ARBRES – Acrobates artistiques des forêts theroniennes.
DASRA – Géante gazeuse soupçonnée d'abriter des hydrogues.
DAYM – Étoile géante bleue, l'un des « sept soleils » d'Ildira. Nom de sa principale géante gazeuse, site de récolte d'ekti abandonné par les Ildirans.
DD – Comper affecté aux fouilles xéno-archéologiques de Rheindic Co.
DEKYK – Robot klikiss présent sur les fouilles xéno-archéologiques de Rheindic Co.
DIGIDISQUE – Instrument de stockage informatique à haute capacité.
DINDE – Voir Grosse Dinde.
DINDWELL, BERTRAM – Premier Président de la Ligue Hanséatique terrienne ; à l'origine, il est celui qui a tenté de faire signer la charte de la Hanse aux Vagabonds.
DIO'SH – Remémorant ildiran, survivant de l'épidémie de peste de Crenna.
DOBRO – Colonie ildirane.
DREMEN – Colonie terrienne, obscure et nuageuse.

DURRIS – Système solaire ternaire, composé d'une naine rouge orbitant autour d'un couple d'étoiles, l'une blanche, l'autre jaune ; trois des Sept Soleils d'Ildira.
EA – Comper personnel de Tasia Tamblyn.
EKTI – Allotrope exotique d'hydrogène utilisé dans les propulseurs interstellaires ildirans.
EMPIRE ILDIRAN – Vaste empire extraterrestre, seule autre civilisation majeure implantée dans le Bras spiral.
ERPHANO – Géante gazeuse, site d'extraction d'ekti de la station d'écopage de Berndt Okiah.
ESCORTEUR – Vaisseau de taille moyenne de la Marine Solaire ildirane.
ESSAIM DE VERS – Invertébrés géants de Theroc, fabriquant des nids ou vermitières.
ESTARRA – Fille cadette et quatrième enfant de Père Idriss et Mère Alexa.
FENDE – Fruit de Theroc.
FIÈVREFEU – Épidémie de peste des légendes ildiranes.
FITZPATRICK, PATRICK III – Officier véreux des Forces Terriennes de Défense.
FLAMBEAU KLIKISS – Arme / mécanisme conçu par la race défunte des Klikiss pour faire imploser des géantes gazeuses et créer de nouvelles étoiles.
FLÉAU IAWIEN – Peste végétale d'Iawa.
FLÈCHE DE RECONNAISSANCE – Vaisseau rapide des FTD, chargé de collecter des renseignements.
FOI AVEUGLE – Vaisseau de Branson Roberts.
FORCES TERRIENNES DE DÉFENSE – Armée spatiale terrienne dont le quartier général se situe sur Mars, mais dont la juridiction dépend de la Ligue Hanséatique terrienne.
FORÊT-MONDE – Forêt interconnectée et semi-consciente, basée sur Theroc.
FREDERICK, ROI – Dirigeant emblématique de la Ligue Hanséatique terrienne.

FTD – Sigle, pour Forces Terriennes de Défense. (Voir : Terreux.)

GARRIS – Père de Nira.

GELOT – Fruit theronien.

GEORGE – Deuxième Grand roi de la Ligue Hanséatique terrienne. Lune d'Oncier.

GLYX – Géante gazeuse. Site de la première station d'écopage commandée par Berndt Okiah.

GOLGEN – Géante gazeuse, exploitée par la station du Ciel Bleu.

GOLIATH – Premier vaisseau Mastodonte de la flotte des FTD à avoir été amélioré.

GRAINE DE PERRIN – Noisette theronienne.

GRAND ROI – Figure emblématique de la Ligue Hanséatique terrienne.

GRANDES ESPÉRANCES – L'un des navires marchands de Rlinda Kett, capturé par les pirates de Rand Sorengaard.

GROSSE DINDE – Expression désobligeante utilisée par les Vagabonds pour désigner la Ligue Hanséatique terrienne.

GUIDE LUMINEUX – Philosophie et religion des Vagabonds, force guidant leur vie personnelle.

HANSE – Voir Ligue Hanséatique terrienne.

HAUTESPHÈRE – Dôme principal du Palais des Prismes, sur Ildira. Il abrite des plantes, des insectes et des oiseaux exotiques, dans un jardin suspendu au-dessus de la salle du trône du Mage Imperator.

HENDY, SAM – Maire de la municipalité de Colonville, sur Corvus.

HYDROGUES – Extraterrestres vivant au cœur de géantes gazeuses.

HYRILLKA – Colonie ildirane de l'Agglomérat d'Horizon, site d'origine de la découverte des robots klikiss.

IAWA – Colonie, autrefois habitée par les prédécesseurs des Vagabonds.

IDRISS, PÈRE – Gouverneur de Theroc, époux de Mère Alexa.

ILDIRA – Planète mère de l'Empire ildiran, sous les feux des Sept Soleils.
ILDIRANS – Extraterrestres humanoïdes, composés de plusieurs sous-espèces différentes, ou kiths. Ils forment l'Empire ildiran.
ILKOT – Robot klikiss présent sur les fouilles xéno-archéologiques de Rheindic Co.
ILLUMINATEUR – Éclairage ildiran.
ISPEROS – Planète brûlante, servant à Kotto Okiah de colonie test.
JACK – Quatrième Grand roi de la Ligue Hanséatique terrienne. Grande lune d'Oncier.
JARDIN DES STATUES DE LA LUNE – Exposition de sculptures topiaires, autour du Palais des Murmures, sur Terre.
JAZER – Arme à énergie utilisée par les FTD.
JORA'H – Premier fils de sang de l'Empire ildiran, fils aîné du Mage Imperator.
JORAX – Robot klikiss, souvent vu sur Terre.
KAMIN – Planète de l'Empire ildiran.
KANAKA – Dernier des onze vaisseaux-générations à avoir quitté la Terre ; ses colons ont formé les Vagabonds.
KELLUM, DEL – Vagabond, convoyeur d'ekti.
KETT, RLINDA – Négociante, capitaine du *Curiosité Avide*.
KHALI – Nom de famille de Nira.
KITH – Sous-espèce ildirane. Un de ses représentants.
KLIKISS – Ancienne race insectoïde disparue depuis longtemps du Bras spiral, en laissant leurs cités désertes.
KLIO'S – Ministre du Commerce ildiran.
KLLAR BEKH! – Suprême juron ildiran : « nom de Dieu ».
KLOUBE – Terme désobligeant, chez les humains.
KORI'NH, ADAR – Chef de la Marine Solaire ildirane.
LANCE-FOUDRE – Plate-forme d'armement mobile des FTD.
LANYAN, GÉNÉRAL KURT – Commandant des Forces Terriennes de Défense.
LIGUE HANSÉATIQUE TERRIENNE – Gouvernement de type commercial en vigueur sur Terre et dans les colonies terriennes.

LLARO – Monde klikiss abandonné.
LORIE'NH – Commandant de cohorte de la Marine Solaire ildirane.
LOTZE, DAVLIN – Exosociologue de la Hanse, envoyé sur Crenna comme espion.
LUCANE GÉANT – Insecte volant très coloré de Theroc, semblable à un gigantesque papillon, parfois domestiqué.
MAGE IMPERATOR – Dieu-Empereur de l'Empire ildiran.
MALPH – Jeune voyou terrien.
MANIPLE – Bataillon de la Marine Solaire ildirane composé de sept septes, soit quarante-neuf navires.
MANTA – Croiseur de moyen tonnage des FTD.
MARATHA – Planète de villégiature ildirane, où le cycle des jours et des nuits est très long.
MARCO POLO – Troisième des onze vaisseaux-générations à avoir quitté la Terre.
MARINE SOLAIRE ILDIRANE – Flotte spatiale militaire de l'Empire ildiran.
MASTODONTE – Classe de grand vaisseau de guerre faisant partie des Forces Terriennes de Défense.
MAYLOR – Nom d'un clan de Vagabonds.
MEENA – Mère de Nira.
MERDRE – Juron humain.
MESTA, GABRIEL – Capitaine du *Grandes Espérances*, tué par les pirates de Rand Sorengaard.
MEYER – Étoile de type naine rouge, où se trouve Rendez-Vous.
MIJISTRA – Capitale de l'Empire ildiran, très célèbre.
NAGEUR – Kith ildiran des habitats aquatiques.
NIALIE – « Plante-phalène » poussant sur Hyrillka.
NIRA – Jeune prêtresse Verte ayant le rang d'acolyte. A accompagné Otema sur Ildira.
NOIX SALÉE – Noisette de Theroc.
OKIAH, BERNDT – Petit-fils de Jhy Okiah, chef de la station d'écopage Erphano.

OKIAH, JHY – Vagabonde très âgée, Oratrice des clans.
OKIAH, JUNNA – Fille de Berndt Okiah.
OKIAH, KOTTO – Fils cadet de Jhy Okiah, inventeur intrépide, créateur de la colonie Isperos.
OKIAH, MARTA – Épouse de Berndt Okiah.
ONCIER – Géante gazeuse, site de l'expérience du Flambeau klikiss.
ORATEUR – Chef politique des Vagabonds.
ORBE DE GUERRE – Vaisseau d'attaque sphérique hydrogue, à coque de diamant.
OSQUIVEL – Géante gazeuse dotée d'un anneau, lieu tenu secret abritant les chantiers spationavals des Vagabonds.
OTEMA – Vieille prêtresse Verte, ambassadrice de Theroc sur Terre, puis envoyée sur Ildira.
OX – Comper de modèle Précepteur. L'un des plus vieux robots de la Terre, utilisé jadis sur le *Peary*.
PAIREPOIRE – Fruit theronien ayant la particularité de pousser en doublon sur les arbres.
PALAIS DES MURMURES – Magnifique siège du gouvernement de la Hanse.
PALAIS DES PRISMES – Résidence du Mage Imperator.
PALETIER – fruit acide de Theroc.
PALISSADE – Colonie hanséatique.
PASSAGE-DE-BOONE – Colonie hanséatique.
PASTERNAK, SHAREEN – Commandant de la station d'écopage Welyr.
PEARY – Premier des onze vaisseaux-générations à avoir quitté la Terre.
PELLIDOR, FRANZ – Assistant de Basil Wenceslas, « activateur ».
PELURBE – Fruit de la forêt-monde de Theroc.
PÈRARQUE – Figure emblématique de la religion de l'Unisson, sur Terre.
PERLECIELS – Gemmes rares de métal noir trouvées à l'intérieur des réacteurs d'ekti.

PERONI, DENN – Père de Cesca.

PERONI, (FRAN)CESCA – Vagabonde, en apprentissage pour devenir la prochaine Oratrice, fiancée à Ross Tamblyn.

PENDILLE – Fruit de Theroc.

PETER, PRINCE – Successeur du vieux roi Frederick.

PETROV – Clan de Vagabonds.

PLATCOM – Capitaine de Lance-foudre, dans les FTD.

PLATEGEMMES – Pierres précieuses artificielles en strates, rares et coûteuses.

PLUMAS – Lune gelée dotée de profonds océans liquides. Site de l'entreprise de puisage d'eau du clan Tamblyn.

PREMIER ATTITRÉ – Fils aîné et héritier présomptif du Mage Imperator ildiran.

PRÊTRE VERT – Serviteur de la forêt-monde, capable d'utiliser les arbremondes comme langage de communication instantanée (voir Télien).

PTORO – Géante gazeuse, où se trouve la station d'écopage de Crim Tylar.

PYM – Monde klikiss abandonné.

QRONHA – Système binaire proche, formant deux des sept soleils d'Ildira. Abrite deux planètes habitables et une géante gazeuse (Qronha 3).

QUARTIER DU PALAIS – Secteur où se trouvent les locaux du gouvernement de la Hanse, autour du Palais des Murmures, sur Terre.

QUL – Rang militaire ildiran : commandant d'une maniple, soit quarante-neuf vaisseaux.

RADA – Petite sœur de Nira.

RAMAH – Colonie hanséatique, principalement occupée par des pèlerins islamistes.

RÉCIF DE FONGUS – Excroissance d'arbremonde, sculptée par les habitants de Theroc pour former leur habitat.

RELLEKER – Colonie hanséatique, lieu de villégiature réputé.

REMÉMORANT – Kith ildiran, ayant la fonction de conteur historien.
RÉMORA – Petit vaisseau d'attaque des FTD.
RENDEZ-VOUS – Grappe d'astéroïdes habités, siège du gouvernement des Vagabonds tenu secret.
REYNALD – Fils aîné de Père Idriss et Mère Alexa.
RHEINDIC CO – Monde klikiss abandonné, site de fouilles effectuées par les Colicos.
ROBERTS, BRANSON – Deuxième époux de Rlinda Kett.
ROBINSON, MADELEINE – L'un des premiers prospecteurs de planètes. Elle et ses deux fils ont découvert les ruines klikiss et ont activé des robots sur Llaro.
ROBOTS KLIKISS – Robots de grande taille, ressemblant à des coléoptères et doués d'intelligence, construits par les Klikiss.
SAGA DES SEPT SOLEILS – Épopée historique et légendaire de la civilisation ildirane, développée pendant des millénaires.
SALLE DU TRÔNE – Grande salle de réception du roi, dans le Palais des Murmures.
SAREIN – Fille aînée de Père Idriss et de Mère Alexa.
SCISSION – Colonie ildirane disposant de la population minimum requise pour le thisme.
SEPTAR – Commandant d'une septe.
SEPTE – Petit bataillon de sept vaisseaux de la Marine Solaire ildirane.
SERIZAWA, GERALD (DOCTEUR) – Scientifique missionné pour mener l'expérience du Flambeau klikiss, sur Oncier.
SHANA REI – Légendaires « créatures des ténèbres » de *La Saga des Sept Soleils.*
SIÈGE DE LA HANSE – Immeuble pyramidal proche du Palais des Murmures, sur Terre, où se réunit le gouvernement de la Ligue Hanséatique terrienne.
SIRIX – Robot klikiss présent sur les fouilles xéno-archéologiques de Rheindic Co.
SORENGAARD, RAND – Pirate renégat chez les Vagabonds.

SQUAMEUX – Kith ildiran colonisant les déserts.
STATION D'ÉCOPAGE – Installation industrielle d'extraction d'ekti évoluant dans les nuages des géantes gazeuses, habituellement commandée par les Vagabonds.
STATION DU CIEL BLEU – Station d'écopage d'ekti sur Golgen, dirigée par Ross Tamblyn.
STROGANOV – Neuvième des onze vaisseaux-générations ayant quitté la Terre.
STROMO, LEV – Amiral des FTD.
SURGEON – Jeune pousse d'arbremonde, souvent transportée dans un pot ornementé.
SWEENEY, DAHLIA – Première propriétaire de DD.
SWEENEY, MARIANNA – Fille de Dahlia, deuxième propriétaire de DD.
TAL – Rang militaire au sein de la Marine Solaire ildirane, commandant de cohorte.
TALBUN – Vieux prêtre Vert, sur la planète Corvus.
TAMBLYN, BRAM – Vagabond, patriarche du clan Tamblyn, père de Ross, Jess et Tasia.
TAMBLYN, CALEB – Un des oncles de Jess, frère de Bram.
TAMBLYN, JESS – Vagabond, deuxième fils de Bram Tamblyn.
TAMBLYN, ROSS – Vagabond, fils aîné de Bram Tamblyn avec lequel il s'est brouillé, et chef de la station du Ciel Bleu, sur Golgen.
TAMBLYN, TASIA – Vagabonde, fille de Bram Tamblyn.
TARTINOIX – Noisette de Theroc.
TÉLIEN – Forme de communication instantanée pratiquée par les prêtres Verts.
TERREUX – Terme argotique pour désigner les soldats des FTD.
THÉ-POIVRE – Boisson des Vagabonds.
THEROC – Planète végétale abritant la forêt-monde.
THERONIEN – Habitant de Theroc.
Thisme – Réseau télépathique qui relie le Mage Imperator à la race ildirane.

THOR'H – Fils aîné de Jora'h d'ascendance nobiliaire, destiné à devenir Premier Attitré.

TRANSPORTAIL – Système de transport hydrogue, par téléportation de planète à planète.

TRANSPORTEUR DE TROUPES – Vaisseau de transport de la Marine Solaire ildirane.

TYLAR, CRIM – Vagabond extracteur d'ekti, sur Ptoro.

UNISSON – Religion commune soutenue par le gouvernement de la Terre, se consacrant à des activités officielles.

UR – Comper Vagabond de modèle Domestique, sur Rendez-Vous.

VAGABONDS – Confédération informelle d'humains indépendants, principaux producteurs d'ekti, le carburant des moteurs interstellaires.

VAO'SH – Remémorant ildiran.

VEDETTE – Vaisseau rapide monoplace de la Marine Solaire ildirane.

VERMITIÈRE – Vaste nid construit par un essaim de vers, assez spacieux pour servir d'habitat humain sur Theroc.

VICHY – Huitième des onze vaisseaux-générations ayant quitté la Terre.

WELYR – Géante gazeuse, où une station d'écopage de Vagabonds fut jadis détruite par les hydrogues.

WEN, THARA – Colon de Theroc, du vaisseau-génération *Caillié*. Première personne à s'être liée à la forêt-monde.

WENCESLAS, BASIL – Président de la Ligue Hanséatique terrienne.

YARROD – Prêtre Vert, plus jeune frère de Mère Alexa.

YREKA – Colonie terrienne des confins.

YURA'H – Précédent Mage Imperator, régnant lors du premier contact avec les vaisseaux-générations humains.

ZAN'NH – Officier militaire ildiran ; fils aîné de Jora'h, mais non issu de la noblesse.

Replongez-vous sans attendre dans la suite
de la *Saga des Sept Soleils*
de Kevin J. Anderson :

Une forêt d'étoiles

Traduit de l'anglais (États-Unis) par Laurent Genefort

1

Jess Tamblyn

Les géantes gazeuses éparpillées dans le Bras spiral recelaient des secrets, des dangers… et un trésor. Pendant un siècle et demi, le carburant interstellaire qu'elles contenaient avait représenté une manne pour les Vagabonds.

Mais, cinq ans auparavant, tout avait changé.

Les hydrogues avaient revendiqué les géantes gazeuses et, tels des chiens de garde, interdit à toutes les stations d'écopage d'approcher leur territoire. L'embargo avait restreint non seulement l'économie des Vagabonds, mais aussi celles de la Ligue Hanséatique terrienne et de l'Empire ildiran. Certains, courageux ou stupides, avaient défié l'ultimatum hydrogue et l'avaient payé de leur vie. Des dizaines de stations d'écopage avaient été détruites. Rien ne pouvait arrêter ces créatures impitoyables surgies des abysses des géantes gazeuses.

Mais, confrontés à des situations désespérées, les Vagabonds ne renonçaient jamais. Bien au contraire, ils changeaient de tactique, survivant – et prospérant – grâce à leur capacité d'innovation.

« La vieille Oratrice nous assurait toujours que le défi redéfinit les paramètres du succès », dit Jess Tamblyn sur la fréquence commune.

Il maintenait son vaisseau de surveillance au-dessus de Welyr. La géante gazeuse paraissait paisible, mais il ne fallait pas s'y fier.

« Bon sang, Jess, transmit Del Kellum avec un soupçon d'ennui, si je voulais être dorloté, je vivrais sur Terre ! »

Kellum, un industriel et chef de clan d'âge mûr, était très impliqué dans l'opération. Il lança un signal aux vaisseaux, qui convergèrent rapidement en piqué. Accompagné d'une myriade d'appareils de surveillance, le groupe de stations d'écopage « blitzkrieg » se rassembla à une distance de sécurité – du moins l'espéraient-ils – de la planète cuivrée. Personne ne connaissait la portée des détecteurs d'intrusion hydrogues, mais cela faisait longtemps que les voleurs de nuages prenaient de tels risques. Au final, toute vie est un pari, et la civilisation humaine ne pouvait perdurer sans carburant interstellaire.

Les pilleurs allumèrent leurs gigantesques écopeuses garnies de réservoirs, prêts à plonger dans les épais bancs nuageux. Frapper et fuir. Les propulseurs gonflés à bloc se mirent à rougeoyer, et les pilotes à transpirer. Parés.

Seul dans le cockpit de son vaisseau de surveillance, Jess fit jouer ses mains sur le tableau de bord.

« Préparez-vous à converger. Foncez, avalez tout ce que vous pouvez, et filez vous mettre à l'abri. On ne sait pas combien de temps ces salopards d'hydreux vont nous laisser. »

Les gros vaisseaux d'écopage accusèrent réception, puis se laissèrent tomber comme des faucons sur une proie. Ce qui était jadis un processus industriel banal s'était mué en opération commando.

Lorsqu'ils s'étaient heurtés à la menace hydrogue, les ingénieurs avaient conçu de nouveaux modèles de stations d'écopage. En cinq ans, ils avaient accompli des progrès considérables. Leurs écopeuses blitzkrieg possédaient des propulseurs géants, des réacteurs d'ekti plus efficaces, et des réservoirs qui pouvaient se détacher comme des grappes de raisins. Chaque fois qu'un réservoir était rempli, on le lançait vers un point de récupération. Cela permettait de transporter l'ekti au fur et à mesure, sans crainte de perdre la cargaison entière si – *quand* – les hydrogues décidaient d'attaquer.

« La Grosse Dinde croit que nous sommes des bandits sans ressources, transmit Kellum. Faisons en sorte de donner aux hydreux la même impression, bon sang ! »

La Hanse – la « Grosse Dinde » – et l'Empire ildiran payaient chèrement chaque goutte de carburant. À mesure que l'approvisionnement en ekti avait diminué, année après année, les prix s'étaient envolés, en proportion du risque que prenaient les Vagabonds.

Cinq écopeuses se dispersèrent au cœur des nuages de Welyr, à la rencontre de ses tempêtes et de ses brises impalpables. Leurs gueules en forme d'entonnoir grandes ouvertes, elles plongèrent à travers les systèmes cycloniques. Elles engouffraient les gaz, les compressaient dans leurs réservoirs, tandis que les réacteurs d'ekti auxiliaires traitaient l'hydrogène qu'ils contenaient.

Tout à sa mission de surveillance, comme la vigie d'un ancien vaisseau pirate, Jess dispersa des détecteurs dans les nuages denses de Welyr. Ceux-ci repéreraient n'importe quel vaisseau s'élevant des profondeurs. L'alarme ne leur offrirait que quelques minutes de sursis, mais il n'en fallait pas davantage pour que les têtes brûlées des écopeuses battent en retraite.

Jess savait que combattre n'amenait rien de bon. La Marine Solaire ildirane et les Forces Terriennes de la Hanse l'avaient amplement démontré. Au premier signe de l'ennemi, ses écopeuses clandestines fileraient avec tout l'ekti dont elles auraient pu s'emparer.

La première écopeuse blitzkrieg avait rempli un réservoir. Elle s'éleva pour s'en délester, laissant un sillage de fumée dans l'air raréfié. Une acclamation tonitruante résonna à la radio, et les Vagabonds, portés par la compétition, se défièrent les uns les autres. Le réservoir, lancé sur une trajectoire automatique, quitta l'attraction de Welyr pour se diriger vers son point de rendez-vous. *Hors de danger.*

Autrefois, les stations d'écopage dérivaient tranquillement dans les nuages, telles des baleines se nourrissant de plancton. Ross, le frère de Jess, avait dirigé la station du Ciel Bleu, sur Golgen ; il possédait un excellent sens des affaires, et l'avenir lui souriait. Sans crier gare, les hydrogues avaient anéanti son usine et tué tout son équipage.

Jess contrôla les infos envoyées par ses capteurs engloutis. Bien qu'ils n'aient détecté aucune turbulence douteuse, il ne laissa pas son attention fléchir. La quiétude de Welyr était trompeuse.

Chaque homme à bord des écopeuses était tendu, sachant qu'ils tentaient le sort et que certains d'entre eux mourraient sans doute dès l'arrivée des hydrogues.

L'appareil de Kellum lança un réservoir rempli.

« En voilà un deuxième. De l'ekti de qualité supérieure ! »

Bientôt, chacune des cinq écopeuses blitzkrieg avait éjecté une cargaison d'ekti. Les pilleurs se trouvaient sur Welyr depuis moins de trois heures, et déjà leur butin était appréciable.

« Voilà un bon moyen de faire un pied de nez à ces hydreux, poursuivit Kellum, trompant son angoisse par le bavardage radio... Bien que j'aurais préféré leur envoyer quelques comètes comme tu l'as fait sur Golgen, Jess. »

Le jeune Tamblyn eut un sourire amer. Son bombardement cométaire avait fait de lui un héros chez les Vagabonds. Il espérait que sa contre-attaque avait rendu la planète géante inhabitable.

« J'ai seulement suivi mon Guide Lumineux », répondit-il.

Aujourd'hui, de nombreux clans le sollicitaient pour poursuivre les représailles contre l'interdiction édictée par les hydrogues.

« Toi et moi avons beaucoup en commun, dit Kellum sur un ton de conspirateur, à présent qu'il était passé sur une fréquence privée. Si jamais tu décides d'entreprendre un autre bombardement, puis-je te suggérer cet endroit comme cible ?

— Qu'est-ce que tu as contre Welyr ? (Puis Jess se souvint.) Ah, tu comptais te marier avec Shareen, du clan Pasternak.

— Oui, bon sang ! »

Shareen Pasternak avait commandé une station d'écopage sur Welyr. Jess se rappelait qu'elle possédait un sens de l'humour sarcastique et une langue bien pendue, mais Kellum avait été heureux avec elle. Cela aurait été un mariage de secondes noces pour chacun d'eux. Mais la station de Shareen comptait parmi les premières pertes de la guerre.

Les écopeuses blitzkrieg lancèrent trois autres réservoirs d'ekti.

Trish Ng, une femme pilote d'un vaisseau de surveillance, interrompit la conversation par un appel frénétique :

« Les balises de détection ! Vérifie tes relevés, Jess. »

Celui-ci perçut une minuscule anomalie dans le bruit de fond normal.

« C'est juste un éclair. Pas de panique, Ng.

— Cet éclair se répète toutes les trente et une secondes, avec la régularité d'une horloge. (Elle attendit le coup suivant.) Jess, il s'agit d'un signal artificiel, envoyé en boucle et réfléchi sur nous. Les hydreux ont dû déjà détruire les balises. C'est une ruse. »

Jess regarda, et la vérité lui apparut.

« On n'aura pas d'autre avertissement. Que chacun remballe ses affaires et file d'ici. »

Comme s'ils venaient de comprendre qu'ils étaient découverts, sept immenses orbes de guerre émergèrent des profondeurs nuageuses de Welyr tels des léviathans meurtriers. Sans hésiter, les Vagabonds se replièrent en désordre.

Un bourdonnement d'infrasons jaillit des globes ; les excroissances pyramidales saillant de leur coque cristalline crépitèrent d'éclairs bleutés. Tous les pilotes intrépides des écopeuses avaient déjà vu l'effet de leurs armes.

Kellum projeta quatre réservoirs vides en direction des orbes de guerre les plus proches.

« Essayez donc d'avaler ça ! »

Jess cria par radio :

« Ne reste pas là ! »

La diversion de Kellum fit son office. Les extraterrestres prirent pour cible les projectiles vides, laissant aux écopeuses blitzkrieg quelques secondes supplémentaires pour s'échapper. Les Vagabonds allumèrent leurs propulseurs, et quatre des cinq engins s'arrachèrent le long d'une trajectoire d'évitement.

Mais l'un d'eux demeura immobile un instant de trop, et un tir ennemi le mit en pièces. Les cris de l'équipage remplirent la fréquence partagée avant de s'interrompre l'instant suivant.

« Allez, allez ! cria Jess. Dispersez-vous et fichez le camp de là. »

Les récolteurs d'ekti se dispersèrent comme une nuée d'insectes. Les réservoirs, à pilotage automatique, se dirigeaient vers des coordonnées préprogrammées, où les commandos pourraient récupérer leur butin quand ils le souhaiteraient.

Les orbes de guerre s'élevèrent, poursuivant leurs tirs dans l'espace. Ils détruisirent un vaisseau de surveillance retardataire, mais les autres parvinrent à s'échapper. Les globes rôdèrent au-dessus de l'atmosphère un moment, telle une meute de loups, avant de redescendre lentement au sein des tempêtes de Welyr.

Bien que peinés par la perte d'une écopeuse blitzkrieg et d'un vaisseau de surveillance, les récolteurs estimaient déjà la quantité d'ekti prélevée, et calculaient combien cela rapporterait sur le marché.

Seul dans son cockpit, Jess secoua la tête.

Que nous est-il arrivé, pour que nous nous réjouissions de ce que nos pertes n'aient pas été « trop mauvaises » ?

Achevé d'imprimer en août 2012
Dépôt légal: septembre 2012
Imprimé en Italie
81120830-1